时代英雄

何顿 ◎ 著

广东省出版集团
花城出版社
中国·广州

图书在版编目（CIP）数据

时代英雄 / 何顿著. -- 广州：花城出版社,
2014.10
ISBN 978-7-5360-7197-1

Ⅰ. ①时… Ⅱ. ①何… Ⅲ. ①长篇小说－中国－当代
Ⅳ. ①I247.5

中国版本图书馆CIP数据核字(2014)第164443号

出 版 人：	詹秀敏
策划编辑：	田 瑛
责任编辑：	张 懿 张 旬
技术编辑：	薛伟民 陈诗泳
封面设计：	间隔线视觉传达

书　　名	时代英雄 SHIDAI YINGXIONG
出版发行	花城出版社 （广州市环市东路水荫路11号）
经　　销	全国新华书店
印　　刷	广东新华印刷有限公司 （广东省佛山市南海区盐步河东中心路23号）
开　　本	787毫米×1092毫米　16开
印　　张	24.75　1插页
字　　数	430,000字
版　　次	2014年10月第1版　2014年10月第1次印刷
定　　价	45.00元

如发现印装质量问题，请直接与印刷厂联系调换。
购书热线：020－37604658　37602954
花城出版社网站：http://www.fcph.com.cn

人需要一个目标,人宁可追求虚无,也不能无所追求。

——尼采《论道德的谱系》

第一章

客车是一辆红色的破破烂烂的客车，屁股上还有一块曾经被什么车撞坏的凹处，露出了猪肝色锈迹。我站在车前，后悔不该买车站的票，这辆破车能按时把我们拉回家？妻子和女儿都坐在车上，司机还没来。我把视线抛到车站内，车站里乱糟糟的，客车东停一辆西停一辆，西北风把乘客都赶到车内或屋里避风了。妻子见我在车外抽烟，迈到车门旁，探出头瞧着我——那张脸已冻红了，对我说："好冷的，到车里来吧。"

"不冷，不冷。"我说，"我就站在这里，车内的空气闷闷的，一种怪味。"

妻子的头缩了进去。我把黑呢子大衣的领子竖起，用它来遮挡猛烈的西北风。我丢了烟，把两只手插进袖筒，不停地跺脚。天空在我眼里一派阴惨，是那种要下雪却又忍着不下的情形，好像老天爷在玩大家。我相信这几天会有一场大雪。我女儿出生五年了，这个可爱的小姑娘，还从未正经地体验过一场雪。我想人之所以结婚生子，就是为了拒绝孤独。

妻子探出头说："罗定，要开车了，快上车。"

我迈进了拥挤的充斥着各种气味的车厢。因怕冷，车厢里所有的窗户都关得严密，人们肺叶里吐出的二氧化碳、肛门里排泄出来的废气及从皮袋和塑料袋上散发出来的气味，在车厢里形成了一股难闻的暖流。女儿见我皱着眉头走到她身旁，叫了我一声"爸"，叫完便笑，笑时白白的小脸蛋上露出两个小小的酒窝。

"你要坐好，别站着。"我对女儿说，"坐下。"

女儿在我身边坐下。

汽车徐徐向车站外驶去。车上坐着很多人，他们的衣着都很土气，穿得稍好点的，大概是白水县城人，穿得不讲究的无疑是乡下人。汽车在一条宽敞的柏油路上奔驰，柏油路两边的树木和房屋从我们的视野里闪过去时，好像它们是向后飞去的。妻子坐在车窗旁,女儿坐在中间,我的视线越过她们两人的头,凝视着窗外。我忽然感觉坐在前面一排的一个年轻男人总是偏过头来望我们,当我的视线和他的目光一遭遇,他又把头扭过去。这让我心生警惕。他怎么老看着我们?他是个和我年龄相近的年轻人,国字脸上戴副眼镜,这张脸相比车上的其他人来说,显得白一点;鼻子给我的感觉很大,嘴唇也厚;头发向后梳着。他看上去不坏,脸上没有狞恶的内容,不像坏人,但他老打量我们干吗?

车上的气味很不好嗅,我把脸埋到竖起的大衣领内,让鼻子嗅自己身体的气味。我的衣着很随便,在宏力集团的文化发展公司,我是唯一不穿西装不打领带的人。我对生活的要求不高,有饭吃、有衣穿,有时间给我坐下来看看书就行了。我不是公司里那些沉湎于玩乐和享受的人。我天生不是一个会生活和懂幽默的人。我诉求不高,只希望这个世界能多点好空气供我们呼吸,使我们少点病痛地活着。车厢里除了让人很不舒服的各种人体和衣物的气味,还有很浓烈的汽油味。这个世界一年年温度上升,以致长沙的冬天里难得下一场雪,不都是排气管排出的二氧化碳在大气层内形成的温室效应吗?

汽车驶出长沙,奔上了一条视野不再被建筑物阻隔的公路。我的视线在飞过去的景物上扫描,企图看清点什么。我脑海里出现了喜马拉雅山。我想躺在喜马拉雅山上,头枕大地,面朝蓝天白云,享受喜马拉雅山的洁净空气。去年,一个名叫陈放的大学同学请客,吃饭聊天时,另一个姗姗来迟的名叫宁志国的大学同学很受同学讨好,他靠岳父的关系,进入官场没几年就爬到了副厅级。我瞧着一个当了官的、一个发了财的同学,感觉同学之间竟也有阿谀奉承,就想逃离这种世俗氛围。宁志国见我不说话,问我在想什么,我说:"我想去西藏,去看看世界的屋脊。"

我其实是随口说的,但从此这句话便在我脑海里了。陈放说:"还是罗定有追求。"

我不知陈放这句话是讥诮还是赞扬。陈放靠一个台湾舅舅——据说他那个台湾舅舅很有钱——发了财,我有些看不起这个衣着体面、说话充斥着铜臭味的同学。他一开口就是钱!他的台湾舅舅一天要花两万元人民币,因为他舅舅只喝法国拉图红酒,那红酒一万多元一瓶,而他舅舅每天要喝一瓶。我反感他这么炫耀他舅舅,一天两万元,一年不要花七百三十万吗?吹牛皮不打草稿啊。我很抵触地对他说道:"不就是有几个钱吗?有什么吹的?"

陈放望着我。我看不起陈放,大学里时,每次讨论社会问题,他都不是我的对手,我说:"高贵的灵魂,是自己尊敬自己。别在我们面前吹你舅舅。"

陈放忍不住说:"定哥,我没得罪你吧?"

"没有,"我说,"但聪明的脑袋不谈钱,尤其不在同学们面前谈钱。"

宁志国说:"谈钱也正常,只是不要在同学面前炫富。"

陈放就打了自己嘴巴一下:"我错了,不该炫我舅舅是富商。"

我坐在车上,脑袋里想着这些乱七八糟的东西时,客车像一个老太爷一样,接连咳了几声,接着驾驶室里冒出浓烈的黑烟,使众多乘客不得不捂住鼻子咳喘。客车颤抖几下,在路旁停下,司机把车门打开,掉头对乘客说:"要解手的解手,车烂了,要修。"

我起身,向车外迈去。车外是一片开阔的农田,一直伸向远方。我站在树下,领略着强劲的西北风,感觉在这个世界,人很渺小却自高自大,就像陈放,只因有个台湾舅舅帮他,让他赚了几百万,就以为自己是比尔·盖茨了,可笑!妻子冷着脸下车,女儿也下车了,妻子横我一眼,对女儿说:"就是你爸爸,买一辆烂汽车的票给我们坐!"

这时那个在车上老是打量我们的男人下了车,他一下车目光就落在我们身上,像只燕子飞过来一样,见我望着他,忙把视线移到天上。女儿要解手,我牵着女儿向车后面背风的地方走去。我和女儿走回来时,那个在车上老打量我们的男人正同我妻子攀谈。我听见那男人问我妻子:"你是叫黄江丽吧?"

妻子瞥着他,问:"你是——"

他接过妻子的话说——声音很响亮,甚至带点激动:"你不认识我了?我是你高中同学张卫国,你不记得了,张卫国?"

"记得,你是张卫国,我记得。"妻子脸上露出了高兴。

"你没怎么变,我一看见你就认出你了。"张卫国说,白白净净的脸上笑容就很开,好像拥挤的马路上出现了一片空地似的。

妻子说:"还没变?老了。"

张卫国说:"老什么啊?你还是那么美,黄江丽。"

妻子对我介绍张卫国说:"张卫国,我高中同学。我丈夫罗定。"妻子又向他介绍我,张卫国朝我点下头。妻子问他:"张卫国,你现在在哪里工作?"

"我在白水县第三中学。"

"你也教书？教哪科？"

张卫国不好意思地一笑："主要是搞行政工作，教几节音乐课，我们县三中没有音乐教师，我就上几节音乐课。"

妻子说："对了，你以前很喜欢音乐，拉小提琴。你现在还拉小提琴吗？"

"还拉，偶尔拉一下。拉琴是为了缓解压力、陶冶性情。"他说，"几年前在县教育局开会，我碰见你妈，你妈说你在长沙市A中学教书。是教音乐吗？"

"是的，"妻子望我一眼，"我教没点意思的音乐课。"

"教音乐挺好的，"张卫国笑笑，声音和他的心情同时都显得风趣、开朗，"我非常喜欢音乐，我还是我们学校教职工乐队的指挥。"

"我对音乐没点热情了，"妻子摆出一副淡漠的形容，"音乐课一点也不被重视，学校里的一切都是围绕高考转，数理化、政史地和语文、英语都比音乐课重要。音乐课，在一些学校领导眼里，可有可无，没什么意思。"

张卫国听完我妻子的抱怨，马上说："我准备在县三中办个高中音乐班，给白水县热爱音乐的学生提供一个学习音乐的环境，考音乐学院。"

"那是好事啊。"妻子说。

妻子和张卫国说话时，我牵着女儿上车去看了下，我行李袋里放着一台佳能相机——这是我省吃俭用买的——我喜欢摄影，经常在报纸或杂志上发表摄影作品。车上仍坐着一些乘客，有的闭目养神，有的瞪着那个中年司机修车，司机正揭开车头盖，在那里努力解决故障。我对自己的行李放心后，又牵着女儿下车，妻子和张卫国仍站在树旁说话。在学校里，妻子是个缺言少语的人，总是冷着张俏丽的脸蛋，冷冰冰的。她不怎么跟人交往。我没能力改变她，我在她眼里只是个没用的丈夫。她的两个姐夫都比我强，她大姐夫四十岁就是深圳某大公司的董事长，二姐夫在珠海做房地产，也成了亿万富翁。两个姐姐都是一身绫罗绸缎，穿的睡衣也比我和妻子穿着出客的衣服昂贵。家里那台黑亮亮的珠江牌钢琴，是她二姐以我女儿三岁的生日为借口送的，现在这台钢琴是她们母女共同拥有的娱乐。每天下午至傍晚，女儿从幼儿园归来，我下厨做饭时，妻子便教女儿弹拜厄钢琴练习曲或中央音乐学院编的儿童钢琴歌曲教材。女儿非常乐意地坐在琴凳上弹钢琴，妻子很认真地守在女儿身旁教女儿弹钢琴，除此之外，我再也感觉不出妻子对生活还有什么热情。

"黄江丽以前是白水县著名的美人，"张卫国笑着对我说："那时候黄江丽站在县百货商店里，好多人没事就到县百货商店里看她。"

"是吗？"我说，"我从没感觉过她像你说的那么漂亮。"

"黄江丽读高中时就是我们县一中的校花，还是校文艺宣传队的活跃分子。"张卫国说，"我记得有年国庆节，黄江丽抱着琵琶在台上独奏《草原英雄小姐妹》的情景……我现在还记得你弹的这支曲子，你看我印象深不深？"他居然哼了几句曲子。

"她好久没弹琵琶了。"我对这个男人的记忆力感到吃惊。

张卫国说："以前我们好崇拜黄江丽的，读高中时，她是县一中最漂亮的女孩，又会弹琵琶。那时候我们都愿意为她出力。那时候黄江丽在女孩子中最出类拔萃。"

我笑笑："那我不知道她还有过这么辉煌的历史。"

"还真有过，现在好多高中同学都还记得黄江丽。"张卫国盯着我，又折过头望着我妻子，"你真的不弹琵琶了？"

妻子看眼天色，回答他："我好久没弹琵琶了。"

一个小时后，汽车司机按了两声喇叭，意思是车修好了。乘客都如释重负地涌上车。我是最后一个上车的，我一上车，车就开动了。我问张卫国："你一直在白水县工作？"

张卫国说："大学毕业就回白水了，把自己奉献给了养育我的地方。"

我敏感地觉得他这是变着法儿说给我妻子听，我笑："那你真是党的好儿子。"

张卫国睨眼我，自然听出了我是讥诮。他顺着我的话，一本正经地说："党是母亲啊。我小时候体验到，不听母亲的话，会挨打的。"他说到这里，咧嘴一笑，见有人望着他和我，又遗憾道："当然，现在没人爱听这种大道理了。"

我觉得跟他说话费劲，说他是官，他又是老师，说他是老师，他又是学校领导，这样的人，本来就有些错位，说话自然让你摸不透。我看着他这张宽大的国字脸，这张脸上也的确看不出什么东西，好像一个广场而广场上没人似的。我把头缩回来，说："看似复杂的事，其实很简单。人，都是为利而来、为名而往，老师也不能免俗。"

张卫国瞟我一眼："那是，那是。"

我不再搭理他。

下午五点钟，汽车驶进了白水县城。白水县城是个四五万人居住的县镇，城里没有高楼大厦，大多是五六层的楼房或酒店。主街两旁的房子全是商铺，只是没有那种看上去装修得很豪华、气派的商场。岳父曾对我说，农民不习惯那种装修得很豪华的地方。汽车在一个十字路口的商店旁停下，我和妻子、女儿下了车，张卫国对我和妻子大声说："黄江丽，喂，你们没事来县三中玩啊。"

妻子客气地一笑："好的。"

汽车卷起一股灰尘开走了。我说："这个人好像对你蛮热情啊。"

"他读高中的时候好调皮的，经常跟同学吵架，"妻子回忆，"有次上数学课，不知什么事，他跟数学老师吵了起来，数学老师打了他一耳光。"

"他先认出你，这证明他对你印象很深。"

"我在县百货商店时，他经常来玩。"

"那时候你是西施呀。"

"我高中一毕业就进了县百货商店。"

"你父亲是县里的高级干部，手里有权嘛。张卫国那时候很喜欢你吧？"

"他没表白过，说不清。我读大学后还碰见过他几次，后来就没见过他了。"

"那是他故意让你碰见吧？"我分析说，"他喜欢你，自然会留意你的动向。他知道你暑假、寒假回来了，就设法碰见你，这可是很多男孩子的惯用手法。"

妻子笑："我从没注意过他。"

女儿见面前就是商店，嚷着要买零食吃。我牵着女儿步入商店，女儿在货柜前寻了气，最后决定买一袋浪味仙和三粒咖啡糖。妻子站在门口，守着行李。我和女儿走出商店，我对妻子说："罗明晓得节约，我要给她多买点东西，她不要，长大了会有出息。"

女儿听到我的表扬就对她母亲一笑。

妻子说："走吧。"

街上北风凛冽，看不见几辆车，也没几个行人走动。我拎起两个包，妻子拎起一个包，向岳父家迈去。岳父住在白水县老干部休养所，这是栋四室两厅房，楼上楼下两层。干休所住着几十户老干部，每户人家的前面和后面都有两块菜地，用水泥栏杆围着，供人栽菜或种花。岳父家前面的菜地里栽着两株葡萄和几棵橘子树，后面的菜地种着些蔬菜。每年盛夏，葡萄棚上就结满了紫红色的葡萄，一串串的。

女儿走在前面，一路小跑，赶着去报信，一会儿她便消失在老干所的铁门里了。我说："明明回你父母家好高兴。"

我和妻子走到老干所的铁门前时，岳母迎来了，笑嘻嘻的，这是她看见了她思念的小女儿。妻子在家排行老三，最小。岳父岳母身边没人，妻子的两个姐姐一个在深圳，一个在珠海，我们在长沙，比两个姐姐离岳父家近，就回来得较勤。

岳父家里的摆设很简洁，客厅里一对短沙发、一只长沙发、一张餐桌和一个专放电视机的柜子。我们把东西搁在沙发上，我就进厨房洗脸，洗了脸，走进客厅，妻子和岳母坐在沙发上说话。我对妻子说："你去洗个脸，你脸上有灰。"

岳母说："我早几天就在算你们回来的日子了。"

我说："寒假老师排值日，昨天江丽值了一天，今天就回来了。"

"是的，是的，"岳母说，"江丽在电话里说了，只是你爸爸总念你们，念得我就算起日子来了。哦，我拿橘子给明明吃，今年的橘子结得好大一个。"

明明忙跟着外婆上楼，我把送给岳父岳母的礼物拿出来，搁在桌上，忙提着包上楼。岳父岳母已把房子收拾得干干净净，床上铺了棉絮和红艳艳的花垫毯。我把行李袋搁在柜旁，身体往床上一仰，觑着窗外，天色渐渐暗了。我听见岳母在隔壁房里为明明拿橘子，边说："吃了外婆的橘子，你就会变得更聪明，外婆对橘子树发了功的。"

第二章

　　岳母和岳父都是智能气功师,十几年前他们曾在长沙市贺龙体育馆学过智能气功,回家后,因怀揣练气功能治百病的信念,每天早晚勤练,身体自然就好了。岳父在很多方面都让着岳母,这是因为岳父当年一心工作,没管过女儿,三个女儿都是岳母一手教育大的。岳父离休后,人闲下来了,就主动承担家务,以弥补当年的粗心。岳母觉得自己劳苦功高,自然就刚愎自用,老两口的事情,都是她说了算。岳父虽是县里的高级干部,受人尊敬,但比起岳母的身份来,还是欠一点。只要有胆量追溯上去,你会发现我岳母的血统很高贵。她祖上于清朝中期出了个巡抚,她爷爷的爷爷在清朝任过知州,是从五品,轮到她父亲粉墨登场时就不如上几辈人了,只是乡下的一名教书先生。岳母身上有股闯劲,流着不服输的血液,上个世纪五十年代初,冲破家道中落的困境,跑出去读了师范,成了拿工资的人,如今是名退休教师。岳母曾对一家人说:"什么困难都可以战胜。"

　　我躺在床上望着天花板发呆,想起那个叫张卫国的男人,他与我妻子邂逅而表现出的那份高兴劲儿,瞧我的眼神,简直充满嫉妒,可以想见,黄江丽一定是他读高中时的初恋。妻子大学毕业十年了,职称还是中教二级。校长跟我过不去,就迁怒于我妻子。妻子像她母亲,在家里强悍,但在外却是个老实女人。她的老实体现在不跟别人争上,人家争什么时,她会悄然走开。"我不喜欢你们长沙人。"妻子说。妻子说这话不光是针对我,还针对陆校长,因为陆校长也是长沙人。关于评职称的事,来的路上我问妻子:"凭什么他不给你一级?"

　　"陆校长说我没评优。"

　　"但是也有没评优的,评了一级。"我说,"戴主任告诉我,唐老师就是这样。你可以举唐老师的例子回击他。"

　　妻子说她举了唐老师的例子,但陆校长回答她,职评小组的老师给唐老师补评了优。我两年前在A中学教历史，我的人事档案关系仍在A中学，我没要了。我是被陆校长逼出A中学的！那时候我年轻，头脑简单，仗义地站在曹校长一边，没想到曹校长并非一个能经事的人，抗压能力低，坐在校长的位置上，权力却被校党支部陆书记一步步夺走了。现在，我也是一败涂地，啥都没有，既没身份，又没钱。世上不平的事，偏偏都落到我们头上了。为什么我们这么倒霉？一个算命先生说，我头上有团乌云，让我出五百元钱，他帮我把这团乌云驱赶开。"我头上哪里来的乌云？"我问算命先生。算命先生瞟一眼我的头顶说："我能看见，你看不见。"我不相信，自然舍不得出那五百元钱。

妻子在楼下叫我："罗定，下来吃饭。"

我脑海里闪现了谭元元，她在我脑海里看着我，那双眼睛看我时目光异样，抿着的红唇轮廓分明，有些俏皮。我奇怪自己怎么会在岳父家想起她，这可是开天辟地第一回！女儿在楼下接着叫我："爸爸，吃饭了。"女儿噔噔噔地走上楼来，瞪着两只圆圆的迷人的眼睛看着我，"爸爸，外婆要你下楼吃饭。"

早晨我醒得很早，天还没亮就醒了。我三十五岁，但我的神经却高度紧张，一醒来，脑细胞就异常活跃，想重新进入梦乡，还真不容易。我爬起来，轻手轻脚地摸黑走到门旁，拉开门，下楼去厕所。走出来，却见岳父岳母正在清晨的黑暗中练气功。岳母发出嗡嗡嗡的声音，这是从她运气的胸腔里迸发的，声音从鼻腔里传了出来。岳父没发出这样的声音。岳父是个沉默的人，我甚至怀疑岳父以前当领导时，能不能把话说抻。

岳父很小就干革命了，为湘南游击队白水县大队通风报信。他机警、敢干，这里走那里看，表面上是玩，实际上是侦察，但由于他年龄小，敌人没注意他，因此他成功地向游击队输送了一次又一次情报。他没读什么书——这也是他官没当上去的原因。岳父曾告诫我，少说话，多做事。家务活，他基本上一"揽"无遗，扫地、洗菜、做饭和餐后抹桌子、洗碗，他全包下了。他是个舍得用自己的劳力，并在苦中找乐的人。他之所以成了革命者，是因为他居住在驼峰山下，那儿是白水县游击大队经常出没的地方。他没杀过人，一九四九年后，他随县游击大队的人，体面地进了城。他老了后，温温吞吞的。我一直没弄明白我岳父和岳母是怎么结合的，曾经想问，但没开口，毕竟这是上辈人的事，离我很远。

我再躺到床上时，感觉妻子身上的气味很好嗅，是那种热烘烘的肉香。我把鼻子放到妻子的衣领处，嗅着她淡淡的肉香，觉得这个世界上，女人是最美的。其他事物再美，也不会让你产生性反应，但女人能。我的呼吸使妻子醒了。我的一只手深情地搂着妻子，我对她悄声说："亲爱的，你身上真香。"

妻子知道我的意图，说："别碰我，我还想睡一会儿。"

我不敢在妻子面前造次，她不是那种性欲旺盛的女人，她若不愿意，你求她都没用。我轻轻抚摸妻子的肩膀，又抚弄她的脖子，妻子把我的手拉开，问："几点了？"

"快六点钟了，我睡不着了。"

妻子没回答我，她的大脑又进入了梦乡。她是这种女人，跟你说完话就可以入梦。很多男人能把这个世界上很多好东西拿来给自己钟爱的妻子，比如漂亮的包包、昂贵的意大利羊皮大衣、舒适的睡衣、高档化妆品等等，我却什么也没有给她。这是我心生愧疚的地方！她的两个姐姐穿金戴银，戴的钻戒几万元一枚，穿的衣裤最低也是上千元一件。我们的经济情况很窘迫，每个月的收入刚好缴一个月，这让我不得不一本正经地鼓吹，厉行节约是人类最崇高的美德。我想去大姐夫或二姐夫的手下打工，曾经想要岳母替我开口。岳母反对说："不要去，你们都去深圳、珠海了，我和江丽她爸身边就没一个人了。你们在长沙，离得近，我和她爸心里踏实。"我转而跟妻子说，想让妻子向她大姐或二姐说，妻子的心不在此事上，说："你自己跟他们说吧。"妻子说的"他们"，包括大姐夫和二姐夫。

我没说，因为岳母不同意，我说也是白说。看来改变命运的事，还得靠自己打拼。天渐渐亮了，我听见练完气功的岳父步入厨房拿锅子和打开水龙头的声音。

上午，我拿起相机，走出老干所，拍着砖墙，拍着阴沟边长出的小植物。大街上没什么人，天冷，人们都缩在家里了。白水县政府的大门看上去很别致，有点仿古，红檐绿瓦，上面还有工匠雕凿的两条龙，龙头相对，给人一种庄重、肃穆的感觉。我举起相机，拍了几张，一看没什么意思，又沿街走着，继续寻找有特色的建筑拍，边领略着寒风。回到家，我放下相机，岳母看着我问："你到哪里去了？"

"在街上随便走走。"

妻子瞟我眼："你这个人，就是闲不住。"

"我这不是闲着吗？"我说。

女儿从楼上下来，手里又拿着橘子。"吃多了会上火。"我对女儿说。

"不会的，"岳母说，"这橘子我发了功，吃了变聪明的。"

第二章

我扑哧一笑，我的笑容令岳母讨厌。岳母有权讨厌我，三个女婿里，我最没出息，无法让她偏爱的小女儿过上她大女儿和二女儿那种花钱如流水的生活。有次岳母说什么，我觉得她说错了，就更正她，她马上忘记了自己的高贵血统，粗暴地打断我的话道："你晓得个屁！"岳母在江丽的大姐夫和二姐夫面前，脸上的笑容特别多，简直可以用脸盆去接，她甚至像一个讨好的孩子样，恭维着这两个使她的女儿过得美好幸福的女婿。妻子的两个姐姐姐夫不回来过年，岳母不会计较，我去年将妻子留在自己父母家过年，她就在电话里埋怨。我赶紧将笑着的脸移开，免得被岳母捕捉到了而不高兴，我虚伪地对妻子说："要是明明吃了带智能气功的橘子，变聪明了，那可是一件大好事。"

妻子说："明明还是聪明的。"

"那还不是你妈妈的功劳。"

岳母果然高兴。岳母是个好强和虚荣心很重的人，她经常在邻居和熟人面前把她的两个女婿挂在嘴里宣传，说到我时，她就显得底气不足。有次，她的一个同事来访，她大谈她的大女婿和二女婿。当时我蹲在楼梯旁，用砂纸心平气和地擦着一只锈了的铁锅。她的同事出于关心或出于好奇，问起身为她的三女婿的我时，她回答的声音就没那么洪亮了，甚至还犹豫了下才选择出这样的语句："也不错，他在一家中外合资公司上班，负责对外宣传。"

天知道我在"负责"什么，我不过是怄了一肚子气，从A中学出来寻找事情做的打工仔罢了。我倒希望听她介绍我是湖南省摄影家协会会员、长沙市摄影家协会理事，或宁愿听她老人家介绍我是中学历史教师。我还记得那天晚上，我曾对妻子小心翼翼地指出："江丽，你妈妈好虚荣的。"

妻子反驳道："你妈妈比我妈妈还虚荣。"

一谈到父母，我就噤了声，因为把父母拉出来说事，那是不尊敬父母。我说："别说了，睡觉。"

这天上午，我坐在客厅里看书，妻子对我说："别看书了，去帮爸做饭。"

岳父在楼梯口边择菜，我放下书，走过去说："我来洗菜。"我把岳父择好的大白菜拿到水龙头下洗。水非常冷，是刺骨的寒冷，我顿时觉得自己揽了件苦差事。

我洗菜时，有人喊"黄江丽"，是她从前在百货商店的同事。她叫白露，她父亲也是县里的老干部，住在隔壁几家。她现今在县图书馆，每天的工作就是借书给别人看，自己也看书，她还经常在县文化馆创办的《湘江》杂志上发表那种感情过剩的歪诗，什么"白云满载着爱情向我飘来"或"梧桐树上盛开着爱情的花朵"等等，你必须在心情不错的情况下才能接受她的诗，不然你会将那本薄薄的《湘江》杂志，扔到窗户外或床底下去让老鼠啃。她在沙发上看见《叔本华的思想随笔》，问："江丽，你看起叔本华的书来了？看得懂吗？"

黄江丽回答："罗定看，我不看。"

"大摄影家，大摄影家，"白露直率的样子走过来说，"我在《湖南画报》上看见了你的大作。"她用"大作"来形容我发在《湖南画报》上的一幅摄影作品，那是一幅拍几个儿童玩沙子的摄影作品，我自己不是很喜欢，是画报的一个女编辑要去发的。

"那要不得。"我说。

白露生一张扁平的脸，脸色黄黄的，头发也是那种没怎么收拾的模样，给我一副劳累不堪的感觉。白露以前也许漂亮过，但从前拥有过的漂亮已像春蚕蜕壳一样离她而去了。白露三年前离了婚，她丈夫做棉麻生意发财后，抛弃了她。她带着一个已经读小学二年级的女儿过日子，除了每天上班、教育女儿，还要面对天空胡思乱想地写诗，当然日子是很艰难的。"那幅摄影我很喜欢。"她瞧着我说。

"我根本就没当一回事。"

"往往就是不当一回事的东西才好，艺术就是这样。"

我一笑："可能吧。"

"我特别喜欢你那幅摄影作品。"白露说。

妻子走过来，笑着："我正准备下午到图书馆找你借本书看。"

"你要看什么书？"白露问，转头看我妻子，"言情小说还是世界名著？"

黄江丽不爱看世界名著，那些名著都是一百年前的人写的，语言和生活都与当今的人不一样，读起来费劲，看言情小说就不会有这种负担，看言情小说像看电视连续剧，可以不费什么脑力。妻子说："还是看言情小说吧，我不看世界名著。"

白露说："看言情小说有什么意思？浪费时间。"

妻子道："是打发时间。"

白露离开后，妻子说："白露以前在县里，被一些人视为才女。"

我说："那是在你们县里，我一点也看不出来。"

"不要看不起县里的人，毛主席、刘少奇、彭德怀、贺龙，不都是县里出来

第二章

的？有几个大人物是生长在大城市？你最喜欢的曾国藩、左宗棠、谭嗣同不都是乡下人！"

这些谢世的大人物都是湖南人，上过中学的人，都知道他们的出生地。我不与妻子争，她固执起来，如她母亲。妻子最讨厌我看不起小县城的人，一说到这事，她就恼怒。这是因为她自己是白水县人，假如她是长沙人，当然不会发怒。

午睡起床后，妻子要我骑她爸爸的单车去县图书馆找白露，借两本言情小说。我不喜欢言情小说，这样的小说总是让女人躺在床上想猛男。说实话，我不懂女人，我既不敢爱妻子之外的女人，也不敢接受另一个女人的爱。我所在的宏力集团公司，有一个离了婚的女人，就是我提到过的谭元元。她身材超一流，斜肩、蜂腰、翘臀，聪明、热情、妖艳。她几次约我喝茶或泡吧，都被我找借口拒绝了。我害怕和她的目光遭遇，她用那种充满柔情的眼神看我时，让我有些心乱。有次，我在书案上整理资料，办公室里没其他人，她走到我身旁说："定哥，我发现你工作起来蛮认真，像个工作狂。"

这是夏天时候的事，我坐着，身上只穿着一件短袖衬衫，她的身体挨着我，乳房都触到了我肩上。我知道她是故意的，故意将乳房靠近我，看我有什么反应。我可不敢有什么过多反应，因为我不知道她安的是什么心，这个女人聪明得过了头，有些狡诈，我可不愿意被她拿捏、取笑。那天，我能感觉到她乳房的温度，还能感觉到那种柔软和弹性。同时，我还嗅到了她身上有一种好闻的香水味儿。那香水气体能刺激男人的大脑神经，让我心跳加快了。自尊让我起身，不能说逃，而是走开了。我不能中她的套，她是个张牙舞爪的女人，喜欢嘲弄人，且像只漂亮的母狼，我担心自己一不小心被她咬伤。我喜欢的女人是文静、矜持的，是那种含着微笑且温情脉脉的，可惜如今这世界，这样的女人越来越少了。

妻子让我去找白露借书，我说："你去，除了你，我不愿跟其他女性打交道。"

妻子觉得我装："装纯洁是吧？"

"不是装纯洁，是不愿意与女性接触。"

妻子还是要我去借："有什么关系？女人又不是老虎。"

我不能违抗黄江丽，自己已经很愧对她了，我的很多朋友和同学都让他们的妻子过上了不错的生活。去年，陈放离婚后又结了婚，找了个比自己小十几岁的女人，在通程大酒店举行的婚宴。我收到了请柬，去的时候想打的，但妻子觉得那是奢侈，于是就一人一辆单车地去了。出来时，我却感到无脸见人。我的那些同学及新郎和新娘的其他朋友，很多是汽车拥有者，开着车走人，唯独我和妻子去一旁的湖南大剧院停放单车的地方取单车。我后来很后悔不该在同学们面前开单车锁，因为有两个同学对我如今还使用这种原始的交通工具，产生了微笑——一个是宁志国，另一个是新郎官陈放。宁志国的微笑倒没刺伤我——他的笑容比较温和，不含讥诮。然而，陈放的微笑却刺痛了我，那一刻我在他脸上读到了嘲讽，虽然这种嘲讽转瞬即逝，但我觉察到了。我很反感没有道德、只认钱的陈放——我这是喝他第三次喜酒，本不打算来，是宁志国打电话而我又有求于宁志国，而且妻子出于好奇，也想来看看陈放的第三任老婆，这才硬着头皮来的。当我和妻子骑着单车回到家，坐在客厅里时，妻子冷淡地瞥我一眼说："你没用呢。"这句话声音不高，但字字千斤，让我面红耳赤。至今，一想起那天同学分手时的情景，我就觉得自己无法消受那自愧弗如的一幕。就是从那天起，我觉得自己混得就像街头的小瘪三，失败极了。

妻子见我愣在窗前，大声催促我去借书。"快去吧。"她指示说。

县图书馆在县城的那一头，我以前和妻子去过。图书馆是一幢老式的红砖楼房，一、二楼是阅览室，立着无数书架，搁着无数的图书。白露坐在空无一人的阅览室里，正趴在桌上看书，她对我的光顾，脸上现出了山花烂漫的表情。

"哎呀，哎呀，大摄影家来了。"她这样说，带着过分夸张的语气。

"惭愧惭愧，"我说，"黄江丽要我来借琼瑶的小说。"

"黄江丽喜欢看那样的书？"她露出不屑。

"无聊，打发时间。"

"你要劝她看世界名著，我正好进了一批新版的世界名著。"

这时走进来一名女子，高高挑挑，生一张白净的瓜子脸，柳叶眉，一双妩媚的眼睛水灵灵的，鼻梁挺直，上嘴唇略厚红润、性感；着一身深灰色的大披领风衣，内里一件白高领毛衣衬托着她俏丽的脸蛋。白露看见她，叫道："哎呀，王美女，今天怎么有空来了？"

王美女抿着红唇一笑："我来借两本旅游方面的书看。"

白露说："我没进旅游方面的书，我这里有新进的世界名著，《钢铁是怎样炼成的》《复活》《悲惨世界》和《包法利夫人》等。这都是人类的精神食粮呢。"

第二章

王美女瞟眼书架上的世界名著，抽出《包法利夫人》："白露姐，这是本写什么的书？"

白露说："法国作家写的，写一个夫人出轨的书。"

王美女一听是写出轨的书，就不感兴趣了，把《包法利夫人》插进书架，抽出《钢铁是怎样炼成的》拿在手中。白露在我面前显示自己的博学说："《钢铁是怎样炼成的》你都没看过呀？我还在读高一时就读过。"

王美女淡淡道："没看过，好看吗，白露姐？"

"好看，"白露说，"是写保尔·柯察金和冬妮亚的爱情故事……"

我盯着低头翻阅书的王美女，看她的脸蛋，估计她是二十四五岁的年龄。我打断白露的叙述说："美女，你的嘴唇很性感，我能不能给你拍几张照？"

王美女瞥我一眼，没理我。白露向她介绍我说："他可是大摄影家，长沙帅哥，是我们白水县离休的黄副县长的三女婿。他的摄影作品经常登在《湖南画报》上，很厉害的。"

王美女冷淡地"哦"一声，不望我而问白露："还有什么好看的书吗，白露姐？"

白露说："雨果的《悲惨世界》你可以借回去看，还有托尔斯泰的《复活》，你也可以借回去看，都是全世界公认的名著。"

王美女借走了白露推荐的这几本书。白露笑笑说："她爸爸以前是我父亲的下属，现在是县经委主任，她妈妈是县外事办的干部。她早两年大学毕业，学旅游的。"

我不知道白露为什么要跟我介绍这些，我"哦"了声，完成任务似的找了两本琼瑶的小说，用黄江丽的名字登记。我留意到刚才在登记簿上登记的美女叫"王懿"。我一抬头，见白露瞟我的眼神有些怪异，就正了脸色。白露说："我今天看见你在读叔本华的书。"

"随便翻翻，也没认真看。"

"你喜欢叔本华？"

"不喜欢，"我不想跟她讨论，"走了。"

我走出县图书馆，走回岳父岳母家时，妻子、女儿和岳母坐在客厅里烤炭火，房里有股难闻的煤气味。我忙把门窗打开，让空气对流。

岳母瞟眼我，奇怪道："你打开窗户干什么？快关上。"

我说:"换下空气。"

妻子拿起我扔在沙发上的两本书:"这些我看过。"

"白露要你自己去借。"我说。

岳父买了菜,一篮子的白萝卜和猪排骨。这是为做排骨炖萝卜给外孙女吃,增加我女儿的钙。我忙着去洗萝卜。岳母把窗户关了。我晓得岳母有些看我不来,我不计较,谁叫我混得这么失败?在家,冬天里一般都是我洗菜。我坚持认为,心疼妻子是丈夫的义务。她把自己的青春和美丽都给了我,我没理由大男子主义。很多男人对妻子十分粗暴,在妻子面前跟狗一样吠叫,以此强调自己的价值,在达尔文的眼里,他们还是一些没进化的人。洗完萝卜,切好,扔进一只大陶钵,放到煤灶上炖着。我见室内煤气味太重了,又把窗户打开。岳母不悦了,起身去关窗,边说:"你又把窗户打开干什么?"

第三章

那个在汽车上相遇的张卫国,穿着黑毛领皮大衣,脖子上围着条深灰色围巾,头发往后梳着,有点五四青年味道地来了,身后还跟着一男一女。他们进来时,一家人正在吃饭,不过这个中饭吃得较晚,墙上圆圆的石英钟的指针指着一点一刻。"黄江丽,"张卫国一进门(我女儿开的门)就很友好地对我妻子说,"给你带来了两个高中同学。看你还认识不?"

一个看上去年龄跟张卫国相仿的男青年走进来,穿件口袋很多的深蓝色太空棉袄,一张脸方方的,皮肤较黑。另一个进来的女青年着一件红红的呢子大衣,戴着两只很大的金耳环,眉毛剃了,眉弓上描着两条柳叶眉;嘴唇很厚,涂着鲜艳的口红。"你还记得他们两位吗?"张卫国问,笑着。

妻子睁着两只迷惑的眼睛,她是个只被别人记住而不记别人的女性:"不记得了。"

"你回忆一下。"

妻子说:"真不记得了。"

"杨建民、孙小兰。"张卫国说。

"哦,记起来了,杨建民、孙小兰。"妻子说,"记得了,记得了。"

杨建民嘿嘿嘿笑,说:"我们记得你,你却把我们删掉了。"

妻子说:"不是想起来了吗?这么多年了,不提起名字,谁还能回忆起谁啊!"

杨建民说:"我们都记得你会弹琵琶。"

孙小兰说:"当年,黄江丽是我们班上最漂亮的女孩子。"

张卫国问孙小兰:"你嫉妒吧?"

"嫉妒死了,恨爹妈把我生得这么难看。"

几人听孙小兰这么说，都笑。

岳母脸上有很多笑容，问他们吃饭没有。张卫国答："我们在杨建民家吃了饭来的。"

杨建民和孙小兰是两口子，杨建民在县广播电视局工作，从前是广播电视局的办公室主任，现在承包了广播电视局的歌舞厅。孙小兰在县三中教英语。这是我从张卫国三言两语的介绍中所获的情况。"刚才张校长在我家吃饭，张校长说他去长沙开会回来的路上碰见了黄江丽，"孙小兰这么说，"我们就一起来了。十几年没看见你了，你还是现样子。"

其实妻子比起几年前已经显老些了，更不要说十几年前什么的。妻子未生女儿前，身段是很多男人都禁不住要多看几眼的，腿那么长，腰身那么细，胸脯那么挺，在很多男人心目中可以打满分。但生了女儿后，屁股增大了，而且有段时间她变成了有两个下巴和颈根背后都很丰满的胖女人。后来她把自己饿瘦了，但再怎么减肥，也大不如以前了。翻开影集，你会觉得十几年前的黄江丽是个美人，现在的她给你的感觉已是个不怎么出色的女人了。这是时间在她身上做的手脚，你不可能同残酷的时间较量，就是上帝的宠儿也会在与时间的争斗中败下阵来，像一只老猫一样俯首帖耳。

他们谈得很亲热，谈一个个同学。我在他们说某个同学做建筑包工头时，上楼睡觉了。我不喜欢听某某某发了财的话，这些话跟刺一样刺着我的耳朵。钱这个东西让人心生贪念，清贫的生活有一点好，让人想贪也贪不到，所以就不去思考这些身外之物。如今的人，坐在一起就是谈钱，仿佛这个世界上只有一件事，就是赚钱，只有一个姓，就是姓钱。我躺在床上，仍然听到从楼下传来的大谈赚钱的话题：谁谁谁做水果生意，在县城街上最好的地段买了个门面；谁谁谁开饭店，建了栋房子，花了二十几万元。我用被子捂住耳朵，缩成一团睡觉。我梦见了喜马拉雅山，梦见一个面相模糊的姑娘在我梦里攀爬，我对她说："当心别掉下来了。"她在我梦里问："你说什么？"我是顶风说话，就大叫："别掉下来了。"

妻子把我叫醒，告诉我，我睡了一个下午。起床时，一看镜子里，我的气色很好，这是疲劳消除了，我打个哈欠。妻子说："吃过饭，我们到杨建民的舞厅里跳舞。"

"跳舞？"我对这样的安排感到诧异，我听见她的同学仍在楼下跟我岳母说话。

我问:"他们还在这里?"

"在。"妻子站在镜子前打量自己,问我,"我穿什么衣服去跳舞?你参谋一下。"

"只是去跳舞,随便穿什么衣服都行。"我说。

我们下楼,张卫国笑笑说:"罗哥,你睡了一下午呀。"

我冷淡地道:"我是浪费生命。"

张卫国愣了下,望我眼,一时没接茬。妻子说:"我丈夫玩深沉。"

张卫国说:"现在这社会,浮躁,都急不可待的,彻底堕落了,让前人嗤笑。"他又感叹一句,"世风日下,无颜面对祖宗啊。"

我不喜欢他这种道德捍卫者的论调,尤其不愿听他说的后面那句话,回敬他说:"这你放心,我们的祖宗早就告诉我们,人活在世上,只是个过程,无须计较得失。"

张卫国反驳我道:"但人活着,还是要追求自身价值。"

"人人都有价值,只要你活着就有存在的价值。"

张卫国问我:"罗先生的价值取向是什么?"

我调侃道:"还在选择中。"

妻子端着菜走进客厅,看来她的耳朵一刻也没闲着,竟站在张卫国的立场上说:"张校长,你别跟他争,他是个你说东他就偏说西的人。"

杨建民和孙小兰听我妻子这么说,都笑。

岳母说:"是的,是的,罗定就喜欢谈不同意见。"

我没想到岳母也这么说,张卫国和杨建民、孙小兰又都笑。我不说话了,觉得岳母太呵护女儿了,不给我面子。饭菜一一摆上桌,我坐下,张卫国在我一旁坐下,我感觉到他身上的热量很大,还带着一股霸道的男人气味。他穿了这么多衣服,这种气味还能透出来,可见这人一定刚愎自用。"大家随便吃,"岳父笑着说,"没什么菜。"

"这么多菜,您太客气了。"张卫国搭腔,笑笑,他的笑声很洪亮。

张卫国在力图表现什么,也许他的笑声在妻子眼里很亲切。我注意到他在说话的时候经常瞥一眼我妻子,而妻子也望着他。我感觉他在我妻子面前自动进入了角色,说话带表演性质。我潜意识里觉得,他对我妻子有野心。他总是在归纳我岳父岳母和杨建民、孙小兰的话,表示他的理解力和水平高于他们。当岳母谈到智能气功的好处时，张卫国站在一个高度总结，美化我岳母的思想，让岳父岳母去认同他的归纳。当杨建民说现在的社会变成了金钱统治一切时，他就站在另一个高度抨击社会，大谈人的精神已经沦丧。他是校长，英语老师孙小兰绝对站在他一边，他说什么，孙小兰都附和，或者说"还是张校长看得透彻"，或者说"还是张校长有水平"。

张卫国说话时，总是用一只眼睛观察我对他说话的反应。我几次都产生了嘲讽他几句的意图，但见岳母不断赞同他说的东西，就把滑到嘴边的话又咽了回去。一桌饭，基本上是听张卫国讲话，他会来事，能掌握火候，由于我们都不反驳他，他越说越来劲。"中国的教育很有问题，一切教育都是为了配合高考，很多科目学了其实毫无用处。"他说，望我一眼，又看着黄江丽和我岳母，"比如英语，中国的学生，从小学开始接受英语教育，直到高中毕业，十几年的学习过程，有几个学生又学好了英语？"

孙小兰是英语老师，立即附和地点头："那是，张校长说得太对了。很多学生，我可以说百分之九十以上的学生，学了跟没学一样，一离开学校就把英语忘得精光了。"

张卫国接着说："我这次开会，在长沙，我就向省教育厅领导提出了我的看法。政治课应该取消，英语、美术和音乐课应改为自选课，想学的，提供老师和教室，不愿学的，学别的，让学生自由选择，不要过多约束和强迫学生学那么多科目。"

岳母赞同道："你这种提法很对，有些科目学了跟没学一样。"

妻子听他说。我看眼妻子，她居然像女学生那样听张卫国侃侃而谈。吃过饭，杨建民邀请我们去他承包的舞厅，他站起身说："跳舞去，我舞厅的乐队是县城里最好的。"

我本来不想去，但杨建民说："去吧，去吧，一起去。"

我答："好的。不过我好久没跳舞了。"

张卫国看着我笑。他的笑容有点鬼，至少是不怀好意。我感觉不踏实，妻子是个率性而为的女人，但妻子也是个保守的女人，主观上，不爱生事。但一本书上说，再保守的女人，在某种特定的场合，也会丧失理智。我爱妻子，可不愿意她丧失理智。我把目光落到孙小兰脸上，这女人正偷偷打量我，见到我的目光，赶紧扭开了脸。我突然感觉，这女人身上有股邪气。

第三章

我们走出来,一阵寒风迎面打在我们脸上。我打了个哆嗦,问妻子:"你冷吗?"

"不冷。"妻子答。

我们顶着北风匆匆往前走,很快就到了舞厅门前。舞厅的门上,霓虹灯闪耀着五个美术字:情侣歌舞厅。我把视线移到妻子同学的脸上,张卫国正昂着一张自以为是的国字脸,孙小兰也昂着脸。门前站着两人验票,杨建民走上去同他们打声招呼,回头对我们招手,我们进去了。这是那种装修很普通的舞厅,顶上几组灯光,壁上贴着墙纸什么的。多年前,我倒是经常和妻子跳舞,为此还找学生家长搞舞票,我就是凭娴熟的交谊舞姿,在舞曲优美的旋律中与黄江丽产生感情的。我和黄江丽跳的一首慢三舞曲,在那年长沙市电视台和长沙市文联举办的交谊舞比赛中,荣获二等奖。本来可以获一等奖的,电视机前的观众(我的那些熟人和我们学校的老师)都以为我和黄江丽会获一等奖,但是别人开了后门,这也是我们后来对跳国标愤然失去兴趣的原因。

杨建民安排我们坐到一处黑暗的角落里,椅子虽然有靠背,但是那种坚硬的木沙发。杨建民又叫来一个姑娘为我们泡茶并端来饮料,自己进了乐池。我打量舞厅,舞厅里人不多,加我们是二十来人吧。我对陪着我们的孙小兰一笑:"没几人跳舞啊。"

"可能是天冷,"孙小兰偏过头来说,"平时人多些,有时候都没位子坐。"

灯光很暗,我看不清孙小兰的脸,也看不清妻子的脸,妻子的脸朝着乐池,目光落在乐池里的男人身上,我只能瞥见她脸的侧面。妻子的两只手抱在胸前,我估计她一定感到胃很凉才采用这种姿势坐着。张卫国坐在她那边,找她说话。我听见张卫国笑着问她:"黄江丽,你还记得佘老师吗?"

"记得。"妻子回答。

"佘老师那时候批评我们两人有谈爱的倾向。"

妻子说:"是吗?我没印象了。"

张卫国笑笑说:"我一辈子都不会忘记。"

从他的话里反馈出来的信息很明显地表明,他少年时候爱慕过我妻子,连他们的老师都感觉到了他的爱慕。张卫国对我妻子说的每句话,都与情意绵绵的往事相关。"我一辈子都不会忘记",这对我妻子无疑是一个暗示。这个男人张狂,甚至很危险。好像我不是身为黄江丽的丈夫坐在一旁,而是一个无关的人似的。我简直想对黄江丽说:"走,回去。"但我不想失去绅士风度,涵养这东西,丢掉了,再捡回来就不纯粹了。另外,我妻子很爱面子,爱面子的女人很容易被伤害。我扫视着舞厅里的设施,时不时跟孙小兰说上一句话。第一支舞曲演奏时,四个人都没跳。张卫国问我:"罗定兄,你不跳舞?"

他用"罗定兄"称呼我,我说:"先看看。"

张卫国很渴望与我妻子跳舞,他面对少年时爱慕过的女人,毕竟有点拘谨。但第二支舞曲开始后,他起身邀我妻子跳,"我们跳支舞吧?"他这样说,目光黑亮亮的。

妻子起身,脱下风衣,她的身材就很窈窕地呈现在张卫国面前。我看张卫国的眼睛,真的很亮,像通了电。两人走前几步,在舞池里游走起来。我的目光时而落在他们身上,时而落在其他跳舞者身上,时而落在乐池里,时而还折过头同孙小兰说上两句话。"你们张校长的舞跳得蛮好啊。"我这么说,想从孙小兰嘴里多少了解点张卫国的情况。

"我们学校里的交谊舞就是张校长带头跳的。"

我说:"那你们张校长是个文艺活跃分子。"

孙小兰说:"张校长最热心跳舞唱歌了,我们学校的音乐教室里,有钢琴,安了音响,有时候张校长放音乐给学生欣赏,那些设备是全县中学里最好的。"

"张校长的老婆没有意见吗,张校长这么爱玩?"

"张校长的爱人在县水电局工作,经常要跑下面。"孙小兰说,"有时候张校长一个人带着女儿,跑到这个老师家或那个老师家打'游击'。"她的意思是蹭饭。

"张校长的老婆漂亮吗?"

"一般。"

"他们两口子感情好吗?"

"好像还可以,不过……"她打住了,因为张卫国过来了。

张卫国走在我妻子一旁,妻子笑容满面,先坐下,张卫国随后坐下,边称赞我妻子说:"黄江丽的舞跳得相当好。"他用了"相当"两个字。

我说:"我们曾经跳国标,获过二等奖。"

张卫国说:"怪不得跳得这么好,简直是享受。"

用长沙话说,他是下钩子。尼采说过"思想就是行动",这样看来,张卫国对我妻子有所行动了。下一支舞曲开始后,我伸出手,邀请妻子跳舞。我们是参加过国标比赛的，当然一跳就有点表演意味。我注意到这里的人跳舞都是跳那种情调舞，贴在一起慢慢游走，只要踩中乐曲的节拍就行，不变花样。我和妻子变着各种花样跳。我笑，妻子也笑。我周围的人，有的跳到一半忽然不跳了，停下来注视我和妻子跳。我和妻子似乎又回到了明明出生前、我们经常沉醉在舞厅的状态。那时候我们的梦想是夺取长沙市国标比赛第一名，然后去参加全国的国标比赛，争取拿金奖，白天在家里练和编排，晚上便带着一股狂热劲儿去湘江宾馆的舞厅实践。那时我和她都怀揣梦想，活得生动、充实。现在想这些事，恍若隔世。舞曲完毕，张卫国竟鼓起了掌，宽宽的国字脸上布置着很多笑容："你俩跳得真好。"

"真的跳得好，你们。"孙小兰也说，"很多人都停下来看你们跳。"

黄江丽一高兴，脸色就红润、漂亮。

又一支舞曲开始了，张卫国霍地起身，伸出一只手，请我妻子跳。我看着张卫国拥着我妻子步入舞池，看着张卫国学我变着花样跳舞。孙小兰找我说话，问我一些情况，我一一回答。舞曲完毕，妻子走过来，在我旁边缓缓坐下说："我跳出汗来了。"

我看张卫国，张卫国一脸愉快，妻子面色羞红。我和妻子相处十来年，知道妻子是个什么女性，妻子天性高傲，一般男人不入她眼帘。以前，我们在长沙的舞厅跳舞，很多陌生男人会主动邀她跳，她一般都谢绝，实在没法谢绝，也跳，跳后，立即回到椅子上，绝不再理那个邀她跳舞的男人。有的男人在跳舞时，还对她有点小动作，她会停止跳舞，走开。有一回在湘江宾馆跳舞，一年轻男人竟失控地亲她，被她奋力推开。这以后我们就不去跳舞了，觉得舞厅里人太杂，色男太多，而那些色男都吃了豹子胆的。如今妻子三十多岁，是个即将告别青春的年龄。某本书上说，这是个危险的年龄，三十几岁的女性比较容易出轨。我曾经把这段话读给妻子听，妻子说："屁话，三十几岁，人都老了，哪里还愿出轨？"

此刻，妻子身上热气腾腾、面呈羞红，这是一个让我不安的信号，我问："你高兴吧？"

乐曲再次开始了，妻子没听清楚，问我："你说什么？"

我拉妻子一起步入舞池，这才贴着她的耳朵说："我觉得你今天很兴奋。"

"你就是不喜欢我高兴，看见我高兴你就嫉妒，是吧？"

"没有，看见你高兴，我比你还高兴。"

"我知道你，你是个小男人。"

我表白道:"我是这个世界上最爱你的男人。"

妻子冷冷一笑:"你小心眼,怕我跟别的男人跳舞。"

我们说话南辕北辙,经常是这样,我想的和她想的,没有碰到一起。

我们玩到十二点钟舞会结束。大家涌出舞厅时都兴奋地大吃一惊,下雪了,地上铺了层灰白的雪花,整个县城的街上白茫茫的。"下雪了,下雪了。"妻子叫道。

雪确实在我们眼里下着。

我心里责备自己无能。我是努了力的,可是这世界,怎么就不让我壮大呢?妻子很少有开心的时候,这几年,她起先是忙着带孩子,后来又为职称的事情苦恼得似乎把自己都丢失了,然而今天她又找回了自己似的。是分手的时候了,除了舞厅门前还亮着灯,其他店铺早已随着这个大雪纷飞的世界一起进入了睡眠。张卫国对我妻子说:"黄江丽,没事来我们学校玩吧。我女儿弹钢琴,我还想请你指教指教。"

"可以。"妻子说。

张卫国说:"说好了。"

我们和他们分手后,妻子把风衣的帽子戴到头上,我们便在凄冷的黑夜中顶着飞舞的大雪匆匆向前面走去。我想起张卫国一天的表演及他说他女儿弹钢琴的事,便想有必要让妻子明白,说:"张卫国其实是找个借口跟你联络感情。"

"你怎么这么说?"

"他今天盯着你的眼神很特别。"

妻子瞥眼我:"你神经病吧?我现在已经有了你和女儿。"

"你不懂男人,我是男人,知道男人的特性。有的男人一看就野心勃勃,张卫国给我的感觉就是一个有野心的男人。野心是什么?野兽之心,有这种心的人都是兽性强烈的人,占有欲极强,觊觎不属于自己的权力、女人和财富。"我望眼纷飞的大雪,"他要是爱你,爱就还存在,那就跟狼盯着羊一样,在他们眼里女人是味道鲜美的羊。你认为狼会放弃羊吗?"

"你别吓我,"妻子说,"别说得这么恐怖。"

走进屋,打掉身上的雪花,妻子接连咳了几声,我上楼把她的大衣拿来,妻子说:"就要睡觉了。"她的意思是懒得麻烦。我把大衣披到她肩上,顺便说了句讨好的话:

"你是我的宝贝,你病了那怎么得了!"

妻子瞅我一眼，我继续吹捧她："你今天特别美。"

"去把电热毯插起。"妻子说。

我上楼插好电热毯，又把被窝铺好，还拿起桌上妻子的香水瓶，揭开被窝，喷射了一点进去。我想等下掀开被子，这股香气可能会让妻子动情。我走下楼，妻子仍然是那个姿势坐在炭火前，两只手伸到炭火上烤着，脸上却在想事。我相信这个世界上所有的女人都喜欢男人赞美她们，女人是需要男人为她们发疯的。我估计张卫国今天一定对我妻子说了什么重要的话，不然妻子不会用这副有心思的表情坐在火塘前不动不挪。

"亲爱的，你们说了什么？"

"他问你爱不爱我，"妻子答，"我说还有什么爱不爱，都老夫老妻了。"

我说这样回答会让他感到有机可乘。我说张卫国瞧着她时眼睛放绿光。我提醒她不要被张卫国的甜言蜜语灌醉了。妻子瞪我一眼："你怕我还是小姑娘！"

我说："在爱情面前，女人就是到了五十岁也是小姑娘。"

妻子不与我争辩，学音乐的她自然没有学历史的我会说。妻子起身打水洗脚洗脸去了。我等着妻子忙完她的事情上楼后，这才去洗脸洗脚。我上楼，妻子已钻进被子，我在铺被子的那一刻，心里有些浪漫，但此刻我身上的那种感觉跑了，就像蝴蝶从房间里飞了出去。我掀开被子钻进去时，一股香气飘上来。"你在被窝里洒了香水吧？"妻子瞅着我说。

我说："是的。"

"你打香水做什么？浪费。"

我最近这段时间在妻子面前总是不够胆量，首先是自己没有社会地位，什么都不是，其次——恐怕也是最主要的，出来打拼却没赚到钱，让妻子感觉生活紧巴巴的。我觉得自己是个小男人，只配给女人提草鞋。我在妻子身旁躺下，小心地抚摸着妻子的肩头，妻子说："别摸，我要睡觉，没那个兴趣。"

我缩回了手，边解释："亲爱的，我没那个意思，我只是想让你舒服点。"

妻子没理我，一会儿，她的鼾声便在枕头上飘荡。我却睡不着，张卫国在我脑海里笑，那个在图书馆遇见的王懿也不请自来，带着冰凉的微笑，让我感觉有种冰美人的味道。还有谭元元，一副张牙舞爪的样子，笑声怪怪的，有点像坏女人……

第四章

　　大雪给白水县的春节带来了令人欢欣鼓舞的气氛。除夕这天,我给女儿、妻子和岳母照了很多雪景照,然后开始寻找自己感兴趣的画面拍。我骑车来到江边,这里的大片地方还没一个脚印,在阳光下闪着耀眼的白光,好像人来到了一片亘古时期的原野上。我寻找能体现远古时代的景致,在江边找到了一片凌乱的雪地,它的凌乱不是人迹和牲畜留下的凌乱,而是草类植物自身的凌乱。有的植物经受不了雪压的重负,倒在地上;有的常青灌木弯曲着,像众多缴械投降的敌人;有的植物却像不畏强暴的战士一样傲然矗立。我拍了几张,感到这颇有象征意义。
　　我骑着车回家,把冻木的手伸到烘罩上烤,岳母问我:"拍了什么好景色?"
　　"拍了些。"我回答。
　　家里热气腾腾,妻子在厨房里帮岳父做年饭。我烤暖双手,忙去帮妻子的忙。
　　岳父说:"今天你是客,你休息。"
　　我回答:"还什么客?爸,让我来。"
　　我和妻子做着年饭,妻子高兴,哼着一首首歌。女儿要我陪她去玩雪。我随女儿来到坪上,我抓起一把雪,拧成一坨,边说:"爸爸在你这么大的时候,最喜欢打雪仗。"
　　"什么是打雪仗?"女儿好奇地问我。
　　"打雪仗就是你站在那边,我站在这边,搓着雪坨坨对打。"
　　女儿领悟力极强,她的脑袋同海绵吸水样,能吸收很多新鲜事物。她站在那头,我站在这头,我们就搓着雪坨对掷。我当然不往她身上打,故意打不中她,让她把雪坨打在我身上,看着她咯咯咯地笑。在她的笑容里,我能感受到一颗幼小的心灵是多么愉快,这是那片纯真、美好的心田上传出来的笑声。但是在这个生满荆棘的世界里,纯真和美好的心灵又能维持多久?五年、十年还是十五年?我们来到这个世界肩负着生儿育女的使命，把他们培养成人，让他们接替我们，这就是摆在每个人面前的生活。我们有权利选择吗？我思考时，女儿手上的一个雪坨抛到我耳朵上，有点雪掉进了我衣领里，我忙着把雪抠掉。

女儿笑得很开心。从而我发现人都有施虐的一面，孩子也有。

吃年饭要放鞭炮，鞭炮鸣响的声音，在此刻产生的意义是送旧迎新。妻子要我放鞭炮，"罗定，你点鞭炮。"妻子吩咐说。

沙发上搁着一盘一万响的浏阳电光炮。我把浏阳电光炮铺在门外，点燃引信，刚转身，背后就噼里啪啦砰地炸开了，很响。妻子赶忙捂住耳朵，女儿也捂住了两只小耳朵。我没捂耳朵，我对响声不恐惧，但我捂住了鼻子，我的肺叶受不了有毒的硝烟侵蚀。鞭炮声炸了很久，比我估计的时间略长。一家人围着桌子坐好，岳父亲自拧开茅台酒瓶盖，为我倒酒，边说："这是你大姐夫上个月回白水送的。"

我虽不怎么喝酒，但面对茅台酒，即使再不喝酒也要喝几杯。大姐夫送的茅台当然不是假货，否则他这个大集团公司董事长不白当了？岳父端起酒杯，看眼我，"来，"岳父说，"祝你和江丽在新的一年发财，生活越过越好。"

这话从岳父嘴里说出来是真诚的，我忙端起酒杯，"谢谢爸爸，"我说，"我们只要生活得下去就可以了。钱财都是身外之物。"

"第一杯酒，要一口喝尽。"妻子提醒我说。

我和岳父干了这一杯，觉得酒进入喉管时很舒畅。毕竟是茅台，我想，这是沾了大姐夫的光。岳父又起身为我倒满第二杯酒。我说了声"谢谢"。岳母端起酒杯，说了句祝贺我在新的一年里万事如意的话。我端起酒杯，又一饮而尽，说："但愿我能发财。"

岳父又为我倒第三杯酒，我说："我自己来，您坐下。"

岳父说："我来，我来。我希望你和江丽在新的一年大展宏图。"

我连自己都主宰不了，有什么宏图可展？说："爸，为您这句话，我喝了这杯酒。"

我一杯又一杯地喝，茅台酒入口很好，但后劲很足。我喝了七八杯酒后，随即而来的感觉是胃里在翻江倒海，好像有几支大军在胃里厮杀。我赶紧吃着菜，妄想用吞进胃里的菜去同由酒精组合的大军作战。然而，努力是徒劳的，我的脸红到了耳根，血管一根根勃起，妻子指出说："你的眼睛都红了，你喝得太猛了。"

我想自己的样子肯定很难看，但这是过年，过年是可以把这一年的晦气全部抖掉的，就像从河里游上岸的狗把身上的水抖掉一样。一年里，难得有几天把自己的脑袋搁在轻松的位置上什么都不想，今天就是这样的日子。我想把自己灌醉，然后伸直两腿美美地睡一觉，忘记这个世界上还有一个名叫罗定的倒霉蛋。"没关系，我不会醉。"我说。

我自然喝醉了，就如登上擂台想一展身手的弱者，败下阵来了。我不是大姐夫、二姐夫，喝一斤白酒也不会醉，由此我感觉自己当不了英雄，即使想当也当不了。妻子扶着脑袋晕晕乎乎、走路腿发软的我上了楼。我在大柜的镜子前瞧了眼窝囊的自己，看到一张软弱无力的通红的脸，"我认识你，你叫罗倒霉。"我对着镜子说，不愿多瞧一眼自己地一头栽在床上。妻子帮我脱下衣裤，把被子盖到我身上。

"你这家伙喝那么多酒，"妻子说，"自己害自己呢！"

"我很……很惭愧，没……没……没像你大……大……大姐夫和二……二……二姐夫……"我舌头僵硬，说话结巴。

妻子打断我道："我们过我们的日子，不会死。"

"你真……真……真这样……样看？"

"不这样看，行吗？当年我二姐说，男人长得漂亮，只能当花瓶。"

妻子当年是觉得我英俊而选择了我，不然，她会选择别人，当年追她的男人少说也有一打。我想说什么，甚至想对妻子笑一个，但没笑出来，脸上的表情不听我使唤。我深感疲惫和困乏。除夕的晚上，妻子和女儿都依照传统，和岳父、岳母一起在客厅里守夜，直到中央电视台的联欢晚会结束，妻子才上楼睡觉。我的胃对自己放纵自己敲响了不满的警钟，一股从胃里涌上来的酸液奔向喉头，企图冲破喉结那个关卡。我忙跳下床，拿出百米冲刺的速度，跑出门，奔到水池前，哇的一声，一股充满浓烈酒气和胃液的食物像洪水冲垮了堤坝，奔涌不息。我拧开水龙头，让清水冲洗我的呕吐物。妻子关心地跑过来，说："你呕了？"

我回到床上，妻子跟进来，"你这家伙真的没用。"妻子这么说，脸上有责备。

"你晓得我不喝酒，"我老实道，"但你爸妈敬我酒，我不能不喝。高兴，知道吗？我是高兴？一年里就这一天，我才勉强高兴了一回。"

妻子脱去外衣，钻进被窝："除夕夜，全中国，怕只有你一个人在睡觉。"

"那可能不止，这大过年的，喝醉酒的人，应该不只我罗定一个。"

大年初一我睡了一天，连起床吃饭的力气都没有。次日我又在床上度过了一个白天，迷迷糊糊的，时醒时睡，浑身乏力。这中间，我模模糊糊地感到有人来岳父家拜年，好像妻子的同学张卫国等几人也来了。我想起床，但另一个我却不随我意志左右地躺着。我在模模糊糊的意识里，听见张卫国声音洪亮地问黄江丽："你丈夫呢？"

岳母说："他喝醉酒睡了。"

"喝了好多酒，醉了？"张卫国问。

妻子回答："他没用，喝半斤就把自己喝醉了。"

"我喝半斤不会醉，我三十晚上差不多喝了一斤白酒。"张卫国标榜道。

妻子说："他能跟你比？你是领导，领导都锻炼出了酒量。"

张卫国说："跳舞去？我约了十几个同学，约好了下午两点半，舞厅里见。"

妻子上楼来了，问我："我去跳舞，你去不去？"

我想爬起来，妻子见我这模样，说："算了，你别去了。"

妻子这话好像一道命令，让我的思想松懈下来，梦之网迅速网住我的意识，并一把将我往梦的海洋里拖去，使我无力反抗。十点钟，我彻底醒了，睡了两天，腰都睡酸疼了。我坐起身，打开手机，想必须跟宁志国打个电话，以后我要用他手中的权力的。我打他的手机，没接，又打他家的电话，他接了。我热情道："宁厅长，给你拜年，恭喜发财。"

宁志国在电话那头回答："谢谢，彼此彼此，新年大吉。我家一屋客。"

我手机的扬声器里确实传来许多嘈杂的声音，我答："那你忙，不打扰你了。"

宁志国说："好的。改日聚。"他挂了电话。

我想真应了那句话"穷在闹市无人问，富在深山有远亲"，我想给公司的马董打个拜年电话，马董是我们公司的老板。但我看着马董的号码犹豫了一气，最终放弃了，这个人素质一般，而且过于傲慢，我不知该怎么开口。这时手机响了，手机显示屏上跳出"周欣"两个字，他是我的一个摄影朋友，比我小几岁，是长沙市摄影家协会副主席。周欣说："定哥，新年好，新年好，祝定哥新年万事如意。"

我忙答："谢谢，祝欣哥新年发财。"

周欣在手机那头笑道："定哥发财，定哥发财。"

这是我接的第一个新年拜年电话，就超高兴，总算还有个朋友记得我罗定。我说："欣哥，我在白水县我岳母家，过完年，回长沙，再聚。"

我挂断周欣的电话，忽然决定给宋主任和戴主任打电话，妻子的职称，也许还要靠他们在陆校长面前美言。我拨了宋主任家的电话，拜了年，又拨戴主任家的电话，"戴主任新年快乐，万事如意。"我在手机里说。

戴主任忙说："定哥新年快乐。"

我们说了几句，挂了电话。我感到为了妻子的职称，无论如何得厚着脸皮给陆校长打个拜年电话，犹豫了一气，还是拨了过去，陆校长家没人接，我又有一种庆幸感。我下楼洗脸，听见手机响，忙上楼，手机上显示的是"谭元元"的名字，接了。谭元元在手机那头说："定哥，新年好，恭喜发财。大年初一打你的手机，你手机关机。"

她说话语速快，同时甩给你几个话题，我得一一回答："你也新年好，你新年发财。大年三十我喝醉了，初一睡了一天，今天又睡了整白天，才开机。"

谭元元在手机那头问："喝了多少酒？你是不是喝了假酒啊？什么时候回来？"

我答："不是假酒，是茅台，喝了半斤。初六回来。"

谭元元说："过年好没意思的，一个人过，感觉孤独。"

我问："你没去亲戚家过年吗？"

她回答："没去，过年去亲戚家是给亲戚添堵，那还不如一个人在家看书。"

我和谭元元聊了十分钟。随后，手机安静了，除了周欣和谭元元，没人再打我的手机，我索性把手机关了。十二点钟，妻子回来，脸色红扑扑的，显然是喝了酒的缘故。"你跟张卫国跳舞去了吧？"

妻子见我用审视的目光看着她，一笑，"嗯"了声，说："你酒终于醒了？"

我睡了两天，睡足了，此刻精神很好地问："你们几个人跳舞？"

"十几个同学。"

"你和他跳舞时，他对你动手动脚没有？"

妻子望我一眼："怎么啦？你怀疑我？"

"我是怀疑他。他对你有什么小动作没有？"

妻子说："也没什么。"

我觉得妻子回答"也没什么"，那就一定有什么："你说实话，什么叫'也没什么'？"

妻子见我这么问她，想了下说："他在跳情调舞时，亲了我一下。"

"他亲你了？"

"不过我扭开了脸,他就没再亲我。"

我感觉我身体里满是嫉妒的潮水,说:"这个张卫国,真不要脸。"

妻子瞅着我一笑:"也许他是无意中碰了下我的脸。"

"你不要为他的行为辩解!"我有些生气,像个小男人一样警告她说,"张卫国是试探你,你如果让他亲,他就不只是亲你了,懂吗?他对你说了什么话?"

妻子见我满脸嫉妒,一笑,好像是故意气我:"他说他还像以前一样爱我。"

"他疯了,应该送进疯人院。"

妻子无所谓道:"我说我们都有了各自的家庭,别爱了。"

我生气地说:"你应该走开。"

妻子说:"别吃醋,我不会接受的。"

我简直是叫嚷道:"听多了,你就爱听了。女人在爱情面前……"

"很傻,是吧?"她不等我说完便说,"我知道你想说什么。"

我们说了很多。当我们睡觉时,已经是凌晨两点钟了,妻子说:"睡觉,别说了,有话,明天再说。"妻子说完这话,一折身,进了梦乡。

我却没睡意。妻子睡觉很文静,睡态也好看,平躺着,即使侧身睡,也很有型。我盯着妻子,她才三十出头,脸上皮肤还很光鲜,确实很美。我不想弄醒她,穿上衣服,下床,站到镜子前用手理了理鸡窝似的头发,然后下到客厅,觉得自己同病了一场样。我不觉叹息了声。我打开电视机,把音量调小,一个人看着,其实也没看,而是边看边想事情。我想起罗素说"爱情只有当它是自由自在时,才会叶茂花繁"。如果遵循罗素的观点,那么应该给爱情自由自在的空间,给了,爱情才会花繁叶茂,不给,爱情就会枯死。我也同意这种观点,晓得身为丈夫,多疑和小气,只会给自己带来烦恼。我想到自己大脑疲劳了,才上楼睡觉。妻子脸上有笑意,一定是一个好梦让她笑。我不敢弄醒她,在妻子一旁睡下。醒来时,听到楼下有人说话,我看了下表,已是中午十二点多了。我又睡了一个上午。我下楼,岳父、岳母、妻子和女儿已坐在桌前吃中饭,岳父笑着说:"我们没等你。"

"你们吃。"我说。

岳父说:"我要了辆车,明天去江丽爷爷奶奶的坟上放挂鞭子。"

我说:"好的。"

第五章

翌日一家人扫完墓,回到黄江丽的伯伯家休息。一看从睡房里出来迎接我们的伯妈,便感觉伯妈身体不好,脸色像腊肉皮一样,坐在椅子上勾着头,手里抓着条肮脏的手帕,时不时揩一把鼻涕。吃过饭,一家人坐在堂屋里说话,岳父让兄嫂去县医院看看急诊,岳父对伯妈说:"你脸色很差,去看看,有病要及时医治。你这样拖着不行。"

伯伯只抽水烟袋,这会儿他磕掉烟锅里的烟灰说:"那就去看看吧。"

自然小车就轮不到我和妻子坐了,伯妈占了个位子,伯妈的大儿子占了另一个位子,他要护送母亲去看病,还要照料母亲回来。女儿坐到了岳母腿上,我和妻子得搭车回县城。伯伯倒是希望我们留下来住一晚,我们摇头,与伯伯说了声"再见",便一脚高一脚低地往来的路上迈去,踩得雪沙沙响。村里的雪仿佛比县城的下得更大,两旁的树木都被雪压得弯了腰,并被北风刮得轻微地摇摇晃晃。

我和妻子走出村子,漫步到村街头,上了一辆由驼峰山乡政府开往县城的公交车。公交车驶到县三中前,突然坏了,我们下车,准备上另一辆公交车。等车时,白水县第三中学的校门巍然屹立在路边,吸引了妻子的眼球。校门是那种翻开的一本书的式样,当然是钢筋水泥制的,贴着白白的釉面瓷砖。前面立着个角钢架,上面镶着七个闪着金光的铜字:白水县第三中学。

这应该是今年刚修建的校门,一切都很新。前年我们坐着二姐夫从珠海开回来的宝马越野车去给爷爷奶奶上坟,经过这里时,三中的校门还是歪歪斜斜的木门,而且围墙也有裂缝。此刻这张门非常漂亮地展现在我和妻子面前,这不由得让我们惊讶。"哎呀,张卫国还蛮有本事啊。"妻子这么赞赏了句,"我想进去看看,这是我读初中的母校。"

我感觉她是去会一个对我有威胁的男人,或者说可能会颠覆我和妻子感情的男人。我对这个男人有种本能的抵触，我不喜欢他那张宽大的国字脸和那双眼睛——那双眼睛还在长途客车上时就在眼镜片后面研究过我。这是我第六感觉获取的信息。这个男人比我胆大，在舞厅里试图吻我妻子。这是个身上有很多欲望的男人，是个有魅力的野兽。

我说："回去。"

妻子不理我，径直走进校门。我跟在后面，妻子脸上有了高兴，折过头对我说："这儿跟世外桃源一样。我在这里读初中时十三四岁，是个懵懂的少女。"

我心里腾起一阵不舒服的雾霾，仿佛地上扬起了一层灰。我看不出这里哪一点像世外桃源，这跟我们A中学相比，不过是树木多一点而已。我心虚地打量四周，希望最好别碰见张卫国，林荫道宽宽的，两旁的常青树木一棵棵高大挺拔。我们走到一栋教学楼前，教学楼是一栋三层楼，下面一边一个椭圆形花坛，这会儿那些花草都被雪淹没了。我随妻子穿过教学楼，便是一个田径场，田径场那边是两栋两层的红砖旧教学楼。妻子面对这栋旧教学楼，脸上潆起了许多回忆的迷雾，好像河面上起了白雾："我以前就在这栋楼一楼的教室里读书。那时候这个学校还没高中，初中一毕业，我就到县第一中学读高中去了。"

我跟着妻子走到这栋教学楼前。这里有一排树木，都是很高很大的。妻子抬头望了眼树木："我读书时，这里就是这些树木，只是这些树木变粗些了。"

妻子在这里停留了一气，这是一种怀旧的情结作祟，这种情结使她俊俏的脸蛋显得有些忧伤。人都是触景生情的动物，对流逝的岁月总是捧着一颗忧郁的心追悔。历史不就是让人回顾的吗？妻子带着哭腔说："我小时候的情景还在眼前呢，一不小心就三十二岁了。"说完，妻子的嘴唇动了动，她是在抑制着自己不哭。她的感情在往事面前一下子变得很脆弱，仿佛坚硬的铁一落入炼钢炉就熔化了一样。

"我时常也有你这样的伤感，不过我一想起伤感的事就压着不想。"

妻子眼睛红红的，有泪水沾在眼眶上，就像露珠沾在叶子上。"走吧？"我小声说，"亲爱的，站在这里容易伤感。"

"我真的好伤感。"妻子说，要哭的样子。

我知道妻子心里不悦，职称的事是块心病，让她触景生情。这里只有空空的田径场、空空的教学楼和妻子的往事。我抱住她，觉得一下子抱住了她的许多忧伤和回忆。"没什么，"我安慰她，"只要我们相爱，这个世界再怎么精彩我们也不妒忌，生活在这个世界上最好的状态就是不穷也不富。我们现在还偏穷一点，但我会努力。叔本华说：'生命是一团欲望，欲望不满足便痛苦，满足便无聊。'这话说得多准确啊。"

妻子不说话。我吻了吻她的脸，她的脸冰冷的，如同地上的雪。我说："走吧？人长时间面对往事会有窒息感，往事太强大了，让人喘不过气来。"

"这也是叔本华说的？"

"不，我说的。"

"我读书的时候觉得好愉快的。我记得有一次学校搞庆祝元旦的文艺汇演，我那时候弹琵琶还不是很会弹，但我们班出节目时，班主任老师硬要我弹一支琵琶独奏曲，她到过我家，知道我在学弹琵琶。我好紧张，那是我第一次上台演奏……结果同学和老师都说我的琵琶弹得好，那时候我觉得自己在班上好得色的。"

"你现在也不错。"

"我从读小学起就一直是被老师看重的好学生，读初中、高中，老师都喜欢我，觉得黄江丽家教好，学习成绩又好，人又聪明……现在我发现我好自卑的。"

"有梦想的人都自卑。"我说，"人都有伤感和失落的时候。我大学毕业时，我们班的女生说我是全班男同学中最帅的，我当时很骄傲，可现在我觉得我没一点可骄傲的。陈放，读大学时我一点都看他不起，如今却活得十分光鲜，因有钱，同学们都对他很客气。这说明什么？应验了那句老话，有钱能使鬼推磨。"

妻子说："你好像很不喜欢陈放？既然不喜欢，你以后就不要跟他来往了。"

"谈不上不喜欢，毕竟是大学同学，只是不喜欢他摆出一副有钱人的架势。"

妻子摇头说："我好伤感的，一不小心就三十多岁了。"

我和妻子绕着田径场走过来，穿过教学楼，在林荫道上碰见了我最不愿意碰见的张卫国一行人。他正好送客出门，牵着女儿，那小女孩边走边用红红的长筒套鞋踢雪玩。他对我们突然出现在他视野里十分高兴，脸上泛起了红光。"哎呀，"他叫道，"是你们！欢迎你们省会教师来县三中指导工作。"

我看着他那张我不喜欢的国字脸说："黄江丽来看看她母校。"

我们寒暄了几句，张卫国就站在原地同客人告别，然后邀我们上他家坐。我犹豫着，但妻子脸上有了笑容，刚才面对往事产生的忧伤情绪，已经被重新诞生的一股力量扫荡到坟墓里去了。"去坐坐吧，罗定。"

我见张卫国一脸热情，就找话说："你们这里的空气很好，很清新。"

张卫国太敏感了，以为我是以大城市的人自居，话里含贬义。空气好的另一种解释当然就是农村了，因为任何一座大城市是不会有好空气的。张卫国睨我一眼，那眼神跟豹子的眼神一样，他采用一种带进攻性质的守势说："是的，农村里没有别的，比起你们居住的大城市来说，就是空气没那么多污染。要是五月份花开的时候来，校园里喷香的。"

妻子听不出他话里含有自我捍卫的色彩，说："我其实心里最喜欢这样的地方，我并不喜欢长沙，到处都是人，街上尽是灰。"

"你想调回来吗？"张卫国斜睨着我妻子，"你要是想调回母校，我准备今年招个音乐班，调几个音乐老师来，你若愿意，你来当音乐教研组组长。"

我感觉张卫国是在下钩子，钩子上挂着的诱饵是"音乐教研组组长"，这诱饵甩到了我妻子的嘴前，妻子若是条鱼，就咬了。

妻子迟疑了下说："我现在还没考虑这事。"

我让张卫国别再胡思乱想："这事是不会考虑的。"

张卫国看我一眼，没再提这事。他家里彩电、冰箱、影碟机什么都有。张卫国的妻子为我们泡茶。她很矮，腿很短，脸上皮肤不平滑，模样显得老相。她安排好茶和水果、点心，就退到卧室里去了。这是那种三室两厅房，门都对着客厅，我看见她坐到桌前，看什么杂志，横横胖胖的上身凸显在我眼帘里。妻子说："你女儿好像你啊。"

"那当然，"张卫国把女儿搂到怀里，"我的女儿嘛。茜茜，等下要这位姨教你弹钢琴好吗？阿姨的钢琴弹得很好的。"

妻子说："你教她弹什么练习曲？汤姆森练习曲还是拜厄练习曲？"

"汤姆森幼儿练习曲，"张卫国说，"我也只是乱教。我晓得弹什么钢琴？"

坐了一气，我们就去看钢琴，是张卫国提出这样的要求。我们向音乐教室迈去。音乐教室就是妻子一小时前指给我看的、她那时候读书的那间教室。张卫国打开教室门，于是罩着红绒布琴罩的钢琴展现在我们眼里。张卫国打开琴盖，"钢琴只有我才有钥匙。"张卫国这么说了句，边把带来的汤姆森琴谱翻开搁在琴盖上。"来，茜茜弹琴给姨听听，姨是专门学钢琴的。"他对女儿说。

六岁的小女孩坐到了钢琴前，由于椅子太高，小女孩的脚吊在空中。小女孩穿着绿绿的泡泡的太空服棉袄，两只小手自然就显得格外小，如两只小馒头。我听见小女孩弹出第一个键的声音，迟缓了下，小女孩一笑，又弹出了第二个键的声音。

我在一旁觑着小女孩弹钢琴，感到很无聊。我的视线扫射着音乐教室，白白的墙壁，窗户上均挂着绿绿的窗帘。课桌椅分成四大行，都是那种黑黑的漆色。我看见妻子像教自己女儿样教着这个小女孩，"手腕要抬起来。"妻子抓起小女孩的手腕说。妻子对张卫国解释："要培养她动手腕，不要只动手指。"妻子示范给张卫国看，她把手往钢琴上一搭，流畅悦耳的琴声便从她手指下流淌出来。

"茜茜，"张卫国吹捧我妻子，"阿姨弹得多好。茜茜，阿姨弹得好吗？"

小女孩嗲声说："弹得好听。"

"那你要好好向阿姨学，"张卫国对女儿说，"长大了就可以弹得像阿姨一样好了。"

我想笑，忙走出音乐教室，想很多表面上的正人君子，其实都相当虚伪，张卫国无疑便是这样的人。太阳已经阴了下去，天地没那么明亮了。雪白皑皑的，北风从校园外刮来，把树上的雪摇落了一些。我突然想抽烟，点上支烟，踏着沙沙响的雪地，想妻子是个认真的女人，教书认真，为人也认真，只要你奉承她几句，她就高兴得忘形了。

张卫国走了过来。他脸上飘扬着我不喜欢的笑，两只鼓眼睛在镜片后打量我。我心里很明显地敌视着他，我克制着这种敌视的情绪向前推动。我知道他的目光在考察我，看我属于哪种类型的男人，是开放型的还是保守型的，是勇于向不公平的现实冲锋陷阵的还是自己修建一个堡垒把自己封闭起来的——那种懦弱地躲避着现实的男人。我讨厌他，但装出平静的样子，这是修养。我们说不到一起去，我把话题扯到他女儿身上说："你女儿长得很可爱。"我知道这个世界上任何一只耳朵都是为奉承话生长的。

他果然洋溢出一脸平和的笑容，说："我们这辈人还有什么想法？当官没有背景，想发财机会又错过了，还不都是为了自己的儿女。"

"那是，那是。"我随口道。

一阵风刮来，把树梢上的雪吹得掉落了一点到他头上，他昂起头看树梢，边拍打头发。我也把视线移到树梢上，树梢上有只鸟在那儿叫着，叽叽喳喳的。"我感觉这几年来，今年的雪是落得最大的。"我说。

"啊，是的。好久没这样下雪了，今年农村里的收成肯定会好些。"

我没想到的事情他想到了。我心里没有农村，他心里装着农村。我对他的所指有所领悟，说："那是，瑞雪兆丰年。"

我问他:"像你这样年轻就当了校长,学校里老点的老师会听你安排吗?"

"你尊重他,他自然尊重你。"张卫国说,"我觉得蛮好的,好像还没有哪个老师因为我年轻而故意跟我作对。老师很容易满足,你只要把学校的福利搞好一点,老师们就觉得你不错了。我觉得年纪大点的老师还好管理些,年轻的老师倒是有点麻烦。"

"是吗?"

"年纪大的老师要的只是一个尊重,你给他一个尊重,他就一心干工作。年轻老师思维活跃,以为一做生意就会发大财,所以相对老教师来说,难管一点。"

"看来你已经有当领导的经验了。"

"我们这算什么领导?"他谦虚地一笑。

"当校长就是当领导,"我说。

我偏过头瞧了眼田径场这边的树,树上均是白白的积雪。"人当了官,有一点好,能实现自己想干的事。比如说,你想办音乐班,假如你不是校长,这事你就不会去想。"

"是的。"他说,"好的老师都调到县一中了,县教育局一纸调令下来,又不能不放人。我想在音乐、美术上下功夫,把县里热爱音乐、美术的学生招进三中,办个高中音乐班和美术班,培养艺术生,不然,高考剃光头,这校长当起来也没面子。"

他女儿走出来,笑着跑到他身边。我以为妻子也跟着出来了,但没有,我耳边响起了行云流水样悦耳的钢琴乐曲声。妻子在那儿弹钢琴,娴熟地弹着贝多芬的《献给爱丽丝》,动听的钢琴乐曲声从教室里跑出来,像个美丽迷人的少女在雪地上舞蹈。我确实为妻子骄傲,是的,她的钢琴弹得很出色。我打量张卫国,我感觉他和我一样,沉迷在优美的旋律中,脸上却有一种渴求的内容。他的目光无意中和我打了个遭遇战,那里面有火光,还弥漫着因妒忌产生的硝烟。我感觉他爱上我妻子了。

"黄江丽,你调来吧?"他说,"音乐班就交给你,需要什么,你只管提出来。"

妻子坐在钢琴前,扬起漂亮的脸蛋说:"呵呵,我考虑一下。"

张卫国继续说:"这人啊,哪里生活都一样,关键是自己的感觉。你在外面漂什么啊？回来吧，这里有很多你的初、高中同学。"

妻子起身："谢谢你的好意。"

我和妻子走出县三中的大门，在张卫国的目送下上了公交车，我一回头，张卫国还站在校门口望着我们，牵着女儿。我对妻子说："张卫国爱上你了。"

妻子一笑："怎么可能？"

"你不相信就回头看，"我说，"他还站在校门口看着你呢。你怕他是看我？他又不认识我罗定，他是在那里看你，明白吗？"

汽车启动了，妻子笑着回头看了眼。我回头再看，张卫国果然还站在校门口，一张方方的国字脸朝着我们。妻子回转头来，我说："看见没有？他对你很痴情呢。"

妻子笑了下，那是得意的笑，以至脸上红灿灿的。我知道这很危险，这种笑容反射出了女人心底的快乐，就好像雪反射着天光。我对妻子说："不要玩爱情游戏知道吗？婚外恋是不会有好结果的。这个社会还不支持婚外恋。"

"怎么会？"妻子说，又是愉快地一笑，"你没吃醋吧？"

天下所有的女人都希望被人爱，被人爱是一种快乐，爱别人却很累。我发现妻子的笑容里似乎有某种憧憬，我得赶快把她这种模糊的憧憬扼杀在摇篮里。我告诫妻子："你要是玩爱情游戏，就会伤害两个家庭，一是伤害你女儿明明和我，其次还伤害他妻子和女儿。所以，你应该离他远点，不要再理他了。"

"你好像有点吃醋。"

"这不是吃醋，是提醒你。我只是想告诉你，不要走到那条路上去。"

"我不会。"妻子说，脸上荡漾着一片让我觉得不能接受的欣喜。

汽车驶到拐弯的地方时，我和妻子不约而同地回头看了眼，张卫国还站在校门口，不过这时已经看不清他的脸了，我们只能从他穿的那件蓝太空棉袄的颜色判断出是他。"你看到吗？"我说，"他开始为你发痴了。"

"他是校长，你别乱说。"

我对妻子说到张卫国是"校长"二字心里有点不舒服，好像什么东西在心里梗了下。"校长又怎么样？"我鄙薄地一笑，"校长又吓不倒我。"

我又说："一个男人如果不是爱上了一个女人，他是不会发痴的，我们上了车，车都转弯了，他还站在门口傻看，这就是发痴。"

妻子说："你别说得这么难听，不要冤枉人家，他是热情。"

"你是回避现实,热情得我们上车走了他还傻站在那里?凭什么?"

妻子没回答我。我后悔自己不该对妻子说这些,这不是给妻子的脑海里打强心针吗?现在妻子知道除我之外,还有个男人傻爱着她。妻子曾经说:女人是需要男人爱的。我决定不再说这些,免得加深她心里的感受。我瞥了眼坐落在远处的白茫茫的山丘。

第六章

　　大年初六，我们回了长沙，回到了我和妻子、女儿赖以生存的城市。客车还在离长沙市区很远的地方，我心里就有一种冲动，似乎我们离开长沙不是十天而是十年似的。当汽车驶进市区时，我心里那根绷紧的弦松弛了。我对妻子说："县城再怎么好，毕竟要比省会城市落后二十年。这就是区别。"我趁机贬低白水，"白水只是个小县城，你是生活在省会长沙而不是生活在小地方。"

　　妻子瞥我一眼，用鄙夷的声音道："你做好事。"

　　我说："为什么很多人愿意到大城市生活？因为大城市里有小县城没有的很多东西。"

　　"你在长沙有什么？有车？有房子？骑辆烂单车，住的房子傍着马路，吵死人。别跟我说什么大城市，你不过是大城市里一个私营公司的打工仔。"

　　"我在长沙有同学，还有朋友。"

　　妻子不屑道："谁来找过你？我跟你在一起生活了八年，没看到谁来找过你。"

　　妻子一针见血，这些年，我的同学确实没来找过我，好像都把我忘记了。我没权，没钱，我的磁场吸引不了他们。我想了一下，回答妻子："会有的，对自己要有信心。"

　　"做梦吧？"妻子说。

　　我乐呵呵地一笑："你总应该允许梦的存在，梦是一种精神追求。梦，指导着我们生活，不然你会感到这个世界的压力太大了。梦能把压在我们头上的残酷的现实淡化，就像抽水机能排出淹没了稻田的水，没有梦想的人都被生活的浪潮吞噬了。"

　　"你有梦想又有什么用？"妻子说，"还不是一样！"

第六章

"梦想是一种精神。"我说,"尼采说:'人类因梦想而伟大。'"

"你自己说尼采是个疯子,被送进精神病院治疗疯病,疯子的话你也信?"

我以前是对妻子说过,尼采四十五岁时,患过严重的精神分裂症,我回答:"尼采写的重大著作都是他患精神分裂症之前。天才都狂傲,都有点神经质。"

"你是神经病。"

汽车在五一路停了一分钟,就是让我和妻子、女儿下车。汽车开走后,展现在我们眼里的是一栋栋巍峨的大厦,"好漂亮啊,"我提醒妻子,"白水县连一栋这样的房子都没有,你看人活着有什么力量!"

妻子不上我的圈套,连看也懒得看,而是提起地上的一个包,牵着女儿往前走。街上车辆行人川流不息,这可不是白水县城那种空荡荡的街道,我都感觉自己迅速被茫茫人海淹没了。我的视线在一幢幢高楼上停留着,只觉得马路上车辆如潮,人群涌动,说话声、汽车和摩托车的发动机声和各种商店里扬出来的音乐声,像浪潮样打着我们的脸。"好热闹,"我用这一切来诋毁妻子心里的那块净土,"白水县街上,过年边上都看不见人……"

妻子是个聪明女人,她知道我的用心,知道我很反感张卫国。昨晚张卫国来了,带着孙小兰(这不过是掩人耳目),正式对我妻子提出要我妻子调回白水县三中,主持他将开办的音乐班的工作,妻子笑着说:"你给我点时间,让我考虑。"接着,他对孙小兰使个眼色——这个眼色被我无意中捕捉到了,孙小兰立马就邀我们去她丈夫承包的舞厅跳舞。我要是不去,那这个人面兽心的家伙难道不会明目张担地挑逗我妻子?我当然也去了。

一个晚上,我们就是跳舞,跳得身体发热后,就坐在椅子上休息。张卫国显得身体超好,牛一样,不是搂着孙小兰跳,就是搂着我妻子跳,还和他认识的另一个女人跳。分手时,张卫国依依不舍地盯着我妻子。我问妻子,张卫国对她说了什么,妻子说"没说什么"。我相信妻子一定对我隐瞒了什么,因为张卫国与她跳舞时,我看见张卫国俯在我妻子耳朵上说话,模样犹如情人耳语。我问:"真的没说什么?"

妻子答:"真的没说什么。"

"你不诚实,我看见他贴在你耳朵上说话。"

妻子答:"他要我看你,说你盯着我和他。"

这是昨晚我与妻子的对话。我知道妻子现在有心思了,知道另一个男人爱她,而且是明目张胆地勾引她。我本来想冲过去，吼张卫国几句，警告他别打我妻子的主意，我妻子不是那样的女人；但那样的话自己也丢了人，而且，妻子也会难堪——这是最主要的，我克制了这种冲动。我拦了辆的士，但妻子不愿意上车。她觉得这是浪费而不说话地走开了，我对的士司机说声"对不起"，忙追上她说："你让我难堪晓得吗？"

"你舍得我舍不得。"她对我的好心毫不领情，牵着女儿上了公交车。

我当然也紧随她迈上了公交车。

A中学坐落在距湘江不远的一条街上，占据着五十亩的地盘，这方圆几里内就这一所中学。这一带在旧社会居住着渔民、码头工人、搬运工和修皮鞋修伞的及二流子诸如此类的人，这些人的后裔大多继承了父辈们那种懒散的血液，脑袋不想事，读书打不起精神，玩都很来劲。所以A中学这些年来，尽管校长在大会小会上总是鼓舞老师们的士气，并许下许多奖励的愿，但考上大学的学生仍然很少。因为这些学生心里根本就没装大学这张门，尽管主课老师非常努力，前途啊命运啊一堆堆地讲给学生听，学生仍淡然处之。

妻子一走进A中学的校门，脸上就出现了茫然。我知道这种感觉的来源，它产生于职称的受挫。早几年毕业的教主课的老师，有的去年已评了中级职称，妻子大学毕业十年了，可是一级教师的职称尚未获得，这像包袱一样压迫着她，就如骆驼驮着一袋食物而有沉重感样。我同情她，却使不上力。我之所以给宋主任、戴主任打电话拜年，就是希望他们能帮上忙。妻子一回家就走进厨房拿起抹布，走过来抹桌子、椅子，她的脸上布置着很多疲劳。我心疼妻子，夺下她手中的抹布，说："你休息，我来抹灰。"

妻子没休息，步入卧室整理床铺。她跪到床上，拿起枕巾拍打床罩上的灰。我等她拍完灰，便进去抹桌子和床头柜上的灰。抹完卧室的灰，我又去书房抹灰。这是两室一厅，书房也是我女儿的卧室，一张高低床，一头摆着女儿的许多布娃娃，都是这几年我给女儿买的。书柜和书架上却搁着我的书，都是些世界名著，除了小说，大部分是罗素、培根、叔本华、尼采等人的著作，还有老子、庄子和孔子的书。有些人买了书，放在家里是装点门面，这些书，我每一本都读过，实在读不下去了才放下。例如叔本华的《作为意志世界和表象世界》，我就怎么也没啃完。萨特著的《存在与虚无》，我也没读完。我喜欢啃随笔似的哲学著作，喜欢罗素和尼

第六章

采的书，不爱啃逻辑思维很强的著作。我把书房的灰抹完，女儿坐在客厅里看电视，正好有少儿节目，女儿目光如炬地瞪着荧屏。

我开始拖地，我知道这不是大丈夫所为，但事情总要人做。有钱，自然可以请佣人，没钱，把家务都扔给妻子，那不是有修养的好男人。好在房子不大，几拖把就能拖完。我看眼闭着眼睛躺在床上休息的妻子问："我们是煮面吃还是搞饭吃？"

"吃面吧，简单。"

我担心吃面营养不够，迟疑了下，关心她和女儿健康的思想战胜了我身上那根懒散的神经。我说："还是搞饭吃吧，只是做饭的时间稍微长一点。你先睡一下。"

"还是煮面吃简单些。"妻子回答我。

我意志并不坚定，听妻子这么说，身上的那股懒劲又壮大起来。我烧水煮面，边想怎样煮才能让妻子和女儿多吃点，她们都是我在这个世界上寄托感情的亲人，我得尽量把她们母女俩伺候好。这个世界说起来很大，其实是以家庭为单位，值得你关心的就几个人。妻子说得不错，有几人关心过我？那么多同学和朋友，过年时只有周欣和谭元元打过我的手机。朋友是张纸，一捅就破。我忙碌了气，将煮好的三碗面端上桌，说："吃面了。"

妻子说："你们吃，我想睡觉。"

我知道我煮面的时间稍稍长了点，她的瞌睡在这段时间猛增了几倍，此刻她一半在梦乡里一半在现实中，就没有胃口。我说："吃了面再睡，冷了就没味道了。"

妻子爬起来，坐到沙发上，端起面吃着。妻子吃面有点像吃饭一般，夹起一夹面放进嘴里，要嚼碎再吞进喉咙。我没这么讲究，大口吃着面，赞美说："好吃，太好吃了，我发现自己有煮面的天才。"

妻子答："咸了点。"

手机响了，是谭元元。她是我们宏力文化发展公司的女经理，离过一次婚。她离婚有两个版本。一个说她前夫有了外遇，那外遇是个离了婚的富婆。另一个版本说，她前夫喜欢上了一个刚毕业的女大学生，与那女大学生同居。谭元元知道了，跑去甩了那女大学生几个耳光，回到家，把丈夫的衣裤、鞋袜全部扔出门，把门反锁了。这个版本比较符合她张狂的性格。离了婚的她，一个人在生活中游荡，在男女关系上，她自称自己是出租车，只要她愿意，什么男人都可以上她这辆出租车。"只是很贵，"她骄傲地说，"真的很贵，没钱别打我的主意。"

邓军笑着问她："元姐，你有多贵？"

她横眼邓军："你别问，我真的很贵。严重宰客，因为我是杀猪的。"

年前的一天，在办公室，我们几个人讨论这个社会的道德问题。邓军说他一朋友的哥哥是个做土建的小老板，包养了一女大学生，每个月给那女大学生一千元生活费，那女大学生每周陪他睡一通宵。我听毕，龇牙咧嘴地说："伦理道德江河日下啊，女大学生竟被小老板包养，而且是甘愿被包养，太不自重了。"

谭元元坐在自己的隔断里，昂起头大唱反调，说："没什么不好，小老板有钱，女大学生需要钱吃饭和买衣服穿，各取所需，这是买卖关系。这里面没有爱情。"她说这话时，昂着的脸可是劲头十足的。"女人从一而终，那是你们男人希望的。女人应该多谈爱，恋爱才会有激情。"她宣扬女权主义，又道："女人难道生下来就是你们男人的玩物？我对一些姐妹说，别轻看自己，要换种思维，反过来看，男人是妇女用品。我一个闺密性欲很强，既有丈夫，又有情人，还有性伙伴。现在这社会，难道只允许你们男人养情妇吗？别大惊小怪，我告诉你们，去年我去北欧旅游，导游是个北京人，留学生，他告诉我们，在北欧的有些国家，女人有情人很正常。每到情人节，花店里就有人送玫瑰来，是公开的。"

我们目瞪口呆。

邓军叫道："这太有悖中国人的道德观了，太不可思议了。"

谭元元说："中国人的道德观才真正不可思议，封建主义的腐朽道德观，完全是以大男子主义为中心，女人成了男人的性服务者。这样的道德观你们就欣赏，是吧？"

邓军不相信道："她们的丈夫难道会允许？"

谭元元说："至少不会生气。"

邓军摇头："我坚决不信。"

谭元元说："亏你还是湖南大学的硕士毕业生，学国际经济与贸易的，一脑袋的封建思想。你是不是希望女人是你们男人的私有财产？像古代样，写上'邓氏'的符号，用三从四德来约束她，一出轨就挂破鞋鸣锣游街，或把她当众沉塘？这种欺负我们女性的思想，是最不人性和最不道德的，要从根子上彻底消除！"

我们没想到这个被丈夫欺骗、伤害因而果断离婚的女人，不但不痛恨婚外恋，反而还在极力拥护，而且还说得那么义正词严，这令我们不能不佩服。

谭元元在电话那头说："定哥，这几天你手机天天关机，怎么不开机？"

"我回白水县我岳父家过年了，开机也没用就关了机。"我以为她有什么急事，说，"我今天才从白水回来。有什么事吗？"

我耳孔里钻进一句这样的话："有事？难道非要有事才能打你的手机？你觉得今天是不是阳光灿烂？想出来走走吗，定哥？"

她不等我回答又说："我请你喝咖啡，聊聊天。"

"我很累，这一向玩得很累。"我拒绝道，"不想出来。"

我知道她对我怀有心思，她曾经对我说："你很有魅力，眼睛像把钩子，很勾人。"

说这话时她脸上的表情有三成是开玩笑，但七成是认真的，目光也像温泉倾泻到了我脸上，让我感觉到了热流。同事里邓军与我关系密切，他也注意到谭元元对我有那么些意思，鼓励我不妨同她试一"买卖"："凭我观察所得，元姐绝对是个性欲强的女人。"

我说："你怎么会有这种言论？"

邓军说："我看过相书。你看她，一双斜眼，嘴那么大，就是张色情的嘴。另外，她水蛇腰，那么细，屁股那么大，这种女性，书上说，性欲超旺盛。"

"哪本书上说的？"

"一本台湾人写的色情小说说的。"

"色情小说你也看？"

邓军说："无意中看到的，在网上。"

我不喜欢谭元元那种张牙舞爪的样子。她能言善辩，什么事情都要搞赢。在我眼里，她离温柔贤惠至少有一千公里，要我行走一千公里去迎接她，我宁可上吊。我本质上喜欢温柔端庄的女性。反差这么大，我自然有障碍，仿佛有团肿瘤压着我的大脑，让我在她面前彻底精神涣散。谭元元在电话那头沉默了十几秒钟，也许只是几秒钟，她作为女性的魅力在我面前失灵了，好像汽车的脚刹失灵了样。她用一种准备攻击我的语气说："你架子蛮大啊。"

"不是架子大，是我累了。"

"你还会累？"她说。

我知道她生气了："谢谢你的好意,我今天确实不想出来。"

我的话并没说完,她挂了电话。我端起面继续吃,妻子问："谁的电话?"

"邓军打来的。"我不想让妻子对我有所怀疑,我很少在妻子面前提第二个女人,以免她认为我不是个好东西。我希望自己是个好东西,凡是与好东西不沾边的事情我都省略,免得妻子烦恼。我又说:"邓军约我谈事。"

妻子不再说什么。我等她们母女吃完面,将三只大菜碗拿到水龙头下冲洗干净,这才决定把旅途的疲劳消灭在床上。"我要睡一觉。"我走进卧室对妻子说。妻子站在大柜前,大柜上镶着面穿衣镜,她看着镜子里头发散乱的自己,边回答:"吃了东西就睡,会发胖。我教明明弹琴。"

妻子很注意体形,这一点让我很高兴。妻子吃得少,总是在一种半饱的状态下生存,她认为女人一吃饱肯定会发胖,所以再好的菜摆在她面前,她也是很有节制地吃一点点。妻子每餐只吃半碗饭,她不但这样要求自己,还这样要求我。有时候她见我还有吃第二碗的愿望,就提醒我说:"你想发胖吗?淀粉是最容易发胖的。"

我躺到铺上,瞧着妻子说:"你对我有所隐瞒。"

"隐瞒什么?"

"张卫国那个色狼,一定对你说了什么。"

"真的没说什么。"

"我看他抱着你跳舞时,身体都贴到你身上了。"

"不要再说这些好不好?我说了,我不会跟他有事的。"

这话让我一颗飘浮的心落了下来。妻子教女儿弹钢琴,弹的是练习曲,我听了几分钟,眼皮不听话地打起架来,于是一阵从梦乡里刮来的飓风把我卷进了缥缈的梦乡……

清晨五点钟,天还是黑的,我醒了,但我不能动。妻子的一只手搭在我胸上,我只要稍稍一动她便会醒。她也和我一样是个容易惊醒的人,甚至比我更容易惊醒。我希望她多睡一会儿。她是我唯一爱的女人。我一动不动地睁着眼睛,听着汽车一辆辆驶过去的声音。我感到自己太没有办法改变现状了,要是自己有钱,我一定要在哪个安静的地方买套三室两厅,离开这个只要打开窗户,用不着一个小时就满屋灰尘的住宅。我的心怦怦跳着,跳得很厉害,妻子的手压得我胸脯很难受了。我轻轻把她的手挪开,妻子翻了个身,好像没醒。我的目光抛到窗外,天黑沉沉的，我翻身时妻子醒了。她醒来的第一句话就是："我梦见了大水。"说这话时，她的两只眼睛像山羊的眼睛样瞅着我，一只手搭到了我肩上。

天开始蒙蒙亮了。我问："什么大水？"

"我梦见我上了一条船，船上有好多人。"她回忆着梦境，"但是船到了河中间时，船上的人突然都不见了，只剩了我一人站在船头，手里拿着琵琶，四周全是水，我好害怕……我梦见大水中有一条很大的蛇游着，追着我，后来爬到了船上……"

"那条好大的蛇是张卫国吧？"

"你怎么知道我梦见了张卫国？"

我有点震惊，编着话诓她说："我也到了你的梦里，和你坐同一条船。"

她说："我梦见我和你一起上的船，在船上碰见了张卫国。"

"他是一条追着你的蛇，你要小心他缠着你。"

妻子的脸色十分迷茫。

我见她目光缥缈，感觉张卫国一定还缠在她思维的履带上，像泥坨或香蕉皮。我在她迷茫的脸蛋上吻了下："亲爱的，别想多了。小时候，我奶奶说，梦见大水是要发财的。"

我下床，走进厨房漱口时，瞧见一条很肥的壁虎在墙上爬着，这让我打了个冷噤。壁虎用两只黑亮亮的眼睛盯着我，看我是不是有进攻或伤害它的意思。我向来害怕这些狰狞的小生命，避都避不及，我装作没有看见地拿起牙刷漱口。我漱完口，抬头再看壁虎时，使我紧张的壁虎不见了，不知它是从窗户缝里爬出去了还是爬到搁板上藏起来了。我宁愿这只壁虎自己消失，省得我对它动狠脑筋。我走进卧室，妻子醒在床上，我问妻子："你想吃什么，包子还是馒头？"

妻子答："随便。"

我想她梦见了张卫国，那个男人可能在她梦里抱她、亲她，也许是个令她难以启齿的春梦！我这样想是不是太恶俗了？便自责道："我可能太爱乱想了。"

第七章

　　我们公司在五一路上,这是栋二十九层的大厦。我们马董买下了这栋大厦的第二十五层,我每天就是在这个地方上班,被老板剥削剩余价值。不要以为私人老板创办的公司里,每天的工作就同打仗一样,那是瞎扯,有时候也清闲。我在A中学教书时,总以为外面的世界很精彩,其实满不是那回事。我是宏力文化发展公司里的一名打工仔,公司三个人,谭元元是经理,我和邓军都是副经理,同时又是兵,因为真正的兵一个都没有。邓军刚来的时候,每天捧本大部头啃,准备考博士,但是,忽然他就懒下来了,MP3里装的英语被他删掉了,都是歌曲了。他对我说:"读博士又有什么用?最多就是去哪所大学教书。"

　　我说:"在大学里当教授好啊。"

　　"事实上我不喜欢当老师,大学里太受逼了。"

　　我说:"你是对的。读什么博士?读那么多书有什么用?"

　　"每所大学都有我学的这个专业,毕业生多如牛毛,毕业后找工作都困难。"他说,"还是要像马董样自己开公司。不然,上天不会给你我机会。"

　　邓军说得对,不过上天总要选择一些人和抛弃一些人,上天再仁慈也不会给每个人机会,我周边的很多人都混得一般。人是要与命运抗争,是应该努力,努力才有可能抓住机会,不努力,机会就被别人一个个抢走了;但有时候不认命也不行,因为有的人也相当努力,却一无所获。我的爱好是摄影,靠摄影在这个世界上发了财的人,我还没听说过。

　　我把单车停在单车棚里,这里停着很多漂亮的汽车,奔驰、宝马和奥迪什么的。当然还有一些普通小车。我是个环保主义者,讨厌这些排放污染物的交通工具。我骑的这辆单车已破旧得不用锁,丢在任何地方都不会有人偷。我离开单车棚,快步向电梯间迈去时,撞见了我不想面对的谭元元。她站在那里等电梯,着一件棕色羊皮大衣，毛领是棕黑色狐狸毛，下身一条皮裤，手上拎着个漂亮的包。她一看见我，眼睛鼓得大大的，脸上故作诧异的表情，"你好，"她声音很尖亮，"你可是个瞧我们这号人不来的人物呢。"

她明显计较我昨天拒绝和她喝咖啡，冲我进攻。这个视男人为妇女用品的女人，一脑袋女权思想，就自尊、自信、自恋，当然就张牙舞爪！这种女人是得罪不起的，她要有心害你，十个罗定也会被她害死！我对她尽量表现出宽容地一笑："元姐，像你这样优秀的女人，怎么会看得上我这种小人物？"

"哎呀，你这是要我表扬你吧？"

"表扬我就免了，别刺激我就行了。"

她高兴了："我敢刺激你这位大摄影家？"

"大摄影家"是她安排在我头上的称号。她接到业务，带我去拍照时，向甲方人士介绍我说："他姓罗，是长沙市的大摄影家，他的摄影作品在深圳获了金奖。"我的摄影作品在深圳参展中只获了二等奖，她也知道，但为了给我一个让对方"感冒"的身份，随心所欲地提高了一个档次。"元姐，"她其实小我三岁，与我妻子同龄，"你别把大摄影家的帽子戴在我头上，我最佩服的人是你呢。"

"你会佩服我？"她做出听错了的样子睨着我。

"我就是佩服你。你身为女人，在生活中游刃有余，玩得一些男人跟着你转，像苍蝇样围着你，我敢不佩服你！"

"你什么意思？调子不对呀。"

"我没说错啊。我是形容你魅力四射。"

"不是说我骚劲冲天吧？"

从来没有一个女人在男人面前说自己"骚劲冲天"，我一震，差不多笑了。这时电梯下来了，我和她一并走入电梯，我说："元姐是最有魅力的美女。"

她谦虚道："美女谈不上，不过喜欢我的人还是有的。"

她长得漂亮，很有特色的斜眼睛，大嘴巴，一张瓜子脸白白净净。我站在她面前总有一种拘束感，也不知这种拘束感是怎么来的，让我想逃避。我吸口气，不料吸进了她身上的香水气味，就一笑。她觑着我的笑，敏感地问："你笑什么？"

"没笑什么。"我答。

电梯向二十五楼升去。她直言不讳地提醒我道："我一看见你就有脾气，昨天我喊你出来喝咖啡，你居然不给我面子。你要记得这事啊。"

"我犯了错误，保证改正。"

她很女人气地"哼"了声，表示她不原谅我。

电梯到二十五层，我和她一走出电梯间，跃入我眼帘的是公司牌子。牌子是一块红金丝绒布，框在一面墙上，镶着六个白亮亮的不锈钢字：宏力集团公司。

我们在走道上碰见了邓军。他是个极乐观且喜欢开玩笑的青年，生活中还没负担。他在大学里谈过爱，初恋脚踏两只船，一边跟他谈，一边跟一个成熟的男人上床，他知道后曾经想杀了她，后来他想通了，因为杀了她，自己就再没好日子过了。他对我说："你注意到没有？今天这社会，女人比男人更疯狂。你看那些崇拜男影星或男歌星的女人，她们多疯狂？为了看某个男歌星登台演唱，她们简直丧失了理智，尖叫、追捧，恨不得跟那些男歌星、影星睡。在这方面，男人是不会丧失理智的。所以这个世界，女人大多是疯子。"被女人伤害过、用了一年时候拼命修补，才重新恢复元气的邓军，又成了个快活的人，对女人和婚姻，形成了一套自己的理论，这理论是：家庭是蚕茧，男人是可怜的蛹。

他在公司里嬉皮笑脸地宣讲："一旦结了婚，男人就成了只蛹。试想想，一个男人变成一只蛹，被裹在蚕茧里，还有什么救！所以，我不会在四十岁前结婚。"

"四十岁以后呢？"谭元元问他。

他不屑地答："到了四十岁再想四十岁以后的事。"

谭元元说："硕士，就怕你坚持不到四十岁，我还不晓得你？！"

邓军望着她："你晓得我？"

"太晓得你了。邓硕士，读书我没你厉害，我承认。"谭元元说，"但看人，我可不比你差。你这样好的身体，只怕熬不到三十岁就结婚了。"

谭元元说这话并不是没有根据，她偷偷观察过邓军，对我悄声说："你看硕士，只要刘晖一出现，他就有些情不自禁，就兴奋。"

确实，这个宣讲歪理的邓硕士，并没被自己的歪理所制约。如此看来，人都是说一套做一套，话是那样说，跟真的样，心里根本就不那样想。在刘晖来我们公司前，他一脸玩世不恭，看女孩子的目光一百个挖苦。刘晖一来，如一道闪电击中了他，把他改变了，让他常常西装革履地站在窗前装深沉，又开始读那些难啃的阿拉伯数字和中文掺和在一起的经济学书了。有天，我问他："怎么，还是要考博士？不是说这辈子都不想读博了吗？"

他在我肩上打了下，说："走走走，去玉楼东，咱俩聊聊。"

他把我拉到玉楼东餐厅喝酒，忘记了自己傲气时的豪言壮语，跟我掏心窝，"我发现我爱上刘晖了，"他把杯中的啤酒一饮而尽，恨自己道，"定哥，我真蠢。"

我见他一副掏心掏肺的模样，就逗他："硕士，四十岁以前你准备结婚了？"

"刘晖，唉，刘晖太让我着迷了。"邓军痴情地说。

我继续逗他："刘晖确实值得你爱，要长相有长相，要身材有身材，我甚至都不敢多看她几眼，以免对她浮想联翩。"

"你不是也爱上她了吧？"邓军猜忌地看着我。

我答："那倒没有，但我想跟她拍裸体照。"

"你怎么不给你老婆拍裸体照？"他瞪大了眼睛，气愤地瞧着我。

"我老婆生过孩子，形体已经不美了。"

"可是，你怎么想给她拍裸体照？"

"怎么啦？你紧张什么？"

"你比我想象的复杂。"

"硕士，是你复杂。刘晖长得太好看了。"我继续逗他，"那脸蛋、那身材都让我觉得应该给她拍裸体照，留下她的青春，不然，老了，就遗憾了。"

邓军盯着我："你原来蛮色情呵，元姐还说你很单纯、善良呢。"

"我是很单纯、善良，还是个为摄影艺术活着的人。"我觉得邓硕士思想狭隘，有必要开导他，"你一个堂堂当代硕士毕业生，又不是农村里的家庭妇女，居然封建得让我晕，拍裸体艺术照是色情？这怎么跟你交流？"

这是年前的一天中午，我和邓军在玉楼东餐厅吃饭、喝酒时说的话。

"哎呀，"邓军的脸上泛起了自以为掌握了别人隐私的笑容，"年一过，你们就一起来上班了，胆子蛮大呵。定哥终于'红杏出墙'了。"

他倒是希望我马上"红杏出墙"，出得越快越好，免得我与他争"宠"，正好那段时间电视台在播香港电视连续剧《武则天》，在他眼里，刘晖就是武则天。

谭元元对着邓军尖声说："你管起你老姐来了？你是要我叫两个人'修理'你吗？"

邓军笑笑："元姐，你别吓我，我属鼠，胆子最小了。"

"你这个邓老鼠，找只猫来把你吃了。"

"猫"是虎，邓军说："元姐，我这辈子都不会跟属虎的女人结婚。"

谭元元问："刘晖属虎，你还敢爱她？"

"刘晖属蛇。"邓军说。

"那你更加不能爱她，蛇是专门吃老鼠的，晓得吗？"谭元元说。

"惨了，"邓军说，"幸亏我还没跟她谈爱。"

谭元元说："你是想被她吃，她吃你，你巴不得的。"

邓军笑。"什么都被元姐看出来了，我真想从二十五楼跳下去。"

"跳啊，"谭元元说，"硕士，保证没人拦你。"

我们一起走进公司，大家见面后相互打招呼，说了说过年时的见闻，接着就各自坐到办公桌前，假装工作，把自己已经掌握在手的资料翻过来翻过去。马董还没来，大家都做出这副样子给马董看。马董是个高个子男人，身体绝对肥胖，体重在两百斤上下，年龄却比我还小两岁，但他早已是个拥有几千万资产的富翁了，只能说马董的命和运气都比我们好。马董几年前同一个老板合伙，在海南和北海搞房地产。那些年不少在海南和北海搞房地产生意的老板都穷得"跳楼"了，他却赚了钱。后来马董与合伙人闹翻了，自己回长沙创办了这家宏力集团公司。我就是在他宏力集团公司下属的文化发展公司任职。顺便说一句，马董不太赏识我，他评价我太书呆子气了。

我的这处"隔断"正贴着窗户，光线十分明亮而且风景很好。我经常坐在窗前俯视着面前的长沙市，我的视野里一片房屋，一直延伸到遥远的地方。一幢一幢的高楼像小孩砌的积木，遍布在我肉眼所及的范围内。我常常点上支烟，就这么傻看一气。

马董来了，穿着黑羊皮大衣，很粗的狐狸毛领子裹着他粗壮的脖子，意大利羊皮大衣的扣子从上扣到下，把他肥大的身躯箍得很紧，乍一看你还会以为是一只威猛的大黑熊突然袭到了你面前。他肥大无比的脸上，凡是与咬肌有牵连的肌肉都在频繁地活动，那自然是嚼槟榔了。"马董。"我们几个人几乎是同时跟他打招呼。

我们马董属于拥有这个世界的那些人中的一员，我们只拥有头上的一片天空，他可以拥有别人头上的天空，因为我们得为他努力工作。他每天一来公司就派刘晖去坡子街的"甘记"槟榔店买十包槟榔，他要嚼刚切的湿槟榔，而且只嚼"甘记"槟榔店的。他自己一人当然消灭不了十包槟榔，但他确实在不停地嚼槟榔——那种只有长沙人才这么吃的，用糖和酒制作的海南槟榔，一边吞云吐雾，手上夹支芙蓉

第七章

王烟。无论你在什么场合什么地方碰见我们马董,他的嘴总在不停地嚼着槟榔,即使是公司开管理层会议,他边听别人说话,边嚼着槟榔,手上总是烟雾缭绕,仰坐在转椅上,大爷样地看着大家。由于他说话时仍坚持不懈地嚼槟榔,吐词不免就含含糊糊,你得竖起两只耳朵听,因为他是老板。

马董笑了笑,露出一口藏满烟垢的黄黄的牙齿。"刘晖呢?"他的眼睛寻找着宏力公司里最漂亮的刘小姐。"刘晖!"他叫了声,手上的芙蓉王烟缭绕着。

刘晖在另一间办公室里应了声,走过来。刘晖穿一套看上去料子普通的牛仔衣裤,显得很青春、靓丽,一看就是个有文化素养的女性。

"去买十包槟榔和五包芙蓉王来。"马董对刘晖分派任务说,边从口袋里掏出一大沓百元人民币,抽出几张给刘晖。

刘晖接过钱忙转身出去,马董这才看着我说:"老罗,你过年没在长沙吧?"

"我过年回白水了,老婆要我跟她一起回白水过年。"

"你那个老婆,要我看,写封休书休了。"马董不屑道。

只有马董才敢这样评价别人的老婆,这是因为我们都端着他的饭碗,他对被老婆管着的男人是看不起的。他压根儿没有家庭这个符号。马董很少回家,一个星期也就是周末晚上回去,那也不是去看老婆,而是去看儿子,陪儿子玩玩。马董希望公司里所有的男人都向他学习。马董以身作则,对妻子打来问他回家吃不吃饭的电话,总是一律回答"不回",然后就不耐烦地挂断手机。马董不把自己的妻子当回事,当然就希望他的朋友都不把妻子当回事。我太把妻子当回事了,这就是马董挖苦我的原因。马董又说:

"老罗,下次要把你老婆叫来上一课,免得她时时刻刻管你。"

我脸上的笑容是自己费了点劲挤出来的,以此来掩饰心里的不悦。我等自己脸上的笑容凝固后说:"我也脑壳疼哩,马董。"

"脑壳疼很容易解决,休了她。"马董说,眼睛盯着我。他活得太自以为是了。

我用对付谭元元的那种退一步的战术回答:"马董,我没你潇洒。你是大老板,在自己老婆面前大爷一个,我算什么?钱没一个钱……"

马董打断我说:"不是钱的问题,关键在于你自己。"他的话刚说完,一个税务局的朋友来找他了。

那朋友说:"马老板。"

马董那占据了好大一片面积的身躯,从我们这间办公室退了出去,办公室里迅速空旷了许多。我起身泡茶，再折回到桌前坐下，开始整理年前做了一半就停下来的工作，耳朵一边听着谭元元和邓军他们聊天和尖笑，那必定是谭元元发出的笑声，有点浪，好像浑浊的河水朝你涌来。我坐的这个"隔断"后面是一组拐角沙发，黄黄的颜色，很威武。这是提供给客户坐的，来了客户，总要给个地方让对方坐。这当儿，邓军和谭元元他们就坐在沙发上开些无意义的玩笑。大凡男女坐在一起，总会有低级趣味的玩笑诞生。我从来不加入他们开的低级玩笑。我听见谭元元尖声说："你们男人都是色狼！"

"我不是色狼，"邓军声明，"我是介乎狼和羊中间的人。"

"那你是妖怪啊。"

"我是个既不色也不淫荡的人，不过我老实承认我喜欢女人，因为没有女人，这个世界就没有了激情。女人是男人的激情点。"

谭元元照例回答："不过硕士，男人是妇女用品。"

邓军说："彼此彼此，谁都不吃亏。"

"刘晖到哪里去了？"谭元元尖声问另一个人，她这是故意问，她当然知道刘晖被马董支去坡子街买甘记槟榔了。"你是只大色狼，你一看见刘晖，眼睛就冒绿光。你比饿狼还凶猛，成了豹子！你是色豹。"

几个人听见谭元元如此形容邓军，都笑翻了。

邓军说："元姐，我没得罪你吧？"

"你承认你是狼还是豹？"

"我说了我是狼和羊中间的动物。"

"你承认你是动物，又比刚才进了一步。"谭元元笑，"不然我就要当着刘晖的面抹你的相，我可不管你是硕士还是博士。"

"元姐，你嘴巴太厉害了。"

"我是刀子嘴豆腐心，"谭元元说，"我对谁都心好。"

邓军说："元姐，我有一个请求，就是不知道你会不会答应我。"

"什么请求？你说。"

"希望你以后不要再叫我硕士，可以吗？"

"你是硕士啊，怎么不能叫？"谭元元说，"我又没叫错。"

"叫我小邓或者叫我邓军，别叫我硕士。硕士介于本科生与博士之间，又不光彩。"

谭元元损他说:"那我以后就叫你邓猪。"

邓军无所谓道:"你叫我邓猪都比叫我硕士亲切。"

谭元元大笑:"邓猪,我真是这么叫了,你可别生气。"

下午,经常与我探讨摄影的周欣来了。他比我小几岁,我们从小就认识,在一条街上长大,小学毕业于一个学校,曾都是学校美术组的成员。他后来真走了美术这条路,考取了广州美术学院,却最终玩起了摄影。我们一直有来往,我进长沙市摄影家协会还是他拉我进去的。那年深秋我去岳麓山拍枫叶,他也在那里拍枫叶,不期而遇,他问我要了手机号,还问我愿不愿意加入摄影家协会。不几天电话就来了,他为我领了张表,要我填,就这么回事。他刚结婚,婚礼是在神龙大酒店办的,我去了,他在婚礼上介绍,老婆是他玩摄影玩上的,是杨裕兴面馆的服务员。有次他去杨裕兴面馆吃面,见一姑娘长得楚楚动人,就提出给她拍照,姑娘没答应。他就又去背着相机,偷偷拍她。姑娘发现了,要他删掉。他让她看并洗了照片,放大,送给她。她的同事都说拍得好,姑娘也被照片迷住了,那天她请他吃杨裕兴的面,他送她回家,知道了她住在哪里,从此他就常去"碰"她,结果就碰出了感情。我看着这个举着相机东拍西拍,居然拍下了姻缘的周欣,说:"你怎么来了?"

周欣嘻嘻一笑:"路过,想起你在这里,就上来让你看我在海南拍的照。"

周欣在一家报社搞摄影,手中的相机就很好。他打开相机,让我看他拍的风景。我一张张地看着,有的拍得确实不错,但许多照片拍得一般。我说:"有的拍得非常好。"

周欣说:"拍人物,我可能比你差一点;拍风景,我很自信。"

"是的,是的,"我笑笑,重新翻看他拍的风景,"这几张,构图确实好。"

我把相机还给他,他打量公司里的人一眼,然后冲我说:"四月份,我准备组织几个人去鼓浪屿拍,厦门有人接待,一起去?"

周欣爱拍风景,他家的四壁上挂着他拍的一幅幅风景。我去过他的新房,有的照片拍得还真不错。他经常背着摄影袋到处跑,拍枫叶、拍油菜花和拍山水,一拍就是一天,同一处景色,他要拍上午、中午和下午及傍晚的阳光与景物,不同的阳光会产生不同的效果。他就有这么执着!我看着他,说:"好啊,就是不知道到时候有空没有。"

周欣说:"你一定要去,鼓浪屿上有很多老房子,还有很多历史遗迹。"

我答:"那我争取去。"

周欣说:"摄影家协会的活动,你应该多参加,我准备邀两个美女一起去。"

周欣手里有一大把美女的联系电话,都是他拍照时让美女们留下的。我和周欣聊了气相机、镜头。他走后,谭元元看着我问:"他也是摄影艺术家?"

我点头:"他是长沙市摄影家协会副主席,我只是理事。"

谭元元瞪大了眼睛:"他比你还厉害?"

"那倒不见得,"我说,"不过,他拍风景比我有耐心,拍得有感觉。"

"他没你有气质,"谭元元说,"一副邋遢相。"

"人不可貌相,搞艺术的人都有些马虎。"我淡淡道,"他可比我招美女喜欢。"

谭元元说:"那一定是一些没档次的美女。我看不出他有什么逗女人喜欢的地方。"

我说:"不见得你不喜欢别人就不喜欢,喜欢是一种感觉,感觉对路就行。"

我打开影集,看自己拍的照片,谭元元也走拢来看。她很认真地看着我拍的照片,"这张好,那张好"地赞美着。我晓得她这是夸张,她热情起来,可以把她佩服或喜欢的人捧上天。我看着她笑,她问我:"你笑什么?"

我说:"没笑什么。"

"这张好,这张真的好,"她指着我在白水拍的一张雪景说,"我喜欢这张。给我,我要把它洗大,挂在客厅里,天天欣赏。"

邓军插一句:"元姐,挂在床头,一抬头就能看见,看着它睡觉。"

谭元元大着嗓门说:"你超出来了啊。"

邓军道:"我揭发,是元姐带出来的。"

谭元元走过去,一掌打在邓军肩膀上:"你这个邓猪。"

邓军叫了声"哎哟",边说:"元姐真疼我。"

我整理手头的事情。我是可以一心二用的,因为这种环境只能让你一心二用。这时我听见谭元元用她的大嗓门说:"在这个世界上最美好的东西是什么?你们猜。"

"没有最美好的东西,"邓军说,"相对而言,最美好的东西是人民币。"

谭元元反驳邓军:"你太没觉悟了,难怪找不到女朋友。最美好的东西是爱情,爱情是我一生的追求,我一定要追求到属于自己的真正的爱情。"

我觉得她这句话像是说给我听的。邓军针对她的话开起玩笑来了,"那是,"邓军把坐在桌前的我扯了进去,"元姐活得率真,我就最佩服元姐这样的人,敢恨敢爱。定哥,过来,你听见我们元姐说什么吗?'最美好的东西是爱情',你怎么看?"

我说:"当然啊,还能是什么别的?"

我起身,在走道上碰见刘晖,她的脸像一朵盛开的牡丹花,颇有青春魅力。在宏力集团公司,我对她印象最好。她单纯,思想还没被社会这只大染缸染坏。

第八章

　　我在宏力文化发展公司的工作，就是用我的摄影技术和平时看书学习积累的知识，做书和招商画册。我已经做了十八本，六本是书，十二本是画册，这中间有一本是自己公司的招商画册，其余都是为他人和企业做的。谭元元负责揽业务，她拿着我做的书或招商画册到处招摇撞骗，她的大嘴巴能把死的说成活的，她能把原没有这种打算的老板说得动这方面的心，而且在她的鼓动下，深以为然地相信做本宣传自己公司的画册很有必要。在我做的几本漂漂亮亮的画册上，翻开扉页，总有老板的标准相，下面还有一段介绍老板身份的文字，然后配有一篇老板一生奋斗并且将为一个全人类共同努力的目标——仁爱和把事业进行到底的文章。这篇鼓吹老板的文章，自然是出自我之手。我会带上录音笔，边听甲方扯谈边问，然后回到办公室，在甲方说的话上再进行加工、美化，反正吹牛皮不犯法，说好话总是让甲方高兴，这是谭元元指导我怎样写这种文章时强调的"真理"。我除了负责书稿和画册的文字工作，还理所当然地肩负着画册上每一张摄影作品的拍摄工作。拍公司老板的标准相，拍公司副老总的标准相，拍部门经理的工作照及拍公司地址，公司将建造的楼盘模型、楼盘环境图、居室图和楼盘周边绿化图等。这些工作都是我一人做。我觉得自己一人做事不受约束，也不用照顾他人情绪，想怎么干就怎么干。

　　邓军学的是国际经济，放在我们部门，其实是浪费。但马董以为邓军硕士毕业，知识应该在我之上，放在我们文化发展公司，一是锻炼，二是业务繁重时也可以帮我。但邓军读的书是经济方面的，文字就不浪漫，条理虽然清晰却干巴巴的，一天都写不出几百字，一个星期才能写千把字。我不好意思批评他，见他写东西痛苦，就把分摊给他的事揽过来，默默地做完，别让马董觉得邓军是在公司里吃闲饭。

　　我对邓军说："你应该去公司别的部门发挥你的才干。"

邓军说："那我宁可考博士。我不喜欢他们，他们太俗气了。"

我说："人人都俗气，不俗气的人都住到庙里去了。"

谭元元负责接业务和把我做好的画册送到深圳印刷，逢到没有画册做时，我就干些乱七八糟的事，有时候也整天没事，坐在椅子上看书。我用活到老学到老的人生哲学要求自己，实在看不进书，就打开电脑看摄影作品和设计图。有时候，也会独自坐在桌前梦想，想象自己像一只雄鹰样飞到了喜马拉雅山上或凭借一股顽强的毅力徒步登上了珠穆朗玛峰。这个去攀爬世界屋脊的愿望，成了一种精神食粮，随时供养着我容易受伤的内心和并不坚强的意志。我的意志脆弱到这种程度，有时候十分真切地觉得人活着没意思。这种思想很颓废，所以得有一种精神支撑我脆弱的神经！人要有追求，没有追求，没有梦想，人活着的意义在哪里？一天中午，大家吃过工作餐，我坐到沙发上，将两条腿架到茶色钢化玻璃茶几上，翻开《生命中不能承受之轻》。刚看了几行，谭元元嚷着叫我上桌打麻将。

"今天中午你无论如何要打，你不打就是看我们不来。"

宏力集团公司的职员，每天中午所干的事情就是打牌或打麻将，这已经在公司里变成了每天进行的特别节目。大家都在公司里吃工作餐，把饭盒一丢，剩下的两个小时做什么呢？聚赌。我从不加入赌博行列，我故意不带钱就是不愿参与赌博。谭元元爱赌，邓军也喜欢赌，刘晖意志薄弱，被他们拖下了水，经常把一个月的薪水输得一分不剩。我一直不参与，也从不走拢去看他们打麻将，我说："你要刘晖打。"

"刘晖回去了。"谭元元看着我，"你不打就是不给我面子。"

"我不晓得打。"

"五分钟就学会了，"她说，"你这么聪明，看一遍就晓得打了。"

"我没带钱。"

她说："我借钱给你。"

邓军也要我打："打喽打喽，反正又没事。"

我不想玩。我并非真不知道打麻将，只是我不喜欢打麻将。"不玩，"我举着手中的《生命中不能承受之轻》说，"我看书。"

谭元元举起猫眼看着我："你不给我面子就得罪了我。"

我说："元姐，我确实不喜欢打麻将。"

谭元元发誓的样子说："我再不理你了，你记着。"

"谢谢！"我拿起书，装模作样地看着。

谭元元恨恨地道："装腔作势。"

我更加装腔作势地看书。谭元元生气地拎起包走了，邓军去追谭元元，谭元元说："我上厕所你也跟着？"

邓军折回来，说："定哥，你得罪元姐了。"

我没理邓军，邓军递支烟给我，丢了句："人要学会劳逸结合。"

我一看邓军递给我的是芙蓉王烟："你今天缴用可以啊。"

"昨天打牌赢了七百块钱，就买了几包芙蓉王。我佩服你，你出污泥而不染。"

"你是骂我啊。"

"骂你？公司里，我最佩服的人就是你定哥。"

我知道邓军，他是讨好我，有些事情都是我给他打掩护，他对我心存感激。我看书，邓军觉得无趣，打开电脑上网聊天。今天公司的午休时间，没有谭元元那张大嘴，就显得十分安静，除了邓军敲击键盘的声音，剩下的就是心跳声了。我看了气书，想抽烟了，递支烟给邓军，边问："你跟刘晖有进展没有？"

邓军脸上本来挂着笑容，听我问及刘晖，便摇头："没有，她太纯洁了。"

"太纯洁了？看来你还有救，不忍心伤害她的纯洁。"我说，瞥眼走进来的刘晖。

邓军没看见刘晖，接着说："我约她吃饭，她说她妈妈不准。"

"刘晖，你妈妈不准你出来吃饭吗？"

刘晖家离公司不远，她回家睡了个午觉："我妈妈不准我晚上与陌生男的吃饭。"

我大笑。邓军看见刘晖，立即不好意思，刘晖笑了个，走开了。

马董走进来，望眼邓军和刘晖，见我手中拿着书，问："看什么书？"

"《生命中不能承受之轻》。"

马董不感兴趣，问："谭经理呢？"

邓军答："被定哥气跑了。"

"我有病啊？"我说，"气她？"

"有病就要治病，"马董是个没有道德底线的人，不喜欢我洁身自好，调侃我说，"有病不治，害了老婆，老婆痛苦啊。你应该多吃牛鞭马鞭狗鞭。"

我顺势答:"只怕是要寻点这些东西吃了。"

马董道:"我办公桌里有几瓶海狗丸,朋友从香港带来的,给你两瓶,吃了长劲的。"

"不要。"我说。

刘晖听到这里一笑,不好意思地走开了。谭元元拎着包走过来,问:"谁要吃海狗丸?我去帮他买。"

马董笑:"还是谭经理会心疼人。"

谭元元说:"心疼人?我只心疼自己。"

"是罗定要吃海狗丸,他身体不行了。"马董说。

谭元元立即一副冷漠的样子,不望我:"那他自己去买。"

下午上班的时间到了。我坐到桌前写一个《湘菜大全》的电视拍摄本子,这是谭元元从烹饪协会揽来的业务。这个业务如果做成,会有大钱赚。这不像做画册,画册是一锤子买卖,委托我们做画册的甲方,也只是将画册送给与他们有关系的单位。《湘菜大全》则不同,宣传得好,可以走入家家户户,至少烹饪协会可以让企图考厨师的年轻人花钱买回家学习,书和碟上是各种湘菜做法。这是一个如意算盘,方案自然是我和邓军拿,公司里学历最高的是邓军,马董看重他,就让他和我动脑筋。我打开电脑,搜索湘菜,一个下午过去了,我只是写了几句废话。邓军却在电脑上下象棋,我问他:"赢了还是输了?"

邓军答:"下了五盘,输了三局,赢两局。"

下班回家的路上,经过水果店,见门旁堆着一箱箱红富士苹果,我就买了一箱。我骑着单车驶进A中学,太阳刚下山,学校里还满是打扫卫生的学生。明明在弹钢琴,钢琴练习曲声从门缝里飘出来。"开门开门。"我搬着苹果,对门里嚷叫。

我听见妻子说:"明明,快去开门,爸爸回来了。"

女儿跑过来开门,见我抱着一箱苹果,"咦呀,"她高兴地叫道,"爸爸买了苹果。"

我把苹果搁在地上,妻子从厨房里走出来,双手油腻腻的,她正在切猪肉。她睁着两只眼睛笑道:"你这家伙,一下子买这么多苹果,会烂的。"

"不会烂。"我边说,边走进厨房洗手。

妻子拿着只苹果走进厨房洗,随后削给女儿吃。我开始炒菜,在电脑上查看了一下午湘菜，自然就懂一些，炒菜就动脑筋，姜、味精、葱、大蒜和辣椒，一一放进锅中，就炒得客厅里辣辣的。妻子奔入厨房，批评我说："你这家伙，换气扇都不打开。"

我说："哦，忘了。"

"想什么去了？"

我笑："还能想什么？还不是想你！"

"哪里学的油嘴滑舌？"

"不要学，心里怎么想就怎么说。"

"真行——你。"

我看眼客厅，女儿在看电视，便小声问妻子："晚上那个？"

妻子答："你想得美！"

一家人吃过晚饭，我收拾碗筷，妻子在书房里教女儿弹钢琴。我洗完碗，看女儿弹琴。女儿弹了半个小时，转头说："爸爸，我想睡觉了。"

妻子要求女儿一向很严："不行，把这个练习曲弹熟了才准睡觉。"

"我想睡觉。"女儿又说。

"弹熟再睡觉。"妻子命令道。

女儿做出不愿意的形容，但钢琴声还是在女儿的小手下响起来。一个小时后，女儿去刷牙、洗脸。妻子坐到琴凳上，狂弹，我在一旁瞟着妻子。妻子的脸上是一种管女儿而做出来的严肃表情，但随着琴声，她面部表情放松了，一副自我陶醉的模样，看上去就温柔、漂亮。我想起宁志国，去年四月份，我曾对宁志国说："宁厅长，等我老婆评了中级职称，就调到你们厅工作？到时候，你给我想想办法？"宁志国答"没问题"。我当时觉得他的回答很暖心，但妻子去年没评上职称。女儿步入书房，自己脱了衣裤，躺到小床上，眼睛望着我和她妈妈。妻子还在弹琴，我打宁志国的手机。

妻子侧过头，瞟着我问："给谁打电话？"

"给宁志国打电话。"

"打什么打？不要打，你老是打他的电话，他又没给你打过。"

"我们以后要找他帮忙的。"我说，手机没接通，对方是忙音，"经常打电话，可以把感情联系起来。他答应我，把你调到他们厅去工作。"

妻子说："你就是容易相信别人。宁志国在官场上混，会管你？你巴结他干什么？"

妻子的话触到了我的痛处，我确实是在巴结宁志国，说："这不是巴结。"

"这还不是巴结？"

我反驳道："我们是大学同学。"

"你就是想巴结他，你没自己以为的那么清高！你把他看成大学同学，他把你看成大学同学吗？你到他家去过那么多次，他来过一次吗？"

这几年里，我去宁志国家确实有很多次，我还带着妻子去过几次。他接待我很客气，但从没来过我家一次，这确实让我怅然。妻子认为我和他的交往是一种不对等交往，含着讨好对方的意味，不够志气。"那就不打了。"我说。

妻子把那支优美的钢琴曲弹完，起身去了趟卫生间，再折回卧室，脱衣上床。我也脱衣睡觉。我们钻进被电热毯温暖了的被窝。我感觉妻子脸上有种香气，淡淡地沁入我的肺叶，诱发了我的本能，仿佛整装待发的部队得到了前进的指令，我搂住了妻子温馨的身体。我抚摸着妻子的脊背，妻子的脊背非常温暖，像一片热带的港湾。妻子让我抚摸。我附在妻子耳边说："困难都是暂时的，我们要往远处看。"

妻子没说话，享受着我的抚摸。妻子是个慢热型女人，我在妻子的大腿上摸着，感觉到它的弹性。我的目光抛到大柜上，大柜上搁着琵琶，琵琶装在一只人造革皮袋里。"你好久没弹琵琶了，这是你大学里学的专业。"我说，"你应该捡起来。"

妻子说："一个没用的专业，我当年就不该学。"

"我喜欢听你弹琵琶。"我说完这话，想起张卫国也这么说过，便改口，"我希望你别丢了，丢了可惜了。"

"你不要说了，我不喜欢听。"

我不说这些了。一会儿后，妻子的热情来了，说："你让我想要了。"

妻子反过来抱我，我们便热烈地拥在一块。妻子的情绪激昂、奔涌起来。我努力控制自己不至于过早结束这段美好时光。我在妻子忘我地追求这种欢愉时，心里力图想别的，以此来冷却大脑皮层的热度。我想公司里的事情，想喜马拉雅山、呼伦贝尔大草原，想孟子曰"君子不怨天，不尤人"，就觉得自己还不配做君子，只是个草民。妻子独个儿进了高潮，像一匹累坏的马，汗水淋漓，但平缓下来了。我问："到高潮了？"

"是的。"她说。

我完事后，快意地问妻子："我能抽支烟吗？"

妻子说："抽吧。"

我点上支烟，抽着，想高潮也是一种美好的感觉，幸福不能要求太多，要求多了，就没幸福感了。人都是想改变痛苦状态或环境才去思考、工作和奋斗。这是痛苦给人带来的积极意义。妻子问我想什么，我把刚想到的话告诉妻子，说："我觉得幸福让人懒惰，痛苦才让人勇于追求，所以身处逆境，不是件坏事。"

妻子说："我的思想跟不上你。"

我抚摸她，她身上有汗，身体就光滑。我说："没事，有你，我就幸福。"

她望着我："难怪你懒惰了。"

"我没能让你过上美好的生活，一想起这些，就惭愧。"

"别说这些，我晓得你已经尽力了。"

"我是个思维混乱的人，我想发财，既羡慕那些有钱人，又看不起那些有钱人。这就是矛盾。我知道自己，我敏感、软弱，想成为一个有道德的人。但有时候，我又怀疑自己，觉得自己很蠢，还自以为是。我想改变自己，把自己打烂，重铸一个罗定。"

"你心性太高了，好像是生活在山顶上，而别人是生活在地上，你总是抱着哲学书文学书看，看那些书干什么？越看越烦恼，自己就越不合群了。"妻子摸摸我的脸，又语重心长地说，"以后不要看那些书了。"

"有时候，我看见自己像一只鹰，飞得很高，在蓝天上飞翔，这种幻觉让我兴奋。"我解释，"我刚才看见自己就像只鹰，在天上飞。"

妻子说："像只鹭吧？在鱼塘边飞。"

我笑了："也许。"

妻子道："你太爱梦想了，你飞不了那么高的。"

第九章

四月里一个春暖花开的上午,周欣打我的手机,说:"定哥,你去不去厦门?"

我答:"我去不成。"

周欣诱惑我说:"有美女同行,一个很漂亮的少妇,她也玩摄影。你不去?"

我说:"我手上的事太多了,少妇就留给你消受吧。"

周欣笑:"我消受不起,人家的老公是做金器生意的。"

我说:"那你要小心,别羊肉没吃到反惹一身膻。"

周欣说:"那倒不会,我是姜太公钓鱼,愿者上钩。"

我们快快活活地聊了气,这才挂机。我想周欣真是根烧火棍,才结婚几天就不安分了?下午,我和谭元元一并去烹饪协会商量拍《湘菜大全》,但烹饪协会的负责人只是三言两语地应酬了下我们,就赶去一个什么地方赴约了。我和谭元元走出烹饪协会,我上了她的马6,她说:"我送你回家?"

我拒绝道:"我的单车还丢在公司里,回公司。"

路上,谭元元说:"你买辆小车吧,二手车很便宜的。"

"车买得起,用不起。"

她说:"我一个姐妹,我们关系不错,她前年买了辆爱丽舍,白色的,只开了一万多公里,人家是开奔驰、宝马去解放西路泡吧,她开辆爱丽舍,觉得没式样,想换辆奥迪A4,打算做五万元退,我觉得那辆车不错。"

"我骑单车,首先是环保;其次方便,不用担心塞车;最后,锻炼了身体。"

谭元元望我一眼:"骑着单车跑业务,接不到业务,别人以为你是民工。"她说完笑起来。又说:"有的钱,该花还得花,如今是以貌取人、以交通工具看人经济实力的时代。"

"你说得对,不过,我还是喜欢骑单车。"

谭元元又瞟我眼:"你要是买车困难,我可以借钱给你。"

我心里有点小感动,她与我非亲非故,却主动借钱给我买车。我开玩笑说:"如果我借了你的钱,还不起,你不会后悔?"

"没事,现在还不起,以后还也行。我不是那么小气的女人。"

"谢谢你。我有钱买车,只是我不想买车。"

车驶到公司前,我下车,推着单车走出车棚,却见陈放站在停车坪上打手机。他看见我,高兴地叫了声:"定哥,怎么在这里碰见了你?"

我反问他:"怎么是你?"

陈放说:"我爱人在十九楼做美体,我来接她。"

十九楼好像是有一家女性美容美体会所,谭元元曾经光临过,告诉我"好贵",连在自己身上花钱很舍得的谭元元都说那家私人会所"好贵",我便说:"我听别人说好贵的。"

陈放笑道:"是贵,十万元一张的消费卡。"

我差不多噎住了,再看陈放,一身深灰色西服,笔挺的,脚上一双漂亮的黑皮鞋,一脸有钱人的样范。这时,他爱人出来了,脸上挂着笑。陈放介绍我:"罗定。"

这女人年轻,长得像只洋娃娃,我点下头,洋娃娃对陈放说:"走吧。"

陈放按了下遥控,朝一辆黑亮亮的车走去,边走边对我说:"定哥,改天我联系你。"

陈放的车驶过我身边时,他在车窗里对我一笑,我看眼车,竟是奔驰。我想他这是真发了,我们马董的坐骑还只是几十万一辆的凌志,他却开起了奔驰。我第一次有种嫉妒心理,而且是嫉妒大学里时我从没拿正眼看的陈放,想上天有点不公平。

妻子在家弹钢琴,我说:"我回来了。"

妻子给了我一个笑,继续弹钢琴。妻子弹的是《少女的祈祷》,弹得流畅极了。我立在一旁,瞧着妻子的十个指头在白色的琴键上飘来抚去,妻子微眯双眼,嘴角挂着微笑,沉迷在优美、明快的钢琴曲中。我喜欢妻子的脸蛋,轮廓明快、靓丽。妻子弹琴时显得潇洒、自信,一首《少女的祈祷》在她的双手下轻盈地弹完了。

我拍手称赞:"你弹得真好。"

妻子的一只手在钢琴上抚出一串清脆的声音："你这么早就回来了？"

"今天下午是在外面办事，"我说，"没办成就回来了。哦，我碰见了陈放。"我说这话时，眼前驶过一辆奔驰。

妻子对陈放不感兴趣，问我："你还想听什么钢琴曲？"

我想起那天自己在白水县第三中学的雪地上和张卫国说话时听到她弹的《献给爱丽丝》，就说："《献给爱丽丝》，我最喜欢听这支曲子。"

妻子的双手立即在钢琴上娴熟地弹起来。从这首钢琴曲里，我体会着一百多年前贝多芬谱写这支钢琴曲时的那种情感，我深深感到这是一个男人对女人产生的真挚的爱，这种爱从每一个音符里蹦出来，在钢琴上萦绕，给人一种优雅和温馨的感觉。我似乎看到一个西欧少女，穿着芭蕾舞鞋在草地上舞蹈。我伸出胳膊搂住妻子："我都要醉了。"

"我还没弹完呢。"妻子说。

我让妻子弹完这支曲子，随后我就从背后紧紧地抱住妻子。"我们的生活很甜美，"我被这支钢琴曲感动了，"我们就这样生活很好，永远在一起。我爱你爱不够，真的。没有人能把我的爱从你身上夺走。我觉得幸福其实是简单的生活，奢望多了，不可能幸福。金钱和权力使人疯狂、堕落，品德和修养才使人圣洁。"

妻子说："我也不需要那么多东西，有饭吃有衣穿，有台钢琴弹就够了。"

我把她的身体扳过来，她脸上还没一丝皱纹，但皮肤没有从前那么光洁了，颧骨上有一些仔细观察便能感觉到的小瘪瘪，比芝麻还小一半的那种胭脂一抹就可以消除的小瘪瘪；眉毛还是从前那样，弯弯的两线生长在眉弓上；鼻梁上也有几个小瘪瘪。我这么近地瞧着她，她也很近地看着我。她说："你脸上有疙瘩了。"

"是吗？"

"不过不要紧。"她说。

"是青春痘痘吗？"

"好像是，我给你挤掉。"她说着，坐直身体，让我坐到她腿上，替我挤那粒青春痘。

她的手一触到我的脸，我嗅到了从她衣领里传出的芬芳，那是她体肤的气味，这让我春情激荡。我把她搂得乳房贴到我的胸脯上，说："我们做爱好吗？"

"女儿快回来了，她就要放学了。"

我看了眼桌上的闹钟，长针指在1字上，短针指在4字上，就是说四点过五分了，下午第二节课已经下了。女儿在学校幼儿园，这会儿因下了第二节课，就有可能回来了。我说："明明可能会在外面玩一会儿，不会马上回来。她怕你要她弹钢琴。"

"不会，"妻子说，"她要弹钢琴。"

女儿就在我们讨论她时回来了，她的脚步声还在楼下，我就听出来了。"明明回来了。"我说着忙起身开门。女儿一见开门的是我，叫道："爸，我要喝水。"

妻子说："洗个手，再喝水。"

女儿洗了手，喝了水，坐到琴凳上弹钢琴，妻子在一旁指导，我去做饭。

这天晚上，妻子、女儿睡觉后，我坐在沙发上看电视，电视节目没一个让我看得下去。两个台是演那种无聊的香港警匪片，一个台播放台湾爱情肥皂剧，还有两个台播韩国电视连续剧。于是我看中央十台。这会儿荧屏上展现的是非洲风貌，介绍非洲一个小国家的风土人情。我脑袋里跳出了陈放，这个世界怎么了？陈放那样的人都能赚到钱，我却只能拿一点打工的薪水……我点上支烟，郁闷地抽着，抽完，我走进卧室，以为妻子睡熟了，结果她还睁着两只眼睛没睡。我脱衣服时看着她说："你还没睡着？"

"我睡不着。"她说，"学校里马上要评职称了。"

"是吗？"我想了想，"这次应该评你了，不评也说不过去了。"

这几年妻子一直为职称的事心存不快，每次一到评职称的时候，心理上就负担很重，好像有一块无形的石头压着她的头。严格地说，这个责任在我身上，当年我如果没站错"队"的话，妻子的职称早评了，我也不至于离开学校。我和妻子调入A中学前，在市郊的一所中学教书。在陆校长之前，A中学的校长姓曹，我和妻子是曹校长调来的。当时A中学缺历史教师，曹校长听了我的试教后，非常想要我来教高中历史，顺便调我妻子来搞学校的团队活动。当时，如果我和妻子不往A中学调，我们的中级职称就评了。来到一个新单位，人家还没看你的工作，当然不会给你评职称。我们调来时，A中学的两个领导正明争暗斗，陆校长那时是校党支部书记，他在大会上强调自己的优越性说："市教育局决定，任何一所中学都是党支部领导下的校长负责制。"这句话的意思很明白，他是A中学的最高领导。

曹校长却在大会上宣布："大学是校党委领导下的院长或校长负责制。至于中学，直至目前，还是以校长负责制为主。"曹校长强调校长负责制为"主"，陆书记强调"党支部领导下"的校长负责制,两人的矛盾当然是激烈的,而且从原来的面和心不和的暗斗,转换成在教职工大会上明斗了。学校里分两派,一派亲曹,以校办公室和教育处的几位中层干部为主;另一派亲陆,以总务处、教务处的两位中层干部为首。双方不分上下。我既然是曹校长调来的,当然站在曹校长一边,我也可以两边都不站,但校办公室宋主任是曹校长的亲信,我和妻子的调动手续是他经办的,宋主任问我态度,我难道可以说两边都不站吗?我选择了曹校长,"这还要问?"我说,"我当然站在曹校长这边。"

记得有一次开高三年级组教师会议,总结教训,我当时是高三文科班的历史老师,曹校长和陆书记都参加了。A中学已经连着两年高考剃光头,市教育局领导已经分别对他们两人进行了不同程度的批评。会上,陆书记把A中学剃光头的责任往曹校长身上一推,说:"这几年,我一直没管教学,我只是分管学校总务和党员工作……"我听得火一喷,鲜明地感到他是推卸责任,从他的话里A中学剃光头与他没任何关系,我旗帜鲜明地站在曹校长的立场上冲陆书记说——声音是指责:"你是书记,把担子卸给校长,这样做不对。"

很多教师见我如此冲动,全把目光集中到我脸上,有一个坐在那里打瞌睡的年轻教师立即不打瞌睡了,兴奋地盯着我,又望着陆书记,看还有什么更激动人心的事情爆发,但没有。我只能说我当时过于仗义勇为了,还是因为太年轻了。陆书记没有反驳我,他是个够狠的心有城府的人。他盯着我,我也盯着他,那情形犹如一头做好了袭击架势的豹子。我的这个含满攻击意识的眼神让他记住了,他马上转移话题道:"学生不爱读书也是原因之一。"

散会时,他看我一眼,第一个走了。我当时很畅快,觉得自己把陆书记顶到壁上了,还觉得自己是曹校长的铁哥们,关键时候敢于挺身而出。我太仗义了,觉得自己是关云长,但我仗义仗错了地方。曹校长没有斗赢陆书记,在我和妻子调入A中学的第二年,由于他在A中学的大权渐渐旁落,指挥不灵,人事权也被陆书记夺走了。陆书记在党支部会上发难,指责曹校长调来了一些素质不好的教师,例如罗定什么的,并强调:"以后进人,必须经学校党支部讨论。"党支部五个成员,书记、副书记、校长、副校长,另一个是总务主任,副书记和总务主任是陆书记的铁杆,人事权自然就落到了陆书记手中。

曹校长觉得自己很憋屈,因为他没想到坚决站在他一边的杨副校长会倒戈。曹校长想从外地调个英语老师来,那英语老师是他的亲戚,试教后,他问与他一起听课的杨副校长，杨副校长也称赞英语老师有水平。可是把这事拿到学校党支部讨论时，杨副校长居然不表态，除了他，没有人投赞同票，于是他自己打报告调走了。他对我们这几个支持他的铁杆说："我调个人进来还要通过他，那还搞屁？！"

曹校长调走后，A中学自然成了陆校长的"天下"，他既是书记，又是校长，一切当然都是他说了算。我成了他打击的重点对象！事实上，在曹校长还没走时他就用自己的权力整我了。曹校长想评我一级，让我准备了一堆材料，可是陆校长公然反对，在职评小组会上说："我说点个人看法，罗定老师有些目中无人，看不起这个老师看不起那个老师。"这句话够阴毒的，看不起这个老师看不起那个老师，就等于全体老师我都看不起，那谁还会帮我？于是那次学校宣布评上的一级教师名单里，自然没有我的名字。

我出来瞎混前，曾同陆校长三言两语地谈过一次话。那是又一次要评职称的时候，那是个星期二的下午，散了会，老师们都往楼下走去，我留下来没动，待陆校长走进校长室时，我走了进去。"陆校长。"我一脸难堪地叫了声。

陆校长爱理不理地睨我眼。

"陆校长，我大学本科毕业算到今年是第九年了，前年就应该评的，"我说，蓦地觉得自己一下子矮了一尺，"我的职称问题应该解决了吧，陆校长？"

陆校长玩着手中的打火机，用一种我太熟悉的带点嘲弄意味的眼神睨我一眼，"你评优没有？"他说，他当然知道我没评优。

"我没评优，"我说，忙举出马老师的例子，"马老师没评优，去年也评了一级教师。"

"他评了。"陆校长很有把握的样子说。

"那是后来补评的。"

"职评小组的老师觉得马老师还是不错的，给他补评了一个。"

"我也可以补评一个吧？"我差不多是以乞求的形容望着他。

陆校长冷冷一笑，"这要问职评小组的老师。"他说，说完，这张让我非常厌恶的中年男人的脸上浮现一抹淡淡的笑，使我面对他脸上的笑容产生了绝望——那是一种"你现在低三下四已经迟了"的笑。我是学历史的，知道历史上，政治斗争总要牺牲一些人，我成了这场学校政治斗争的"牺牲品"。这是我的悲剧，曹校长调走了，学校里再没人替我说话了。我咽了下几乎想啐到他脸上的口水，从他这张无视我存在的脸上，我感到自己如果不摆脱这种处境，八成会疯了去。我咳嗽一声，硬着喉咙说：

"你不给我评职称，我就留职停薪。"

陆校长讥诮地说："现在教育局不准教师停薪留职，要么在学校教书，要么就算自动离职。"他瞟我一眼，"你个学历史的，到外面混什么？"

我觉得他这是严重轻视我，便硬着脖子道："那你管不了。"

我回想起这一幕，心里腾起一片仇恨的雾，觉得要改变自己还真的困难。我想起了手上有权的宁志国，他是我大学同学，应该会帮我，他知道我的情况。我们读大学时，是经常在一起海阔天空的。他在大学里时是团支部书记。他的命比我好，他的社会关系也比我丰富，他岳父的部下，现在是我们省的一个副省长。"你要是这次还评不上一级，"我望眼妻子，"我就让宁志国把你调到他们厅里去搞行政……"

"问题是，他会调我吗？"妻子没有把握地瞧着我，"我一个学音乐的……"

"宁志国答应过我的。"我对妻子很有把握地说。

妻子没说话，只是看着我。

我忽然想起王副校长，他是曹校长调走后，新提拔的副校长，排在杨副校长后面，之前是学校教务处主任，再之前任过学校团委书记。王副校长比我大两岁，人比较随和。我说："我劝你找王副校长谈谈，也许王副校长会站出来替你说话。你跟王副校长谈过没有？"

"没有，"妻子说，"王副校长这个人最势利了。"

"王副校长人还是可以的，"我说，"每次我碰见他，他都很客气。"

"那是你不在学校了，他没必要得罪你。再说，他并没权，权都在陆校长手里。"

"你跟王副校长说，大学本科毕业六年就可以评一级教师，你本科毕业十年了，希望今年能把职称评了。"我想了想，心里很恨又很烦躁，"今年陆校长应该不会再卡你了。他也卡够了吧？陆校长要是再卡你，我会给他脸受的！"

我很惭愧，我不过是生活中的一个小人物罢了，用马董形容他不屑的人的话说，那就是"小荔枝"，马董说别人"小荔枝"时，为了表示轻蔑，把嘴里的槟榔渣往地上一吐，鼻子还不轻不重地一哼。我闭着眼睛，想自己倒霉倒没什么，关键是妻子跟着我倒霉就有些对不起她。又想，搞政治的人心真狠，一整人就往死里整,杀一儆百什么的。国民中有很多劣根性,封建权术文化带来的,你害我,我整你。我对妻子说:"当初真不该站在曹校长那边,他斗不赢,一拍屁股走了,却坑了我们。"

妻子说:"当初我们不该调到A中学来。"

第十章

早晨我被窗外汽车爬坡挂挡的声音吵醒了。妻子比我醒得更早,这段时间她的睡眠不如以前好,评职称的事纠缠着她。她不说,我也知道。我见她睁着眼睛,说:"你醒了?"

"醒了。这里好吵的,我昨晚醒来三次。"

"我去煮面。"我说,忙起床烧水煮面。

我非常希望用多做点家务来温暖妻子,那些端着大丈夫架子的男人,都是没有什么文化的,或者是封建思想浓烈的蠢男人。我是这样认为。忙完这些事,我把贪睡的女儿叫醒。吃过面,我出门,单车停在车棚里,我心猿意马地推着单车出来,碰见宋主任、黎老师和戴主任,三个人站在两栋宿舍之间说话。宋主任提了一网袋菜,是刚买了菜回来,对我笑,黎老师和戴主任也冲我笑。黎老师上前一步,递支芙蓉王烟给我:"定哥,抽支好烟。"

是软盒芙蓉王,我说:"不错啊,抽这么贵的烟。"

黎老师憨厚的模样笑笑:"学生家长送的。"

黎老师教高三物理,忙不赢,除了教室里上课,还常在家给学生开小灶,一百元一次,一次两小时。他又递支烟给宋主任,宋主任正抽烟,接了黎老师的烟,夹在手中。黎老师再递支烟给戴主任,戴主任点燃烟,对我笑道:"还是在外面混好,自由自在。"

"我是被逼的。"我是说实话,有时候你说实话,别人反而把它当假话,如今的人都是逆向思维,把话反过来听。我笑笑说:"我是给私人老板打工,做书、做画册和宣传策划方面的破事。"我特意用"破事"来淡化自己的工作。

黎老师笑道:"我们定哥有才。"

宋主任笑,戴主任认可地点头:"那是。"

黎老师又说："不过，要自己开公司才好，给别人打工，是被别人剥削。"

我说："自己开公司要有钱。"

宋主任笑着，笑得一口烟垢的黄牙露了出来。他抽口烟，给我打气说："罗定老师，当老板都有一个过程，说不定，几年后，你就是大老板了。"

宋主任是校办公室主任，一个四十多岁的男人。宋主任吐口烟，目光凝重地望着我，见我骑着辆破单车，脸上不是自信而是谦逊，同情之心油然而生，刚才还给我打气的，态度忽然一变，诚恳道："我那时劝你不要离开学校，你不听。其实职称一事，只要评个优就能解决。我们当时正打算替你想办法，你却辞职了。"

这话听来，令我感动，但有点假。他要是能解决我的职称问题，早站出来替我说话或为我解决了，但在A中学，宋主任尽管有这个心却没这个能耐。如今的人，都是只管自己。我灰着心说："唉，走一步看一步吧。"

宋主任见我一副没混出式样的情形，关心道："你是个好老师，可惜了。"

我又被他感动了，我这人容易感动，尤其听到别人说我"可惜了"，我就有他乡遇知音的错觉，因为我真的觉得自己不教书，整天在宏力集团忙那些破事，确实"可惜了"。我抹干湿润的眼眶，说："谢谢，谢谢宋主任理解。"

宋主任脸上的关心是同情弱者的表情，我在他眼里成了弱者。我就索性装孙子："你们都晓得，我是被逼的，好在，这个社会，饿不死人。"

黎老师立马同情地拍下我的肩："回学校吧，在外面混，不是当老板，也没意思。"黎老师大我七岁，四十出头，益阳人，矮矮壮壮，在我面前，时常以老兄自居，他接着说："听老兄的，与其给私人老板打工，不如听宋主任的，找陆校长谈谈，回学校教书。"

我问："还能回来吗？教育局已经除了我的名。"

黎老师望眼宋主任："要宋主任帮你活动，也许会作为特例解决。"

宋主任说："是除了名，不过，这事，如果陆校长出面找教育局，还是有办法想的。关键是陆校长。"

我一听"关键是陆校长"，就想打死都不会回A中学教书，但为了我妻子，我傻傻地站着，任他们同情，因为有本书上说，被人同情比被人嫉妒好。戴主任说："其实上两届的高中班，前年和去年毕业的学生，都说你的历史课教得好。有个学生与我老婆是亲戚，他说，听罗老师的历史课，增长了不少课外知识。好老师，应该挽留，陆校长是通情达理的，既然你有回学校的想法，我们可以替你做做工作，

第十章

争取让你回学校教书。"

戴主任是语文老师，课教得好，几年前他参加编辑过教育局教材研究室的高中语文指导教材——那当然是本赚钱的教材，他没赚多少钱，只是拿了三千块钱的编辑费，但那份特殊的资历，让他可以在学校里挺直腰杆走路。戴主任大我六岁，身材高挑，办事和对人都热情、干练，不像黎老师和宋主任都是矮壮、敦厚的身材。戴主任是教育处主任，每天学校课间操中，广播里总能听见他严厉训斥学生，或表扬某个班集体课间操做得好的声音。戴主任的才能还不是体现在教学上，大部分体现在他搞大型学生活动上，例如学生歌咏比赛、校运动会等。他在广播里喊口令的声音铿锵有力，又是一口洪亮的普通话，把体育老师都比下去了。戴主任与宋主任，曾经是曹校长的左右两臂，我和黎老师也是这个队伍里的一员。曹校长走后，戴主任调整思维比我快，迅速投到陆校长的权力圈下，我却成了陆校长杀鸡儆猴的对象，这证明我没戴主任成熟。

我说："只要你们能做通陆校长的工作，我保证回学校教书。"

戴主任说："这就要看宋主任，宋主任出马找陆校长谈，也许就事半功倍。"

黎老师也说："那是那是，宋主任在陆校长眼里，说得起话。"

宋主任笑着说："这事，我会跟陆校长说，关键是你自己也要找陆校长谈谈。"

我望眼宋主任、戴主任和黎老师，"谢谢你们关心，"我说，"我就算了，已经被教育局除了名，再回来教书，难度太大了。我自己苦一点没什么，关键是我老婆评职称的事，还需要你们替她说说话，黄江丽为职称的事，很苦恼。"

戴主任嘻嘻一笑，突然表现出关心的样子说："你要黄江丽老师平时多跟老师接触接触，多联系群众，黄江丽老师有点不理人。"

我说："我会跟她说。"

宋主任也说："黄江丽老师是不爱理人，待人不热情。"

我立即表态："好好，我今天一定把两位主任的话转告给她。"

宋主任笑笑："黄江丽老师评职称的事，我们会放在心上的。"

陆校长突然出现在我们的视野里，宋主任和戴主任看见陆校长，立马转身与A中学的"铁腕人物"说话。我一看这两张脸像两钵香喷喷的热饭样，便跨上单车，逃也似的跑了。实际上我有点怕陆校长，妻子还在他手上，我怕自己一句话没说押，又得罪了他。书上不是有一句话吗？惹不起，躲得起。我给自己打气说："这没什么，不经历风雨怎么见彩虹？"

来到办公室，刚坐下，手机响了，周欣打我的手机，劈头盖脑地说："鼓浪屿很漂亮，有很多老建筑，如上个世纪初建造的英国领事馆、德国领事馆、美国领事馆和日本领事馆都极有特点，你没来，真的很可惜。"

我说："你多拍点，让我欣赏欣赏也一样。你高兴吧？"

周欣说："太高兴了，很激动呢。还有林语堂先生结婚的老屋。"

"好啊，拍了，回来给我看。"我说，"不跟你说了。"

我叹口气，打开电脑，脑袋还在学校里，还在想宋主任、戴主任和黎老师的话，以至谭元元走进来，我居然没一点感觉。她对我"喂"了声，然后说："想什么呢，定哥？"

"想《湘菜大全》的脚本，"我说，望眼她，"今天是星期几？"

谭元元大笑："定哥，我会笑死去。"

"你别笑死了，我真的忘记今天是星期几了。"

"老年痴呆了？"

"仁者无敌。"

"什么？"

"孟子曰：'仁者无敌。'"我说，"我忽然想到了这句话。"

谭元元笑："以德服人。"

我望着她，她称赞说："你的目光很干净、勾人，我喜欢你这双眼睛。"

她这是第二次这么说，我马上道："你错了，我的目光很淫秽，一点都不干净。"

她笑："表扬你你也怕，真没出息。"

这天上午，马董走进文化发展公司，对谭元元说："元姐，陪我去一下银行。"

马董要拉谭元元去M银行，希望谭元元利用自己的姿色和那两片乖巧的嘴唇，说动M银行的行长，从而贷三千万元的款给宏力集团公司。马董已向B银行贷了五千万。宏力集团公司的投资面铺得很开，有两处房地产、四个典当铺，这一切都需要注入大量资金。马董是负债经营，他自己的资金和向银行贷的五千万元资金，都陷在房地产上了，而房地产这两年不太景气。老百姓都在观望，希望等到拐点再购买。我们宏力房地产公司在湘春路建的两栋一百二十套两室两厅或三室两厅房，去年八月份就竣工了，可是至今还有一半没卖掉，当然资金紧张。而在另外一处地方建的房子，面临封顶的资金短缺，极需资金。在马董这张咬肌发达且肥胖的笑脸后面，其实背负着巨大的资金压力，只是他经事，不把贷款形成的压力放在脸上而影响公司雇员的情绪罢了。

我所在的文化发展公司是最不占用总公司资金的，马董只在文化发展公司成立时投了五十万元，而这五十万元早已被总公司收回去填其他公司的"缺"了，因此宏力文化发展公司是自己赚钱自己用。马董不指望我们给他赚更多的钱，在他心里，文化发展公司不拖他的后腿就万事大吉了。我们都明白，要想发财，干这一行是不行的，之所以还聚在一起，一方面我们还是为总公司创造了些经济效益，另一方面是习惯使然。我和谭元元、邓军在公司里拿的是自己赚的钱，并没吃"冤枉"，所以就心安理得。马董知道这些情况，对我、谭元元和邓军就很客气，有天他对我们说："要是公司里都是你们这样的人，我就不想事了。"这是最好的表扬。马董离开后，谭元元一脸骄傲道：

"要是都像我们一样能干，那马董想不发大财都不行。"

邓军恭维谭元元说："主要是你，接业务，你能力超强。"

谭元元说："知道本姑奶奶的价值了吧？"

邓军嘻嘻笑道："没你元姐独当一面，我和定哥只怕早被马董炒鱿鱼了。"

谭元元讲起大话来道："本姑奶奶没有搞不定的事。"

我不喜欢谭元元讲大话，女人讲大话，反而不靠谱，我说："低调。"

谭元元哼一声："就是要高调，今天这社会，你越低调越没人看得起。过去，讲谦虚，现在你太谦虚了，别人觉得你无能。"

这是前段时间，三个人在公司里说的话。

这天下午，办公室很吵，时而来一个人时而又来一个人，一坐下来就天南海北，使我无法写《湘菜大全》的拍摄脚本。我让刘晖打开马董办公室的门，不客气地迈进去，边对刘晖说："小刘，我躲在这里写。"

刘晖一笑，转身走开了。我大大咧咧地坐到马董的办公桌前，这是一张宽大的红木弧形办公桌，据说这张办公桌要三万多元，很威武。桌上搁着只象牙雕狮子，狮子狰狞地盯着我。狮子的脚下扔着一包撕开了的芙蓉王烟和一袋还剩几口的甘记槟榔。我点了支芙蓉王烟，深情地吸了口，让烟雾从鼻孔里喷出来，看着它袅袅上升，感到马董真不容易，背着一身债务仍然大手大脚地活着。我索性把腿架到桌子角上，身体整个窝在转椅里，边打量这间宽敞的办公室。旁边有一个档案柜，从上至下有八张有机玻璃抽屉，装着经营档案。我把手上的芙蓉王烟抽了一半，就学着马董将烟撅灭，又拿起一口槟榔嚼着。我只嚼了几下，周身便发热，身上立即冒出虚汗，这是怎么回事？怎么马董可以一口一口不停顿地嚼？我没把那口槟榔嚼完便吐到手上，扔进烟灰缸里。我头上仍冒着虚汗，背心也出了汗。

我等身上这阵虚脱之感离去后，又点上支芙蓉王烟，想送一个大老板给我当，我这样子也当不好。说白了，我只是个喜欢东游西荡的摄影师。我想起在白水县拍的那些雪景照片，不知现在它们的命运如何。我发了几张给《湖南画报》，还发了几张给《长沙晚报》。我想去西藏走走，想去拍喜马拉雅山上白皑皑的积雪，甚至想在那积雪上打几个滚——那应该是全世界最干净的积雪，对我而言，即使只是看一眼都很有意义！我是一只鹰，我想，开始写《湘菜大全》的拍摄脚本。

谭元元推门进来，开我的玩笑说："罗总。"

我冷着脸望着她，问："马董也回来了吧？"

"没有，我先回来的。我问邓军你哪里去了，他说你躲在马董办公室写脚本。"她忽然一笑，"我发现你坐在这里倒蛮像老板。"

谭元元的嘴经常损人。她是个危险的女人，热情、大胆，敢作敢为。我跟她去过几次烹饪协会找人，还去过商业局找那局长，她在那些手上有权的男人身前的表现真让我不敢恭维，那情形恨不得把自己给对方睡一样。她可以一下子就跟一个陌生男人亲昵，为了表示亲密，她的手可以拍到那个男人肩上去。她可以用一大堆奉承话来讨你欢心，就仿佛把一箩筐鲜花倒到你床上，让你睡在鲜花里，嗅着鲜花的芬芳不愿意醒来似的。她对烹饪协会的某个手上握着权的人说："您老人家真有远见，到底是高级知识分子。"为了搞定那个官僚，她对我说："我甚至可以跟他开房。"她说这话时笑咯咯的，那双猫眼睛也含着一汪秋水，看上去就是要她与那领导上床，只要这事能办成，她都会毫不犹豫。然而，当我们走出来，我坐到她车上时，她却说："那是个猪。"她是说那个被她夸得自以为自己是个人物的男人。

"你别取笑我，"我说，"我可不是富兴的总经理。"

"富兴的总经理是谁？"她装傻。

前天，我和她去富兴酒店找那个总经理拉赞助，说是在《湘菜大全》这个碟片中，将介绍他们富兴酒店的两个特级厨师，而这本带子将在湖南电视台陆续播出，如果他们肯出五万元，富兴酒店的名字就会在介绍厨师的时候在荧屏上打出来。"这实际上是给你们富兴酒店做活广告，"谭元元用她那双不乏漂亮的猫眼睛大胆且热切地瞅着那总经理，"这种广告花钱不多，但意义深远，这证明你们富兴酒店有一流的厨师主厨，体现了你们富兴的实力。"

她说了很多，就像你把一桶香水往对方身上倒过去一样。她指出，如果富兴酒店不愿出钱，那么富兴酒店的名字就不会在碟片上出现，就输给了另外一些酒店等等。我想我是说不动这位总经理的，但谭元元却把死的说成活的了，而且脸上的热情和诚恳上升到了极致，以至总经理也相信这是花钱不多却能做成的好事。我在一旁充分体会到了什么叫作浮夸，心里暗暗惊叹她组织语言的本事。当签完合同，总经理让财务人员把五万元转到我们账户上，我们走出富兴酒店，走进阳光灿烂的大街，当我的思想还在那个总经理身上环绕、觉得总经理办事干脆时，她却把被她说动了的总经理从她脑瓜里扔掉了，如我们把包裹从肩上卸了下来，一副嘲弄的形容说："又是一个猪。"

我用她的口语回答："一个猪。"

谭元元笑了："你也学会说猪了？"

"近墨者黑。"

"是近朱者赤。"她说。

谭元元是个极聪明、自负和放荡的女人，这是我的感觉。我想什么，她都明白，她的一双猫眼睛能看到你心里所思，所以我不敢蔑视她，怕她看出来。她说："这个世界，还只有你才是最纯洁的男人，心理干净，不像某些男人，一看就是个色鬼。"

"别别，别表扬我，我可受不了你表扬。"

"你是百合花，花中之花，纯洁少女的象征。"她说。

"这么说，我成少女了？"我问她，"你给我改性了啊。"

她笑，笑得弯下了腰："少女有什么不好吗？"

我没回答她，我说东，她就来东的，我说西，她就来西的。她是个什么话都说得出口的女人。别的女人说不出口的话，比如"男人是妇女用品"，也只有她敢说。她说话尖刻只是一方面，另一方面，她说话很有煽动性。她是个没有道德底线的，当面说人话背后说鬼话的女流之辈。我想，这个女人若在古代，丈夫假如是手握重权的大臣，她的贪心，不把很多人送进地狱，那才怪呢。买卖不成仁义在嘛，买卖成了还要在背后骂人家"猪"，这样的女人你不提防那你才是猪。

谭元元在宏力文化发展公司拉的大小业务都有回扣。我只是拿薪水，她赚的钱，比我多得多，这也是她有能力买车而我没有能力购车的原因。她还炒期货，和别人合伙放高利贷，只要是赚钱的事，她都干。她拉一笔赞助，可以在赞助中回扣百分之三十，富兴酒店的五万元广告费，她可以得一万五，还不要还税，现金都无需点，让公司财务的会计直接往她卡上打。她的手机与银行卡相连，进出多少元都有短信告知。她不会一无所获地给公司卖命。她曾经在车上说："谁也别想买我，我一方面为马董打工，一方面跟自己打工。去年，我炒期货赚了八十万，放高利贷也赚了三十万。"她是我所熟悉的最唯利是图的女人。

《湘菜大全》是她凭三寸不烂之舌搞来的业务，她和公司签了一份协议，她可以在利润中得百分之二十五，公司得百分之三十五，烹饪协会得百分之四十。他们是三角关系，她在中间占一股。我在里面什么都没有，我要计较就别干。

我瞧着谭元元，拿起办公桌上的芙蓉王烟，取出一支，点上。

谭元元笑着，一双猫眼睛亮亮地瞧着我："要不，你当老板，我给你打工？"

我说："你不是说废话吗？"

"我只跟你说一句话。"她说，却在我对面的椅子上坐下了。

她当然不只说一句。她掏出女士烟，这种烟很细且很长，白白的。她点燃了，两根瘦长的手指夹着烟，一笑。"你跟他们不同，"她指的是公司里的其他人，"我觉得你身上有种气质是他们身上没有的。"

她在我面前演过多种角色，我说："什么目的啊？"

她笑得低下了头："你啊，好像能看穿我的心。"

"我能看穿你的心？你是女人中最鬼的，别说我看不穿，就是诸葛亮活过来，也看不穿。"

"哎呀，你爱我没商量啊。"

"你这是反话，我听出来了。"

"我有那么坏吗？你太误解我了。"

"你太聪明了，我怕上你的当。"

"你什么都好，就是缺点幽默感。"

我想，这个女人除了漂亮、聪明、自负，还有一种喜欢恶作剧的心理。我情商和智商都不高，真不知她下一步要干什么。我想起美国电影《史密斯夫妇》，女主角可是个超级厉害的女人，一不小心就会被她绕进去。眼前的谭元元，也不是个简单的角色，我希望她走开，说："我没心情幽默，我得赶快把这个本子写完。"

"男人要有点幽默感，不然，没人喜欢。"她说，又换一个话题，"马董负债几千万，这一点，我很佩服他。在这方面，你可以学学他。"

"我学他？谁愿意贷几千万给我玩？"

"我是说承受能力，我觉得我没有他这种承受能力。男人，有些地方比女人强。"

"是吗？"我笑，"你也承认男人有些地方比女人强了？"

"男人本来就比女人强，我什么时候否认男人比女人强了？"

我贬低自己道："不瞒你说，我老婆说我是个废物。"

我真希望她走开。门是关着的，天知道别人以为我们在里面干什么。邓军总是把我和她捏在一起开玩笑，邓军脑袋里既有传统观念，又有西方思想，活得既忧伤又快乐，脑袋里那根道德底线松松垮垮的，猫啊狗啊都可以爬过去。他曾私下笑道："我觉得元姐是个懂风情的女人，她既然喜欢你，你完全可以跟她游戏人生。"

"你老婆对你要求很高吧？"谭元元问我。

"一点也不高，"我说，"我现在得快点写完，电视台的王导等着看。"

她说："我也希望你快点写完。"

"是的，是的。"我说，然后不理她地吹着口哨，眼睛望着窗外。

她还是不走，忽然跟我说起了刘晖。"你觉得刘晖怎么样？"她盯着我。

她想看刘晖在我心中的比重，我可不会那么忠诚地同她讨论，说："她人蛮好。"

"你觉得她漂亮吗？"

"我不注意这些东西。"

她把声音压低了些，说："我发现马董喜欢她。"

"马董不是有老婆吗，喜欢她？"

她点了下烟灰："我几次看见马董在背后盯着刘晖，眼睛发亮。"

"那我没注意。"

她又问我："你有什么打算？"

我不懂她的意思，问："什么什么打算？"

"你愿意在这里打一辈子工？就没有想自己出去干，给自己打工？"

"没有，我觉得这样挺好的。"

"男人要有野心，"她说，"你就没一点野心？"

我不想理她："我真没野心。"

我不需要她给我野心，从她嘴里若能吐出象牙，那天上就真掉馅饼了。我伏到桌上，假装写作。她站起身说："你忙吧。"接着她转身出了门。我听见她在走道上同邓军打招呼道："你又跟着刘晖的屁股转，你怕我们刘晖会喜欢上你?！"

我想起她说马董喜欢刘晖，就想马董可不是个好男人，刘晖若跟了他，那太不幸了。又想刘晖若跟了马董，邓军会很痛苦，邓军之所以在这里混，不愿去更好的公司，就是因为刘晖在这里，不然他早另谋高就了。手上的这支芙蓉王烟抽完了，我一个字也没写进去，思想在刘晖、马董和邓军身上打转。我盯着玻璃烟灰缸，心却空空的，犹如仓库里的货全清空了，仓库成了一间空房似的。我自语道："这不关我的事，别想了。"

第十一章

星期五下午,马董不在办公室,我又躲到董事长室写《湘菜大全》的脚本。刘晖一身靓丽、光鲜地开门进来,对我一笑。她的笑容很好看,她笑得妩媚和充满青春的芬芳,让我感觉上很舒服。刘晖问我:"这里安静吗?"

"安静。"

"房里好多烟。抽烟是慢性自杀。你写完了吗?"

"还没有。"

我们说了几句,她正要转身走,我忽然想起谭元元说马董喜欢她,就想关心下她的个人问题,觉得她这样的女人应该嫁个爱她的丈夫,还得是个感情专一的男人。"刘晖,你有男朋友吗?"我强调,"我随便问一问。"

"原来有一个,吹了。"

"怎么吹的?"

"我们合不来。"

"他一定是个蠢男人,他不晓得抓住你不放?"

她笑笑。

我说:"邓军好像对你有意思,其实邓军还是很优秀的。"

这时门外有人叫她,她应声而去。我宁愿看见她与邓军好,也不愿意她被马董糟蹋。马董不是一个珍惜女人的男人,她在马董那里只会受伤。她单纯,说话声音好听,笑容干净,不像谭元元,说东却隐藏着西,让你无法把握,以致谭元元去卫生间时,电视台的王导急忙问我谭元元到底是个什么样的女人。我问:"怎么啦?"

王导说:"说不清,我看她用媚眼挑逗我一样。"

我哈哈哈笑。"她什么男人都挑逗,"我告诉王导,"她是只花蝴蝶。"

王导感兴趣地道:"你的意思是什么男人都可以吃她的豆腐?"

"也许吧，"我看着从卫生间里笑着走过来的谭元元，她走路还真有点搔首弄姿，腰身一扭一扭，"我不清楚，你问她自己。"

这是早几天，我、谭元元约王导出来谈拍摄《湘菜大全》本子时，坐在电视台前的咖啡吧里说的话。我胡乱想了气，埋下头写脚本，马董进来，对我坐在他办公室露出了点惊讶。我忙起身解释："那边办公室很闹，我躲到你办公室来写拍摄脚本。"

"你写。"

"你回来了，我还敢在这里坐！"我说。

马董嚼着槟榔，不再说什么地阴着脸。他可能因贷款的事没谈妥而烦恼，这段时间，他到处跑贷款，什么关系都用上了，但好像没什么进展。这不是我的事，我走出来，心里也有些不快，觉得这个世界离我很远。我走回自己办公室，谭元元正坐在沙发上开导邓军："你眼睛里面只有没结过婚的姑娘，我告诉你，女人要上了三十岁才晓得珍爱男人。年轻姑娘，眼里除了自己，还是自己。"她看见我忙说："定哥，我说得对不对？"

她叫我的声音很亲昵，好像叫她哥一样。我说："我事情还没干完。"

"我说女人要过了三十岁才懂男人，他不信，这个猪。"

邓军说："照你这么说，三十岁以前的女人，都不懂事？"

谭元元说："可以这么说。"

邓军说："问题是男人不一定要女人懂事，只要女人漂亮就够了。"

谭元元骂邓军："你真的是个猪，不跟你说了。"

刘晖走进来，她的办公桌也放在我们办公室，占着门边的隔断。刘晖坐下，脸上荡漾着青春的笑容，就像屋顶上飘扬着旗子。刘晖侧着脸理了下头发，邓军看刘晖的眼神很亮，眼珠子都鼓了出来。谭元元说："刘晖，邓猪盯着你呢。"

刘晖一笑："元姐，别这么说邓经理。"

谭元元告诫说："你要小心啊，人家是硕士，点子多呢。"

邓军说："元姐，你又拿硕士取笑我，说了不要再叫我硕士了。"

"本姑奶奶想怎么叫就怎么叫，既可以叫你硕士，又可以叫你邓猪。"

"算了，不说你，免得伤和气。"邓军说。

我坐在桌前，还有一个多小时就下班了。我听见谭元元对刘晖说："刘晖，我要是有你这样年轻、漂亮，我就要找一个有钱的大老板，过花钱如流水的快乐日子。"

"刘晖会有这一天,"邓军说,"刘晖有的是人爱。"

谭元元道:"你别打我们刘晖的主意,她可是这个世界上最纯洁的姑娘。"

刘晖嘻嘻一笑:"元姐,我没那么纯洁,别把我说得那么纯洁。"

次日中午,我们约了王导在侯家塘的金牛角中西餐厅见面,我把脚本给他过目。王导来了,戴副墨镜,一身黑西装,一根鲜红的领带吊在白衬衣上,头发梳得十分光鲜。谭元元用一双绝对妩媚的眼睛看着王导:"王导,你今天很帅,我都对你动心了。"

王导得色地摘下墨镜:"今天这餐客,我请了。"

谭元元瞟我一眼,对王导说:"你是大导演,怎么好意思要你请客?"

王导一听"大导演",就来劲了:"哦,真的,我们台正要我导演一部电视连续剧,拍三十集。"他故意眯起眼睛打量谭元元,像选女演员样。

谭元元笑道:"王导,我能到你拍的电视剧里演一个提篮子的角色吗?就是提着篮子卖小菜什么的。"

王导说:"我正想说,你可以演女配角。"

"女配角是个什么角色?"

王导说:"比提篮子卖小菜重要得多。"

谭元元高兴道:"那谢谢王导,只是我不会演戏。"

王导点上支烟,昂起他那张瓦刀脸,色迷迷地盯着谭元元。这一次目光更裸露,从上至下地打量她,见她一脸精神,胸部饱满,就肯定地点头说:"你可以演女配角,那是个做服装生意的女人,在电视连续剧里,与老公闹离婚。有我,你不用担心。张艺谋拍片,除了两个主要演员,很多配角都没演过戏,直接从群众演员中挑出来的。"

谭元元说:"演闹离婚,我有经验。我和我老公早离了婚。这个角色,你给我演。"

王导点头,"给你演。你身材好,气质也好。演离婚的女人,最适合。女主角是个品行端庄的舞蹈演员,不适合你,但长沙街上那种扯皮打架的女人,挺适合你扮演。"他望我一眼,解释道,"因为她们没什么文化。"

谭元元一听"没什么文化",嘟起嘴问王导:"你的意思我是个没文化的女性?"

　　王导慌忙解释:"不是这个意思,我是说这样的演员,要求没那么高。"

　　谭元元笑笑,见王导上上下下打量她,便问:"我可以吗,王导?"

　　"岂止可以,超好。"王导说,"晚上我们再谈。"

　　"那我去开间房,我们好好谈。"谭元元说。

　　王导大笑:"看来你很懂事。"

　　"懂一点点,还需要你大导演进一步深入开导。"她暧昧深长地说,对王导挤下媚眼,"不过王导,我可有几年没碰男人了,你可要有思想准备。"

　　王导大笑:"那我去买粒伟哥。"

　　谭元元笑了个:"我们现在谈正事,晚上再谈爱,可以吗?"

　　王导笑:"好的好的。"

　　我们边聊天边吃饭边说话,王导看着我写的《湘菜大全》脚本,提了几条意见。三点多钟,王导接了个电话,台领导要他去开会,王导不敢怠慢,赶紧起身说:"买单。"

　　谭元元说:"你先走吧,单我来买。"

　　王导离开后,我看着脚本,思考王导提的修改意见,谭元元点上细长的女式烟,斜靠着椅子,一抹蛋黄的灯光照在她脸上,我突然感觉她的目光在这片柔和的灯光下深情地盯着我。我有些不好意思了,问她:"你看着我干吗?"

　　谭元元不承认她看着我,说:"我没看你,我正在想,这些导演都是用这种套路骗美女上床。"她把自己归纳进美女的行列,"很多女孩子都有当明星的梦。你想,让一个女孩子当演员,那她不什么都豁出去了?"

　　"王导看中你了,要你演女配角。你就开间房,准备当女配角吧,说不定一夜成名呢。"

　　谭元元笑着对我抛下媚眼:"我会上他的当吗,你觉得?"

　　"你不是说晚上开房吗?惹得他离开时情意绵绵地看了你好几眼。"

　　谭元元立即笑了起来:"你吃醋了?"

　　"没有,这是你的权利。"

　　"你觉得我会去开房吗?"

　　"那是你的事。"我说。见她狡黠的样子盯着我,我不想猜测她,觉得再坐下去没多大意思,便起身说,"我得回家修改脚本。"

第十一章

"美女，买单。"她大叫一声。

服务员走过来，我要掏钱，谭元元一把摁住我的手："我来，别跟我争。"

她是真大方，服务员拿着钱去收银柜结账后，她高兴地昂起漂亮的脸蛋，扫一眼四周，"以后我也要弄一个这样的中西餐厅，"她赞叹，"生意真好。"

"吹吧，你——"我说。

妻子在书房里弹琴，见我回来，她停止了弹琴。我见她脸色黯然，便知道她不开心。这几天，她为职称的事苦恼。我觉得女人不但需要爱，还需要开导。我说："想开点，人生不过是一场大家都参与的游戏。说老实话，我现在对生活的要求很淡。我们活着，首先要懂得爱惜自己，不爱惜自己，又怎么去爱别人？"

妻子不与我谈废话，说："我刚才找了王副校长。"

"王副校长怎么说？"

"王副校长要我直接找陆校长谈，"妻子说，"他说主要是陆校长。"

我坐到沙发上休息，妻子也坐过来。她昨晚告诉我，黎老师的老婆张老师，比妻子晚一年毕业，还是个大专文凭，这次要评一级了；另一名语文老师，比妻子晚两年毕业，这次也要评一级教师。我知道妻子很想不通，陆校长是故意压她。我很绝望，但我不能把绝望搁在脸上。我说："我晚上去找宋主任、戴主任他们，让他们替你想想办法。"这些事情在折磨妻子的同时也在折磨我，毕竟大家都是在游戏规则中工作、生活，工龄、教龄都到了而不评你职称，就是个事。

我转移话题道："如果你同意，我想开个摄影楼。"我握住妻子的双手，"这几天，我总是想，开个摄影楼，给自己打工。你也不要教书了，来摄影楼给那些来拍艺术照或婚纱照的年轻姑娘化妆，或收银。这样，你也不会再为职称的事情苦恼了。"

"你不要做这些梦，"妻子对我没信心，"开摄影楼？我们哪里来的钱开？"

"可以找你大姐夫或二姐夫，"我说，"请他们支援一下。"

"我就知道你想打他们的主意。"妻子不屑道，"你还是老实待在公司里干好了，省得我还要替你担心。你不是我大姐夫、二姐夫，你没他们厉害。你不是那种赚得到钱的人。"

"我不是为自己赚钱，钱对我没意义。"我说，"我是想为你和明明赚钱。"

"我不想听你说这些。"妻子反感我这么说。

我为了使自己心里的怒火慢慢泄去,拿起茶几上的一本摄影作品精选翻阅。我调整着心态,不想把自己的坏情绪带给妻子,她跟着我过日子已经很吃亏了,还要让她消受我的苦衷吗?我想这个世界一定是要我多吃一些苦,我想人既然生下来就是吃苦的,那就吃吧。我给自己打气说:"我们还没糟糕到最坏的程度。"

吃过晚饭,我洗了碗,妻子和女儿坐在沙发上看电视,我去了宋主任家。宋主任见是我,笑笑说:"坐。"

我掏烟给宋主任抽,宋主任要我抽他的烟,他递支蓝盒芙蓉王烟给我,笑着说:"今天在外吃饭,剩的。"

我点上蓝芙蓉王烟,"宋主任,黄江丽评职称的事,你帮她说说话吧?她本科毕业十年了,在学校工作又没犯错误……"我转而用乞求的口气说,"我们是很好的朋友,你在学校里又是办公室主任,讲得起话,你站出来为黄江丽说几句话吧?"

宋主任脸上的笑容收敛了,说:"我不是职评小组成员,帮不上忙啊。"

就在前段时间,他当着戴主任、黎老师还一副仗义的模样,真到我来求他,就打太极拳了,这让我内心深感荒芜。宋主任见我木木的,建议说:"你去找陆校长好好谈谈,解决黄江丽老师的职称问题,关键是陆校长。"

这还要他说吗?我冲口而出道:"找陆校长谈没用,就是陆校长卡着不评。黄江丽早该评职称了,大学本科毕业都十年了,又没犯作风和政治错误,不评也说不过去。"

宋主任笑。我觉得他笑得很不地道,当年不是他拉着我站在曹校长那边,我会这么倒霉?有些人是假讲义气,我当年是真仗义,自己都觉得自己傻。他说:"既然陆校长卡着,你可以找王副校长谈,让王副校长在职评会上替黄江丽老师说说话。"

"黄江丽找王副校长谈了,"我说,"王副校长要黄江丽找陆校长。"

宋主任抽口烟,不再说话。我有些心寒,这种寒意也不知从何而起,我正想起身告辞,戴主任敲门进来,看见我,立马笑逐颜开:"哎呀,定哥。"

我说:"戴主任,忙吗?"

"忙,学校里事情多,下个星期学校搞课间操比赛,老师们都很积极。你回来时,没看见学校操场上,好几个班都在请体育老师训练学生队形、队列和齐步走?"

我确实看见了,老师们站在自己班前,瞧着学生练队形或齐步走。我厚着脸皮说:"戴主任,我正想去你家找你。我们同事几年,一直是好朋友。黄江丽本科毕业十年了,还没评一级,你给我出出主意,看有什么办法?"

一句话把戴主任问住了,他迟疑片刻,推托道:"这事,你找我没用,找宋主任。"

宋主任忙摆手:"找我也没用,我不是职评小组的,说不上话。"

戴主任同情地看着我:"这事,还只有陆校长说了算。你找陆校长谈谈。"

这就是当年与我常常在一起吃饭、聊天、讨论时事、关心国家大事的朋友?朋友可以是这样的?我知道自己很蠢,居然来找他们想办法,寄希望于他们,真是智障到家了。我没再说这事,手机响了,我掏出手机,显示屏上呈现着谭元元的名字。我接了,谭元元在手机那头说:"罗大摄影家,出来喝杯咖啡吧。"

我正进退两难,这个电话让我心里一暖,便问:"在哪里?"

她一听我没有拒绝的意思,忙说:"去芙蓉中路的上岛咖啡餐厅喝咖啡,怎么样?"

宋主任和戴主任都看着我笑。

谭元元在手机那边尖声叫道:"我今天很高兴,吃晚饭时,我搞定了一家公司的大老板,真的。不光只是你,我还叫了刘晖和邓军。"

我说:"那我来。"

我按了结束通话键,宋主任说:"是一个女人的声音啊,嘻嘻嘻。"

戴主任也道:"定哥,喝咖啡啊?潇洒啊。"

我说:"潇洒什么?公司里的几个同事。"

我走出宋主任家,望眼天,天上一轮皎好的月亮,心情立即好了点。我走进黑乎乎的单车棚,推出单车,上岛咖啡餐厅离A中学有点距离。我骑上单车,向上岛咖啡餐厅奔去。半个小时后,我在上岛咖啡餐厅前的一株树下锁好单车,走进了雅致、温馨的餐厅。一支优美的萨克斯曲子在雅静的咖啡餐厅里飘荡,餐厅内光线阴暗,一处一处的雅座上坐着一对对恋人。我正想这里太昏暗、温馨了,不是我该来的地方,谭元元却冲我打招呼:"这里。"

我在她对面的沙发上坐下:"邓军和刘晖呢?"

"邓军在麻将桌上,下不来。"谭元元这样回答我,"刘晖说来,但我刚才打电话给她，她又说不来了，说太晚了。"

我感到自己被这个离婚女人骗了，成了她寂寞无聊的"慰安夫"，心就凉透了，怎么什么人都可以骗老子？我真是个傻乎乎的男人，什么都想当然地相信。

她笑，问我："你吃什么？"

餐桌上，除了一杯咖啡，她没点别的东西。我答："喝杯咖啡吧。"

她对女服务员招下手："来杯咖啡。"然后对我笑。

我觉得她的笑容太甜了，有点饼干的香味儿。我不看她，而是打量着餐厅。餐厅里，一张张沙发展现在我周围，一些年轻男女霸占着这些沙发；有几盏小小的射灯亮着，很暗，看不清人的面孔；一支动听的萨克斯曲子，从酒柜那边飘来，很情调地在你耳畔徘徊。她见我不说话，小声问我："你好像不高兴？"

"没有，只是想休息。"

服务员走拢来，穿着枣红色西服，双手端着盘子，盘子上立着杯咖啡。

我盯着咖啡，这时谭元元的手机响了，她对我一笑说："王导的。"

她接了："今天晚上恐怕不行，我现在还在谈事。"

王导在手机那头说了几句什么，她答："改天好吗？"

我很轻松地坐着，一副既来之则安之的形容，脱掉皮鞋，将两脚架到沙发上。在她面前，用不着讲礼貌，我跟她讲文明她不但不会领情，反而会嘲笑我迂腐。我们是坐在窗旁，我点支烟，看着窗外的夜景，听着她与王导说话，想她把王导的爱欲燃起来了，当然只能自己收场。我听见她说："这几天都不行。"

她挂掉手机，说："王导还真以为我会开房等他，真是脑袋进了水。"

我明白了，她把我约来喝咖啡，是想证明自己没与王导开房。我想这其实没必要，我并不关心她与谁开房，我心里并没她。我听着萨克斯曲子，想着妻子评职称的事。谭元元向服务员要了包软芙蓉王，还要了包牛肉干。服务员端着一只不锈钢盘子，将她要的东西端来。她对服务员说了声"谢谢"，对我说："你抽这包烟。"她是指软芙蓉王。

我不想接受她的烟。我也弄不清她为什么喜欢我，说起来，我又算什么呢？但人的感情是讲不清的。谁能说清爱？有人说是气味相投，有人说是磁场吸引，还有人说是为了其他目的。谭元元显然对我没有其他目的。我觉得也许她脑袋进了水，把本来就说不清的爱，搅得更浑浊不清了。音响里替代萨克斯曲子的是一支圆号曲子，于是咖啡厅的每个角落里都滚动着低沉的圆号声，好像皮球蹦跳着滚动，还有

第十一章

情侣们的说话及窃笑的声音。

"你吃牛肉干,味道很好。"谭元元将牛肉干撕下一条,递给我。

我吃了一点,说味道不错。她见我说话少,就问我:"你在这想什么?"

我告诉她我在休息脑筋,边听圆号曲子。"很好听,"我说我曾经练习过吹小号,但比这差远了,只会吹《运动员进行曲》。"后来我听别人说吹号的人命短,就不敢吹了。"

谭元元很开心地笑着,仿佛我讲了一个十分幽默的故事。她这是在自我发展她的高兴,我确实无意逗她开心。我对谭元元不存什么心,她太聪明了,到处投资,股票、期货、理财产品和高利贷,一些别人不敢玩的东西,她都敢玩。前天我正在办公桌前写脚本,忽然听见她大声说"OK",我一回头,她挂掉手机,然后喜滋滋地对我说:"我又赚了十万。"我不愿意与太聪明或太厉害的女人深交。

谭元元夸张地对我说:"你可以当相声演员。你讲笑话不笑的。"

"这不是笑话。"

她又弯下腰笑,又笑得眼睛眯成一条缝:"我跟你在一起很愉快。"

"我什么都没有。"我平淡地答,"我这个人对生活没什么热情,我活得太理性了。"

"你的热情藏在下面。"她说,很了解我的样子,"你其实是个怀才不遇的人,你有聪明的脑袋。你是我遇到的最聪明的男人,我说什么,你都懂。有的男人,我调侃他一句,他半天都没反应过来,还以为我是赞美他,顺着梯子爬,蠢得死。"

我想起她对烹饪协会的某人和对富兴酒店的总经理说话的那番情景,还想起她捉弄王导的事情,我可不敢掉以轻心,说:"我知道你是说我,我反应迟钝,属于蠢得死的。"

她愣愣地看着我,我又强调一句:"你错了,我一点也不聪明。我喜欢傻仗义,结果得罪了我原来单位的陆校长,害得我妻子评不了职称。"

"评职称那么重要吗?"她问。

我说:"对于我们这些脱离体制的人,不重要,对于在体制内的人,很重要。"

她开始说别的,说她今天在饭桌上相识的那个大公司老板,愿意做一本公司画册。谭元元经常提供这样的信息给我,有的能干成,有的却成了泡影,我一点也不惊讶。我用一只耳朵听着，边搭几句，另一只耳朵却在用心听一支又一支的圆号或小提琴曲，心思离开了这里，想宋主任和戴主任，当年我们那么好，无话不谈，三天不坐在一起吃餐饭都觉得生疏，如今我找他们，希望他们为我妻子说说话，却个个推托，心里就悲哀着。

"你没听我说话，"她生气了，"你心不在焉。"

我坐正姿势："我在听呢。"

"我刚才说了什么？"

我确实没听，望着她。她恨道："我知道你，不识好人心。"

"别，我知道你对我好，可是……"

她恼怒地打断我道："服务员，买单。"

我有些愧疚："我来买单。"

"不要你买，"她说，边掏钱包，"你那点钱，留着给你老婆买衣服吧。"

我望着她，想她怎么发这么大的火？犯得着吗？她又添一句："再不理你了。我要是再理你，出门被汽车撞死。"

这是发毒誓呀，这个誓吓了我一跳："千万别发这种誓，快吐口口水。真对不起。"

"哼——"

"你别生气，"我说，"别发毒誓，快吐口口水，朝我脸上吐都行。"

她很生气，丢下两百元钱，不等服务员走过来收钱，拎着包气冲冲地走了。

第十二章

谭元元请了一个星期假,我打她的手机,想解释,她没听完就挂了。一个星期后,她又来上班了,望都不望我一眼,昂着漂亮的脸蛋,横来直去,仿佛妖风样刮来刮去,害得邓军像中了邪样晕着脑袋,不知道发生了什么事地看着她,又望着我。我坐在隔断里修改《湘菜大全》的脚本。修改完后,我打王导的手机,要王导看看,王导说"我没空",王导生谭元元的气,谭元元生我的气。我有一种失落感,一个漂亮女人经常找我,对我说这说那,突然不理我了,我既有一种轻松感,同时也有些失落。

邓军走到我坐的隔断里,问我:"你和元姐吵架了?"

"没吵架啊。"

"我刚看见元姐一脸不悦,走进来也没理你,"邓军捂着半边脸说,"你惹她生气了?"

"这和我没关系。"

邓军把手摁到我肩上,表示亲热道:"元姐是真喜欢你。"

"你别乱说,"我把邓军的手从我肩上拉开,"我们在一起,只是工作。"

邓军说:"元姐像只刺猬样冲来冲去,我得绕开她走,生怕被她刺了。她对你好,可以好到天上去,缺点也是优点。生起气来,一脸冰冷,视你而不见。"

外面下雨,这是周末。我没事干,便决定提前回家。走出电梯,在大堂碰见谭元元拎着包匆匆走来,我站住,望着她。她装没看见我,板着一张冷艳无比的脸,快步从我身边走过,相距只有一米远,一股香气却从她身上传来。我收住迷茫的心,撑起伞,走进雨雾中,碰见陈放开着奔驰送他年轻、漂亮的妻子来私人会所做美容美体,他对我摁了下喇叭。他妻子从车上下来,打着伞匆匆向大堂走去,我望着他,他说:"上车,我送你。"

我上了陈放的奔驰,"我靠,"我打量车内一眼,"这车真好。"

陈放笑笑:"定哥去哪里?"

"我回家,"我答,问他,"这车要好多钱?"

陈放笑道:"不算很贵。"

"多少钱?"

"一百多万。"

"一百多万还不算很贵?"我望着陈放,"同学里,你恐怕是最赚了钱的吧?"

陈放笑:"其实这车不是我的,是我舅舅的,我舅舅在长沙有项目,车是他的,我是我舅舅的司机。他一来湖南,我就为他开车,他回台湾,车就是我的。"

"你舅舅很有钱?"我随口问。

"他很有钱,"陈放说,"个人资产,上百亿是有的。"

我羡慕陈放有一个如此富有的舅舅:"你舅舅做什么生意?这么有钱?"

"我舅舅什么生意都做,在法国、德国和新加坡都有公司,在北京、上海、香港、深圳、厦门和长沙设了分公司。我舅舅的公司叫财团,既做药品开发,又做医疗器材,还做法国几种品牌的红酒和德国板材在大陆和台湾的总代理。我舅舅说,只要有钱赚,什么生意都可以做。"

我们边说话,他边在我的指挥下开车。车驶到A中学前,他问:"定哥还住在这里?"

我点头:"去我家坐下吗?"

他说:"下次吧,我还要去办点事,然后去接我老婆,晚上还有应酬。"

我看着陈放把车开走,突然觉得有钱就是好。回到家,妻子脸色憔悴,目光黯淡地望着我,说:"我今天找了陆校长。"

我马上把注意力集中起来:"陆校长怎么说?"

妻子说:"陆校长说我没评优。我说,去年我们初二年级组评了我优,你们把我的优取消了。陆校长说:'是你被别的老师比下去了。'"

我十分绝望,A中学的权力完全集中在陆校长手上,他说谁上谁就上,他说谁不行谁就不行。我只能喊冤,如果办公楼前有一面鼓,我真会去击鼓鸣冤。我说:"你没说去年你评的优实际上是他陆校长反对?"我望着妻子——妻子脸上的表情让我心碎,"评了优,他一句话就取消了。他这是故意整你。干脆,我们到深圳或珠海你大姐夫、二姐夫那里找事做，随便做什么事都比在这里受窝囊气强。"

妻子摇头："不去。我不喜欢做生意。"

我鼓励妻子做出这样的决断，说："外面的世界很大。你是不想走出这一步，其实，学校对于别人也许是一个天堂，对于我和你，是一个魔窟。他压着你，不让你评职称，这对你是一个很大的伤害。何必受这种气呢？"

妻子说："不就是不评我职称吗？他还能干什么？"

"陆校长是恨我，"我把责任往自己身上揽，"也许他是嫉妒我，因为你太漂亮了，他觉得我不配有你这样美的妻子。这个人，心理阴暗。"

妻子目光凄迷地望着我。

我给妻子打气，说："索性辞职不干了，或者职也不用辞，明天就不上课了。我去访个门面，开家摄影楼，我们一起奋斗，我就不信养不活自己！脱离学校，离开他权力的范围，他还能害你？人活着就是一口气！"

妻子没说话，我说："你表个态啊。"

妻子说："你不是能赚到钱的人，你以为什么人都可以发财？"

我说："怎么我就赚不到钱？你对我就这么没信心？"

"你心不狠，太诚实了。"妻子说，"能赚到钱的人，心都狠，敢赌。像二姐夫说的，富贵险中求。二姐说，罗定没有赌性，发不了财。"

我不服气，说："如果你同意，我现在就去访门面。"

妻子摇下头："你辞职时，我很担心你弄不到饭钱，但你那么坚决，我又阻挡不了。我曾背着你跟我大姐和大姐夫打过电话，大姐说你不是做生意的材料。大姐夫也说，你是个读书人，只适合在学校里教书。"

我没想她的两个姐姐对我是这种印象，我说："难怪你两个姐夫都不跟我谈生意，原来对我是这种看法。我会证明给你大姐大姐夫和二姐二姐夫看的。"

"证明什么？证明你能赚钱吗？"妻子说，"今天一个同学打电话给我，说我的一个在大学里教书的姓赵的男同学，要评副教授了……"

妻子曾告诉我，姓赵的男同学在大学时曾追过她。我有一种内疚感，自己栽的刺都扎在妻子身上了。我抽口气，说："人都有烦恼，会好起来的。"

妻子不想听我说这些："你去做饭吧。"

"好的。"我答。

我只能在琐屑的生活中尽量减轻妻子的负担。我做饭时，妻子睡了会儿，女儿回来,妻子爬起床教女儿弹琴。我把饭菜做好,端到桌上,说:"明明,要吃饭了,去洗手。"

吃饭时,妻子没吃几口就不吃了。"我没胃口。"她说完,走进房间,躺下了。

女儿还没烦恼,吃得很开心,边看着电视。我催女儿把碗里的菜吃干净,便收拾碗筷,然后走进卧室。妻子侧着身体躺着,没睡着,我问她:"不舒服?"

"没不舒服,只是好疲劳的。"她答。

我拿起一本书看,妻子问:"看什么书?"

"《庄子的哲学思想》。"我回答。

妻子说:"别看,你就是看这些书,把脑袋看坏了。"

"把脑袋看坏了?"我说,"不看书,脑袋会变得更呆滞。"

妻子是个很现实的女人:"我看你读了那么多书也没变聪明。"

"看书能让人明智,"我说,"不看书,脑袋里的疙瘩就解不开。书中有很多条路供你参考、选择。委屈,很多人都受过,有的人会被委屈压垮,有的人能顺利地绕过。那些被委屈压垮的人,都是不读书的。"

妻子脸色茫然,隔了片刻说:"你啊,只晓得说一些没用的话。"

公司里,谭元元照样不理我,她发了毒誓的,好像在努力遵循自己发的毒誓。她衣着华丽地来到公司,人变了一个样,马董感到意外,昂起肥脸说:"你在公司里?这么安静,我还以为你不在公司里。"

她说:"嫌我吵了?"

马董答:"那倒不是,只是这不像你的性格啊。"

她一脸文静地说:"这段时间,我忙,在外面跑业务,求人,话在外面说完了。"

她接了个电话,拎起包,一边说话,一边就这么走了。我照样干我的事。我们偶尔也有交流,她不再叫我"定哥",而是"喂",也不看我,连在男女方面反应较迟钝的刘晖也看出来了,对我笑。谭元元离开后,刘晖还在笑,我问:"采访一下,你笑什么?"

"元姐好像对你有意见?"

我没回答,想自己也有错,好好的同事关系,被自己的粗心破坏了。

第十二章

五月的一天,我去看周欣等五人办的摄影作品展览。周欣着一身蓝色西装,长发披肩地站在门前接待朋友。来看摄影展览的都是圈内人士,还有电视台和报社的几名记者。周欣的摄影作品主要是风景,枫树枫叶、油菜地和老街老巷等。我说:"拍得不错。"

周欣谦虚地说:"主要是景物好。"

我盯着他拍的一处教堂,光影效果极佳,赞美说:"你这幅拍出味来了。特别是这个女人,一脸虔诚、向往的样子,极好。你又进步了。"

周欣说:"这是鼓浪屿上的教堂,当时一些人做完礼拜,走出教堂,我抓拍的。"

"哦,"我说,"真有味道。"

看完周欣的摄影作品,再看一旁那几人的摄影作品,觉得有一个叫李为刚的小伙子拍得不错。周欣告诉我,李为刚是前年毕业的大学生,特别喜爱摄影。我对李为刚说:"你拍得很有感觉,构图、构思都特别。学什么的?"

李为刚说:"学油画的。"

与周欣、李为刚等几人吃过晚餐,回到家,妻子在书房里教女儿弹钢琴,我坐在沙发上看电视,邓军开着车来了。他刚买了辆二手车,就是谭元元的朋友想退的那辆爱丽舍。邓军很高兴,开着车到处游就"游"到了A中学。他进门便说:"我现在不用打的了。"他是那种人,哪怕口袋里即将没钱了,也会买一包芙蓉王,拉开的士车门,乐呵呵地回家。

我说:"好啊,你成有车族了。"

我对邓军来访非常高兴,家里正沉闷着呢。在我眼里,邓军是个大方、幽默、开得起玩笑的人,还是个有质量的人。他脑子活,上网玩游戏是高手,爱打麻将、爱喝酒。公司里开什么会,马董经常叫他列席参加,让公司里的其他董事听他发表意见。他的意见虽然过于书本化,但常常也透露出些许道理,就是说从战略的大方向上看是对的。马董器重他,之所以没升他职,是因为他太年轻,还没经商经验。马董曾说,邓军不错。

邓军说:"车蛮好开。"

"开车上瘾了?"我问他。

"嗯,吃了饭没事干就想开车,主要是练习开车。"邓军在沙发上坐下,听见我女儿弹钢琴,问我:"出去玩吗?然后我再送你回来。"

"去哪里玩？"

"随便去哪里，"他说，"我请你喝咖啡？我身上有几个钱，不用完就不舒服。"

二十几岁的男人都是他这样，不能有钱，一有钱就发"烧"。他人缘好，公司里很多人喜欢他、找他喝酒。他喝酒敢玩命，一杯白酒，一口喝尽。有钱的时候，他抢着买单。当然，他没钱的时候还是比有钱的时候多，这是因为他玩麻将输得多。他跟部门经理打麻将，一输就是几千，但他固执地坚持牌桌上输的牌桌上还。他的意思是要在牌桌上赢回来。他不在乎别人笑他。今天中午，他输得身上一分钱都没有了，对我说："我要歇歇手气，避避风，这段时间我手气太痞，把加油的钱都输光了。"

我想起他中午说的话，笑笑："你加油的钱都输了，还有钱请我喝咖啡？"

"加油的钱没有，喝咖啡的钱还是有。"邓军说，"走吧，定哥。"

我一笑："刷卡了？"

"卡上的钱被我刷光了，我要戒牌了。"邓军说，拿出白沙烟递支给我，"这段时间输得太猛了，再不戒牌，裤子都会输了去。"

我忽然想起邓军一心追着刘晖，就笑："你没找刘晖呢？"

"她非常高傲，我敢打搅她？"邓军脸上露出了年轻人的自卑。

男人在女人面前就是这样，所谓爱得越深就越自卑，这种体验我曾有过。我看着邓军，忽然想给他一点爱情的力量，于是说替他推波助澜什么的。"我们干脆把刘晖也叫出来一起喝咖啡？"我说。

"那最好，"邓军说，"有你，我就有勇气。"他的意思是他就不会拘束。

五月的长沙，气温已开始露出夏天的端倪，穿一件长袖衬衣也不会感到冷。我坐进邓军的爱丽舍，车内干干净净，椅垫都是他新买的。邓军把车钥匙一拧，汽车发动了，两束白亮亮的车灯灯光汇集在一起，投在地上。他放下手刹，开车朝前驶去。我问："这车还好开吗？"

"好开。先开开二手车，以后有钱了，再买辆好车开。"

汽车驶上沿江大道，向五一路奔去。邓军偏过脸来问我："定哥，元姐好像对你有脾气，昨天我跟她开玩笑，她很生气，不准我再在她面前提你的名字。"

"她约我去喝咖啡，突然又起身走了，说再不理我了，弄得我很没趣。"

"看来她是对你动了真感情，不像是玩。"

我没说话，一笑。邓军又说："元姐喜怒无常，但人很好。只要你顺她，她很大方。她打牌猛，桌子上打了两个三万了，她和嵌三万，还敢赌海底，偏偏就赌中了。"

"那是她有钱，"我说，"有钱当然敢赌。"

邓军把车的速度减慢了点，把话题转到钱上说："金钱害人，害得人心理失衡，人在失衡的状态中会跟动物样，变得焦虑和恐惧，甚至变得极端，有的人，为了钱，什么缺德事都敢做。我感觉我们都病了，一种在金钱面前打摆子的病。"

"好人好事总让人怀疑，不愿接受在他们看来有些偏离正常轨道的好人好事。我不知道起点在哪里，终点在哪里。"我回答邓军。

"我也活得盲从，"邓军说，"我不晓得自己的位置在哪里。我的很多大学同学也和我一样，赚一点钱就用一点钱，聚在一起不是打牌、喝酒，就是谈生财之道。"

刘晖和她父母住在一起，离公司几脚路。我没去过，邓军去过，他告诉我刘晖家住在一幢六层楼房子的五楼，父亲是干部，但不是什么有权有势的干部。我想起谭元元所说，觉得有必要让他知道，说："有人说马董喜欢刘晖，你要小心人家横刀夺爱。"

他点头道："我知道，马董常派刘晖干这干那，看刘晖的眼神好像要把她吃掉样。"

我担心地问："你与马董抢，能抢赢吗？"

邓军说："马董有老婆、孩子，又那么胖，理智上刘晖不会喜欢马董。"

"他有钱，再说，人家是情场老手，你可要留意。"

"这就是我不去三一重工的原因，"邓军说，"马董知道我喜欢刘晖，我在他公司，至少他还有点顾忌。前段时间马董得知三一重工肯要我，我一下子身价就提高了样，马董找我谈过一次，说集团准备为我设立贸易公司，要我安心在宏力集团干。"

"你是学国际经济与贸易的，"我说，"做贸易，肯定能发挥你的才干。"

邓军把车开到刘晖家的楼下，拨通刘晖的手机，要我接，说："定哥，你接。"

我知道他心里有鬼，这个鬼当然是爱，爱情总是让人临阵胆怯，我是指尚未获取的爱情。刘晖接了电话,我说:"我和邓军在你家楼下,出来一起喝茶吧。"

"喝茶?"

"我们两个男子汉喝茶没意思,出来吧。"

刘晖出来了,穿身白底蓝花衬衣,估计是刚刚洗完澡,头发湿湿的,披在肩上,扩散出一种洗发精的香气。邓军坐在驾驶室里没动,我打开车门,她一坐进车里,一股芳香便驱赶着车内我们释放的气味。我说:"我们去哪里喝茶?"

刘晖笑,邓军说:"由她定。"

刘晖说:"前面有家发烧友开的蓝房子夜总会,既可以喝茶,又可以唱歌。"

邓军发动车,朝前行驶不远,刘晖指着蓝房子夜总会说:"到了。"

邓军把车停好,我们下车,走进蓝房子夜总会。服务生问:"请问,你们喝什么茶?"

"来三杯绿茶。"刘晖说。

蓝房子夜总会里光线暗淡,墙上贴着绒布,几组沙发、茶几分别摆在不同的地方。刘晖介绍说:"这里我和几个同学来唱过歌,音响还可以。"

我们在一隅坐下。大厅里有几人坐着,边嗑瓜子、喝茶,边唱歌。一块很大的银幕呈现在墙上,上面出现了一个个美丽迷人的画面,画面上打着正在演唱的歌词。女服务生拿着圆珠笔,手上还拿着几张点歌单,走过来,放在圆桌上。邓军说:"光喝茶没意思,美女,来碟瓜子和一盘提子。"

女服务生应了声"好的",刘晖低下头翻看歌谱,问我们唱什么歌。我笑:"我的喉咙跟唐老鸭叫一样,我只是来喝茶。"

女服务生用一只不锈钢盘子端来我们的茶,分别放在我们身前。邓军待女服务生走开,说:"刘晖,你唱吧。我五音不全,自己在家唱唱还勉强,在这里,别人都会被我吓跑。"

刘晖说:"那不正好吗?你唱什么歌?我给你点。"

"你先唱,我暂时不唱。"邓军说,点上支烟。

刘晖翻阅歌单时,女服务生又端来提子和瓜子。刘晖说:"叫元姐来唱歌?"

邓军望着我,我问:"你望着我干什么?"

邓军不回答我,拨了谭元元的手机,要我接,我拒绝接,邓军对手机那头的谭元元说:"元姐,我们在蓝房子夜总会唱歌,我、定哥,还有刘晖。你来吗?"

音响里传出一个男人的歌声,吼三吼四地唱着,跑调跑到外婆家去了,折磨着大家的耳朵，也覆盖了邓军说话的声音。邓军忙起身，出去说话。不一会儿，邓军走进来，坐下时对我说："元姐有事，她不来。"

邓军抓起一把瓜子嗑着，待唱得让人受不了的歌声停止后，又说："元姐说你们玩，她确实有事，来不了。"

我想谭元元还在生我的气，那天她确实很生气，看来，以后在待谭元元的事上还是要小心点，免得得罪了人都不知道是怎么得罪的。刘晖点好了歌，看着我笑。我说："又笑。"

刘晖继续笑，等另一人的歌声终止后，她说："元姐这段时间神神秘秘的。"

邓军答："还不是定哥害的。"

"这和我没关系。"我说，"她本来就神神秘秘，前阵子她对我说'我又赚了十万'，她在外面还做股票和期货生意，她并没把心思完全放在公司里。"

"她还放高利贷，"邓军说，"我说，放高利贷是国家明令禁止的，而且风险很大。元姐说她放高利贷是放给值得她信任的生意人，中间有担保商，并不是盲目地放高利贷。"

刘晖"啊"了声，佩服道："我们元姐太厉害了。"

"元姐其实是个富婆。"邓军说，"我初来宏力集团时，曾跟元姐开玩笑说，我没有别的理想，这辈子能赚一千万就知足了。元姐说：'一千万算什么，到处都是千万富婆。'"

刘晖惊讶道："哇噻，元姐也是千万富婆吧？"

"她应该没那么多钱，"我分析说，"如果她有那么多钱，也不会开马6。"

邓军望眼刘晖，这才道："我问过元姐，她说做人要低调，又不当老板，买那么贵的车干什么？她不是买不起奔驰，她是心疼钱被别人白白赚了。"

我笑，说："也许吧。谭元元是视钱如命，一分钱都要赚的。"

邓军说："马董说元姐有头脑，脑子活，在这个瞎搞的时代，想不发财都不行。"

刘晖"唉"一声："元姐那么有钱，我连一万元都没有。"

"以后会有人替你赚钱。"我笑道，不想再谈谭元元，问刘晖，"小刘，你毕业时没进国有单位呢？你父亲在商业局，国有单位什么的应该好进呀？"

"我不想过我爸妈那种一辈子上班的生活。"

我说："在公司里，也是每天上班啊。"

"这只是我暂时的选择,我本来可以去深圳的一家大公司,"她说,"笔试、面试都通过了,只等我去上班。我爸不要我去。"

"你爸不要你去?"

"我爸对我一个人去深圳不放心。"刘晖温情地一笑。

我笑:"你是你爸的乖女儿。"

刘晖点的歌,轮到了。刘晖走上去,拿起麦克风,于是一首王菲唱的我们耳熟能详的歌在大厅里飘扬起来。我敢说刘晖有专业水平,唱得虽然不能说极好,但也不错,我还觉得她把感情唱出来了。她的歌声终止时,响起了一片掌声,不光是我和邓军鼓掌,还有别的男女鼓掌。刘晖走过来,笑着坐到椅子上,我说:"你有专业水平。"

刘晖笑笑:"你是表扬我。"

"你的歌声把我陶醉了,我开始以为不是你唱,是放碟。"邓军用夸张的语气说。

我想刘晖在他心里一定占据着偶像的地域,那片最好的土地在年轻人心里不是留给英雄就是留给姑娘,而如今这个人都物化了的、英雄已经产生不出价值的时代,这片领域一般都是留给姑娘耕耘。"在物质占领着一切价值观念的社会,精神都荒芜了。"我说,看着邓军和刘晖,"电视台和报纸上宣扬的英雄,不是大影星、大歌星,就是大款。这个时代的英雄就是些这样的人,和平年代的产物。大影星、大歌星出场,那么多保镖围着,给观众的感觉犹如蛟龙出洞。大款们也成了时代英雄,他们腰缠万贯气壮如牛又挥金如土的做派,被媒体宣传得令人咋舌,使很多人成了拜金主义者,羡慕他们的生活。"

邓军说:"我是在整个社会宣扬歌星、影星和大款的低俗文化中长大的。少年时候,我和我的同学,想的就是有朝一日成为歌星、影星或大老板。他们都成了孩子们眼里的时代英雄。我们小时候,把报纸上宣传的好人看成了傻蛋。"他说到这里,点燃一支烟,"现在的年轻人都这样,只崇拜那些有钱人,只想赚钱。"

"这都是媒体宣传产生的副作用,一味地宣传大款、明星,要消除这些宣传产生的副作用,却不是那么容易的事。战争年代,能征善战的军人是大英雄,和平时代的价值观变了,明星成了英雄。"音乐声又在大厅里响起来,是《把根留住》的过门音乐,我不得不把说话的声音提高,"这些宣传都渗透到了孩子们心里,这些思想既表面、肤浅,又深邃。和平时代,物质是能打败精神的。物质是看得见的,精神是虚的，看不见，看得见的总能让人追求，看不见的，几人会去认同、追求？"

邓军说："我也觉得，我们今天这个时代的英雄就是大款、歌星、影星和体育明星。科学家、作家这些辛勤耕耘的人，都不是年轻人的偶像，媒体没宣传他们，工作性质决定了他们也不愿意接受媒体炒作；再说，他们也不是靓丽的美女或帅气的美男子，即使宣传，也没人感兴趣。这是个价值取向肤浅、单薄，英雄被消解的时代。"

我补了句："这是个快乐至上、物质第一的时代，还有什么英雄！"

一个年轻男人拿起麦克风唱起来："多少脸孔，茫然随波逐流，他们在追寻什么／为了生活，人们四处奔波，却在命运中交错……"

我们玩到十一点多钟，刘晖对我和邓军说："走吧，我爸妈会担心我。"

她真的是爸爸的好女儿，我想，说："走吧。"

我们走出这家不伦不类的夜总会时，街上已经冷清了……

第十三章

我在白水县拍的雪景照,有几张发在周欣负责的版面上,周欣打电话叫我去报社财务室领稿费。我去了,稿费是两百块钱。周欣说:"罗大师要请客啊。"

我答:"这点小稿费,只能请你喝啤酒。"

周欣说:"不喝啤酒,喝啤酒长肚子。"

我打量周欣,他身材匀称,穿一件黑衬衣,为了让自己显得更男人味,他把山羊胡子蓄了起来,下巴上就有一寸修剪成一撮的黑须。我说:"你又不肥,喝啤酒去。"

周欣把我领到报社前的一家小饭店,我们就坐在小饭店里,周欣对老板娘说:"叫你的厨师别用潲水油炒菜,我肠胃很灵的,吃了,准拉肚子。"

老板娘笑:"怎么会,保证你不会拉肚子。"

周欣经常来这小饭店吃,与老板娘很熟,他亲自提来一瓶开水,把碗筷都烫了一遍,这才放心地坐下,边说:"定哥,如今的生意人心都黑。这个社会,坏人、骗子太多了。人活得累呢,得处处小心,一不留神,人就掉进去了。前段时间,我一朋友被骗子骗了几万元。"

我问:"怎么回事?"

周欣说:"我那朋友接了条信息,信息说恭喜他的手机号中奖了,奖金是十五万八千八百元。我朋友很高兴,忙打信息上留的电话,但对方要我朋友打百分之十的手续费。我朋友说,手续费可以从奖金中扣除啊。对方说,那不行,不符合公司规定。我朋友就打了一万五千八百八十元过去。等了一天,不见奖金进账,我朋友又打电话问,对方说,还不行,还得付百分之二十的个人所得税,这是国家规定,否则就不能领取奖金。我朋友想反正有十五万八千八百元,就又打了三万一千七百六十元过去。可是打过去后,我那朋友醒悟了,发现这是个骗局,后悔不迭,质问对方,对方挂了机,再打电话就没人接了。"

第十三章

我说:"我接过好几个这样的电话,天上是不会掉馅饼的。"

周欣说:"我也接过类似的电话,我也不信。"

我们吃饭,喝啤酒,聊天聊到下午快上班的时间,散了。一结账,只吃喝了一百二十元,还好,没把稿费全部吃光,还剩八十元。

谭元元又接了一本书的业务。她经常拿着我做的书和画册在外面招摇,一见到老板,就向他们推荐我做的书和画册。她是类似于巴尔扎克笔下巴黎上流社会的一朵交际花,厚着脸皮与长沙的一些生活在上流社会过着贵族般生活的老板接触。这些老板都自己拥有宾利、奔驰、宝马、奥迪等名贵轿车,出入的是华天、通程那样的五星级大酒店——这些大酒店在长沙名气很大,消费自然也高得没边。他们身后都有跟班,身上都备着护照,想出国(用谭元元的话说)"一空的就出去了"。他们使一些人追随和崇拜,他们身上都充满了大佬应有的神秘色彩。谭元元一跟他们接触,就拿出我做的书和画册,向他们推荐,终于又有一个大佬愿意做本宣传自己和公司的画册了。

这天我走进办公室,谭元元已坐在她的隔断里了。我在桌前坐下,谭元元对我"喂"了声,我知道她是与我打招呼,就掉头望着她:"叫我吗?"

她没有笑,很平淡的样子说:"你今天和我出去下。"

"去哪里?"

她答:"见一个老板。"

我以为她是找了个男朋友,要我参考,问:"谈男朋友了?"

"没时间谈,是甲方,走吧,我和王老板已经约好了。"

她穿得很前卫,一件深灰色无袖衫,头发烫成爆炸式,一条料子很好的裙裤,一双高跟鞋。刘晖看见我和她一起走向电梯,抿嘴一笑。走进电梯,谭元元冷着脸说:"王老板是一个搞房地产的大老板。他在长沙有三个大楼盘,现在正准备投资建一栋在长沙市最高的、五十层的大酒店,名叫'财神大酒店'。"

"财神大酒店"我在报纸上见过,这个名字十分俗气,什么名字不好取,偏要取财神大酒店?但是看到报纸上介绍投资将过十亿,我又觉得他是个人物。我倒愿意去见见这位一身神秘色彩的王老板,我听了解底细的人说这个人七十年代卖狗皮膏药被当地派出所抓过,如今却成了超级大佬,我真想见识见识。我说:"你是说准备投资建财神大酒店的那个人?"

"是的,他只给我们半个小时,"她说,"他很忙。"

我们走出电梯，我准备去单车棚骑单车，谭元元烦道："喂，你要晓得在他们这些老板眼里，时间就是金钱。坐我的车去。"

她这么急和认真，我反倒觉得好笑。她按了下遥控，车锁开了，我坐进她的车，她说："业务是接下来了，采访什么的，你要认真。他可不是一般老板，把他搞定了，会带来很多业务。"她一直是看着街景说话，说到这里才掉头看我一眼，"这个人能量很大。"

"别跟我说这些，我不感兴趣，"我答，"如果不是为了做书，我都不想认识他。"

"太高傲了，没人理你。"她说。

"不是高傲，我有什么资格高傲？只是不愿接触这种人。"

"我不管你愿意接触什么人，业务来了就得认真对待。你充当的角色很重要，"她启动车，边开边说，"你等于是为他树碑立传。王老板昨天跟我说，钱不是问题。他要我们做出最好的书，因为他要送朋友，要我们拿到深圳印。"

我说："我尽力。"

她开着车向华天大酒店驶去，边说："这个猪，有的是钱。"

我好久没听她说"猪"了，就问："他也是猪？"

"是只大肥猪，随便割一块肉都够我们吃的。"她并不是说王老板蠢，而是说他有钱。

"你是什么钱都想赚，股票、期货、基金都玩，高利贷也放，那些事情够操心了，你还有精力搞业务，真是精力旺盛得过了头。"

谭元元笑笑，说："钱还怕多吗？我这人有赌性，喜欢玩刺激的，敢赌。我也不是盲目瞎赌。股票、期货、基金，有人替我操盘，那是个经济学博士，姓刘，以前是我父亲的秘书，我父亲很赏识他，把他推荐到省政府经济部门工作。现在他自己出来干了，资产过亿，对我很关照。我只需上网看看盘就行了。高利贷是和朋友一起放，别人看准了，我就投钱，一般是一个月或两个月的周期，人家资金触手，又急需钱用就借高利贷。我也没拿很多钱去放高利贷，我也担心收不回，所以做这行我比较谨慎。"

她轻描淡写的，我相信没这么简单，只是她把汗水、担心和焦虑统统抹掉了，这是个报喜不报忧的女人。我把话题转到王老板身上，说："我在报纸上看到，财神大酒店的建造，将耗资十亿。王老板未必有那么多钱？"

"十亿？那是吹。融资呗。"她的一双猫眼盯着前面，"就像马董，自己不过几千万，不是也号称资产两亿吗？长沙的老板，除了三一重工的梁稳根是真有钱，其他老板这个十亿、那个几十亿，都是吹。他们主要是玩银行贷款。王老板可能是有钱，但没那么多，八成也是玩贷款的角色。"

"他们胆子都蛮大的。"

谭元元说："现在搞房地产的，十之八九都是玩银行的钱。现在这个社会是关系社会，上面有门路，银行里有关系，你就可以发财。"

我没再说什么。钱这东西，有用的就够了，多了反被钱所累。这是真理，但真理很狡猾，会隐身，即使就站在你面前，你也看不见。庄子贫穷，却活得自在。秦始皇富有天下，却死在路上。和珅富可敌国，临了被嘉庆皇帝所杀。这说明祸兮福所倚福兮祸所伏，辩证的。但是没有几人能看清这些东西，在财富面前，人人都是近视眼，看得清的是老子和庄子，他们生活在两千多年前，假如是生活在今天，只怕也看不清了。钱，成了这个社会的一切，没钱就是小狗。车驶到华天大酒店，谭元元将车停好，我们下车，向咖啡厅迈去。谭元元走在前面，她的高跟鞋踏得花岗石地面嗑嗑响。她的衣服质地和款式都很好，从背影上看，她那么高，屁股又圆，就有几分性感。我忽然惊诧，以前，我可是把她看成个钻钱眼子的张牙舞爪的女人，难道这十几天，我变了？

"王大老板。"她看见了她心目中的英雄，笑容就跟泉水一样直往下淌。我简直怀疑她身上的一些功能，她哪里来的那么多笑容，好像水龙头打开了样，哗啦哗啦的，而且十分媚态！她向王老板介绍我："他是作家、摄影家罗定，他的好些摄影作品都在全国的摄影展览中获得金奖，是省摄影家协会理事，才华横溢。"

我不是作家，这是谭元元临时给予的封号，摄影家协会理事倒是真的，不过是长沙市摄影家协会理事。她纯粹是在王老板面前瞎吹，好抬高我的身价。王老板礼貌地点下头。他是个矮矮胖胖的中年男人，着一件花衬衣，皮鞋擦得亮亮的；一张脸很粗糙，又红又黑，看上去不像城里人，而像农村里的包工头。王老板爱理不理的样子，一时同这个老板打招呼，一时又掉头同那个先生说上几句，他是这里的常客。我瞧眼谭元元，她手上拿着支白白的女士香烟，那烟雾是淡蓝色的，在她身前萦绕。她脸上的笑容是那种假模假式的，好像雷电在天上相撞一样，不断有笑容和笑声产生，那是她在迎合王老板这样的大佬。当王老板同某个衣冠楚楚的先生说完话掉过头来时，她殷勤地说："王老板，您熟人真多啊。"

"都是些朋友。"王老板显得没办法的形容,"有时候一天都应酬不过来。"

"那是的,您是湖南省有名的大老板,别人都要沾您的光发财呢。"

"有钱大家赚,"王老板说,嘿嘿嘿笑,这是一种自负的笑,"你一个人赚钱又怎么赚得过来?大家都赚钱你才能赚钱。用我的话说就是,只有学雷锋,你才能赚钱。"

这我可是第一次听说。

他见我望着他,一副不理解的样子,就解释:"雷锋精神实际上是一种赚钱精神,雷锋说对待敌人要残酷无情,对待朋友要给予春天般的温暖。你对别人好,反过来,别人就对你好。雷锋为人民服务,反过来别人就为你服务。这是一种商道。"

我不知道他这种逻辑是从哪里得来的。雷锋是他这样的暴发户吗?当然,我不会反驳他。他接着说:"很多人只说雷锋做好人好事,就没想到做好人好事会给自己带来多少回赠,这个回赠就是效益!在雷锋时代,回馈的只是好名声,但在今天的中国商业社会,回馈的就是经济效益,就是聚集人气和财力。"

他这样解释我愿意接受。

谭元元说:"王老板是学雷锋的典范。"

"我还不够典范的资格,但我一直在学雷锋,用雷锋精神待人。"王老板收敛了宽脸上的笑容,把话题扯到做书一事上来了,"我们公司以前也做过画册,我不满意,钱还是付给了对方。你们做得好,我多出几个钱也是小事,我主张大家都有钱赚,我经常对我的员工说,大家都有钱赚社会才会进步。光你一个人赚钱,中国怎么发展?"

"你说得太好了。"我说。

"钱要大家赚大家才舒服,人人都是雷锋,多做好事,这个社会才会飞速发展。"他好像是在大会上发表演说似的,"我觉得,只有把雷锋精神发扬光大,把雷锋精神毫无保留地放到今天的商海中,才会相互帮衬,才人人有钱赚。"

谭元元说:"王老板,您这话太经典了,雷锋精神确实值得我们好好学习。"

"你别以为我是开玩笑。"王老板望着谭元元,"我就是以雷锋精神要求自己,在商海中一步步走到今天的。我文化水平不高,但我对雷锋精神和毛主席的战略战术,还是认真研究过。"他折过头与一个老板打了声招呼,这才重新望着我,"毛主席的好多思想都可以用来发财,活学活用地把毛泽东思想放到商海中,你就能发大财。"

我扑哧一笑。这个人把雷锋和毛泽东思想与赚钱混为一谈，而且还是个成功人士，这太搞笑了。他见我笑，皱了下厚厚的眉头——他的左眉弓上有颗肉痣，他解释："毛主席，一个韶山冲里的农民，文化也就是中师水平，比起陈独秀、张国焘——一个北京大学的教授、一个北京大学的学生，那不差远了？可是，为什么毛主席最终成了中华人民共和国的领袖，而不是陈独秀和张国焘？一个韶山冲出来的农民，却能从拥有美国人支持的蒋介石手中夺取天下，为什么，你想过吗？"

这是两个问题，一个问题是毛主席在党内成了一号人物，另一个问题是毛主席打败了蒋介石。我坦然地摇头道："这些问题太大了，没想过。"

王老板说："这说明毛主席的思想是大思想，学通了、掌握了，用到商业上，不就能赚钱吗？中国社会，封建了几千年，你要明白一点，政治和商业是互通的，道理只有一个，看你如何运用，用毛主席思想武装头脑，你绝对不会吃亏。"

我茫然。

谭元元却恭维说："难怪王老板能发大财，我们只能捡几粒芝麻，原来王老板读通了毛主席的书，佩服。我也要买几本毛主席著作读读。"

"那你赶快买，读了，读进去了就悟出道理来了。"

谭元元马上表态："我回去就买。"

我们的谈话，时常被手机打断，总是有人找他与他谈事。九点半钟，他突然站起身说他十点钟约了省里的一个头头，就大摇大摆地朝门外走去。他穿着花衬衣和蓝裤子的身体很胖肥，走路神态像只企鹅，一晃一晃的。我和谭元元起身送他。我们走出华天大酒店漂亮的玻璃大门，走到停车坪上，他的司机打开一辆很漂亮的小轿车车门，他钻进轿车，车门在我们面前"砰"的一声关了，车子连任何声音都没发出地驶走了。

我说："用毛泽东思想也能发财？我不信。"

"不信也要信，王老板坐的宾利，要八九百万一辆。"

"这个猪。"我说了句。

谭元元一愣，提醒我说："喂，他就不是猪。他表面憨厚，其实鬼精，他就是打毛泽东思想这张牌，省里的头头吃这套，这就叫以其人之道还治其人之身。"

这倒让我暗暗一惊，在她眼里，似乎男人都是猪，或者都是猪变的。但面对这个开口就是用雷锋精神赚钱、闭口则是用毛泽东思想发大财的中年男人，她居然不骂对方是猪，反倒为他辩驳，这只能说她是个十足的拜金主义者。其实，我也不认为王老板是猪，只是随口这么说。我说："什么有钱大家赚？学雷锋是他这样学的？他真想学雷锋就应该把钱捐给希望工程！净拿一口大话宽人，要别人学雷锋，他来赚钱。"

"你怎么这么大的火？"她看眼我，"你没得红眼病吧？"

"我讨厌他。"

"他是我们的财神爷。"

"是你的财神爷，不是我的。"

"你今天吃错了药。"她说，突然脸色冰冷。

我们上了车。她开车，昂着一张冰冷、白皙的脸。但她尽管摆出一副冷冰冰的模样，我还是能嗅到她身上有股好闻的芬芳，这股香水味影响了我对她的判断，我撩开车窗，让风把香水味从我鼻前吹走。她说："喂，把车窗关上。"

我没理她。

她说："我的话，你没听见吗？"

我望着街上的行人。

"我发现你蛮有脾气的，这就是你的个性吧？"

我不知道她为什么把脾气和个性扯在一起，我想与她坐在一辆车上，本身就无聊，说："我这种人有什么个性？我的脑袋又没长在自己肩上，今天被这个安排，明天被那个安排，还常常被你安排，有什么个性可言？"

"我没敢安排你。"

"今天不就是你安排我？"

"我们有共同目的，为自己赚钱。"

"悲剧，"我说，"人生最大的悲剧就是自己看不起自己。"

她脸色缓和道："你是个很有个性，还很有原则的人。"

"我什么个性、原则都没有。"我说。

她淡着一张脸，把车开到公司楼下，我下车，没有等她，径直向公司而去。她随后上来，坐进她的隔断里，照样淡着一张脸。我看着电脑上的摄影作品，一张张地翻看，她"喂"了声，我没理她，她又"喂"了声。我说："我有名字。"

她隔了几秒钟，也许是十几秒钟，说："罗定老师，麻烦你过来一下。"

我没过去，但昂起头望着她，办公室里就我和她两人，我说："什么事？"

"你真蠢！"她说了句。

"干吗啊?"

"我不知道你有什么好傲慢的!"

我一怔:"我哪里傲慢了?"

"你这样的人,我见得多!"

"别恶狠狠的,"我说,"有话你就说。"

她生气地起身,从提袋里拿出一大叠王老板提供给她的资料,尽量让自己说话的语气温和:"这事麻烦你多费点心,你先看看,做方案时,我们再讨论。"

"哦。"我看着她扔到我电脑桌上的资料。

邓军吹着口哨走进来,看见她站在我的隔断里,笑道:"哎呀,两人挺亲热嘛。"

她把火气泼到邓军身上:"邓猪,你眼睛夹了豆豉吧?"

邓军一愣:"这么大的火?谁惹元姐生气了?"

她转身,用提包打了邓军一下:"走开。"便走了出去。

邓军看着我:"元姐怎么生这么大的气?"

"女人容易发怒,"我说,"更年期了吧。"

"没有吧?她才三十二岁,没那么快就到了更年期吧?"邓军说,"肯定是你惹她生气了。你顺她一点,她离了婚……"

我正要回答,谭元元袭进来:"说老子的坏话,是吧?"

邓军说:"哪敢?我问定哥,不知道你刚才怎么发那么大的火,见人就咬。"

谭元元又举着包朝邓军身上摔去,邓军伸手挡住了:"元姐,给我点尊严好不好?别动手就打人。君子动口不动手。"

谭元元又要打邓军,邓军转身跑开,边说:"好男不跟女斗。"

谭元元追着邓军打,一脸嗔怒。我没理他们的打闹,翻看着王老板的那些资料。资料里有许多相片,都是王老板与省里某领导的合影,他的手下给他拍的,憨憨的肥脸上一脸荣耀,真的像个大肥猪。谭元元闹完,拿了东西走后,邓军走到我面前问:"你们闹别扭了?"

"我和她闹什么别扭?"

"看来得跟她寻一个出气管道。"

"那你帮帮她吧。"

"她还需要我帮?"邓军说,"她什么事情搞不定?马董都让她几分呢。"

第十四章

星期五，我背着摄影袋，带着各种镜头，拎着新买的尼康相机，和谭元元一起去给王老板照标准相。王老板的公司设在一银灰色大厦里。王老板的办公室，就跟马董的一样，也摆着张巨大的红木办公桌，不过办公桌上不像马董摆着头大身小、张开大嘴、露出两颗锋利牙齿因而模样凶恶的狮子像和巨大的玻璃烟灰缸，而是搁着一堆书，乱七八糟地扔着。有《西方管理思想》《企业管理》《经济纵横谈》等等，我还注意到有两本《毛泽东选集》和一本《雷锋日记》，桌上还有一座铜铸的毛主席像，高约半尺，底座上注明是"二〇〇三年，毛主席诞辰一百一十周年纪念"，我估计这是他在韶山买的。另外，还有一面鲜红的中华人民共和国国旗。这些东西，如果按我的猜测，八成是给省里来检查的领导看的，他在利用政治赚钱，打政治这张牌。我们马董没有政治头脑，不懂政治，把自己视为人中狮子。"王老板，您还学毛主席著作啊？"我简直不相信他会学毛主席著作。

"我是认真学。"王老板说，"毛主席的战略思想，声东击西，敌进我退，敌疲我打，在生意场中还真的有用。"他很认真，脸上的表情简直诚实得可笑。

我说："我真佩服您，这年头，您还学习毛主席著作。"

王老板笑笑，因为书上要他的标准相，他就进了洗手间。我坐的位置可以觑见他在洗手间里收拾自己。他收拾得挺认真，洗了脸，对着墙上的镜子捏弄了下眉毛。接着，他拿起一瓶摩丝，挤了一团摩丝放到手心上，又揩到头发上，随后拿起一把梳子在头发上很努力地梳理了气。他是企图梳出毛主席的那种大背头。我把视线移到墙上，墙上嵌着个摆工艺品的装饰柜，格子大小不一地分布着，搁着很多象，有瓷的、木的、石雕的、铜的和象牙的等，形状不一。其中一个桌面大的方格子里镶着块红金丝绒布，上面嵌着四个黄亮亮的仿宋体金字：万象更新。

这处相对宽大和重要的格子内，搁着只有冬瓜大的漂亮的翡翠玉雕象，象的鼻子向上翘着,造型极为别致。在我盯着这只玉雕象,琢磨象的价格时,电话响了,王老板走进来,拿起电话,说他现在正忙,便放下电话。他正准备干什么,手机又响了,他又拿起手机说了几句话,边对我说:"照张相都不安心。"

他挂了机,弯下腰,打开红木桌子的抽屉柜,拿出好几盒尚未用的领带。"你是搞摄影的,"他让我选颜色,"你觉得哪种领带的颜色好看?"

我一看领带上的商标,全是英文。我说:"都好看。"

"哪种颜色比较适合我,你看?"他问谭元元。

谭元元参与了这场游戏,她也拿不准哪根领带适合王老板这张绝对粗糙的胖脸。我指着一根洋红色起黑花的领带说:"这根领带好,照出来颜色也好看,又不是特别鲜艳,也配您身上这件浅色衬衣。"

王老板拿起我指的领带,对着窗户左看右看:"行,就它。"他把领带盒撕开,将领带解散,走进洗手间面对镜子系着,左一下右一下地对着镜子搬弄自己的头面。我对他如此爱惜自己的容貌沉不住气了,想他再怎么收拾总不可能一下子变成个美男子,就说:"王老板,已经蛮好了。"

王老板这才企鹅样一摇一摆地走来,对我泛出一种非常宽广的憨笑说:"怎么照呢?"

我眯上眼睛,打量他,边扫眼房里的景物,心里真想让他手捧毛主席著作照张相。谭元元在一旁看着,生怕我拿王老板开玩笑,目光紧盯着,准备随时扑过来制止似的,不是张牙舞爪,而是高度紧张。我看眼墙壁,墙壁是那种粉红色的,光线从窗外投进来,使墙壁的颜色显得很柔和。我一本正经地说:"你就坐在这里吧,坐好就是了。"

王老板坐下了。

我把三角架架好,将照相机卡上去,从照相机里窥伺着他的面孔,觉得他是个十足的农民暴发户,脸上丝毫也没有高雅和文化迹象。有的男人的脸上是能折射出自身修养和文化素养的,但是在这张肥得很宽且粗糙的脸上,你除了觉得他是个五大三粗的汉子,其他什么感觉都找不到。当然他干得很漂亮,以至一些省、市领导都把他视为可交往的贵客。我现在理解他为何取"财神大酒店"这样俗不可耐的名字了,毕竟他文化程度不高,又是在乡下的某镇上长大成人的,而乡下总是把财神放在堂屋里供着。我思索了气,要他把背挺直,脸稍稍昂起。我边观察边拍了几张,说:"再换个方向拍几张。"

他桌上的手机和电话同时响了,他走过去,一手拿着电话,一手拿着手机,同时举到自己的一对很长很大的招风耳边,同时跟两人说话,他在说话时还有点小幽默。我待他说完,让他换了个角度坐下,又在取景框里寻找感觉,边不停地拍。也许他是我们通常说的那种大智若愚的人吧,这种人看上去蠢,其实绝顶聪明。我拍了好多张,桌上的手机又响了,谭元元替他拿过手机,我在他说话时盯着他,觉得他举着手机说话的模样比干坐着神气,马上抢拍了几张。然后,我让他坐在宽大的办公桌前,拍了几张他工作时的相。我把那些书和墙上的那些象也拍了进来,既然他脸上丝毫体现不出知识就是力量的内容,就让书的光辉去映衬他那张宽广的脸吧。我觉得应该能从这几十张相中选出一两张了,便收了相机。

"王老板,你蛮喜欢象啊,"我笑笑,"收集了这么多象。"

王老板瞥了眼装饰柜,"象给人的感觉忠诚、憨厚,它是陆地上最庞大的动物,老虎再凶,也拿它无可奈何。"他说,"我喜欢大象。"

"明白了。"我说,心想大象给人的感觉就是好。

"做人不要做老虎,老虎太凶,让人怕。"王老板淡淡地说,"要做大象。大象给人的形象亲和,平时不发威,发起威来,老虎和狮子都不是它的对手。"

"是啊,狮子、老虎看见象都绕开走。"我说。

我们说了几句象,王老板拿起一盒领带,递给我:"送给你。"

"我从不打领带。"我说,"我不要。"

王老板弯下腰,从桌子下面拿出两条软芙蓉王,递给我:"你拿两条烟去抽吧。"

我还没说谢谢,他的手机又响了,我听见他说:"我马上就来。"

他真忙,"烟你拿去。"他说。那情形,好像是我送给他的礼,他不收一样。

一直在一旁不说话,东看西瞧的谭元元,这时开口了:"王老板,那我们走了。"她说,对他做了个亲昵、妩媚的动作。

我们走出王老板的办公室,谭元元对我突然做出亲热的样子一笑,说:"要分成吧?"她是指我腋窝里夹着的两条烟。她是开玩笑,她不抽这种烟。

"这是王老板学雷锋,"我说,"扶持我们贫下中农。"

谭元元熟门熟路地领着我步入一间宽敞明亮的大办公室,这间办公室里摆着造型精美的财神大酒店的缩小模型。我眯着眼睛看了看,选了几个角度,分别拍了好几张。接着她又熟门熟路地领着我分别为公司的副老总、部门经理等等拍照。她和他们似乎很熟，说话既带亲热劲又很随便，好像是他们的姐姐或妹妹似的，微笑着走上去为他们整理领带或衣服，亲热极了，这让我觉得她应酬男人的手段游刃有余。我们干完这一切，又要了些公司的文字资料及该公司以前建造的楼盘照片等等。走出财神公司时已经是下午五点多钟，我感觉有些累，坐进她的车里，眯了下眼睛，睁开眼汽车已到了公司楼下。我让她把财神公司的一大叠资料带回办公室，我挎着摄影袋，骑着单车回家了。

妻子在厨房里忙着择菜，女儿坐在沙发上看电视。我问女儿："明明，弹钢琴没有？"

"莫说话。"女儿说，挥了挥手，表示她现在没时间回答我任何问题。

我把两条软芙蓉王烟给妻子看，她当然知道这种烟很贵，她的两个姐夫都是抽这种烟："你买这么贵的烟抽？"

"你未必不了解我？"我说，"今天给财神大酒店的王老板拍照，他送我的。"

妻子说："你不应该要。"

"他开始要送我领带，我没要，他就送了我两条烟。"我说着走过去帮妻子洗菜。

妻子站在一边说："我今天跟陆校长说了我想内退。"

"陆校长怎么说？"

"他不同意。他说，长沙市教育局还没有这样的先例。我说，那我就病退。陆校长说：'病退也不可能。'还说：'你想都不应该这样想。'我说：'我的职称没解决，我没脸在这里上课。'他说：'你努力工作一年，做出点成绩，我们还是会考虑给你评职称。你先要把优评了……但你是这个态度，就评不了优。'我说我不想在这里工作了，他说我调走他放人，但病退、内退他都不会同意。陆校长还说……"

"算了，"我打断妻子的叙述说，"愿他不得好死。他用冠冕堂皇的大道理压你，就是要做给其他老师看，他手上有权。"

我觉得一个人要想得开，如果总是把自己的思想往不愉快的事情里灌，就会产生燃点，其后果是大家不愿意看见的。在A中学，陆校长说话同圣旨样，没人敢不听。我自小就喜欢捧着《岳飞传》和《水浒传》看，且看得入迷。我小时候最钦佩的人是岳飞，他的背上刺着"精忠报国"四个字，一度我也想在背上刺四个这样的字，当夏天里，脱去衣服游泳时，它们在我湿淋淋的背上一定会闪出一片耀眼的光彩。我没有刺，因为现在是中华人民共和国。我至今还记得岳飞作的《满江红》，这首词被一个作曲家谱写成了一首悲怆的歌。我忽然就哼起了这首歌——也是一种极想表达内心孤寂、怨愤的欲望驱使我哼起了这首歌：

怒发冲冠，凭栏处，潇潇雨歇。
抬望眼，仰天长啸，壮怀激烈。
三十功名尘与土，八千里路云和月。
莫等闲，白了少年头，空悲切……

我哼着这首歌，心里竟产生了一股激动，一股即将赶赴刑场的悲壮感飘然而至。荆轲、岳飞、袁崇焕、谭嗣同这些不同朝代的志士、大臣，一身凛然地呈现在我脑海里。我觉得自己很猥琐，空有一番理想，像条狗样生活在这个社会的最底层，接受别人施恩。离开A中学两年多了，仍然只是在宏力文化发展公司打工，一度想大干一番事业的雄心，不是变小了，而是完全泯灭了。我悲叹自己三十五岁了，仍然一无所成。岳飞三十岁作了这首《满江红》，感到自己"白了少年头，空悲切"。我三十五岁了，还像只癞皮狗样瞎撞，悲酸之下我又唱了遍《满江红》，这一遍一开始就不是用鼻子哼，而是用嗓子唱。我脑海里正闪现出岳飞打着马朝前飞奔的情形时，妻子说："别唱这样的歌，好悲的。"

妻子眼睛里有泪水，好像晶莹的露珠在墨绿色的树叶上闪亮。

"我不唱了。"我说。可是我的思想却在这首悲凉的歌曲里打转，被那种悲壮的氛围缠绕着。我用口哨吹着这支歌的曲调，妻子也不愿听我用口哨吹，说："你别吹好不好？听了好难受的。"

我不吹了，开始切菜，对妻子说："算了，算我们倒霉。"

妻子拿起锅子要炒菜。我忙制止她动手，说："我来炒，你去休息。"我心里强烈地感到我只能在这些方面对她好了，除此，我还能给她什么？

吃晚饭时，妻子有点吃不进饭，我往她碗里夹菜，她说："我吃不进。"

她把我夹的菜退到菜碗里。她本来是个很活跃的女人，当年她考上大学曾让她的同事们羡慕，认为她从此远走高飞了。可是她高飞了什么呢？前段时间，当女儿

第十四章

睡着后,当我和她坐在电视机前看电视时,她对我说:"我在这里没一点意思。"我非常理解她,由于校长排斥她,她又是教音乐这门不受重视的课,就十分孤立。没有老师来我家聊天,即使从前与我关系好的宋主任、戴主任和黎老师及他们的老婆,也不来我家坐了,有的老师甚至还摆出一副避嫌的样子。妻子告诉我,某老师在办公楼前跟她说话,见陆校长走来,忙走开了。

"你是不是太敏感?没这么严重吧?"

妻子说:"我就是这种感觉。"

我不相信妻子的判断,说:"我去找陆校长谈谈。"

事实上我也在躲着陆校长,觉得自己不能在他面前正常思维,面对他那双自以为自己算个小政治家的眼睛,我的感觉一点都不好,甚至连幽默的话也说不出口。

吃饭时,妻子脸上是一种担心我会同陆校长吵架的形容,想了下说:"算了。你不要去,权力在他手上,他就是要看你低头的样子。"

我心里有一股抑制着的怒气,吃过饭,洗完碗,对妻子说:"我出去散散步。"

一弯金月悬在深蓝一片的高空。我站在一株树下,瞧着那弯月亮,越发觉得自己可怜。那首《满江红》又跃进我的脑海:"……壮志饥餐胡虏肉／笑谈渴饮匈奴血／待从头／收拾旧山河／朝天阙。"收拾旧山河,岳飞三十岁时就充满了这么大的抱负,我三十五岁了却在为一些鸡毛蒜皮的事而烦恼,就觉得自己与英雄相比,实在窝囊得到家了。人家怎么会有那么大的抱负?而我却在为生存奔波,为妻子的职称苦恼,他是男人,我也是男人,人家要夺回旧河山,我却连妻子都保护不了,我真是太没用了。我这么想着,脚步不自觉地走到了陆校长家前。我把他家的铁门拉开,嗵嗵嗵,敲了三下。门开了,陆校长的脸呈现在我面前。"陆校长。"我差不多是低三下四地叫了声。

陆校长没吭声地打开门,让我进入他家,也没叫我坐。我自己在他家的沙发上坐下,拿出软盒芙蓉王烟,这是一种下意识的动作,也就是说当我心里乱了方寸时,就拿烟抽。我说:"陆校长,抽支烟?"

陆校长一摆手,不接:"我刚丢的。"他指着桌上的烟灰缸。

我点上烟,不知道怎么开口地望着电视。陆校长也没说话,他瞟我一眼,那是一种不屑的眼光,还含着一丝讥笑。我在这种敌视的眼光背后,感到自己出现了一个重大的失误，一是妻子不准我来我自然就没做好来的准备，二是我还是低估了他对我的憎恶。我来了，他居然不叫我坐，这只能证明他讨厌我。我打量着客厅的摆设，一组黑亮亮的并不矮的矮柜上，摆着音响、影碟机、功放机什么的，墙上挂着台四十二英寸的彩电。我很想说什么，但我在这间客厅里找不到诙谐，找到的只是一种把我平时的幽默和苦中找乐的豁达打得落花流水的压抑感。我盯着电视，陆校长的儿子也在看电视，他是个健康的初中生。

陆校长对儿子说："不要看了，做作业去。"陆校长在学校里是绝对权威，但他在家里却不显得那么有分量。他儿子甚至都不望他，继续看电视。他又对儿子吼了句："你听见没有？"

他儿子掉过头来睨他一眼，那正是他不屑于我的那种眼神。那一瞬间我感到他养了一个敢于反抗他指令的战士，战士回答说："我看完再去做作业。"

我心里多少有那么一丝快慰。战士看完那个节目，起身，大大咧咧地向房里走去，反手把门重重一关，发出嘭的一声，这声巨响不但惊得我心一跳，还使陆校长也吓了下。陆校长说："现在的孩子都不像话，讲究什么个性。"

我答："是的，不过，男孩子要有个性，有个性才会有出息。"

"这不好，"陆校长说，"个性不是个好东西。"

"有个性才会有发明创造。"我替他儿子辩护。但我把这话说完，马上觉得陆校长是对的，因个性带来的损失就非常鲜明地体现在我身上了。当年，我不是十分勇猛地显示出了自己的个性吗？活生生的例子就坐在他身边呢。我敏感地感到他就是拿我告诫他儿子。我的心情立即凌乱不堪了。"陆校长……"我看着他。

陆校长拿起桌上的烟，抽出一支给我，我接了，陆校长自己点上支烟，接着他打出一个很大的哈欠。我猛然从这张打哈欠而露出一口黄牙的嘴上——两排黄牙沾满烟垢且颗粒粗大，想起了"他人就是地狱"这句话，这句话还是十多年前我在师范大学历史系读书时，在萨特的某本著作里读到的，我早忘记了，此刻这句话却像一只猫样突然蹿到我眼前，让我十分酸楚。我决定直捣实质性话题！"陆校长，黄江丽的职称应该解决了吧？她大学毕业十年了，她为职称的事十分苦恼……她有些想不通。"

"你一进来我就晓得你要说这事，"陆校长声音提高了，"今天上午你妻子还和我谈了这事。我已经把态度表明了，你要她好好工作。我还不想所有的教师都评上职称？她没评优，我有什么办法？你要她想通点，评职称和不评职称都要好好工

第十四章

作。黄江丽的群众关系不好,有些老师反映她高傲、不理人。怎么说呢?评优,需要老师们投票,群众关系还是要的。争取今年评个优,我们也替她在老师中说说话,明年把职称解决。"

我指出:"她去年评了优,你们又把她的优刷了。"

陆校长淡淡一笑,那是一种让我感到冰冷刺骨的笑,好像一个人站在冰天雪地里迎接到寒风的感觉一样。他说:"不是我们把她的优刷了,是别的老师把她抵下去了。有老师抵她,说了些不好听的话,说她抓课堂纪律不行,说她的音乐课教室里乱糟糟的……"

"那是谁抵她?"我很蠢地问了句。

陆校长皮笑肉不笑地笑了下:"这我不能说。你要她多注意群众关系……哈哈哈哈。"

他想这样说就可以这样说,他想那样说也可以那样说,只要他说"黄江丽老师大学本科毕业十年了,你不评人家的职称,人家会怎么想?"我想,再坏的老师也会哑口无言地承认应该评我妻子了,何况我从根本上就怀疑有老师抵我妻子。我没再在陆校长家坐下去,起身说:"陆校长,我希望你不要把事情做得太绝。"

这是我下了半天决心才吐出的一句重话。实际上这个决心早在过春节的时候、在白水县老干部休养所我岳父家二楼的床上就在下,当时我想给陆校长打个拜年电话,巴结一下,幸亏他不在家,这个脸才没丢,那时我就在想一定要把这句重话甩进陆校长的耳朵,让他也不舒服。此刻,陆校长脸色很难看,就像后视镜反馈到你眼里的景物一样,是变了形的,但却是真实的。他说:"我没有做什么,你要这样想,我也没办法。"

我知道陆校长在玩我,不能说他很坏,只能说他心狠,我说:"典型的小人。"

他声音提高了,脸色也愤慨了:"你站住,你说什么?"

我已经横了心,恨恨地加了句:"小人得志。"

他虎着脸说:"罗定,你不要乱扣帽子。"

我说:"有句老话,不知你想不想听,我倒是愿意告诉你。"

"你讲。"

"坏人都不得好死。"我说。

我掉头走了,心里感觉很痛快,仿佛报了仇样。我也清楚,自己活得憋屈、失败，像鲁迅笔下的阿Q。这些年我得到了什么？尊严丧失殆尽，到处讨好，连宋主任、戴主任这样的人也讨好，人格都扭曲了。只有空气和阳光是无须收费和公平的，其他东西都有明码标价，连水都要钱买。我吹着口哨，无所畏惧地向家里走去，还在楼下我就听见琵琶悦耳的声音从我家的窗户里泻下来。妻子坐在客厅里，怀抱着她已经有几年没弹过的琵琶，正弹着《十面埋伏》，弹得不是很流畅。我点上支烟，瞅着她弹琵琶。妻子没搭理我，仍微微眯拢眼睛弹。由于已生疏了，有几处地方她就一遍又一遍地重复弹，直到流畅为止。待她弹累了，停下来歇气时，我说："好久没听你弹琵琶了，你今天怎么想起弹琵琶？"

"今天陡然就想弹琵琶。"她说，那只手又在琵琶上弹下了一串悦耳的声音。

我猜测她是心里不快，于是就用弹琵琶排遣心里的不悦。一个人总要用自己的方式排遣不悦。"这是你在大学里学的专业，你本不应该丢。"我说。

"不弹了。"她问我，"你出去这么久，去哪里了？你的手机响了三次。"

我说："就在外面走走，没到哪里去。"我不想跟她说我去找了陆校长，我刚才什么目的都没达到，反而进一步得罪了陆校长。我不是一个招人恨的人，我并没有受虐情结，只是我实在想刺他一下，让他也和我与我妻子一样不痛快。当然，也许他无所谓。我拿起手机，手机上显示了三个未接电话，一查，都是谭元元打我的手机。

"谁找你？"

"谭元元，公司里那个张牙舞爪的女人。"

妻子知道她，我跟妻子说过几次，妻子问："那个放高利贷的？"

妻子倒是记住了我说她"放高利贷"的事："嗯。"

妻子又噼里啪啦地弹了下琵琶。

"你弹《草原英雄小姐妹》吧，"我看着妻子，"我好久没听你弹这支曲子了。"

妻子弹了一段《草原英雄小姐妹》，但没弹完就不弹了："我要睡觉了。"

我还没一点睡意，说："你早点睡，我看看电视。"

妻子把琵琶放进人造革皮袋，人造革袋上的灰已被妻子抹去了。她走进卧室，我回谭元元的电话，谭元元说："你怎么才回电话？"

我答："手机丢在家里，我出去了下。什么事？"

谭元元说："我很烦躁。"

我不懂她为什么突然冒出这样一句话，我一愣："怎么啦？"

"就是烦躁，我讨厌你。"

我真的读不懂她，她若是一本书，一定是一本天书，鬼都读不懂："我没招你啊。"

"你不接我的电话，就是招我，我烦躁。"她说。

"你太莫名其妙了吧？"

"你出来。"她说，像是命令我。

"我要睡觉了。"

"哼，就知道你会这么说。"

妻子走出来，看着我。我哑着喉咙，妻子问："给谁打电话？"

我小声对妻子说："放高利贷的女妖怪。"

"你跟谁说话？"谭元元在手机那头问我。

"我老婆。"我答。

电话挂了。妻子喝口水，没再问我话，折身走进卧室。我坐在沙发上，想谭元元是吃错药了吧，怎么找我发一通火？我拨了邓军的手机，邓军没接。我拿起遥控器，搜寻电视节目，看着《动物世界》。赵忠祥用他那特有的声音解释：人类由于利益驱使，大量砍伐森林和猎杀动物，致使动物们被驱赶到难以生存的饥荒的沼泽地带，即使是在这样的地带，动物仍然要遭到人类猎杀。像与人类共存数万年的华南虎，已经绝迹了。

我在上一集《动物世界》里，看到非洲的大象已被人类猎杀得差不多了，我在更上一集《动物世界》里，看到海中的巨大动物鲸鱼也被人类捕杀得没剩多少了。世界绿色和平组织和动物学家都在频频呼吁保护动物，可仍然有人在利益的驱动下，不管不顾地继续猎杀动物。我深深地感到老虎、狮子与人比起来又算得了什么，它们终日躲避着人类，可仍然遭到了难以逃遁的可悲命运。人是地球上最凶猛的动物，我想，谁都有兽性的一面，无论你多么成功、多么骄傲。

第十五章

谭元元突然辞职了,一份辞职书交给刘晖,让她转交马董。刘晖把谭元元的辞职书放在马董的桌上,走进我们办公室,小声对我说:"元姐辞职了。"

"这怎么可能?"我脑袋都大了,谭元元让我惊讶,"《湘菜大全》、王老板公司的画册,都还在进行中,她钱都不赚了?这不符合她的性格啊。"

刘晖点头:"她把辞职书交给我,要我转给马董。"

我拿起桌上的电话打谭元元的手机,通了,谭元元没接。

刘晖看着我:"元姐怪怪的。"

我奇怪道:"只要有钱赚,她就削尖脑袋往里钻的,难道有更赚钱的买卖吸引她做?"

刘晖说:"前两天,她说她有笔钱,五十万,被借高利贷的坑了。"

我望着刘晖,刘晖接着说:"好像那个借高利贷的是个无赖,他不光是借了元姐的五十万,还借了好些人的钱,利滚利,还不起,自己就走进派出所,要求坐牢。"

"难怪这两天没看见她,"我说,继续打谭元元的手机,她仍不接。我想起早几天晚上,她在我手机里说她"烦躁",我还以为她是月经不调,原来是她放高利贷出了事。

邓军外出办事回来,见刘晖站在我的隔断里叽叽哝哝,就目光如炬地瞪着我和刘晖。刘晖抢在我面前说:"元姐今天辞职了。"

邓军惊讶道:"辞职了?"马上望我一眼,"为什么?"

刘晖抿嘴一笑:"这要问她。她不接电话。"

邓军用自己的手机打谭元元的手机,谭元元接了,邓军劈头盖脑地说:"元姐,我才听小刘说你辞职不干了。怎么回事?干得好好的,怎么不干了?"

谭元元在手机那头说:"我累了,想休息。"

邓军大声叫道:"你还会累?你可是我们文化公司的台柱子,你不能辞职,我们都要靠你吃饭呢。你在哪里?我去接你。"

谭元元在手机那头说:"谢谢。我现在正去机场,准备去泰国。"

"去泰国干什么?"

"找一个人妖结婚啊。"谭元元说。

邓军大笑道:"你找人妖结婚,还不如嫁给我,我就吃点亏算了。"

谭元元说:"嫁给你?你想得美。"

邓军问她:"你什么时候回来?你可不能辞职啊。"

谭元元在手机那头说:"已经辞职了,不想干了。"

邓军还要说什么,谭元元挂了手机。邓军说:"她去泰国结婚去了。"

刘晖问:"元姐要嫁给泰国人?"

"她要把自己嫁给泰国人妖,"邓军说。

刘晖笑,笑过后说:"嫁给泰国人妖?不会吧?肯定是嫁给泰国的一个什么老板,难怪她突然辞职,原来是通过婚介公司,把自己嫁到泰国去了。"

邓军说:"元姐还需要婚介公司吗?她又不是没钱,她要找小白脸,随便就是一大把,你太小看我们元姐了。"

我看着桌上那堆财神公司提供的资料,想这事恐怕黄了。邓军递支烟给我,我和邓军彼此瞧着。刘晖一笑,问我们:"你们怎么办?"

我说:"不知道。"

邓军抽口烟,大声说:"我也去泰国,找个人妖结婚算了。"

谭元元突然不干了,这让我和邓军一下子跌进了困惑的境地。我看着财神大酒店这堆乱七八糟的资料,马董拿着谭元元的辞职书走来,说:"谭经理怎么辞职了?"

"我也奇怪,这些事还没干完。"我说。

马董看着我,说:"你打她的手机,我问问她。"

我用自己的手机拨通了谭元元的手机,交给马董,马董说:"她不接电话。你用桌上的电话打,办公室的电话,她应该会接。"

"她不接,"我望着马董,"刚才邓军打她的手机,她现在正去机场,准备去泰国。"

"她去泰国玩？"马董问我。

我说："搞她不清。"

马董说："泰国可是个色情行业很发达的国家……"他没把话说完，走了。

我和邓军都看着窗外，天色灰蓝。邓军问我："我们怎么办？"

"地球照样转。"我说。

邓军把烟蒂揿灭："也许元姐是去泰国旅游，过几天又回来了。"

我预感谭元元一走，那两笔业务也许就黄了。马董叫我与烹饪协会联系，我拿着《湘菜大全》的拍摄方案去烹饪协会找那个与我们洽谈的领导，那领导让我把方案搁在桌上，说他很忙，待他看了再说。过了两天，我又去了一趟，问他看了拍摄方案没有，他说还没看。又隔了几天，我再次去他办公室，他给我泡了杯茶，接了个手机，冷淡着脸说："小罗，我现在很忙，马上要出去开会。"

我没有谭元元那样的口才，我看眼手机上的时间，十点钟，这个时候他去哪里开会？分明是搪塞我。我说："那我不打搅您了。"

回到公司，邓军见我阴着脸，问："怎么啦？"

我冷冷道："我刚从烹饪协会回来，那个领导搪塞我。"

"你又不是女的，"邓军说，"我听说那个领导很风流。"

"有可能，"我恨恨地答，"把刘晖派去，先把业务弄到手，再整他。"

邓军说："别别别，别把刘晖塞进这种肮脏的交易。"

"交易很肮脏？"我问邓军，"你的意思是谭经理献了身给那个猪？"

邓军说："我可没说，不过谭元元对付这些色鬼，自有办法。"

马董打我的手机，我去马董办公室汇报，马董指着沙发说："坐。"

我坐下，马董扔支软芙蓉王烟给我："事情有进展吗？"

我把与烹饪协会领导接洽的事告诉马董，马董听毕，笑笑，问："财神大酒店的事呢？你跟他们联系没有？"

"这几天都在联系，那个王老板很忙，去过三次，都不在办公室，打他的手机，经常是忙音。昨天接通了，王老板说，这事先放着，他马上要去香港谈笔业务。"

马董又皮笑肉不笑地笑笑："那你继续联系。"

我答："我会的。"

马董肥脸上突然呈现一种关心的表情："你想干别的吗？"

第十五章

我不懂马董的意思，望着他。他将一口槟榔塞入嘴中，嚼着，咬肌活跃进来。我答："暂时没想过。马董，是不是打算安排我别的事情？"

马董玩着手上的打火机，摆下头："还没想好。"

我真没想到谭元元辞职对我影响会这么大，心里有些恼她。星期一去公司，邓军说："马董让我去典当公司干半年副总经理，等我积累了些经商门道，再为我成立一家贸易公司。"

我答："好事啊，看来马董很看重你。"

邓军谦虚地笑笑："先混混呗，文化公司交给你了。"

"都走了，我还搞什么？"我补了句，"一个人怎么能扛动一个公司？"

邓军关心地问："定哥，你打算怎么办？"

我说："不能等马董开我啊。"

典当公司的人叫邓总，邓军应了声，走了。我一个人坐在文化公司空荡荡的办公室里，突然有一种人去楼空的哀伤感。刘晖探头进来，她的工作也有变动，她告诉我，马董安排她去售楼部售楼。我说："这比你在公司里接待人好些。"

刘晖离开后，我想难怪马董问我"你想干别的吗"，原来如此。

我没有理由赖在公司里不走，文化发展公司创造的经济效益，对于宏力集团来说，只是九牛一毛，所以马董不那么看重。我写了份辞职报告，拿着走进马董办公室。马董正与几个副手商量事情，见我推门进来，他和几名副手都瞧着我，我把辞职报告递呈到他桌上，他没看，手落在我的辞职报告上，指头轻轻敲击着，仍然同自己的几个副手说话。我退出董事长室，清自己的东西。马董走来，看着我说："你真要辞职？"

我说："都走了，我一个人干不下去了。"

马董说："烹饪协会的项目，还没完成啊，你怎么能走？"

"那是谭经理的业务，她跟那边的关系很酽，我插不进档。我估计她辞职后给那边打了电话，那边接待我的人很冷淡，我想这事泡汤了。"

马董含着槟榔，嚼了气说："邓军不适合在这里干，你自己聘两个业务员来怎么样？"

我没信心道："我打算去深圳，去我大姐夫那里看看。"

马董说："那我不阻挡你发财。我打个电话给财务室，你去领两个月的工资吧。"

我去财务室领了。谭元元曾说，人不能跟钱过不去。我忽然想，这个女人还真影响了我。我不好意思把东西搬回家，怕妻子担心我。我打周欣的手机，问他在哪里，他回答在报社。我去了报社，周欣见我大包小包拎了好几个，很吃惊："怎么啦，定哥？"

我说："我辞职了，暂时把这些东西寄放在你这里，以后找到新工作，我再来拿。"

"不干了？"

我答："嗯，给别人打工，没什么意思。"

中午，我们又在那家小饭店吃饭，就我和他。周欣点了几个菜，要了瓶王朝干红，我们喝着酒，他问："你打算干什么？"

我情绪低落地喝口红酒，说："我早想过了，我想开家摄影楼。"

周欣立即答："我也不想在报社干了，上个月调来一个新社长，是党政机关的干部，他把事业单位当企业管，要求员工上班打卡，管得很死。定哥，我们一起开家摄影楼？我听说拍艺术照和婚纱照很赚钱。"

我望着他："你真有这种念头？"

他说："我有这个想法也由来已久。前阵子我陪老婆去黄兴路买衣服，看到一个门面转让，我当时就想在这个门面开家摄影楼，地理位置不错。只是自己一个人干，我怕干不好。你定哥想开，那你我是一拍即合。"

"在黄兴路？"

"对，那个门面是做服装生意的，在黄兴路。做服装生意的店子太多了，但摄影楼没几家。黄金码头，只是比较贵。我带你去看看？"

我问："门面一年要好多租金？"

"我问过，十万。"

"十万？我们一年能挣十万吗？"

"拍艺术照和婚纱照，一年不挣个三十万，就不算赚钱。"周欣说，"除了付门面钱，还有水电、工商管理费、税费和街道办事处收的治安费、卫生费等，这些钱加起来，一年也要几万，除去这些钱，剩下的才是我们的。我们二一添作五，怎么样？"

我喝了口酒："好，去看看。"

第十五章

我和周欣去看了那家门面，感觉还不错。那几天我们就忙这些事，与房东签协议，坐在一起思考给影楼取个什么名，计算装修影楼要多少钱，又去装饰材料店询问和登记材料价格，既激动，又茫然。我不敢把这些事告诉妻子，职称问题让她够烦的了，不想让她再担心我。她还以为我在宏力集团上班。我没那么多钱投资，就找妻子，让她向她大姐借十万元，妻子不解地望着我，我骗她说："公司融资。十万，三年后还二十万。一年三万三千三百的利息。我们只有十万，找你姐借十万，三年后，我们就有四十万，就可以买房子了。"

妻子早就不愿住在这里了，一听"可以买房子了"，就打电话与她大姐通话。大姐听她说到融资，警觉道："不会是个陷阱吧？"

妻子说："不会，罗定就在那家公司上班，公司确实是融资。"

大姐让妻子把我的银行卡号发到她手机上，她好让财务人员把钱打到我卡上。我很高兴，忙把银行卡拿出来，递给妻子。妻子把我的卡号揿到自己手机上，检查了两遍，发了过去。妻子看着我问："不会有问题吧？"

"绝对不会。"我说。

这时父亲打电话来，要我们带着明明回家吃晚饭，父亲说："你妈妈炖了只土鸡。"

我说："好，我们回家吃饭。"

父亲所在的商业学院在河西，离我们住的地方较远。一家人出门，碰见陆校长和宋主任、戴主任站在坪前说话，妻子的脸色顿时十分难看。陆校长没理我们，宋主任和戴主任也没理我们。我想"这都是些小人"，就昂起头，也不理他们，牵着女儿，目不斜视地走了过去。我想我一定要把摄影楼干好，就对妻子说："无所谓。"

妻子看我一眼，目光有些乞怜，令我心酸，我给妻子打气说："会好起来的，我们。"

妻子说："我一看见陆校长就浑身不舒服。"

我说："他是个典型的小人。"

我们回到父母家，父亲坐在客厅里看报。父亲老了，头发都白了。"爷爷。"明明一进门就这么叫了声。

父亲放下报纸，仰起他那张圆圆的红润润的脸，"你们来了。"父亲高兴着，瞥着他的孙女，"明明，你又长高了。来，让爷爷称你一下，看你重了没有。"父亲起身,把两只手插到明明的腋窝下,往上一抬,明明的两只脚离开了地面。

"呃,又重了点,好好好,吃了饭,"父亲笑逗明明说,"要表扬。"

明明用命令的口气说:"爷爷,给我讲故事,上次讲岳飞的故事还没讲完。"

我对明明说:"明明,跟爷爷讲话要有礼貌。"

父亲笑笑:"上次爷爷讲到哪里了?"父亲忘记自己讲到哪里了,就故意考明明。

明明眼睛动了动说:"讲到岳飞和杨再兴比武,考状元。"

父亲呵呵一笑,对我和黄江丽说:"明明记性好,这么久了她还记得。"

父亲领着明明走进他的卧室讲故事,我拿起报纸看,黄江丽帮我母亲一起做饭。我看了气报纸,走到晾台上。天阴沉沉的,这是一个霉暗的日子,这样的日子持续了一个星期。我想着影楼的事,投资三十万,我和周欣各出十五万……我感觉压力很大,万一影楼不赚钱,我怎么向妻子交代?怎么还大姨姐的十万元钱?但人思前顾后,又能获得什么?不走出这一步,那就永远没有希望。希望是每个人活下去的勇气,财富是创造的,谁听说过财富是自己跑来的?财富又没长脚,只有你去拼命掘取,财富才会属于你。

吃饭时,父亲看着黄江丽问:"你的职称,学校会给你解决吗?"

"陆校长说她没评优,今年没希望。"我答。

父亲的脸阴了下来,就同外面的天色一样:"你们陆校长怎么这么厉害?你们应该到市教育局去反映这个情况,这有些不像话啊。"

"反映也没用。"我说,想起陆校长和宋主任、戴主任视我们而不见,心情顿时变得很糟,"市教育局领导会听我们的?"

"可以反映。"父亲说,"他这是故意整小黄,可以向教育局写信反映情况……我当过基层领导,你们把情况反映上去,他还是怕的。"

我曾经是想去市教育局反映,但我觉得反映这些事情很难启齿。我这个人外表高高大大,似乎还有点男子汉气质,其实胆子很小。这种胆子小不是怕谁,而是自尊,自尊使我害怕遭到轻蔑或拒绝。我说:"我找了陆校长,那天我差点跟他吵架了。"

父亲说陆校长:"这个人思想太狭隘了,看人要看主流。"

黄江丽一听这些话,脸色就苦难。我说:"爸,现在的领导都晓得使用手中的权力,您怕还像你们当领导时那样正直?根本就不是那回事了。"

父亲说:"也有好的。"

第十五章

我没反驳父亲，我也相信有好领导，我还相信这个世界是邪不压正的，但问题是我没摊上啊。我想起孟子曰"君子莫大乎与人为善"，便感到陆校长这样的人，有了权，不与人为善，而是把权力最大化，以显示自己的地位，摊上这样的领导，实在是倒霉透了。我见明明眼睛盯着电视机，便批评说："明明，认真吃饭。"

我和周欣忙着办工商执照和装修影楼的事，天天跑材料店，哪怕是一颗钉子，我也亲自去五金店采购，无非是不让装修小老板黑我们的钱。"这是我们人生新的起点，一定要认真对待，每用一分钱都是我们自己的。"我对周欣说。

周欣点头："我发现，你挺想事的。"

我吹着口哨，盯着装修工人干活，边回答周欣："不想事行吗？"

妻子见我天天不见人影，回家的时间越来越晚，而且一身疲惫，坐到沙发上就睡着了，便关心我："没出问题吧你？"

我答："没有。只是这段时间公司里很忙，跟打仗一样。"

我以为只要我不说，妻子就不会晓得我离开了宏力集团，但她还是晓得了。一个老师子女看见我指挥装修工吊影楼招牌，与我打招呼说："罗老师，这是您开的影楼？"

我随口说了声"嗯"，也没理她，继续指挥装修工装"月亮岛"招牌。她说："罗老师，哪天我到你影楼里拍艺术照啊？"

我答："好的。"

这事就这样过去了，我也没放在心上，但她回到家跟她妈一说，她妈就把我开影楼的事传开了，传到我妻子耳朵里时，影楼已开张半个月了。妻子说："你原来是在外面开影楼？"

我承认道："怕你担心，没敢告诉你。"

妻子问："这么说，不是你们公司融资，是你拿了钱去开影楼？"

我只能承认："是的。我和一个搞摄影的朋友一起开。"

她很生气："好啊，你也骗我！"

我拼命解释，从傍晚一直解释到深夜也没让她消气，我不断地说："你放心，借你大姐的十万元钱，三年后我一定还，一分钱都不会少。"

她一再强调："不是钱的问题，是你撒谎。你居然也对我撒谎，还说得那么有鼻子有眼，我连半点都没怀疑。罗定，你太过分了！"

我问她："那你要我怎么办？"

"马上把我大姐的那十万元抽出来，还给我大姐。"

我说："一年内我保证还，外加银行利息，可以吗，亲爱的？"

"不可以，现在就还。我不相信你，我再也不相信你了，你也欺骗我。"

我说："那我去借钱还你。"

"你找哪个借？"

我想起谭元元放高利贷，忙答："我去借高利贷还你大姐的钱，这总可以吧？"

妻子听我说到"高利贷"，知道那一借，我就完了，隔了会儿她说："那你半年内，一定要还我大姐的钱，我不希望她看我不起。"

我觉得半年内凑齐十万元还是有点困难，但我咬着牙答："好，半年内还。"

我晓得妻子不痛快，这主要是因为她计较我欺骗她。星期天上午，我拍了一对新婚夫妇的婚纱照，在街上吃了两个面包，下午没事，我决定去找宁志国，求他帮我妻子的忙。路上，我接到邓军的手机，他问我忙什么，我告诉他，自己和一朋友开了家影楼。"怪不得你不跟我联系，原来干事业去了，那我要来祝贺。影楼开在哪里？"

"黄兴中路，"我回答他，"名叫月亮岛艺术摄影楼，来指导工作吧。"

宁志国一个人在家，他打开门，见是我，一脸高兴。"好一向没看见你了。"他说。

我被他脸上的笑容所鼓励，答："我特意来玩玩。"

他让我在沙发上坐下，为我泡了杯咖啡。"本来我今天下午要坐飞机到北京汇报工作，临时又把机票退了，汇报的材料没准备充足，只好赶写汇报材料。"

"那你什么时候去北京？"我说，心里明白我来他家，打搅了他写材料。

"明天。现在的大学生水平太差，准备的材料狗屁不通，只好自己写。"

我有一年时间没来宁志国家了，他家的客厅里挂了台五十多英寸的液晶彩电，不过这会儿电视机没开。他拿钻石芙蓉王招待我，我相信他绝不会买一千六百元一条的钻石芙蓉王抽。我抽着钻石芙蓉王烟，这种烟入口的味道很好，我简直是贪婪地吸着，让这种味道纯正的烟雾在胸腔里熏陶一圈，然后深情地从鼻孔里喷出来。我的目光落在宁志国脸上，他的面相生得真好，额头饱满、光洁，下颌方圆、红润。大学同学里，官场上他是走得最起的。我想他妻子跟着他只会有幸福感，所谓夫贵妻荣。在湖南，副厅就算高官了。"我跟你说件事，你有时间吗？"我问。

"什么事？"他一脸警觉的样子瞧着我，用那种镇定又居高临下的目光。

"我妻子被A中学的校长卡着不评职称，"我感到很没劲，说话时口里有一股苦味，"你能否把我妻子调到你们厅工作？给她换个环境，随便干什么都行。"

"等我从北京回来再说好吗？"他说，"调动的事，是大事……"

他没有以前回答得那么干脆了，我说："你要帮忙。"

"真要调人，总要找个理由，"宁志国说，"要看哪个处要人，要什么人，你妻子适合干什么工作，这一系列问题都要考虑进来。在政府部门，调人要经过人事部门考核。你老婆是事业编转行政编，先要借用，有工作能力才能正式调入，我一说你就懂。"

我不懂，但只能说："那是，那是。"我心里蒙上了一层灰，若是"借用"，妻子只怕不愿意。他以前不对我说"没问题"，我今天也不会寄希望于他。看来，什么人都靠不住，我想，又点上他递来的一支钻石芙蓉王，咳声嗽，就不想再说这些话了。

宁志国也沉默着，望着我。我不知道他是想赶我走，还是一时没有话说。我感觉我和他的友谊不像大学里时那么亲密了，仿佛中间隔了条河，距离还较远，彼此站在对岸，知道是他，却看不清面相了。什么产生距离？地位。他是副厅长，我不过是在生活中挣扎的平头百姓。"宁兄，我妻子的事，拜托你了。"我厚着脸皮说。

"我尽力，"宁志国说，"我只能说，谋事在人，成事在天。"

他说完这话又沉默不语。我吸口烟，缓缓将烟吐出，望眼窗外，天色阴沉沉的，一副要下雨的样子。我起身："那我不打搅你了。"

"也好，我明天要赶去北京汇报工作，材料还没准备充足。"他说着，起身送客的模样瞧着我，"现在什么事情都要自己动手，不能靠别人。"

这话好像有所暗示，我想，人不可以无耻，谁说的？孟子啊。

街上灰蒙蒙的，是那种让人没劲的雾霾天。地球终究有一天会毁在人类手中，人类是地球上最自私最强大的破坏者，正在加速埋葬自己的家园。人类并不真正懂得珍惜自己拥有的世界，大大小小的欲望像一只只凶猛的饿狼样扑到人身上，撕裂着人，咀嚼着人，把人的美德和价值观——吞噬了，使他人变成了你的地狱。我这么想着，步子就沉。走进影楼时，周欣正跟一个陌生女子说话，看见我，忙对那女子介绍说:"他是长沙市著名的摄影师,全国都有名,罗定老师。"

年轻女子瞟我一眼,周欣说:"你要他拍,保证你绝对满意。"

我可不想让年轻女子太高看我了,忙答:"一般一般。"

第十六章

也不知是周欣天生聚财,还是我有聚财的气场,影楼开张只半个月,生意就红了,天天有年轻女子来拍艺术照或年轻夫妇来拍婚纱照,忙得我和周欣昏天黑地。这天上午,我骑着单车来到影楼,停好单车,一转身,只见谭元元一身光鲜地站在我面前,我很惊讶:"是你?"

"没想到吧?"

"还真没想到,你不是去泰国结婚去了吗?怎么就回来了?"

"没看中那个人妖,"她说,"我听邓军说你开了家影楼,特来参观。"

我笑:"真是人妖?"

"不是,我去泰国是旅游,逗邓军开心的。"她说。

我引她步入影楼,她身体的香味、她那双妩媚的猫眼睛和那挺括的鼻梁以及她那充满性感的大嘴,一时让我感觉既亲切又陌生!我说:"都说你谈爱了?"

"你也看出来了?"

"嗯,变漂亮了。"

"谢谢。"

影楼不大,一目了然,她说:"中午,我请你吃中饭。"

"请我?"

她点下头,看眼表:"我还有事。中午,松桂园的金牛角见。"

她说毕,离开了。周欣盯眼谭元元,她穿着质地讲究的灰蓝色裙子,这种颜色很衬她的皮肤,让她那张脸更显得白皙、光洁、俊俏。周欣说:"这女人真漂亮。"

我笑:"这个女人鬼精,股票、期货都炒,还放高利贷。"

周欣看眼我:"那她应该是个富婆吧?"

"富婆应该是的，她大钱赚，小钱也赚，视钱如命。"

"这女人有味，"周欣这么说了句，"外表看，一点也看不出她像富婆，但很时尚。"

"世上有两种人，一种人没钱却拼命把自己装成有钱人，一种人有钱却低调。"我说，"她应该是有钱却低调生活的女人。"

中午，我到了金牛角中西餐厅，谭元元先我一步来了，看着我笑。

我想起周欣对她的赞美，便说："你今天真漂亮。"

"你才发现我漂亮？看来，你太迟钝了。"

"那是。"我坐下，打量四周，餐厅里坐着一对对年轻男女。

"开影楼赚钱吗？"

"还不知道。你忙什么去了？电话都不接？"

"那段时间我是故意不带手机，就是想摆脱你。"

"摆脱我？太夸张了吧？"

"你让我生气，所以我故意不理你。"

坐在这样的地方说这些事，有些谈爱的味道，我说："不说这些。"

她点了两个套餐，还要了两个炒菜、两杯茶。"我上午去了财神公司，王老板说，他让财务人员打十五万到我们公司的账上，等把书做出来，再把另外十五万付给我们。"

我有些惊讶："还什么我们公司你们公司？你没弄错吧？"

谭元元说："亲爱的，我准备注册一家公司。"

"你注册公司别把我扯进来。我现在开影楼，挺忙的。"

她说："王老板说，有钱大家赚，我一个人赚钱，没意思。"

"学雷锋啊？"

"算吧，"她说，嘻嘻一笑，"我们开一家广告公司，我拉业务，你来做。这样，该赚的钱就直接进入我们的口袋，用不着第三者占大头。"

难道她辞职就是忙这些事去了？我想了想，说："呵呵，我可从没这么想过。"

"开影楼能赚大钱？给人拍一组照片，自己累得要命却赚不了多少钱。几百上千吧？我问了你的搭档，拍艺术照，一组才两千块钱。当老板，做大生意，这个社会自然会向你敞开大门。不然，就只有一条门缝，让你站在门缝前看别人发财。"

我觉得自己像个小男孩，站在大门外眺望，大门里坐着很多衣着光鲜、气度不

第十六章

凡的有钱人,他们在那里侃侃而谈。她又说:"我早就想自己开个广告公司,但我一定要拉你一起干。我出钱,你出脑袋,我给你百分之四十的利润。这事我是在巴黎的街头想好的。"

"你不是去泰国吗?又去法国了?"

"嗯,我去了趟欧洲,一个人在巴黎的街上游荡。"她说,盯着我,"巴黎很美,法国人很会享受,我们中国人只会瞎忙,生活观念不一样。"

我随口问:"公司里就我们两人?"

"我想把邓军拉进来,还是我们三人,邓军的脑袋好用,拉进来为我们所用。你看呢?"

我看着这个野心勃勃的女人,淡淡地说:"邓军眼界高,马董准备为他成立一家贸易公司,你开个小公司,他不会来。"

她说:"马董的话你也信?马董正为银行贷款的事焦头烂额,哪里还有钱拿出来给邓军玩贸易?再说,我们给邓军百分之十的股份,他会来的。"

套餐来了,我拿起筷子,吃着。她说:"我当董事长,你当总经理,邓军当副总经理。"

我问:"都是董事长、总经理、副总经理,兵呢?"

她手往窗外一指:"街上尽是兵,只要在公司楼前立块牌子,写明招聘业务员,底薪一千五百元一月,保证会有人来应聘。你要好多兵就有好多兵,不行的,解聘。"

我没表态。我往影楼里投了十五万元,现在要我退出来,感觉是拆朋友的台。我真的很矛盾,"你要是早两个月跟我说,我会考虑,"我说,"现在,我投了十五万到影楼里,其中十万还是找我大姨姐借的……"

她说:"我给你十五万,你把银行卡号告诉我,我下午就把钱打到你卡上。"

我被她这句话震撼了,我知道她大方,经常抢着买单,可这也太大方了吧?我说:"既然这样,我考虑一下。你别急,我看用什么方法对我朋友说这事。既然我们一起干,你必须听我的,一、你不能动用公司的钱炒股、买期货或基金;二、绝不能拿公司的钱放高利贷。我最怕惹麻烦,不然,我就开我的影楼。"

她说:"高利贷我收手了,派出所的人跟我打了招呼,说这是违法的。炒股和期货,我肯定要玩,这是我的爱好,但我会留下几百万资金玩,保证不与公司的钱混在一起,因为一把买中了,很赚钱,甚至翻几倍。我必须双管齐下,不能吊死在一棵树上。"

我没说话,想她一心二用,怎么合作?

她突然说:"头两年,我不打算赚钱。"

"你真是这样想?"

她热情地望着我说:"头两年,建立业务关系,打开局面。"

周欣打我的手机,一个年轻女子要拍艺术照,我赶回影楼,给年轻女子拍艺术照,很专注地拍摄,没留意手机信息。五点钟,我带年轻女子走到沿江风光带,接连拍了许多张外景,直到天黑我才查看手机信息,好几条,其中一条是建行自动回复的信息,十五万元飞到了我的储蓄卡上。她还真这么干,我想,看来她是搞真的。

周欣捶着自己的腰,说:"我真累了。"

我答:"我也累了。"

"下雨了,"周欣说,"赶快撤退。"

我和周欣回到影楼,放下补光设备,骑着单车回家了。我有些感慨,谭元元还真打十五万到我卡上,这个女人,我以前自认为比较了解,现在看来,她身上有很多黑洞,把蝙蝠和四脚蛇都吸引了进去。这样一想,我觉得她是个有男人心的女人,不是我以前了解的那种类型。妻子问我想什么,我答:"想谭元元。"

妻子惊诧道:"想谭元元?"

我说:"哦,是这样,谭元元要开个公司,要拉我一起干。"

"她开什么公司?"妻子盯着我。

我说了谭元元开公司的事,接着说:"我一个大男人,她是女人,我怎么可以与一个女流之辈同舟共济?一不对劲,那不会翻船?"

妻子酸酸地说:"是同流合污吧?还同舟共济,说得多好听!"

"呵呵,生气了?"

妻子说:"我不准你和她合开公司。女人,你们男人永远也不可能了解。"

我觉得妻子说得对,对妻子说:"不会的。"

一早,下雨了,我本来想去银行,把这笔钱打回给谭元元,见下雨,就直接去了影楼。这雨一下就是十几天,影楼因下雨也门庭冷落。我和周欣便坐在影楼聊天,统计一下这些天的收入,周欣欣喜道:"如果生意保持这种水平,一年赚

第十六章

五十万不会有问题。"

"那就翻身了,"我说,"从此在老婆面前也做得人起了。"

周欣说:"我要买辆车,你说买什么牌子的车好?"

"我又不懂车。"

周欣说:"他们说,买辆十几万的车就蛮好了。"

我看着雨天,答:"那你明年就可以买车了。"

晚上,吃过饭,女儿在弹琴,我与妻子坐在客厅里看电视。我在电视里看到沅水旁的桃源县城被淹了,石门县城也成了一片汪洋,贴近资江的桃江县城整个被淹了;湘江边上的衡东县城和另一县城均被泡在洪水里。湘、资、沅、澧,湖南境内的四条大河同时涨水,这可是少见。我看到电视里,一群群的人逃荒样离开自己的家园,拥挤在山坡或坚固的堤坝上,他们在那些地方支起帐篷,躲在帐篷里期待着救援物资和大水退去,目光哀怜,这给我的感觉就是世界末日来了。我对妻子说:"看见吗?那些农民才真正痛苦。"

白水县城挨着湘江。妻子打电话回家问,她父亲说,县里的领导正组织全县人马全力以赴地保护大堤,往大堤上垒石头和装着沙子的草袋,目前还好,要我们放心。我对妻子说:"不会有事的,老干所的地势比县城街上高。"

次日,学校停课了,妻子说:"我还是不放心,干脆我带明明回白水看看。"

A中学处在随时会被大水淹没的地带,而若是在上课时大水突然涌进来,那可不好办。学校临时决定停课,把学生放了回去。妻子的心空落落的,上课的正事卸掉了,恐慌反而膨胀了。街上警车驰来奔去,高音喇叭车用一种听上去震耳欲聋的声音向居民报道大水情况。左近居民及学校里住一楼的老师,都把贵重东西寄放在三楼或四楼的老师家了。我家里就寄放了一楼戴主任家的一台彩电和一台全自动洗衣机。他们昨晚把东西搬进我家,怕万一大水奔来,临时搬这些东西来不及。我说:"你回去也解决不了问题。"

妻子说:"那还是不一样,我带明明回白水去。"

我不可能丢下影楼和她一起回白水,我得工作。我不好阻挡她。这段时间她敏感得就像一只护犊的母鹿,我得绕着她走,免得被她踢伤。周欣打我的手机,让我去影楼,说业务来了。我打把伞,匆匆走进雨雾,上辆的士,直奔影楼。周欣看见我,又望眼街上,说:"有两个年轻女子要拍艺术照。"

影楼前厅里坐着两个年轻女子,我说:"好啊,你们要拍什么类型的?"

年轻女子说:"我们不知道,只是想拍艺术照,留着纪念。"

我们就忙着给这两个年轻女子设计服饰、发型,让化妆师为两位美女化妆。忙了一上午,总算拍摄完毕。两位美女走后,我说:"累蠢了。"

周欣答:"有钱赚还怕累?只要有钱赚,就一不怕苦,二不怕死。"

我说:"你这家伙,竟敢篡改毛主席语录。"

外卖送来几个套餐,我们吃着。我不知自己怎么跟周欣说我想退出影楼的事,这话还真不好开口,为开影楼,他也和我一样找亲戚借了钱,并且离开了报社,为此他与老婆还吵了架。我现在要走,不是把他扔在堤上吗?周欣吃完饭,抽烟时,一对年轻夫妇走进影楼,问我们:"请问,你们这里拍婚纱照,要好多钱一套?"

"不贵,三千五百元一套。"

年轻女人说:"三千五百元还不贵?"

"人家要三千八百元一套,我们只要三千五百元,你还嫌贵?兄弟,我告诉你,我们影楼有全国最好的摄影师。他姓罗——"周欣指着我,"是中国摄影家协会理事,他的摄影作品,在全国获过两次金奖、三次二等奖。"

他比谭元元还会吹,我不敢纠正,便假意谦虚地笑。年轻夫妇立即用崇敬的目光望着我,年轻男人说:"那我就定罗先生给我们拍婚纱照。"

"没问题。"我答。

年轻男人看我们拍的一些婚纱照和艺术照,称赞说:"你们拍的是比别的影楼讲究。"

周欣说:"那是当然,全国一流的摄影师拍,当然比那些平庸者拍得好,他们只是拿着相机照相,我们是摄影,是两个概念,当然不一样。"

年轻人交了定金,走后,周欣把印着毛主席像的百圆红钞放到嘴前吻了下。"还是人民币可爱,"他说,"我们要包装自己,找人打造自己,这样,才会产生口碑,口口相传,来找我们拍婚纱照、艺术照的人会越来越多。"

周欣有一点好,就是敢于想象。他是学美术的,改摄影后,拍的东西很不错。他望着我问:"你电视台有朋友吗?有的话,找来宣传宣传我们影楼。"

"没有。"我说。这时,手机响了,是谭元元打我的手机,我接了。

谭元元说:"我回来了。"

她和两个炒期货的闺密因狠赚了一把,便喜滋滋地去了趟日本,去了一个星期。"回来了?"我随口说。

第十六章

她说:"你跟你的朋友说了没有?"

她是问我对周欣说了我打算退出的事没有。我说:"还没有。"

一串悦耳的笑声从手机扬声器里传进我耳朵,接着笑声止了,问我:"还没说?"

我看着低头在柜台上清照片的周欣,"不知怎么开口。"我说。

她说:"晚上一起吃饭吧?我跟你带了礼物。"

"礼物就算了,"我说,"在哪里?"

她想了几秒钟,说:"去华悦大酒店怎么样?华悦大酒店有几道菜,特别好吃。"

我挂了手机,周欣瞟我眼:"兄弟,谁的电话?"

我笑笑:"老朋友的,找我有点事。"

周欣猜测道:"定哥,恋爱了吧?嫂子晓得了可收不了场啊。"

我脑袋里响起一片琵琶声,早两天妻子又在家里弹琵琶。我说:"不是恋爱。"

我步入华悦大酒店三楼的一个包房,谭元元一身灰蓝色衣裤,脖子上系着珍珠项链,一头浓密的黑发很古典地扎在脑门顶上,人很精神、靓丽。我见包房如此大,问:"还有谁?"

她说:"就我们俩。"

"太奢侈了吧?"

她笑笑:"我这次炒期货赚了三十万,也该享受一下。我已经点了餐。我从日本给你带来了一件情侣衫。"她说着,拎起身旁的纸袋,拿出情侣衫给我,"漂亮吗?"

情侣衫黑底,但印得花花绿绿的。这就是她的眼光?我想。"还可以。"

她又从包里掏出一只精美的盒子,要我打开:"送给你的,我在日本的免税商场买的。"

盒子上全是英文,我看不懂,问:"这是什么?"

"你打开看就知道了。"

我打开精美的盒子,一看,是只漂亮的金表,她说:"劳力士。"

劳力士?马董手腕上就戴着劳力士。我看价格,一长串阿拉伯数字,用目光默数了下，竟是237888.00，吓了我一跳。我不敢要，好像手被烫了下似的，慌忙退给她："谢谢，我不敢接受，这太贵重了。"

谭元元用善意的目光看着我，再次把精美的手表盒推到我面前："我特意在日本买了送给你的。这是镶钻石的男士金表，你收下吧。我等于这次期货生意只赚了几万元。"

服务生端来两杯咖啡，放下，走开了。我觑眼服务生的背影，再次把目光放到谭元元的脸上："谢谢你，我真的不要，手机上有时间，我从不戴表的。"

她脸上的笑意凝固了片刻，马上又调整为笑："你还是收下吧，我特意……"

我打断她说："我收下这件情侣衫。表——这样贵重的礼物，你留着，以后送给你男朋友吧。"我是故意这么说的，因为那一刻我感觉自己一旦收下她的表，就等于向她投降了。我不是清高，是我感觉一旦发展下去就收不了场。远处站着个人，是我妻子，这是影像。我又说："不要对我太好了，我这人贱，越是好东西我越不珍惜。"

"那我暂时替你保管，放在我家的保险柜里。"她说着，把精美的表盒放进了提袋，然后问我，"你什么时候来公司？要知道，我一切都准备就绪了。"

"我真的很苦恼，不知怎么向他开口。你再给我点时间，让我想个万全之策。"

"好，我等你。"她说。

饭菜上来了，我望着她，她也望着我，她一笑，不是以前那种张牙舞爪的笑，而是温柔地一笑。这样相处，真有些恋爱的味道了。我可不敢再朝前迈半步。她问我最近除了影楼的事，还忙什么。我说："别的倒没忙，回家看看书。"

她感兴趣的模样问："看什么书？"

我说："看罗素的书。人是一切动物种类中最痛苦的，因为人的大脑最发达，欲求就最多。动物只要吃饱了肚子就休息、睡觉，而人，吃饱了，不是休息，而是干别的。吃，对于大脑发达的人来说，只是提供能量，增强体质，好进一步干事。动物不同，动物只是为吃而活。而人，是为利益、权力或名誉而活，而利益、权力和名誉是永远也填不饱的，渴求它的不是胃，胃有皮囊，皮囊只能装那么多食物。大脑是人的宇宙，没边没界。吃饱了，对于人，只是刚刚开始，所以人比动物痛苦一万倍。"

她听懂了，说："以前，没人对我说过这些。是罗素说的？"

"是我自己思考的。"我向这个追求物质财富的女人说,"罗素没这么说。罗素是英国思想家、哲学家、教育家。他说:'许多人宁愿死,也不愿思考,事实上他们也确实至死都没有思考过。'他们放弃大脑给他们思考的权利,只是盲从地活着,像宠物样尾随他人,听别人指挥,这不可悲吗?"

她问:"罗素真是这么说的?"

"后面的话是我加的。"

谭元元笑了:"你发挥了他的思想。"

我吃口菜,坐在这么豪华的包房里,人的思想似乎也有所升华,我又说:"罗素说:'美好的人生是由爱所激励,为知识所引导的人生。'我们很多人都搞不清,他们活在世上跟着别人跑,大家说什么他们就说什么,脑袋根本就不长在肩上,不读书、不思考,为了一点蝇头小利,可以挣得鱼死网破,没有同情心,没有爱,只有自己。世界上有很多这样的人,所以才有制造假烟、假酒、假药者,才有人生产有毒的地沟油,拿它当食用油卖给别人吃,为了自己赚钱而害人。"

"我都不敢吃饭了。"

"确实,这个世界乱套了,没一样东西能让人放心。"我说,"政府在治理整顿方面,下力不够,因此才有这些胆大妄为的可恶者。如果政府出重拳打击,这些畜生才不敢越雷池一步。我们的身边都是些人面兽心的家伙!"

我说了很多,临了她说:"我就喜欢听你说话。别人一开口就是玩和赚钱,你不同,你有思想,你的目光里闪烁着思想的光芒,这就是我喜欢听你说话的原因。"

我淡淡道:"你别喜欢我。"

"谁说喜欢你了?"她不承认,"我只是说我喜欢听你说话,我并没说我喜欢你罗定,你别自作多情。"

那天晚上,我在床上翻来覆去,谭元元不是淡出了我脑袋,而是与那块劳力士金表一起嵌在我的脑壁上了。我第一次有一种心烦意乱的感觉!我原来极为鄙视物质,在宏力集团公司的两年,别人谈名牌服饰,我都是走开。可是金光闪闪的劳力士金表,我虽然没要,却残存在我脑袋里了,似乎已经上了发条,我能听到指针行走时发出轻微的嘀嗒嘀嗒声。妻子那天没带明明回白水,我去影楼后,她再次打电话问她母亲时,她母亲说家里不会有事,让她放心。妻子见我辗转反侧,拍了下我的肩头："你怎么还没睡着？"

"你不是也没睡着吗？"

妻子回答："本来就要睡着的，你一动，又把我从进入睡眠的路上拉了回来。"

"对不起，我今天有些烦躁。"

妻子问："烦躁什么啊？"

"你的职称、我和周欣开的影楼，都让我烦躁。"

"影楼生意不好？"

"影楼生意还不错。睡觉吧，睡觉吧，不想说这些事了。"

"你好像有心事？"妻子警觉地问我。

我一惊，妻子看出来了，可见我是个存不下心事的人。我说："没有。"脑袋里却呈现谭元元那光鲜的模样，此刻，她在我与我妻子之间伫立。我想我和妻子的感情生活里，还是挤进了一个她！妻子是女人，有第六感觉，也许她敏感地猜到了什么，忽然问我：

"还记得我们是因为什么走到一起的吗？"

"当然记得，"我说，"我们一起跳舞，首先是在学校工会的舞厅里跳，后来才去街上的舞厅跳舞。我们是在跳交谊舞中产生感情的。"

"不是，在学校里跳舞时我就喜欢上你了，不然，我不会跟你去舞厅跳舞。"

我睡不着了，撳亮灯，坐起来，点上支烟。她说："别抽烟。"

"我只抽两口。"我答。

我想起了当年我向妻子求婚时的誓言，我说："我会为你努力，因为你值得我努力。我发誓，我会让你过上最美好的生活，我要尽我的能力使你一生幸福。"我的誓言是多么不堪一击啊，像肥皂泡，很快就被风吹灭了。此刻想来，我连我誓言的一点边也没沾到，我不过是一个用大话诱拐妻子爱情的骗子。我相信不光是我一个人用大话对自己心爱的姑娘行骗，这个世界上用大话膨胀自己的男人一定比比皆是。我不过是众多说大话的骗子中的一员罢了。我对妻子说："我没用，不能让你过上快乐和幸福的生活。"

"你终于承认自己没用了？"

妻子用了"终于"一词，好像我以前不甘承认似的。我无力地答："我承认。"

妻子在灯光下看着我："当年那么多人追我，我为什么会看中你？"

"这只能怪你自己，"我感到背心一阵凉，"不能怪我，是你自己视力不好。我那时候以为我会让你幸福，结果我身上一点好运气的迹象都没有。"

"运气是哪里来的？"妻子说，"运气是靠自己争来的。你太自以为是了，看这个不来瞧那个不起，把朋友都得罪了。结果，把运气也得罪了。"

"是的，运气看见我就躲，不愿意沾我。"我说，"我没有朋友，也没有财源，我看什么都不顺眼，觉得朋友们一个个世俗不堪，而别人看我也不顺眼，觉得我假清高。"

"我和明明能靠你吗？你当年说的那些话，一句也没兑现。"

我一脸惭愧："我想兑现，可是老天爷不让我兑现。"

"别怪老天爷，"她变得激烈起来，"你不努力，老天爷也不会帮你。"

两年前，我离开学校时脑海里有很多想象。我那时瞧着镜子里的自己，一头乌发、一双眼睛用"炯炯有神"来形容也不为过，脸上飘着几丝知识青年的骄傲，很有些朝气地对妻子说："我要去寻找和创造自己的未来。"

事实证明我的未来是个零！我说："睡觉吧。想不想爱一下？"

妻子讨厌我总是用形而下的行为逃避形而上的问题，生气道："不想。"

第十七章

这几天，我怀疑妻子被又一次不评她职称的事打垮了。她心里有恨，恨已从她脑袋里那片隐蔽的海域中浮了上来，好像神话里，魔鬼从阴间走出来了一般，很明显地挂在脸上，使她那张漂亮、温柔的脸一去不复返了，而怨恨和无端的火气在她脸上像一支驻守在山头的能打善拼的土匪部队，让她动不动就谴责我。我要是不充当她的出气筒，不分担她的忧伤和愤懑，她会不会一步走得更远？职称问题就像鬼影子样跟着她，这个鬼影子就在她脑海里猖狂地跳着，变成踩踏她善良一面的魔鬼，把她温柔、善良的品性一点点地吞噬了，如同一条蝮蛇隐藏在菜地里，吞噬着跳到它面前的一只只青蛙样。

我甚至可以看到魔鬼的喉咙犹如蝮蛇的喉管一般蠕动，那是大口大口地品尝着我妻子心灵上美好的一面时露出的败相。妻子从一个温良的女人转换成一个对我挑刺并对谁都不友好的女人了。妻子对把彩电和洗衣机寄放在我家，于是来我家坐的戴主任很不友好，茶也不泡，在我和戴主任聊天时，她去睡觉了。妻子并没睡着，戴主任走后，她霉着脸走出来，坐到沙发上，看着我说："我不想看见他。"

我吃惊的不是她这句话，而是她那轻视的态度。我说："没必要这么冷淡戴主任。"

"他最虚伪。他原来是曹校长一边的人，曹校长一走，他就倒到陆校长身上了。我怀疑陆校长之所以这么用心地整我们，就是因为他在陆校长面前说了你很多坏话。"

妻子因仇恨一切，反而变得思维敏锐起来："他本来是要被陆校长搞下来的，他不在陆校长面前说别人的坏话，不对陆校长表忠心，陆校长会相信他？"妻子的头脑非常清醒。

我说："睁一只眼闭一只眼好，聪明难，糊涂更难。"

第十七章

"你就是这样没用。你就是这样没有原则。"

前面那句话我基本上默认,因自己没权没地位,谁都可以看轻我。后面这句话我却否认。"原则我是有的。"我不承认她的批评说,"我就是太有原则了、太为别人想了才吃的亏。"

"什么原则?你以为你正直?"妻子尖锐地指责我,"你原来投靠曹校长时,你表现出了什么原则?还不是跟着曹校长跑,视曹校长为主子,自己像个仆人。"

我没想到自己的形象在妻子眼里这么差,说:"不是仆人,我是讲义气。"

"你跟曹校长、宋主任、戴主任讲义气,他们跟你讲义气吗?他们谁帮过你?一个个只想自己!这就是你讲义气换来的?我毕业十年了,又没犯错误,职称被陆校长卡着,他们谁站出来替我说过话?我告诉你,别再在我面前提'义气'二字,我听着就有火!"

我内心荒凉,妻子说的话如一把利剑,刺得我直滴血。我不想同妻子吵,妻子是一只受伤的雌豹,牙齿极锋利,目光也是那种要咬人的母豹的目光,随时会扑向你撕咬你。我深刻地感到她身上的温良被魔鬼掘走了,仿佛盗墓贼把墓里的金银珠宝挖走了样。她身上有了另外的性格扭曲得令我陌生的一面,这一面犹如刚刚爆发的火山灰,烫人。我看到电视里,疯狂的女人就是这个样子,一身火药味。我要是能赚钱,且有几百万在银行里的话……存在决定意识,这是萨特说的。我说:"我不跟你争,男人的心是你们女人明白不了的。"

妻子用那种瞧不起我的眼神瞟眼我:"你做好事!"

装饰柜里有一瓶酒,应该说是半瓶酒,这是前段时间,我和周欣喝酒时剩下的,我把它带回了家。装饰柜里还有一包兰花豆,兰花豆就是蚕豆,是油炸过的蚕豆,有时候吃几粒倒显得很香。还有一包辣香干,这是女儿爱吃的食品。妻子把这些东西一一拿出来,搁在茶几上,还拿出一只酒杯,这是那种造型像鼎的古色古香的小酒杯。妻子拿着酒杯,坐到沙发上,拧开瓶盖,倒了些酒进入酒杯里。我坐在折叠椅上,看着她干这些事。我想阻止她喝酒,但要找到很好的理由阻止她喝酒又很难。

妻子是不喝酒的,她要用酒来消除愤怒。妻子抿口酒,放下酒杯,剥掉一粒兰花豆的壳,将那粒兰花豆扔进嘴里,就听见嘎嘣嘣的声音从她牙床上传出来。然后她又拈起一片辣香干放进嘴里嚼着,这种声音细小得多,香干是软的,发出的声音只是她嘴唇"会战"的声音。我就这么觑着她喝酒,我知道她心里很不痛快,我想她可能喝点酒会好一些。她不看我,把目光盯在兰花豆和酒杯上,那是一种惆怅的目光,就像一个无家可归的女人的目光,这目光找不到依托情感的港湾。

"睡觉吧,快十一点钟了。"

"你随我。"

"喝酒又没用,借酒消愁愁更愁。"

"你嘴巴怎么这么多?"她抿口酒,目光里充斥着火焰,"你没点用!"

手机响了,一看显示屏上的名字,是谭元元。我拿起手机,走到晾台上,接了。谭元元问:"你怎么才接电话?"

我回答:"我老婆在家里闹情绪。"

"怎么啦?"

"学校里评职称的事让她烦恼。"

谭元元听我这么说,笑了:"那有什么好烦恼的?不就是职称吗?"

我瞅一眼客厅,小声说:"我不跟你说了,明天联系。"

我走进客厅,妻子问我:"谁的电话?躲到晾台上去接?"

"一个朋友的。"

妻子尖声说:"是女朋友的吧?"

"你这样说,有点不讲理。"

"你讲理?如果不是外面女人的电话,你会走到晾台上去接?"

我撒谎说:"真的不是女人的电话,我不骗你。"

"你就是骗我,你心里有鬼。"

"我没鬼。"

"没鬼?把手机给我,我看刚才是谁打电话给你,拿来。"

我当然不能把手机给她,她一拨,谭元元必定会接,那我扯的谎就穿帮了。我说:"你应该学会尊重别人的隐私。不要动不动就怀疑人。"

她一把抢过我的手机,用一只手拦着我,另只手的手指敏捷地摁了谭元元的电话号码。我恼怒地抢下手机,摁了结束键,大声说:"太过分了,你!"

"你怎么是这样一个男人?"她看着我,伤心道,"当初我怎么会嫁给你——"

她把"你"字的音拖得很长,我答:"我也很后悔。"

"你后悔什么?"

"后悔自己娶了你,让你过得不幸福。"

"这个时候说这种屁话有什么用?"

"是没用,可是说出来,你心里会舒服些。"

"谭元元这个时候打你的电话干什么?"

"拍照,她想拍艺术照。"

"找你拍?"

"我不是开了影楼吗?她想找我拍一套艺术照,留下自己残余的青春。"

"那你怎么不让我跟她说话?"

"我怕你一开口就质问对方而引起别人笑我。"我说,"这是我抢回手机的原因。"

"哼,骗人。"她说。

我内心突然蹿出一股火苗,我怕烧着她,转身进了卧室。我感到难受,心田上似乎有无数只利爪在撕扯我。我自己都不明白那一刻我为什么会抢下手机,退回去一个月,我是不会抢回手机的。这证明谭元元在我心里的位置比以前重要了,以致我担心妻子会伤害她。变了,我变了。我这么想,看着窗外的夜色。夜色深沉,雨还在下,淅淅沥沥的雨声敲击着我凄凉的脑壁。我迷迷糊糊地打了个盹,不见妻子在身边,就起床找。妻子躺在沙发上,蜷缩成一团,脸红彤彤的,那是酒精在她血管里作祟的结果。我走过去,妻子满身酒气,这种气味让我又怜悯又恶心她。我怎么会有这种感觉?我站在沙发前想,原来爱情就是在吵架中一点点泯灭的?恶语伤人,是指伤人心啊。一个人要学会控制,一个女人对自己的行为失控,那就完蛋了。我差不多是嫌恶地拉了下她的胳膊,说:"到床上去睡。"

妻子横我一眼,她的眼球被酒精烧成了两团暗红的火焰。"你睡你的。"她把手一甩,仍然蜷缩在沙发上弯成一团,像只大猫。

我不忍心她这样作践自己道:"一个人要学会控制……"

我的话迅速被她用尖厉的声音打断了:"你总是要我控制控制!忍耐是有限度的。"她满口酒气,手非常烫人,酒精使她的身体发热,"我明天回白水去!"

我相信她哭一哭会好些。我引导她哭说:"江丽,你哭吧,哭一哭,心里会好受些。"

"我为什么要哭?"妻子尖声说,把我抚摸她的手打开,"我就是不哭……"

"你这么大叫,别人都听见了。"

我想知识分子就是一张脸，如果脸都不要了，那就完蛋了。我自诩是个读书人，脸当然是要的，这条原则丢了，书就白读了。我不能跟妻子耗下去。已是下半夜了，我退回到床上，想怎么跟周欣说退出影楼的事。我把他拉到创业的路上，自己又要退出去干别的，这未免太不道义了。但又想，我讲义气又得到了什么？与周欣开影楼后，我发现他有点搞小动作，他收银，每隔几天把钱存到一旁的建设银行。早几天他给一个美女拍艺术照时，我翻看账本，发现大单他都记了账，小单却没记。前天，几个年轻人跑来拍照，不是拍艺术照而是拍用到工作证上的免冠彩照，他都没记。那虽然没有多少钱，但既然是两个人合开影楼，每一笔小钱都应该记下。再往前看，我发现有两单以不开发票就可以便宜五十元的顾客，他也没记在账本上。这还只是刚开始呢，我没跟他撕破脸皮。

我迷迷糊糊的，心里带着对一些人的蔑视，进入了读书人的梦乡。凌晨五点多钟，我醒了，看了眼闹钟，忽然想起了那块精美的劳力士金表。我想，女人真不可思议，对一个人好就傻好，好得什么都可以给你。

妻子蜷缩在沙发上，睡得很熟，她的鼻孔里呼出的是酒气加二氧化碳。我想把她抱到床上去睡，但我担心这会抱醒她。让她多睡下吧，她够可怜的。她脑海里充满压力，仿佛高压锅里充满了热腾腾的气体。我拿起刚才盖在自己身上的毯子，轻手轻脚地盖到了妻子身上。我走到晾台上，想呼吸一下新鲜空气，我的心被晾台外面的景象震动了。

大水进了学校。

我住的这幢宿舍的前面是操坪，操坪前是一栋教学楼，教学楼二楼有间教室里的一盏灯没关，于是这片灯光便在黑乎乎的操坪上闪耀，这种闪耀自然是水中反射的效果。我决定下到一楼证实下。妻子在沙发上醉生梦死。我悄悄拉开门，楼梯上黑乎乎的，所有的人都还在梦乡里游走。我穿着泡沫底拖鞋，为了不至于发出啪嗒啪嗒的脚步声，我改用脚尖走路，且放慢脚尖落地的速度，这样脚步声就几乎不存在了。一楼的老师这两天都暂住到父母家或朋友家去了。我的双脚下到一楼的最后一个台阶时，双脚接触到的是脏兮兮的水。

我站在楼道前看着，天空发白了，这种白不是朝霞把天空映红的那种光，而是一种淡淡的白，一种阴冷的白。我的脚下，水流得很平缓，甚至感觉不到水在流淌，只能感觉到水的凉意。晨光越来越亮，水开始呈现它自身的颜色了，黄黄的，一些肮脏的东西在水上漂荡，木条、树枝、塑料袋之类。这使我产生了一种洪荒时期的感觉。我相信几百万年前的地球，基本上是被大水占领着。人类的文明史还只有几千年！地球是另一种生灵，人类不过是地球生灵上的微生物，有什么好骄傲的？我折回家，妻子仍然如猫般蜷缩在沙发上。天已经大亮了，外面有了人说话的声音。我把妻子叫醒："学校进水了。"

妻子睁开两只猩红的眼睛，就跟兔子眼睛似的，那是被酒精充的，口里吐着酒气。妻子把我的手推开，说了声："我要睡觉。"

"大水已经进了学校，"我说，声音比平时高一点，"你还睡觉?！"

妻子仍蜷缩在沙发上，不理我。我走进卧室，把明明叫醒了。

明明揉下惺忪的眼睛，爬起床。这个时候，大水更加清晰更加广阔地展现在我眼里了。从晾台上望出去，四围全是黄黄的大水，大水连接着湘江，向肉眼所及的最远的地方蔓延开去。我更加相信人类是不可战胜地球的，她从洪荒时期演变到今天，完全是她自身发展的规律，她不定哪一天也会抛弃人类，就像她曾经抛弃依赖着她生存的恐龙。女儿走过来，在一旁兴奋地叫道："咦呀，爸爸，好大的水。"

她为此发出了欢呼。

我说："快去叫你妈妈起来。"

女儿遵命地跑进客厅叫妈妈："妈妈，好大的水，快起来看。"

妻子是不会对女儿发出怒吼的，她疼爱女儿，她的理智还没丢到对女儿也责骂的程度。她毕竟不是那种没有知识而又怨天尤人的女人，妻子说："妈妈头疼。"

"头疼也要你起来，"女儿尖声说，"不准睡了，起来。"

妻子起来了，走到晾台上，当然看见了大水。她马上想到了父母，忙转身走进房里打电话。电话通了，妻子问："爸，我们学校进水了，大水进了县城吗？"

她爸爸说："没有。"

妻子"哦"了声，停顿了下（心里在做决定）说："爸，学校不上课了，涨了水，也无法买菜做饭，我上午带明明回白水。"

我听见妻子这么说，问："回白水干什么？"

妻子挂断电话："我不放心我爸爸妈妈，万一县城进水，我至少可以帮我爸爸妈妈做点事。要是他们累病了，还不是我们的事？！"

妻子走进卧室，把柜子、屉子都打开，把夏天的衣裤一件件拿出来，分门别类地放进旅行箱，对女儿说："明明，我们今天去白水的外公外婆家。"

第十八章

由于连续下雨，影楼生意惨淡。我和周欣整天坐在影楼里，等着人来拍照，等来了谭元元。她着一身黑色料子、式样别致的套衫，头发盘在脑门上，手里拎着只昂贵的灰色皮包，看见我，便笑。我望着她，她说："趁自己还没老，我来拍一组艺术照。"

周欣打量眼谭元元，马上道："那是，你这么靓丽，不留下美丽的倩影，可惜了。"

谭元元说："谢谢。"望着我，"罗大摄影家，怎么拍？"

"要是不下雨，可以拍外景。"我说，"今天只能在室内拍。"

谭元元说："没关系，下次拍外景，今天就拍室内的。"

我们请的女化妆师学过美容，她看着谭元元说："你这妆已经很好了，不用化。"

"谢谢，"谭元元说："发型呢，可以吗？"

女化妆师眯着眼睛打量下谭元元说："我给你弄下发型。"

女化妆师走拢去，捧起谭元元的头发，左右打量，用发夹固定，压一压，摁一摁，然后问我们："怎么样，你们看？"

就有一种高贵呈现在谭元元这张脸上。我没说话，只是看着。周欣说："非常好。"

"你很漂亮，"女化妆师眯着眼睛，很专业地打量着谭元元说，"简直可以去演电影，要是张艺谋发现了你，说不定你就是第二个章子怡了。"

"那我的人生就改变了，"谭元元笑盈盈地说，"可惜这里没有张艺谋。"

我们开始拍她，我和周欣一起拍，让她摆出各种姿势。她很配合，甚至都可以趴在模特儿台上，跷起两条腿，折过脸来看着镜头微笑。周欣问她："美女，你多大了？"

谭元元浅浅一笑："老了。"

"老了？"周欣问，"你有二十五岁没有？"

谭元元笑道："我若是二十五岁，那就太幸福了。"

"你还不幸福？"周欣问她。

谭元元望我一眼："痛苦呢，这世上，我爱的人不爱我。"

周欣说："那他是瞎了眼。"

谭元元扑哧一笑，笑得捧腹。我们拍她，我隐隐感觉这个女人其实内心很丰富，好像一池水，满满的。拍摄中，她接了几个电话，都是关于期货和股票的，还有个电话是财政厅的朋友打给她的。她通完话后，告诉我说："定哥，有一个回报率很高的投资理财，你想参与吗？入股资金三十万，上线不限，百分之二十的回报。不过要放半年，如果你有钱，可以认购，比放在银行里吃那点可怜的利息强。"她望着我，"财政厅担保，没风险。现在很多人把资金转到理财产品上去了，这比炒股稳妥。"

我答："我没钱。"

她又接了个电话，叽叽哝哝说了几句，接着说："我得走了，有急事，改天再拍。"

周欣看着她离去的身影，称赞说："这是个很有意思的女人。"

我没说话。周欣一脸快乐地问我："定哥，我看这个女人姿色不错，皮肤又好，又是个富婆，对你好像也有意思，你怎么不泡她？"

"泡她？"我望眼周欣，见他一脸心术不正，便说，"她太聪明了，跟一个聪明女人玩爱情，你会被她玩死。你的心思她看一眼就明白，泡她？找累。"

下午六点钟，手机响了，是谭元元打我的手机，我问她："什么事？"

"我现在没事了，一起吃饭吧？"她在手机里说。

拍照聊天时，我告诉她，A中学被大水淹了，我妻子和女儿回白水了，我是随便说的，没想她放在心上了。我问："在哪里？"

"我和王导在华悦大酒店拍带子，"她在手机那头说，"这个大师傅做的清炖牛肉汤，保证你一看见就会流口水，快来。"

我愣住了，这个脚本的定稿我并没给她，只是丢在了烹饪协会，让烹饪协会的领导审，后来我离开宏力集团公司，也没去要回脚本。她居然背着我，把我的耕耘窃为己有，我问："怎么回事？"

她呵呵一笑："是这样，前阵子烹饪协会的领导打我的手机，说《湘菜大全》脚本他们看了，提了三条修改意见，让我拿回来给你酌情修改。我看你和朋友开了影楼，那么忙，只好抓王导的差，跟王导联系，把本子给了他，让他修改。王导遵照烹饪协会的意见，改了，我把本子再给领导审阅，领导通过了。就这么回事。"

难怪她在影楼里接电话时，神神秘秘的，声音都降了下去，原来是背着我在拍《湘菜大全》。她的动作真多，超出了我对她的想象。她有时候大方得出奇，有时候却令我迷惑。这个女人真是一本难啃的书，比黑格尔的美学还难啃！她又说："你过来吧，我等你。"

我的胃做出了积极反应，本来还不感到饥饿，她这么一提醒，胃里隐藏着的那支饥饿大军，猛烈地造起反来。"我就来。"我说。

我步入华悦大酒店豪华的大堂，目光四处搜索，谭元元坐在一角的沙发上等我，我们几乎是同时发现对方。"喂，"她对我招手，"在这里，这里。"

她重新坐下，一条腿架在另条腿上，一脸灿烂地笑着。我问："王导呢？"

"王导在伙房里指导摄像师拍大师傅做菜。"

我望着她。她说："别生气，我怕你拒绝修改，才压着王导改。王导你是晓得的，不见兔子不撒鹰，我答应付报酬给他。"

我想起几个月前，王导要她开房，她把王导耍了，一笑，问："不是开房修改吧？"

"吃醋了？"她说。

"那倒没有。"

"就怕你吃醋，"她说着暧昧地一笑，对一个走来的服务生道，"来杯咖啡。"

服务生转身去端咖啡，我想起周欣说泡她的话，叹了口气："唉——"

"你不高兴？"

"没有。"

"我是用我俩的名义，我说我和你一起开了家广告公司，王导要是问起，你要默认。"

她未经我许可就打我的牌子，好在我不是名人，真要是名人，那她不会狠狠地利用我一把？我说："你用你自己的名义吧，别把我扯进来。"

谭元元斜睨着我："那不行，我的公司不能没有你。"

"我真的不行，"我说，想起妻子说我胆小如鼠，又想起司马迁在《史记》里记载李斯只有"仓鼠之志"，就觉得自己连仓鼠都不如，我这只鼠，是众多鼠辈中的一只只配在阴沟或墙角里呻吟的鼠，"你找别人吧。"

"为什么？"她认真地望着我。

我答："我这人只配打工，不配当老板，我不愿承担责任。"

"懒惰，那我要批评你。"她说，"男人在这个社会就应该挑大梁，而且，你挑得起。"

我没答，她又说："我知道你对我有看法，不过你放心，我用我的生命担保，对你，我一是一，二是二，绝不会玩半点手段。在你定哥面前，我绝对透明。"

我见她说得这么真诚，就有些感动。我说："你会失望的，我生性懒散，而且，知识分子的面子观念重，清高，受不了样子，不适合经商。"

"这就是我欣赏你的地方，"她笑，接着强调，"也是我喜欢你的地方。"

"喜欢我？"

"喜欢你需要理由吗？"她笑了，"你好像要我给你一个理由。别呆了，没有理由，就好像数学上的有些方程式，无解。你超聪明，思想却在梁山伯与祝英台的爱情故事里出不来，爱一个人就要爱到那个人死。其实，那是作家为了讨观众的眼泪，编的，爱情没那么凄迷。"

咖啡上来了，我端起来抿了口，很烫，忙把咖啡放到茶几上。

"现在的女人没有那么蠢了。过去那种嫁鸡随鸡嫁狗随狗的旧思想，被我们这辈女人革命革掉了。我们是革命者，是革传统观念和男权思想的命。这个社会，还是封建意识和大男子主义当道，男人总是用挑剔的眼光要求女人。"谭元元说，很坚决的样子，"现在好些女人把丈夫当成一丈之夫，一丈之处的天地留给了别的男人。你怕只有你们男人才有这个特权？你怕还是妻妾成群的封建社会吧？"

我忽然想起学者们说这是个物欲横流的社会，物质使人堕落。我笑，说："你说的话挺有意思，我不了解你们女人。"

王导和一个扛着摄影机的小青年走过来，看来他们的工作干完了，大家都理应向肚子交差了。"吃饭去，"谭元元对这两个人热情地一笑，"我相信你们肚子也饿了。"

王导打量我："定哥，你越来越潇洒了。"

王导一个大背头，一件黑衬衫，一只大鼻子骄傲地杵在脸上。我说："我怎么会有你王导潇洒？你一个电话，什么人都会赶过来。"

王导立马道："这点牛皮不吹，我一个电话，作家、编剧、演员，随叫随到。"

谭元元笑，开王导的玩笑道："那当然啊，你是长沙市的王导啊，不定哪一天，张艺谋都会被你比下去。到时候别说不认得我们啊。"

王导说："张艺谋不算什么，超过他是迟早的事。"

华悦大酒店的清炖牛肉汤超好吃，几个人都对这道菜赞不绝口。吃过饭，从华悦大酒店出来，王导与谭元元约好了明天见面的地点和时间，然后和扛摄影机的小青年上了一辆印着电视台字样的捷达，走了。我肚子胀得饱饱的。餐桌上，谭元元不断地往我碗里夹菜，好像我和她的关系很特殊似的，总是用一种夸张的笑容面对我，且耀武扬威（如果可以这样说的话）地称我"亲爱的"，我知道她这是表演给王导看。谭元元把马6开到我身边，我说："你自己先走吧，我吃多了，想走走路。"

她说："上车，我带你去个地方。"

她说这话时，有股妖气。我想她确实对我好，不像黄江丽说话那么尖牙利齿，就上了车。她开着车驶上芙蓉路，路上车不多，还畅通。我问她："你怎么不再找个丈夫？"

"男人啊，一结了婚，眼睛就盯着别的女人。"

"没那么严重吧？"

"当然，你除外。男人都是猫。"

"不是猪了？"

她笑，问我："今晚你怎么度过？"

"回我父母家过夜。"我说。

十分钟后，她将车驶到一栋新建的大厦的地下车库，停好。我们走进电梯，上到八楼，走到一张铁门前，她掏出钥匙，拧开门，啪地摁亮灯，室内装修成了一个一个隔断，有股淡淡的装修味，显然是刚装修完。她兴奋地说："我买的三间大写字间，打通了，有三百多平方，是做办公室，刚装修完，请你检查，怎么样？"

我有些惊诧，问："你——买——的？"

第十八章

"买的。我们的广告公司。"她说着从袋子里掏出一张纸,"昨天我去拜见了一个盲人,都说他测字很灵,我让他替公司测了名。"她说这些话时,眼睛望着我,目光很柔媚。

我说:"你太迷信了。"

"不算迷信,是图个吉利。我自己写的几个名字,你看一下。"

纸上写着十个名字,"鑫远""蓝天""金龙""大地"等,我没说话。

她娇声问:"定哥,你觉得哪个名字最好?"

"都一般。"

"那个盲人说,鑫远好,三个'金'字垒在一起,吉利。"

"俗气。"

她听我这么说,抿嘴一笑:"那你给取个名字吧?"

我想她可不是一个听话的女人:"你会听吗?"

"当然听。"她说。

她今天特别温柔,有点颠覆我对她的感觉,我尽量不看她,免得被她诱惑。我承认,与她相处久了,不但没产生厌恶,反而有种距离越来越近的亲昵感。我走到窗前,俯瞰芙蓉路,想起王老板办公室的一面墙上供着那么多象,便说:"万象怎么样?"

"万象?"

我回头,又道:"象是陆地上最庞大的动物,是吉祥物,万象广告公司,比鑫远、蓝天、金龙广告公司,感觉上好些。"

谭元元立马赞同:"万象好,万象好,就叫万象。还是你有文化,我想了很多天都没你用一分钟想的名字好,这就是我喜欢你的地方。"

我笑:"别,我可受不了。我是受王老板办公室的启发。"

她走前一步,与我一起站在窗前俯瞰芙蓉路:"定哥,我这两天就去注册。你一定要来公司上班,别到时候又推托,我是说真的。"

早几天中午,邓军突然来到影楼,当时我一个人在影楼,邓军说:"元姐找我,说她和你成立了一家广告公司,让我到公司当副总经理,还给我百分之十的股份。"

我笑,邓军见我笑,又说:"元姐人不错,舍得干,肯钻,有业务能力。但是，毕竟她只是个女人，社会关系、人员关系、业务关系都有限。"

我不动声色地递支烟给邓军，他点上，又对我掏心窝子说："她的优点是女人，缺点也是女人，女人办事有她的局限性。"

我道："那是当然，什么人都有自己的局限性。"

"另外，你想过没有？她现在是觉得自己有业务，不愁，开公司的目的无非是想赚更多的钱。万一，她拉不到业务，或者业务做完了，没钱赚了，还要开高薪给我们，还会需要我们吗？你想过这些吗？"

我看邓军说得很认真，便跟着认真道："谭元元心大，不甘心做一般女人，想用我们的脑子赚钱。"

"我发现我一点都不了解她。她虽然是女人，却有野心，胆子大，有几个女人敢涉猎高利贷？但她敢，这要敢玩命的女人才行。"

"她对我说，她不会再涉猎高利贷，派出所的跟她打了招呼。"我告诉邓军，"那段时间她很烦躁，就是派出所看他们几人放高利贷，找她的麻烦。"

邓军抽口烟，见我望着他，又说："元姐很看重你，事事都偏向听你的意见，但万一拉不到业务，她能扛多久？半年、一年？她对我说，给我一万元一月，我想给你至少一万五吧？另外，她得养一个财务人员吧？还得雇几个跑业务的，公司还有其他开支，初步估计，她一个月没有五万元开支，公司是维持不下去的。"

我点头："你说得对，工商、税务都要打发，还有请客、送礼等应酬。"

"我跟她说，其实有你定哥就够了，没必要再加我这个游手好闲的，我只能出点子，又做不来设计。所以，我谢绝了她的好意。"

我感觉邓军考虑问题比我远，到底是学经济的，脑袋反应快，一下子把问题的实质拎出来甩到你面前让你思考。邓军望眼摄影棚，吸口烟，让烟从鼻孔里喷出来，又说："女人跟男人不一样，做事顺风顺水时那就好说话，甚至比男人还大方。但不顺利的话，那就难说了。我觉得女人于逆境中的抗压能力，没男人大，容易崩溃。"

我看着邓军的脑袋，这颗脑袋以他的身材比例来看，明显偏大，自然装着多于常人的脑髓，因此过于理性了。我想，说："也许我们都不了解谭元元，我们是用平时对女人的了解去判断她，可能她的能力和抗压力会超出我们的想象。"

邓军说："我没答应她，因为我不相信她的抗压能力会超过男人。女人讲实惠，看见珠宝和现金，比男人还兴奋，眼光不会长远。生理结构注定，女人是守势,能守财,但发展的眼光,女人就应了那句老话:头发长,见识短。"

现在想起邓军说的话,我觉得邓军说得在理,我望着谭元元说:"我真的不能答应你,你不是有不少做期货、基金的朋友吗?你还是先考虑他们吧。"

"他们对做书和画册没兴趣,不愿赚这份辛苦钱。而我觉得这是事业,不是投机,我谭元元虽是女流之辈,可我也想干一番事业。你别看不起女人。"

"我不是这个意思。"

"那你是什么意思?"她说,"亲爱的,我告诉你,为了开这个公司,买房子和装修,我已经用了五百万。我准备再用三百万注册,就是都亏了,我也无所谓。"

我略微一震,问她:"你不炒股票和期货了?"

"炒啊,那是另一条生财之道,而且我已经摸清赚钱的套路了。期货、股票上,我还有一千六七百万,我只拿出来三分之一玩公司。"

我注意到她用了一个"玩"字,简直有些羡慕她说:"那你还赚什么钱?你一辈子吃利息都吃不完,留点钱让别人赚吧。"

"我特别喜欢钱,俗气吧?赚钱让我开心。我就是要开家广告公司,天天来上班。"

"你这是另一种玩啊。"

她一笑:"不是,是做我自己想做的事,我喜欢自己是个员工。"

"你是玩啊,有的人没钱却拼命把自己打扮成老板,你是有钱了还想扮打工仔。"

"你说对了,我愿意当员工。公司一旦成立,我买辆奥迪A6给你开,你是公司总经理,你形象对外,我还是开马6。我这董事长,只限于你我知道。对外,公司是我们共同的,你为主,这样,等于是给你提供了一个发挥自己才能的平台。"她笑道。

我感到这女人真厉害,而且玩法怪僻,人家拼命向前站,她却要退到幕后。我开玩笑地说:"你这是要我卖给你啊,你当慈禧太后,垂帘听政。"

"对外对内,我都是你的业务副总经理,我在前面冲锋陷阵,替你挡子弹。"

"是挡糖衣炮弹吧?"我开玩笑说,"糖衣炮弹还是别挡。"

她听我这么说,笑道:"你需要糖衣炮弹,不嫌弃的话,我滥竽充数吧。"

我说:"奥迪A6我不要,我坚持低碳生活。"

"你当了公司总经理就不能低碳,你总经理骑着单车去洽谈业务,人家会掉头走人。这个社会很势利,以外表取人。为什么很多老板一开公司就换车,开着奔驰、宝马去应酬?财神公司的王老板,坐着八九百万的宾利车招摇过市,就是想体现财神公司的经济实力。我先买辆奥迪A6给你开,以后,公司赚了钱,再买辆奔驰。这事,你听我的,我接触的人和社会面比你广,知道这个社会看重哪些东西。"

我考虑了一晚,烟抽了大半盒,思考如何跟周欣摊牌。上午,出了太阳,我感觉今天是个好天气,就骑着单车去了影楼。周欣剪了个很"潮"的发型,把两边和后面剃得露出头皮,顶上的黑发染成了红色,下巴上的山羊胡子也染成橘红色,像只骄傲的火鸡。"哎呀,欣哥,你蛮潮啊。"我说,"这造型,不迷死几个姑娘,也会迷死几个少妇。"

周欣笑:"定哥,我们开摄影楼的,自己不潮,没姑娘来拍艺术照啊。"

我呵呵笑:"欣哥,你如此时髦有魅力,我放心了。"

周欣看着我,我说:"影楼你一人干吧,我决定退出来。"

周欣睁大了眼睛:"我们不是干得好好的吗?"

"是的,"我说,"只是,我还是想退出来。"

周欣脸色阴了,问:"你什么意思?"

我说了谭元元邀我一起开公司的事。周欣大声说:"那你就不应该邀我开影楼。我是辞了职和你一起开影楼的,现在你又要退出,你不是把我一个人放在火上烤吗?"

"影楼生意不错啊,烤什么烤?"我说,"我觉得影楼你一个人干,更好。我退出来,你再雇个年轻人拍摄,只需开工资,你会更赚钱。"

周欣一挥手,叫道:"你不够意思,重色轻友。"

我本来想告诉他,他的小名堂我都知道,但我觉得那样一说,关系就僵了,没必要戳穿。我说:"这样吧,你忙不过来的时候,打我的手机,只要我没事,我一定来帮忙。"

周欣冲出影楼,一会儿又折回来,横着眼睛看着我,气呼呼的,像只斗鸡。或者不看我,坐下,歪着头,盯着街上。我晓得他恼火我不够意思,可是我不能为够他的意思而放弃谭元元给我提供的舞台,我心里更倾向于做书和画册。我说:"其实你一个人当老板,比我们两人当老板好。我投资的钱,你不必急着退。"我又加了句："我们还是朋友。"

周欣恼道："不是钱的问题，是我没想到你会半途而废。"

"没废啊，影楼开得好好的，废什么废？你一个人干，更赚钱。"

我们说了很多，东一句西一句。来了一对年轻人拍婚纱照，我们忙碌到天黑才完工。他开口了："既然你执意要退出，这样吧，你入伙的十五万，我分两年退给你。"

我忙道："可以，而且，我不要你付息。"

周欣狠着脸色说："息，我会按银行定期存款率给你。"他没说完，剜我一眼。

我把自己的相机、镜头和三角架，放进摄影袋，背到肩上，对周欣说："欣哥，希望你的影楼，生意越来越火。"

周欣没理我，眼睛望着别处，抽着烟。我离开影楼时，心生愧疚，隐隐感觉自己很不是东西，竟断然抛弃与自己一道打拼的朋友，变得只考虑自己了。

第十九章

谭元元让我采访财神公司的王老板,在宏力文化发展公司时,我曾为王老板拍过照,后来这事搁置了。好在拍的照都输入到了移动硬盘上,没删,用不着再拍。我在王老板的办公室等着王老板,我们约好了九点钟见面,他说他今天最多给我一个小时。这是昨天下午打电话约的。每一本书里,公司老板总有一篇比简历又多那么几句话的采访文章。王老板有份简历,但面对那份同大路一样一条条干巴巴的简历,我展开不了想象,非得听他讲述自己的经历,才会有一些含文学色彩的东西出现在我的文章里。这篇文章吹捧得好,他会高兴,付款就干脆,吹捧得糟糕——比如说干巴巴的几句套话,他会讨厌,毕竟他们都是有头脑的人,不然,也赚不到人民币。

还没有九点钟我就到了财神公司,他的男秘书让我坐在办公室等他。茶几上搁着一包钻石芙蓉王,烟已经撕开。我抽出一支钻石芙蓉王,点上,体会烟的味道。王老板的办公室,墙上除了那只搁满了象的装饰柜,还有两幅国画和一幅字,那幅字写的是:蒸蒸日上。行书体,笔墨遒劲有力。王老板的秘书为我倒杯茶,我等着王老板。王老板到了九点半钟仍没出现,我的目光落在精装本《毛泽东选集》上。我并不觉得王老板说的话幽默,世界上的事情都存在双重性。也许真的像王老板说的,把毛主席的战略战术思想变通到商海中就能赚大钱。有的人还用儒家或道家的思想经商呢,而说起来儒家或道家的思想与商海实在是风马牛不相及的事,但是运用得巧妙,变通着用,就不一样了。

快十点钟时,王老板终于出现了,"对不起,对不起,《王老板像》动物世界"里的一只北极熊,一摇一摆地走来,边十分抱歉地打个拱手,"刚才送一个香港来的朋友去机场,路上堵车堵得很厉害。"

他说的事情我已经知道了,在九点过三分钟时,他打了个电话到办公室,他秘

第十九章

书接了，转告了我。我并不为他迟到而恼怒，反倒被他一身的汗感动了。他衬衣的背心和前襟都汗湿了，露出一块块汗渍。外面很热，太阳很大，他又是个大胖子，自然热得难受。他表示无可奈何地把肥大的屁股落到沙发上，对秘书说："把空调开大点，我一身汗。"

"王老板，您这样胖，下一步的任务是减肥了。"我只是这样想，没说出口，这不是我要关心的。我说："香港老板已经走了吧？"

"走了。"他对我吐了口很大的气，犹如长跑运动员进行深呼吸，"我们开始吧，等下我还要去见省法院的一个朋友。你想要我说什么？"

"随便您说什么。"我说，"我只是想听听您的经历，这是文章中需要的。"

"我其实没什么，只是运气好。"王老板开口说，"我最苦的时候连下锅的米都没有，但我接连赶上了几个机会……回想起来，觉得自己运气好。我十几岁出来做泥工，和师傅一起给人盖房，认识了我们县的一个局长，他见我肯干，人机灵，就给了我给他们局砌传达室和锅炉房的业务。那是我接的第一笔业务，赚了一万三千元。那是八十年代中期，农村里才开始涌现万元户，一万三千元可以干很多事……"

王老板说了很多，说话的中间接了几个电话。他给我的一个小时变成了一个半小时，但他的谈兴还丝毫没减，然而时间却不能让他再深入细致地谈下去了。我听他接个电话，对着手机那头的人说："我过一刻钟就来。"

我只好起身告辞："王老板，以后我们还有机会聊，你忙你的。"

王老板说："慢点。"他转身走到那个威武的办公桌前，弯下他肥大的身体，从柜子里拿出两条和牌烟，又从另一只抽屉里找出一只食品袋，把两条和牌烟塞进去，递给我。

我感到受之有愧："我不要，谢谢，我不要。"

"拿两条烟去抽。拿着拿着。"他不容我分说地把烟递到我手上，一脸认真，似乎他的烟多得抽不完。"是朋友就不要讲客气。"

我面对他这种过于客气的举动，严格地说真的有点束手无策。我不是一个喜欢得别人好处的人，"无功不受禄"这句古训时常像警钟样敲打着我的脑壁。我说："真不好意思。"

"你有什么困难，只管找我，我朋友多，能帮忙的我一定帮忙。"

我有点感动。一般人都是相互帮忙，或者相互背弃。他的地位和经济实力，完全可以不睬我，但他却说出了这样的客套话，这就是做人，他可以给你留下憨厚、朴实的印象，这是他的高明之处，因为谁都不愿意与过于聪明、狡猾的人打交道，怕被别人算计。做人是大学问，我深以为然地想，很多人失败就失败在不会做人上。

　　我骑着单车回家，手上拿着两条和牌烟，心里不免灿烂。
　　学校里有辆旧桑塔纳，这是几年前教师节，附近一家公司送学校的。这辆普桑，蓝色，学校为此调来一名司机，车很破，经常要修，不修就时常烂在路上。车为陆校长的专车，他要是去教育局开会，或去哪里赴宴，这辆普桑就载着他驶出校门。我骑着单车进学校时，见大门突然敞开，就往里面冲，普桑驶出来，司机一脚刹住车，车头还是撞在我骑的单车前轮上了。"好险！"旁边一个学生惊叫道。
　　单车倒了，由于惯性，我身体往前一倾，手扑在普桑的引擎盖上，引擎盖很烫，我赶紧移开。司机是个年轻人，开车猛，此刻，他下车望着我，脸都白了。我有惊无险，没事，两条高档和牌香烟一条掉在引擎盖上，一条冲破塑料袋，摔落在地。我捡起掉在地上的和牌香烟，又拿起引擎盖上的烟，司机这才问我："定哥，不要紧吧？"
　　我活动四肢，寻找受伤的地方。陆校长从车里下来，一双眼睛在眼镜片后面盯着我，还盯着我手中的两条和牌烟，他当然知道这种烟不便宜。我叫了声"陆校长"。我不够志气，妻子在他的权力范围内，我不敢志气。我不但叫了他，脸上还努力露出平和的不含斗争意味的笑。陆校长不动声色地问我："你没事吧？"
　　我说："好像没事。"
　　我扶起单车，单车的前轮弯了，钢丝崩断了几根，不能骑了，也推不动。再看单车的三角架，也凸了。这是学校的车，司机又曾经是同事，坐车的又是陆校长，就不好理论，想吃点亏算了。我提起单车，慌忙让路。陆校长见我在外混了几年仍骑着辆破单车进出，就轻蔑地瞧眼我，咳一声说："学校昨天复课了，黄江丽没回校上课。学校规定，请事假超过三天就不能评优，她评不上优，职称问题就没法解决。"
　　我脑子里又闪现出"他人就是地狱"这话，此刻让我再次体会到了这句名言的深刻含义！我立即摆出一副设法补救的样子说："陆校长，我正要找您请假。黄江丽打电话来说，她父亲住院了，她要招呼，她的两个姐姐一个在深圳、一个在珠海，她要我替她请一个星期假。我赶回学校，就是找您请假的。"

第十九章

陆校长摆下手："我不同意，要放暑假了，她不来上课，学生就没有音乐成绩。"

我答："哦，那我明天回白水一趟。"

他没搭话，上了车，车驶出了学校。我瞧着一溜烟驶去的车，想权力这东西是多么可怕啊。在权力的高压下，你的人格不扭曲还不行。我相信在中国这个有权就有一切的社会，心态和人格猥琐的人，都是被权力挤压出来的"次品"。权力是这个世界最强大的工厂，它残忍地打磨人的意志，抽出人体内纯正的血液，使你变成"次品"。我的好心情，一下子变得糟糕极了。在陆校长面前，我只有屈辱，一种被权力压制的想怒吼的屈辱，这种屈辱转背就化成了无声无息的怨恨。"高贵的灵魂，是自己尊敬自己。"我相信尼采生前也遇到过被王公贵族轻蔑的事，不然这位德国大哲学家也不会发出这样的感慨，在权力面前，谁都卑微啊。

大水已于三天前就退回到它应待的河床里了。A中学基本上已抹去了大水入侵的痕迹，只是贴近地面的墙壁上和树荫附近还残留着大水来过的影子。大水退去后，林荫道上、操坪上、办公楼里、教室里及在一楼的教师家里全是厚厚的一层腥臭难闻的淤泥。全校师生搞了两天卫生，预防站的医生赶来瞄准地上和墙上打了药，以免学生感染大水带来的传染病。我这两天不在学校住，我回来后，戴主任来了，来我家搬彩电和洗衣机。他坐在沙发上说："大水好脏好臭呢，我在家里搞了三天卫生。"

"那当然，大水最邋遢，化肥、农药、大粪什么都有。"我一点都不同情他，"最邋遢的就是大水。你是应该好好搞搞卫生。"

"早两天，我家里进不得人，闻了那种臭味真想呕。"

他理应比别人多干一天，大水不可能因他是教务处主任就不进他家，不但进了他家，在地上铺了厚厚一层地毯似的淤泥，还把他家的厕所也堵死了（这就是他多干一天的原因），后来还是学校的水电工在他家的卫生间甩开膀子大干，才修复厕所使其畅通。戴主任叫来两个年轻教师把洗衣机先一步抬走，他自己和老婆一人抬一边地把彩电搬走时，对我疲倦地叹口气说："我人都搞病了。"

家里给人一种冷火秋烟的味道，桌子上、沙发上、地上均是一层肉眼能感觉到的灰，抹灰的工作本来是妻子的事，她在白水，我也懒得收拾。我觉得自己是在过单身汉生活，而这种生活里自然就露出了我懒散的本性。我煮面吃，用简单的方式向饥饿的胃交差。吃过面我睡了一觉，醒来一看，快下午四点钟了。手机上有谭元元的电话，我告诉她，我在家里写介绍王老板的文章。我坐到桌前，思考怎么写这篇东西。王老板在我脑海里一过滤，我还真觉得他是大智若愚者。他那北极熊样的身材，他走路那种企鹅样一摇一摆的形态，给你的感觉是你绝不会去提防这样的人，但他却在赚你的钱。他对我说："只有吃小亏才能占大便宜，这是我经商的宗旨。"这句话是已逝的国家主席刘少奇说的，他却把它运用到生意中来了，且用一种坦诚的心态告诫他身边的人。一个人成功了，围绕着他的人就多，大家都在吃他，他也在吃大家，可能这就是互利互惠吧。

我的思想又跑到陆校长身上，中午在校门口说的那番话，在我脑海里极不愉快地盘旋，好像一群绿头苍蝇在我大脑里飞似的。我今天很丢脸，很多人都看见他的坐骑撞了我，他却若无其事的样子。我想我卑贱到了应该找根绳子上吊的程度。单车是不能骑了，要骑只能买辆新单车。手机响了，邓军打来的，他说："定哥，元姐和我在一起，刘晖也在，还有王导，我们在火宫殿。我今天充当了扛摄影机的角色，跟着王导学拍片子。"

我看眼墙上的钟，在我胡思乱想时，忽然就五点多钟了。"那好玩呀。"

邓军说："累蠢了。你来火宫殿，元姐叫你过来。"

我说："文章还没写完，来不成。"

"元姐和刘晖都要你来，刘晖说好久没看见罗老师了。"

"今天我事多，"我说，"你们别管我。"

我挂了手机，想谭元元是一定要拉邓军进广告公司的，她认为邓军的脑瓜子好用，要为她所用，从这一点看，谭元元算个女丈夫。我点上支烟，抽着，带着完成任务的目的开始写文章。我一口气写了三四千字，感觉把王老板的生活经历粗略地说了个大概，想明天再润色，这才起身泡方便面吃。吃过面，我拿起一本书，躺到床上看了会，谭元元打我的手机，问我在干吗，我答："看书。"

谭元元说："我回家，刚洗完澡，给你打电话。"

我不知她怎么跟我说这些，这应该是一个小女人的话题，她在我心里越来越强悍了，虽然她可能并不愿意给我这种印象。我问："邓军在宏力那边辞了职吗？"

她说："会辞职的。"

"他跟我说他不来的，你是怎么做到的？"

"我把刘晖拉来了，我给刘晖的薪水比她在宏力集团拿的薪水翻了一倍。他不放心刘晖。"她咯咯笑着说，"我对邓军说，你不来，我就给刘晖介绍一个有钱的公子，那帅哥有几千万，又会玩。他一听，马上说：'别别别，千万别，我来，我来。'笑死了。"

她是个聪明女人，这么一激将，邓军还不乖乖就范？我说："你真有办法。"

"对症下药呀，邓猪心里只有刘晖，别看他读了那么多书，说起怪话来一串串的，好像他对爱情真不在乎一样，其实他骨子里是个痴男。"

我们在手机里聊了一气，我身上痒起来了，说："不聊了，你早点休息。"

她在手机那头含撒娇性质地说："喂，你第一次对我说了句温柔的话，我很高兴。"

我问她："不会吧？我以前从没对你说过吗？"

"从来没有。"她说："今天我很高兴，出来吃消夜吗？"

我可不能乖乖就范："今天累了，我想睡觉。"

我放下手机，想我怎么了？不是喜欢上这个富婆了吧？她是聪明、有钱，可我是有老婆的男人，不能动这个歪脑筋啊，孟子曰"人不可以无耻"，这话我得牢记！我去洗澡。洗澡时我感觉自己身材还不错，胸脯、胳膊、大腿上都有一块块充满弹性的肌肉，腹部上的肌肉分布得很是地方，丝毫没体现脂肪的痕迹。毕竟仁慈的上天还算照顾我，给了我一副好体形，没有让我什么都糟糕，我想。

第二十章

妻子不愿回来,她那颗受伤的心可不管上课了。她想调回白水,她无法忍受再在A中学生活下去的悲剧角色。这个世界,任何一个单位都会有一个人无形中扮演悲剧角色,她不想演下去。她要逃离这个地狱!我以为今天她会回来,傍晚我回到家,照旧冷火秋烟。我迫不及待地给妻子打电话:"江丽,你今天怎么没回来?"

妻子在电话那头说:"我想调回白水。"

我吃了一惊,脑海里呈现了张卫国那张国字脸:"怎么了?"

"爸给我联系了县文化局,文化局的邓局长是我大姐的同学,同意接收我。"

我不喜欢白水,那个县城不属于我,她当年从那个县城考出来,现在又灰溜溜地调回去,实在不是上策。

"陆校长说……"

我的话还没说完就被妻子打断了,她粗暴地道:"我不想听你说他,我连他的名字都不想听见。"

我想她是一只受了伤的母鹿,她是带着一颗被欺凌、被压迫的心离开长沙的。她对我和对她工作的地方彻底失望了。我沉默了会儿:"你的假到期了,我怎么说?"

"就说我爸爸的病还没好,"她说,"你说我还要招呼我爸爸一段时间。"

"白水再好,毕竟只是个县城……"我说。

她迅速切断我对生活和社会的认识说:"生活在哪里都是一世。我觉得我在白水好些。长沙有什么好?我一点也不喜欢你们长沙。天天守在学校里,面对的那些人个个都是势利小人,没点意思。我爸爸妈妈也想要我调回白水,还有很多人都劝我调回白水。"

"是张卫国吧?"我这么问了句。

"你怎么问起了他？"她在那边敏感道，"你这么敏感啰？"

我想这不是敏感，这是一种本能反应，好像核物理反应，必然的。我潜意识里感到那边有个男人在关心她，我说："他是不是也劝你调回白水？"

妻子说："他也说过。你给我再请十天假，就这样吧。"

一个晚上我都在迷茫中，想哭，还是忍住了流泪。感觉自己的心正在变硬、变冷。我看到自己成了一叶可怜的小舟，正在波浪上漂浮，舟上有一帆白布飘扬，好像是向谁投降。那个骄傲的罗定，已成了个可怜巴巴的男人。我现在不是在陆校长面前找不到自己了，在我妻子面前也找不到自己了。我天生就是个演悲剧的人物！我想哭，一个人大哭一场，为了控制这种忧伤的情绪，十一点钟了我还拿起手机同这个打电话又同那个打电话，与邓军谈谭元元，又与谭元元讨论邓军，还打周欣的手机，问他影楼这几天的生意。他答："还好。"

我如此这般地发泄了一番，心里那根脆弱的神经才不至于被什么东西绷断。早晨醒来，我替妻子写了个事假条，匆匆向学校办公楼走去。王副校长见到我的条子，表示无能为力地看着我说："这要陆校长批，我只有权批三天假，三天以上的要陆校长亲自批……他上午到市教育局开校长会议去了。"

"你帮我把假条转给陆校长……"

"那不好，"王副校长打断我的话，"这要他批才算数。你自己直接交给他，陆校长下午在学校里。"

我不想同王副校长多说话，他是陆校长的应声虫，陆校长说东他说东，陆校长说西他说西。我没单车骑了，那辆被普桑撞坏的单车丢在车棚里，如堆废铁。这些天，我正犹豫是不是找学校赔我一辆单车，又怕学校领导或老师背后讥笑我敲诈。我乘公交车来到公司所在的大厦前，谭元元穿一身灰色衣服，在地对我招手："这里，定哥，我们一起去驾校。"

我问："去驾校干吗？"

"驾校校长是我铁姐的姐夫，也是和我一起炒期货的朋友，是个老帅哥。我跟他打了电话，给你报了名，他说你去学车就是。"

"学车？"我望着自作主张的谭元元，"学什么车？"

她亲昵地说："学开汽车呀，傻瓜。"

她这是第一次用亲昵的语气叫我"傻瓜"，并对我挤了下媚眼。我想起她说要给我配辆奥迪A6的事，这可是个巨大的事，不亚于把我买下，我摆手说："学什么啊，我不去。"

她叫道："罗总，你不去就得罪我了，我钱都替你交了。"

"我人笨，学不会开车。"

"还没学，怎么就知道自己笨？走走走，上车。"

我勉强上了她的马6，想她做决定也不跟我商量，太过分了。她边开车边对我说："罗总，我要批评你，我发现你什么事情都爱打退堂鼓。你应该改变这种生活态度？"

"怎么改变？"

她说："把态度调整过来，变成积极进取。你有些懒惰。"

我看眼她的侧面脸："还没正式开始就嫌我了？"

她笑："哪敢啊，只是，我想要你敢于面对各种挑战。我有进取心，我希望你也有进取心。态度决定一个人的命运。我要把你改变过来，变成一个心理向上的男人。"

她在开导我。我说："我让你失望了吧？说了不要硬拉我进你的广告公司。现在，我还没进你的广告公司，你就开始说我了。"

她一脚刹住车，叫道："喂，什么你的广告公司？是我们的广告公司。"

后面的司机愤怒地按喇叭，她回头一看，后面的汽车差不多顶到她车屁股上了，她忙把车朝前开。我不好再与她在车上争论，想去驾校应付一下了事。我们到了驾校，一下车，驾校校长起身迎接她，笑着说："教练都跟你安排好了。"

教练是个四十岁的中年男人，剪了个平头，穿件灰色T恤衫，站在校长一旁，他看眼我，问谭元元："是他要学车？学手动的还是自动挡的？"

谭元元说："当然是自动挡的。"

"自动挡的容易学。"校长转身对教练说，"你带他去吧。"

谭元元母亲样地补一句道："去吧，听话。"

我感觉谭元元的母爱，潜意识地从她体内喷了出来，就觉得女人毕竟是女人。我随教练去练车坪上，钻进一辆教练车。教练让我坐到驾驶椅上，要我低下头看脚下，边说："看见这两个踏板吗？这个窄点的是油门踏板，宽点的是刹车踏板。踩油门踏板，车就前进，踩刹车踏板，就是刹车。你先用脚体会半个小时。注意，要不停地用脚踩、感受。"

我问："车不会动吧？"

第二十章

"没发车，怎么动？"教练说，"自己体会吧。"

我就用脚体会着，反正只能用右脚，我一会儿踩油门，一会儿踩刹车，不停地变换。

教练在车外抽完烟，说："记住，脚不是在油门上点油门，就一定要放在刹车上。千万记住。"随后，他上车，让我坐到副驾驶座上，他发动车，放下手刹，让我看他的脚。"启动要加点油，脚要慢慢加，轻点儿，不能一脚踩下去。"

车启动，朝前移动了。我看不出什么名堂，车继续向前驶去。教练说："加油只能是试着加，力也是一点点加，别猛踩。方向盘要把握好，不要乱动。"教练开着车在坪上兜圈，一边不停地说："拐弯时打盘不要猛打，看见前边有人，第一件是先把油丢了，让车滑行，脚要移到刹车踏板上，如果距离较近，脚要带刹、减速，看对方是选择过马路还是退让。一切都取决于你判断前面的人和车，只有提前判断，才能及时采取措施。"

教练让我坐到驾驶座上，让我开，我不敢开。他说："没事，我这边有刹车。加油吧，慢点加，轻一点。"

我加油，车行驶起来，他说："就这样，不要开快了，保持二十迈的速度。"

整个上午我都在驾校学车，想自己能开车了也是件好事，学会了开车也多了门本事。将来，实在混不下去了就去开出租，这样一想，劲头来了，便潜心学。中午，谭元元赶来，请校长和教练吃饭。吃饭时教练说："今天学前进，明天我教你倒车。自动挡容易学，把移库、倒车学会，就可以了。"

校长望着谭元元说："我听刘博士说，你这几个月炒股和炒期货赚了几百万？"

"没有，只赚了一百多万。"谭元元说，"你呢？"

校长谦虚道："我只投了一百万，哪里敢跟你比，连你的百分之十都不到。"

谭元元笑："你又不是没钱，只是把持着钱观望，怕遭受损失。"

"我本来就没你有钱，"校长说，"刘博士说你这几年在他那里炒股、炒期货，少说也赚了两千万，现在你的资产加在一起，至少也有三千万了，成了个名副其实的富婆。"

这么说，谭元元那天对我也没说真话，她真是个谜。谭元元见我猜疑地望着她，慌忙对校长说："你别听刘博士瞎吹，我没赚那么多钱。"

校长问："刘博士追你追了几年，你真的不给他机会？"

谭元元一笑："我跟刘博士说了,我们永远是生意上的朋友,别的事,免谈。"

我知道谭元元人鬼精,话不说满,什么都留一手,难怪她一出手就是劳力士金表,原来她是真有钱。吃过饭,我又学了三个小时车,这才坐谭元元的马6回家,路上我说:"你其实没必要开广告公司。"

她回答我:"我不开公司,你会天天和我在一起吗?"

我觉得她问得古怪:"不会,我没你有钱,我得挣钱养家。"

"这就对了呗。我开公司,给自己打工,每天和你一起上班,开心。"

她再有钱也不关我的事,我想,感到有必要让她明白,我说:"你别爱上一个自己不该爱的人,我不会离婚的,我爱我妻子。"

她扑哧一笑道:"你自作多情什么呀?我谁也不爱,真的,我只是觉得和你,还有邓军、小刘在一起上班很开心。我不愿意孤独,天天玩嘛,有一种空虚和荒废感,出国旅行,没有闺密同行或心爱的人陪伴,也无聊,所以才开公司玩。"

她有病,我想。车到A中学前,我下车,匆匆走进办公楼。校长室空着,陆校长在教务处说话,声音很大,他的权力在A中学是至高无上的,因而他说话的声音就底气十足。我不愿在一些老师面前接受他的脸色,坐在校长室等着这尊神。大约一刻钟后,他走了来,看见我,没露出吃惊之色,而是冷淡地看我一眼。我面对这尊神叫了声"陆校长",边掏出早晨写的请假条,尽量挤出点笑容说:"我岳父的病还没好,黄江丽还要在医院里招呼她爸。"

陆校长扫眼事假条,提出这样的看法:"你要她父母请一个人招呼,这样不行的,这个学期马上要结束了,黄江丽是初中部音乐老师,总得给学生一个成绩吧?"

"她爸爸病了,"我说,"她每天都在医院里招呼。"

"工作还是要干的。"他冷冷地说,"谁的父母没有三病两痛?要都像黄江丽老师这样请假,学校还办不办?这个假我不能批,你要她马上回来。"

我心里有火,但妻子的事掌握在他手上,我只能做祟给他看:"她要招呼她爸。"

陆校长皮笑肉不笑地一笑,说:"你要做她的工作,一个人不能把思想情绪带到工作上来,对谁有意见都可以,但不能对自己的工作有意见。"

我不想听他说这些大道理,我怕自己会控制不住地跟他吵。我走了出来。我想

第二十章

这个世界总得有我们这样的人，我相信到处都有我的"同志"。他们曾经都很有个性，但他们的个性都像我的一样，本来是一棵朝气蓬勃的青松，然而在权力那令人窒息的相当于一氧化碳的空气下，枯萎了。我想把任何生命力很强的生物放到充满一氧化碳的房间里，都会窒息而亡。没有人真正关心弱者。真理这东西会隐身，跟鬼样消失得干干净净了，谁还能找到?!

我决定去一趟白水。这个决定一旦做出，就让我莫名地兴奋。我想妻子见到我一定会高兴。我打谭元元的手机："我要去一趟白水。"

"想老婆了？"

"学校里不准她的假了，她又不肯回来，"我说，"我只好去一趟。"

"想老婆就想老婆，不要找借口。"她说。

我听出她这话有点酸，便回答："不跟你说了。挂了。"

我走出校门，上了辆的士，直奔汽车站。汽车站外的路边停着许多个体户开的长途客车，一辆一辆地依次排着，我上了一辆开往白水的大客车。这是辆回头车，是从白水开来的，现在是开回去。客车上没坐几人，位子很多，我选了个前面点的座位。我恨不得长出一双翅膀，立即飞到白水，见到她们，我深爱着这对母女。

汽车晚上九点多钟驶到了白水县城，我跳下车就迅速往老干所走去，直至跑到离老干所只有百来米远了我才改用走，让自己的心跳减慢。老干所的大铁门关着，小铁门敞着，四围冷清清的。我迈进去时，有点激动，立即就可以见到女儿和妻子了。我走到岳父家门前，感觉房里没有声音，未必他们都睡了？我想，边敲门。

开门的是岳母，她穿着睡衣，脸上堆着很多笑，皱纹自然就布满了面孔，就跟树根在她脸上生长开了样。"你们就睡了？"我说。

"没，我和你爸爸在练功。听见你叫门，我就收了功。"岳母说，嘻嘻笑着。

"江丽呢？"

"江丽被邀去跳舞了。"

"跳舞？"我脑海里出现了张卫国，"谁邀她跳舞？"

"白露，她天天邀江丽去跳舞。"岳母说。

岳父也收功出来了，也穿着睡衣睡裤，"爸——"我叫了声。

"你吃晚饭了吗？"

"没有。"我这才记起自己肚子还是空的。来的路上，我看见几处还在营业的粉店，白水县的牛肉粉是我很爱吃的。"我去外面吃碗牛肉粉。"

岳父很尊重我的选择："行行，你吃牛肉粉吧。"

"明明呢？"

"睡了，"岳母说，"她每天晚上九点钟上床睡觉，已经睡着了。"

女儿睡在岳父岳母床上，早已进入梦乡，脸蛋红润润的，很可爱。我走过去，轻轻地抚摸下她娇嫩的脸蛋。岳母走过来小声说："别把她弄醒了。"

我还真想把她弄醒，但岳母既然这么交代，我就止住了这种渴望。我心里挂着妻子，她跳舞去了，我想。我对岳父岳母说："我去吃碗粉。"

街上静悄悄的，路灯在宽敞的县城街上闪耀着昏暗的光。我的胃如面前这条昏暗的大街，空荡荡的，发出咕哝咕哝的喧嚣声，我知道饥饿的大军开始向我的大脑进发了。前面不远是一家简陋的粉店，两个农民模样的男人吃着粉。我选个桌子较干净的位子坐下，一个胖女人走来，为我倒了杯茶。我说："来碗三两的牛肉粉。"

一会儿后，一大碗牛肉粉端到我面前。三两牛肉粉很快就进入了我的肠胃。我付了钱，走出来已经十点钟了。我知道妻子还没回来。吃粉时，我眼睛盯着街上，妻子回来，要经过这家粉店。县城的舞厅、歌厅都集中在县电影院附近，老干所处在城边上。我犹豫着是走回老干所，还是向县城中心方向走去，最后决定还是不急着回家。

这是一条很宽敞的笔直的街，农村的空气——带着泥土和树木气息的空气，没有任何障碍需要突破地从街头涌来。你似乎能感觉到这种新鲜空气在扫荡着县城里排放出来的各种污染。我不是向城里那个方向漫步，而是缓缓走到通向老干所的那处巷口旁，巷口斜对面是县人民医院，医院门旁有棵大树，是这条主街上最大的一棵树。这棵树可能有几百年历史了，树下有一片很大的路灯照不到的阴影。我向这棵目睹了县城历史变迁的大树走去。我的手机响了，我看了眼显示屏，是王导的名字，我接了。

王导说："定哥，在哪里？"

我回答："我在白水。"

王导笑道："白水有什么味？我和谭总在一起，谭总问你什么时候回来。"

我说："过一两天就回来。"我看着冷冷清清的大街，"怎么，这么晚还在拍？"

王导说："没拍，和谭总坐在酒吧喝酒。谭总要跟你说话。"

谭元元在手机那头，一开口就叫了声"亲爱的"，然后一串清脆的笑声直冲我耳朵。她说："王导说他拍片拍累了，我请他喝酒。"

我脑海迅速闪过几种猜测,说:"好啊,把他灌醉。"

谭元元在手机那边笑:"没问题,一定照办。还有什么指示?"

"没有了。"

"是不是要我把他干了?"

我一怔,口里立即冒出一种苦味:"这事你自己决定,别问我。"

她又笑,咯咯咯咯:"王导说,你如果不放心就马上回来。"

"放心,放心,"我说,"你们喝酒吧,玩得开心些。"

我想,这是谭元元心里作怪,找一个喜欢她的男人刺激我。"万一他们开房……"我马上纠正自己说,"这关我什么事?谭元元又不是我老婆,而且,永远不会成为我老婆。"

我想起雨果说:"人间如果没有爱,太阳也会灭。"就觉得爱这个东西其实是火花,多了会把自己烧伤,没有,人活着就没有热情,内心便如黑夜。此刻就是黑夜,路灯在县城街上闪晃。老婆跳舞去了,我想看她到底是与谁去跳舞。这种心理有点阴暗,好像是企图抓住妻子的把柄。我在树下来来回回地走着,觑着深蓝色的夜空。

我之所以急匆匆地来到白水,就是渴望见到妻子。我们以前从没分开过,而这一次分开,在我脑海里产生了一种久违的热恋。我的视野里出现了两个人,打老远我就辨出是一男一女,他们走在大街上,两人相距有一尺宽的距离。女人就是我妻子。当他们走到快接近我站的地方时,我看见男人的手在女人肩头上打了下,说:"江丽,真的舍不得同你分手。"

这句话,我之所以能听见,是因为那一片刻,街上没一点声音。

黄江丽说:"不要你送了。你回去吧。"

我脑袋大了,甚至害羞地赶紧躲到了树干后面。我木木地站着没动,感觉自己寻找和苦苦坚守的爱情,原来并不那么牢靠。我的心跳得很快,有一种想冲破胸肌束缚的冲动。我对自己说:"看见吗?你不关心她,有的是男人关心她。"

他们在我面前几步远的地方转了弯,向巷口走去。巷口前面的一处地方没有路灯,那盏路灯坏了,形成一片黑暗地带。但是我却能觑见他们的身影,一是我的目光已适应了黑夜,二是黑暗地段的前面还有路灯。我之所以提到这些地理环境,是因为他们两人的身影在那片黑暗地段合到了一起,接着他们又分开了。妻子走进了前面路灯照耀的区域,男人走在我妻子身后,随后妻子在老干所的铁门前消失了,男人折回来,低着头走。

我直到男人走远,身影模糊起来,才有勇气从大树的阴影里走出来,并大步流星地步入小巷,就像一只大老鼠突然穿街而过似的,那情形确实是怕男人回过来看见我而认出我来。我害怕那男人对我妻子说"你丈夫盯梢"。我并没做出越轨的事,可是我却为自己羞愧,觉得自己无能。我想难怪她要调回白水,原来有个张卫国追她。我心里起了一个包,包上长满了杂草,仿佛一座坟岗,还有挂丧的纸条在坟岗上飘。客厅里亮着灯,一抹黄黄的灯光从窗户里泻出来,投在墨绿色的橘子树和葡萄藤上。我敲了敲门。

岳母笑嘻嘻地开门:"你到哪里吃粉去了,这么久?"

"就是前面,"我撒谎说,"吃了粉,看别人下了两盘象棋。江丽呢?"我把话题扯到江丽身上,看岳母怎么回答。岳母答道:"刚回来。"

我走进客厅,瞧见一双脚搁在脸盆里的妻子。

她对我一笑:"你今天怎么来了?"

"陆校长不准你的假了,"我说,"陆校长要我叫你回学校上课。"

笑容像糨糊样在妻子那张很好看的脸上凝固了。几天不见的妻子,忽然就漂亮了许多。我真的怀疑是不是白水的水养她些,脸上的笑容虽然凝结了,但脸红润润的,像那种熟透的苹果,还年轻了几岁。她伸手到脸盆里提起毛巾拧干,一副不情愿的神气说:"我在A中学,每天都感到压抑。"

"不去,不去。"岳母坚决站在女儿一边,"不理那个陆校长。明天赶紧要江丽的爸爸到文化局催催,早点把商调函发过去,调回来工作。不管他。"

妻子得到母亲支持,一笑,"我都要崩溃了。"她充分为自己找调回来的理由,"我调到A中学,从没得过A中学半点好处。工资变成了我们那批年轻教师中最低的。"

我说:"还是去上一个星期课再回来,反正只有一个星期音乐课就结束了……"

"不要去。"岳母打断我的话,"去个屁,你真没出息!你二姐夫最开始有什么?当时他单位的领导还不是整他,给他小鞋穿?现在呢?你二姐夫从珠海回来,县长都接他吃饭。"

岳母又对我说:"江丽调回白水,你也调来吧。"

我答:"我怎么调?工作都辞了。"

岳母望着我:"你来白水办个公司,你爸在白水,说话还有点用。"

"我白水没熟人,不来。"

岳母见我说得干脆,不高兴了。

妻子看她母亲一眼,对我说:"你去洗脸洗脚。"

我洗脸洗脚时,妻子上楼了,墙上的石英钟指着十二点。岳父在我出去吃粉时睡了。我洗完脚,妻子已脱下衣服躺在床上了,身体只占了一边,留了偌大一块给我。我感觉这块空间好像是一块不希望我碰她身体而特意留出来的。顶上的吊扇旋转着,有一大片风浪费在空着的席子上。她望着我,脸上有些喜悦。我发现她确实比在A中学时漂亮些。如果我心里没有那个男人的身影插在我和她之间,也许我会抱住她。此刻,我体会到什么叫吃醋了,吃醋的滋味就如心里在翻江倒海,一种酸苦味同胃液一并涌到喉头,我突然想点醒她,便学着那个男人的腔调说:"真的舍不得同你分手。"

妻子觑着我,脸上的表情僵硬了。

"我正好看见了。他是不是张卫国?"

妻子一笑:"你看见了什么?"

"我看见他抱你,而你居然让他抱着!"我非常妒忌地咬着牙低声说,"你还让他抱了那么久,我当时正好站在医院门外的那棵大树下。"

妻子咯咯一笑:"没有,他刚要抱我,我把他推开了。"

"他起码抱了你十秒钟。你并没立即推开他,我看见了。"

"不可能,最多一秒钟。"妻子没有把握,"他抱着我,想亲我,我把他推开,说:'你不要这样,我们都有家庭。'"

"他还想亲你?"我已经妒忌得大脑皮层发烫了,好像水开了样,头上冒着热气,"你肯定对他也有心,不然他敢做出抱你的举动?"

"我对他不可能有心。"

"一个男人不会贸然去亲一个女人,我是男人,非常清楚这一点。"我心里十分痛苦,"你假如对他冷若冰霜,他敢在你面前轻举妄动?你跟他的关系到底发展到了什么程度?"

"你怎么说这样的话?"妻子一笑,"他说他爱我,我告诉他,不可能的。"

"我不相信,"我说,"原来你背着我,在白水谈情说爱,你对不起我!我也有女人追,可我的心就跟磐石样,动都没动过一下。"

"你怎么了?"妻子说,"你想到哪里去了?你怎么不相信人?"

我怎么敢相信一个背着我同男人跳舞的女人呢？我感到一切美好的事物都在我面前消解了，理想这棵幼苗早已在心里枯萎了，而爱情这块土壤刹那之间也变成了盐碱地，寸草不生了。我感觉自己很冷，这种冷来自心底，仿佛心底起了冷风，刮着我，吹跑了我身上最善良、美好的东西。我躺在床上，缩成了一只大虾，什么都靠不住，我想，自己的老婆都靠不住，还有什么靠得住呢？

　　妻子的手搭到我肩头上："你怎么啦？背对着我睡？"

　　我低声说："我冷。"

　　"冷？这么热的天，你没病吧？"

　　"我心里在下雨，好大的雨。你是不是让我戴了绿帽子？"

　　"你神经。"

　　"我要你说老实话。"

　　"你想到哪里去了？！"

　　"现在的人，精神缺失、都没有道德了，已婚女人和已婚男人都有人追，爱情成了尔虞我诈的游戏，已经不是某个人的问题了，而是整个社会都在堕落。"我说，打了个冷噤，心里真的下起雨了，还刮着大风，吹得我眼睛都跟着流泪了，"连我妻子都背着我参与这种游戏了，我他妈还遵循着传统规则，我太蠢了。"

　　"你说什么神经话？"妻子尖声说，"你转过身来。"

　　我不想面朝她，我怕我面朝她会失声痛哭。我确实变得脆弱了。我觉得我的世界潮湿、阴冷得不行，我哆嗦着，觉得自己像一只雄蝴蝶，随时都有可能被人一掌拍死。妻子扳了下我肩头，想把我的身体扳过去。我说："别碰我，我真的很冷，把电风扇关了。"

　　"你怎么啦？"妻子反而把身体压到我身上，脸上颇为兴奋，"你好像吃醋一样？我和他真的没什么。他说他爱我，那是他的权利，我对他并没想法。"

　　"爱情这游戏，玩到一定的时候，自己就掉进去了。"我说，"你以为你能把握？爱情是大脑皮层下的化学分子，美国科学家说，一旦恋爱就会转成红潮，红潮让人热烈和疯狂。"

　　妻子见我把美国科学家都搬出来了，对我动了恻隐之心，把我抱住，亲我。我感觉自己出气不赢，挣脱开，扯过一床毯子，蒙头盖着，边说："别碰我。"

　　妻子说："你病了，明天，去医院看看。"

　　我感觉自己不是身体病了，而是心病了，心里面生出了一片荒凉的盐碱地。

第二十一章

早晨的太阳在窗玻璃上闪晃,我不是被早晨那耀眼的光芒刺醒的,是被女儿扑到我身上的行为弄醒的。"爸爸,"女儿说,"爸爸。"

妻子已不在身边了,我说:"你妈妈呢?"

"妈妈在楼下吃面,"女儿说,"你什么时候来的?"

"爸爸昨天晚上来的。爸爸来的时候,你睡着了。"

"你怎么不叫醒我?"

"外婆不要爸爸叫醒你。"我说。

我跟女儿说了气话,女儿在我身上撒娇。妻子上楼:"你醒了?要不要去看病?"

我说:"睡一觉,昨夜出了一身汗,病随着流到席子上的汗,跑了。"

妻子伸手摸我的脸:"是没烧了,昨晚摸你的脸,好烫。"

妻子穿着一件我没见过的领口开得很低的水红色连衣裙,这件连衣裙把她的身段勾勒得很好看,使她的脸蛋比昨晚显得更加红润、多情、妩媚,看上去才二十几岁。妻子确实是个经得起时间考验的女人,时间在她脸上一点也没表现出它的本性——残忍——来。我问:"你新买了条连衣裙?"

"我妈和我在县百货商店买的,妈出的钱。"妻子笑笑,"可以吗?"

"真好看。"

"我不敢穿出去,领子开得太低了。"

是的,领子已开到了她白白的胸脯上,露出了颈根下好大一片肉。另外衣服还隐约有点透明,将两只隆起的乳房上裹着的白乳罩和包着屁股的红裤衩模模糊糊地展现在我视线里。"你没穿着这条连衣裙去跳过舞吧?"我问她。

"没有,不过我穿着出去玩过一次,和白露一起到我原来的同事家去玩。"她一笑，解释说，"我的余光看见有的男人盯着我，我就不再穿它上街了。"

"白露会把你带坏的。"我说。

妻子一笑："你别这样说她，白露人很好的。"

"我看过她写的诗，她的每首诗都是写爱情，读起来肉麻，她的爱情无处发泄，只好用诗来完成。"我说，"你不要跟她来往太密了。"

"我有分寸，用不着你教育我。"

"世界上任何一样东西都是近墨者黑，我不喜欢白露，她是个性饥渴的女人。"

"你别把人家说那么恶心。"妻子莞尔一笑，"不要攻击别人。你就是喜欢说别人的坏话，瞧这个不来，看那个不顺眼。帅哥，起床，下楼吃面。"

妻子竟学会了油腔滑调，叫我"帅哥"，看来她心情不错。我说："我身高一米七九，体重一百五十斤，不胖不瘦，刘晖说我衣架子好，穿什么衣服都好看。"

"刘晖？"

"我以前在宏力集团上班时，她是公司的迎宾美女。"

"迎宾美女？"妻子问，"你不是看上她了吧？"

"有一点。"

妻子听我这么说，一脸淡薄道："快下楼吃面，面都冷了。"

面搁在茶几上，很壮实的一碗，上面盖着个煎得黄灿灿的蛋。岳父坐在沙发上看报，岳母在晾台上，面朝窗外练气功。窗户开着，有一种橘树和鸡屎气味一并涌入客厅，窗户下有只鸡笼，养着几只花母鸡，鸡屎的气味就是从那里扩散的。墙上钉了幅字，岳父练书法时写的："路漫漫其修远兮，吾将上下而求索。"我瞟着这幅字，有种怅然若失的情感。读大学时，我曾经把这句话抄在记事牌上、立在书桌上充当座右铭。那时候读书累了，瞧一眼"吾将上下而求索"，就强迫自己克服疲劳。现在这句曾经是我的精神力量、这几年已被我弃在荒岛上的话，忽然呈现在我眼里，就伤感。这些年，我猥琐着做人，藏着自己的狐狸尾巴，"求索"到的只是更进一步的猥琐。

白露在我低头吃面时，穿着鲜红的蝙蝠短袖衫——这是几年前长沙流行的式样，下身一条白白地把她瘦瘦的屁股和大腿包得很紧的超短裙。两只干干的手上戴着很多玩意儿，戒指、手表和我怀疑是不是真货的珍珠手镯，有的东西看上去是真的，其实是地摊上买的塑料制品。这倒还是其次，几个月不见，她脸上画得山花烂漫的，眉毛画得很黑，眼圈画得很蓝，嘴唇涂得很红，两边脸颊上还一边打了一朵红。她三十几岁了，还想找回少女的自己吗？因为没有了青春，就拿化妆品出气吗？"你好啊，"我实在忍不住地挖苦道，"你变化真大啊，我想你们诗人对生活一定很热情奔放吧？看你这身打扮就晓得你是个热爱生活的人。"

"每个人都热爱生活。"白露收敛起笑容，她并不蠢，知道我话里带刺，"我想你也应该热爱生活，你是大艺术家。"

"我只是拿着相机照相，"我贬低自己，"你也可以拿着相机到处拍。"我计较的不是她的外表，而是我内心觉得我妻子会被她带坏。"诗人有才，诗不是随便什么人都写得出的，照相是随便什么人拿起相机就可以拍的。在我的知识范畴里，诗人都很浪漫。"

妻子听出我话里含刺，制止我说："你去洗碗，你一个人最后吃。"

"急什么？我还想跟大诗人说几句话。"

白露盯着我，没说话，从她的眼神里，我感觉到她对我有所警惕。妻子怕我得罪白露，对我没好气地指挥道："你蛮喜欢说废话啊，洗碗去。"

我明白妻子，妻子是想在白露面前显示她的权威，是她驾驭我。我去洗碗。洗完碗，我听见白露问我妻子："今天晚上你们去跳舞吗？"我不知道白露指的"你们"中是否包括我，或是"你们"中裹着张卫国——那个昨天晚上把我妻子抱到怀里的男人，我没听见妻子回答。我相信妻子一定对白露打了个哑语，以示不要说这些。我很恼火，白露不成了我妻子与别人通奸的同谋吗？至少她在一旁支持我妻子和张卫国接触，就像潘金莲的邻居王婆，希望西门大人与潘金莲有一腿一样。岳母昨天说，白露天天邀江丽去跳舞，而昨天晚上妻子并没和白露一起回来，这说明白露在我妻子和张卫国中间搓来搓去，联想到这些，我就很不舒服。

我听见白露说："我前几天逛街，看见红杏服装店里有件衣服，领子、口袋式样都好看，穿在你身上一定给你添色。你去买下吧。"

妻子说："我夏天的衣服已经够了。"

"那件衣服肯定适合你。我审美观还是很不错的，相信我的眼光吧。"

妻子说："你别把我说动心，我最禁不住劝的。"

妻子说完笑笑。我洗完碗，走进客厅。妻子瞧着我，白露也瞧着我，我想在这里买了衣服穿给谁看？便直言反对："又想买衣服？不要买了，买了就没钱吃饭了。"

"没钱吃饭你就赚，"白露笑嘻嘻地说，"你是男子汉，赚钱是你们男人的事。"

"那不公平。"我说，本来还想说什么，但话题一转，"要买衣服也回长沙买，长沙的衣服比这里的式样好些。"

"我不买。"妻子瞥眼我，"你别做出这么小气的样子。"

白露还坐了气，然后拿起她扔在茶几上的钥匙，走了。妻子送她到门外，两个人又在门外咕哝了几句，我听见她们发出会心的笑声，但听不清她们说什么。妻子走回来时，我简直是生气地瞪着妻子。岳父岳母出门了，女儿在同隔壁的小女孩玩。我说："我不喜欢你同白露来往，我不喜欢她。"

"你是个小家子气的男人。"妻子回答我。

楼上很热，也许是我心里烦，楼上就显得燠热。太阳照在晾台上，明晃晃的阳光从窗户里反射进来，使卧室白亮亮的，好像没一个阴凉的地方可以藏身似的。我往床上一躺，想下午回去，你不珍惜自己那就都不珍惜。你背着我与张卫国跳舞，谁知道会干出什么事来？潘金莲与西门庆，还不是一步步成奸的。我这么想，气呼呼的，觉得头皮要炸开了。妻子走进卧室，瞧着我："你想吃什么？吃面还是吃饭？"

岳父岳母中午不会回来吃饭，有人请他们去吃生日饭了。我说："随便。"

妻子乜斜着我："我只告诉你，你不要胡思乱想。"

我没吭声，心缩到了荒岛上。

"你怎么啦？"妻子笑，"你一个男子汉还生闷气？"

我把目光抛到妻子脸上，可以说，她的脸上有得意的色彩。"人变坏是很容易的。"我说，"我也知道女人都喜欢自己被别人爱，但什么爱都是这样，当对方得到你的爱，说明白点，当对方得到你的身体后，会觉得你一钱不值。我是男人，我懂。"

"我不会的。你怎么这样不相信人？"

"他抱你的时候，你怎么不掴他一耳光？"我直视着妻子。

"我做不出来。"

"你心里并不讨厌张卫国，是吧？"

"我为什么要讨厌他？他又没对我怎么样？"

第二十一章

我心里有一股妒火:"他抱你了,还说没对你怎么样?"

"我不会让他再抱我。"

"他不是个老实人,你是不是被他的爱情诱惑了?"

"你太多心了,诱什么惑啊?我又不是三岁两岁的小女孩。"

"在爱情面前,女人的智力降到了零点。"

"什么爱情?不跟你废话了。"

妻子下楼。我听见她拧开水龙头洗锅子的声音,然后我听见她哼流行歌曲。

昨天中午吃过饭,我与谭元元坐在驾校练车坪旁的树下休息,我听校长说谭元元那么有钱,就感觉自己很没本事,一脸不得志地望着一地阳光发呆。谭元元知道我想什么,说:"你缺的不是智慧,不是经济头脑,不是才干,是舞台。如果你有一个舞台,你会做得比别人都好。"

她又鼓励我道:"你其实是个很优秀的男人,敏感而且有真才实学,智商绝对在一般男人之上。有的男人我根本看不上,骨子里都蔑视他,比如我前夫,不学无术居然也赚了钱。我相信只要有一个机会给你,你会做得轰轰烈烈。"

我觉得这女人很善解人意,回答她:"上天不欣赏我,有意打压我。"

"上天不欣赏那些不劳而获的人,"她用那双黑亮亮的猫眼睛瞧着我,"你现在是我们万象广告影视文化公司总经理。"

我一愣:"万象广告、影视、文化,你还准备拍电影、电视连续剧吗?"

"为什么不可以?等我们有经济实力了,就投资拍电视连续剧。王导说,投资拍二十集的电视连续剧,最赚钱。我少女时候,最大的梦想就是当电影明星。"

"是女孩子,都做过这样的梦,我相信。"

"我那个愚蠢的前夫,曾经想投资拍电视连续剧,后来那个本子没通过。"

我说:"你可别指望我给你赚很多钱,我真没那么大的本事。"

她说:"我相信你有。"

"你凭什么相信我?"

"凭直觉,女人的直觉不会错。"

"你的直觉不一定对。"

"就算错了,也无所谓。我愿意冒险,你不觉得我喜欢冒险吗?"

我当时真想说"我不值得你冒险",但话到嘴边我又咽了回去。我想弄明白她为什么会离婚，以前我没兴趣，这个问题没进过我的脑海。我问她："你怎么会跟你前夫……"

我没把"离婚"两个字说出嘴，她猜到了，说："你是说离婚吧？他利用我父亲的关系赚钱，炒过几块地皮，赚了六千万，人就不得了了，二奶、三奶加小秘，四五个。一只花脚乌龟。这就是我们离婚的原因。不过，我听刘博士说，他现在没那么多钱了。"

"被别人骗了？"

她笑："被别人带了'笼子'，有人对他说某只股票绝对会猛涨，边分析给他听，他信以为真。刘博士劝他别进，他不听，以为那消息可靠，想趁机大捞一把，结果亏惨了。"

"刘博士很厉害吗？驾校校长说刘博士追了你几年？"

"厉害，脑袋很大，人很矮，聪明的男人个子都不高。他大我九岁，也离了婚，一个人过，经常打高尔夫，球打得好，与一些超级大老板打球赌钱，总是赢。"

我想她既然如此评价刘博士，那刘博士一定是个人物。我问她："你离婚时，前夫给了你多少钱？"

"我只要了六分之一，一千万。"她说，"那是我该得的，他在开福区和雨花区的两块地皮是通过我父亲的关系搞到的，这两块地皮只在他手上腾了两年就让他赚了四千万。不是我父亲出面，人家会卖给他地皮？他算什么东西？我要一千万，他二话没说。"

"你父亲是高干吧？"

"算吧，"她说，迟疑了下，又说，"你别告诉邓军、刘晖我有钱，这是个秘密。我不希望别人知道我有钱，一传十十传百的，我一个单身女人，不想被陌生人惦记。如今这社会坏人很多，手机经常接到骗子的电话和信息，我不想死于非命。"

我感觉她脑袋真想事，"不会的，"我说，"你有钱又不是我有钱。"

妻子在楼下叫我："罗定，吃饭了。下楼吃饭。"

我下楼，饭菜搁在桌上了，妻子出去叫女儿："明明，吃饭了，快回来。"

妻子转身进来，我说："我下午走。"

妻子一笑:"今天是星期六,走什么啊?明天再走吧。"

"你最好还是回学校把学生的考试搞完,"我说,"这样的话,如果你真要调动工作,学校也可能会让你走,不然又会有麻烦事情出来。陆校长这人你也知道,阴暗,他要卡着你,你有什么办法?别以为你已经摆脱了他,还没有呢。"

妻子一听我说到陆校长,脸上就出现了阴影:"要回学校,也是明天的事。"

第二十二章

我脱掉衣服，一个赤膊躺在铺上，窗外蝉的叫声很刺耳地传进来。窗外有株梧桐树，栖息着几只蝉，它们此起彼伏地唱着。妻子噔噔噔地走上楼来，脱下连衣裙，露出圆润的背脊和腰身。她换上一件很薄的白底蓝花点的棉布睡衣，坐到床边取着头上的发夹，一头乌发蓬松开来。她把发夹放到床头柜上，躺下。我控制着突然飙上来的情欲，不动，也不吭声。我觉得自己是一只行动迟缓的大乌龟。

妻子侧过身瞥着我："你想什么？"

我说了我想说的话。她一笑："你不想正经事。"

我把她抱到怀里，她拒绝我说："晚上吧。"

"你现在对我不太热情了。"

"我哪里不热情了？"

"我想，你总是拒绝我的要求。"

"你不想想现在是什么时候？万一女儿突然上楼来了……"

"明明在外面玩，不会回来。"

"不行。"

我望着她，她说："你别这么看着我好不好？"

"我感觉你性方面一点也不需要我，你考虑过我的感受吗？"

"没考虑，现在，睡觉。"

我把目光抛到窗外，天空蓝蓝的。蝉鸣声此起彼伏，还有鸡生了蛋咯咯咯邀赏的声音。妻子抬起手在我胳膊上摸了下："睡觉吧。"

我想起了谭元元，近来我想起她的频率比以前多，其实我是可以把这一步跨过去的，但我控制了自己的脚步，只是站在谭元元的门前，不往前走，甚至都没朝里面看。我有一个原则，不离婚不与其他女性发生关系。我不是一个了不起的人，并非圣徒，但我自诩是一个有道德的人，或者说想做一个有道德的男人。我相信，这个世界上像我一样有道德的男人一定很多，并非所有的男人一见女人抛媚眼就魂不守舍。

我相信人人脚下都有一个舞台，人人头上都有一片天空，太阳不因为你是个倒霉蛋就不照你，也不会因为你很成功就多给你一些阳光，阳光是唯一公平的赏赐。漂亮的女人或成功的男人，都成了一些人想攻克的堡垒，你可以坚守，也可以放弃。许多成功的男人或女人都离婚了，就是他们在女色或美男面前放弃了坚守。我早几天对邓军说："人都是有道德的，一旦放弃了道德观念，那就是向堕落妥协。"

邓军抽口烟说："定哥，现在，除了你，谁还这么想？"

我说："像我这样想问题的人，肯定很多。做一个高尚的人，是难，一般人做不到。但做一个有道德的人，这对自己要求并不高。"

邓军弹了下烟灰，答："还不高？太高了。"

我的思想开始松懈，心里有一个干燥的岩洞，我看见自己钻进了这个岩洞里……

三点来钟，我和妻子被女儿叫门的声音吵醒了。女儿声音很大还很兴奋地叫道："开门，妈妈开门，开门。"女儿的声音很尖很悦耳，刺激着我们的耳朵，我说："明明回来了。"

妻子懒懒地说："你去开门。"

我起身开门，一个赤膊，一条深红色三角短裤，还眼屎巴巴什么的。我对还在门外理直气壮地叫门的女儿说："来了，别叫。"

我打开门，愣住了，不光是女儿，还有三个大人也出现在我视野里。一个是张卫国，另外两个是杨建民、孙小兰夫妇。孙小兰着一身白裙子，脸上的妆化得同白露一样，嘴唇涂得通红。杨建民穿件花衬衣，他率先跟我打招呼，大嘴一咧说："你好。"

"你好。"我说。

我的目光落在张卫国身上，我相信那一瞬间，我的目光是慌乱的，我确实没有半点心理准备。我的脸还可能红了下。张卫国穿一件短袖灰色衬衫，下身一条笔挺的蓝裤子，手上拿把折叠扇。模样很土，却自以为是。他对我的出现显然有点吃惊，但这种吃惊犹如一阵风从他脸上刮过，他马上变了表情，同我打招呼说："你好啊。"

我没回答，有个孙女士在，我无法穿着三角裤衩跟他们说话。我往客厅里走，边对他们说："你们坐。我去叫江丽。"我径直向楼上走去，妻子显然已听出是他们来了，睁着两只眼睛兴奋地瞅着我："谁来了？"

"张卫国他们。"

妻子爬起来，换上衣服，忙到晾台上洗个脸，再走进来梳头发。她把头发梳好，用发夹夹着，坐到床边，打开床头柜上的化妆盒，对着墙上的圆镜收拾脸蛋。她拿起一把小刷子在胭脂上搽了搽，往自己两边的脸颊上刷着，脸颊上立即出现了两片假惺惺的红潮。接着她又拿起口红，涂抹嘴唇，抿了抿。妻子回头看我，我说："你很漂亮。"

妻子自信地下楼，我听见孙小兰用尖亮的声音夸张道："黄江丽，你越来越漂亮了，什么东西滋润得你这么漂亮呀？"

妻子说："你太夸张了吧？我一睡午觉就半天不醒。"

"你真晓得保养。"孙小兰说，"我是没有睡午觉的福气，家里的事情做不完，杨建民又从不帮我做一点家务。一句话，他只做大事。"

"我只赚钱，"杨建民大言不惭道，"我赚钱给你用，还嫌不够吗？"

张卫国嘿嘿嘿一笑说："你赚钱是一回事，关心她又是另一回事。你不体贴她，我会体贴她啊。我这个人最怜香惜玉了。"

我感觉张卫国这话是说给我妻子听的。我在楼上迟疑着是不是下去，我开始只是坐在床上，这么想着反倒躺下了。下去干什么？他们又不是来找我，是找黄江丽。我听妻子端着茶走进客厅说："对不起，开水不是很热，今天没烧开水。"

"有冷开水就行了，"张卫国大声说，有点虚张声势的味道，"喝热茶出汗。天越来越热了，可以去游泳了，我们哪天游泳去吧？我好几年没游泳了。"

"去游泳，"孙小兰赞同说，"我最喜欢游泳了，但我不会游泳。"

她说了句让人觉得前后矛盾的话。

"我不会游泳。我跟一只旱鸭子样，见水就紧张得要命。"妻子幽默了一句。

他们说了气游泳的话，接着张卫国把话题转到他领导的县三中去了。"我们学校的青年和中年老师，跳舞成风。"张卫国说，"这比打麻将来得高尚，我今天上午同工会主席说，用学校工会的名义举行一次交谊舞比赛，到时请你到我们学校当评委，当然会给你报酬。我还想在老师中组织一次卡拉OK比赛，也请你来当评委。"

"张校长，我没打过麻将啊。"孙小兰老师说。

"上个星期，有老师在打字室议论，说你那天晚上输了二百七十元。"张卫国说，话锋一转，"我最近在想，得采取一个严厉的措施禁止打麻将，这样下去不行的。"

我从他的话里听出他在我妻子面前有点显示自己的权威，他想怎么样，又想怎么样，这不是标榜自己手上有权吗？那个让我深深体会到"他人就是地狱"的陆校长不也是用这种口气在老师中说话？张卫国在白水县相对普通老百姓来说，也算个人物。白水县只有七所公办中学，一、二、三中又是县里的重点中学，正科级架子。在长沙，科长连半个人物都不能算。白水就不同，县只是处级，几十来万人口，农民为主，城镇户口占比例不多，局长和校长当然都是县里有头有脸的人物了。我从他的话里想到陆校长在A中学的表演，心里十分不悦。我再不想听他们瞎扯这啊那了，穿上衣服裤子，将桌上的烟放入口袋，走下楼，没从客厅里过，而是走厨房边的后门迈了出来。

太阳金灿灿地涂在马路和房屋上，两辆手扶拖拉机并排咚咚咚地驶来，排气管都冒出一股股浓烈的黑烟。我躲开这两辆制造噪音和污染的手扶拖拉机，向前面的一处西瓜摊点迈去。我口很干，走到西瓜摊前，西瓜摊旁有个旧方桌，上面搁着切好的一瓣瓣红艳艳的西瓜。我选了一瓣，付了钱，蹲在一旁吃着。西瓜的蜜汁滋润着我干渴的喉咙，使我有种烦恼和疲惫被我猛咽下去了的快感。

吃完西瓜，我在街上走着，漫无目的。手机响了，掏出手机一看，是周欣的号码，我忙接了，周欣说："定哥，在哪里？"

我笑道："欣哥有何贵干？"

周欣说："影楼忙不赢，今天是星期六，你没事的话，过来帮帮忙？"

我告诉周欣："抱歉，我在白水，我岳父岳母家。生意还好吧？"

周欣说："这几天，忙不赢。我不跟你说了。"

我说："好啊，忙不赢就好。"

周欣答一句："拜拜。"

我为周欣高兴，边东看西看。手机响了，谭元元打我的手机，我接了："在白水呢。"

谭元元笑着说:"驾校校长怕你今天去学车,特意给你留着教练,给你开小灶,上午你没去,下午你又没去。原来你乐不思蜀啊。"

"明天回来,"我说,"你要他别给我留教练。"

我和谭元元聊了几句,这才挂机,思想又回到了那几人身上。杨建民夫妇一定知道张卫国喜欢黄江丽,可是他们不但不阻碍,反而还为张卫国打掩护。张卫国一个人来,我岳父岳母会警惕,他们一起来,我岳父岳母就不会朝那方面想。如此看来,他们是一丘之貉。一个是想引诱我妻子,另外两个旁观者却在一边煽风点火,尽可能地提供机会给他们偷情。这种思想使我的心情又糟糕起来!妻子中午时对我说,张卫国曾对她说"我是个不爱江山爱美人的情种",我听妻子这么说,扑哧一笑,这种表白太做作了。他有江山吗?美人,妻子也算不上美人,她不过是女儿的母亲和我妻子罢了。我蔑视道:"县三中又不是他的,他不过是县三中的校长而已。"我走到县电影院前,抬头瞧着售票窗口上的黑板,上面写着几部电影名,其中有部电影注明:香港巨星周润发主演。

去年的这个时候,我在公司里听邓军眉飞色舞地大力吹捧过这部片子如何如何好看,我一直没看。此刻,我决定看看这部电影。我把头伸到售票窗口前,打了张票。周润发演的电影,我都喜欢看,《江湖情》《英雄本色》《纵横四海》都是我曾十分喜爱的电影。但这部电影,看得我莫名其妙。我走出来,天已经黑了。街上,闪烁着昏暗的路灯。我的思想迅速滑落到妻子身上,想妻子要调回白水,这是我的失败,这证明妻子可以离开我过自己的生活。我在妻子面前失去魅力了,这是我无能的悲哀。

回到家,那几个我不喜欢的人早走了,岳父岳母都高兴地瞧着我,他们已经吃完饭了。妻子对我的出现一喜,笑嘻嘻地说:"我还以为你回长沙了。"

"没有。"我说,"我见你们说话那么热烈,就去看了部电影。"

"看什么电影?"

"一部周润发主演的电影。我还没吃饭。"

"我去帮你热饭。"妻子说。

吃过饭,女儿上床睡觉了,岳父岳母站在晾台上练功。我和妻子上楼,妻子笑,我却严肃着脸说:"亲爱的,你真要调回白水?"

妻子答:"我不喜欢你们长沙,那不是我的城市。"

"亲爱的,职称问题迟早会解决的。"

第二十二章

"别说了，"妻子一听到"职称"一词就反感，"我讨厌长沙。"

我不再说了，想既然妻子坚持要离心离德，那我只能撒手了。我们躺在床上，听着各自的心跳，我感觉她的心率比我的慢。次日，妻子与我一起回了长沙。中午，我和妻子步入学校，迎面碰见宋主任。宋主任骑着单车，看见我和我妻子，忙跨下单车，妻子和我都叫了他"宋主任"。宋主任笑着问我妻子："你爸爸好些了吗？"

妻子说："好些了，但身体还是不行。"

宋主任严肃着脸说："黄江丽老师，这个时候最要沉住气，不要闹情绪，你的职称问题，我们都会跟你想办法。"

妻子一听这话，脸上的阳光就没了，说："宋主任，我没想这些事了。"

宋主任笑："还是应该给你解决职称问题。"

我望眼妻子，妻子不愿听地别开脸，我忙说："宋主任，你这是去哪里？"

宋主任答："去买点菜。"

天很热，我和妻子一步入客厅，我忙打开空调，边对妻子说："我去淘米煮饭。"

饭煮到灶上，我把刚从菜市场买的猪肉、黄瓜、蕹菜、苋菜、辣椒，一一摆拿出来。妻子过来帮忙，我说："你别动，去休息，我来做。"

我把小菜择好、洗净，切了肉，开始炒菜。妻子说："辛苦了。"

"不辛苦，"我说，边拿毛巾揩脸上、脖子上的汗，"只是天太热了。"

下午，我去找宁志国，如果宁志国同意把我妻子调到他所在的厅，我相信妻子就不会往白水调，就可以远离张卫国。妻子对自己被张卫国纠缠无所谓，我却不能不警惕，女人在爱情面前智商是很低的。爱情是炉文火，可以把一个个男人或女人的身体蒸熟、炖烂。妻子很疲劳地睡下后，我洗把脸，把疲劳和汗水用毛巾揩掉，就向某厅赶去。我想无论怎么也要宁志国帮忙了，他是副厅长，直接分管着两个处室，调一个人进他领导的处应该不是难事。我这么想着，的士驶到了某厅前。老实说，与大学同学交往，我从来没像此刻一样有一种求人的惶惑感。从前我找他，要来就来，要去就去。现在我是带着一种求他的心情跑来，人就理所当然地矮了八寸，像个小矮人。生活在民间，草根一棵，想让自己高贵，除非不求人。他在家，宁志国见按门铃的是我，说："是你，我还以为是陈放。请进。"

我进门，一股凉风迎面扑来，这是空调制造的凉意。他对我的光临既高兴又吃惊，一张红光满面的脸上带那么一点疑惑。我慌忙解释："我从一朋友家出来，想起好久没看见你了，就来碰你。"我说完后，发现这是不能自圆其说的，因为我很快就会向他说我妻子的事。我问："陈放会来？"

他笑笑："你运气好，我昨天这个时候还在郴州，上午才回来，去下面检查工作。"他有几分愉快地瞅着我，递支烟给我，"陈放找我，等下会来。哦，你等下拿几斤茶叶去。我这次去郴州检查工作，资兴市的同志很热情，送了我几斤狗脑贡茶，都说这种茶好喝。"

"你留着自己喝，我有。"

"我喝得完？"宁志国笑，"又不能把茶叶煮了当饭吃。我这里还有一些好酒，你喝酒吗，我有洋酒？"他起身，打开矮柜，里面全是烟和酒。他拿了瓶洋酒出来，我不认识这瓶洋酒的牌子，我在大学学的英语由于多年没用，都还给老师了。

"拿去吧。"他说着，把酒递给我，"你还好吧？"

"我有什么好？只是给别人打工，不像你当领导，可以指派这个指派那个。人是有区别的，社会就是这个德性，谁也改变不了。"

他笑了笑，因为我说的不是故事，而是他能体会到的现实。我们开始向社会心理学方面靠拢了，他说一些社会现象，我也说一些社会现象，我们又谈各自的小孩，我把话题往我妻子身上引，终于是时候了，我说："上次跟你说的我妻子调动的事，你考虑没有？"

"考虑了，但还没找到适合你妻子干的事。她是学音乐的，专业不对口。"

"你帮个忙，"我求他，"她在学校里待不下去了。"

宁志国迟疑了下，"问题是我现在也想调走。"他一脸认真地瞧着我，"我可能会调到V厅去，我自己正在为这事活动。"

我不知道他是找托词，还是说真话，问："你调V厅任正厅长还是副厅长？"

"副厅长。"

"那你调什么调？又不是升职？"

"我跟我们厅长关系有点微妙，原来提拔我的厅长退了，现在这个厅长，我实在没跟他发生过任何冲突，但他……说不清是什么心理，不想说他。"

宁志国还是说了，他说的是一件让他不舒服的事。上个月，省里决定派几个干部去美国考察，实际上是去旅游。他们厅有两个名额，名单上有他的名字，指名道姓地写着宁志国，但这个名字被厅长圈掉了，换上另一个副厅长带队。"那个副厅长是厅长今年年初提拔的，比我大五岁，没一点头脑，是个一心一意跟着他跑的人。"宁志国脸上有些气，"我为厅里做了很多事，功劳至少比刚提的副厅长大吧？可厅长却让他带队，你看气不气人？"

他的命实在好，大学一毕业就被分到省政府工作，一年后成了科级办事员。我调到A中学时，他升了正处长，三年后又升了副厅长。这正是我们羡慕的青云直上，三十几岁就副厅了，他的命还不够好吗？宁志国的这张脸，读大学时，灰灰白白的，脸上还布置着一些小疙瘩，颧骨什么的也非常明确地杵在脸上，现在这张脸方方圆圆红红润润的。我不知道他还有什么好气的？"这没什么，"我安慰他地一笑，"这是小事。"

"这不是小事，去不去美国倒不算什么，"他把这事看成大事，"这是厅长对我有看法。我要调走，我不在这个厅干了。"

我想他怎么可以为一件这样的小事就一本正经地生气，就闹情绪要调走呢？我实在不懂这个在大学里经常摆出大哥的姿态，推荐我们读这本书那本书的宁志国，怎么变得这么脆弱了？一个人地位越高，是不是心理承受能力就越低？人地位高了，担心失去的东西就多了。我想，点上他递来的一支钻石芙蓉王，吸口烟，简直是生气地说："靠别人靠不住！"

"我也窝了口气。"他还在计较自己被圈掉的事。

"你这点气算什么？"我嘲笑地盯着他，"你要想想很多人受的气比你大得多，你是生活得太顺了。"我不屑他的苦恼，"你的这口气，实际上只是个肥皂泡。"

"你不懂。"他回击我。

我感到好笑，不想再同他理论。我没再向他说妻子的事。有人敲门，陈放来了。他对陈放马上换了副表情，热情、友好。陈放看见我说："你也在这里？前阵子我送老婆去十九楼做美容美体，顺便去宏力集团找你聊天，他们说你辞职了。"

"是的，早辞职了。"

陈放笑："那你现在搞什么？"

我不想跟他说我现在的事："打流。"

陈放说："打什么流？"

"就是什么都没干。"

"这不像你的性格啊?"陈放嘿嘿一笑,"晚上一起吃晚饭?"

我知道他们有事要谈,我在这里,他们无法谈,我起身:"下次吧。"

宁志国对我说:"酒你拿去,还拿点茶叶去。"

"不要。"我怎么能在陈放面前要这些东西?我拉开门,"你们谈。我走了。"

街上热烘烘的,我走在街上,恨恨地想,宁志国对我和陈放是两副面容,都是同学,他也这样,太他妈的了!人人都他妈的以貌取人,有钱有地位就有人缘,没有,谁理你?谁都可以拒绝你,鬼看见你都会拐弯。

第二十三章

妻子在学校上课,给学生考试。一早我去驾校学车,教练坐在我一旁指导,让我看后视镜,边大声对我说:"开车,我告诉你,只要是转弯,一定要看后视镜。"

教练又提醒我:"你要记住,向左转一定要看左边后视镜,看后面有没有车开过来,向右转一定要看右边后视镜,看是不是有超车,不然,会出大事。"

我答:"知道了。"

一个上午我都在练倒车,后来倒车练疲了,教练又带着我和另两名学员学上路,当然是在一条人迹稀少的郊区公路上开。中午时,我们在路边一家小饭店吃了饭,两点多钟,我们回了驾校。谭元元已在驾校里等我了。她的马6停在坪上,笑着,穿着质地和款式都很新颖的土色夏装,墨镜架在额头上,很洋气。她问:"车练得怎么样?"

"还行。"

"反正下午没事,我们去看车?"

"哪里看车?"

"上车吧,我带你去。"她说,坐进了车里,我坐进副驾座上,看着她开车。从侧面看她,她真的很美,鼻梁挺括,嘴唇轮廓俏丽,胸部隆在前面,很诱人,而且身上有股高档香水味。也许是这些天我的情感于波动中在向她倾斜,越来越觉得她好看了。

她说:"亲爱的,你现在可以开车了吗?"

我说:"还不敢开。"

"其实开车没什么巧。我记得教我开车的教练说,如果行驶道上有白线,尽量让车行驶在两条白线的中间,别的都不要管。人家的车撞上你,那是他的责任。"

"是的，教我开车的教练也说，开自己的，按交通规则开。"

"如果是以前的马路，路上只有一条中线，那就不要越过中线。"

我很认真地听她谈驾驶经验。不一会儿，汽车驶到了奥迪4S店，她把车停好，我们就一起看车。奥迪A6L很漂亮、大气，尤其是黑颜色的，一看就让人喜欢。4S店的小姐很努力地为我们介绍奥迪A6L的性能，我和谭元元都坐进车里体会开着这种车的感觉。谭元元用一双媚眼瞅着我问："你觉得怎么样？"

"那还用说。"

"我们买黑色的还是灰色的？"

我纠正说："不是我们，是你。"

她笑道："是万象广告影视文化公司。"

我们在4S店待了个多小时，回到公司的楼下，刚停下车，谭元元的手机响了，她忙对我说："马董的手机号。"

马董在她手机里说了几句话，她挂掉手机，对我说："马董叫我和他一起去应酬，他约了一位政府干部和一位银行行长打保龄球和吃晚饭。"

谭元元妖起来，还是挺逗人喜欢的。马董叫她去，一定是银行行长想起她了。以前在宏力集团公司上班，谭元元曾对我说"那个行长，癞蛤蟆想吃天鹅肉"。她自然是把自己看成天鹅了。我扑哧一笑，谭元元敏感地问我："你笑什么？"

"癞蛤蟆想吃天鹅肉。"我这么说了句。

谭元元马上笑得十分开心，"你记性挺好啊。"她也想起来了，又说，"放心，那行长是内八字，跟你比，真是只癞蛤蟆。"

"别跟我比，"我说，"你去吧。"

谭元元开车把我送到A中学校门前，我下车，向校内走去。妻子和我一起回学校后，在学校里逢人就说她爸爸身体不好，她准备调回白水，照顾父母。我和妻子回长沙的第二天下午，岳父打电话告诉我们，县文化局的商调函于上午发出来了，他亲眼看见邓局长签的字，并安排局里的人事干部去邮局寄的。

"我调回白水，主要是我爸爸身体差，我要照顾爸爸。我是调文化局，不教书了。"妻子说这话时脸上很平静，一副解脱了的形容。

"调回白水？"戴主任大惑不解地睨着我妻子，"调回白水干什么？那种地方经济又不发达，有什么意思？"

妻子不在乎戴主任的论调，一笑："县城有县城的好处，都是熟人，办事方便。"

"那倒也是。"戴主任说，"只是长沙是省会城市。"

"这是一种虚荣心作怪。"妻子把自己的虚荣心还给不器重她的上帝后，脸上就体现出一种智慧和温良，"我生活在长沙，一天到晚守在学校和家里，又去哪里玩了？说老实话，我喜欢白水，我们那里的人纯朴，小地方的人还特别讲友谊和交情。"

妻子是真心想调回白水，她在边给学生进行音乐期末考试，边等着办理调动手续。陆校长同意我妻子调回白水，妻子找他谈了，对他说了调回白水的理由。"我爸爸的病把我妈妈的身体急坏了。"妻子一本正经道。

陆校长要我妻子写个报告，说调动的事必须在学期结束的边上办。妻子昨晚写了报告，今天上午课间时交给陆校长，陆校长扫眼报告，当即签了字，妻子便把报告给了宋主任。我上午在驾校学车时，妻子打我的手机，告诉了我。我当时没什么反应，因为这事在我的意料之中。此刻，走进学校，我心里突然有了一种恨，觉得好好的一对夫妻，被拆散了。"对自己好点，一定要对自己好点。"我心里说，"现在，我是为自己活着了。"

宋主任和黎老师站在林荫道上说话，看见我，宋主任把我拦在林荫道上，一脸庄重地问："黄江丽真要调回白水？"

我点头，冷着声调道："是的。"

"人家是想方设法往长沙调，她要调回白水，倒搞起了。"

"她不喜欢长沙。"

"你劝劝她，职称的事，我们会给她想办法，今年争取评个优……"

我打断宋主任的话说："恐怕又评不了，她请了十天事假，还旷了一天课。"

宋主任同情道："我们会替她说话。"

"算了，她报告都打了，陆校长也签了字。"

宋主任说："报告还在我手上，我还没往教育局送，还可以补救。"

黎老师一脸善良地说："调什么白水？在学校当个音乐教师又没压力，还有寒暑假。"

我想宋主任和黎老师的善心都发晚了，说："她讨厌当老师。"

宋主任说："你真同意黄江丽调回白水？"

我已经下了"对自己好点"的决心，声音就冷淡："我随她。"

宋主任就笑："你应该跟黄江丽再做做工作，让她留下来。"

黎老师也说："确实，你再跟黄江丽老师说说，职称问题，我们大家跟她想办法。定哥，宋主任和我都是为你好。别的夫妻都是往一起调，你们分开，你不担心吗？"

我说："谢谢你们的好意，这事，我已经不管了。"

宋主任和黎老师都同情地望着我，我咧嘴一笑，走了。回到家，我目光落到桌上，桌上有一块五厘米厚的玻璃板，压着一张妻子抱着女儿的特写照，这是女儿满一百天时，我替她们母女俩照的。一百天的女儿与现在叽叽喳喳的女儿相比，已判若两人。照片上，女儿仰着头，看着她母亲，母亲一脸慈爱的形容也看着女儿。我非常喜爱这张照片，这张照片上的妻子很漂亮——当时妻子无忧无虑，对自己也很自信；女儿也相当可爱。

妻子回来，哼着宋祖英唱的歌。

我把宋主任和黎老师的话学给她听，妻子说："别听他们的，我不想教书了。"

我试探道："你调回白水，我们就变成两地分居了，你想过没有？"

妻子说："你跟我一起去白水，在白水开家照相馆。"

我说："那是不可能的事。你是白水人，你白水有根基，有同事、同学。我有什么？"

妻子坚决地说："那你也别阻挠我回白水。"

我看着漂亮的妻子，感觉自己很失败，妻子都挽留不住，便想，这个世界上反正要有失败的人，我就充当这个角色吧。谭元元浮现在我脑海里，让我觉得欣赏我、了解我的女人可能还真的只有她，脑海仿佛有一只船在漂，正在寻找新的彼岸。妻子不理我，转身进书房弹琴，弹《献给爱丽丝》，一大片行云流水般的琴声从钢琴上倾泻下来，在客厅里奔涌，仿佛都能蹚着了。我第一次没有积极做家务，而是坐在沙发上，抬起脚，好像怕打湿鞋子似的，侧着身体躺下，阅读叔本华著的《爱与生的苦恼》。

"你没做饭？"妻子弹完琴，见我躺在沙发上，问我。

我感觉自己的心，由于不断地下着决心，就真的变硬了。我答："我有点疲劳。"

上午去驾校练车，感觉开车也没什么难的，教练也表扬我说："开得不错。"

中午，谭元元把马6开到驾校，对我笑和招手。我坐到她车上，一股玫瑰花香气在车里飘荡，那是香水散发的芬芳。她拿出工商执照给我看。执照上注明，注册资金三百万；经营项目写着：广告策划、影视制作、画册书籍装帧等。居然还有个"等"字！我说："好啊，什么活只要能接到手，都可以做，拍电影、电视剧都可以了。"

她说："是工商局的一个熟人让我自己填的经营项目，那我还不狂填！"

"真好，还'等'呢，这就是说，我们什么都可以干，只要不杀人放火。"

"到时候赚了钱，我们拍部电视连续剧，你演男一号，我演女一号。"

"拍部湖南版的潘金莲与西门庆，你演潘金莲，我演西门庆，"我大笑，觉得痛快道，"拍个三十集，肯定火爆、赚钱。"

她笑得捧着肚子："罗定，你说话真幽默。"

我受不了她在我面前扭动，她一扭动，香气四溢。我说："金莲，那要庆祝一下。"

她也说："西门大人，太好了。我们去华悦大酒店吃清炖牛肉汤，我想那汤了。"

她开着车，驶到华悦大酒店，停下，我们上到三楼，要了个包房，坐下。服务员拿来菜单，谭元元说："清炖牛肉汤、野山菌炒肉、小炒羊肉……"她点了六个菜。

我说："够了，吃不完，就我们俩。"

服务员退了出去，房里就我们俩，她望着我，我望着她。我知道我要是伸手拉她，她会很自然地倒在我身上。但我没这么做，道德什么的犹如一群小鬼冲出来，在我脑海里舞蹈，还有孔子和孟子也从坟墓里赶来，像老师样盯着我。原来，有些人是永远不会死的，例如孔子、孟子、老子，这应该就是我们说的不朽吧，尽管他们都死去了两千多年，骨灰都找不到了，但他们的思想和语言却不费吹灰之力地活在一代又一代读书人身上，使读书人在做出什么决定前会想到他们会怎么看。我感到很难过，不是被伦理、道德思想束缚得难过，而是感觉自己正在一步步向自己曾经十分鄙视的世俗靠拢而难过。

我手机响了，我接了，周欣说："定哥，有几个电视台的女主持要拍艺术照，约好了两点钟来影楼。你来帮下忙吧。"

我说:"好的,我来。"

谭元元问:"谁?"

我说:"周欣,开影楼的搭档。有几个电视台的女主持要拍艺术照,周欣怕他请的摄影师拍砸,叫我去帮下忙。电视台的女主持在他影楼拍艺术照,等于是给他做广告。"

"你们是很好的朋友吧?"

"嗯,从小就认识,小学的时候还一起在美术组画画。那时候我是他大哥,我比他大三岁,但只比他高两届,我快七岁才进学校,他不到六岁就读书了。"

清炖牛肉汤上桌了,服务员为我们一人舀了碗,我们彼此望着,慢慢品尝着,她又捡起拍电视剧的话题,憧憬着未来说:"要是我们两年后赚了几百万,我们真的可以投资搞电视连续剧,王导说搞电视连续剧搞正题材了,很赚钱。"

我问:"几百万就能拍电视连续剧?"

"可以找人一起投资。我认识一大把炒期货的大佬,身家都有几个亿或十几个亿,平常没事就打高尔夫,身上几本护照,随时可以出国,活得很潇洒。"

我想到了她说过的刘博士:"是刘博士他们吗?"

"刘博士没那么多钱,有几个大佬很有钱,炒期货,一出手就是几个亿,一赚也是几个亿。有个王总,三年里只做了一单生意,投资两个亿,三个月就变成了四个亿,做一单可以吃一辈子。平常的生活就是玩,美国、英国、法国都有别墅。很会享受。"

"这生活离我太遥远了。"我说,"你也有钱,怎么不在他们中间找一个结婚?"

谭元元笑:"我这点钱,在他们眼里不算什么,他们不缺女人。"

"三个月就赚两个亿,佩服。"我说着吃了口小炒羊肉。

手机响了,周欣让我赶过去:"她们到了,定哥,快来。"

我说:"还没两点钟啊。"

周欣说:"她们提前来了,两个大美女呢。"

谭元元对服务员打个响指,说:"美女,买单。"

我们走出华悦大酒店,谭元元送我到黄兴路,边笑着说:"明天见,定哥。"

次日我仍在驾校学车,下午,谭元元开车来接我,说:"罗总,今天你走马上任。"

我说:"别别别,别叫罗总,叫我定哥就行了。"

我看到副驾座上有本励志的书,翻开的第一篇题目便是:"能成功的人都是能坚持到最后的人"。我说:"这种书你也看?"

她说:"看。这篇文章说得挺好,'志向决定未来,有多大志向就有多大未来'。"

"你这是开导我啊。"

她说:"就是要开导你,不行吗?这本书可以帮你洗脑。"

我呵呵笑,觉得她有时候又像个小姑娘。她一边开车,一边说话,车开到那栋新大厦的地下车库,我们下车,走到电梯前,她对我做了个请的手势,那一瞬我觉得她又大方又可爱,充满女人味。她说:"我相信我们会合作得天衣无缝。"

我不知道她怎么会用"天衣无缝"一词来形容我们的关系,是暗示吗?她的猫眼睛眨了下,一笑。我们走出电梯,墙上有块醒目的牌子,白有机玻璃底红不干胶:万象广告影视文化公司,一个箭头指向右边。门敞开着,谭元元领着我走进去,只见邓军、刘晖和另外两名女性和一个男青年站直身体迎接我,同时笑道:"罗总好。"

我看着邓军和刘晖,有些吃惊,还有些高兴:"怎么,你们也在这里?"

刘晖笑盈盈地点下头,邓军一件灰色衬衣,系根深色领带,微笑着说:"元姐说,我们宏力文化公司的原班人马,一个都不能少。"

刘晖又笑盈盈地说:"罗总好。"

我的脑袋是乱的,谭元元向我介绍另外两名女性:"公司的财务人员大刘,她比刘晖大,结了婚,我叫她大刘。"

大刘忙笑着说:"罗总,请多关照。"

谭元元指着另一女性:"张助理,我的助手,协助我接业务,大学毕业两年了,学商贸的。"

张助理戴副眼镜,生一张圆脸,她说:"请罗总关照。"

谭元元指着一旁的男青年说:"李经理,公司业务经理兼摄影师。"

李经理咧嘴客气道:"还望罗总多多指教。"

李经理就是与周欣等五人办摄影作品的李为刚,一个摄影方面很有才华的青年,他爸爸是电视台的领导,拿八十万的年薪,家庭条件好,就经常背着相机出去拍摄，没工作。早几天我曾跟他在手机里聊过，问他愿不愿意来我们公司。李为刚爽快地答："好啊，我正想找个工作。"我把这事对谭元元说了，谭元元要了李为刚的手机号，没想到此刻李为刚竟恭敬地站在我面前了。我瞟眼谭元元，感觉她还真能干，不用我多话。

谭元元把员工介绍完，说："下面，请罗总指示。"

我摆手："指示免了，"我看眼众人，"谭总玩神秘，事先不跟我说，我没准备。"

谭元元说："我是先在背后把事做好，再请你走马上任。"

"大家聚集在一起，就是缘分，"我望着邓军、刘晖、李为刚和大刘、张助理，"只有一个共同的目的，赚钱。孔子曰：'富与贵，是人之所欲也，不以其道得之，不处也。'我们是君子，不是奸商，学坏容易，坏榜样比比皆是。但千万记住，我们不做那些损人利己的事。'君子爱财，取之有道'，都记住孔子这句话就行了。"

谭元元欣赏地说："到底是罗总，说话就是不一样。"

刘晖笑，邓军说："水平就是水平，知识就是力量啊，看来，罗总是对的。"

我说："邓总，你也拍起马屁来了？"

邓军说："拍，该拍就拍。"

邓军这么一说，大家笑了起来。

我打量着这间办公室，办公室有六个隔断，六张电脑桌，桌上都搁着电脑。中间一条走道，连接着另一间不锈钢推拉门。谭元元说："罗总，看看你的总经理室吧。"

我想她真能干，对大家说："你们忙自己的吧。"

我随谭元元走进总经理室。总经理室与外间之间隔了个会议室，一组黄颜色沙发摆在会议室里，中间一个红木茶几，"若需要开会分派任务，就在这间会议室开。"谭元元说，边推开一张钢化玻璃门，一个很大的红木办公桌，桌上搁着台电话、一个笔记本电脑，一张羊皮转椅，后面一排柜子，前面是书架，墙上挂了幅字：天道酬勤。

她说："这是你的办公室，还有装修气味吗？"上次她带我来，我"视察"一番后，不敢多待地说："装修气味太重了。"

我用鼻子嗅了嗅，确实闻不到那种令我忧虑的气味了："没有了。"

第二十三章

她笑了声:"罗总,是不是还要给你单独配个女秘书?"

我答:"女秘书?好啊,不过,要漂亮的。"

谭元元笑盈盈地说:"你看你,一提到女秘书,眼睛都亮了。"

"我有那么色情吗?太夸张了吧。"

刘晖叫"元姐"。"来了,"她答应道,"你先适应下环境。"出门时带关了推拉门。

我在羊皮转椅上坐下,点上支烟,感觉自己已没有方向感了,从前喜欢的东西正在一点点丢失,读了那么多书,认识了那么多道理,却感觉这些书和道理像猫和狗一样,被什么东西吓着了,四散开去。我还有理想吗?应该有的,但此理想已不是彼理想了,好像一只大黑母狗生了只白狗崽样,令大黑母狗困惑。我想不是大黑母狗困惑了,而是我自己困惑了。我在知识和商海社会面前,在价值取向方面,迷失了。那片知识和伦理道德树立的森林正在燃烧,腾起的烟雾已经遮掩了白雪皑皑的喜马拉雅山。是上帝死了,还是上帝抛弃了我们这些俗人?我们费了很大的周折才走出贫困的沼泽地,可是却走进了另外一片没有绿色植物、只有铜臭的荒漠。

谭元元走进来,我说:"你很奇怪,什么事情都喜欢秘密进行。"

她说:"这是我的行事风格,嘻嘻嘻嘻。"

"你是我遇到的胆子最大、干事最雷厉风行的女人!"

"不喜欢吗?"

我不敢望她的眼睛,以前敢望,那是我心里没鬼,现在心里装了个"鬼",这双眼睛就显得媚劲十足了。"中国的女人比男人厉害,中国的女排、女篮、女足都比男人行。我一百个承认中国现在是阴盛阳衰。"

谭元元说:"你这是嫌我啊。看来,我肯定哪里错了。"

"别,是我错了,这间办公室应该是你坐。"

谭元元笑着答:"只对你,我没点办法。"

邓军敲门,进来,谭元元走了出去。我望着邓军,他望着我笑。

"还记得你跟我说的话吗?"我问邓军。

邓军答:"当然记得,只是经不住元姐诱惑,还是来了。"

"是不放心刘晖吧,怕刘晖被别人勾走?"

邓军不承认道:"不是,是被金钱诱惑。一万元一月,还有利润的百分之十。"

"那要赚到钱才能有啊。"我说。

邓军说:"知道,打拼啊,我们一起。小时候,我妈说,只要肯用功,铁杵磨成针。"

第二十四章

几天后的一个上午,我来公司,在电梯间遇见刘晖。她亭亭玉立地站在我面前,着一件淡蓝色连衣裙,这颜色很衬她的皮肤,让她笑起来白净、可爱。"刘晖好。"

"罗总好。"刘晖笑着回答我。

刘晖确实很漂亮,眼睛、鼻子和嘴唇都没说的漂亮,我喜欢她的漂亮,她的漂亮味道很正,犹如她的鼻子长得很正似的。有的女人漂亮,但味道就同西瓜变了质一样,虽然也是红的。我们一起走出电梯,她问:"驾照什么时候可以拿到?"

"不知道,不过,我现在不怕开车了。"

"我也准备学,"刘晖说,"我爸准备给我买辆车。"

我说:"你让邓军天天接你上班,不好些?"

刘晖摇头:"我才不喜欢靠别人呢。"

"邓军又不是别人。"我说。

她一笑。我们走进公司,邓军见我和刘晖一起走来,眼睛都瞪大了。一旁的大刘、张助理和李经理都与我打招呼:"罗总好。"

我一一点头,想难怪人人都想当领导,原来领导的气场就是大一些。我走进总经理室,坐下,办公桌上有杯茶,我伸手探了下,还是热的。这时我手机响了下,是谭元元发来的一条信息,写着:"罗总,我上午去烹饪协会,约好了的。桌上有杯茶,今天泡的,可饮。中午见。女秘书谭。即日。"我看着这条信息,突然笑了,还有一股温馨感。妻子可从未给我泡过茶!这女人优点是心细;缺点嘛,太聪明了,喜欢捉弄人。我想,边回信息,写道:"谢谢,知道了。别女秘书了,我是为你打工。"

她马上回了条信息:"我愿意做你的女秘书。"

身家几千万的女秘书，世上哪里有？我正想怎么回信息给她，马董来了，肥胖的身体突然呈现在公司里。会议室和通向总经理室的门都是半开的，我进总经理室时没关，声音传了进来，我听见邓军和刘晖同时叫了声："马董。"

马董粗声问："你们罗总呢？"

刘晖说："罗总在总经理室。"

我听出刘晖的声音有些紧张，便不再犹豫地起身。马董用肥胖的身体挤开会议室的门，我看见门外除了马董，还站着五个着一身黑衣服的壮汉，其中两个剃着光头，都目光很凶地瞪着我。马董手里夹支烟，嘴里嚼着槟榔。我慌忙说："马董，什么风把您吹来了？"

马董显然是来找麻烦的，他打量我一眼，上上下下地打量，我忙对刘晖说："小刘，给马董泡杯茶。"

"不用。"马董说，摆下手。

我指着沙发说："坐坐坐，马董请坐。"

马董一屁股坐下，劈头盖脸地说："翅膀硬了啊，你小子！"

我一笑："翅膀不硬，才开始学着走路。"

刘晖明白此时此刻不一般，端杯茶进来，放在茶几上。马董目光阴阴地盯着刘晖说："你不是说去深圳吗？原来你在这里？"

看来刘晖辞职时撒了谎，刘晖脸红了下，不语。我忙说："刘晖本来要去深圳，是我和元姐把刘晖留住了。"

马董瞧着我，边勤奋地嚼着槟榔："你在我公司里干了两年多，在我公司建立了业务关系，现在和谭元元一起开公司，这叫什么？过河拆桥啊，兄弟。"

刘晖一吐舌头，赶紧退出去。我惭愧道："本来只是开影楼，后来……"

马董打断我说："我本来也不想来找你的麻烦，你想发财，我不拦。但你把邓军和刘晖都挖来，这就太过分了。你一个老师，也学会了挖墙脚，可以啊！"

这是来兴师问罪！我说："如有得罪，还请马董海涵。"

马董把槟榔渣拿出来，丢进烟灰缸，"我最讨厌背信弃义之人！"他回头，觉得奇怪地对两个光头说："还等什么？砸！"

我说："马董，有话好好说，我有什么对不起您的地方，您只管骂我。"

马董铁青着脸，又大声说："给老子砸！"

"马董，您大人大量，我和谭元元开的这家小公司，还没开张。"

马董阴着脸，粗声说："你和谭元元那个骚货开什么公司，我不管，可你们把我公司的人挖过来，那就是与我为敌。砸！"

只听见"嘭"的一声，刘晖桌上的电脑被一个光头搬起来，砸到了地上。刘晖尖叫道："你砸我的电脑干什么，我又没碍你的事。"

"嘭"，又一声，张助理桌上的电脑被另一个人揎到了地上，砸得一响。张助理气愤地说："我又不认识你们，凭什么砸我的东西？流氓！"

"嘭"，只听见一声巨响，那壮汉一拳砸在桌上，把张助理的电脑桌都打烂了。壮汉吼道："再说一句流氓，老子一拳打死你！"

"嘭"，又一声响，李经理的电脑也被一个大汉举起来砸烂了，碎片散了一地。我对马董说："马董，你有意见，不要找他们出气，你叫他们打我一顿吧。"

马董说："罗老师，你骨头蛮硬是吧？"

"不硬，我是什么人你还不了解？我就是吃了豹子胆，也不敢与你马董为敌。你真的错怪我们了，请你让他们住手，不要这样。"

马董瞪着我："我告诉你，我要你们关门。"

就在这时，谭元元拎着包走进来，一个壮汉正要砸邓军桌上的电脑，邓军用身体护着，边说："大哥，帮帮忙，请你等下砸，让我把资料转到U盘上。"

壮汉抠着邓军的衣领，要把邓军拉开，邓军抓着壮汉的手，与壮汉扭在一起。邓军在刘晖面前可不愿充当软蛋，没刘晖在，也许他也会像李为刚样退开。壮汉不允许自己的威严遭到颠覆，照着邓军脸上就是一拳，凶道："站开。"

邓军叫了声"哎哟"，接着道："兄弟，请你不要动手打人。"

壮汉说："就要打人！"说着又一拳打在邓军脸上。

邓军的鼻子被壮汉一拳打出血了，邓军一见鼻子出血了，松开抓着壮汉的手，捂着鼻子，表情痛苦地仰起脸。"光天化日之下，你们就没有王法的吗？"邓军说。

刘晖关心地走拢去，忙着拿纸巾揩邓军鼻孔下的血。邓军受到鼓励，感觉这一拳挨得值，就愤怒地瞪着壮汉："你们是什么人？凭什么又打人又砸电脑？太没教养了。"

壮汉道："你怕是还没打够吧？"又举起硕大的拳头要打邓军。

谭元元冲上去，大叫一声："住手！你们怎么在我们公司打人？流氓！"

壮汉回头看着谭元元，谭元元尖声叫道："李经理，愣着干什么？快打110！"

马董起身，走出来。"不要打了，"马董说，"是我叫他们砸的。"

"马董，你什么意思？"谭元元见是马董，问道。

"什么意思？"马董看眼邓军和刘晖，"你把我的员工都挖来了，就是这个意思！"

谭元元说："天地良心，我没挖，是和他们一拍即合，他们也想来我们公司干一番。马董，你冤枉好人了，不信，你亲自问邓军和刘晖。"

几名壮汉一时都住了手，其中一猛男已揎开大刘，搬起大刘桌上的电脑准备往下砸。谭元元尖声喝道："你放下。马董，你要他放下电脑。"

马董斜睨眼猛男："放下，"他说，拿出一口槟榔塞入嘴里嚼着。

我说："马董，有话好好说，你是大老板……"

马董看我一眼："我最看不起你，一个穷教师，也敢出来混！"

我知道马董有火，谭元元是女人，他一大男人不好对谭元元发飙，怕有失尊严。我见他目光里夹着两团暗火，就假装认输道："这么险恶的社会，我是应该待在学校教书。"

谭元元见马董很凶地瞪着我，忙像母牛护犊样，身体巧妙地钻到我与马董之间，边气愤地推开一个站在我一旁的壮汉——她担心那壮汉袭击我，叫道："走开。"

那壮汉摆出一副好男不跟女斗的样子，闪开了。谭元元见地上电脑四分五裂，又叫道："不管你们是谁，不管你们是吃什么饭的，我没惹你们，反正要照价赔偿，不然我打派出所的电话，让他们来勘查现场，主持公道！"

谭元元说着就要拨电话，马董冷冷道："我赔，砸烂的东西，多少钱，我都赔。"他没看邓军，将目光投到刘晖脸上，那目光盯得刘晖脸一红，走开了。我忽然明白了，马董是舍不得十分靓丽的刘晖！马董走到门旁，对他带来的五名壮汉说："我们走。"

我们收拾残局，谭元元问邓军："不要紧吧？"

邓军说："不要紧。"

谭元元愤怒道："一群流氓！"

我点上支烟，走进总经理室，喝了口谭元元早晨为我泡的茶。谭元元走进来，我望着她，心里暗暗佩服她的勇敢："你胆量并不小啊，刚才很勇敢，像个女英雄。"

"女英雄？我没那么伟大吧？"

我觉得她不是我认识的谭元元，那一刻面对那几个暴徒我都很怕，她却一点也不畏惧，用自己娇弱的身体护卫我，毅然把那个暴徒推开，难道女人爱一个人就真的愿意为爱人付出一切吗？我很惭愧，刚才不是我保护她而是她挺身而出地保护我。我问："你发的信息，不是说中午回来吗？怎么这么早就回来了？"

谭元元说："我是在等红灯时发的。昨天约好了今天上午，可是烹饪协会的领导接到通知，上午要去市里临时开个会，我就回公司了。"

"幸亏你及时回来了，"我感叹，"不然，真不知怎么收场！"

刘晖笑着走进来，大刘也走拢来，大家就坐到中间的会议室里。刘晖称赞道："元姐，你太了不起了，我们都吓傻了。"

谭元元看着她俩："他们是黑社会，一般不会打女人。"

刘晖惊愕道："黑社会？"

"怕了？"谭元元说，一笑，"黑社会有黑社会的规矩，好男不跟女斗。"

我手机响了，妻子打我的手机，问我："你在哪里？"

我答："在公司，什么事？"

妻子说："我调动的手续办好了，市教育局盖了章，宋主任把商调函给我了。"

我哑哑地望着谭元元和刘晖、大刘。妻子在手机那头说："我准备下午就回去。"

"明天再回去吧，我等下就回家。"

"不，我先回去报到，反正家里我和明明的衣服这两天我都打好包了。过几天，我再请搬家公司的人来搬家。"

我挂了手机，一种怅然升上心头。

谭元元问："你老婆吧？"

"嗯。"

邓军和李经理也走拢来，张助理在打扫地上的电脑碎块，谭元元说："邓总，下午你和李经理去电脑市场，买三台电脑和一个电脑桌，把发票开好，我明天去找马董报账。"

邓军答："好的。元姐，我有一个提议，也许是开张没放鞭炮，我建议择个日子，正式开张，放一盘一万响的浏阳鞭炮，图个开张大吉！"

谭元元说:"这个建议好,我明天一早去开福寺抽支签,问问开张吉日。"

大家都望着我,我说:"都望着我干吗?我同意,都干自己的去。"

星期六,妻子来搬家,叫了辆搬家公司的卡车,主要是来搬钢琴,其他东西,她父母家都有,用不着搬。星期五上午,妻子打电话给我,告诉了我。但我没法在家帮忙,因为当天下午,我必须随驾校的车去常德,星期六上午八点在常德考场路考。妻子在手机那头说:"我都约好了,主要是来搬钢琴,明明好久没弹钢琴了。"

我说:"这事我没办法。"我望眼推门进来的谭元元,示意她别出声,"我现在正往驾校赶,今天去常德熟悉考场,明天上午路考。"

妻子在手机那头迟疑了下:"你能不能改天?"

谭元元看着我,我想,什么事情都是我顺着她,结果顺出了这么一条沟壑。"不能,驾校教练说,我们驾校是每个月月中送一次学员路考。改天,就要等到下个月了。"教练并没对我这样说,我是临时编的,我不想帮她搬家。

妻子说:"那怎么搞,我这边也是约好了,已向搬家公司交了定金。"

谭元元坐下了,她倒是很想听我与妻子交谈,我说:"那没办法。我这边不能改日子,你那边如果不能改,那就没办法了。"

妻子说:"这样吧,我再跟我妈商量下。"

"好的。反正明天不行。"我挂了手机。

谭元元问我:"你老婆吧?"

"嗯,我老婆要我明天在家守着,她约好了县城的搬家公司来搬钢琴。"我说,目光落在窗帘上,窗帘正在南风中晃动,"怎么说呢?我以前太听她的话了,什么都以她为中心,随她的意思,想起都窝囊,觉得自己好没用的。我现在只有一个想法:先想自己,再想别人。"我发现自己说这话时语气很硬,就觉得自己真的变狠了。

谭元元说:"男人是要对自己好点。"

我冷冷一笑:"以前我总是在乎妻子的感受,现在我要为自己活。"

谭元元说:"你说这话时酷极了。"

"下午我去驾校,校长送考。"我说。

谭元元说:"中午一起吃饭,给你饯行。"

"饯什么行？只去一天，明天就回来了。"

她一笑："是预祝你路考成功。"

我心里恨恨地，问谭元元："我是不是有点小男人脾气？"

她笑："没有啊，我感觉你越来越大气了。"

我说："我们同舟共济，只有一个目的，把公司做大做强。"

"好，一定会做大做强的，"她说，"我有信心。"

"我也有信心。"

"击掌。"她伸出了右手。

我与她击了掌，她笑着走了出去。我看着窗外，天空蓝蓝的，我的心却冷冷的。中午，与公司的几个人在楼下新开张的餐厅吃了饭，心情不好，也没多说话。下午，我到了驾校，教练叫我赶快上校长的车，我上了校长的皇冠，竟睡了一觉，醒来已到了常德。校长安排我们赶快进考场练车，熟悉路况，几辆车在考场里直练到天黑下来，我分别在不同的路段练了上坡起步、紧急刹车和靠边停车，教练说："好了，没问题了。"

晚上就睡在考场外的旅馆里，我关了手机，想好好睡一觉。次日一早，再次起床，又在考场里练了遍车。八点钟，考官把我们赶出考场，开始了驾驶员路考。我考的路段很顺利，考官在我的名字上打了钩，教练小声对我说："赶快塞包烟给考官。"

我忙往考官手上塞了包烟，说："考官，辛苦了。"

考官瞟眼烟，见是钻石芙蓉王，说了声："别客气。"

不一会儿，校长拿着名单过来宣布，对我说："你过了。"还有些没过的，霉着脑袋，闷闷不乐。我给校长口袋里塞包钻石芙蓉王，校长说："你运气好。"

随后，一行人上车，我照样上了校长的车，朝长沙奔去。路上，我接了周欣的手机，周欣问我："忙吗？"

我答："不忙。有何贵干？"

周欣说："那你下午来帮帮忙？我有点忙不赢。"

我说："好。现在我还在回长沙的路上。"

我赶到影楼是一点多钟，一位二十三四岁的美女等着拍艺术照，女化妆师正为那美女化妆。周欣忙不过来，他要给一对夫妻拍婚纱照，雇的摄影师今天家里有急事，请了假。周欣指着相机说："定哥，就用无敌兔吧。"

我拿起相机，打开镜头盖，边观察着美女边拍。手机响了，是妻子的手机号，我接了。妻子问我："回来没有？"

我恨恨地答："没有，还在常德。"

"你不是说上午考试下午没事吗？我昨晚打你的手机，你关机，上午打你的手机，又都是占线，就是想告诉你，我改成下午来了，现在从白水出发，大概下午三点钟会到长沙。"妻子说，"你什么时候能回来？"

"那不知道，"我说，想了下，看了眼美女和一旁的女化妆师，"今天考路考的人太多，上午没轮到我们考，不知下午是什么时候考。能不能改天？"

妻子在手机那头说："还改什么啊，我都坐在搬家公司的车上了。"

我答："那我争取赶回来。"

我拍着美女，让她摆出各种姿势，让女化妆师为我在一旁打补光罩。三点多钟，再次接到妻子的手机，妻子问我："你回来没有？"

我对女化妆师和美女分别做了个"嘘"的动作，这才说："还没有考路考呢，老婆。我估计要排到四点多钟才能考，校长急得要死，正找人跟考官说情。现在还在常德。"我发现自己说谎都不用打草稿了，女化妆师和美女都捂着嘴笑。

妻子说："算了，不等你了。你慢慢考吧。"

妻子再没打我的手机，我也没打她的手机。给美女拍完艺术照，正好是四点钟。周欣带着设备从江边回来，他也拍完了，坐到椅子上抽烟，边对我说："把你的银行卡号发到我手机上，我明天打八万到你的卡上，剩下的七万，争取年底打给你。"

我相信周欣这小气鬼赚了钱，说："没问题。生意不错吧，我给美女拍艺术照时，进来了四五拨人，都是来预约拍婚纱照和艺术照的。"

周欣笑："马马虎虎吧，近来确实有些搞脚手不赢。"

我和周欣聊到吃晚饭，两人在影楼旁的小餐馆吃了简便的晚餐。八点多钟，我回家，打开门，家里凌乱不堪，书房里，换着女儿床铺的钢琴，搬走了，那儿空空的，地上的灰尘都没扫。搁在女儿床上的，妻子和女儿的衣服（都打了包）不见了。我坐到沙发上，地上有些凌乱的脚印，想这个家完了，就有一种悲愤感油然而生，不是凄凉而是十足的悲愤！我想，既然如此，也好，省得自己为她评不上职称而苦恼，各走各的路吧。

第二十五章

半个多月后,驾照拿到手了,当天我和谭元元便去了奥迪4S店,买了辆黑亮亮的奥迪A6L,加长版的奥迪。办完购车手续,师傅给车玻璃贴太阳膜时,我们坐在休息室里等,服务员为我俩一人倒了杯热茶。我喝口茶,对自己突然就拥有一辆崭新的奥迪A6车,有些不好意思,我说:"奥迪A6你开,我开你的马6,就这么定了。"

她一笑:"在我未找到老公前,我不会开好车和住别墅,我不想被贼惦记。也许是我恐怖片或情杀片看多了,总觉得不安全。社会上坏人太多了,我一单身女人,开什么车、住什么房都会被别人留意,贼眼睛最尖了。老实说,我本来连马6都不想买,有时候打的太不方便了,下雨时或下午五六点钟,总是打不到的,我才勉强买了辆马6。"

我觉得她太谨慎了:"你谨慎得过头了,没那么恐怖。"

她喝口热茶,放下茶杯,脸色伤感地回忆道:"我父亲临终时抓着我的手说:'元元,爸爸要去另一个世界见你妈妈了,爸爸有句话你一定要用心记着:小心驶得万年船。古人说财不露白是有道理的。你一个女孩子,处处要提防,懂吗?'这几年,我都是按父亲临终前说的话做的。"

"你爸爸看得远。"我说。

"我爸爸最疼爱我,放心不下的就是我。"她说到这里,眼圈红了,"可惜我还没来得及照顾我爸,他就患肝癌去世了。我爸一生很谨慎,我遗传了他的性格。我爸去世后,我前夫更放肆了,欺负我,在外面养女人,不回家。我坚决地离了婚,也给自己下了一条指令:在找到真爱前,不能让男方晓得我有钱。"

我说:"我知道你有钱了,你在我这里找不到真爱了。"

她高兴地盯我一眼:"我可不敢指望你爱我。"

"那是，"我说，"我确实不能爱你，我有老婆。"

车行的小伙子走来说："先生，太阳膜贴好了。"

谭元元让我开车，她坐到了副驾驶座上。这几天，只要是和她一起出门办事，都是我开她的车，我已经不紧张了。奥迪车的方向盘很轻、灵活，轻轻一拨，就动。"德国人真聪明，做出的东西就是不一样。"我说，"这车，一坐进来，感觉就十分舒适。"

我开着车，驶出4S店，谭元元问我："感觉怎么样？"

"好极了。"

"好车就是好车，开着这样的车去谈业务，也不失你总经理的身份。"

我望眼她，她比我还高兴，说："以后，谈业务，需要你出面的话，我们一起去。"

我说："好。"

我们在街上转了一圈，这才把车开到4S店，谭元元下车，去开她停在这里的马6。我们一前一后地向公司驶去。第一次一个人开车，面对大街上众多奔跑汽车，还是很紧张，就开得慢。谭元元的马6在前面引路，我跟着她，还是没跟上，一辆的士插到了我和马6的中间，又一辆面包车插了进来。我不急，注视着路面、车距，用了四十分钟，这才开到公司的楼前，舒一口气，把车驶到了地下停车坪。谭元元说："你现在可以单独驾车了。"

我说："这车好开。"

她笑得很灿烂："你开这辆车，很配。"

我没回答她，想女人大方起来比男人还慷慨。我心里说："在我妻子离开我时，她却出现了，这证明我命里有女人缘。"

公司里，邓军和李经理、张助理分别出去联系业务了，刘晖和大刘在，两人看见我和谭元元进来，都叫我"罗总"，叫谭元元"元姐"。

刘晖问："车买了？"

"买了。"我说，走进总经理室，坐下。

桌上，茶已经凉了，我喝了口，听见大刘说："我要是有钱，就买一辆奥迪A4。"

我想这车又不是自己的，是谭元元用她的钱，买了给我开。我忽然觉得谭元元对我是真好。她骨子里瞧很多男人不来，在我面前笑过很多男人是"猪"，可她却视我为知己，把我推到前面，让我来支撑她的公司。我有这个能力吗？公司正式开张半个月了，放了盘一万响的浏阳电光炮，还有十几个朋友跑来祝贺，送了"开业大吉"的花篮，现在花篮还搁在门前。我们还没接到一笔业务，压力很不客气地爬到身上来了，像条大蟒。我以前在宏力集团，身上没这种压力，上班去公司，有事干事，没事便坐在电脑前上网看新闻，或与Q友聊，或搜索其他东西看。现在，仿佛前面就有一条蟒蛇，让我感觉沉重、险恶。这是责任心作祟。我这么想着，谭元元走进来，笑着问："你今天高兴吧？"

"不高兴。"

她见我这么答，疑惑地问我："为什么？"

"你让我压力很大。以前，我没这种压力。"

"是你自己给你自己施压，我可没压你。我说了，两年内我不考虑赚钱。"

"你可以这样考虑，我不能啊。你是玩，我是要靠这份工作吃饭，我并不想成为一个没用的人。现在……"我望她一眼，"脑袋里想的事情多了。"

"那对不起，请你原谅。"

我瞧着她，她也瞧着我，她的目光放着异彩，那异彩把她身上那股强大的性欲传染到了我身上。我的下身有点不理性地硬了，这是一种让我羞耻的性反应。我可能是书读多了而变迂腐了，还可能是洁身自爱的思想在左右着我的灵魂。我这不顺心的一生，婚前和婚后直至今天，还只和妻子保持着性行为。我鄙视男人像雄蝴蝶样见花就采。我内心是鄙视情欲的，认为人是有思想的，不能等同于低级动物，动物可以无选择地交欢，如狗在大街上也可以交欢，而人是受过教育的，教育让我们认识到"人不可以无耻"。我感觉自己很无耻，居然有那种冲动！我说："不过，压力也可以转换成动力。"

谭元元说："我知道你是个很理性的人，干事都要经过大脑筛选。"

"这就是人与动物的区别，动物是本能地干一切，人既然长了大脑，自然要想。"

"你很爱惜自己，这是我看重你的地方。"

我说："你不爱惜自己吗？不爱惜自己的，是猪狗。"

邓军回来了，谭元元看见他，甜甜地一笑："邓总，有收获吗？"

邓军答："暂时还不知道，不过，我会争取。我车上的冷却液可能不行了，不制冷。"

"那你换辆车吧？"谭元元说，"你是公司副总经理。"

邓军笑了声："赚了钱再说吧。"

五点多钟，我开着奥迪A6驶进A中学，学校已放暑假，天热，一些老师坐在楼房投下的阴影里乘凉，有风吹拂着他们的脸和衣服。他们看见一辆崭新的奥迪A6车驶来，都注视着，一时不知道来了个什么人物。我把车停在他们身旁，下车，他们看见是我，十分惊讶。我按了下钥匙，奥迪车亮了下灯，锁了。

黎老师笑着走拢来："定哥，哎呀，你洋气啊。"

戴主任也笑，他也没想到，立即走上来，看着这辆尚未上牌的奥迪A6，羡慕溢于言表："定哥，发了财啊。"他边说边摸着车体："这车真漂亮。"

我答："是漂亮。"

宋主任在我与戴主任说话时，骑着单车买菜回来。他看见大家都围着我和车，他迈下单车，笑着，走过来打量车，绕车走了一圈，问："你的车？"

就在早几个月，宋主任还假模假式地同情我，劝我回学校教书。此刻，他一副不敢相信的表情，咧着嘴打量我。人在物质面前是不够雄壮，我想，答："我的。"

他走到前面看车牌，见没挂牌照，问我："新车啊，这车要好多钱？"

"四十五万，车辆购置税、上牌、过路过桥费和买保险，加起来，要五十多万。"

"没想到啊，定哥。"宋主任说，"教育局长坐的是桑塔纳2000。奥迪，副省长才有资格坐，这是上面严格规定的。你是自己享受副省长级待遇了。"

黎老师和戴主任都笑，黎老师说："定哥搞发了。"

我开烟给他们抽，边说："没有没有，抽烟。"

戴主任脸上简直露出几分嫉妒，说："你厉害啊，买这么高级的轿车。"

我含糊地说："厉害什么啊，只是在社会上混日子。"

在A中学，我从来没有这样开心过，足见物质是能让人改变看法和改变人性的。精神是看不见的，没有人羡慕你拥有美好的精神；物质是可视和能触摸的，这就是物质胜于精神的原因，物质超好，自然就有人羡慕。另一些老师走来，都围着车打量，边找我说话，有的老师还问起了黄江丽，说："调回白水干什么？在这里多好。"

我说:"她爸爸身体不好,她坚持要调回去。"

就在说她时,手机响了,妻子打来的,问我在干什么。我说:"在学校。你呢?"

她说:"刚下班回家。"

我一听见妻子的声音,心里就涌起一股热流,她调回白水一个多月了,在白水县文化局上班。这十来天,我们天天通电话,不是我打给她,就是她打给我。我瞟眼黑亮亮的奥迪A6,就想给她一个惊喜。我挂了机,想趁天还没黑,开车去白水。我上车,在众老师的注视下朝前驶去。驶出市区,上了高速,随便加点油,车速就飙到了一百迈。第一次单独驾车,我不敢开那么快,就跟着一辆大巴行驶,保持着一定车距。这车真好开,感觉不到速度,跟在大巴后面开,也不紧张。以前乘大巴走国道,两个小时的样子,走高速,一个多小时就到了出口。开着奥迪A6,可以如此简便、轻松地到达我想来的地方,汽车真是个好东西。我突然意识到,物质之所以使人堕落,是因为它能给人以舒适和享受。以前,我没这种体验就没这种认识,难怪那么多人在为过美好生活而打拼!我把车开进县城,驶进了老干所。

夏天里,晚上八点钟了,南方的天色还没完全黑,还有些光。女儿明明和两个小姑娘在两栋住房之间玩,看见一辆小汽车开来,昂起头望着。我下车,明明见是我,高兴地跑过来,拉着我向家里走,边叫妈妈。妻子正在厨房里洗碗,听见女儿叫她,探出头来,见是两个小时前还自称在学校的我,就十分吃惊:"你怎么来了?"

女儿替我回答:"妈,爸爸开车来的。"

妻子不敢相信地走出来看,见一辆黑亮亮的奥迪车停在葡萄棚前,笑了:"哎呀,你真是开车来的?"

"嗯,公司里买的车。"对妻子,我只能说实话。

妻子并没表现出过多的惊喜。说实话,对于她那颗渴望荣耀的虚荣心来说,这东西来得迟了点,若是一个月前,这辆漂亮的奥迪车突然出现在我们的生活里,也许她会由衷地快慰,从而放弃调回白水的想法。现在,她调回白水了,便觉得这车再好也与她不相干了。妻子笑着问我:"你吃晚饭没有?"

"还没有。"

岳父岳母走出来看车,妻子却扭身进厨房给我热饭。我跟岳父岳母说了几句话,就进了屋。妻子把热好的饭端上桌:"你们万象广告影视文化公司接了什么业务，买这么贵的车给你开？"妻子认识车，她大姐夫乘的是大奔，从深圳开回来过几次；二姐夫有一辆奔驰320，还有一辆宝马越野车。她当然知道奥迪车价格也不菲。

"还没接到业务，买这辆车，就是开着去洽谈业务。"

"那个姓谭的女人真敢在你身上花钱。"妻子这么说着，脸上飘过一丝冷笑。

我同妻子说过谭元元，说谭元元能干，还告诉她谭元元给我月薪两万，并每年给我百分之四十的利润提成。我看出妻子脸上有醋意，这证明妻子还在乎我，便说："她不是在我身上花钱，她是给自己的公司贴金。同时，她希望我把全部精力都用在公司里。这个女人头脑发达，怎么说呢，不太简单。"

"她漂亮吗？"妻子这么问了句。

"没你漂亮。"

妻子一笑，敏感道："她这是用重金收买你。"

"你也看出来了？不过不是收买我，而是用重金收买我的智商，为她赚钱。她比一般的女人豪爽。"我这是第一次说谭元元的好话。我一惊，我对谭元元的认识完全变了。

"你没喜欢上她吧？"妻子冷冷地问了句。

"不会。"我答，妻子在吃醋。

吃过饭，女儿要坐车，我便和妻子带着女儿上了车。我开着车驶出老干所，驶在街上。女儿很兴奋，站在椅子上，把头伸出天窗，看着天上的星星对她母亲说："妈，好多星星，还有月亮。"

妻子让女儿坐好。我开着车在县城街上转了两圈，转到县委大院前，妻子想起以前的一个名叫刘小君的同事。妻子调回白水后，才晓得刘小君在县商业局上班，丈夫是早几年提拔的副县长，也是师大历史系毕业的。妻子说："去刘小君家坐坐吧？"

我说："好。"

我把车开进县委大院，停下，妻子下车，问人，然后对我说："这边。"

我牵着女儿，跟在妻子身后向一栋宿舍走去。这是栋五层楼的房子，房前有片小树林，一楼都围着小院子，院子里都栽着橘树或桃树。刘小君家在一楼，她开门，看见我妻子："黄江丽，是你，"又看见我和我女儿，更喜欢了，"都进来。"

妻子说："不打搅你们吧？"

第二十五章

"打扰什么啊,坐坐坐。"

我和妻子、女儿一起走进客厅。客厅里坐着个女孩,好像比我女儿大一点,还有个老人,刘小君指着老人说:"我爸爸。"

我们叫了老人"叔叔",相继坐下。妻子问刘小君:"你先生呢?"

"开常委会。"

"晚上还开会?"

"刘书记,你也晓得的,"刘小君一笑,"他脑袋里点子多,一想到什么就叫秘书通知常委们开会,经常一开会就是大半个晚上。我先生是刘书记提拔的,他可不敢马虎。"

妻子在来的路上告诉我,刘小君的先生之所以上得如此迅速与老婆有直接关系,是因为县委刘书记是刘小君的堂兄。妻子说:"刘书记很有魄力。"

刘小君边为我们泡茶,边说:"那是,刘书记四十才出头,思维敏锐,还有升。"

妻子说:"那肯定。你先生也有升,都是要当大官的。"

刘小君坐下时说:"当个副县长都忙得要命,当那么大的官干什么?"

这话听起来像是抱怨,其实她很快乐。毕竟,丈夫是县里的大领导,身为妻子难免不沾上光。我注意到刘小君略胖,一脸福相,但谈不上漂亮。两个女人说着县里的事,女儿趴在我腿上,我陪女儿看电视。妻子生活在白水很轻松,不像在A中学,背负着评职称的包袱。长沙那方水土不养她,白水的水适宜她生存。我想这些的时候,门开了,刘小君的先生出现在门口。我看见他,愣住了,他也愣住了。

"你——""你"字的音拖得很长,我笑,他也笑了。

刘小君说:"李建军,你们认识?"

"大学里,我们经常在一起踢足球,"他夸奖我,"你的球踢得好。"

"没想到是你,刚才我妻子说到她的一个老同事家坐坐,我们就来了。"我打量着他,"老同学,你当副县长了,好啊,那要祝贺你啊。"

李建军副县长谦虚道:"副县长,替县长、书记跑腿的。你还好吧?"

"马马虎虎,"我说,看着这个比我高一届的同学,"你胖了点啊。"

李建军副县长点头:"胖了,读大学时我只有一百三十斤,现在一百六十多斤了。"

刘小君见我和她先生不但是同学,还这么熟,也高兴。

李建军副县长望眼我妻子，说："当年我们天天在操坪上踢足球，毕业了，失去了联系，早晓得你是我们白水的女婿，早就跟你联系上了。"

妻子说："没想到你们是这么好的关系。"

"还记得那时候我们饿了，偷水果摊上的苹果吃吗？"李建军副县长开心地问。

我想不起来道："有这事？"

"怎么，真不记得了？"李建军副县长说，"我当时装作选苹果，你站在我身后，我把苹果递给你，你拿了苹果就放进袋子里，忘记了？"

"我真的不记得了，我的记忆里，从没偷过东西。"

李建军副县长说："在老婆面前，害怕承认吧？"

我说："那倒不是。我们班的宁志国提了副厅长，你知道吧？"

"知道，我上个星期还特意去长沙找他，想要他给我们县多批点扶贫资金。"

"扶贫资金？"

"中央财政下来的钱，不要白不要啊。我想通过他，为我们县多批几十万，报了些县里的特困乡、村材料给他，他说这很困难。"李建军副县长说，"不过我能理解，官当大了，管的事多，全省一百多个市、县，照顾不过来啊。"

我的手机响了，响得很突然，是谭元元打我的手机。我接了，她问："在干吗？"

我笑笑说："我在一个大学同学家里。"

她说："开车去的吧？"

"是的。"

"出来喝茶吧？我在金牛角，和一个朋友，"她强调，"是一个女朋友。"

我没告诉她我此刻在白水："今天不行，明天吧。"我挂了手机，抬头看眼妻子，再把目光放在李副县长脸上，说："朋友叫我去谈生意。"

"你做什么生意？"李副县长问我。

"广告策划，还做书、画册和宣传方面的事。"

"改行了？"

"改行了。历史专业，只能是到中学、大学里当老师。"我说，又补一句，"而且教的也是伪历史，都是各朝各代为美化自己篡改了的历史。"

这时手机又响了，叫得很欢，是周欣，我接了。他说："定哥，我和几个朋友在酒库泡吧，来喝喝酒吧，这里有几个妞，很漂亮。"

我说："我有事啊，兄弟。"

周欣在手机那头底气相当足地叫道："你来玩吧。"

我拒绝道："我来不了。"

"我要你来替我买单。"周欣说，"我身上没带那么多钱，今天出来得匆忙，卡也没带。你不来买单，我在朋友们面前可要丢脸了。你得救我一次。"

我知道周欣好面子，这个生长环境并不宽裕的男人却有花花公子的脾性，赚了钱左手进右手出的，为了让女孩子欣赏他，头发和胡子都染成了红色，穿戴也十分讲究。我犹豫了下说："我在外地，我叫我公司的邓总来给你买单吧。"

我打邓军的手机："你多带点钱，帮我一个朋友去买单，我在白水，一时回不来。"

邓军问："要多少钱？"

我答："你不是还有一万元现金吗？都带上。"

邓军说："只有八千了。"

"那就把八千块钱都带上，"我说，挂了手机，对李副县长笑笑。

李副县长当然听懂了，问我："你是多大的老板？别人喝酒，叫你去买单？"

我答："都是朋友，他没带那么多现金，估计透支了。"

"做广告策划赚钱吗？"

我回答李副县长："还好，是用脑袋赚钱。"

我们在李副县长家又坐了半个小时，该说的话说完后，再坐下去就勉强了，我们起身告辞，李副县长和刘小君送我们出门，见我们向奥迪A6走去，他愣了下问："你的车？"

"嗯。"我按了下钥匙，车门开了，女儿拉开车门坐了进去，妻子也坐进车里。我对李副县长和刘小君说："建军兄，留步，麻烦你们了。"

"不麻烦，"李建军说，"罗定，联系上了，就要多走动。"

我想这个世界真的是以貌取人，假如我今天与妻子不是开奥迪A6来，他难道会说这句话？他一个副县长，生怕别人求他办事，躲都来不及呢。我答："一定。"

我启动车，大灯白亮亮地照在李建军副县长和刘小君的脸上，李建军副县长抬手挡了下强烈的车灯，刘小君却为躲避光线，扭开了脸。车从他们身旁驶过时，妻子撼下车窗，对他们说："李县长、小君，再见。"

我对妻子说："今天给你争了面子。"

妻子笑了个。

"物质这东西确实能打败人，也能让人嫉妒，"我说，"因为大家都是凡夫俗子。自信这个东西，是他相信自己比你混得好，假如他突然发现原来你比他还好，比如你拥有他没有的别墅、轿车、女人，自信这个东西就碎了。自信是一种相信自己的心理感受，萧伯纳说：'有信心的人，可以化渺小而伟大，化平庸为神奇。'"

妻子说："又来了，你可以说点别的吗？"

"不说了。"我说道，"在李副县长家的客厅里时，他脸上很自信，虽然说话语气并不猖狂，但看得出他很得意。当他看见我们坐进奥迪A6时，他有些吃惊。"

"我也觉得是这样。"妻子说。

岳父岳母还没睡，妻子安排女儿睡觉。我去洗了手脸，上楼，躺在床上等她。不一会儿，妻子上来了："今天谁打你的手机？"

"周欣，和我一起开影楼的朋友。"

妻子睨着我："我是问第一个电话？"

"谭元元，她问我在哪里，她要找我谈事。"

妻子警惕地问："那么晚了还找你谈事？"

我发现妻子目光里有醋意。这种目光她以前可是没有的，奥迪A6对她有点影响。她知道买车是谭元元的钱，而她觉得谭元元如果不喜欢我，是不会买辆奥迪A6给我开的。她警告我道："你这家伙，别被她勾引跑了。"

我见妻子仍然用含醋意的眼光瞅我，竟有点高兴，想她也会嫉妒："怎么会？她出钱，我出力，就是这种关系，不会有别的事情发生。"我说完这话，自己都怀疑，暗想这会是真的吗？我问："亲爱的，你没跟张卫国发展下去吧？"

"我们只是同学。"

"他还在追你吧？"

"我现在管不了你，你要是跟她好了，要告诉我。"

"只要你不被别的男人勾跑，"我说，"我也不会的。"

妻子的手放到我肩上，摸着我的肩膀，娇声说："我怕你会学坏。你们男人，一有钱就变坏了。"

"除了你,我不会再爱别的女人。爱一个人,好辛苦。"

"这是一首歌的歌词啊。"

"也是现实。"我说,"爱情是一件麻烦事。"

我们关灯睡觉。我开车有些累,平躺着,脑袋里既有妻子,又有谭元元。妻子的手在我身上摸着,我感觉她有那种愿望,把弯着的身体伸直了。

第二十六章

公司开张三个多月，毫无业务，上班，谭元元忙着与这个那个经理联系。张助理、李经理一早就冲出公司大门，一头扎进茫茫人海，寻关系，找业务。当然，这只能是无头苍蝇瞎忙。有几笔画册业务，谈了意向，对方也表示出兴趣，但就是不打定金过来，好像有人存心与我们作对似的。其实没人与我们作对，谁会存心为难我们这家小广告公司？而是上天存心要考验我们的承受能力。以前在宏力集团，谭元元常能在餐桌上接到业务，现在想来，那些人里的某些人都是冲着宏力集团来的，有些饭局，是马董拉着她一起去应酬，而她又乖巧又能言善辩，一笔小业务自然就谈成了。那些老板，既然当着马董的面答应了，就不好意思翻脸，事情就在谭元元娇声娇气地过问下，开始了，那是给马董面子。现在的环节中没有马董，万象广告影视文化公司是谭元元和我的，有的老板在餐桌上应诺了，可是一转背，再向他提定金时，他却在电话里说"暂时不做"。

"纯粹把我做宝搞。"谭元元弃下电话说。

"宝"字在长沙话里，有"蠢"的意思，"做宝搞"是长沙土话，当蠢人的意思。开公司前，我跟谭元元说过，业务方面她负责，我负责采访、写稿、摄影、编辑、校对和设计方面的工作。公司是她投资的，三个多月了，看不到一点效益，她不急，反倒笑盈盈的。我急，每个月八日，大刘就将两万元打到我卡上，我能不急？有段时间，我要谭元元深入那些做股票和期货的大佬中，让她凭自己的魅力，勾引一两个大佬就范。有个做期货的老板倒是愿意做本书，她就缠着那老板，隔天打个电话，问他定金打出来没有。那老板跟她玩猫捉老鼠，觊觎着她的娇躯，不肯打定金，明显想跟她上床。她问我："怎么办，你说？"

"问题是你跟他上了床，他就一定会打定金到我们账上吗？"

"那应该会，他资产过亿，这点钱对他不算什么。"

第二十六章

"那你自己定。"

她望着我："你一点也不在乎我啊。"

"那你要我说什么？"

"你在乎我。"她盯着我。

我避开她热情的目光，这年月，人都疯了，搞业务需要用身体支付。我说："如果非要靠身体接这笔业务，我就不好介入。你聪明、漂亮，你自己把握。如果是我，我可能不会，我又不是穷到快饿死的地步，干吗要委身？"

她嘻嘻一笑，表态："确实，我还没贱到把自己给一个公猪弄的程度。"

就在说那个公猪的时候，那公猪打她的手机，说他在华天大酒店喝茶，要她过去谈做书的事。她一脸小姑娘模样地问我："你说我去还是不去？"

我说："去应酬下吧，只是别跟那头公猪进房。"

"进房也不怕，"她说，"为了接这笔业务，我豁出去了。"

她描了眉，化了点淡妆，起身对我说："本小姐去搞定他。"

我只是用这话试探她，没想她还真打算献身，不觉佩服她的敬业素质。我看着天，此刻是下午四点多钟。邓军打电话来，说母亲病了，他不回公司了。张助理回来了，抱怨说她今天走路脚崴了。我问她怎么不乘公交，她叹口气说："坐一站又要下，坐一站又要下，就索性走路，结果崴了脚。"

张助理去年买了套三室两厅，买大了，还贷的压力就大，自己家和老公家都是下岗或厂矿退休职工，没啥资助，小两口纯粹要靠自己打拼还贷，成了斤斤计较的房奴。她虽然工作热情、努力，却没什么社会背景。不一会儿，李经理叼着烟回来了，骂骂咧咧的，他虽然有个父亲在电视台，但他年轻，还没多少关系，他父亲又不主张儿子在我们这家小公司混，要他进电视台干，他不愿在父亲的羽翼下工作，父子俩就僵了。我看着李为刚说："小李，给你指条路，打你父亲的牌子去找你父亲的朋友，说不定就找到业务了。"

李经理说："我爸的朋友，大多退了。唉，这社会人在人情在，人走，茶凉。"

我说："话是这么说，还是得下功夫。"

李经理抽口烟，动着脑筋："对了，我明天去商业银行找找人，我爸的一个发小，现在在商业银行负点责。"

"那是要去找。"我说。

大刘是会计，财会上没什么事，她就清闲，坐在电脑前写网络小说，张飞打岳飞，穿越时空的，慈禧太后在唐朝时是武则天的丫鬟，严嵩在明朝时是个大奸臣，可是在汉朝时他是大忠臣黄盖，到了清朝又成了贪官。一顿瞎扯，却有许多粉丝，还有些读者帮她出点子，她很高兴，对刘晖说："很好玩，明天的章节准备把貂蝉嫁给诸葛亮。"

刘晖说："太刺激了。"

大刘笑："后天让吕布骑着战马追杀貂蝉和诸葛亮，把他俩逼进了时空隧道，结果从时空隧道里走出来时，已经是民国了，遇见了孙大炮。"

刘晖问："孙大炮是谁？"

大刘嘻嘻一笑："孙中山啊。"

"太好了，"刘晖说，动了下眼珠，"别，别只是遇见，最好是让诸葛亮出谋划策，帮助孙中山建立中华民国，那更有意义些。"

大刘立即用笔记下了，边说："这个建议好。貂蝉呢，你有什么点子？"

刘晖说："让貂蝉嫁给蒋介石吧，变成宋美龄。"

"就这样，"大刘说，"貂蝉被吕布追到时空隧道的出口时，摔了一跤，不料掉进了宋美龄的嘴里，变成了宋美龄。"

我没再听两个娱乐至上的女性讨论鬼打架的章节，我得去车行提车。我的奥迪A6太招人眼球了，前天，我把车停在楼下，早晨我出门，车上多了一条划痕，很长，从前车门划到后车门，显然是用钥匙一类的东西划的——我不知这是学生划的，还是某老师划的。干恶作剧，只是一个闪念，干了，只要没人抓现场，就可以不承认，即使有人看见了，也不会告诉我，因为一说就变成是非了。我很生气，却也无奈。

我乘的士赶到车行，开着车回家。离学校三百来米远有处楼盘，有地下车库，昨天我已与那楼盘的物管公司谈好了，租了个车位，三百元一月。我把车驶进地下车库，锁好，手机响了。黄江丽每天晚上都会给我打电话，打家里的电话，查岗，即使我在咖啡厅喝咖啡或在茶室喝茶，我都会接到她打来的电话。她不知道我把家里的电话转移到手机上了，她问我，我总是告诉她我在家，免得她产生不必要的联想。在学校里时，我即使出去玩一通宵，她也不会打我的手机，自从她调回白水，却牵挂起我来了。女人就是这样，你在她身边，她视你不见，你离开她（是她离开我），反倒变得重要了。

她会在电话里发酸地问我："你想不想我？"

我边走边答："想，怎么不想！"

她问："你想我怎么不给我打电话？"

我说："忙，公司里事多，业务接不到，都急。我心里压着块石头呢。"

"我没事，给你打个电话。怎么有汽车喇叭声？"

我回答："我们就是住在马路边上啊，这有什么奇怪的？"

"你今天晚上过来吗？"

"今天是星期四，我明天晚上来。"我说，挂了电话。

我每周星期五开车回白水，看她和女儿，住到星期一一早开车回长沙，有三个晚上住在白水。白水新近开了家舞厅，星期六，如果没事，我和妻子便去跳舞。在白水县，我没别的朋友。李建年虽是同学，但不是一个班的，热烈过两次就淡了，他要奔仕途，两人说不到一起。除了用跳舞打发时间，就是在家看电视。电视常常被女儿霸着，她要看动画片或儿童喜剧片，如果我们也跟着女儿一起看，再聪明的人，智力也会下降。

八点多钟，谭元元打我的手机，问我在哪里，我说："在家。"

"干什么？"

"在一家装帧设计网站看别人的设计图。"

"不是搞网恋吧？"

"没那个心情。那个猪，你搞定没有？"

"我刚与那公猪分手。真如你所说，吃饭时，他拼命灌我酒，要我去他的房间，他开了房。我没去，借口家里有事，溜了。"

"猜到了。"

"看来，这个业务搞不定。"

她这样说，证明她没与那男人上床。我说："他不是要我们做书，是要和你上床。"

她呵呵呵笑道："他太丑了，实在让我恶心。"

我调侃她说："原来你是喜欢帅哥。"

她在手机里这么说了句："喂，不要以为好色是你们男人的专利。女人也好色，喜欢长得帅的男人。我特别注重男人的身高，一米七五以下的男人，我没一点兴趣。"

我身高一米七九，符合她的审美要求，难怪。我这么一想，笑了。她问："你笑什么？"

"笑你们女人也好色。"

"好色。"她肯定地说，"你没看见很多姑娘、女人为男歌星、影星而狂呼、尖叫吗？那是打心里喜欢。懂吗，傻瓜？"

我们闲聊了几句，她说："不聊了，我身上有点痒，回家去泡个澡。"

我说了声"拜拜"，继续翻看网络上的设计图，心却到了她身上。我有些小烦躁，平静的心情被她打乱了，倒不是想她的身体，而是想她其实挺自爱，并没为三十万的业务而委身别人，这就让我高看她了。我原以为她的业务都是靠下半身接的，看来，我低估她了。那天晚上，我反复想一个问题，她为什么对我这么好？我有什么？就那么值得她爱？爱真是个说不清的东西。英国诗人雪莱说："道德中最大的秘密是爱。"雪莱在爱的阐释中提到了"道德"。德国作家席勒说："爱能使伟大的灵魂变得更伟大。"这都是我用来提醒自己用心去爱的名言，曾经摘录在记事本上。我围绕着爱的意义思考，直到大脑疲劳了，才睡觉。

次日中午，谭元元打我的手机："我在通程大酒店的餐厅等你，你快来。"

上午她没来公司，发信息给我："一个炒期货的老朋友找我谈事，中午见。"

我关了电脑，起身，对邓军说："我出去一下。你们在公司吃饭吧。"

大刘说："罗总，煮了你的饭呢。"

大刘和刘晖成了为公司做中餐的员工，我说："突然有应酬。你们吃。"我走出公司，乘电梯下到地下车库，上车，开着奥迪A6向通程大酒店飙去。路上还算畅通，车驶到通程大酒店，停好，走进餐厅，光亮的包房就坐着她一人，打扮得很漂亮，但俏丽的脸蛋上有一抹淡淡的忧郁。我在她对面坐下时，一股芬芳飘进我的鼻子，我说："你今天真漂亮。"

"谢谢。"

她说"谢谢"的声音也不像平常那么开心、响亮，我有所警惕，想她一定有什么心思。我看着她，她淡淡的样子，动了下嘴唇却没说话。我不太适应这种单独相处的气氛，想起昨天的话题，就找话说："那个猪要你去他房间？"

她平静着说："他要我去他房间，说他房里有上等铁观音。我知道他的意思，没去。"

"三十万呢。"我故意这么逗她说。

"是损失不小。"她说,"那个土公猪说我皮肤好。"

"你皮肤是好,脸上没一点皱纹。"

"我在脸上花了很多功夫,我用的化妆品都是我朋友从法国寄来的。"

"那是好东西。"

"人要活得有质量。女人,尤其要心疼自己,心疼别人,都是白心疼。"

我觉得这话有暗示,一笑:"你是对的,不爱自己,谁会爱你?"

她突然问我:"你对精神恋爱怎么看?"

"那应该是异性之间的最高境界,不是我等凡人可以感受的。我们身上,情感的东西太多了,既需要精神的又需要肉欲的恋爱,要的东西多,杂念就多,剔除不了杂念,人就混沌,所以我们达不到那种纯粹的精神境界。"

服务员进来,将一盘菜放到桌上。我这才注意到桌上有两只茶杯,一只显然是她喝的,另一只杯里还有半杯茶。她对服务员说:"把这杯茶倒掉,重新泡杯红茶。"

服务员说"好的",端着那半杯茶,走出了包房。

我问:"你朋友呢?"

"有事,走了。"她说,脸色飘忽、怅然。

我想八成是公司的事让她焦虑,倒不是没赚钱而让她焦虑,而是一笔业务还没做而让她郁闷。几天前她对我说,她的资源,在宏力集团干的那几年,都用完了,总不能再让人家掏钱重新做本画册或书。我说:"你有点小遗憾吧?"

她就是聪明,不用我把话说清楚也能听懂我的话,硬着嘴说:"不遗憾。只是公司还没做一笔业务,这让我郁闷。男人都这样吗?"

我也懂,故意问:"什么?"

她看眼我:"你不是他们那种人。"

我们吃着饭菜。我知道她有很多烦恼,加起来怕有几十公斤,把她的脑袋都塞满了,尽管她脸色光鲜、衣着时髦,但烦恼还是透过她光鲜的面色,宛若月亮透过云雾样,露了出来。她满怀热情和憧憬地创办万象广告公司,以为公司一成立,业务就会源源不断,钞票就会大把大把地涌来,事实证明,不是这么回事。我边吃边问:"你急了吧?"

"不急,"她见我怀疑地望着她,又补一句,"真的不急。"

"我昨天晚上想，这种局面，你能坚持多久。"

"有你，我可以坚持到底。"

我把最真实的道理甩给她说："成功的人都是坚持到最后的人。"

"你这句话很励志。"她说。

我手机响了，是妻子的电话。我接了，她要我晚上回白水时带德园包子，因为女儿想吃德园包子。我答应了，继续与谭元元吃饭、喝茶，东一句西一句地聊。我想她今天叫我来这里吃饭没带目的，只是郁闷而找我聊。我把跟妻子说过多次的话，说给她听："尼采说：'高贵的灵魂，是自己尊敬自己。'你昨天就是自己尊敬自己。人身上有很多糟糕的遗传，人从猿人进化成人，花了几十万年，生物学家分析，人是从猿人中变异出来的，所以人身上有一些自己都不齿的贱东西。人不能犯贱，一犯贱就成了卑贱的猪狗。"

"知道，"她说，"我寻业务，只是想证明自己的能力。"

"问你一个小问题，你知道'知识就是力量'这句话是谁说的吗？"

她茫然地望着我。

"你是装不知道还是真不知道？"

"你不要取笑我，我脑袋里真没这些东西。"

"这句话是英国哲学家培根说的。培根在英国，就如孟子在中国，对后人有相当大的影响。培根在谈人生中说：'人生如同道路。最近的捷径通常是最坏的路。'很多人都在寻找捷径，其实是在寻找最坏的路。"

"培根说得真好。"

"我们以前在宏力集团，从不考虑这些事，好像这些事与我们无关，你接了画册或书，我只负责做，你没接，我什么都不用想。现在你让我不能不思考这些，为你担心。"

她笑了，笑得眼睛都弯了，弯得很好看、很媚。

我说："你别用这种眼光看我，我会受不了。"

她说："怎么啦？我那么恐怖吗？"

"你太美了。"我说。

我知道我再坐下去，不定会发生什么事，住在华天大酒店的那人想干而没干成的事，也许会发生在我身上。我知道她拉我办公司，首先是对我诚信品德的信任，知道我不会坑她；其次，她欣赏我的才干，晓得我是个精益求精的人；最后，恐怕

第二十六章

也是最主要的,她爱我。这种爱,不是因为我有钱,也不是因为我特别帅气,而是磁场吸引。这是我昨晚想了大半个晚上得出的结果。谁能说清楚一个人为什么就偏偏爱你而不爱别人?这是磁场作用。她想要的,我身上正好有,于是在她眼里,我变成了黑夜里的一盏灯,她是飞蛾,而这只"飞蛾",给我的感觉成了个温柔、漂亮、文静的女人。我不知道是她变了,还是我变了。总之,我眼里有了幻觉,这幻觉便是她像坐在草地上的少女,让人喜欢。我说:"走吧?"

她站起身,说:"我心情好多了。"

我装道:"你这么有钱,还心情不好?你叫我怎么活?"

她说:"你来之前,坐在你椅子上的是刘博士,他今天正式向我求婚,准备送我一枚在香港买的一百多万的钻戒。我拒绝他了。他是个很优秀的男人。"

我想起了服务员拿走的那只喝了一半的茶杯:"那你还拒绝他?"

"他个子矮,又秃顶,我不喜欢他的外貌。"

我记起她昨晚说"女人也好色",就"哦"了声。她突然难过地说:"他对我很照顾。我离婚后的这几年,有什么事都是找他帮忙,他从不拒绝我。"

"但是你拒绝了他。"

"是的,"她说,"婚姻是大事,我不能因为他对我好就勉强自己,一想到自己下辈子要跟一个又矮又秃顶的男人生活在一起,我就想死。"

我笑:"那就别自责了,不要做违心的事。走吧。"

回家拿衣服时,有人敲门,是戴主任。戴主任很客气地笑着,我请他坐。我看出他心里有事,就问他:"戴主任,你有事吗?"

他说:"我看中了离学校不远的一套房子,想买,还缺五万块钱,想找你借五万。"

钱我有,别说五万,十万块钱我也拿得出来,但脑海里忽然闪现一个念头:凭什么借给他?我说:"我也正准备买房子。"

戴主任问:"你准备买哪里的房子?"

我暂时并没有购房计划,我还没储备那么多钱,但我不愿借钱给他,只好圆谎,有时候人撒谎是不得已。"南边的,买了,装修后,再请你和宋主任、黎老师来玩。"我说。

戴主任还坐了几分钟。他走后,我想公司里的事,公司还没做一笔业务,我却拿两万元一月,还开着奥迪A6,我这是吃软饭啊。我们想找规划局的干部批两块广告牌，但没关系，这事还真办不成。我心里搜索着自己认识的人，大人物我只在荧屏上见过，副厅长以上的我只认识宁志国，但他不管规划局，这种事不好找他。还认识谁？认识一个白水县李建军副县长，他要是在长沙当个副区长就好了。还有谁？我茫然地瞪着墙角，想自己以前看见有权有势的人就走开，现在想要依附谁发点财，却不知谁可以攀附。我想起那句话：书到用时方恨少。没有关系，谁会帮你啊？

第二十七章

我准备去趟深圳,去深圳雅士美术广告印刷公司,我以前做的十几本画册和书,都是这个公司印刷的。介绍财神公司的书,谭元元又交给了这个公司。虽然这笔业务不是万象广告公司成立后接的,却是万象广告公司出的第一本书(原先是打算做画册,后来改成了做书),策划人印着:罗定。我的名字,必须多重视。谭元元见我亲自去,破天荒地想跟着我一起出差。我望着她,她媚笑着说:"我去深圳见几个朋友,看能不能接到业务。"

那天晚上,她穿一身黑,一张脸就衬托得十分白皙、漂亮。我暗暗惊讶,原来黑色可以让人变得如此端庄、高贵。坐在车厢里,膝盖碰着膝盖,你看着我,我看着你,如此近的距离,这还是第一次。"定哥,问你一个问题:除了你妻子,你还爱过别的女人吗?"

我答:"不敢爱。"

"为什么?能告诉我吗?"

"因为一爱上就麻烦了,虽然有人说,爱情重在过程,不在乎结果,但那只是说说而已。谁都希望有个好结果。我是已婚男人,又有了个女儿,不敢动这种心思。"

她一听我提到女儿,就思索的样子。我又说:"每当这种心思出现,我就像武警战士在防洪大堤前堵管涌样,自己赶紧堵上。"

"有这么严重吗?"

"怕垮堤啊。"

她笑了,笑得媚极了:"定哥,你好幽默啊。"

"我没你说的幽默。"

睡觉时,她睡下铺,我睡中铺。这可是第一次"同房",火车朝前飞奔,铁轨声在耳畔闷响。我其实是想一个人去深圳,她要跟着来,我也没办法。我很久没入睡,半夜里,我悄悄下床,去厕所小便。解完,我坐在车窗旁抽烟,一个人静静地坐着,想这次去深圳,但愿不会发生什么事。不一会儿,她也起床了,坐到我对面的椅子上。

我问:"你还不睡?"

"睡不着。"

"怎么呢?"

"想起要与几个老姐妹见面,有点兴奋。你呢?"

"来了深圳,我得跟我大姨姐、大姨姐夫见见面。"

她说:"你大姨姐夫在深圳搞什么?"

"老板。"

谭元元马上说:"那你可以向你大姨姐夫推荐做书或画册啊。"

"试试吧,不过,连襟之间谈生意,有些难为情。"

"这没什么,你不要有心理压力。"

"不当你给我的这个总经理,我什么都没有;当了,就有。"

"对不起。我们换个话题,你对爱情怎么看?"

又来了,我想,离了婚的女人都把这个问题膨胀了。

"能回答吗?"她问我。

"爱情有很多种解释,在我看来就是当你与对方分手后,你会想对方、担心他。当你忙过后,他会让你很自然地想他。当你孤单时,他会第一个闪现在你脑中,与你做伴。这就是爱情,一种男女之间说不清、道不明的情感。"

她点头,理解道:"一种割舍不了的牵挂。"

"你爱上谁了?"我问她。

她对我挤下眼睛,一笑,忽然说:"刘博士今天打我的手机,说他下个月结婚。"

我真的很惊讶,前几天刘博士还在向她求婚,被她拒绝了。"怎么回事?"

她说:"那个女的我也认识,比我小几岁,没结过婚,一直就喜欢刘博士。"

"长得漂亮吗?"

"长得一般,但很妖。"

"你有些失落吧,他转背就要跟别的女人结婚了?"

第二十七章

她笑得一双眼睛弯成了两片月牙儿:"不,我为刘博士高兴呢。之前,他一直追我,发信息给我,问我'亲爱的,在哪里''我爱你'等等,而我总是婉转地拒绝,心里总有一种内疚感,好像自己利用了他似的;现在他要结婚了,这种感觉就没有了。"

"真是这么想的吗?"

"嗯,那天他向我求婚时表情很凝重,说他这是最后一次表白爱情,如果我肯收下钻戒,我们就结婚,日子我定,他会照顾我一辈子。如果我拒绝,我们就只能做朋友了。我感觉他在下决心,不想再在我身上浪费时间了。"她说,"他结婚,我应该祝福他。"

我们重新爬到铺上睡觉时,我听见她叹了口气。

火车于上午九点钟到达深圳。我们走下火车,一股热浪打在我们身上。深圳是亚热带城市,生活在长沙的人已经穿毛衣了,来火车站接人的深圳人,只穿着短袖或T恤衫。谭元元一下车便进了车站洗手间,走出来时,那身黑衣服被她塞进包里,着一身藕色的式样新颖的套裙,脚上一双白高跟凉鞋,头发扎在脑后,脸上化了淡妆,把旅途的疲劳"化"掉了,因而这张脸就显得年轻、漂亮。"喂,"她对我招手,"走吧。"

与时髦的她相比,我的衣着就不免土气,衬衣是普通的白短袖衬衣,一条蓝长裤,手上提着的也只是个用旧了的黑旅行袋。我们走出火车站,一个年轻人手上举块牌子,写着:接罗定先生 元元小姐。我走上去,说:"我是罗定,她是元元。"

年轻人马上对我们笑,他是深圳雅士美术广告印刷公司的,他说:"我们杨老板坐在车上等你们。"

事先,我们就用手机联系了,我们跟随司机向停车场迈去,一辆白色广本等着我们。杨老板见司机领着我们走来,下车,与我们握手。他曾经到过长沙,与我们有一面之缘。他是广东人,聊了几句,我们上车,车便驶出车站,朝前飘去。在这座一眼望去高楼大厦鳞次栉比的现代化城市里,我忽然觉得自己有点乡下人的味道。"来了深圳,多走走看看。"杨老板用粤语说,听上去,我真是个乡下人似的。

我随口赞美说:"深圳真是个漂亮的城市。"

杨老板说:"我跟你说,深圳是个可以让人发财的地方,机会很多。十年前,我是丢了广州的工作,来深圳创业的。"

杨老板四十多岁，中等身材，一张脸黝黑，确实是个典型的广东人。我说："杨老板，我到你公司打工吧？我只要有个地方住，就行了。"

谭元元说："那不行，我有意见呢。"她把一绺头发从额头上挽到耳根后，又说，"你走了，我们万象广告公司就要关门歇业了。你是我的人。"

杨老板听懂了，笑起来："谭总，这话说起来，让人联想啊。"

我说："谭总开玩笑的。"

杨老板说："这不像开玩笑，罗总，这像小女孩表白爱情啊。"

"杨老板，你很会见缝插针啊。"谭元元说。

杨老板哈哈笑："谭总这么靓丽，罗总这么帅气，日久生情也很正常。"

汽车在一条宽广的马路上行驶，两旁一幢幢漂亮的大厦吸引着我的眼球。难怪谭元元所认识的人都说深圳好，这一幢幢高楼大厦确实飘扬着"呛人"的现代化气息。我转移话题说："深圳很不错，比我们长沙好。"

杨老板说："来深圳发展啊，罗总。"

谭元元又小姑娘一样说："不准啊，我们公司可不能没你。"

杨老板又笑。

汽车行驶了半个多小时，在一片高楼住宅区前停下，杨老板下车，我和谭元元也跟着下车。我们面前是一栋三十层楼的酒店，取名红云大酒店。杨老板领着我们走进大堂，给了我和谭元元一人一张房卡，说："兄弟中午有个饭局，晚上，兄弟再为你们接风。"

我说："好好好，下午联系。"

杨老板走后，我和谭元元步入电梯，上到十八楼，把房卡贴到门上，门开了。谭元元的房间在我对面，她也打开了房门。我把旅行袋提进房间，刚坐下，谭元元进来问："定哥，中午去我一个姐妹开的湘菜馆吃饭，怎么样？"

在火车上，她对我说，她一个一起长大的姐妹，在深圳开了家餐馆，她每次来深圳都是去那家餐馆吃饭。我说："好啊，你朋友开的餐馆，那要去吃。"

谭元元掏出手机，对着手机嚷叫："我今天来深圳了，等下来吃饭。"

"我们公司的罗总。邓美女，邓经理。"谭元元对她的铁姐介绍我说。

邓美女伸出手说："你好。"

我一笑，同邓美女握了手，她刚刚上过卫生间出来，手湿湿的。这是个不大的餐馆，两层楼，一楼是大厅，二楼是包房，挂了些湘西苗族人的服饰，如背袋、头饰和苗族少女的衣服。我们走进餐馆时，还只十一点钟，餐馆里还不热闹。邓美女领着我和谭元元上楼，进了包房。邓美女接手机时，我问谭元元："邓经理是少数民族？"

谭元元小声说："假的，正宗的长沙妹子，汉族。"

邓美女接完手机，说："元元，好久没看见你这小妖精了，电话都不打一个，谈爱了吧你？"说毕，她瞟我一眼。

"谈什么啊，脑袋都忙晕了。"

邓美女嘻嘻嘻笑道："我还不晓得你元元？没有爱情，你会憋死。"

谭元元叫嚷："喂，本姑奶奶就那么没志气？你也太小看本姑奶奶了。"

一个年龄较大的女服务员为我们倒茶，边把桌上多余的碗筷收走。谭元元和邓美女说着话。邓美女其实长得一般，略胖，脸庞也偏大了些，涂了眼影和口红，但怎么看也不像个美女。我打量包房，包房装修得较简单，墙上一幅国画，画着牡丹花。邓美女为我们推荐了几个菜，是大厨的几个拿手菜。邓美女走出包房后，谭元元说邓美女："她十年前来深圳创业时，还一无所有，包里就几件衣服，现在她有了个饭店，一年赚几十万，在深圳买了房买了车，现在与一个小白脸同居。"

"小白脸？"

"一个比她小十岁的青年，早几年毕业的大学生。"

"这是玩啊。"我说。

谭元元脸上红灿灿的："她男朋友整天在家玩游戏，什么都不干。"

"我只听说男人养小秘、包二奶，现在，女人也养小白脸了？"

"时代变了。"

我感慨道："还真变了！你也有钱，怎么不养一个？"

"你怎么知道我没养？"她说，"老土，小白脸都是养在家里。这叫'金屋藏娇'。"

"你这么挑剔，刘博士那么有钱你都看不上，是个小帅哥吧？"

她横我一眼："比你帅，身高一米七八，漂亮得跟一朵玫瑰似的。"

我没想到她会如此形容帅哥，她见我不语，加了句："你们男人对女人的认识，太肤浅了，只建立在温柔贤惠上。其实女人一有了钱，也想玩，也跟你们男人一样好色。"

我说:"人性都一样,都是人,只是性别不同罢了。"

菜上来了,我们慢慢吃着,边说话。我忽然想,假如我们是情人,也很不错。这种念头让我的心猛地一跳:我怎么会有这种邪念?

她说:"深圳是中国改革开放的第一个窗口,给中国的改革开放做出了榜样,很多湖南人都在深圳发展,赚饱了。"

我笑着:"也有很多湖南人在深圳炒股,跌得很惨。"

邓美女重新进来,问我们:"菜的味道怎么样?"

谭元元说:"好吃。坐。"

邓美女在谭元元一旁坐下,笑着。因为谭元元说她与一个小白脸同居,我便多打量了她几眼。她穿得很艳丽,身高不会超过一米六,但你能感觉到她是个精明、练达和多情的女人。我说:"邓美女,在深圳做餐饮业,顺手吗?"

"开始有点困难,做上手了就顺利了。"她说,看着谭元元的手,"你的手真白嫩。"

我们聊着天,边吃饭。不久,又来了几拨客人,邓美女忙着去打招呼。我不喝酒,谭元元也不喝。吃过饭,我们打的回到酒店。我睡了一觉,在火车上没怎么睡好。三点多钟我醒了,谭元元按门铃叫醒我的。她说:"去街上转转吗?我在大堂等你。"

她知道我要干什么事,例如解手什么的,她在这里,我会觉得不方便。我解了手,洗了脸,拿着房卡下到一楼。谭元元坐在大堂里。她无疑多化了点妆,这张脸在我眼里比上午更显得朝气蓬勃和青春焕发,我怀疑她中午这段时间在酒店的美容室里做了美容,不然一张脸怎么会那么光润、俏丽。我说:"你好漂亮的。"

"谢谢。"她很高兴。

街上太阳金黄金黄的,很强烈,晒在脸上感觉到烫,仿佛是六十摄氏度的热水泼在脸上一般。她对驶来的一辆的士招下手,我们上车,她挨着我坐下:"去国贸大厦。"

中午吃饭时,她说:"下午我带你到国贸大厦看看,国贸有很多好衣服卖,既然来了趟深圳,总要给你自己和你太太买一两件好衣服。"

我觉得她有时候心很细,很懂事,有时候又粗枝大叶的。汽车驶到国贸大厦,两人下车,我打量着眼前的一幢幢高层建筑。长沙也有高层建筑,但没深圳这么密集、巍峨。不来深圳没这种感觉,一来深圳,便觉得自己居住的城市一点也不够都市分量。我说:"好漂亮,与深圳比,长沙离大都市还欠一点距离。"

她表示不屑道:"长沙怎么能跟深圳比?"

我们走进国贸大厦,谭元元领着我东看西看。她看上一件一千七百多元的套裙,麻色底子上印着深灰色隐条,式样新颖,衣服上两个带扣子的口袋,裙子上也有两个带扣子的口袋。她问我:"定哥,你觉得这件衣服好看吗?"

"好看。"

她对营业员说:"小姐,我试一下这衣服。"

营业员把衣服取下,她拿着走入试衣间,再走出来时感觉上换了个人似的,很洋派。"怎么样,你觉得?"

我简直有几分迷惑,愣愣地瞪着她:"你真美。"

她脸红了,红得像只熟透的苹果。

营业员也说:"真的好,你穿了超漂亮。"

谭元元走到穿衣镜前自我欣赏,一扭过来一转过去,那风情那身姿还真有几分窈窕。"你看背后抻不抻,我觉得背后不抻一样。"她扭头问我,又把背对着我。

她这是要我欣赏她的身材啊,她的身材真不错,高挑、溜肩、细腰身,屁股也不是很大,却翘,套裙将她的身材模糊地勾勒出来,让她更加袅娜迷人。她又折过头含几分妖媚地问:"后背怎么样?"

"不错。"

我不想再看她了,因为我已经旌旗招展了,似乎看到一面旗帜正迎风猎猎。我也不想再在国贸大厦里游走,有些男士衣服很好看,走上去一翻价格标牌,贵得让我咋舌。我走出国贸大厦,谭元元穿着那身刚买的衣服,一手提着塑料袋,走过来,撑开伞。我目光所及,个个女人都打着遮阳伞。你不打伞,用不着一天就会把你晒成非洲女人。谭元元举着伞走到我一旁,一番好心地想遮挡照到我脸上的太阳。我说:"没关系,我不在乎太阳晒。"

我们走到一处佐丹奴专卖店前,看到绿绿的门柱上贴着白纸红字:大出血大甩卖。

店内很多人走来走去地挑选衣服。我一眼望进去,里面一处衣架上一件T恤衫,色彩和式样都吸引我。我走进去,这是件银灰色底子上起土红和深灰色条纹的T恤衫,我翻开吊在T恤衫衣袖上的价格牌,写着:原价二百七十元/现价一百八十元。

谭元元说:"这件T恤衫穿在你身上一定好看。"

美女营业员走拢来:"先生想试下衣服吗?这种颜色的T恤衫很俏的。"

一百八十元不算贵。我要美女营业员把衣服取下来,拿着走进试衣间,将T恤衫往头上一套,拉下来,走出试衣间。谭元元用喜欢的形容斜视着我:"绝对好。"

"先生穿了很潇洒。"美女营业员说。

我看试衣镜里,自己是比刚才精神一倍,脸上的肤色也好看了些。我买下它,又买了条深灰色料子很好的裤子。穿上这一身,觉得自己像个自由自在的先生,这是休闲人士穿的,我喜欢这种随意打扮。"喂,你觉得还可以吗?"我谦虚地问站在一旁盯着我的谭元元。

"岂止可以,非常潇洒。"她表扬我这一身说,"显得好年轻的。"

"有多年轻?"

"十八岁,像个小白脸了。"

"那你把我养起来啊。"我说完这话,一愣,心里隐隐觉得我似乎真是她养的小白脸,公司是她开的,工资是她付的,车也是她掏钱买的。

她说:"好啊,太好了。美女,多少钱?"她说着就掏钱包。

我说:"不要你付钱,我有钱。"

"别跟我争,好吗?"她说,看我一眼。

"好吧,你愿意付那随你了。"

"乖。"她母性大发地这么叫了声,把钱给了美女营业员。

这称呼让人肉麻,却也舒服,我感觉我与她的感情仿佛靠拢了许多。

第二十八章

晚上,我便穿着这身衣服与杨老板同桌吃饭。杨老板请我到日明海鲜楼吃海鲜,他和他的副老总来接我和谭元元。他见面就操粤语道:"对不起,对不起,怠慢了,怠慢了。"

"没什么,没什么。"我说。

"我们去吃海鲜,来深圳,吃海鲜是最好的选择。"

我望眼谭元元,答:"行。"

杨老板说:"本来嘛,按道理应该中午就要请你们吃饭。你们是我的重要客户,元元美女跟我们是老朋友,只是什么事情都落到我身上了,我下面的人都不聪明,每一件事情要请示我。我说:'你们自己看着办吧。'他们就不办,因为不知道怎么办。唉,真让我头疼。好了,好了,我们走吧。"

这番自以为是的话,他是在酒店的大堂里说的。我们走出酒店,上了广本车。他对司机说:"去日明海鲜楼。"又对我说:"整天忙,好辛苦呢,罗总。"

他的副总经理嘿嘿嘿嘿笑。

"元元小姐,我对你很有意见,你们老板来了,你就不理我了。"

谭元元笑笑说:"谁敢不理你?是你太忙了,杨老板。"

汽车驶上大街,拐个弯,又向前跑了十分钟,在日明海鲜楼前停下了。这是一幢古色古香红檐绿瓦的仿古建筑,我们一进去,杨老板就以体现自己是这里的常客的派头对一个女服务生说:"你们张老板呢?他不出来迎接?"

女服务生说:"张老板刚才还在这里。"

"有包房吗,美女?"他很狂的样子看着女服务生。

女服务生很漂亮,虽然有几分腼腆,但并没被杨老板的张狂劲所吓倒。女服务生答"有",就领我们上楼,把我们带进一个包房。"我前天也是在这个包房请客吃饭。"杨老板说。

杨老板表现出他是个很有钱而且很爱大吃大喝的人，望女服务生一眼："叫你们张老板来陪陪我，他不来，我以后就不来了，你们就少了很多生意啊。"

女服务生答："好的。"

杨老板的架势很老板，有点像香港影片里的大佬，我更觉得这是一个赚了几个钱就变得气势汹汹的家伙！我们坐到沙发上，杨老板斜睨着谭元元："元元小姐，你唱什么歌？"

谭元元笑笑："我对唱歌早没兴趣了，聊天吧。"

"唱歌增加气氛嘛，"杨老板对端着茶水进来的女服务生说，"把卡拉OK打开。"

女服务生放下茶水，撅着屁股把音响打开了。杨老板翻看着歌谱单，对谭元元说："元元美女，我们合唱一首《心雨》，怎么样？《心雨》是一首最好的爱情歌曲。"

"这是一首老掉牙的歌。"

"我就喜欢这首老掉牙的歌。"

"我不想唱。"谭元元说。

我觉得谭元元是在我面前装淑女，她什么世面没见过？我从没听她唱过歌，因为长沙人唱卡拉OK的热情，早在几年前就隐匿了，大家把业余时间都消耗在麻将或扑克牌上了，或是坐在酒吧里喝洋酒。我说："杨老板要你唱，就唱嘛，莫扫杨老板的兴。"

一种优美且伤感的旋律从音响里跑出来，撞在了我们身上。谭元元是假客气，一听到音乐，人就兴奋。她积极地拿起麦克风，对我一笑，望着荧屏，声音有点儿甜地唱道："我的思念是不可触摸的网，我的思念不再是决堤的海……"

杨老板声音很洪亮地唱道："为什么总在那些飘雨的日子，深深地把你想起……"

我眼前闪现了一幅图画，不是荧屏里的画面，而是歌声在我耳畔飘扬引起的反馈。这幅图画模模糊糊地在我眼里闪晃，那是白皑皑的积雪和从雪山上俯冲下来的鹰。我看见一只兔子在雪地上飞跑、狂奔，但鹰还是落下，用两只利爪抓住了它……荧屏上是大海的画面，一个姑娘正在海边行走，一脸忧伤、迷茫的样子。我觉得自己是那只可怜的兔子，企图逃离世俗这个龌龊不堪的泥塘，但没有成功，被世俗这只无形的大鹰深深抓住了。我仿佛看到自己那颗心被什么东西掏出来，甩到空中，正被大雨淋着。歌声完毕，我眼里的幻象也消失了。掌声由杨老板的司机和副老总带头鼓起，我机械地拍拍手。"罗总，我的歌声怎么样？"杨老板厚着脸皮问我。

我胡乱称赞："唱得好。"

"罗总，说句实话，你是不是觉得我的歌声里投入了感情？"杨老板继续昂着他的猴脸讨好地看着我，期待我回答他，"我要你说句老实话。"

"投入了。"我说。

"是吧！"杨老板脸一转，非常热烈地对着谭元元，"你还说我对你没感情，我是真心追求你，你就是不给我机会。你总以为我们当老板的在外面有的是女人，我非常纯洁。你们女人太多疑了，女人就是生性多疑。罗总，你说是不是？"

他用不容置疑的口气问我，瞪着我，想要我赞同他的观点。

我说："我对女人没研究。"

"哇，"他大声一叫，表示惊诧，"你太谦虚了，罗总这么英俊潇洒……"

我说："我没你潇洒。"

海鲜楼的张老板推门进来，杨老板大声同他打招呼，声音里既有老熟人的友情又含有责难的意味。"哎呀，张老板，你可面子真大啊，面都不肯露一下。你就是这样一个人！"他说，"进来唱唱歌，来来来。"

张老板用他的嘶哑喉咙说："我的嗓子唱坏了。你们唱，你们唱。"他扫了眼在座的，除了杨老板旁坐着谭元元外，我和另外两个男人都是单身汉的架势。"要小姐吗？我马上叫小姐来陪你们唱歌。"

"哎呀，我们不玩这些东西。"杨老板好像是向谭元元表忠心，强调自己的纯洁道，"我到你酒楼来这么多次，有哪次叫过小姐？！你别把我们朝坏路上引呀。"

"那是，那是。"张老板笑嘻嘻地回答。

"我们都是正经生意人，"杨老板又道，"我们的生活就是赚钱，与赚钱无关的事，再好玩，我们也不玩。赚钱才是正事，其他都是歪门邪道。"

我想笑，他这是在谭元元面前卖弄自己有钱还是标榜自己是个好人？我想两种成分都有吧。这个人没有一点品位，却因为有钱，说话就一副气壮如牛的样子。我看眼谭元元，谭元元在他们不注意她时冲我会意地一笑，那笑容是蔑视这一切的，这和我的心声很接近。我顿时觉得谭元元不是一个俗气的女人，相反，在杨老板、张老板这些男人面前，她倒显出了一个女人的聪明、练达和稳重，还显示出了女人的修养，相形之下，杨老板之流就显得更没档次了。我以前是不是太着眼于一些生命意义和人生价值的东西而太无视她了？

吃饭时，杨老板对她大献殷勤，把基围虾、九节虾、青口、蚌壳都往她碗里夹，于是她碗里堆满了这些海鲜食物。她很高兴，不断地对杨老板说"谢谢"，然而大量的时间她的目光却抛在我身上，劝告我吃这个吃那个，以致杨老板投入的热情，效益却不像他的生意回报那么高。杨老板都意识到自己的比值失衡了，付出的与获得的相比收效甚微，"怎么，"他察觉到谭元元对我的举动比较关注，大叫道，"你给他夹青口，就不给我夹？你就是这样厚此薄彼，一碗水不端平，我有意见啊。"

"那当然嘛，"谭元元笑着看他一眼，回答说，"罗总是我老板，我在他手下打工，我不对他客气，他会炒我鱿鱼。"

"他炒你鱿鱼，"杨老板昂起他的猴脸表态，"你到深圳来，我公司就缺乏你这样的女干才。他随时炒你鱿鱼，你随时来，我公司的大门天天对你敞开。"

"谢谢。"

一桌饭吃到九点钟，在饭桌上，杨老板说他会用最好的纸张印财神公司这本书，只是印刷费就得提高，因为他用的特种纸比一般纸张贵一倍，如果不提高价格，他就要赔钱。他说："朋友是朋友，生意是生意，我杨某不能做赔本生意。"

我说："这是我们万象公司出的第一本书，你把成本算出来，我们会考虑。"

杨老板说："好的，我会把成本算出来。明天，你们来我公司吧。"

他把我们送到红云大酒店的玻璃大门前，我和谭元元下车。杨老板因喝多了酒，就借酒发疯地握着谭元元的手，颇有点舍不得的神气："就这么和你分手，能亲一下你的纤手吗？"说着，便色迷迷地看一眼谭元元的手臂，又瞥一眼谭元元的脸。

谭元元露齿一笑："不可以。"说着，抽出了手。

汽车开走了。谭元元不屑地说杨老板："一个广东猪。"她把自高自大的杨老板划分到猪的行列里去了，"又不是什么大老板，比他有钱的老板，我见得多了。"

回到房间，谭元元走进来拿电炊壶烧水，我坐在沙发上看着她娇柔的身影晃动,思想就有些飘忽。我又看见了那只兔子,长着双红眼睛,惊恐地瞪着,兔毛全竖了起来,在老鹰的利爪下绝望地挣扎。她把电炊壶的插头插好,坐下,看着我,也许是吃饭时大家都喝了酒,感觉她的脸蛋红润润的,像只漂亮的苹果。我说:"明天我去找我大姨姐夫。你去跟杨老板谈,我去我大姨姐家看看,你把协议签下来,印刷业务你比我清楚,我不懂。"

"好的,我明天去他们公司。"

我望着她:"我大姨姐两口子来深圳很多年了,明天我去拜访他们,看他们有没有业务介绍给我做。"

"你不要太看重了,随便问问就行了,不要勉强。"

"我有分寸。"

她说:"要不要我陪你去?"

我摆下手:"你这么漂亮,我大姨姐会联想我们的关系。"

她笑了,笑得媚态十足,说:"那我不去,免得她怀疑纯洁、高尚的你。"

"我不高尚,我们这些心存许多杂念的人,怎么配得上用'高尚'一词?一个人想追求高尚的品格,就要自觉地拒绝许多东西,活得像个哲人或圣人,我现在一脑袋赚钱的思想,与无数恶俗的人打交道,自然也低俗不堪了。人啊,都是近墨者黑。"

她一脸媚态地望着我,我心动了下,控制着,又说:"人类历史上,品格高尚的人,还真的不多。人首先是自私的,自私是人的本性,要剔除本性,成为一个高尚的人,有多困难,你想过吗?人要是生下来就被丢在山林里,由别的动物养大,就是个动物,狼孩不就是例子?高尚的品格是人受教育后脱颖而出的。绝大部分人,尽管受了高等教育,仍然表现得十分恶俗。即使旧的欲望得到满足,新的欲望又跳出来了,这就是人。动物,欲望满足了就休息,像狮子、老虎,吃饱了就趴在草地上休息。但人,旧的欲望满足了新的欲望又让他苦闷。人有时候也会迸出高尚的火花,只是有时候,例如面对灾难、面对弱势群体,人有时候会给予同情、关爱,慷慨解囊。但整体上,人是永远得不到满足的,因为人的大脑从来就没满足过,它总是告诉我们,还不够,还有空间,利益还没有最大化。"

谭元元笑了:"刘博士也像你这么说过。"

"我们的贪婪都来自于大脑。人身上,五脏六腑与贪婪无关,它们是干实际工作的,消化、吸收、供养、排毒等等,分工明确,每一样食物进入肠胃,它们就忙着分门别类地处理。只有脑细胞,什么都不干,成天趴在脑海里觊觎他人的钱财和荣誉,像无数只鹰,一有机会就会俯冲下去抢一杯羹。"

"说得太准确了,"她赞美地看着我,"定哥,跟你在一起,可以学到很多东西。"

我说:"相互学习。这段时间,你炒期货和股票赚钱没有?"

"没有,刘博士说股票现在不好做,看不准,期货也充满陷阱,不像去年和前年好做。"

"股票和期货,我一窍不通。"

她笑,偏着脸蛋看着我,说:"那不是你的专长,用不着去弄懂它。"

我见她用发亮的眼神盯着我,我很矛盾,是把这一步迈出去,还是引而不发,在我脑海里纠缠不清。一个说,人不可以无耻;一个说,迈出这一步也没什么。水开了,她走进对面房间,拿了茶叶,关了那边的门,进来说:"我带来了你喜欢喝的狗脑贡茶。"

她真是个心细的女人,我说:"那要谢谢你。"

她泡了茶,转身把房门关了。

房门一关,感觉就不同了。在公司,把玻璃推拉门关上,面对的是桌子、电脑、沙发。此刻,房门一关,面对的是一张宽大的席梦思床。我深深地看着她,她也深深地看着我,那目光那眼神都让我产生联想。以前,孟子说的"人不可以无耻",经常在这个时候出现,让我不敢轻举妄动。但那天,不但孟子消失了,孔子、庄子等等一些对我有过些许影响的古人都消失了。所以我相信,金钱或美色是两炉火,同时燃烧起来时,那还不把人烧成灰?"你真美,亲爱的。"这句话,我只对妻子说过,那天我对谭元元说了。

她像一只母狼,扑到我身上——用"扑到我身上"一点也不夸张,因为她是突然就倒在我身上的,并且在我一时不知所措时,抱住了我。我做出的反应不是推开她,而是抱住她,亲她。那一刻,我有一种强烈的背叛感!原来,背叛并不需要更大的力量,只需大脑里的一个脑细胞跳动一下。我眼里只有她——这个让我迷茫、徘徊和爱恋的女人。我亲她的脸,她的脸很香,一部分是香水气味,一部分是她身体的气味。接着,我亲她的脖子,她的脖子很长,皮肤白净、细腻、光洁。她也亲我。我把她抱起来,放到床上。她迅速把套裙脱了,接着又解掉乳罩,一对尚未哺乳过的饱满的乳房就骄傲、迷人地挺在我眼前。我搂住她,好像搂住了春天,边说:"亲爱的,我都要爆炸了。"

第二十九章

上午九点多钟,我到了蛇口区阳光山庄前,站在这儿等大姐。一早与妻子的大姐通了电话,约好十点钟在阳光山庄大门前碰面。我的目光在阳光山庄前来回扫视,这是个别墅区,保安很严格,进出都要登记,我因约了大姐接我,就没上去登记。大门前的树木很干净,绿油油或翠绿翠绿的,看不到一点灰尘沾在树叶上。我脑海里都是谭元元,昨晚她真动人,让我沉迷在她身上睡着了,早晨醒来,她却把头钻到我腋窝下,像只小兔子。这只是一种亲昵、可爱的感觉。我忽然想,孟子是生活在两千多年前,那时候人做到不无耻还不是很难,因为女人不出门,顶多是在自家菜园子里转悠,你看不见。现在,女人打扮得十分俏丽、迷人地行走在大街上,穿着让男人眼球都暴出的露脐衫、超短裙,假如孟子从两千多年前的隧道里钻出来,面对今天的女色诱惑,说不定也会心烦意乱。

大姐在背后叫我:"罗定。"

大姐着一身水红色连衣裙站在我身后,头发有些乱,脸比以前的黑一些,故就有一种岁月从她脸上坦然流过的沧桑味道。大姐比黄江丽大八岁,四十了。十年前,我第一次走进她们家过年时,感觉大姐很漂亮,现在你在这张脸上再也找不到"漂亮"二字了,细瞧,脸上布满了凸凸瘪瘪,皮肤也成了土色。我叫道:"大姐。"

大姐一笑,那种笑也是青春已逝的笑容:"你来了有一气了吧?"

"不,刚到没几分钟。"

大姐领我向她家走去。沿途是柏油路,两边是茂盛的树木,还有花坛,一簇簇月季或别的什么花,仆倒在路基上,很美。大姐住着一栋四层楼的别墅,一楼两个厅,一个大厅安着家庭影院设备,墙上是意大利进口的吸音布,一组红木沙发围着银幕。还有个吧台,吧台上存放着各种酒和饮料。另一个厅是饭厅,一张红木圆桌，围绕红木圆桌摆了圈红木椅子。一台电梯上到二楼、三楼、四楼。二楼、三楼、四楼，一个格局，从电梯里出来就是客厅，每层楼三间卧室，一个书房。我参观完，在三楼的客厅坐下，三楼是大姐、大姐夫住，四楼是她儿子住。佣人两个，一个负责别墅卫生，一个负责做饭。佣人端来茶，放在红木茶几上，又退入电梯，下去了。

我虽然知道大姐夫和大姐生活得不错，可没想到会超出我的想象这么远，这种奢侈的生活，我即使奋斗一辈子，恐怕也达不到。我望着大姐，问她："大姐夫呢？"

"你大姐夫昨天晚上两点钟才回来，今天一早又出门了。"大姐说，"他忙得很，很少住在家里，一个星期难得在家吃几餐饭。"

我有些吃惊，问："星期天呢？"

"他有什么星期天？个个星期天都被人叫走了。"大姐表示出无奈的模样，"他是集团公司董事长，下面五家分公司，什么事情都要他拍板，找他的人不晓得好多，他在海滨大酒店办公，那是公司投资的五星级酒店，累了，他就睡在酒店里。"

我有点纳闷，如果真像大姐这么说的，我怀疑大姐夫在外面八成有个小情妇，因为再忙也不可能忙到这种程度。谁跟着你忙到深夜一两点？你不休息，别人也不休息？你不要家，别人也不要家？联想到昨夜自己与谭元元缠绵至深夜，我想只有小情妇才会和他纠缠到深夜！大姐不在生意场中，她是一所学校的老师，按时上下班，以为做生意要比当教师忙一百倍。我在生意场中混了几年，当然知道没那么忙，我笑笑说："那大姐夫确实忙。"

"他的事情不晓得有好多……"大姐叹口气，没有把握的样子望眼我，"看他中午是不是有时间回来打个转身。"

我说："江丽调回白水的事，大姐知道了吗？"

"知道，江丽调回白水好，"大姐说，她是站在家庭的角度说话，"我在深圳，她二姐在珠海，爸妈身边没个人，也不行啊。"

"江丽现在在白水县文化局工作。"

"县文化局邓局长是我的高中同学，很能干。"

中午边上，大姐夫打电话回来，说十分钟后，车来接我，他在海滨大酒店给我接风。大姐不去，她要陪读中学的儿子吃饭，他下午还有课要上。十分钟后，大姐听见嘀的一声，望眼窗下，说："你大姐夫的车来了。"

车是黑亮亮的大奔，司机是个小伙子，看见大姐叫了声"黄姐"。我上了大奔，司机启动车，朝来的路上开去。这辆大奔比陈放开的奔驰车还要宽敞，坐进车里，感觉舒服极了。不一会儿，车驶到海滨大酒店，司机把车停在树荫下，领着我向酒店气派、漂亮的大门走去。大堂装饰得很豪华，电梯间有六台电梯。很快，电梯就飙到了二十八楼，一出电梯，司机领着我拐个弯，走到一张既没门号又没挂董事长牌子的门前，叩了叩门。

门开了，开门的是一个十分年轻、貌美的女子，司机对女子说："赵秘书，人接来了。"

赵秘书瞟眼我，转身向另一张门走去，敲敲，随之传来大姐夫的声音："请进。"

赵秘书推开门，一间宽大的办公室呈现在我眼里，大姐夫坐在一张栗色且巨大的办公桌前，背后是一壁书柜，叼着支雪茄，看见我，起身说："来了。坐。"

大姐夫给我的感觉有点浮肿，也可能是劳累，但更多的是严重缺乏睡眠的那种浮肿。我暗想是不是他纵色过度所致，说："大姐夫，你办公室很气派。"

大姐夫笑笑："你喝咖啡还是喝茶？我这里有很好的咖啡，还有很不错的茶。"

我说："咖啡吧。"

赵秘书为我调了杯咖啡。大姐夫说："江丽还好吧？"

"江丽调回白水了。"

"知道。爸爸妈妈的身体还好吧？"大姐夫问。

我点头："好。他们每天练气功，爸爸还打门球。"

大姐夫说："人老了，是要运动一下。"

我们说了气家常，边喝咖啡，我把自己这几年做的书和画册从包里掏出来，递给大姐夫看。大姐夫很随便的模样翻着。我晓得大姐夫是个明白人，就诚恳地说："大姐夫，我这次来深圳，是想在您这里求点财。"

大姐夫听我这么说，很感兴趣的样子望着我："求财？说说看。"

我说："世道变了，不赚钱活不下去了。江丽总是说我没用，我想赚点钱。"

大姐夫翻着画册，问我："这都是你做的？"

"是的。大姐夫，你公司这么大的规模，听大姐说你下面有五家分公司，你应该做本书宣传宣传，我想为你和你们公司做本书。"

"做本书要好多钱？"

"三十万。"

大姐夫微微一笑："深圳一位作家替我写了本书，两年前就出版了。"他起身，走到书柜前，抽出一本书，递到我手上，"这位作家在全国还有点名气，你拿去看吧。"

原来早有人抢在我前面把我大姐夫"吃"了。我匆匆翻阅，书围绕大姐夫一个人写的。我想我白来了，但又不甘心，便说："大姐夫，再做一本吧，怎么样？做你们集团公司的画册也行。"

大姐夫按了下呼叫，靓丽的赵秘书扭着腰身进来，大姐夫望着赵秘书说："你让五家公司的总经理一点半钟来我办公室开个短会。"

赵秘书嗲声应道"好的"，转身说："我马上打电话。"

大姐夫这才回答我说："我就不做了，看分公司的老总想不想做。咖啡喝完没有？喝完了，我们去三楼吃饭，给你接风。"

大姐夫等赵秘书把电话打完，这才叫上赵秘书，三人走进电梯，下到三楼，进了一个漂亮的包房，桌上已摆满一桌菜。大姐夫问我："喝什么酒？"

我答："我不喝酒。"

大姐夫说："我这里有正宗的法国马爹利XO，一千五百元一瓶。"

我听说是这么昂贵的酒，就没有拒绝。服务员为我们倒了点酒。大姐夫举起酒杯，我们碰了下，我喝口马爹利，大姐夫问我："这酒味道怎么样？"

"好。"

大姐夫笑笑："吃菜。"

我吃起来，边与大姐夫说着话。大姐夫比大姐大几岁，祖辈、父母都是农民，是纯农民出身，但他身上再也看不到一点农民的影子了。大姐夫学商贸的，毕业后，分到省里某单位工作，大姐滞后两年毕业，也分到了那单位。有一年回白水过年，两人坐在同一辆长途客车上，而且是坐在一起，都是白水人，又都在单位上见过，自然就说起话来，后来就有了联系。一年后，两人结了婚，不久，大姐夫被领导派到深圳这家公司。大姐夫农民一个，什么苦都能吃，又肯学、肯钻，很快就得到了公司总裁赏识，大姐夫也不负领导器重，干一件事成一件事，再困难的事，到了他手上，都能化险为夷。于是他从小科长做到部门经理，又从部门经理做到公司副总裁。也就是那年，国务院下达文件，严禁政府部门经商，凡属于政府部门直接管辖的公司，一律得脱去行政部门的外衣，将公司转换成事业或企业。大姐夫在副总裁的位置上犹豫了下，总裁要他留下来干，给了他很高的年薪。几年后，总裁退休，他接任总裁，恰逢国有企业改制，他大胆改制，将国有公司转换成股份制公司，三年时间就把几千万资金变成了几个亿，又用了两年时间，把公司弄上市，现在公司资金有三十多亿。他在该公司持有百分之十五的股份，个人名下资产几个亿。房地产总公司是集团公司的龙头，还有汽车总公司、家电生产总公司和国际商贸总公司及海滨大酒店。

我以前不知道大姐夫有这么大的本事，而且我一直以为他管理的公司是国有企业，直到饭桌上，他告诉我他的公司早几年就成了股份制公司，我才深感自己与大姐夫交流太少了。餐桌上，大姐夫说："现在，每动用一笔资金，都要召开董事会。你有什么好项目？"

我说："做书和画册啊，大姐夫。"

大姐夫笑，说："你这不是项目，项目是指投资过亿的。"

我佩服大姐夫的才干，感觉这个白水县长大的农民，完全是商海大潮中诞生的英雄。我说："大姐夫，小弟十分佩服你。我听说有的公司，一改制，垮了，或者变成负债经营。你却在几年时间把一家几千万的公司弄成了几十个亿的财团，你太了不起了。"

赵秘书说："我们董事长超能干。"

大姐夫点上支古巴雪茄，叭了两口，说："这个社会有两种人可以发财。一种是铤而走险的，机会来了，敢拼敢赌。这种人要不就大富，要不就变得一贫如洗。另一种是有大背景的，这种人能弄到几个亿的贷款，银行是他们的坚强后盾。这种人是官商，家庭背景硬。其他人，在这个时代，只能是小打小闹，发大财，靠埋头苦干，根本不行。"

"大姐夫，"我说，"我就是那种只晓得埋头苦干的人，发不了大财。"

"你要发大财干什么？有钱用就行了。"大姐夫说，敬我一口酒，又道，"以前，你不爱谈钱，一谈就走开，是什么改变了你？"

"社会改变了我，没钱，没地位，人家看不起。现在，整个中国人都在谈赚钱。"

大姐夫笑笑："你觉悟得晚了点，现在钱没以前好赚了。我们集团投资一个项目，都得再三论证。看中一块地皮，就得拆迁，老百姓也晓得要钱了，不给足钱不走。政府把地皮拿到网上竞拍，你没有银行支持，启动不了，而银行的利息高得吓人。有些楼盘房价高，不明真相的以为开发商心黑，其实大头都给政府和银行拿走了。所以，最终吃亏的是买房的老百姓，羊毛出在羊身上，开发商总不可能做赔本买卖。"

吃过饭，上楼，重新走进大姐夫的董事长办公室，赵秘书又为我和大姐夫一人泡了杯红叶。大姐夫递支古巴雪茄给我，自己点上一支，问我："你那个广告公司几个人？"

"加我一起七个人，其中一个财会人员。"

大姐夫抽口雪茄："什么事情从小做起好，不要好高骛远。"

"等我混不下去了，就到你公司来打工，大姐夫到时候别嫌弃我啊。"

"你能养活自己。"大姐夫肯定我道。

不一会儿，几个分公司的总经理都准时来了，都是四十岁左右的男人，都一色西装革履。大姐夫让他们翻看我做的画册，边说："他是我连襟，我小姨妹夫。"

几人听说我是他的连襟，立马对我客气地点头。

大姐夫抽口雪茄，接着说："我看你们每人都要为自己经营管理的公司做本画册和书，宣传宣传，来了客户，送本画册和书给客户，比自己介绍公司的业绩要准确些。"他说到这里，又抽口雪茄，"罗总，做本画册和书，要多少钱？"

我答："做本书，三十万。做画册，因为彩印纸张和印刷费都涨了，也要三十万。"

"这样吧，画册和书都做，五十五万吧？"大姐夫说。

我正要说话，大姐夫又摆下手，嘿嘿一笑，望眼他的下属："我们这么大一个集团，不占你的便宜，就六十万。你们要合作。"

"那还用董事长吩咐，肯定合作。"一个方脸男人答。

另一圆脸总经理也道："一定合作。"

还有一个经理说："董事长，您放心，我回去就准备资料。"

大姐夫打个哈欠，那个哈欠把他略有些浮肿的脸上的热情都驱散掉了，好像风把门前的落叶刮走了一样。他这是向大家传递信息，那信息就是可以告退了。果然，方脸男人机敏地问道："董事长，还有事吗？"

大姐夫又打个哈欠："我要休息一下了。"

第二十九章

一个会也就开了十分钟,实际上,也就是大姐夫把他们叫来吩咐几声,让我们相互交换名片,便于我联系他们,事情就完了。几个人退出董事长办公室,我与他们一一握手,随后我留下,大姐夫看着我,开玩笑道:"你交代的事,大姐夫给你办了。"

我说:"谢谢大姐夫。"

"你直接跟他们联系,"大姐夫说,"按你们的规矩做,事情要做好。"

我回到红云大酒店是三点钟,坐大姐夫的大奔回来的。谭元元正在房间里打电话,我听见她说:"刘总,这事,我的意见是开个董事会再定。我现在在深圳,等我回来开。"

我愣愣地望着她,她看见我,立即挂了手机,脸色红润润地问:"怎么样?"

我说:"你跟谁打电话?"

她见我脸上并无喜色,反而是怀疑的表情,犹豫了下,伸手到我脸上,仿佛要把我脸上的晦气打掉似的,说:"没什么,我们等于是来深圳玩一趟,放松下心情。刚才是刘总打我的手机,为炒期货的事。我告诉他我现在在深圳。"

因为昨晚与她有了那种关系,就想多问几句:"哪个刘总?"

"刘博士,他是金泰股份公司老总,怎么啦?"

"我听你说董事会什么的,还等你回来,就弄不明白了。"

谭元元这么说:"呵,我在金泰股份公司有股份,是几个股东之一。"

我想起驾校校长曾说她有几千万,就不再问她了:"你明天先走,我留下来多住几天。"

"我先走?"她说,"为什么?"

"我大姐夫要我住到海滨大酒店去。那是家五星级酒店。"

谭元元奇怪了,瞪着我:"亲爱的,那要好多钱一晚?"

"我不知道。"

谭元元起身,走进对门房间,拿了她的银行卡给我:"给你。"

我没接,她说:"我怕你带的钱不够,你一个总经理,不能在你大姐夫面前丢了我们万象广告公司的面子。拿着。密码是我的生日,后面加两个八。"

我说:"海滨大酒店是我大姐夫公司的五星级酒店,我住过去,他还要我出钱,那他这董事长不白当了?"

谭元元听我这么说，笑了，温柔地坐到我身边："你打算在深圳住几天？"

"也许住一个月，也许要两个月，甚至更长时间。"

"住这么久，看上谁了？"

"你回到长沙后，把他们都叫来，要开始投入工作了。"

"都叫来？"

我见她满脸迷茫，这才忍不住告诉她："我大姐夫让他下面的五家公司，每家公司做本画册和书。我一个人，又是采访，又是写稿，还要拍照，忙不过来，我又没有分身术。"

谭元元大叫一声，跳起来，坐到我腿上："你真坏，这么好的消息，不第一时间告诉我。我要你犒劳我，亲我，亲亲我。"

我在她脸上亲了口，她说："这边也要亲。"

我又在她另边脸上亲了下："我大姐夫已经给他下面的五家公司发了指示，一家出六十万资金做画册和书，三百万呢，高兴吧？"

"高兴，你真厉害。"她又担心道，"他们会听你大姐夫的吗？"

"他们以前是国有公司，改制后成了股份公司，我大姐夫是董事长，占公司股份的百分之十五，身价几个亿，看这点小钱不起，他等于是让我赚点小钱。谁敢不听？"

"啊，没想到你还有这么了不起的姐夫！"她说，一把抱住我，"那我要让你好好享受一下。来，躺下，我给你按摩，你今天太辛苦了。"

那天晚上我们沉浸在爱河里，一并庆祝这次来深圳的收获。我们疯狂做爱，一点也不怜惜对方。她天性是只母狗，昨晚做爱时她有些羞涩，在我面前还装拘谨、善良，今晚露出了母狗的本性，要咬人。我怕她把我的肩膀咬出鲜红的牙印，就把枕巾塞到她嘴里，"咬它，"我说，"你别母狗样地咬我。"

她叫道："我要咬你，我喜欢咬你。"

我把她推开："你牙齿好锋利的，我不想被你咬得伤痕累累。"

"我就是要吃你。"

我跳下床："那算了。我上有老，下有小，还想多活几年。"

她咯咯咯笑，一脸娇艳道："好吧，不咬你。你啊，太娇贵了。"

"不是娇贵，你咬得我一身伤，我怎么向我妻子交代？"

"不许你提你妻子。"她不愿面对我是有妇之夫这一板上钉钉的事实，眼放绿光地说,"我要全部占有你。你是本姑奶奶的。"

就是那一刹那,我觉得她像只狼,也许她前世就是只母狼,在它被一个老猎户一枪击毙时,正碰上她母亲路过,于是投胎到她娘肚子里,变成人了。我想,按物质不灭定律,应该是这样。我说:"全部占有我,那还是不行,我只能给你一半。"

"我要全部。"

我觉得有必要把两人的定位弄清楚,以免造成不必要的误会,便坦然道:"说老实话,不怕你生意见,我只能给你四分之一。"

"四分之一,我是你四个女人中的一个吗?"

我看着非常漂亮、凶悍的她,分析着自己的感情道:"我的感情,一份给你;一份留给自己——男人也要对自己好点;一份给我女儿;还有一份,给我妻子。"

她还算讲道理,没打算全占,道:"给你妻子的那一份,匀给我、你和你女儿。"

"为人不可太贪,把'贪'字的那一点移下来就是个'贫'字,所以太贪则贫。我们的古人造字是很讲究的,早告诉了后人,贪的结果,就是贫。"我望着她,"有本书上说,女人最容易犯的毛病就是贪。"

谭元元撒娇道:"我不管嘛,我要的是你现在,至于以后,我才不去想呢。"她扑上来,做出又要咬我的模样,"我是白骨精,你是唐僧,本姑奶奶要吃唐僧肉。"

第三十章

谭元元笑盈盈地领着张助理、刘晖、大刘三大美女和李经理来了。我问:"邓总呢?"

"公司里总要留个人,邓猪留在公司里。"她说,"为了节约公司费用,考虑到长期住酒店开支太大了,我借了刘博士一栋闲置在深圳的别墅,我们住别墅去。"

我说:"不好吧,住人家的别墅?"

她果断地说:"人家愿意提供,不住白不住。他说别墅里还有一辆宝马,也顺便提供给我们用,没车不方便啊,这是车钥匙,给你。"

我有些犯迷糊,这刘博士对她也太好了。她说:"走啊,还愣着干什么?"

张助理、刘晖和大刘三个女人都说:"走啊,罗总。"

我们住进了刘博士的别墅。别墅有三层楼,五百多平方米,欧式装饰,很豪华。别墅里住着一对中年夫妇,是为刘博士做饭、打扫卫生和守屋的。这对夫妇住在一楼,见我们来了,像盼星星盼月亮总算盼来了亲人一样对我们很客气。二楼有四间卧室,三个美女和李经理各住一间;三楼的格局不一样,三间卧室,客厅很大,摆着组梨木家具和几钵花草,墙上挂着些字画;主卧也很大,一张超宽大的席梦思床,一组沙发,矮柜、梳妆台和衣柜都漆成了粉红色,窗帘两层,一层白纱窗帘,一层粉红色窗帘,因此室内的色调就粉红,让人兴奋;卫生间很大,地面砖和墙面砖是不同程度的红色,顶也吊着淡红色顶板,只有抽水马桶和浴盆才是白色时。我感叹说:"这个刘博士挺浪漫,居然把主卧弄成了粉红色调。"

谭元元说:"现在它是我们的。"

"我们的?"我望眼谭元元,"你千万别这样想,这是人家的。"

"我母亲在世时常说:'人有多大胆,地有多大产。'这话我最记得了。"

第三十章

"这是大跃进时代的口号吧?"我问。

谭元元咯咯咯笑:"我爸说我妈喜欢放卫星。我妈胆子很大,我爸说我妈是武则天。"

武则天是中国历史上唯一一个女皇帝,她爸怎么能把她妈比作武则天?我觉得不是谭元元在美化她妈,就是她喜欢瞎说。我说:"好了,废话少说,我们开始工作吧。"

六个人分两组,我带刘晖和大刘一组,谭元元带张助理和李经理,李经理负责摄影,张助理带支录音笔,谭元元带着小本子、钢笔,俨然报社记者。我们每天分头出去采访,再把采访录音转到电脑上,还在移动硬盘上备份,以免丢失。我们每天晚上坐在一起讨论,面对不同的人撰写问话内容,家庭、成长道路、遇到的困难、喜欢什么、对什么东西感兴趣、受过什么打击、有什么信念、读过什么书、喜欢什么书、喜不喜欢旅游和对未来有什么展望等等。我们就拿着这些话题去采访约好的对象。回来,大家聚集在二楼,六台电脑同时工作,我和李经理裁剪、修改照片,四台打字——把录音转换成文字,于是房间里就一片噼噼啪啪敲击键盘的声音,有时候忙到深夜,再出去吃消夜,坐在深圳的夜空下,兴奋地神侃。刘晖说:"邓军说他一个人在公司里守着,很寂寞。"

谭元元说:"那是他想你呢,他怕你被别人勾引跑。"

我们喝酒、聊天、舒展四肢,直到深夜,才各自回房间休息。

与谭元元住在一间房里,就感觉她有些神秘,手机响了,她很少当着我的面接手机,而是拿着手机走进卫生间说话,或是走出卧室,步入书房接手机。有天,快半夜了,一个电话让她在卫生间里关着门接了二十几分钟。我问她:"谁的电话?"

她答:"闺密打我的手机,聊感情方面的事。"

"今天不是你大舅打你的手机?"我嘲弄地问。

她说:"不是,是闺密,我不骗你。"

"你大舅、二舅经常打你的手机,蛮关心你的嘛。"

"当然啊,我父母都不在了,他们怕我被别人欺负。"她加了句,"尤其是你——"

她自己说,她大舅二舅是她母亲的两个弟弟,都是金泰股份公司的副总经理,总经理是刘博士。刘博士来过一次,在我们入住别墅一个月后。他确实比较矮,身高只齐我下巴，脑瓢上秃了很大一片顶，只有两边有些稀薄的头发。他四十出头，着休闲的蓝T恤衫和白长裤，看上去稳重和聪明过人，但不是谭元元喜欢的那种类型。刘博士对我和谭元元很客气，他看我的眼神是善意的，含着笑，说话慢条斯理；看谭元元的眼神是尊敬的，好像有距离一样。两人在三楼的书房谈了一个多小时，随后他夹着包走了。我看着刘博士敦厚的背影，问谭元元："既然他只是总经理，那金泰公司还应该有个董事长啊？"

"有啊，"谭元元说，"金泰公司的董事长是个女人，住在美国，一年难得回国一次，公司里的事，董事长都是交给我大舅和刘博士打理。大事，例如大的投资项目就召开董事会，平常的事情由他和我大舅商量、确定。"

我看眼谭元元："他对你挺客气的。"

谭元元骄傲地答："当然啊，我是董事之一，再说我大舅、二舅都是公司副总经理。"

我感觉这好像韩国或日本电视连续剧里的家族财团，我问："金泰公司是谁的？"

她笑着答："金泰公司是大家的，有十几个股东，董事长是甩手掌柜，在美国逍遥，具体负责人是刘博士和我大舅。"

她大舅来过一次，是刘博士来后的第三天，开辆银灰色奔驰，从奔驰车上抱下来一纸箱苹果请我们吃。他是个精致的老男人，五十几岁，头发梳得一丝不乱，戴副金丝眼镜，穿得很讲究，人单瘦，眼神却精神。谭元元向我介绍说："我大舅。"又向她大舅介绍我："这是我们罗总。我大舅来深圳办事，知道我住在刘博士的别墅，特来看我。"

她大舅审视着我，让我感觉这目光有些像警察。我本来没打算出门的，见他老这么打量我，忙起身说："你们好好聊聊，我正好要出去采访。"

我感觉谭元元不是个简单的女人，好像对我瞒着什么事。她有时候让我觉得她像小女孩样可爱，高兴起来时有些俏皮，甚至比刘晖还天真。有时候她十分小鸟依人，偎在你身上不愿起床，你拧她的耳朵，她也慵懒地说"还让我多睡五分钟嘛"。有时候，我又觉得她神神秘秘的，难以捉摸。她大舅凭什么那么关心她？真的是她大舅吗？怎么与她一点都不挂相？亲戚之间应该是有什么相似的相貌特征的。再说，那个刘博士，借别墅给我们住，宝马车给我开，自己却不像个房东，与谭元元谈完事就匆匆走了，连一句要我们爱惜家具或电器的话都没留下，实在有些古怪。

第三十章

两个月后，五本书和五本画册的繁忙的采访和拍照工作，基本上完成了，只需要回长沙去整理和编辑了。我们从紧张的状态里松弛出来，我便决定去趟珠海，见见我二姨姐和二姨姐夫。那天上午，我对谭元元说："我二姨姐和二姨姐夫晓得我来了深圳，我在深圳待这么长时间，不去看看他们，他们会有意见。"

"是吗？他们怎么没来看你？"

我告诉谭元元："我大姨姐夫和二姨姐夫关系有点微妙，两人都赚了钱，都有个性，喜欢比。表面上还是好，心里却谁也不服谁。"

"连襟之间也这样？"

"他们是这样，我没有。"我说。

"那你去吧，你辛苦了，是该休息一下。"她妩媚地一笑。

我在蛇口上的快艇。这天深圳的太阳很大，珠海的太阳也不小，两座城市本身就相距不远，一个小时后我在珠海的九洲港上岸了。二姨姐夫戴顶白太阳帽、穿条白裤子、一双白皮鞋，上身一件灰色全棉衬衫，站在港口接我。二姨姐也在，她着一身淡紫色衣裙，打把蓝格子伞遮阳。我叫声"二姐、二姐夫"。二姐笑，二姐夫走上来，在我肩上拍了下说："罗总，欢迎你来珠海检查工作。"

我笑道："不是来检查，是特意来看你们。"

二姐夫领着我向停车坪走去，他撳了下钥匙遥控，一辆黑色宝马越野车呈现在我眼里。我上车，坐在后面，二姐夫开车，二姐坐在副驾驶座上，宝马越野车便向前飘去。珠海是一座海洋性气候城市，街道很干净，街两边的楼房建得十分漂亮。珠海街上车多，但那天不塞车，很快，车就驶进一个别墅区，在一栋漂亮的三层别墅前，我们下了车。我打量着四周，呈现在我眼前的很多树木，我都叫不出名字。二姐说："进屋去。"

我随二姐、二姐夫进了屋。别墅装修得很气派，壁炉、立柱上都粘着木雕，餐桌、沙发、椅子全是意大利进口的。二姐夫问我："怎么样，你在大姐夫那里接了什么业务？"

我把接的业务说给他听，忽然想，二姐夫是房地产老板，在车上时，二姐说二姐夫这些年在珠海先后做了四个楼盘，被珠海市政府授予"有突出贡献的荣誉市民"。我就说："二姐夫，我给你和你公司做本书和画册吧，宣传宣传你和你的公司。"

我说了很多，二姐夫笑了，一脸不在乎地说："那就做吧，要多少钱？"

我想二姐夫是个生意人，是替自己打工，掏钱也是掏自己赚的钱，就说："我给大姐夫的五家公司做书，采访费、编辑费、稿费、摄影费和设计费是三十万五千本。画册是彩印，纸张和印刷费都贵一些，三十万三千。二姐夫，你是做书，还是做画册？"

我发现自己竟说得头头是道，完全是个见人就动商业脑筋的主了。这种变化，让我自己都吃了一惊。我望着二姐夫，想自己已完全落俗了，不再是那个视金钱如粪土的罗定了。

二姐夫笑："没问题，大姐夫那里是什么套路我就什么套路吧。"

我说："大姐夫的套路是六十万，五千本书和三千本画册，你这里我当然要优惠点。"

二姐夫说："这点钱，不算什么。书和画册都做吧，该花的钱要花。"

我没想到二姐夫竟这么大气，反倒不好意思了，万象广告公司的第一笔业务是大姨姐夫支持的。第二笔业务，却是我二姨姐夫支持，就觉得自己这歪脑筋动得有些过分。我说："二姐、二姐夫，怎么好意思赚你们的钱？还是打点折吧。"

二姐说："我们有钱，我和你二姐夫不做任何事，三辈子也用不完。"

这话二姐是第一次说，我心又安一点，觉得自己不是来打家劫舍的土匪。二姐又说："我们完全可以去世界各国旅游，住最好的酒店，吃最好的东西，享受最好的服务。我们之所以还在投资，是想做事，工作惯了，闲不住。"二姐说到这里，嘻嘻嘻笑了。

我心里踏实了，羡慕道："你们真有钱。"

二姐夫是九十年代初下海的。他是白水县城关镇人，大学毕业回到白水县房产局工作，与领导关系搞僵了，便随一个做房地产的朋友来到珠海奋斗，认识了一些银行朋友和领导。二姐夫仗义，公司行贿出事后，总经理跑了。他身为总经理助理，又被指定为经手人，便抓了他，可是在监狱里他硬是不说，说总经理的事，他一概不知，这反倒救了他。一些人开始惴惴不安，想与他撇清关系，但见他抓进去大半年后，没一个人受到牵连，而总经理又去了国外，就反过来救他，把他保了出来。二姐夫出来后，银行里几个在他手上拿过大额贷款回扣的人，赶紧帮他，找一家房地产公司的壳，贷给他两千万，要他另起炉灶，那是上个世纪九十年代末期的事。二姐夫就是用那两千万，开辟了自己的天地，先后在珠海做了四个楼盘，三个住宅楼盘，一个商业楼盘，卖得都好。只能说，二姐夫命好，有贵人相助，本来是坐牢的命，却成了时代英雄。

在大姐夫和二姐夫之间，我更喜欢二姐夫，二姐夫不端架子，大姐夫喜欢端架子。那天一起去一家大酒店吃饭时，二姐夫喝着人头马XO，我问二姐夫当年为什么想到珠海发展，他回忆说："我算过命，算命先生说：'你只有到最南边生活，才能富贵。'就来了珠海。"

"真灵。"我说。

二姐说："当年我还劝他不要来珠海，没想还真来对了。"

二姐夫不是个话多的人，他说："男人要发财就要抓住机遇。机遇，别人给了你，你如果担心多了，就错过了。我有好几年都是负债几个亿，前几年我做那个商业楼盘，负债两亿一千万。但那个楼盘做下来，让我赚了一个亿。这里面有赌博，赌一把，赢了，赚钱，遇到时运不好、经济不景气，也许就血本无归。"

我说："是啊，有一些房地产老板，早几年因经济不景气，还贷压力太大，都破产了。"

二姐夫说："在珠海，是有一些房地产商被银行债务压垮了。"

我们说了很多话，随后二姐夫开着宝马越野车，带着我在珠海市转了转。

从珠海回到深圳，谭元元已经买好了车票，只等我回到深圳，一起走。谭元元看见我，很高兴地媚笑了个，说："乖，你总算回来了。"

我说："你们把两张车票退了，我和李经理留下。"

谭元元问："你们留下来干什么？"

"趁此机会在深圳泡泡妞。"

谭元元大叫一声："你敢！看我不收拾你！"

她今天着一身质地很好的白衣裙，这身白衣裙把她的身体包裹得很性感，随便扭一下，似乎就有迷人的东西闪现。我只是两天没碰她，心里就有渴望，像匹公马，只差对这匹漂亮的母马嘶鸣了。我知道自己完全堕落了，人这东西，可塑性很强，只要你想恣意放松，就掉下去了。我说："有什么不敢的？我又不是你老公。"

谭元元说："哎呀，没想到你变化挺快啊。"

我对李经理说："明天我们去珠海泡妞，珠海有很多漂亮女子。"

李经理为之一振，说："好啊，那我一定跟着你去珠海。"

谭元元嘟起嘴说："你可真是超法了，变成一匹野公马了。"

我见她略有生气的样子，笑了笑："是去给我二姐夫做本书。"

她问："你二姐家也有钱？"

我面带笑容道："都是这个时代打造出来的英雄，我是我妻子家最穷的，他们都很有钱。"我把二姐夫这几年在珠海做了四个楼盘的事告诉了他们。

谭元元俏皮地叫道："那他也是个大老板啊，那要好好剁他一刀！"

下午四点钟，我在睡觉，谭元元投到我怀里，把脸贴到我脸上，说："乖，不许你在珠海搞小姐，听见吗？"

看来她把我开玩笑的话听进去了，我问："珠海有小姐？"

"别装了，哪里没小姐？那些小姐可别沾。"

"我没那种思想。你不要拿看别的男人的眼光看我。"

"希望你不是那样的男人。"她亲了我一口，忽然傻傻的模样说，"我好爱你的。"

我用同样的话回答她："我也好爱你的。"

"我们谁爱谁多一点？"她开始说傻话了。

我跟着说傻话道："当然是我爱你多一点，这还要问吗？"

"我觉得是我爱你多一点，我的全部心思都在你身上了。"

"你产生了错觉吧？我看你经常一接手机就背着我，我觉得你并没像你说的那么好。"

"我是金泰公司的股东之一，那边的事就跟股票和期货一样复杂，我怕我那边的事情影响你的情绪。相信我，"她说，"我是最爱你的，我可以骗别人，但我从来不敢骗你。你在我眼里是全世界最有魅力的男人。"

她用了"骗"字，这让我觉得她并非自己形容的那么好。我说："别人也不要骗。"

她撒娇似的答："好，我听你的，亲爱的。"

她边替我脱衣服，边说："我要你除了你老婆，永远不再碰第二个女人。"

我说："好。"

"你要对天发誓。"

这么近的距离内与谭元元脸对脸，身体紧密地贴在一起，中间连一层布都没隔，就真切地感觉到女人比男人更具占有欲。这让我联想到二姐昨天吃饭时说："男人打拼天下，女人坐享其成，男人征服世界，女人征服男人，女人是最终的获利者。"我觉得这话精辟，便对谭元元说："我觉得自己是个浪漫型男人，我发誓，除了你，再不会与别的女人浪漫了。"

她要求说："你发誓，除了我，再不爱别的女人了。"

我脑海里闪现了我妻子，说："好的，除了你，就爱我自己。"

第二天我和李经理去了珠海，二姐接的我们，二姐夫约了银行行长，谈贷款的事。二姐说："等下，我们一起吃饭。"二姐把我们接到家。一楼有两间卧室，一间保姆占了，另一间有两张床，是当客房备着的。二姐安排我和李经理住这间客房，我们把东西放下，李经理左右打量，小声对我说："罗总，你二姐夫家真有钱。"

我嫉妒道："真嫉妒，钱这东西源源不断地往他们身上流。"

我们打开电脑，看我们拍的那些照片，一边讨论，一边裁剪。快中午时，二姐走来，拉我们去吃饭。我们上了二姐的奔驰，二姐载着我们向一家豪华酒店飙去。不久，车在酒店前停下，我们下车，进了包房，二姐夫一身灰色西装，正与两个男人坐在沙发上聊天。看见我们，二姐夫笑着起身，我们就绕着圆桌坐下。我把我们做的书和画册给二姐夫看，目的是让他利用自己的身份帮我们宣传。二姐夫翻了翻说："不错。"他转头说："徐行长，做本书吧，宣传你也是宣传你们银行。"

徐行长是个中年男人，摇头说："我们又不是私营企业，做什么啊。"

二姐夫望着另一个男人："李行长，做本书，怎么样？"

李行长说："做书？不做不做，上面会说我用公家的钱替自己树碑立传。"

二姐夫笑道："那我替你们做，钱我来出。"

徐行长说："做书干什么啊？"

二姐殷勤地插话了："雁过留声，人过留名。做本书，宣传宣传你的经营理念，介绍一下你的人生信条，让你的部下了解你，好事啊。"

李行长翻阅着我给财神公司做的书："这本书做得不错。"

二姐夫说："我给你们一人做一本，钱我出，不要你们掏钱。"

徐行长是A银行行长，李行长是B银行行长，两人彼此笑望一眼，对朋友愿意出钱替他俩树碑立传，还是表示接受地哈哈一笑。上菜了，茅台酒也开了，每人面前倒了杯，大家碰下杯，吃起来。二姐夫对我说："徐行长有很多传奇故事，本身就是一本波澜壮阔的书，你采访他，让他告诉你，他的故事很多，很传奇。"

徐行长哈哈笑："别听你姐夫瞎吹，我一点也不传奇。"

二姐夫又指着李行长说："李行长是部队里下来的，当了十五年兵，在部队里当过副团长，差点就要升正团长了，结果裁军，把他裁到了地方。李行长很讲义气，转业后，最开始是B银行的保卫科长，但他刻苦努力，自学了经济学，获得了自考硕士文凭，厉害吧？这才提为副行长、行长。纯粹是凭个人能力，打拼到今天的。"

李行长笑，笑声很洪亮："毛主席说，落后就要挨打。不学习，会落伍。"

徐行长说："我再怎么忙，每天都要读一个小时哲学或经济方面的书。"

我们就说着这些，慢慢地大家都随便了。两位行长谈着各自的经历，我听得入了神，说："你们确实可以一人做一本书，而且会有人看。"

二姐夫说："做，钱我来出。"

我知道了为什么有人愿意帮我二姐夫，二姐夫大方，不是假大方而是真豪爽，这样的男人，能聚集朋友。我正想这些事，忽然接到妻子的电话。我本来约好了今天回长沙，晚上去白水，此刻我对妻子说："我现在还在珠海二姐家，要晚两个星期才回来。"

妻子问："怎么呢？"

我说："二姐夫让我做三本书和一本画册。我要采访、整理和拍照。"

妻子叹了声，说："明明想你。"

我和妻子有两个多月没见面了，时间和距离产生了美，她以前嫌我没用，现在好像不这样看我了。我把手机给二姐接，对妻子说："你跟二姐说几句吧。"

吃过饭，我们回到二姐家，拿了相机就去二姐夫做的四个楼盘一一拍照，二姐没时间陪我们，她在二姐夫的房地产公司是副总经理兼财务总监，经常有人要找她签字、报账，所以她叫营销部的一名美女全程作陪，带我们拍照。忙完这些拍照工作，就到了吃晚饭的时间，二姐让美女开车把我们送到一家湘菜馆，问我们："怎么样？"

我说："已经开始工作了。二姐，你们做的楼盘都很漂亮，绿化都不错。"

二姐说："绿化不好，谁来住？现在居住都讲究环境，我们在绿化上很舍得投资。"

二姐夫走进来，笑着坐下，也像二姐那样问我们一声："怎么样？"

我答:"二姐夫,你太了不起了,房子建得很漂亮。"

二姐夫坐下说:"偷工减料的钱我不敢赚。质量上,我亲自过问、把关,人家用一辈子的积蓄买套房子住,若质量不好,人家会骂娘。"

我说:"二姐夫,你是个有正义感的人。"

二姐说:"你二姐夫建的房,没一家用户投诉质量问题。口碑都很好。"

二姐夫说:"钱可以少赚,但信誉度要好,信誉好,反倒更好赚钱。有些老板总想把利益最大化,既伤害了消费者,又伤害自己。这种事,我不干。"

我想起王老板鼓吹的学雷锋可以发财的言论,联想二姐夫说的一切,觉得商家与客户确实是一种信赖与依附关系,口碑好人缘好赚钱的机会就多。我说:"二姐夫说得好。"

二姐夫又说:"有的用户是买期房,很关心我们的建筑质量,经常跑来看。我让建筑商信息公开,把设计图纸贴在墙上,把采购的钢筋、水泥、水管、电线等等都贴到墙上,让那些心细的人去检查、对比。我发了话,有问题,或者住户投诉,我要问责。"

我非常感叹,这世上还有二姐夫这样坦荡、豁达的老板,我说:"好人好报,发财的方式有很多,二姐夫是个能赚大钱的人。"

二姐说:"你二姐夫能化险为夷,建的房子都很过硬,都是优质工程,口碑好。"

二姐夫说:"我商业道德的底线,是要对得起人家的信任。"

我们吃饭、喝酒、聊天,我在他们不注意时打开录音笔。录音笔不像录音机,录音机让人紧张,录音笔小,不起眼。二姐夫的这些经营理念、思想都可以写到书里去,做对话写,读者会感兴趣。我心里拿二姐夫与大姐夫比较,觉得两个姐夫各有特点,大姐夫是靠国企改制,重新洗牌,洗成了亿万富豪;二姐夫是靠个人打拼和智慧,成了大老板,若是放在战争年代,像二姐夫这样的人,一定会成为一名响当当的人物。回到我二姐夫的别墅里,我和李经理躺在床上,李经理感叹说:"罗总,没想到你大姨姐夫和二姨姐夫都相当有钱。"

我说:"我大姨姐夫和二姨姐夫都是这个时代的英雄,比我强。"

第三十一章

我在珠海一住就是一个月，主要是被采访徐行长、李行长的事耽搁了。徐行长和李行长都是忙人，满天飞，开会、吃饭、出差，基本上，他们每天都被人包围着。一打电话，徐行长不是在开会，就是与人有约，约他的人都是找他贷款的。李行长还想升，所以常往广州或北京跑，一是他的战友遍布全国各地，他随便去哪个城市都能找到战友；二是他天生就喜欢活动。所以，等把事情忙得差不多了，不觉又是一个月过完了。

这期间，谭元元来过一次珠海，我亲自去接的，她来纯粹是找我过性生活。她一走进酒店的房间，就把我拥在怀里，说"想死我了"，再不来找我，她都要"红杏出墙"了。她离婚几年了，我都不知道她这几年是用什么方式解决性需要的。我问她："这几年，当你发情时，是怎么解决的？"

她笑："没与你爱之前，基本上不发情，与你爱过后，天天发情，想要你，怎么回事？"

"我怎么知道？"

"你害的。我前夫，让我在这事上没感觉，反而生厌……"

我说："看来，早几年，你白活了。"

"被你害了，原来你们男人还真是千差万别。"

"除了你前夫，你真的没和别的男人上过床？"

"除了我前夫，就是你。"

"你行啊，我以为你是一辆公共汽车。"

"什么意思？"她忽然明白了，马上叫道，"啊，你把我看成什么人了，原来我在你心里是这样的一个人？我故意那样做，其实是为了保护自己，明白吗？"

"不明白。"

"那我告诉你，如果女人温柔贤良的样子，男人会觉得这个女人好欺负。如果你很敢，像个女色魔，到处叫叫嚷嚷张牙舞爪的，男人反而会有所顾忌。"

"不懂。"

"你装啊，你就是会装。"

我笑："你说得有点道理。"

"女人一副敢开来的架势，男人反而会退缩，觉得你不好对付。你如果是闷骚型的女人，闷在肚子里骚，男人反而会撩拨你，觉得欺负了你，你也不会说出去。"

"谁说的？"

她一笑："我发现的。"

我们在酒店里边说这些，边调情、做爱。以前几次，我还觉得自己对不起妻子，可是经过了那几次思想斗争，这种感觉渐渐消失了。当接到她发给我的信息，说她明天来珠海时，我不是担忧、恐惧，而是期待，这种感情变化，让我自己都惊讶。我知道这不是爱让人变勇敢了，而是性让人激动。精神是另一个层面，鄙夷不正当性行为的层面，当一个人贫穷时是需要精神这种东西给他打气的，精神是空泛的，类似于气体。当一个人摆脱了贫困，他就会追求身体享受。人，从来就不是一成不变的，一成不变的人是假人。

谭元元在珠海一住就是五天，五天里我们见面就做爱，都是白天做，因为白天二姐二姐夫都有事，晚上，他们会回来陪我，或者带我去哪家有特色的酒店或餐馆吃饭。他们的儿子在广州市的一所贵族小学就读，只有星期五下午，两口子才开着宝马越野车去接。我那段时间一个人住在二姐家，李经理拍完照先走了，留下我一个人做文字采访工作，每天把谈话录音整理成文字，然后修改、润色，如果字数不够就添油加醋。我对谭元元说："同时做三个人的采访，有些打混，工作量蛮大的。"

谭元元走时对我说："辛苦了，回到长沙，我要好好犒赏犒赏你。"她说这话时，媚眼一眨，立即让我销魂数里。

我说："亲爱的，我们退了机票，回酒店吧？"

她说："好啊，那我马上去退票。"

"我是开玩笑的。"

"我真想陪你。"

"你住在这里，我没心做事，还是回去吧。"

她哼了声，拖着装满衣服的行李箱，走进了机场验票口。

快过年了，采访徐行长、李行长的工作也完成了。二姐和二姐夫还有点事，我先走。二姐、二姐夫把我送到机场，二姐让我给她父母、江丽和我女儿带了很多东西，说："到了白水，代我问江丽和明明好，告诉爸爸妈妈，我们三十那天回来。"

我说："好。"

一个多小时后，飞机在长沙机场降落，长沙下着冻雨，一出机场，一股冷风吹得我打了个喷嚏。我在深圳和珠海住了三个多月，简直不适应长沙的气候了。我大包小包地拎了六七个，上了辆的士，我得先回白水，我三个多月没见到女儿和妻子了，还是想在第一时间见到她们母女，从这一点看，妻子和女儿在我的心里比重还是超过了谭元元。谭元元期待我离婚，跟她结婚。在珠海，我们在酒店里讨论过这些事。她说："我是真爱你，我第一次看见你就爱上你了。亲爱的，要是你能离婚，我不但会更爱你，还会好好地爱你女儿。"

我不晓得更爱有多爱，淡淡道："现在我正在做我大姨姐夫和二姨姐夫的书，与我妻子离婚，那不前功尽弃了？"

"不是说现在，是说明年或者后年，我能等。"

"除非我不理我妻子，让她去跟别的男人发展，那才有可能。"我说这话时，脑海里出现了张卫国，"有一个男人很喜欢我妻子，就跟你喜欢我一样。"

"真的？她会红杏出墙吗？"

"这很难说。我妻子整体上是个思想保守的女人，不像你这么开放。"

"我不开放，我真的不开放。你怎么对我是这个印象？"

"是这种感觉，你好像比我妻子开放些。"

"我其实很保守，"她强调说，"我说的是真的。"

此刻，我想到她这句话，不免扑哧一笑，她要是保守，那些保守的中国女性，就只能是"僵尸"了。这种思想在我脑海里一闪而过，又把我惹笑了。"元元，"我心里说，"我还真不知道怎么评价你，反正我觉得你不能用保守来形容自己。"

的士驶入机场高速，就以百迈的速度朝前飙。我打了个盹儿，汽车驶出高速公路，在我的指导下向A中学飙去。我的奥迪A6停在离学校不远的地下车库，我让的士司机把车开进地下车库，我的车上落了厚厚一层灰。我检查了下轮胎，轮胎还有气,我打开尾箱,把从的士上拎下来的东西,挪到尾箱里,开着车驶出车库,去洗车店洗车、加气,半个小时后便开着奥迪A6驶上高速公路,朝白水县飙去。我在高速公路上接到谭元元发来的短信:"亲爱的,我想你,你什么时候回来?"

我边开车边回复:"过两天回来。"

谭元元回复:"回来告诉我,我去接你。"

我回复:"好。"

汽车开进白水县老干所时已是下午四点多钟了,有钢琴声从客厅里飘出来,明明在弹钢琴,看见我推门进来,叫了声"爸爸"。我问她:"你妈妈呢?"

女儿答:"妈妈上班去了。"

"你外公外婆呢?"

女儿说:"在家里。"

我把二姐送给明明的衣服拿出来,"明明,这是你二姨妈送给你的。"

岳母从卧室里走来,笑着看我。岳父从厨房里过来。我对岳父岳母说:"这两包是二姐、二姐夫送给你们的,他们要三十那天才回,这两袋衣服是二姐送给江丽的。"

岳母笑道:"好好好,把你辛苦了。"

我与岳父岳母说了几句话,略有些疲劳,就上楼,躺到床上。女儿也上了楼,爬到我身上,我对女儿说:"明明,爸爸要睡一下,爸爸累了。"

女儿听见外婆叫她,赶紧下楼了。我躺在床上,看着窗外,天色阴阴的。妻子每天都跟我通电话,住在二姐家,不是她打给我,就是我打给她。要是我一天没跟她打,她会在晚上打我的手机,问我在干什么,我便向她汇报。昨天晚上我们通了电话,这便是我今天回白水的原因,因为她知道我今天飞长沙。我这么想着,思维好像一袋面粉,突然散了,人就进入了混沌不堪的睡眠中。醒来是妻子叫明明的声音吵醒的。我点支烟,吸了口,听见妻子上楼的声音。她穿着一件黑人字呢衣,大披领披在肩上,脖子上系了条白丝围巾,头发剪短了,还染成了棕色,眉毛也描了,竟画了眼影。看来,她不是为我打扮也是为人家打扮,十分洋气。"哎呀,"我说,"你还有点小变化啊。"

"好看吗?"

她是指头发。我再次打量几眼她的发型:"不留长发了?"

"剪了,他们都说这样显得精神。"

"他们是谁？你那几个同学？"

"局里的同事。"

"你显得更漂亮了，亲爱的。"

我想起来了，在珠海时，谭元元忍不住来看我，我对谭元元也说过这话。我心里装着两个女人，不觉感到洁身自好的自己，成了个伪君子，离自己当年坚持着的正义和道德观，正在一点点远去。我问她："老婆，你工作忙吗？"

"还好，每天都有事，但感觉轻松。"

厨房里，高压锅上气了，嗞嗞嗞的声音传到了楼上。我问："在炖什么？"

妻子说："炖鸡，你来了，爸杀了只鸡。"

"想我吗？"我问。

她深情地瞧眼我："想。"

我就像把谭元元搂到怀里那样，把她揽到怀里，她紧张了下，说："明明会上来。"

我一脸厚颜无耻道："那晚上再好好收拾你。"

那天晚上，吃过饭，与岳父岳母说了气话，介绍了一下大姐夫和二姐夫的业绩，看了会电视，女儿被妻子催促上床睡觉后，岳父岳母也睡了。我上楼，妻子洗了澡，香喷喷地钻进被窝，看着我说："你有三个多月没来了，想过我没有？"

"当然想，"我说，"但得工作啊，不赚钱，你能养我吗？"

"我妈说，要你来白水办个公司，随便做什么生意都能帮上忙。如果我们钱不够，妈说她让大姐和二姐分别出点钱帮你开公司。"

那一瞬谭元元跳进了我脑海，让我迷惑。妻子问："你的意思呢？你同意，妈说过年他们回来，妈就跟大姐、二姐说。妈说，既然我调回白水了，妈希望你也能来白水。"

我说："我还是在长沙好些，我父母、同学、朋友都在长沙。我赚了钱，到时候你可以不要工作，和我在长沙开公司，像你二姐、二姐夫一样，自己办公司给自己打工。"

"那我爸爸妈妈呢？他们不没人管了？"

"人是一种生活习惯，很多人都不愿意打破这种生活习惯，这也是你爸爸妈妈到了深圳、珠海又回来的原因，在深圳、珠海你爸爸妈妈没有熟人、同事和朋友，住在女儿女婿家里感觉不自在。你爸爸妈妈真老得动不了的话，春、夏可以随我们住长沙,我们肯定会买大房子。冬天可以去深圳或珠海你大姐或二姐家住,硬要守在白水干什么?"

我们说着这些,随后我们做着夫妻之事,从来在这方面不主动的她,那天晚上热情、主动起来,真应了那句"久别胜新婚"的老话。我问:"你爱我吗?"

她点头:"爱,我还真离不开你。"

世上的事情,真像《三国演义》里说的"分久必合,合久必分",大概夫妻之间就是这样,至少年轻夫妻是这样。夫妻相处久了,麻木了,生意见了便彼此嫌弃,分开久了才觉得还是生活在一起好。感情这东西是一种化学成分,飘浮不定的,不可能长期处于一种状态,所以才有多愁善感一说。我在想这些东西时,妻子问我:"你想什么?"

"想我们未来的生活。"

"孙小兰说,深圳和珠海那些开放的城市,酒店里都有'鸡',你是不是搞了?"

"我怎么会去搞那种女人?"

"白露说,男人是猫,没有不吃腥的。"

"白露有臆病,喜欢性联想。"

"你在深圳和珠海怎么解决的?"

她是指性。我答:"我有多忙,你知道吗?天天都是采访、拍照、录音,并把录音转换成文字;除了这些,还要写稿,哪里有时间想这些破事?"

我当然只能这么说,其实这些事情丝毫不影响一个男人对性的需求,男女没有性生活是绝对不正常的,因为性是生活的一部分,去掉这部分就不是正常人了。妻子累了,很快就入了梦乡。我半天没睡着,虽然也累了,但思想这东西像一匹苗壮的马,冲出了这间卧室,奔到了谭元元身上,想她若知道我悄悄回来了,却瞒着她到了白水,不知这个在我面前情意盛浓的女人会怎么想。

上午九点多钟,我醒了。今天是星期六,妻子在家,我下楼,妻子正在煮面。我漱口洗脸时,妻子把面煮好了,端到客厅里,看着我吃,笑盈盈的。这时手机响了,谭元元发信息给我:"帅哥,起床没有?"她以为我还在珠海,我没回。

妻子问:"哪个的信息?"

我答:"垃圾信息。"

妻子有点怀疑我，要看我的手机，但她按不开，我设了开机密码，这是为了防止妻子万一看到谭元元发给我的肉麻信息而解释不清。她不知道我设的密码，问我："怎么打开？"

我说："售房信息，有什么好看的。"

这时电话响了，妻子丢下手机接电话，我听见妻子问我："下午跳舞去？孙小兰要我下午去舞厅跳舞，去吗？"

我答："不去。"

妻子就对话筒那边的孙小兰说："我老公来了，下午我不去跳舞。"

我没想到妻子与孙小兰还联系得这么密切，脑海里忽然闪现了面色忧伤的张卫国，想到那个晚上他送我妻子回来，在巷口上拥抱我妻子的情景，就觉得可疑。我等妻子挂了电话，问她："你还在和孙小兰、张卫国他们跳舞？"

妻子笑看着我："偶尔跳跳。"

"只是偶尔？那个张卫国还在打你的主意吧？"

"他离婚了。"

我有点惊讶："他为你离婚了？"

"他离他的婚，关我什么事？"

"什么时候离的婚？"

"半个月前，孙小兰告诉我的。"

"孙小兰打你的电话，约你去和他跳舞？"

"约我去跳舞，与张卫国无关。"

"绝对有关，你打电话，下午我们去跳舞。"

妻子说："已经拒绝了，还打什么电话？"

我心里冷笑，这种冷笑来得突然，却似乎有点慰藉，想我在深圳、珠海与谭元元偷情，妻子在白水与张卫国勾搭，原来是一丘之貉。这慰藉里就包含着这层意思。一直以来，我总觉得自己对不起妻子，真想来个负荆请罪。现在看来，是我多心了，昨晚她与我做爱时那么主动、热情，说不定她也包含着负荆请罪的意思呢。我很奇怪，居然一点也没嫉妒感，那种炽热的嫉妒感跑到哪里去了？自己流失了，还是因为我心里有了另一个女人？我说："看来，你在白水活得很滋润。"

妻子笑："那确实。在白水，生活简单，人交往也简单。"

"张卫国离了婚，现在他可以无牵无挂地追求你了。"

妻子说:"我不喜欢他,他太黏糊了,受不了。"

妻子这话让我觉得情况复杂:"这么说,他天天缠着你?"

"那倒没有,"妻子说,"你放心,我不会迈出这一步。"

第三十二章

次日下午，我们午睡醒来，妻子的手机响了下，是孙小兰发给她的信息，邀她跳舞。妻子问我去不去，我想起张卫国，想看看张卫国，说："去。"

妻子就回了声"好"，接着，她开始打扮。二姐送了她一件保暖羊绒衫，纯白、半高领，穿在身上很有型。还送了她一打加厚的长黑丝袜，穿这种丝袜，无须再穿罩裤，还有一双长靴，黑色，直至膝盖。二姐还送她了一件豆灰色风衣，大披领，有腰带，把风衣一穿，人就潇洒好看。她坐到镜子前画完眼影，站起身看着我。妻子还很年轻、漂亮，看上去像个二十多岁的女人，却又比二十多岁的女人多几分风情。

我说："你今天这身打扮，要身材有身材，要姿色有姿色，肯定是白水县最漂亮的女人。你这是去勾引谁啊？"

"你难道希望我没一点魅力吗？"妻子说，"走吧。"

我不勾引谁，也没打算让白水的女人赞赏我，就还是那身灰色西装，只是把皮鞋擦了擦。妻子见我的灰色西装有些旧了，问："你还有别的衣服吗？"

"有，脏了，没洗，在车上。"

妻子没再说什么，我们出了门，女儿在院子里与另外两个女孩玩，见我们要出去，跑过来也要跟着出去，妻子说："爸爸妈妈去跳舞，你在家玩。"

女儿说了句"又是跳舞"，我从女儿说的这个"又"字里，嗅出了点味道。妻子说："等下妈妈给你带两包薯片回来，听话，不准出老干所的大门。"

我们上车时，我问："你经常跳舞吧？"

妻子说："哪里话。"

"明明刚才说'又是跳舞'，这说明你经常跳舞。"

妻子看我一眼："别废话，开车吧。"

我开着车向舞厅驶去。县城不大，也不塞车，只一会儿就驶到了舞厅前。门前停了些摩托车、电动车和单车，一旁还停了一辆桑塔纳和一辆北京现代。我把车停好，几个站在舞厅前的年轻人就望着我们。妻子打扮洋气，面色光润、漂亮，又是从奥迪A6车上下来，自然招人眼球。走进舞厅，也许是下午场，舞厅里没那么多人，乐队在乐池里演奏，一支慢三舞曲舒缓地在舞厅里飘扬。我和妻子听见一个女人的声音叫道："黄江丽，这里。"是孙小兰。

　　我们走拢去，就见张卫国也坐在这里，一身黑西装，脸色凝重，感觉上还有些凄凉，也许是妻子的拒绝让他凄凉，而这种出自内心的凄凉，溢到了脸上。

　　妻子问："你们怎么没跳舞？"

　　孙小兰看见我，有些尴尬，从她一瞬间的尴尬里，我可以看出，她没想到我会来。她假装高兴道："罗总，好久不见，你越来越潇洒了。"

　　我望她一眼，再看眼张卫国，张卫国正偷偷觑着我——脸色在昏暗的灯光下显得凄然。我暗笑，说："潇洒什么？没你们潇洒。"

　　"来来来，我请你跳支舞。"孙小兰说。

　　我想她是个一心拍校长马屁、为校长"拉皮条"的女人，说："这支舞曲都快完了，下支舞曲跳吧。"

　　我在张卫国一旁坐下："张校长好。"

　　张卫国这才反应过来地答道："好好好，没你好。"他回答得语无伦次。

　　妻子在我一旁坐下，昂起俏丽的脸蛋。

　　孙小兰觑着我妻子说："黄江丽，你今天特别漂亮。"

　　妻子说："还特别漂亮？老了。"

　　新的一支舞曲过门很明快地回荡在舞厅里，孙小兰起身，邀我跳舞，我随她步入舞池，跳着明快的快三。孙小兰说："你的舞跳得好。"

　　"勉强，好久没跳了。"

　　这时我看见张卫国和我妻子步入舞池，也跳着快三。他一上来就疯转，妻子跟着他转。孙小兰说："黄江丽是舞厅皇后。"

　　"你任命的吧？"

　　孙小兰说："他们都这么说，都说黄江丽的舞跳得好，舞姿潇洒、迷人。"

　　我不喜欢这个在张卫国与我妻子中间撺掇的女人，与她跳舞，纯粹出于礼貌。她说什么，我都懒得回答。舞曲完毕，我们回到座位上，妻子走过来坐下，张卫国也坐下，除了孙小兰和张卫国，没有第三个人，这更证实了我的感觉，孙小兰的目的就是牵线搭桥。形象点说，她是把背弓起来，做座拱桥，让她的校长与我妻子在"鹊桥"上相会。这也可以说明，妻子与张卫国中间还隔着一座桥，妻子没有跨过去，如果妻子迈过去了就不需要孙小兰了。

我故意问："今天就你们两人跳舞？"

孙小兰慌忙解释："本来还约了白露和我们学校的一个体育老师，白露说她下午有事，体育老师说他尽量赶来。"她又回一句，"白露与我们体育老师跳出了感情，白露喜欢体育老师，体育老师也喜欢白露。"

什么乌七八糟的事？我这么想，说："好啊，跳舞跳出了感情。都说，舞厅是拆散家庭的摇篮。"说完，我嘿嘿一笑，见孙小兰尴尬地看着我，又道，"玩笑话。"

妻子说："跳舞是锻炼身体。"

舞厅里，还有一个美女与妻子抢风头，她一身黑，一件黑羊毛衫紧裹着她丰满的乳房，一条黑裤子包着她好看的翘臀，于是就性感。每支舞曲她都在跳，因为一些青年围着她，寻她跳舞。我与孙小兰跳舞时，与她不经意地碰了下，她回头瞟我一眼，我觉得自己在哪里见过她一样，忽然回忆起来了，去年的这个时候，在县图书馆见过她，白露叫她"王美女"，还说她父亲是县经委主任。就是她，没错！

张卫国搂着我妻子跳了好几曲，之后我和妻子跳了支伦巴，妻子想把风头抢回来，就跳得热情奔放，每一个动作都十分干脆，又婀娜、轻盈，带表演性质。我受到感染，也认真跳起来，舞厅里的一些人便驻足观看，我瞥见王美女边跳边扭头看我与妻子跳，就更来劲，肢体语言就更加标准、刚劲。舞曲完毕，一些人鼓起了掌，妻子笑，张卫国边对我妻子竖起大拇指，边说："你今天是舞厅皇后，跳得太好了。真迷人。"

我笑，被我们比下去的王美女，拿起风衣和包，匆匆走了。

另支舞曲开始后，张卫国又邀我妻子跳舞。这时谭元元打我的手机，我走到舞厅外，接了谭元元的电话。"亲爱的，你在干什么？"谭元元问我。

我答："跳舞。你没听见舞曲声吗？"

谭元元用耳朵听了听："是有舞曲声，在哪里跳舞？"

"当然在珠海。"我骗谭元元，免得她吃醋，"过两天就回来了。"

"还在珠海？都快过年了。"她说。

第三十二章

"是的,我归心似箭,但还有些录音没搞完。"我答。

我和谭元元说了几句话,折回舞厅,妻子说:"我累死了。"

五点半钟,我们走出舞厅,张卫国按了下车钥匙,北京现代的报警器鸣了声。孙小兰上了北京现代,妻子上了奥迪A6,我们各自开车回家了。我说你以后不要出来跳舞了。"

妻子一笑:"跳舞是我唯一的爱好,而且能减肥。"

我说:"我怕你跳舞与别人跳出感情,不要越过红线,懂吗?"

"不会,"妻子又加一句,"我是锻炼身体。"

我没再说什么,脑海里忽然跳出那个王美女,就一笑。回到家,看见女儿,妻子才想起忘了给女儿买薯片。妻子赶紧出门,去小超市买来两包上好佳薯片,这才命令女儿弹钢琴。女儿弹钢琴时,妻子去厨房协助岳父做饭。我收到谭元元发给我的信息:"亲爱的,我想你。"我回复:"我也想你。"然后把信息删掉了。

我找了个要回长沙给一些关键性人物拜年的理由,一早开着车往长沙飙去。上午九点多钟,我到了公司,大家都在公司里忙,谭元元看见我,高兴道:"帅哥,回来了。"

"回来了。"

张助理、刘晖和大刘、李经理都抬起头叫了我声"罗总",我说:"各忙各的吧。"

我走进总经理室,谭元元已把总经理室收拾得十分干净,我坐下,把背靠到转椅上,点上支芙蓉王烟,她冲我一笑:"你背着我回了白水,看来妻子在你心里还是最重要的吧?"

来的路上,我已在电话里告诉了她,因为我不说,她会跑到机场接我。我回答:"主要是去看女儿,我有三个多月没看见女儿了,太想女儿了。"

"看老婆就看老婆,别找借口。"她说,"她是你老婆,我不会吃醋。"

我看着黏糊糊的谭元元,觉得她身上欲火中烧的,那眼神,像是要一口吃了我一样。她可不是妻子那种守株待兔的女性,在情爱方面她可是积极进取型的。果然,不等我的思想止住脚步,她就一脸浪漫地小声说:"我就想搞你了,去我家吧。"

我说:"晚上吧。"

她吐下舌头，表示遗憾道："唉，没劲，还要等到晚上，还有这么长时间。"

我转移她的情爱思想道："邓军呢？"

"邓军去税务局了，"她瞥我一眼，"晚上我要好好收拾你。"

她可真是个女色魔，我想。整整一个白天我都在写徐行长，与徐行长三次采访的录音，整理出来不到三万字，我必须把三万字泡发成十几万字，这就得在他谈话的基础上一点点扩散。我忙着这些，一支烟接一支烟，室内就乌烟瘴气。我工作时，谭元元不敢进来打扰，因为我跟她说过，我写东西时，身边不能有人。直到五点半钟，谭元元才推开门，对我笑，边说："亲爱的，一屋子的烟。"

我望都没望她，答道："还给我一刻钟，别打断我。"

我又写了半个小时，把肚子里的话全掏空了，这才舒口气，伸个懒腰，关了电脑，说："现在可以出去吃饭了。"

邓军一身蓝西装地站在我面前，说："看来得聘个作家来专门写作。"

我望着邓军："作家聘不动的，一般的写手我又看不上，还不如自己动手。走吧。"

大家就欢欣雀跃地起身，去天心阁旁的盛世芙蓉餐馆吃饭。快过年了，又是下班时间，街上车多，好在谭元元已打电话订了包房。我们一行人下车，进入包房坐下，笑着、聊天，大谈这几个月的收获，大刘说："我人都忙晕了。"

李经理说："那是，这几个月，我忙得视力都下降了。"

我说："大家都辛苦了，过年，每人打一个五千元的红包。"

张助理叫道："罗总太伟大了。"

刘晖说："跟着罗总干，前途光明。"

菜一上来，啤酒也开了，大刘不喝酒，我为她要了听王老吉。刘晖、张助理、李经理和谭元元都能喝几杯，邓军能喝几瓶，我举起酒杯，说："干！"

大家相互碰了杯，第一杯酒，一饮而尽，接着开始填肚子运动。张助理未婚，对象是羽毛球教练，下午、晚上都在不同的球馆教羽毛球。张助理跟着我们在深圳跑了两个多月，脸晒黑了些，至今还没恢复。她说："我皮肤容易晒黑。"

李经理看眼张助理，道："小张，其实皮肤黑还健康些。天转热后，我给你拍一组艺术照，保证你的羽毛球教练看了会一百个喜欢。"

大刘说："李经理拍的相很有感觉。"大刘跟着我们在深圳混了几个月，已经与我们玩出了感情，边负责公司财务，边做采访笔录。人是有潜能的，一旦调动起来，就能释放。

我称赞大刘:"你的文字不错。"

大刘说:"罗总,我读初、高中时,就梦想当作家。"

我表扬她:"难怪,看你的录入,错别字都少,原来你是有志向的。"我说,"刚才邓总还说要我聘一个作家,你是现成的,就聘你了。"

我们就说着这些,你一句我一句,边吃饭、喝酒,直到八点钟大家酒醉饭饱,这才各自回家。我好像记得我办公室的空调没关,就和谭元元回了公司,一看,果然没关,就说:"搭帮回来了,不然,空调开一晚,太浪费电了。"

谭元元却把我抱住,"亲爱的,一看见你,我心情就好了。"她解释,"这两天你连我的信息都不回,你讨厌我了,是吧?"

"在家里,我妻子跟侦探样,我敢随便回你信息?"

"这个时候不许说你老婆。妻子、妻子,叫得多甜啊。"

"我和她结婚时,她不许我叫她'堂客',也不准我叫她'老婆',只要我叫她'妻子',没办法,叫习惯了,改不过来。"

"那你叫我爱人吧。"

我望着她,她解释道:"爱人就是自己最爱的人。"

她等不及回家,就在沙发上挑逗我,说:"我爱你爱得都要疯了。"

我不得不提醒她:"只爱我一点就行了,别那么爱我,我是有妻子的。"

她龇着牙说:"我不能接受你游刃于两个女人之间。"

我觉得她有些专横,说:"嫉妒生恨。你不要嫉妒,不然,我们好不长的。"

她见我这话都说出来了,一怔,然后像个毫无办法的姑娘样,妥协地问我:"为了我们长久相爱,我得忍受你与你妻子做爱,是吗?"

"是的,"我无耻地回答,"这是没办法的,她是我妻子,你是我情人。位置要搞清楚,不然就玩崩了。"

她一脸欲望和自私地说:"我要你永远爱我,爱我到八十岁,不,八十岁太少了,爱我到一百岁,直到你爱不动了的那天。"

大年三十,我回了白水,去会大姐、大姐夫和二姐、二姐夫,二姐、二姐夫下午就来了,大姐、大姐夫快晚上七点钟了才进屋。他们早两天就回了白水,住在大姐夫父母家,家在黄家镇乡下。还在八年前,大姐夫便在他家老屋旁,建了栋别墅,父母住一楼,二妹和二妹夫住二楼,他每年回来都住三楼。大姐夫中午喝醉了,乡下,很多亲戚来看他,吃饭时都敬他酒,把他"敬"醉了。所以一进门,大姐见桌上摆满了菜,还摆着瓶茅台,便强调:"他不能再喝了,中午他喝醉了。一点酒也沾不得了。"

大姐夫笑道:"你怎么知道我一点酒都沾不得了?自作主张。"

我叫道:"大姐夫、大姐。"

大姐夫冲我点点头:"不错啊你。"

我还没回答,大姐夫又说:"书什么时候能出来?"

我答:"五月份吧。"

大姐夫坐下,又对我说:"书出来前,给他们看看,看需不需要修改。"

"好的,"我望眼二姐、二姐夫,"二姐夫,我也给你看看。"

二姐笑道:"好人写不坏,坏人写不好,你只管按你的意思写。"

大姐夫听懂了,说:"行啊你,把两个姨姐夫都吃了,本事不小啊你。"

大家笑,围着桌子坐下,吃饭。大姐夫先敬我一杯酒,我不敢不喝,就笑着喝了口。大姐夫说:"要干了。"

我把那杯酒干了,大姐夫又要给我倒酒,我捂着酒杯说:"大姐夫,我不喝了。"

二姐夫说:"你跟大姐夫喝了,我也要敬你一杯。"说着,二姐夫给我盛酒,二姐笑。二姐夫把酒倒满,举起酒杯与我碰了下,望着我。

我一口把酒干了。

二姐夫也把酒喝了。

我赶紧吃菜,用菜压着往上蹿的酒气。大家也举着筷子夹菜吃。菜有些凉了,吃了几筷子,大姐夫又趁机给我倒酒,我不肯喝,大姐夫说:"不喝不行。我们现在不光是连襟,还是商业关系,不能做了业务就忘了大姐夫,来,喝酒。"

"大姐夫,我会喝醉。"

大姐夫说:"醉有什么关系?谁没喝醉过?每醉一次,酒量就提高一次。"

我只好把大姐夫敬的酒再次一饮而尽。大姐夫高兴了,以前他敬我酒,我都不喝,这次他敬酒,我做了他公司的业务,这点面子不给他,他会不高兴。二姐夫向来不愿输给大姐夫,这两连襟骨子里互不买账,一个是深圳某集团公司董事长,一个是珠海某房地产公司董事长,都是人物,各行其是。二姐夫不喜欢叫叫嚷嚷,不动声色地拿过我的酒杯,为我添满,笑着说:"来,罗总,我们干一杯。"

这杯酒我也喝了。

妻子见我的脸红透了,说:"你不能再喝了,再喝会醉。"

我已经醉醺醺的了,但我说:"没事,不要紧。"

大姐夫就又跟我倒酒,我索性敞开胃喝,有意把自己灌醉。喝到第九杯酒时,肚子里翻江倒海的,突然有食物蹿上喉头,只好转身去厕所里呕。吐完,洗了把脸,坐在沙发上看电视。大姐夫表扬我说:"前年过年,你只喝了三杯酒就醉了,这次喝了九杯,大有提高啊。"

我说:"大姐夫,我不是怕醉,是不喜欢喝酒。"

"不喜欢喝酒你怎么谈生意?"大姐夫说,"中国人谈生意都是在酒桌上,有些大生意,几个亿的生意,都是在酒桌上,双方喝酒喝得高兴,拍的板。"

十点多钟,大姐夫和大姐先走了,大姐夫的弟弟开着大姐夫的大奔来接哥嫂,大姐夫表示友善地摁摁我的肩,起身和大姐出了门。家里就剩二姐、二姐夫和他们的儿子,他们过了十二点钟,放了送旧迎新的鞭炮才回家。就跟大姐夫一样,几年前,二姐夫在县城街上把自己的老屋拆了,建了栋三层楼,他和二姐的卧室,平常没人睡,锁着,只等他们回来才打开房间,掀掉盖在床上的布,重新铺上床单、套上被子什么的。我等二姐、二姐夫一走,这才跟跟跄跄地上楼,妻子赶紧跑过来扶:"你今天喝多了。"

我脑袋里嗡嗡地响:"我也不想喝酒,但我能拗过你两个姐夫?"

妻子说:"他们在生意场上拼打多年,都能喝酒,你能跟他们比的!"

我不想多说话,躺到床上我才有一种身体舒适了的感觉,人就沉入梦乡。

一早,我听见妻子、女儿和岳母在楼下说话,心里惦记着自己的父母,今天是大年初一,要回家看父母,以前没车,过年只能宿在一家,现在有车,当然就要照顾两边的父母了。我下楼,洗脸漱口时对妻子说:"吃过早饭,我们就出发。"

岳母听见了,问:"去哪里?"

妻子回答:"去长沙看罗定的爸爸妈妈。"

早餐是妻子煮的面,每碗面上盖了个煎鸡蛋。吃过面,九点钟了,我们上车。大年初一的街上,简直没有人,更没有几辆车,车奔起来就快。驶上高速公路,更看不到一辆车,我以一百三十迈的速度直飙长沙,假如不是怕罚款和吊销驾照,一百八十迈都敢开，因为路上空荡荡的。十点多钟就下了高速，直奔河西，车驶到父母亲住的楼下还不到十一点钟。父亲看见明明，很高兴地将明明提起来："看看我明明重了没有。"

我把带来的礼物放到茶几上，母亲说："来了就行了，带什么东西。"

我说："平时可以不带，过年当然要带。"

高压锅在厨房里嗞嗞嗞响，我问："煮什么啊，妈？"

母亲说："炖墨鱼。"

我们坐在沙发上说话，明明看着电视节目，父亲问黄江丽工作上的事，母亲问生活上的事，我的脑袋有点沉，还是昨天的酒闹的，就爬到床上睡觉。母亲已为我们收拾了间房，铺的是干净床单、套的是新被子，我一倒下去就睡着了。醒来，饭菜都上桌了，弟弟和弟媳也来了，一家人边吃饭边说话，回忆过去的一年，又向父母亲汇报今年的打算，气氛祥和，这大概就是过年。吃饭时，我又喝了点红酒，就又躺到床上睡觉，再醒来是妻子推我的肩膀，说："去A中学我们自己的房子看看吧？"

"那是你的伤心之地啊。"

妻子道："还什么伤心之地，已经过去了。"

我们就开车去了A中学，车一进学校大门，正碰见陆校长送客出来，我说："陆校长。"

妻子不屑道："不理他。"

陆校长也看见了我们，汽车冲到他面前时，他不自觉地看了眼车，自然就看见了我和坐在副驾驶座上的黄江丽，车驶过去，在楼前停下，陆校长还回头看了眼我们。我和妻子都没理他，径直向楼道走去。上楼，打开房门，妻子见房里乱七八糟的，茶几上还摆着吃完没丢的方便面盒，她瞧了眼，说："都起霉了，你啊，真马虎得没名堂。"

我答："我一个人住，也就没讲究。"

妻子帮我收拾房间，我拖地，她抹灰。干完这一切，妻子要在这张床上重温旧梦。我也觉得是该重温一下，就上了床。妻子问："你老实说，你有没有别的女人？"

"没有。"

"你身体这么好，可以几个月都不碰女人？"

"工作压力把性欲压住了。"

第三十二章

"不可能吧？"

"你以前没评上称职，心里不痛快时不是也没这方面的要求吗？"

这话说得过去，通常性欲与心情还是有点关系的，心情很糟糕时，心被糟糕的事情缠住了，是不会朝这方面想的。我们做爱做得正投入，手机响了，是女儿的电话，我接了，女儿说："爸爸，要吃饭了，奶奶要你们快点回家。"

我说："好的，就回。"刚放下手机，手机叫了声，一条信息飙到手机上，一看，是谭元元的名字，我忙打开，信息写道："爱，新年快乐，你想我没有？"

妻子问我："谁的信息？"

我赶紧删这条肉麻的信息，边答："李行长的拜年信息。"

"李行长？"

我用谎言搪塞："珠海的李行长，二姐夫的朋友，一个转业军人。"

我心里愧疚，想要是妻子看到了这条信息，那还得了？就亲吻妻子，让她闭嘴。风平浪静后，妻子下床去洗脸、化妆。等我把烟抽完，她也忙完了，我们锁门，下楼，碰见宋主任骑着单车回来。天已经黑了，是路灯让我们彼此认出了对方。宋主任望眼我妻子，表扬说："黄江丽，你变漂亮了。"

妻子回答："相随心生，在白水工作，心情开朗，没那么多烦恼。"

我递烟给宋主任，宋主任接了，边问我们："你们的房子卖不卖？卖的话，卖给我。"他又补一句："我女儿和未来的女婿准备买房子结婚。"

我答："暂时不卖。"

宋主任说："卖的话，第一个考虑我。"

我笑笑："好的。"

上了车，一发动，一束雪白的光照在宋主任身上，宋主任说："这车的大灯真亮。"

妻子坐进车里，宋主任退到一旁，我开车朝前驶去，边对妻子说："要感谢他，还要感谢陆校长，假如他们给我评了职称，我会很老实地待在学校里教书，现在也跟他一样为一点点蝇头小利而高兴或感谢陆校长。要感谢他们不评我和你的职称，压力产生动力，我们没被压垮，忙着赚钱，不用考虑这些屁事，反倒充实。"

妻子说："以前我一走进A中学，脑袋就涨，现在，没这种感觉了。"

"因为你不在这种害人的游戏中了。"我说，"中国，没有比评职称更害人的东西了。"

第三十三章

　　初二，大姐夫请客。以前都是大姐夫弄辆车过来接我们，我有了车，大姐夫就让我开车去。十一点钟，岳母催我们出发。我打二姐夫的手机，二姐夫说"急什么"，我说："那我们先去了。"我让江丽、岳母和女儿坐后面，岳父坐前面。汽车驶出县城，朝黄家镇奔去。大年初二，街上、公路上都没多少车，车大，玻璃又是减速的，开一百迈都不觉得快，很快，汽车就驶进了黄家镇。这是一座古镇，有一千多年历史了，唐、宋、元、明、清，那一千多年里，白水县衙是设在黄家镇，这是因为黄家镇傍着湖南最大的河流——湘江。古代运输，基本靠航运。县衙迁移到县城关镇是民国时期的事，因为粤汉铁路不经过黄家镇，官员们出行不方便，就把政府机构迁到了今天的城关镇。

　　黄家镇虽然不再是白水县的文化中心，却也热闹，镇子经营了一千多年，规模自然不比今天的城关镇小。大姐夫家不在镇街上，一条县级公路在黄家镇街上拐弯，直奔村里。由于这些年农村里也是烧煤、烧液化气，公路两旁就树木葱茏。大姐夫家是栋三层楼别墅，傍着山丘建的。原老屋也没拆，矮在一旁，土砖房，盖着黑瓦。儿女们相继去深圳后，别墅基本上空着，两位老人爱住土砖老屋。大姐夫混得有头有脸，自然就有人帮他招待客人，村长叫来厨师，帮着做饭。大姐夫在家陪客人聊天。客人有镇党委书记、镇长，还有本村的支部书记和村委会主任，大姐夫把我们一一介绍给这几位在黄家镇有头有脸的人物，然后对他们说："我组织你们去一趟香港、澳门旅游吧。"

　　村委会主任慌忙问："那要好多钱？"

　　大姐夫说："我组织，不要你们出钱，免费旅游。"

　　"那太感谢了。"村支部书记说。

　　大姐夫喜欢在家乡父老面前摆谱，村里的小水库是他多年前出资修的，用了几十万，将两处相邻的山丘连起来，砌了个水闸，遇到旱情，小水库就派上用场了；村小学校的重建也是他出钱，建了栋三层的教学楼；他还为村委会建了个用他的名字命名的图书馆，捐了三万册书，一万册新书，另两万册是他号召集团员工捐的书，让农民们既可以坐在图书馆阅读，也可以借书回家读。大姐夫每次回来，惊动很大，一些人纷纷来找他、看他，以坐在他家与他说话为荣。大姐夫有贵人架势，一对招风耳又大又长，鼻若悬胆，就喜欢玩这种味道。他对村支部书记说："你要多想办法，调动农民的积极性，让农民过上富裕日子，农民稳定，国家才能稳定，你担子不轻呀。"

村支部书记忙应道："那是那是，还需要您支持。"

大姐夫答："支持没问题，拿出具体实施方案，我一定支持。"

新上任的镇长说："黄家镇的发展，也需要您鼎力支持。"

大姐夫说："家乡的发展，我是很关注的。"

镇长高兴道："有您这句话，我心里踏实了。"

大家说着这些时，菜上桌了，二姐、二姐夫的宝马越野车也驶来了。二姐、二姐夫还有他们的儿子一下车，大姐便宣布："开饭了，就等你们。"

今天我没喝酒，肩上扛着开车送岳父岳母和妻子女儿回县城的责任，大姐夫就没劝我喝酒。大姐夫、二姐夫和镇党委书记、镇长、村支部书记、村委会主任等人喝着酒，边聊天，改革开放啊，黄家镇的发展啊，农民究竟如何干才能富裕啊，满桌子这些话题。我插不上嘴，就听他们聊。由于不用说话，又不用喝酒，很快我就吃饱了，于是我放下碗筷，走出来，坐到坪上晒太阳。这天的太阳十分温暖，乡下灰尘少，空气清新，就舒服。手机响了，是谭元元发信息给我："亲爱的，你没回我信息，呜呜，我有意见啊。"

我瞧了眼左右，回复道："在我大姨姐夫家吃饭。"

她又发来一条："什么时候回长沙，亲爱的？"

我回复："初六回长沙。"

她回一条："晕，还要等到初六？你明天回来吧，我想搞你。"

妻子走出来，见我在回信息，问："谁的信息，看看？"

我当然不能让妻子看，迅速把信息删掉，边说："邓军发的信息。"

妻子怀疑地看着我问："不是哪个女人给你发信息吧？怎么我看一下都不行？"

"不是，"我说，一副排斥她监视我的口气，"我不喜欢你一副不信任我的样子。"

妻子笑了下。

这时谭元元又发来一条信息："爱，我要你初四回来。"好在我已猜到谭元元会继续发信息给我，我已将手机模式转换成无声，所以这条信息就没出声音。我把这条信息删掉，说："明天是你二姐、二姐夫请我们吃饭，我初四回长沙，初五再来。"

"你初四回长沙干什么？"

"给同学和朋友拜年，你记得别人，别人才会记得你。现在我是在生意场上，不是在学校里，不能清高，清高了，不会有人理我。"

我们说着这些，二姐走出来，看着我笑。二姐穿着紫色貂皮大衣，看上去就高贵。我问："二姐，明天是在家里吃还是在别的什么地方？"

二姐说："酒店里吃，我们又不像大姐夫，大姐夫请客，有人帮忙。做饭菜累死了。"

我说："那是，一桌菜，做完，人都累蠢了。"

二姐笑："我在金龙头大酒店订了一桌。"

金龙头大酒店是县城里最好的大酒店，也是唯一一家四星级酒店，县城里，有头有脸的人请客，都是上金龙头大酒店，有时候县长、副县长请人吃饭，也是去金龙头大酒店。在大姐夫家吃完饭，两点多钟，我们开车返回县城，下午，车多一些。回到家已是三点多钟，女儿被妻子逼着弹钢琴，但没弹多久，白露来拜年，又有妻子的几个同事来坐，我就叫女儿去外面玩，我陪着聊了几句。傍晚，一些人告辞，家里才安静。

次日下午，我们去金龙头大酒店，在餐厅走道上，碰见了李县长一家人。李县长官运亨通，年前县里开两会，有人向县长发难，指责县长用人失察，亲手提拔的两名局长因受贿落马。这事闹大了，会议还没结束，有人便把县长放到网络上"晒"，动静很大，很多网站和名博转了，骂的人堆积如山，县长被免了职。在推选新县长时，李建军副县长被县委定为县长候选人，拿到县人大会上表决，竟奇迹般地通过了。这事十分顺利，也诡异，有人觉得这是个阴谋，却又抓不住把柄。李县长看见我和黄江丽，忙伸出手主动与我相握，边说："你是半个白水人，我们白水人的女婿，也该为我们白水县的建设，出一臂之力啊。"

第三十三章

我说:"哪里哪里,李县长,您太客气了。"

要不是我妻子在县文化局工作,我也用不着这么客气。李县长笑道:"你那个广告公司,也为我们白水做做宣传吧,如何?"

我答:"好的好的,不过要是在电视台或报纸做宣传,那费用会很大。有一条捷径,不知您愿不愿意?"

"什么捷径?"

"做书或画册,像云南丽江做介绍丽江的书,像湘西凤凰做介绍凤凰县城的书,这方面的书,投入不大,但收效不菲,关键是把书做好。做好了书,全国发行,宣传起来也有鼻子有眼。"我强调,"现在,很多县和古镇都是用这种方式营销,效果都不错。"

"这个点子好,"李县长肯定地说,"我们可以好好策划下。我们有古老的黄家镇,还有青山铺镇,那个镇的一座石桥,县志办的吴主任告诉我是北宋时期建的,很有历史。"

"那太好了,宣传古镇,对居住在大城市里的人,很有吸引力。"

"白水县除了历史古迹多,还出了个共产党的中将,出了两个国民党的将军,都是黄埔军校生,老屋都还在,一个在黄家镇,一个在县城关镇的老街上。他们都参加过长沙第二次和第三次会战,打过日本侵略军。"

"太好了,既有地理地貌,又有人文历史,好宣传。"

我和李县长就说着这些,李县长说:"下次我们要好好聊聊,看怎么把这些事情串成一本书,然后拿到北京去开新闻发布会,把白水县开发成一个旅游县。"

"当了县长就是不一样,肩负着全县人民的重托。"我吹捧他。

初四,我把自己和李县长的谈话复述给谭元元听,我说:"李县长是我的大学同学,很有头脑,他想在旅游上开发白水县资源,引进旅游投资。"

谭元元说:"那你有收获啊。什么时候开始搞?"

"我得把手头上的书做完,不然,你想把我累死啊?"

她笑:"我怎么舍得累死你?"

"对了,亲爱的,你以后少跟我发信息,我那位第六感觉很灵,只要是你发来的信息,她就盯着,要看。你以后发我的信息,用词中性些,不要再用'爱''亲爱的'和'我想你'那些字,我那位只要瞟一眼,就能看出我和你的关系不一般。"

"就是要她看出我们关系超出了一般。"

"你这样干会让我被动的。"

"被动正好,你在她那里被动,我不就有希望了?"

"那我以后就只能关机了。"

"你敢,"她对我瞪下眼睛,"试试看。"

我觉得生活在两个女人之间,心挂两头,摇来摆去,无耻得像个娼妇,曾经支撑自己的信条、名言、警句,原来不过是哄人的废话,在强大的物质和利益诱惑面前,竟那么不堪一击。高贵的灵魂,是自己尊敬自己。一旦身份、地位一变,一切就变了。我为自己丢失的灵魂,长叹一声,打起精神,坐到电脑前,看我采访徐行长的稿件。

谭元元欺到我身上:"怎么,生气了?好吧,以后,我会注意的。"

我们是在她家。这是套三室两厅房,在一个物业管理很严谨的高档住宅区内,一百四十多个平方,室内装修较简洁,白色的墙和顶,地上铺着深红色地板,家具也是白色的,这表示她是个很明快的人。她与前夫没生孩子,所以室内没有小孩子的东西。下午,她去超市买来菜,我修改文稿,她做了三菜一汤,汤是墨鱼炖肉,一个辣椒炒鸡蛋、一个胡萝卜烧肉,还一个大白菜。她问:"味道怎么样?"

"好吃,你太有才了。"

"那你还犹豫什么?"

我装不懂:"什么犹豫什么?"

"装,你这么聪明,还不知道我这话的意思?"

"真不知道。"

"多吃点墨鱼炖肉,我撒了点胡椒。"

"难怪味道这么鲜,原来你放了胡椒。"

"得给你补补,不然你怎么应付得过来。"

"还是你晓得心疼人。"

"当然啊,我是谁!"

"吹吧,一部电视剧里说,给你一点阳光你就灿烂。"

"这叫作抓住机遇,开放搞活。"

我们说着这些,手机响了,妻子打我的手机,我对谭元元小声说:"别说话,我妻子。"我按了通话键，问道："有何贵干，老婆？"

妻子在手机那头问："你在干什么？"

我望眼谭元元，回答："在公司里修改采访稿。"

妻子问："今天回来吗？"

我看眼墙上的钟，已是晚上八点钟了，答："明天回来，亲爱的。"

谭元元听见我对妻子说"亲爱的"，在一旁做鬼脸，我怕她恼怒而发出声音，忙对妻子说："不跟你说了，我要工作。"我挂了机，瞟眼谭元元。

她温柔地坐到我身边："你很幸福，老婆爱你，我也爱你。"

"我既幸福，又烦恼。"

"为什么这样说？"

"我要把自己分成两半啊，一半给你，一半给她。"

我说完这话，感到自己很无耻，为了不让妻子怀疑，我必须不断地撒谎，否则就后院起火了。人堕落起来，其实并不需要别人教，人人身上都具备堕落基因，这基因来自于本能。人首先是动物，动物的本性便是想占有更多的食物，宁可把抢到的食物埋起来，也不愿把剩余的食物拿出来分享。如此看来，贪欲是人的本性。所以通常情况下，人是自甘堕落，别怪是受金钱诱惑，也别怪是被他人逼迫。我不怪谭元元，她爱我是她的事，而我有了妻子却不拒绝她，这是我不道德。这些思想宛若浮萍样在我脑海里飘荡。

谭元元把脸温柔地贴到我胸上，娇声问："你爱我吗？"

我答："我真的很爱你。"

这时她的手机响了，她看了眼说："是我二舅妈。"

她接了，我听见她对着手机说："二舅妈，我不在长沙，我在三亚。"

她挂掉手机时，我有所觉察地说："你连你二舅妈也骗？"

她说："告诉你吧，我二舅不安分，五十岁了与一个二十几岁的女人好，玩什么老牛吃嫩草，要跟我二舅妈离婚，二舅妈不肯离，缠着我诉苦，可怜兮兮的，你让我怎么办？"

"那你二舅蛮时尚啊。"我这么说了句。

"时尚什么啊？"她说，"我不准。我二舅妈软弱、老实，我二舅有点欺负她。"

我觉得古怪："你不准，你能管你二舅？"

她冷着脸色专横道："怎么不能？做侄女的有权点醒糊涂的长辈。"

过完年，我们便全身心地投入到工作中，在采访录音上发挥自己的想象，尽量在文字上为我采访的人物锦上添花。这样忙了三个月，五本书和五本画册的编辑、设计事宜基本上做完了，于是我将五本书和五本画册做成假样书，决定拿到深圳去给那五位总经理看，请他们提出修改意见，因为一旦印成书和画册，再改就要等加印了。在准备去深圳的前一天，我正在电脑上看画册封面设计稿上的字体，刘博士戴顶棒球帽，一张脸被阳光晒得黑黑地来了。当时谭元元正站在我一旁，刘博士叫道："元元美女，忙吗？"

谭元元有些奇怪，问他："你怎么找到这里来了？"

刘博士友好地说："你忘了你买这几间办公室开广告公司时，咨询过我。"

"是啊，我想起来了，是问过你。"她说，"什么事啊，刘博士？"

刘博士嘿嘿一笑："要向你汇报呢。"

"别说得这么谦虚，你就是谦虚得让人受不了，有事打个电话就行了。"

我正想刘博士说话有点幽默，手机响了，显示的是李县长的手机号。我接了，李县长问我："罗老板，在哪儿？"他不等我回答又问一句："在白水吗？"

我说："没在白水。你有什么吩咐？"

李县长在手机那头说："我准备叫上宣传部长、文化局长和旅游局长，一起座谈，讨论怎么把白水县宣传出湖南。"

"好事啊，李县长，"我知道业务来了，奉承道，"白水县有你，将出名了。"

李县长在手机那头说："现在是三点一刻，我们五点半在县委招待所的牡丹厅见？"

我答："好，我一定赶来。"

我对谭元元说："我得赶到白水去，李县长准备启动宣传工作了，约了县文化局长、旅游局长，这可是一笔有县委、县政府支持的业务。"

谭元元问："要不要邓军陪你去？"

"不用。"我说，"先只是接洽，看对方是什么意思。"

我从抽屉里拿出一万元现金，拿了条芙蓉王烟，把谭元元和刘博士抛在身后，钻进电梯，下到车库，上了奥迪A6，开着车就向高速公路入口飙去。还好，街上

第三十三章

不塞车,我把车拐向人民路,驶进车站路,上了高架桥。这是五月下旬的一天,天气晴朗、阳光明媚,这段时间由于天天一个太阳高悬在长沙的上空,气温早攀到三十几摄氏度了,就燥热。五点钟,我驶出高速,开进县城。县城交通紊乱,反倒有些塞车,本来只需五分钟,却用了一刻钟才开进县委招待所。妻子的顶头上司——文化局邓局长,中等身材,秃顶,圆圆的额头就十分敞亮。过年时我和妻子去他家拜访过,他看见我,高兴道:"罗总好。"

我们握手,邓局长把他一旁的美女介绍给我道:"我们县旅游局新提拔的美女局长。"

我一愣,这不正是在舞厅里被我和妻子比下去的王美女吗?

她看见我也一愣,一笑,伸出手,我们握了下,她说:"叫我小王吧。"

我答:"你太谦虚了,王局长很年轻,又漂亮,大有作为呀。"

王局长扫眼我,估计她在琢磨我话里的意思,我忙说:"没别的意思,只是觉得你真漂亮,漂亮到使我情不自禁了。"

王局长的脸微微红了下,邓局长哈哈大笑:"王局长是我们县最年轻、漂亮的局长。"

王局长说:"邓局长取笑我了。"

邓局长说:"难道我说的不是事实吗?县里这么多局长,谁有你漂亮?"

王局长做个鬼脸,说:"你越说越来劲了。"

李县长来了,不是坐车,而是步行来的,一旁走着另一个胖男人。李县长冲我介绍胖男人说:"我们县委常委、宣传部何部长。"

我与何部长握手,何部长点头,边说:"昨天李县长在常委会上说,要想县里的老百姓得到实惠,就得走旅游发展路线。这不失为一条好思路。"

我说:"那是,那是,旅游可以给老百姓带来直接经济利益,因为旅游者要住、要吃,还有的旅游者也想购买些县里的土特产,这自然给老百姓带来了利益。"

邓局长立即拍马屁:"我们李县长高瞻远瞩,看到了旅游发展给老百姓带来的商机。"

王局长也娇声说:"李县长是什么人?他早就想在旅游上下功夫了。"

李县长哈哈笑,一行人向二楼的牡丹厅走去,大家围绕李县长依次坐下。我从袋子里拿出芙蓉王烟,一人面前放一包,这才在李县长一旁坐下。李县长说:"今天就我们五人，我没多叫一个，就是想认真讨论一下方案和可行性步骤。请你来，是想听听你的意见。我事先已跟旅游局、文化局做了布置，让他们联手拿出可行性方案，看怎么做宣传我们白水县的书和画册。书和画册同时做，光有书不行，光一本画册，也简单了，要双管齐下、一步到位。总之一句话，书和画册一是当赠品送人，上级领导来视察，我们可以赠书和画册给他们，让他们口头上宣传宣传；二是要在全国发行，目的是让外地读者一拿到书和画册就感兴趣。这方面，你是专家。"

我说："专家谈不上，但我可以提提我的看法。"

四个县里的干部都望着我，我说："我向来有个主张，就是大投入大回报，小投入大回报的事，在当今这个媒体操控的社会，已经不可能了。因此，除了做书和画册，还要县委宣传部不断地请作家、画家来白水吃喝玩乐，请他们去黄家镇看看，请他们去青山铺镇看那座北宋时期建的石桥。请他们去驼峰山漂流——刚才与美女局长聊，她说驼峰山可以搞漂流开发，她和几个人去实地考察了，只要在山腰上筑个坝建水库，截住溪水、雨水，再请这方面的专家来设计漂流水道，另外在驼峰山自然风景区建一些体现农家风味的农家乐，让农民在环境、卫生上多下功夫。我想城里人来玩，会在网上传播，这样，白水县的旅游便会一步步上升。"我望眼李县长和王局长，"不过具体实施起来，一定要一个个地落实。"

李县长抽口烟，瞟眼王局长，说："白水县有很多旅游开发资源，一、它在京广线上，国道和高速公路都经过白水，交通极其便利；二、黄家镇有东西可挖，黄公庙有一千多年历史了，黄家镇的老街上，有些住宅建于一百多年前，还有的建于民国初年，那都是历史，县里准备出钱，将那些房屋进行修缮、保护，老百姓也会愿意。王局长去考察过，那里有栋房子，曾经是所私塾学校，建于清道光年，房子在五十年代收为了公房，住着一些住户，县里决定把住户从那栋房子里迁出来……"

饭菜上桌了，大家边吃，边发表着各自的建议，旅游局美女局长不停地边吃边在笔记本上记录我们的谈话，邓局长也时不时记下李县长或宣传部长的指示。我也时不时做些记录。菜上了甲鱼、基围虾、桂鱼，酒上了茅台，规格算高的。吃完饭，上茶，大家继续聊，直到十点多钟，李县长说："今天大家都踊跃发言，这个头开得好。王局长，我看明天你带罗总去这几个地方转转，让他找找感觉。"

我说："李县长，我明天去深圳，等我从深圳回来，我再联系王局长。"

李县长点下头，说："县委常委会上已做了决定，我们这几年的工作，重点是开发县里的旅游景点，把旅游推上去，让本县农民得到实惠，让他们在家经营农家乐。现在，很多年轻农民都跑出去打工了，要召他们回来，只有把旅游事业发展起来，农民觉得不用外出打工也能赚钱，才会回来经营。在这方面，我们要派干部出去考察，多向别的县学习。"

我看李县长说得眉飞色舞的，王局长、邓局长和宣传部长都频频点头，就觉得这事有戏，并非坐在一起空谈发展和理想，我望眼王局长，说："王局长，我相信你们有李县长支持，白水县的旅游事业一定会连跳几个台阶。"

王局长赶紧点头说："那是，那是，我们李县长可是个实干家。"

走出县委招待所时，我小声对王局长说："我晓得你叫王懿。"

今天的全过程她都在场，中途我没离开过一步，她清楚没有人向我介绍她叫王懿。她十分惊讶地望着我："你怎么知道我叫王懿？"

"一年半前在你们县图书馆，我去借书，顺便看见了你的签名，记住了。"

她望着我，我以为她没回忆起来，就提醒她道："你那天在白露手上借了三本书，一本《钢铁是怎样炼成的》，一本《悲惨世界》，还有一本是托尔斯泰著的《复活》，是吧？"

她感叹："哇，你记性真好。"她接着说，"《钢铁是怎样炼成的》我看完了，《悲惨世界》我没看完就还了，还有《复活》，也没看完。"

"缘分啊，没想我们还有机会坐在一起说事、吃饭。"我说。

她连连赞同道："缘分缘分，还真是缘分。"

我伸出手："为我们能合作愉快，我们再握下手。"

她赶紧伸出纤手，我们再次握了下，同时一笑，她笑得很甜，说："你的舞跳得真好。"

我一怔，原来她也记住了我，我立即说："我跳国标曾获过长沙市舞蹈大赛金奖。"

我也会自吹了。

我可以开车回长沙，但这个时候，我选择了回岳父岳母家。我把车开进老干所时，女儿还在客厅看电视，岳父岳母在自己房里练气功。女儿开的门，见是我，叫了声"爸爸"，又转身跑进客厅，继续盯着电视看。我问女儿："你妈呢？"

女儿答:"妈妈出去了。"

岳母收了功,走过来笑着说:"罗定来了。"

我说:"刚才与李县长、何部长他们在一起研究白水的旅游项目,江丽呢?"

岳母笑道:"她同学叫她出去了。"

我说:"那她应该快回来了。"

岳母说:"你打她的手机,看她在哪里。"

我拨了妻子的手机号,响了一阵,妻子接了,我问:"老婆,你在哪里?"

妻子答:"在家里。"

我惊住了,问她:"家里?"

我向楼上走去,边想她也对我撒谎了,这说明什么?我笑,边说:"我刚才打电话到家里,明明接了,说你出去了。"

她在手机那头停顿了几秒钟,这才回答我:"在金龙头大酒店的咖啡吧喝咖啡。"

我问:"跟什么人喝咖啡?"

"几个同事。"

"真的吗?"

"真的。"

我说:"好吧,那你早点回去。"我挂了机,想金龙头大酒店又不远,我倒要看看她跟什么人喝咖啡。我出门对岳母说:"我去接江丽。"

我启动汽车时,忽然有些犹豫,她干吗对我撒谎?看来,撒谎是生活常态。我把车开到酒店的停车坪上,走进了咖啡吧。妻子果然在咖啡吧,不过不是与几个同事喝咖啡,而是跟张卫国面对面坐着喝咖啡,就他们两人。虽然咖啡吧里光线昏暗,看不清妻子的脸色,但我感觉妻子脸红了,还有些慌乱,她一时没想到我可以接二连三地戳穿她的谎言,先是说在家,被我戳穿,又改口说她与几个同事在金龙头大酒店喝咖啡,又被我戳穿。她呆了:"怎么,你什么时候来的?"

我没理张卫国,他给我的感觉很猥琐,昂着一张尴尬的国字脸,我说:"下午就来了,与李县长、何部长、旅游局王局长,还有你们邓局长一起谈事。"

"谈什么事?"

"谈白水县的旅游开发。走吧,我接你回家,买单没有?"我问。

张卫国这才开口说话:"你们先走,单我来买。"

我没理他，转身向门口走去，妻子跟着我走出金龙头大酒店漂亮的转门，坐进奥迪车，边说："来了也不打电话告诉我。"

"你有人陪啊，还需要我告诉你？"

"什么意思？"

"你今天没说真话。"

"我没有做对不起你的事。"

我发动车，掉头，朝前驶去，边问："那你干吗撒谎？"

"我是不想让你胡思乱想。"她又加一句，"如果我说我与张卫国坐在咖啡吧喝咖啡，你不会有一大堆话吗？我不想让你疑心。"

"只是喝咖啡？"

"就坐在一起喝喝咖啡，你看见了。"

"那么简单？"

"你希望复杂？"

"不是我希望复杂，就怕一些事情比我看见的复杂。"

"你想得太多了，他只是约我喝咖啡。"

我原来很责备自己，自从与谭元元有了那种关系后，觉得自己对不起妻子。这种感觉虽然随着时间的推移，在一点点淡化，但根子还是在心里。此刻，我有点释然，因为妻子也在与另一个男人约会。我不知道这种约会是不是超出了常规，问是问不出的，妻子再傻也不会承认。车驶进老干所，我下车，和妻子一起步入客厅，岳母说："回来了？"

我没吭声，妻子答："回来了。"

我上楼，妻子洗了脸和脚，也上楼。她今天穿着件橄榄绿连衣裙，这连衣裙的领子开得很大，露出了乳沟以上的地方，中间有根腰带，系着腰身。妻子解下腰带，拉开藏在左边腋下的拉链，脱掉连衣裙，扔在椅子上，换了放在枕头边上的睡衣。她说："你今天来怎么不打电话？"她又捡起坐在车上时说的话。

"没来得及，"我答，"李县长突然要我来白水商讨宣传旅游方面的事，我开着车就向白水赶，高速公路上，我哪敢打电话，想反正要跟你见面的，就没打。"

妻子说："你宣传做得蛮好啊，都做到我们白水来了，还县长亲自打你电话。"

"你今天跟张卫国坐在咖啡吧里谈什么，两个人？"

妻子轻轻一笑："他希望我调到三中去。他去年在三中办了音乐、美术班，把县里爱好音乐、美术的一些学生招到了三中，学校还添置了五台钢琴，让学生增强试唱验耳的能力。有的学生是农村里的，喜欢唱歌，想成为歌唱家，却从没见过钢琴。今年又要招两个班，一个音乐班、一个美术班，老师少了，他要我去。"

我不知道妻子说的是真话，还是谎言，也许是真的，但也许只是他们坐在一起的借口，我不能判断。我本能地反对说："别去，文化局邓局长人不错，我今天与他接触，发现他很随和。再说，李县长又是我的大学同学，我与他的合作肯定是长期的，将来给你一个副局长当不是没可能。对了，明天我去深圳，这个星期的周末我不会回来。"

"去深圳干什么？"

"还不是那几本书和画册的事，书和画册都做好了，送给他们看，请他们提提意见。"我忽然问妻子，"你没跟张卫国上床吧？"

妻子答："上你个头呢，只是坐在咖啡吧里谈事情。"

第三十四章

到了深圳,我们没让谁接待,一的士坐到红云大酒店。安顿下来后,我便给大姐夫打电话,大姐夫在海滨大酒店,我忙送样书过去。大姐夫在他宽大、庄重的办公室里接待了我,他翻阅着我做的样书和画册,表扬说:"不错啊,罗定,看不出啊。"

他让赵秘书打五位公司总经理的手机,让他们到海滨大酒店吃中饭。其中一位去北京谈业务了,要明天回深圳。另四位总经理陆续来了,看见我坐在董事长办公室,都与我打招呼。我亲自把书和画册送到他们手上,边说:"有什么用词不当之处,还请你做下修改记号,便于我们及时更正。"

几个总经理说:"好好,我回去看,给我三天时间。"

大姐夫说:"书做得不错,画册印刷要更好,我看就在深圳印刷,都先印三千册,不够再加印。"大姐夫扫了一眼在座的四位总经理,"以后,你们与客户或往来单位、政府部门接洽,把书和画册送给他们,让他们更多地了解我们,这对我们集团是很好的推介。"

四位总经理都说:"那是那是。"

大姐夫问我:"怎么样,来我们集团公司,我给你一个副总经理的位置?"

我答:"谢谢大姐夫,我自由散漫惯了,只适合做闲事。"

回到红云大酒店,谭元元躺在床上看电视,说:"我正准备给你发信息。"

我说:"事情办完了,他们看了样书,都说不错。"

第二天没事,上次来深圳住了两个多月,我都没时间去世界之窗和民俗文化村玩。谭元元一早起床,便拉我去民俗文化村和世界之窗。她说:"反正没事,去吧。"

我拿上相机,随她走出酒店,直奔民俗文化村。九点来钟,我们步入了民俗文化村。谭元元着一身麻色套裙,脚上一双尖尖的白高跟凉鞋,擎一把红花伞,一路要我给她摄影。当她站在观音菩萨前,双手合十,低着头,那么一副毫无戒备的模样出现在我视野里时,显示出了十足的虔诚和温情。我接连给她照了好几张。她面带微笑地瞧着我,我用艺术家的眼睛盯着她,在巨大的观音菩萨充当背景的景致下,她很有女人味。我被这种味道感动了,说:"别动,你真美。"

我又接连给她拍了几张,希望通过这台佳能数码相机的拍摄,能挑选出一两张好点的,取上一个比如"默祷"或者"求神"之类的名字,寄给《湖南画报》,因为那一刻,她不但温情脉脉,还十分虔诚,有女影星风采。我们在路边的椅子上坐下,我说:"我问你一句话,你不准思考,要马上回答。"

"好,你问。"

"你为什么会爱上我,我既没钱又没地位?赶快回答,不准思考。"

"没道理,就是感觉。"她说,"你应聘到宏大集团公司的第一天,我第一眼看见你,就觉得我和你之间有缘一样。"

"有缘是什么感觉?"

"亲切的感觉,虽然当时还不认识你,但感觉你很帅。"她一笑,"你给我的第一印象,很酷,不像别的男人,看见女人就献殷勤,我问你话,你没理我,只是看了我一眼,目光很干净,不像有些男人的目光那么浑浊。知道吗?你第一次瞟眼我,就把我的魂摄走了。我特别喜欢你这双眼睛。"

她这是第三次说到我的眼睛,看来她真是被我的眼睛迷住了。我说:"你是个很温情、漂亮的女人。你前夫竟然舍得离开你,他一定是个蠢男人。"

我们在一起,很少谈论她的前夫,我不谈,她也回避谈。此刻,她若有所思地说:"我跟你一样是干部子女。我结婚的时候什么都不懂,好温柔的,心里只有丈夫。我父亲生前是某厅厅长,我父亲活着时他还比较老实,基本上每天晚上都回家。父亲患肝癌去世后,他变了,跟有钱的很多男人一样,在外面乱搞女人。我大舅找专业人士帮忙,监听了他的手机,自然就晓得他的动向,他和一个女人在酒店开房,我大舅带人捉了奸。这就是我和他离婚的原因。去年,他做股票,亏得一塌糊涂,来找我,说他想和我复婚。我说:'这个世上的男人死绝了,我也不会和你复婚。'"

我问:"他还想跟你复婚?"

"他现在没钱了,以前他花钱如流水,我听刘博士说,他走霉运了。"

"要是你父亲还在，他应该不会跟你离婚吧？"

"他敢？我父亲就我一个女儿。我母亲去世后，父亲很消沉。父亲身体一直不好，没再娶，我和父亲就相依为命。"她脸上展现一片温情，那是对父母亲回忆的温情，"父亲死后，我知道从此我要一个人面对这个社会了。我没有兄弟姊妹，前夫就欺负我。晚上不回家，打他的手机也不接，害得我在家干等。我知道我必须变强硬，必须一个人面对一切。有次，我们吵架，他一脚踢在我肚子上，我跑进厨房，拿菜刀砍了他两刀。"

"真砍了他两刀？"

"真砍！我气极了，挥刀砍下去，他用手臂一挡，砍在他左手臂上。另一刀砍在他肩上。他见我是真行凶，怕了，慌忙跑出去，自己去医院包扎了伤口。"

我没法想象她拿菜刀砍前夫的情景，当时她一定疯了。我瞥着她，心里对她既敬畏又怜悯，还觉得她是个很勇敢的女性。"你父亲去世几年了？"

"六年了。有段时间我很痛苦，就是与我前夫闹的那段时间。"她说完这话，温柔地望着我，"那段时间你没看见我，我变得跟母老虎样，动不动就咬人。前夫想跟我亲热，我扑上去就咬他，咬得他肩膀上、脖子上都是伤痕。前夫被我砍了两刀后，家都不敢回了，提出离婚，我说把一千万打到我银行卡上，我就离婚。他当天就叫财务人员把一千万打到了我银行卡上，我在离婚协议书上签了字。"

我留意到她坐在民俗文化村说的关于她离婚的细节，与她以前对我说的，完全是两个不同的版本，我不知道自己应该相信哪一个。我们吃了简便的盒饭，在树荫下休息时她又对我说起了前夫："我和他没感情基础，我是遵循母亲的意思与他结婚的。我母亲一世精明，唯独在我的婚姻大事上，栽了跟头，我和他生活在一起时，感觉不到快乐。"

她见我迷茫地瞧着她，又加了句："当然，也许我也有错，我那时年轻，太任性了，在家里什么都不干，只晓得上网玩游戏，或在手机上看小说，他也受不了我，于是我们感情越来越糟，裂缝越来越宽，直到离婚。"

我转移话题道："刘博士那么有头脑，没做房地产？"

"刘博士说，做房地产，国家税收太重，各种税加起来，要收去利润的一半。而炒股炒期货是投机，风险虽大，税收却没那么重。炒期货比炒股票还复杂，陷阱很多，许多人栽进去了，亏得骂娘，那有什么用？这是高智商玩的游戏。"

我说："刘博士一看就是个聪明绝顶的人。"

"我大舅也很聪明，"她说，"也跟你一样，经常读书、想问题。"

她的脸被深圳的太阳晒得略红了些，这种红色使她的肤色显得很健康，我说："我今天才晓得你是个坚强的女人。"

"不坚强不行，"她说，"这个社会，柿子净挑软的捏。女人想不被别人玩弄和嘲笑，就得打拼。男人都靠不住。"她瞟我眼，"不过，你例外。"

"我不例外，也是'都'里面的一个。"我说。

我们走出民俗文化村，在世界之窗的门前，她抱着一座石雕像，做出一副亲昵的形容要我拍照，"喂，怎么样？"接着还做了个亲热的怪脸。

我再一次感到她温柔起来很妩媚，忙替她拍了好几张。随后，我去购票，我们一头扎进世界之窗。我在世界之窗为她拍了几百张，她也为我拍了多张，直到玩累了，实在不想再拍了，我们才打车去她朋友邓美女开的湘菜馆吃饭，回到酒店已是八点多钟。谭元元洗澡时，妻子来电话，问我干什么，我答："正准备睡觉，好累的。"

妻子说："房间里好像有流水声。"

我说："我正打算洗澡，没事我挂了。"

"我想你。"

我正准备说什么，谭元元赤裸着身体走出来，她洗完澡了，我怕她说话，赶紧把手指放到嘴边，打了个别说话的哑语。我说："好了，别说了，我下周回来。挂了。"

谭元元说："你那位的电话？"

"嗯。"我不想跟她说这些，这个时候与她在一起，我最不愿意谈的就是我妻子。我起身说："我洗澡去。"

她抛一句话给我："乖，明天我们干什么？"

我对她叫我"乖"很不习惯，答："去海边游泳吧，我还没在海里游过泳。"

三十六岁了，我才第一次用身体接触大海。这是太平洋，此时此刻，我站在无边无际的太平洋岸边，瞧着湛蓝湛蓝的太平洋。陪我们来海滨泳场的除了开湘菜馆的邓美女，还有杨老板，昨晚我跟他联系，说将有五本书和画册要在他那里印刷，今天一早他就赶到红云大酒店，硬把我和谭元元从床上拉了起来。邓美女也驾着一辆北京现代的跑车来了，居然是一个人，谭元元问她怎么没把小白脸带来，邓美女答:"我那帅哥昨晚打电游打到今天一早,我叫他起床,他硬要睡觉,不来了。"

杨老板望眼邓美女,热情道:"那正好啊,我陪你游泳。我们是两个孤独的人。"

邓美女瞟眼杨老板,一笑:"好啊,走吧。"

谭元元上了邓美女的跑车,我坐进杨老板的广本,一路向海滨游泳场奔去了。还只是五月下旬,可深圳是亚热带海边城市,海滨游泳场人还不少。杨老板对邓美女大献殷勤,看来这是一只公狗,见到女人,不论粗糙,都往上粘。邓美女笑盈盈的,杨老板说:"美女,准许我亲吻一下你的玉臂吗?"他大胆地看着邓美女。

邓美女答:"那可不行。"

杨老板就盯着邓美女,像是要把邓美女吞食进眼里似的。谭元元看见了,嫣然一笑:"杨老板,你别说得那么露骨,人家邓美女可是淑女,爱也要爱得含蓄呀。"

"男人的爱情如火焰,"杨老板十分嚣张,"像我们这样的生意人,做事都是直来直去,敢爱敢恨,哪里会像酸文人那样转弯抹角?"

邓美女瞟他一眼,批评说:"直来直去太简单了。"

杨老板问:"邓美女是要复杂啊?"

邓美女答:"要浪漫。"

我笑,谭元元也笑,边对我小声说:"杨老板发情了。"

"我信奉两条,一是抓紧时间赚钱,二是抓紧时间谈爱。"杨老板表白,"人生苦短,做人做事都要快刀斩乱麻。罗先生,我说得对不对?"

"你说得太对了。"我说,"常言道,不会生活就不会工作,不会享受就不会赚钱。"

"太对了。"杨老板说,"赚了钱不享受,等于没赚钱。"

海滨沙滩上,一把把遮阳伞呈现在我们眼里,许许多多男男女女穿着泳装在沙滩上走来走去。湛蓝一片的大海中一颗一颗的头如一个个小蘑菇般浮动。我想每个人第一次看见大海时都会产生这样的感叹:大海是多么壮阔啊。我走进大海,身体浮了起来,谭元元朝前游着。大海是人类的母亲。一位生物学家说,地球上的一切脊椎动物,如鹿、马、老虎、牛、狗和猴子等等,以及我们人类都是从鱼演变来的。那位生物学家说,由于地球气候变化,加上鱼类本身的进化,经过若干年演变,生活在海中的鱼开始登陆了。生物学家说就像南极洲的海狮海豹,它们常常成批地爬上岸，像我们人类一样，躺在沙滩上晒太阳，一晒就是半天。生物学家说，一亿年前的某些鱼类动物都是这么干的，它们逐步适应了陆地气候，离开了海洋。所以他有理由认为，人类的祖先是鱼。

我和谭元元回头张望，邓美女不太会游泳，杨老板就陪着邓美女在岸边游。我开始游仰泳，仿佛是躺在海面上看着碧蓝的天空，一缕缕白云在我头上浮动。我突然想，人，自私、贪婪、龌龊，却满脸正派，人都是活在伪装中，无一例外。谭元元说："往回游吧。"

我们往回游。杨老板在教邓美女游泳，见我们游回来了，他和邓美女也上了岸。我们四人躺到遮阳伞下。一个金灿灿的太阳悬在天空，将金灿灿的炽热的阳光涂在大海和男男女女身上。我注意到杨老板时不时地盯着邓美女，与邓美女调情，邓美女咯咯咯笑。

谭元元不望他俩，而是侧着身体躺着，看着我。她的身材很好，躺着的曲线十分迷人，我问她："累了吧，亲爱的？"

她说："还好。"

在遮阳伞下，在金黄的沙滩上，她的大腿和胳膊闪烁着迷人的光泽，她快三十三岁了，可是从外表看，你怎么也看不出她有三十岁。一旁的邓美女，皮肤有些松弛，而她，皮肤、肌肉都十分紧凑，充满弹性。我说："你是天生的尤物。"

她对我吐下舌头，跷起一条腿，昂起脸，面色娇艳地说了句："那你赶快离婚吧，你离了婚，我会好好爱你。"

我答："现在肯定不行。"

"为什么？"

"事情还没做完。"

"我今年三十三岁了。"

我看眼杨老板和邓美女，杨老板抓起一把沙子撒到邓美女的颈脖上，邓美女咯咯咯笑。我转移话题说："杨老板真会玩，你看。"

"不错吧，杨总，没爱上邓美女吧？"谭元元笑着问。

杨老板说："已经爱上了。"

邓美女羞红着脸说："元元，杨哥说他要好好招呼我呢。"

"都叫'杨哥'了，挺快啊。"谭元元说，"不会把小白脸扫地出门吧？"

"是要体验一下新的爱情了。"邓美女说："对酒当歌，人生几何？"

第三十四章

我望眼邓美女，那段时间深圳电视台正在播新拍的《三国演义》，曹操说过这样的话，邓美女活学活用了，温柔地笑着，一只脚轻轻地拍打着沙子。我看着邓美女，她在我的注视下不好意思地一笑，扭开了脸。我说："我再去游游，你们聊。"

傍晚，血红的夕阳即将沉入大海，天空飘荡着一朵朵橘红的云朵。我看见一只白白的海鸥从空中飞过，朝着夕阳飞去。其中一只海鸥扇动翅膀的动作非常悠闲，它不是在激烈地扇动翅膀，而是用它的翅膀一下一下地拍打着空气，飞得不是很快，但却很自信的情形。这是我用仰泳的姿势躺在海面上看到的海鸥。我感受着海水浸泡，感受着大海的温情。我从海中爬上岸时天色已昏暗了，谭元元、邓美女和杨老板坐在躺椅上喝冰镇饮料，谭元元侧身卧着，白白的很性感的大腿优美地呈现在我眼里，乳房将泳装撑得很挺。她没像我一样拼命游泳，她怕海边的太阳把脸晒黑，整个下午，她和邓美女都只下海游了一次，大量时间都是躺在阳光晒不到的遮阳伞下休息。邓美女有些得意，因为杨老板十分关心她。

杨老板躺在另一张躺椅上，穿着条红红的将下身裹得紧紧的小裤衩，两条腿直直地伸向前方，有些不雅。谭元元看见我走来，说："我当了一下午的电灯泡。"

我说："你可以躺到别的地方嘛，干吗不腾出空间给邓美女和杨老板？"

谭元元说："我是要躺开的，邓美女不准。"

邓美女笑，杨老板直视着我："游得开心吗，罗先生？"

"我这是第一次在大海里浸泡。"

"哦，那很伟大嘛。"杨老板说。

我躺下，感到我生平第一次有这种自由落体似的轻松感，面对无边无际的蓝蓝的大海，你会产生一种绝对渺小的思想，在这种思想里，你会感到自己只是这个世界里匆匆即逝的过客。我说："刚才我躺在大海上思考，觉得人用不着活得那么认真，因为汪洋一片的大海已经向我昭示了人类的生命，绝对是短暂和渺小的。"

"你说得太对了，"杨老板说，"所以要只争朝夕。"

谭元元说："我们罗总是个有追求的人。"

我答："曾经有，现在没有了。"

杨老板说："等下我们去吃饭，今天我做东，你们都别跟我抢。"

谭元元答："好啊，杨老板客气。"

杨老板说:"今天我们不回去了,在这里住一晚,我和邓美女今晚在海边浪漫一下。"

"那不行,"邓美女说,"我那帅哥刚给我打电话,要我给他带个套餐回家。"

"你那帅哥今天把你交给我了。"杨老板说,"今晚就别回去了。"

邓美女看眼杨老板,回答他:"下次吧,不在乎这一时。这样吧,到我店里吃晚饭,我请你们。怎么样,元元?"

谭元元看眼我,我故意说:"你们不在海边过夜了?"

杨老板说:"你们也别走,你们走,邓美女不会留,都别走。"

谭元元答:"我倒是无所谓,可是到了夜里,会冷啊。"

"冷,再开房睡啊,再说,还可以到车上睡。"杨老板急着要与邓美女浪漫。

谭元元望着邓美女笑道:"你定。"

邓美女说:"那就不回去了,在这里玩点刺激的,放松放松吧。"

这话里含着暧昧内容,我暗想,女人原来也可以无耻,若孟子活过来,听见邓美女这么说,立马又会钻进坟墓里去!我看不清谭元元的脸,但我听见她也愉快地笑了……

第三十五章

　　从深圳回来,人就仿佛从一个又好玩又轻松的世界走进一个空气中充满压力的世界,我又得重复每天的事情,不管是多么乏味,都得做下去。连着做了五本书和画册,电脑里还有三本书和一本画册等着我完成,人就倦。我回来的当天,撇下谭元元,开车回了白水。女儿在葡萄棚下打量葡萄,我问女儿:"明明,你妈呢?"

　　明明对我来来去去已经习惯了,她打量我一眼说:"不知道。"

　　岳母见我来了,说:"江丽上班,快回来了。"

　　我把大姐要我带回来的礼物拎进客厅,边说:"妈,这是大姐要我带来的。"

　　岳母说:"你辛苦了。"

　　客厅里没装空调,楼上新安了台格力空调,我上楼,打开空调,坐在沙发上。沙发上扔着妻子换下来的衣服,一条蓝色的连衣裙、一件土色短袖衫,还有两双丝袜子。

　　妻子回来,听她妈说我来了,就兴冲冲地上来了:"你什么时候来的?"

　　我说:"今天从深圳回来的。"

　　妻子说:"在深圳玩得开心吗?"

　　"没玩,是办事。你大姐要你去深圳玩。"

　　"我每天要上班,哪里都去不了。"

　　我说:"你可以去你大姐夫的公司里打工,你大姐夫是董事长。"

　　妻子一笑:"我要是想去,早去了,我不喜欢大城市。县城里,生活节奏慢,轻松,大家都是熟人,好说话,我喜欢过这种闲散的生活。"

　　我懂妻子,她不喜欢求人,每次回家都是报喜不报忧。她的根基就在白水,她在这里生、这里长,如今回到这里,她有如鱼得水的感觉。文化局里就几个人,彼此的父母都是老同事,或者是老上下级,大家就一团和气。妻子在A中学体会不到大家和睦相处的感觉，在这里体会到了，轻松和快乐便溢于言表。手机响了，一看，是谭元元，打开，呈现了一句肉麻的话："爱，在干吗？我想你。"妻子问："谁的信息？"

我说："垃圾信息。"便按了下退出，让手机回到开机状态。

妻子瞥眼我，她的手机响了，是她的同事找她说事，她正与同事说什么，手机没电了。楼上没有电话，她让我借手机给她打一下。我答："我一打就是长途，你去楼下打电话。"

妻子下楼，又走上来，说："妈在打电话，跟大姐说话。别小气了，把你的手机给我打个电话，她是管我们的副局长，顶头上司。"

我开机，边问她副局长的手机号，她报了，我按了号码，通了，把手机给她，妻子接过手机说："刚才手机没电了，我拿我老公的手机打的。"

她们在说事，我等着妻子把话说完。手机里有几条肉麻的信息还没删，我怕她翻看。妻子脸上是那种轻松、愉快的表情，说话声音脆脆的。妻子说完话，刚要给我，谭元元又发来一条信息，妻子一见谭元元的名字，便按了下查看，于是这条信息就暴露在妻子眼里了，妻子道："哎呀，罗定，看来你的名堂真多啊。"

我说："什么名堂？"

妻子读道："'爱，你怎么不回我信息？'谭元元，谭元元就是你们谭董吧？"

我说："那是她发错了。"

妻子手指敏捷地翻看信息收件箱，就看见了刚才那条："爱，在干吗？我想你。"下面还有两条，一条是我在高速公路上开车时发来的："爱，不许碰你妻子。"还一条是两天前我去海滨大酒店与酒店总经理碰头时，她发给我的："爱，快回来。"

妻子说："都这样了，还骗我，你不觉得自己很下流吗？"

我说："她有点神经病，喜欢这样称呼别人。"

妻子道："还装无辜？罗定，天下的傻子都能看出你们的关系。你真流氓。"

我还能说什么？仿佛是天意！假如她同事于那一刻不打她的手机，假如她的手机有电，又假如她母亲没在楼下打电话，再假如谭元元不急着发那条信息，这一切就不会发生。这一环一环都套好了，缺一环都不行！我面对她指责我"你真流氓"这话，觉得再多解释一句都会引起她愤慨。我说："对不起，我确实是流氓。"

第三十五章

妻子尖声道:"你以为你不是流氓?"

"是流氓,是真流氓。我是个下流坯。我已经有了妻子,还有了女儿,却与另一个女人偷情,自己都觉得自己不是人,惭愧得无地自容。"

"你以为你这样说,我就会原谅你?你休想得到我原谅。"

妻子说毕,气愤地冲下楼。我把手机上谭元元发的信息一条条删了,同时回了条信息,写道:我妻子看见了你发的信息,完了。接着,我把我发的信息也删掉,点上支烟,想其实刚才有补救措施,就是要妻子边充电边回话,那一刻,为什么我没想到呢?以前,我手机没电了,我就是边充电边回话的。我感到自己很蠢,生意上刚刚有起色,后院却起了大火,而这把火也是自己无意中造成的,处处要小心呀,假如我要妻子拿充电器充电回话,就什么都不会发生。我恨恨地想,现在我身陷囹圄了。谭元元在我想着这些时,回了条信息,三个字:"对不起。"我回复:"别发信息了。"

女儿上楼说:"爸爸,吃饭了。"

我下楼,手机这个时候响了,是李县长打我的手机,我回答:"李县长,我回白水了。"我看眼妻子,妻子没望我,岳父岳母望着我,李县长说:"既然你来了,那来县委招待所,一起吃晚饭吧?"

我说:"李县长,我吃了晚饭再来。"

李县长便说:"那就来喝茶吧,还是在牡丹厅。"

吃饭时,我偷偷打量妻子,妻子阴着脸,不看我。岳父岳母不知道我们之间发生了那些不愉快的事,岳父说:"吃,这是土猪肉,是县老干办的人去驼峰山买来的。"

我答:"难怪肉的味道有点甜。"

"你多吃点,长沙吃不到这种猪肉。"岳父说。

这时手机又响了,是邓军打我的手机,说:"《湘菜大全》的片子全部制作出来了,下一步就是策划如何宣传和发行了。"

我做书的这段时间,邓军和刘晖跟随王导一直在制作和加拍《湘菜大全》,我说:"我现在在白水,回来我看看。"

他说:"好。"然后压低声音道,"你老婆发现了?"

我明白了这是元元让他打电话,说:"呵呵,我明天回来。挂了。"

我说完这几句话,看着妻子。妻子还算冷静,没发作,这是她父母家,她隐忍了。吃过饭，我对岳父说："我去县委招待所，李县长找我谈点事。"

岳父答："去吧。"

我出门，开着车驶出老干所，不一会儿就奔到了县委招待所的停车坪上。我知道他们还在吃饭，就没急着下车，想妻子终于发现我背叛她了。其实这个结果是在我意料之中，只是来得比我意料的快了些，现在她也有理由背叛我了，有一个张卫国对她觊觎已久，下一步就轮到她报复我了。我这么想，凄然一笑，心里有点恨谭元元，要她发信息时用词中性点，她偏不，说她不用"爱""乖"称呼我，就像不是给她爱的人发信息。结果就发出祸殃来了。我知道我现在在一心考虑自己，这个时候不要解释，越解释越狼狈，最好的办法就是躲避，等妻子消了火，愤怒消失了，再解释。我感觉自己越来越坏了，所读的书、所学的知识，没有把自己往好的方面引导，而是找理由让自己向沼泽地走去。我越来越物欲化了，穿着打扮、走路的姿势都在向老板们靠拢、向物质投降。我这么批判自己时，手机响了，李县长问我到了没有，我回答："到了，就上来。"

牡丹厅里坐着四个人，李县长、邓局长、王局长，还一个半老头。邓局长和王局长看见我，与我打招呼，李县长指着半老头说："我们县志办的吴主任。"

我与吴主任握手，李县长说："驼峰山上还有个无为庙，青山铺镇还有个青山书院。吴主任说，无为庙是道观，清朝初年就有了，当时一个明朝官员——是个文臣，北方人，不愿在清朝为官，躲到了驼峰山上，建了栋房子隐居，几十年后，那官员死了。康熙年间，几个游山的道士觉得这里不错，就在这山上住下了。"

"这个故事不错，"我说，心里却想此刻妻子正在干什么，"可以把这个故事美化一下。"

吴主任接过我的话说："这个比较容易。"

李县长接着说："青山书院建于北宋宋神宗时期，距今九百多年。当时青山铺出了个武进士，武进士为官后，没忘记家乡父老，出资建了座书院，让孩子们在地方上读书。"

"书院还在吗？"

吴主任说："原址还在青山铺镇街上，当时建书院，用的是石材，老祖宗建它就是为了能让书院长存。书院用石材的结构还在，但上面的木质结构，早朽烂、垮掉了。"

我听吴主任说话，无意中瞥了眼李县长，李县长正抽着烟，盯着漂亮的王局长。我心里忽然有这种感觉，那就是李县长似乎特别关心王局长。我打量王局长，她最多二十五六岁，长长的脖子，皮肤细嫩、光洁，她才毕业几年？凭什么当局长？这让我想一定是有某领导特别赏识她、提拔她，她才能登上旅游局长的宝座。难道她是李县长的情人？李县长如此热心地上旅游项目、器重她就没有别的意思？这些思想在我脑海里像泡沫一样漂浮。我脑袋是乱的，说话只是机械地应付，我答应等我把手上的几本书做完，就把精力全部投入到白水县的宣传策划中来，一定要把白水县的旅游宣传到全国。我说："云南在旅游方面做得很不错，不断地向全国人民推介，宣传出了丽江、大理，现在又让全国人民知道了一个香格里拉。我们湖南在这方面相对滞后，一定要努把力，把白水宣传到全国人民心目中去。"

王局长带头鼓起了掌。"太好了，"她热情地看眼李县长，"有县委、县政府支持，有你们宣传，我相信白水县的旅游一定会连上几个台阶。"

李县长大言不惭道："这是本届县政府的五年奋斗目标。"

我吹捧说："李县长亲自抓，一定会不一样。"

十点多钟，一桌人散了，邓局长走在我一旁，说："黄江丽工作很不错，你来以前，李县长说，文化局应该有一个女局长，都是男的，也不行。"

我明白这是出高招，把我捆绑在白水县的旅游开发上，为白水县能成为全国知名的旅游胜地出谋划策。我说："真要谢谢你和李县长。"

邓局长笑："这是李县长的意思。"

王局长走来，一股香气就随她飘来，"罗总，"她说，"你要多出力呀。"

我瞧眼这位靓丽的局长："我是半个白水人，会出力的。"

"你老婆很漂亮，舞跳得好。"王局长称赞我妻子。

邓局长附和王局长道："罗总有艳福啊，都说黄江丽是个美人。"

我说："邓局长，黄江丽只能称是前美人，曾经还有点样子。真正的美人就站在你我身旁，你看王局长，长相好，身材也性感。"

王局长笑得很悦耳，说："谢谢，哪天我请你吃饭。"

"太高兴了，"我夸张道，"美女局长请吃饭，我会天天想着这事的。"

我心里有了谱，回到家，妻子正在打电话，听妻子说话的语气，好像是与二姐说话。我上楼，打开空调。妻子打了气电话，上楼来了。我说："刚才邓局长说，李县长要他提你副局长，说文化局没一个女局长不行，不好开展工作。"

妻子说："谢谢李县长的好意，我调到三中当音乐老师去。"

我不知道在我去县委招待所与李县长他们讨论如何炒热白水县旅游时，妻子跟些什么人打了电话，也许整个就抱着电话打，与众多值得她信任的人交流感受。我说："反正我已经把邓局长的话转告你了，你自己决定你的前途。"

妻子盯着我的手机，手机扔在床头柜上，她拿起手机，打不开，命令道："打开。"

我打开手机，妻子查看信息，所有收件箱和发件箱里有关谭元元的信息都被我删了，另外，我还把谭元元的名字删了，这样，手机里就再寻不到让她痛恨的人名了。她翻看了气，问："那个姓谭的婊子呢？"

"怕你敏感，删了，"我答，"那是个讨厌的女人，见我长期是一个人，就骚扰我。"

我说这话的意思，是把一半责任推到妻子身上，假如她不调回白水，我就不会"长期是一个人"，就没人骚扰我。只是我没明说。有些话，只能迂回，让聪明人听话听音，假如你是个笨蛋，那就没办法了。妻子是聪明人，果然，她从我的话里推断出了那层意思，问我："这么说，是我的责任？"

"不是，"我说，瞟眼仍在气愤中的妻子，"但你确实给别的女人提供了机会，别人见我下了班，一个人，就觉得调戏下我也没什么。"

妻子脸上挂着冷笑，说："你以为你是刘德华、张学友？"

"不是，我只是一个被你抛弃在长沙的男人。"

"我们离婚吧。"

"离婚？就为别人发几句骚扰我的信息就离婚？"

"别装了，离了婚，对你我都是一种解脱。"

我说："暂时还是别离，你冷静一下。"

"我没法冷静。"

"就算我不对，你认为我与那个女人有不正当关系，你也应该给你老公浪子回头的机会，他是你女儿的父亲。"

"你知道你有多脏吗？你脏得就像只癞皮狗。"

"承蒙夸奖，"我一点也不伤心，冷静着说，"你太高看我了。"

"我告诉你，不离婚，你永远别想碰我。"

"睡觉吧，"我打个哈欠，"明天我还要赶回长沙。"

"回长沙去见那个婊子？"

"别说得那么恶心,是工作。"

"我在这里老老实实管女儿、孝顺父母,你在长沙与别的女人私通,你对得起我,对得起你女儿?你太不道德了。"

"别说得这么难听,"我狠着心说,"我在长沙,主要是为我们以后的生活赚钱。"

"我刚才与大姐、二姐打过电话,她们愿意出钱,让你在白水办公司。"

我想瑕疵已经存在了,要愈合也不是一天两天的事。我第一次觉得自己的内心十分冰冷,无所谓道:"谢了。长沙是省会,白水只是个县,你大姐、二姐怎么自己不在白水办公司,要我跑到白水办公司?别给我出这个馊主意。"

"你既不肯离婚,又不愿来白水办公司,那你以后别管我。我们各过各的。"

"我保证不管你。"

"你也没权利管我了。"

我们还说了很多,直到都疲了,才睡觉。睡觉时,我见她弓着背,想亲她一下,以缓解矛盾。她厌恶地把我推开:"别碰我,恶心。"

我想这个结果是在我意料中的,只是来得太快了点,时间是最好的黏合剂,什么恨什么爱在时间这条吞噬一切的长河里,都会消失。我睡得很沉,醒来时,她上班去了。

第三十六章

傍晚，我和谭元元在一家新开张的餐馆吃饭，她对昨天发给我的信息被我妻子看见了，十分抱歉。我对她有怨，但没发出来，因为她对我说了"对不起"。整整一天，妻子既没打我的手机，也没发信息给我。我还是给她发了条肉麻的信息：亲爱的，我爱你。

谭元元点了菜，看着我。我脑袋是乱的，无意识地打量着餐厅里的男男女女，竟看见周欣和一个美女坐在一隅，他没看见我。我打他的手机，他接了，我说："你回头看看。"

周欣回头张望，看见了我，立即对身旁的姑娘说了句啥，便起身笑着走过来，又看见谭元元，点了下头。我问："周总，影楼生意怎么样？"

周欣把手撑到我坐的椅子靠背上，说："还行。你怎么样？兄弟好久没看见哥哥了。"

我说："别说得这么黏糊，马马虎虎，混呗。"

周欣打量眼谭元元，正要说什么，这当儿我身后冒出一个人，在我肩上捏了下，我回头，是陈放。我抓着他的手，高兴道："正好，一起吃。"

陈放瞟眼谭元元，又望眼周欣，慢条斯理地说："我不和你们一起吃。餐厅老板是我朋友，他请我们来热闹一下。我太太在那边。你怎么也在这里？"

"餐厅离我们公司不远，"我说，"我见是新开张，就进来了。"

陈放说："这家餐厅是我一个朋友开的，装修得还可以吗？"

我说："有点意思。"

周欣说："你们谈。"

周欣离开后，陈放又问我："定哥，这段时间电话都不打一个，忙什么啊？"

我说："还不是忙做书和画册的事。"

陈放说:"把你做的书和画册给我看看。"

我说:"刚做的几本新书和画册正在深圳印刷,出来了,我一定拿给你看。"

那边有人叫陈放,陈放说:"你们的单,我买了,你们吃了饭,走就是。"

我答:"不客气,几个小钱,不难为你。"

陈放被朋友叫走了,谭元元说:"你朋友不少吧。"

"陈放是我大学同学,离过三次婚,现在的老婆,比他小十几岁。"

谭元元问我:"你好羡慕吧?"

我瞟眼谭元元:"太羡慕了。上菜了,吃饭。"

吃饭时,谭元元总是往我碗里夹菜,以弥补她的过失。我没情趣,看着她,她笑:"亲爱的,是我不对,我不该不听你的,你要我怎么补偿,你说?"

"这大概是你最希望的吧?"

"不是呀。"

"真的不是?"

"真的不是,婚姻是爱情的坟墓,我是不打算再进坟墓了。"

我不知道她是说真的还是说假的,在深圳时她对我说"我今年三十三岁了",这会儿却换了副腔调,我特别强调:"我们是不会有结果的。"

"知道,我也没打算要一个结果。"她一脸无所谓,"只有急于结婚的大龄女青年才想要结果,我已经结过婚又离过婚了,没想过再结婚。"

我真的很茫然,她昨天说的话,今天又可以全部推翻。我问:"你真是这样想?"

"我没必要骗你。"她说得十分干脆。

周欣拉着美女过来与我打招呼,向美女介绍说:"这是我以前开影楼的搭档。"

我打量美女,感觉她很瘦,像根拉长的黄豆芽。周欣向我介绍她:"我女朋友小代。"

我呵呵一笑,周欣站着说了几句话,搂着黄豆芽走了。我对谭元元说:"周欣的审美眼光有问题,一根黄豆芽,身上没点肉,他也喜欢。"

谭元元看着黄豆芽的背影:"是瘦了点。"

吃完饭,我与陈放打声招呼,步行回了公司,因采访徐行长的文字少了,要扩写,我要谭元元先回家。忙到十二点钟,谭元元的电话来了:"亲爱的,还不来？"

我回答："我就来。"

我开着车直奔谭元元家，一进门，她便问："你饿了吧？我给你煮碗面吃？"

她身着一件光滑的丝绸睡衣，头发盘在脑门上，这丝绸睡衣让她的曲线若隐若现，因而十分诱人，也许这会儿我十分渴望女人，也许我的天平失衡了，心就倒向了她这边。我把她搂到身上："不吃面，吃你。"

她笑道："那我巴不得呀。"

我脑海里蹦出了这句话："别粉饰自己，这就叫堕落。"

整整一个星期，妻子都没打我的手机，我也没打她的手机，也许是因为有谭元元为伴，我有一种随她去的心理。我每天与谭元元黏在一起，早晨她比我醒得早，一爬起床就为我煮鸡蛋、泡进口的美国奶粉。我漱口洗脸时，面或水饺也煮好了："先生，请用餐。"

我表扬她说："谢谢，看来你还挺会干家务的。"

"我要讨你喜欢。"她坦言，笑着坐下，与我一起用早餐。

吃过早餐，我大老爷样点上支烟，抽着。她会迅速把碗筷收进厨房，洗净，然后解下围兜，在我脸上爱昵地摸一下，说："亲爱的。"

中午都在公司里吃，从家政公司请来一个专门做中饭的女人，菜做得还勉强。

下午三四点钟时，她会走进总经理室问我："你晚上想吃什么？"边与我商量吃什么食物既有营养价值又不会长胖："我刚在网上查了，吃淮山滋阴补肾，而且绝对不会长胖。"

我说："你上班查吃的？那要扣你这个月的奖金。"

她笑得很媚："扣、扣、扣。只要你吃得好，我就心情舒畅。"

一下班，她会先去菜市场，买来我想吃的菜，然后一起回她家。我在书房里上网或在网上与人对仗（下象棋），她在厨房里勤奋地忙着，直到饭菜弄好了，她会悄悄走拢来，小声对我说："亲爱的，用膳了。"

她还对我用书面语，可见她不但聪明，还会玩情调。这日子太舒服了，不用自己动一下手，衣来伸手，饭来张口，而且味道还不错，我自然就乐不思蜀。星期六、星期天我都没回白水，睡在她家，一早梦见自己躺在皇宫里。谭元元说："你表现得真好，我很爱你。"

第三十六章

我淡淡一笑,罪魁祸首就是她,我这么想,说:"都是你造成的。"

她抱歉道:"对不起,我不是在努力赎过吗?"

"给我按一下肩膀,我肩有些酸。"我说着,趴到床上。

她为我做起了按摩,一双巧手在我肩上捏着。我让她捏了半个小时,觉得舒服些了,就对她说:"今天是星期天,我得回我父母家看看。"

她说:"有父母真好。"

她年纪轻轻的父母亲就都去世了,说来,她也是个可怜的女人。我安慰她说:"你还有舅舅舅妈,可以去看看他们。"

她答:"不一样,我大舅是个严肃的人,自己有女儿,在英国读书。我二舅不管家,喜欢玩牌、打麻将,儿子都不管的,送到美国读大学去了。我倒真希望有爸爸妈妈,有时候可以在他们面前撒撒娇。现在,想找个长辈撒娇都是痴心妄想。"

我见她说到这里眼圈都红了,便说:"可怜的女人。"

"所以你要对我好,"她说,又回一句,"不准欺负可怜的女人。"

我回了父母家,在父母家吃过饭,准备去谭元元那里时,决定还是打下妻子的手机,试试她的态度,妻子没接。我打家里的电话,女儿接了,我问女儿:"你妈妈呢?"

女儿答:"妈妈出去了。"

"妈妈去哪里了?"

女儿说:"不知道。"

我正要说"叫你外婆接电话",就听见岳母问我女儿:"谁来的电话?"

女儿回答她外婆:"爸爸的电话。"

岳母从外孙女手上拿过电话,喂了声,我说:"妈,江丽呢?"

岳母回答:"同事叫她出去了。"

听岳母说话的语气,好像很冷淡。我挂了机,看了眼时间,还只八点多钟,我打谭元元的手机,说晚上我不去她那里了,她问为什么,我说:"在家陪父母。"

我是在车上打的这个电话,挂了机,开着车便向白水县狂飙,心里一派茫然,同时还很激动,也不知是因为什么而茫然和因什么而激动,仿佛是一个星期没看见妻子了,心里就波涛汹涌,还觉得自己这段时间很对不起妻子。夜晚的高速公路上,没什么车,我在超车道上开到了一百五十迈。十点钟,汽车驶进了老干所,岳母开的门,冷着脸道:"你来了。"

我上楼，没看见妻子，就真的迷茫和严肃起来。我说："江丽还没回来？"

岳父也脸色冷淡，好像没看见我一样，不搭理我。我相信岳父岳母从女儿嘴里知道了我的事。我不敢多问，走出来，一脸茫然和无目地走着，想她是与同事玩去了还是与张卫国在一起？这样一想，脑袋大了，嫉妒的目光四处搜索，忙大步向金龙头大酒店走去。我只身步入酒店大门，直奔咖啡吧，咖啡吧里坐着几对男女，没看见妻子。我上到四楼，这个时候十点多钟了，门口已没站验票的。我步入舞厅，酒店舞厅比别的舞厅好，门票贵一点，进来跳舞的人，相对档次高一些。舞厅里光线昏暗，我用了几分钟才适应光线，我没四处搜索，没看见妻子的身影，我退出来，下到三楼的歌厅。歌厅门前站着个收钱的年轻人，我说："我找人，马上出来。"他让我走了进去，歌厅里坐满了人，一时看不出谁是我妻子。我走到前面，目光顺着舞台上的灯光照射，依次搜索了遍，没看见妻子。正准备走，忽然有人对我"喂"了声，是王局长。她指着自己腾出来的位置，让我坐。

我坐下，她说："我看你目光左顾右盼，找人吧？"

我说："是，找我老婆，不知道她去哪里了。"

她笑，边说："不会吧？白水县难道还有比你帅的帅哥？"

台上正有个男歌手唱歌，我说："比我帅的帅哥多的是，他就比我帅。"

王局长说："他啊，是我们县剧团的，没你帅。"

王局长的身边坐着两个女人，一胖一瘦，她说："我局里的同事。"

我点下头，却没心思跟王局长聊下去，起身说："改日聊。"

我走出来，折回家，妻子已坐在沙发上了，岳母也坐在沙发上。妻子见我进来，脸上掠过一丝笑。岳母问我："你去哪了？"

"我在街上随便走了走。"我看着妻子，她穿着那身橄榄绿连衣裙，这颜色很衬她的肤色，也许是心生内疚，还也许是嫉妒和焦虑，就觉得妻子十分漂亮，"你去哪里了？"

妻子说："不告诉你。"

我说："我打你的手机，你不接，忙什么啊，连电话都不接？"

"不想接。"妻子说。

岳母在，我也不好多问。上了楼，我打开空调，等着妻子上来。一会儿，妻子上楼了。我盯着她，她脸上没有笑容，不理我，脱下连衣裙，又解掉乳罩，换上了一件棉质睡衣。我说："我怀疑你去找张卫国的爱情了，是不是？"

第三十六章

"是又怎么样?"妻子冷淡道,"你找得,我找不得?"

"你还真去找了?"

"什么年代了?"妻子说,"还想把女人视为你们男人的私有财产吗?"

"你晚上是不是与张卫国在一起?"我又问。

"不告诉你,"她说,"你不要以为我还会对你说真话。"

"张卫国只是在玩弄你。"我说。

"我愿意。"

我吃起醋来了,问:"你真的被他玩弄了?"

"是的,跟他玩了。"妻子说,"我们离婚吧,我什么都不要,只要女儿。"

"这么说,你是真与张卫国好上了?"

妻子不理我,躺到床上。我伸手抱住她,她厌恶地把我推开:"别碰我。"

她起身,睡到沙发上。我也起身,坐到沙发上。妻子又起身,睡到床上。我知道妻子恨我,这种恨一时难以消除。我看着睡在床上的妻子,想她晚上一定与张卫国在一起,还有可能为了报复我,把身体给了那个男人。我心里颇忧伤,没再对她心存遐想。早晨起床,岳父已从街上买来了早点——包子、卷子,一旁还搁着几盒伊利牛奶。岳父岳母都不理我,我的事伤着两个老人了,我洗把脸,溜了出来,开着车向长沙奔去。

上午我干什么都心猿意马,谭元元进来,问我怎么了,我没精打采地回答她:"没怎么,就是没劲。注意力不集中。"

谭元元说:"亲爱的,你这段时间工作太累了。"

我不想跟她多说话,不是她那几条信息,妻子也不会厌恨我。中午,我跟什么人都没打招呼,开着车去杨裕兴面馆吃了碗面,接着把车开到华悦大酒店,开了房,关了手机,准备好好地补一觉。昨晚我实际上没怎么睡,妻子睡熟后,我半天没入睡。下午三点多钟,我睡醒了,精神又好了,便决定回白水,先把后院的火扑灭。"走!"我对自己说,洗把脸,把疲劳洗掉,走到前台,退了房,开着车驶上了环线。半个小时后我上了高速,在蓝天白云下开着车狂奔。五点多钟,我驶进了白水县老干所。岳母奇怪地看着我问:"你今天没回长沙?"

我答:"没有。"

岳母说:"你坐,我跟你谈谈。"

我在沙发上坐下，岳母很严肃，说："我问你，江丽有哪里对不起你？"

我答："她没对不起我啊，是她对我有些误会。"

"不是误会，江丽都说了，"岳母厉声道，"不要狡辩——你！"

我没想到岳母凶起来会如此不顾情面，我呆住了。岳母接着说："人啊，要珍惜自己，珍惜家庭。你要好好检查自己，向江丽认个错。你们有了女儿，说句难听的话，我还是不希望你们散。你不要在长沙干了，从你现在的公司退出来，你喜欢搞广告，就在白水开个广告公司，这是我和她爸的意见，也是你大姐、二姐的意见。你听见我说话吗？"

我很反感岳母说话的态度，答："我会考虑的。"

"不是考虑，是要痛下决心。"岳母坚决地说，"重话我就不说了。你要自我反省，回头是岸。我和江丽说了，只要你知错，痛改前非，还是可以原谅的，但不能有下次！"

这哪里是岳母对女婿说话，这是公安干警训斥在押犯人啊。我耐着性子等岳母说完，上了楼，躺到床上，想让我来将就他们，那还不如找根绳子上吊？完了，现在不是哄妻子了，是与妻子一家人斗，这个谭元元，把我害惨了。我躺在床上装睡，等着妻子回来，可是吃晚饭了妻子还没回来。女儿上楼，叫我下楼吃饭，我看眼钟，已是六点四十分了。我下楼，岳父岳母都跟没看见我一样，女儿坐到桌前吃饭。我拨妻子的手机，妻子不接。我拿起电话打，她接了。我有些生气，说："你怎么不接我的手机？"

"不想接。"

我问她什么时候回来，她答："今晚不回来。"

我看眼低头吃饭的岳母，问她："家都不要了？"

我听见手机那边有人问她"谁的电话"，就听见她说："我有事，挂了。"

我在岳父岳母眼里是个负心人，自然没脸坐下来吃岳父做的饭菜。我走出老干所，找了家粉店，坐下吃粉。谭元元不知道我来了白水，打我的手机，我接了，她说："你今天下午一直关着手机，不是在哪里泡妞吧，亲爱的？"

我心里窝了火，不想跟她废话，说："我在白水。有事吗？"

她立马道："没事，我挂了。"

我吼了声："别挂！"

她笑："怎么，她不在你身边？"

我把怒气发到她身上道:"你还笑!要你不要发那样的信息,你偏要发,发得好啊,现在我岳母要我退出你公司,来白水开家广告公司。"

她在手机那头沉默了几秒钟:"你的意思呢?"

我答:"我不知道,我正矛盾呢,烦躁。你就想要这个结果吧?"

"没有,"她说,"我说了,你离不离婚我都爱你。"

"别爱了,爱得我后院起了大火,烧到我身上来了。"我说。

她沉默了几秒钟,娇声道:"那你快回来,我替你把火扑灭。我晓得你现在很生气,但相信我,这个世界上,只有我最懂你、爱你。"

我冲谭元元发完火,舒服了些,包还在岳父家,我走回老干所,打算拿了包,走人。妻子却坐在客厅里了。我很惊讶,吃粉时,我明明注视着巷口,可以说没一个人能逃避我的目光,她怎么突然就坐在客厅里了?她的脸红扑扑的,是一种很健康的色泽。我知道她能缓解家里的气氛,我问:"你什么时候回来的?"

"刚回来。"她说,抿嘴一笑。

我想八成岳母把与我谈话的内容告诉了她,不然她不会笑。我问:"你去哪里了?"

她没搭腔,转开身。她着一件灰绿色短袖衫,下身一条蓝灰色牛仔裤,头发盘在脑门上,感觉很靓丽。我补了句:"亲爱的,你今天特别美。"

她瞟我一眼:"我不是你亲爱的。"她起身,不想见我满脸讨好的样子,上楼了。我跟上楼,她不看我,打开柜子,找出干净衣服,又下楼洗澡。我犹豫着是冲气走,还是留下。她洗完澡,走进来,我说:"我们爱下吗?"

"休想。"

"你就不给我一点改正错误的机会?"

"不给。"

我满身激情地抱住她:"你现在还是我的妻子,你没权拒绝我。"

"放开,我没兴趣。"她坚决地挣脱开,"你去外面骚吧。"

"这是你说的?"

"我说的。"

我想她可能有张卫国爱了,否则怎么会一次又一次地拒绝我?妻子的性欲虽然没我强烈,可也不是个性阴冷型女性。现在……我不愿意深想下去,说:"你妈今天找我说了很多,我刚才想了气,你可以告诉你妈,我是不会来白水办公司的。如果你愿意,和我一起回长沙去,我可以离开万象广告公司,我们开家影楼,共同创业。"

妻子头也不回地说:"我不会跟你回长沙,你不喜欢白水,我不喜欢长沙。"

我见她说得这么坚决,就不想再说下去了:"既然这样,那我走了。"

"你走吧。"妻子说。

十二点钟,我开车回了长沙,驶进华悦大酒店,一觉睡到第二天上午。刚打开手机,接到周欣的电话,问我有空没有,我问他什么事,他说:"想找你帮个忙。"

中午,我去了竹箕茶馆,看见周欣,吃了一"公斤",他脸肿得很难看,一边脸乌青,鼻子上打了石膏,嘴唇翘起一边,上面还有血痂,门牙掉了两颗,难怪说话漏风。我问:"怎么回事,兄弟?"

周欣红着眼睛说:"我被人打了,几个人打我一个,我要搞回来。"

我茫然:"说清楚点,你说的话,我不明白。"

周欣问我:"你还记得那天与我一起吃饭的小代吗?"

我脑海里闪现了一个像黄豆芽的女性,就点头。他说:"她打算分手的男朋友,叫了几个人,冲进影楼把我暴打了一顿,说我抢他的马子,还把我的影楼砸得稀烂。"

周欣又恨恨地说:"我要搞回来,你认识黑社会的朋友吗,定哥?"

我肃穆着脸反问他:"为了那么一个像黄豆芽的女人,打来打去的,值得吗?"

周欣说:"值得。我太没面子了,怄不得这口气!我不打回来,誓不为人。定哥,帮我介绍一个黑社会的朋友,别的事,不要你管。"

"我听说那是要出钱的,而且,弄不好惹一身麻烦呢。"我说。

周欣表情十分坚决:"麻烦我自己扛,保证不要你管。"

我不认识黑社会的人,脑海里跳出了马董,我打谭元元的手机,叫她来竹箕茶馆。我问周欣:"你跟小代怎么相识的?我印象中,她没你老婆漂亮啊。"

周欣捂着青肿的脸说:"不是漂亮的问题,我们很合得来。早两个月她来拍艺术照,我很喜欢她那种味道,她很喜欢我拍的照。她还介绍两个闺密来拍,这一来二去就好上了。"

我说:"我看不出她有什么值得你奋斗的。"

谭元元来了，一见周欣这副模样，十分惊讶。我把周欣被女朋友的前男友打的事简单地对谭元元说了："他想搞回来，但他没有黑社会的朋友。"

谭元元抱歉道："我又不认识黑社会的人。"

"马董认识，"我说，"马董不是叫几个黑社会的人跑到我们公司砸场子吗？你跟马董打个电话，约他吃晚饭。你面子大，马董会答应的。"

谭元元去一边打电话了，我与周欣说着话，我说："你要考虑清楚，为那个女人……"

周欣打断我说："你想说什么我晓得，这事，你不要说了。"

谭元元告诉我们，马董晚上在喜来登酒店请朋友吃饭，让我们去喜来登酒店碰面。时间还早，我们坐在竹箕茶馆说话到五点钟，这才去喜来登酒店的餐厅等马董。马董来了，着一件黑衬衣，还是那么胖，嘴里还是不停地嚼着槟榔，手里照样夹支芙蓉王烟。他坐下，看眼我和谭元元，这才把嘲讽的目光抛到周欣脸上，问："找我，什么事？"

"马董，想要你帮个忙。"谭元元把她于聊天中了解的，一股脑儿倒了出来。

马董听着，笑着，边不停地嚼着槟榔。听毕，他很干脆地拿出手机，拨了个号码。不一会儿，他对着手机说："有个事，你来喜来登餐厅吧。"马董挂了手机，这才看着周欣说："别人的马子，碰什么啊，不是元元找我，这事，我还真不会管。"

谭元元撒娇的形容道："谢谢马董给我面子。"

马董理直气壮地说："还真是给你面子。不然，我话都不会听完。"

谭元元就得意地看我一眼，边说："那太感谢了。"

来了个黑T恤衫上印着拳王泰森的壮汉，一看就不是一只好鸟，一脸凶相。我认出了他就是去年跟着马董砸我们公司电脑的男人中的一个。马董平静着脸色介绍说："彭总。"然后他恹恹地起身，说："我只是介绍你们认识，其他事我可不管。彭总，这位小兄弟被人打了，想找人打回来。你们谈，我还有事。"说着，他走了。

彭总黑着面孔坐下，问情况。我三言两语地说着，谭元元对我眨眼睛，我懂，就对周欣说："欣哥，这是你自己的事。我不参与，我们先走了。"

第三十七章

在公司忙着做二姐夫和徐行长、李行长的书。做了几个封面发给徐行长看,他都不太满意,不是说俗气,就是说太花哨了,看来徐行长对书有自己的品位。我在设计网站,找了个淡雅的封面,稍微改了下,发给他。这天上午,白水县旅游局王局长打我手机,问我哪天有空,她好带我去黄家镇和青山铺镇拍照。我正好做书做烦了,便说:"我下午来。"

我们约好了一点半钟在县委招待所前见面,我把数码相机和长焦镜头、广角镜头放到车上,开着车向白水县驶去。我有半个月没理妻子了,她没打我的手机,我也没打她的,心里有了离婚的打算。这半个月,我住在谭元元家,感觉她比妻子懂男人,心里便有了离了婚便与谭元元结婚的想法。谭元元见我住在她家,脸上大放异彩,温柔得不行,不再想公司的事,天天为我炖鸽子、炖鸡、炖鸭子吃。我想着谭元元,感觉她还是有很多优点的。车开进白水县委招待所,我要了个蛋炒饭和榨菜肉片汤,边吃边等王局长。一点一刻,她来了,见到了我的车就到餐厅里找我。她穿件白短袖、一条灰蓝色牛仔裤,头上戴顶遮阳帽,一副蛤蟆镜,看上去青春、洋气。我说:"你真漂亮。"

王局长说:"谢谢,别拿我开心。"

"真的,你太美了,美得让我动邪念。"我笑着说。以前,我是不会这样赞美女性的,现在,一看见漂亮女人,就动色心,真是不知不觉地变坏了。我想了下,又捧她说:"王局长,你这么年轻,又这么漂亮,想不过好日子都不行。"

王局长说:"罗总,你吃了蜜吧?"

我开玩笑道:"每天都吃一调羹,不骗你。"

"难怪,说出来的话这么甜。"她一笑。

我说:"但我不是对什么女人都这么说,你是真漂亮,有明星相,像章子怡。"

"像章子怡"这句话让她高兴，她第一次用一双明媚的眼睛看着我："真的吗？"

"当然是真的，你要是被张艺谋发现了，会一炮走红。"

她给了我一个甜蜜的笑。

我说："我如果投资拍电影，一定让你当女主角。"

她高兴道："好啊，只是我会让你失望的。"

"要对自己有信心。"我说。

我们上车，她身上有股淡淡的茉莉花香，很好闻。我开着车，向黄家镇奔去。我快乐地说："你是美女局长，能和你一起旅行，一定很开心。"

"好啊，"她高兴道，"我想去喜马拉雅山，去世界的最高峰，俯瞰这个世界。"

我一脚将车刹住，感到吃惊地看着她，多年里我都在想什么时候去一趟喜马拉雅山。她竟有和我一样的愿望，这是不是心有灵犀？她奇怪道："怎么啦？我哪里不对吗？"

"你很对，"我说，"你说出了我多年的愿望，我也想去喜马拉雅山。"

"那太好了，"美女局长说，"我读小学时看喜马拉雅山的风光片，就想等我长大了，我一定要去喜马拉雅山。这也是我考大学时不顾父母反对，选择旅游专业的原因。"

"那我陪你去，我们一起去，等我得闲，我们开车去西藏。"

她兴奋地说："说好了，君子一言，驷马难追。"

我答："说好了，绝不食言，我用生命保证。"我又玩笑地加一句："今天遇到了红颜知己，难怪第一次在县图书馆遇见你时，就感觉和你十分亲近。"

她脸红了，也许是"十分亲近"这句话让她脸红，也许是她想到了别的什么。半个小时后，车驶进黄家镇，在黄公庙前停下。我打量这庙，边拍着这座古庙。拍完古庙，便去拍老街上的房子，有些房屋真的很老了，老得木板都腐朽不堪了。美女局长指着一栋门前有座石狮的房子说："吴主任说，这就是当年的县衙门。"

石狮已残破了，实际上，狮头都被打掉了，只剩了身子和狮子座，因是花岗石的，能经事，就仍然伫立在门旁，守着这栋白水县多年前的衙门，似乎还在等着那么一天似的。我在门前拍了许多张，一些孩子和老人奇怪地看着我，我没理他们，只管拍照。美女局长跟他们解释。随后，我们走进门，拍里面的房屋结构，有院子，院子里有一株很大的白兰花树，遮荫蔽日，此刻，白兰花正开着，吐着芬芳。我在院子外时就闻到了，我说："难怪这么香，原来院子里有一棵白兰树。"

美女局长说："上次听吴主任说，这棵树有两百年历史了。"

我端起相机，拍了张美女局长笑的照，给她看，她说："发给我。"

我笑道："肯定会发给你，你把QQ号发到我手机上，我加你。"

美女局长把她的QQ号发到我手机上，边说："我特别喜欢你拍的这张照。"

我答："我回去就加你，等下我给你多拍几张，到时候一起发给你。"

美女局长高兴道："好。"

我用心地拍着眼前的旧房屋，这房屋破坏得厉害，而且到处都搭建了厨房、鸡埘，还有一个养兔子的屋。我对美女局长说："你得向李县长汇报，要搞旅游，这些人都得迁走，这房子要重新修缮，还要把这些违章建筑统统拆掉。"

美女局长点头："李县长也是这个意思，李县长想把我们县的旅游搞上去。这段时间，我和李县长特意去了你说的丽江、大理和香格里拉考察，还去了凤凰。李县长更有信心了，得出的结论是，我们白水更原生态、更人文历史，我们有北宋早期建的石桥和北宋神宗时代建的书院。李县长说，要找县里最好的工匠，把书院修缮起来。"

她一口一个李县长，还单独与李县长去云南考察，看来两人关系挺密切，不然李县长也不会全力以赴地支持这位美女局长的工作。我说："像这样的县衙，居然还存在，本身就不容易，花点钱修缮，恢复原貌，宣传出去，这对外地人来旅游，会有诱惑。"

美女局长说："旅游有两种，一种是自然风光旅游，一种是人文旅游，看历史文化名人的遗址。我们把县衙修缮出来，把唐代的大文学家柳宗元拉进来，就成了一个景点。"

"柳宗元到过这里？"

"到过，吴主任说旧的县志上有记载，当年他被贬到永州，沿湘江坐船经过白水，还在这里居住过，与当时的县衙官员对饮。要知道，黄家镇晋朝就有了。"

"太好了，有柳宗元，那就更有人文历史了。"我说，"既然这样，我们还可以把舜帝拉进来，舜帝乘舟南巡，到了黄家镇，与黄家镇的老农传授农耕，索性在这里建个舜帝庙。"

美女局长说:"别人会相信吗?"

"舜帝葬于九嶷山是公元前两千多年的事,又没法考证,就让游客们将信将疑吧。"

美女局长说:"这故事可以编,把它编成一个传说。"

我欣赏美女局长的脑子,转得快,称赞道:"你真聪明。我建议让吴主任编一个舜帝当年率部来到黄家镇,在这里给一位快死的老农治病的故事,那老农后来活了一百二十岁。"

美女局长笑得十分开心:"这个故事好,我要向李县长汇报。"

"亲爱的,这样的故事,我张口就有。"

我也吃惊我怎么会突然对美女局长飘出一句"亲爱的",这么称呼,让美女局长也微微一震。她瞟我一眼。我见她瞟我的眼神和脸上的表情,似乎不讨厌我这么称呼她,就问她:"王局长,问你一个私人问题,你有男朋友吗?"

美女局长笑:"有过。他是上海人,是个帅哥,我们是大学同学。他想要我留在上海,而父母要我回白水,分手了,现在没有正式的男朋友。"

"你这么漂亮,他舍得与你分手?"

"他是独子,来过我家,斯斯文文的,但他父母反对他来湖南。"

"你这么漂亮,又是局长,再找男朋友门槛不要太高了,会吓住追你的青年啊。"

她粲然一笑:"李县长要我以事业为重。"

我更相信她与李县长有一腿,怪不得李县长如此关心旅游项目!好一个李建军,说话堂而皇之,原来与我是一路人。我一回头,见美女局长一张脸十分阳光且笑盈盈的,我马上说:"你真美,给你拍几张,别动。"

我接连给她拍了十几张,然后给她看,她看着,很喜欢。我又让她站到白兰树下,又给她拍了多张,拍她脸上的表情,拍她那很性感的嘴唇特写。接下来的时间,我一边拍景物,一边拍她。五点多钟,我再次转到黄公庙前,拍光影显著的古庙,就仿佛有一种神秘、古朴的东西从远古时代赶来,比中午拍它时效果更好。大概是美女局长陪着的缘故,我一点也不觉得累。她应该比我小十来岁,言语和举止就青春四溢。开车回县城的路上,我说:"你是个很感性的女人,亲和力强,让人一眼就喜欢。"

她答:"谢谢。"

我说:"可惜我有了老婆和女儿,不然,我不会放过你。"这话,其实很无耻。什么叫"我不会放过你"?这内中既有男人的霸气,又有几分流氓气。我瞟眼她,她好像并不反感我这么说。我问她:"你相信一见钟情吗,亲爱的?"如果说上一次我称她"亲爱的"只是脱口而出,这次我用"亲爱的"叫她,却是故意的。

她又粲然一笑:"我相信,但一见钟情的爱情最容易破裂。"

我正想说"也有一见钟情而又永远相爱下去的例子",她的手机响了,我想等她接过手机再说这句话。是李县长打她的手机,她对李县长说:"正回县里的路上,快到了。"接着她对我说:"李县长要我们去招待所,他在牡丹厅等我们。"

我相信自己的判断了,两人是真有一腿。我开着车,驶进县委招待所,我们下车,进了牡丹厅,李县长、吴主任、邓局长都在。李县长目光欣喜地打量美女局长一眼,这才把目光放到我脸上,说:"辛苦了,我特意把邓局长、吴主任叫来陪你吃饭。"

八点多钟,我打妻子的手机,响了很久,我正准备挂机,妻子接了。

我说:"老婆,你在哪里,亲爱的?"

"我不是你亲爱的,在家。"

"我现在在白水,下午和旅游局王局长去黄家镇拍了一下午,刚刚在县委招待所与李县长、吴主任和你们邓局长吃完晚饭……"

她打断我道:"你跟我说这些干什么?我没兴趣。"

"我是告诉你我在白水,我要向你请示,免得你烦,我是回家,还是要我回长沙?"

她沉默着,我有半个月没打她的手机,一是给她时间,二是不让她以为我离开她就不能活。我看眼深蓝色的夜空,想她在做思想斗争:"你给句话。"

"我随便你。"

我听她说话的声音不冷不热,便一笑:"回来,你能不能给我一点温柔?"

"不能。"

"那我回来不是自讨没趣吗?"

我想再说什么,手机呈现忙音,她挂了。我走到岳母家前,想起岳母斥责我的表情,忽然就有一种厌恶的感觉。我敲门时一点也没底气,甚至想转身走人,女儿开的门,投到我怀里,我把女儿搂到身上,说:"明明,想爸爸了?"

女儿笑，从我怀中挣脱开，趴到沙发上，看着电视。岳母没理我，我看见岳母也十分别扭，但还是叫了声"妈"。妻子刚洗完澡，瞟我眼，直接上了楼。我追上楼，妻子正拿吹风吹一头秀发，我从背后抱住她，她说："走开。"

我看着镜子里的她，一张脸因刚洗了澡，红润润的，一双眼睛也明媚无比。我说："走什么开啊？我天天想你。"

"想那个不要脸的女人吧？"

"就想你。"

"我还不知道你，吃着碗里的，望着锅里的。"

"我是爱你的，真的。"我说。

妻子推开我，下楼看电视。我不愿意看岳母的脸色，没跟下去，点上支烟，看着窗外黑沉沉的夜色。一弯月亮悬在遥远的上空，我就望着那弯月亮，想妻子的性格，刚烈得不行，也许她与张卫国已经有了床笫关系，也许她也在徘徊。我等着她上楼，边拿本书看，书是培根的《随笔集》，几年前丢在岳父岳母家的，这本书我早读完了，曾经很受益一样。我随手一翻，翻到培根论《人生》的一段文字："人的天性虽然是隐而不露的，但却很难被压抑，更很少能完全根绝。"我想着这段话，我们的老祖宗说"江山易改，本性难移"，这说明人的本性就是自私，没有人能改变这一本性，无论他伪装得多么完美。

我这么想着，又读到一段话："金钱是品德的行李，是走向美德的一大障碍；因财富之于品德，正如军队与辎重一样，没有它不行，有了它又妨碍前进。"金钱是人的辎重，有了它，就想用它买更多的东西，而昂贵的东西犹如硫酸，最能腐蚀人性，从而忘记了做人的初衷。我听见岳母说："他算个屁！理他干什么？"我相信这是说我，想难怪妻子不理我，原来是有母亲鼎力支持。既然这样，这个家，怕是容不得我了！

十点多钟，妻子上楼来了，我看着她。她冷淡着脸躺到铺上，侧身躺着，曲线就十分优美，我的本能像一炉火，燃烧起来了。我丢下书，躺到床上，手落在妻子的臀部上，妻子把我的手推开说："让我睡觉好不好？"

我厚着脸皮说："我们爱一下。"

"不行，别碰我。"

我已经顾不得那么多了，说："我都要疯了。"

她开始不同意，拒绝我，但随着我一点点强攻，她放弃了反抗，自己也热烈起来。于是我们做爱做得很投入，这可能是这几年来我们做爱做得最有激情的一次了。我说："亲爱的，我第一次发现，你热烈起来，特别迷人。"

她睨着我："美吧？"

"太美了。"

"你以为我不会风骚？女人风骚还要学吗？"

"我不知道，我又不是女人。"

"你这人，以前总是说别人不道德，你其实最不道德。"

"我是不道德，不过，我可以改。"

"我不能接受你与别的女人爱，"她没看我，望着墙壁，"我要不是看在明明是我们女儿的分上，我就跟你离婚了。"她抽口气，又说，"我妈说，男人惯不得，越惯越坏。"

"你别拿你妈的话压我，"我又问她，"你与张卫国发展到什么程度了？"

"你想听真话还是假话？"

"当然是真话。"

她一笑："我们喝过几回茶，跳过几次舞，在一起吃过几次饭，我没越轨。"

"他那么老实？我感觉他不应该那么老实。"

"我对他说，我没与你离婚前，是不会与他上床的，我不能因为你不道德，我也跟着不道德。你如果杀了人，我也要跟着去杀人吗？"

"你比我好，"我很惭愧地把她搂到怀里，"你是这个世界上最好的女人。"

"去，还想骗我。"她说，"只当我们女人是傻子。"

我开车回长沙的途中，觉得妻子真的比我好，我这几年不用人教，主动变坏了，我以前经常一脸视金钱如粪土的样子，骑着单车，把自己扮成一个环保主义者，其实那是骗自己。没钱，精神就膨胀，靠精神武装自己，一有了钱——我还不是很有钱，比什么人都会享受，还很想把没钱的日子夺回来，所以人其实很虚伪，披着马列主义的外衣，干的却是偷鸡摸狗的事。我这么想时，手机响了，我一看是邓军，说："邓总好。"

邓军在手机那头声音惨兮兮地道："我今天倒霉透了。我的车在韶山路撞了个老婆婆。现在我在附二医院，医院里要我先交一万块钱住院费，我现在身上没这么多钱，你赶快送八千块钱来，不然这个老婆婆死了，我就惨了。"

第三十七章

"很严重吗?"我怀疑他说话的真实性,"你不是说得吓人吧?"

邓军在手机里说:"撞得老婆婆脑袋往后一倒,现在老婆婆还在昏迷中……我真倒霉。"

我打谭元元的手机,让她送八千块钱给邓军:"他撞了一个老婆婆,撞得不轻。"

谭元元说:"邓军平时开车什么的都相当谨慎,肯定是开车时想刘晖去了。"

"赶快送钱去,我在高速公路上。"

邓军在我们万象广告公司干事很认真,前段时间他接了某房地产集团的广告策划业务,我因为忙不过来,他与李经理做了几套方案,进展还算顺利。谭元元私下对我说,邓军的潜能调动出来了。我说:"这也是我放开手让他干的原因,不然,什么事都要我亲自动手,我会活活累死。"我是这么说也是这么想的,我让刘晖多看书,也是想培养她写传记方面的能力,刘晖脑子活、反应快,文字感觉也不错,培养几年,就能写了。我对谭元元说:"只有给他们未来,让他们感觉有未来,他们才会舍命干。"

我赶到附二医院时,谭元元和邓军都坐在急诊室里等着。邓军看见我,立即起身,一脸倒霉相道:"我今天醒早了,一出门就感觉不对。汽车启动时熄了火,这是第一次。"

谭元元描了眉毛,眉毛描得十分清秀,犹如两片柳叶。她着一身式样新颖的夏装,一张脸白皙、靓丽,她在邓军身后偷偷笑了下。我问:"人不要紧吧?"

邓军说:"还在抢救。"

我掏出烟,递支给邓军,邓军接了,我说:"不会有事的。"

邓军说:"早知道今天开车会出事,我还不如打的。"

我安慰邓军,谭元元也安慰他。这时,我手机响了,一看是深圳海滨大酒店王总经理的手机号,接了。王总经理说:"我有个朋友,他是一家五星级酒店的董事长,他看了你做的书和画册,非常喜欢,他也想做本书和画册,我叫他直接打你的手机吧?"

我说:"好啊,没问题,谢谢王总推介。"

我对谭元元说:"海滨大酒店的总经理,他的朋友看了我们做的书和画册,也想做。"

谭元元笑着答:"这就是后续效应。"

我们说着这些时，手机响了，一个男人用广东腔道："请问先生是不是罗总？"

我答："是罗总，您是哪位？"

打广东腔的男人说："你好，你好，我是王总的朋友。你什么时候来深圳，见个面？"

我们在手机里交谈了几句，我对谭元元说："业务来了。正好这几天我们把珠海的那三本书送过去，然后绕到深圳，与这位老总见见。"

邓军说："元姐、罗总，你们去吧。"

谭元元答："好啊，公司的事交给你了。"

邓军答："那是应该，现在万象广告公司正蒸蒸日上。"

我和谭元元离开医院，开车到公司，我忙着梳理徐行长那篇稿子。下午五点多钟，谭元元问我："完了没有？肚子饿吗？我可肚子饿了。"

我看她，问："去哪里吃饭？"

"餐谋天下，要不大碗厨？大碗厨的菜味道还可以。"

我答："都太闹了，大众化的餐馆。"

"那我们回家，我做饭给你吃。"

"你这是打算以贤妻良母来要求自己啊。"

"正是，不然，你又怎么会喜欢我呢？"

我懒得开车，就坐着谭元元的马6，朝她家飙去。我脑海里想着妻子，想着妻子说的那些话，不离婚，她是不会与张卫国上床的。谁信啊？我感觉妻子昨晚与我相爱，多少有点负罪一样。这种负罪感虽然没写在脸上，我却能感觉到。我闭着眼睛，胡思乱想着。汽车驶到谭元元楼下的车库，我们钻进电梯，一进门她就把我搂到身上，"想死我了。"她说。

我也把她紧紧抱住，我们热烈地滚到床上，我深深地吻着她，激情四溢地夸奖她："你真美，你才是我真正想要的女人。"

"你也是我真正想要的男人。"她也激情满怀地说，"除了你，别的男人我连看一眼都没兴趣。我昨晚都在想你，直到凌晨三点多钟，一想到你妻子睡在你身边，你们两人肌肤相亲，做爱，我就嫉妒难耐。亲爱的，我们结婚吧，你快点离婚。"

我一愣，仿佛脸上挨了一拳："又来了。"

她瞅着我，媚笑了下："怕啦？"

第三十七章

我说:"不是。只是离婚需要时间,你要给我时间。"

"好,"她说,"你离了婚,我会更对你好的。"

我说:"我妻子在我与张卫国之间徘徊,她很矛盾,她也想跟我离婚,却又一时放不下。你别急,给她一段时间考虑,也等我把她二姐夫出资的三本书和一本画册做完……"我突然觉得自己很恶心,好像我之所以暂时拖着不与妻子离婚,是因为我手上还有她二姐夫的业务似的。我对谭元元说:"像我这种只看重自己的男人,天生就是个品质坏的人。"

她望着我:"你干吗把自己说得那么坏?"

"我是真坏,自己都看不起自己了。"我苦恼的样子道,"不谈这个了。"

她去做饭,我去洗澡。洗澡时我的手机响个不停,谭元元把手机递给我,我一看是"转移呼叫",便接了。妻子说:"你怎么才接电话?"

我机械地答:"我在洗澡。"

妻子说:"一个人洗澡?"

"当然一个人。"

"没和那个姓谭的女人在一起?"

"怎么可能?不信你来看。"我说。

妻子说:"你说假话,我现在就在家里。"

我脑袋嗡的一响:"在家里?不可能吧。"

妻子"哼"一声,在手机那头说:"我下午来长沙办事,晚上与邓局长一起请文化厅的一个处长吃饭,吃过饭,他坐局里的车回白水了,我留了下来。你还想骗我?"

我说:"我在金源大酒店,那我就回来。"

谭元元看着我,她也听出火药味来了,说:"你那位?"

我说:"我的谎言被她戳穿了。她在家里。"

我觉得自己糟糕透了,赶紧穿衣服。手机又响了,这会儿是家里的电话号码,我接了,妻子在手机那头尖声吼道:"罗定,你给我滚回来。"

谭元元一把抱住我,爱恋地说:"别担心,有我。假如爱情是傻女人才能拥有的,那我宁愿为你变成傻女人。"

第三十八章

妻子冷淡着一张俊俏的脸蛋坐在客厅里,电视机都没开,看见我,第一句便是:"离婚吧,我不想再被你骗了。你真的是个不要脸的骗子。"

"我是在公司里忙。"我回答她,假装善意地笑了声。

妻子说:"恶心,你这样子让我恶心。我妈说,你不是个好东西,要我别理你。"

我狡辩道:"你太敏感了,下午我去金源大酒店,公司的一个客人住在金源大酒店,我去陪他,觉得自己一身痒,就洗澡……"

"别骗我了,"妻子冷峻着脸色,"都说男人没一个好东西,我们离婚吧。"

我一脸坦然,还一脸无耻:"别说得这么绝情,别动不动就用离婚威胁我。再说,我对得起你。并且,我一直爱你。我从来没有背叛过你。"

"从来没有背叛过我?"

"是的,从来没有背叛过你。"

"你敢发誓吗?"

我望着妻子,一脸正经道:"敢发誓。"

妻子恶毒地说:"你如果背叛了我,出门就被汽车撞死。"

"这个誓太恶毒了,这不是发誓,是恶咒。"我想这样的誓可不能乱发,万一老天爷听见了那可不得了,就无耻地说,"誓我敢发,恶咒我可不敢开口。"

"这不是恶咒,是发毒誓。"妻子说,"你没背叛我,应该敢发。"

"你敢发吗?"我望着妻子。

妻子一愣,马上说:"我敢发。"

"真敢发?这誓发了,违背誓言要遭上天惩罚的。"

妻子犹豫了下,坚定地说:"你发,我就敢发。"

第三十八章

"算了,"我说,"别在这事上费神了,爱情难道要用誓言来约束吗?凡是用誓言来掌控的爱情,都不牢靠。我从没背叛过你,还像以前那样爱你,我对你发誓。"

妻子一声冷笑,不再理我。

睡觉时,妻子睡在女儿的床上,不与我同床。我也没精力跟她耗,由于刚才与谭元元干那事太热烈了,难免不疲劳,一倒到床上,没几分钟就进入了梦乡。醒来,妻子已不在家,我打她的手机,她没接。现在,我也不像以前那么关心她和在意她,昨晚我问她敢不敢发毒誓,她不是犹豫了吗?估计也背着我做了什么事。这样一想,我反倒轻松了许多。我出门,步入对面楼盘的地下车库,开着车驶到公司。谭元元问我:"没发生世界大战吧?"

我答:"还好。"

谭元元问我:"亲爱的,你是怎么骗过她的?"

谭元元可比黄江丽精明,什么都告诉她,以后我在她身边怎么混?我说:"我没骗,只是不承认。后来她不理我,我就自己睡了。"

我去了珠海。二姐看见我,满脸不高兴,问我:"怎么,你跟小妹闹矛盾了?"

我说:"没有,江丽有点误会我。"

"你可不要欺负小妹,江丽最小,从小我和大姐都护着她。"

我望着二姐说:"不会,我怎么舍得欺负江丽。"

"小妹说你有外遇,这事搞不得的,你晓不晓得?"

"我没有外遇,"我当然不会承认,"真的没有,不骗你,二姐。"

二姐态度又温和了些:"没有,那最好。江丽对你那么好,你还有外遇,那就对不起她。男人,不能只想自己,做女人很不容易,你晓不晓得?"

我说:"我晓得。"

二姐是在家里招待我的,这一次,她没像上两次那么热情,估计是她听小妹说我有外遇的事惹恼了她,就没请我去酒店吃饭。她叫保姆做饭给我吃。晚上,二姐睡了,我坐在客厅看电视。二姐夫回来,坐到我一旁,递上支烟给我。我们抽着烟,他说:"你做人不太成熟,如今这世道,男人不在外面玩,也枯燥。但是,家里的要哄好,你懂我的意思吗?"

我品尝着这话的意味，点了下头。

二姐夫又说："你弄得后院起火，这是小学生水平。"

听二姐夫这话，好像他在外面也有情人似的，我没敢这么问，只说："那是。"

我把打印出来的假样书给二姐夫看，边说："二姐夫，我明天去深圳有些事，你这几天把这书抓紧时间看看，有什么需要改动的，做下标记，我好改过来。"

二姐夫说："那我这几天看看。"

次日中午，二姐夫把徐行长、李行长约到一家酒店吃饭，我也去了，把假样书给了徐行长。徐行长翻阅我做的样书，很高兴，说："好好好，我正好这几天事不多，抓紧看。"

李行长有点疲倦样，说自己这几天睡眠不好。他看着我给他做的样书，调侃道："有了这本书，省了我很多口舌，把书送给别人，让他看就是了，方便多了。"

"你这是说勾引女人吧？"徐行长说，"你那本经，我还不知道吗，老李？"

二姐中午陪另桌人吃饭，所以几个人说话就无顾忌。李行长说："男人不在外面玩，也枉为男人。徐行长，你别说你没有啊。"

徐行长说："我真的没有。我没你李行长花啊。"

李行长拿起只基围虾剥着："你敢说你从来就没有？做人要坦诚相见啊。"

徐行长哈哈一笑："以前是有过，早断了，现在，规规矩矩了。"

李行长说："不老实，前阵子有个朋友告诉我，你在酒店洗桑拿，还说规规矩矩？"

"这种事不能乱说，"徐行长说，"谁说的？我去找他。"

"那我不能告诉你，"李行长说，"这是机密。"

二姐夫说："不会吧？我们徐行长在这方面很注意的。"

徐行长比李行长年长几岁，怀疑道："你这家伙，造我的谣。"

二姐夫笑，李行长却说："畜生造你的谣，你别套我，我不会上你的当。"

我听他们说着这些，几个男人聚在一起，没有老婆在一旁，说这事就津津乐道。李行长道："老徐，去桑拿中心玩，一定要戴安全帽啊，惹上性病就麻烦了。"

徐行长说："我没玩，我老婆年轻，看得我很紧的。"

李行长坏笑道:"别装正经了,老徐。"

二姐夫说:"来,喝酒。"

我们都端起酒杯,喝酒、吃饭,边说着这些荤事。一点多钟,徐行长率先走,我和二姐夫、李行长去洗了个脚,随后。他们忙他们的,我去了深圳。

下午五点多钟,我脑袋装着这些脏事地赶到海滨大酒店,王总经理坐在办公室里等我,看见我进来,高兴道:"我跟李总经理打了电话,他马上就来。"

王总经理的办公室里有个女青年,二十多岁,是个粤妹,但这个粤妹很高挑、年轻、漂亮,学英语的。王总的英语和粤语分辨能力实在一般,他的天赋不在语言上而在经营上,而酒店里经常来一些港商,必须配一个既懂英语又会用粤语交谈的女秘书。去年我采访他时,总是这个粤妹在他身旁忙前忙后,我们自然就熟了。粤妹泡了杯茶,对我一笑,笑出了两个酒靥,走开了。我注意到王总那双色眼,追随着这个粤妹的身影,这说明王总心里装着她。王总把目光收回来,放到我脸上:"怎么样,你老弟怎么样?"

王总比我大几岁,面色红润,待人热情。我说:"一般,没你王总好过。"

王总大笑,笑出了满脸猖狂的皱纹,他虽然不老,却皱纹猖獗,不笑时皱纹都分散、隐匿了,一笑,皱纹便涌现无比。这时一男一女走来,男的是王总约来的李总经理,一个四十来岁的男人,女的是李总经理的漂亮秘书。王总起身,向我介绍李总说:"李总,他那家酒店的生意是深圳市最好的。"

李总说:"别听王总的,王总是借着夸别人时,顺便让别人夸他。"

我们下到餐厅,进到包房。这时李总经理的手机响了,是他老婆,问他回不回家吃晚饭,他回答"不回家吃晚饭",然后阻止为他泡茶的女服务员,对跟着他来的女人说:"小叶,到我包里,把我带来的茶叶拿出来。"

小叶起身拿茶叶,王总问李总:"怎么,你小子又换女秘书了?"

李总一口广东腔道:"没办法啊,人家要走嘛,又不是我赶她走的。"

王总笑:"我还不知道你,你肯定是玩腻了把她甩了。"

李总经理马上道:"你是冤枉我呀,人家要回老家结婚,我不能阻挡嘛。"

王总经理嘿嘿嘿道:"李总,她不是怀着你的孩子回老家结婚吧?"

李总大笑,指着王总:"你太厉害了,没有的事,人家早有男友了。"

听他俩说话的语气便知道两人关系不是一般好,而是相当好。王总说:"你这个色狼,换女秘书比换衣服还快。"

"别说得这么难听，"李总道，"人活在世上，别太认真，太认真了很累。"他接过女秘书端来的茶杯，继续笑道："我对小叶也是这么说的，无论我们当多大的老板，也只是上天给我们开个玩笑而已。小叶，我说得对不对？"

小叶说："人生一世，草木一秋。这是李总经常教导我们的。"

"对嘛，我就是这个意思，人活在世上，要只争朝夕，别错过了对方，相识就是缘。罗总，"他望着我，"你说我说得对不对？"

我听他说"相识就是缘"时，很奇怪脑海里没想到谭元元，也没呈现我妻子，而是闪现了美女局长那张俏丽的脸蛋，就笑："是这样的，我同意。"

我们聊这些时，小叶看电视，好像没在听我们谈话。我有这种感觉，男人有了钱、有了地位，女人就成了男人的附属品，这种思想一经产生，就给自己的无耻找到了依据似的，心安了许多。原来不是我一个人变坏了，而是大家都在玩这种游戏，是一种群体堕落，或者是一种物质生活带来的情感使然。人堕落时可以找很多理由，人崇高时同样能找很多崇高的理由。我想这些东西时，李总满脸无耻地说："女人年轻就是好，你看她，多水灵。"

小叶见他如此评价自己，娇嗔地瞪下眼睛："哼，你坏——"

李总说："我可不想做正人君子，正人君子，谁爱啊？"

菜上来了，我不动声色地打开录音笔，边吃边问李总话题。李总是个健谈的人，问他一句，他说一堆。他思维敏锐，谈吐风趣。王总在一旁评价李总，说李总为人豪爽，干事果断，小时候很苦，说来说去，他们都是常德人，知根知底。一桌饭吃到九点多钟，李总接了个手机，然后对我说："明天上午你来我酒店，我们好好聊聊。"

大姐夫看见我，递支古巴雪茄给我，批评我说："你大姐让我跟你打电话，说你两句，我没打，知道为什么吗？"我望着大姐夫，大姐夫又道："给你一点时间，让你仔细想想，你是个聪明人，不要离婚，离婚就是背叛，这个道理你要明白。"

我答："我没说要离婚，是江丽要跟我离婚。"

桌上，电话响了，大姐夫接了个电话，又说："有些人动不动就离婚，这都不是聪明人。罗定，我告诉你，江丽很单纯，适合做老婆。"

我想起江丽犹豫的表情，答："我懂。"

第三十八章

大姐夫抽着古巴雪茄，忽然说："再年轻、漂亮的女人，也会老的，懂吗？"

我说："大姐夫，你放心，我不会与江丽离婚。"

那天晚上，我就睡在海滨大酒店。我打开电视，看着，邓军打我的手机，我接了，问他什么事，邓军说："那个老婆婆终于脱离危险了。"

我答："好事。"

"我一颗心总算掉下来了。"邓军说。

手机响了，是妻子的电话，妻子问我："你什么时候回来？"

我觉得妻子好像对我回心转意了，便恬不知耻问她："想我了？"

"不想。是我妈要我问你。"

我不喜欢岳母插手我的事，我都不愿意看见岳母那张冷漠的脸。我说："若你妈要你劝我回白水办公司，那我劝你跟你妈说，要她打消这个念头，我不会离开长沙的。"

妻子说："你是不想离开那个女人吧？"

"不是，我可以离开广告公司，我们找你大姐夫、二姐夫借点钱，在长沙开家公司。"

妻子挂了电话，谭元元的电话来了，问我："跟谁打电话，打那么长时间？"

"业务电话。什么事？"

"你住在哪家酒店，亲爱的？"她问。

"海滨大酒店。"

她调情地说："要不要我明天飞过来搞你？"

我笑："想我了？"

"想你。"

"我也想你。"

"哪里想我？"

我下流道："脑袋想你，下面更想你。"

"我受不了了，我明天就飞过来搞你。"她说，"明天我要好好收拾你。"

谭元元不是黄江丽，我们在电话里调情调得很火爆，直到我的手机快没电了，发出即将中断的鸣声，我才挂机。我睡了个好觉，上午八点钟才醒来，打开手机，谭元元发了条信息：亲爱的，我下午飞来。我去了李总的W酒店，李总在办公室里，脚搭在茶几上，正与别人"电聊"，见我进来，挂了电话，说："我们开始吧，罗总。"

　　李总的办公室装修得金碧辉煌，可见李总是个爱面子的人。我把录音笔放在茶几上，抽着他递给我的钻石芙蓉王，开始采访他。为了让自己轻松点，我昨晚撰写了很多话题。李总话多，健谈。我们直谈到吃中饭，接着又往下谈，谈他的生意，直到下午三点钟，他接了个电话，说："你今天在酒店住下，明天再聊。"

　　李总打个电话给前台，让服务员送来一张房卡。我拿着房卡，随服务员去了一个豪华单间，一张宽大的床，冰箱、彩电、衣柜一应俱全。我坐到沙发上，手机响了，是美女局长，她娇声问我："喂，帅哥，在白水还是长沙？"

　　我答："在深圳。有何吩咐，王局长？"

　　王局长嘻嘻一笑："没事，今天好无聊，找人说话，给你打个电话，与你电聊。"

　　"好啊，"我说，想她都愿意找我电聊，可见对我印象不错，"我们电聊。"

　　"你的照片拍得非常好，有几张，我非常喜欢。"

　　我笑道："你是大美女，知道吗，我非常喜欢那张拍你嘴唇的特写。"

　　她说："好丑的，嘴唇拍得那么大，我不喜欢。"

　　我答："丑什么呀？很性感，我特喜欢，真的真的。"

　　她说："答应我的事，你一定要做到。"

　　我想不起自己答应了她什么，说："好的好的，什么事？"

　　"一起旅行，"她说，"去喜马拉雅山，就忘记了？"

　　我说："没忘，我说了，等我闲下来，我俩一起去西藏，我保证。"

　　她嘻嘻一笑："这还差不多。"

　　我们聊了个多小时，有人找她，敲门声从听筒里传来，她才挂手机。我想，她是一只孤雁，又聪明又漂亮，她是随父母的心愿回白水的，她的心其实很大。她在电话里说，她最大的心愿就是开家旅游公司，不是在白水开，是去上海开。是啊，人都是与自己的梦想背道而驰。我想，以后我有钱了，一定帮她实现这个愿望。

　　七点钟，手机响了，谭元元说她在的士上，正往W酒店赶。半个小时后，手机又响了，谭元元打我的手机，说她已到了酒店的大堂。我下楼，就见一个靓丽的女人朝我款款走来，着一身红白灰三色错叠的夏装，下身一条短短的黑西服裙，一双高跟皮凉鞋踏得地面哒哒响。我赞叹道："你真美。"

　　她走近我，浅浅一笑，挑逗我说："我今天要搞死你。"

第三十八章

"谁怕谁啊？"我说。

她哼了声，伸手进我胳膊弯里抓了下，我笑着说："大庭广众呢。"

"怕了？"她嗲声问我。

我们步入电梯，彼此望着，她咯咯咯笑，在我耳边说："想死我了。"

"才分开几天？就想死你了？你个女色魔。"

进了房间，她一把扑倒我："我要让你知道女色魔的厉害。"

第三十九章

我们在W酒店住了两天，采访完李总，拍了一些照，再住下去就显得赖了。谭元元忽然兴奋地问我："乖，我们玩次失踪？把自己消失掉，去三亚玩？"

"去三亚？"我惊奇地望着她。

她说："金泰公司在三亚有栋度假别墅，凡是董事都可以去别墅度假，住宿免费。我去过一次，很不错的，可以看到海景。"

我一听"可以看到海景"，就动心了。我们飞到三亚，一辆奔驰在机场出口处等我们，一个脸色黝黑的中年男人迎上来，恭敬地叫了谭元元一声"谭董"，就接过谭元元拖着的行李箱，在前面引路。我有些奇怪，问谭元元："他认识你？叫你谭董？"

谭元元一吐舌头，说："我来过，他当然认识，你忘了，我是金泰公司的董事之一。"

我们坐进黑亮亮的奔驰，直奔度假别墅，别墅临海，建在一处树木葱茏的山坡上，一条车道直达别墅的大门。别墅很大，前后都有花园，还有喷泉，水池里还养着鱼。别墅门前站着两个女人，一个年轻点，一个老点的女人是打扫别墅卫生的。我们走进别墅，上到三楼，一间宽大的卧室，有一面墙是落地窗，谭元元拿起遥控器摁了下，深红色窗帘自动打开，大海果然就呈现在眼前。我叫了声："哇，真美。"

谭元元见我如此兴奋，笑道："这栋别墅是六年前我大舅为公司买的，当时三亚的房地产不景气，房子卖不动，我们只花了七百万，现在这栋别墅值三千万。"

我称赞道："你大舅真有眼光。"

她笑："喜欢吧？我叫你来没错吧？"

"没错，太好了，"我说，"这卧室面朝大海，简直是做梦啊。这辈子能享受

第三十九章

一下亿万富翁的生活,也他妈不虚此行了。"

"讲脏话,"谭元元说,"看你高兴得,还'他妈不虚此行了'。"

我们在度假别墅住了十多天。谭元元玩失踪,关了机,天天与我厮守在一起,我们开着奔驰这里玩那里转,到处拍照。别墅的那对夫妇对我们相当客气,一早为我们准备早点,假如我们上午睡懒觉,没出去,夫妇俩必为我们做好中餐,等我们用完膳,就收拾碗筷。我很奇怪他们怎么不与我们共进午餐,谭董事也不叫他们与我们一起吃。我有些过意不去,叫他们一起用餐,他们总是答:"不行,这是公司的规定。"

我说:"这规定我来破,一起吃吧。"

男人抱歉道:"先生,您和谭董吃吧,别为难我们。"

谭元元说:"罗总,我们吃,吃了,好去拍照。"

有天,刚在别墅里吃过中餐,正想三亚就这么大,该玩和该去的地方都去了,觉得再舒服再快乐的日子,也有倦的时候。这时我接到徐行长的电话,他告诉我,书稿看完了。我对谭元元说:"该工作了,我得去珠海。"

这话一说出口,思想就移到了书稿上,忙打电话给民航,订了张飞珠海的机票,同时给谭元元订了张飞长沙的机票。第二天我飞到珠海,徐行长请我吃饭,把书稿双手奉还给我。我翻看书稿,感觉徐行长是个极认真的人,见我把他描写成了雷锋叔叔,十分不安,把拔高他的词语都删了。他很客观地评价自己说:"罗总,我没那么高的境界。"

我笑,想他还算有自知之明:"徐行长,您太认真了,其实,也没什么。"

徐行长说:"那不能这么说,是什么就是什么,做人要实实在在。"

"您说得对,徐行长,那我按您的意思办。"我说。

我在二姐夫家,把二姐夫、徐行长和李行长那三本书改定后,拿回深圳,交给雅士美术广告印刷公司的杨老板,让他每本印五千册。杨老板很热情,笑得眼睛成了一条缝。聊天时,他的手机响了,他对我说:"是邓美女。"然后他高高兴兴地与邓美女说话,接着他把手机递给我,让我与邓美女说两句。我接了电话,邓美女在手机那头问我:

"元元还好吧?"

"好。你呢?"

"我好。来我的餐馆吃饭吧,今天。"

我说:"今天不行,我要飞长沙。下次吧。"

杨老板开车送我去机场,路上净说邓美女,"她身上尽是优点,"他厚颜无耻地形容邓美女,"做爱时,特别温柔、听话,我要她怎样她就怎样。"

我觉得这个男人极其无耻,猛地想起孟子的话,就扑哧一笑。杨老板问我笑什么,我说:"笑我给你拉了皮条,你却只顾自己享乐,皮鞋都没送一双,太不够意思了。"

杨老板听我这么说,大笑。车驶到机场,杨老板还真要去买皮鞋送我,在机场商场看皮鞋。我制止他说:"开玩笑的,你还当真啊。"

杨老板一口广东腔道:"我们广东人,朋友是朋友,生意是生意,懂吗,兄弟?"

"什么乱七八糟的。"我说。我懒得听他用广东腔教训我,拒绝地跑进机场检查口,觉得挺好笑地上了飞机。一走出长沙机场出口,就见谭元元亭亭玉立地杵在那儿,像一枝红艳艳的美人蕉,她今天竟穿着很耀眼的红连衣裙。"我以为你是新娘子呢。"我说。

她自信道:"快当新娘子了,先要适应一下。"

我上了马6,她开着车朝前飙去:"看见你,心就踏实了。"

"别,才分开几天?晕。"

"天天想看见你、守着你、吃着你。"

"我可受不了,爱,没有距离就消失了。"

"爱,就是与爱的人天天相守。"

"那就没有爱了。"

"我好像初恋一样,你不在我身边我就不安,没心干事。"

"更年期了吧?"

"去你的。"

我笑:"你们女人爱一个男人就是这样吗?"

"你没有我爱你,亲爱的,你要是有我这样爱你,你也会像我一样。"

我确实没有她那么爱我。她没有老公,也没有孩子,父母也相继去世,心思完全在我身上,我在她心里的情感就放大了。我淡淡道:"这很危险的,别把爱看得太重了。"

谭元元用亲昵的神气看眼我:"我愿意。"

"傻啊，女人要多爱自己。"我问谭元元，"你觉得我们能走到一起吗？"

"你什么意思？"

"我觉得我们都太了解对方了。"

"不好吗？男人爱女人也许简单些，女人爱男人，不了解是不会爱的。男人对女人动心容易，女人不是随便就动心的，当她动了心就认真了，明白吗？"

"所以女人比男人容易受伤害，是这样吧？"

"是啊，女人是守，男人是攻，身体结构也是如此，男女之间是攻守关系。"

"我怎么觉得我是守，你是攻呢？"

"我没攻你。我承认我是先喜欢你，但你欲擒故纵，让我一步步掉入你的陷阱。"

"我有那么可耻吗？"

"你表面上单纯，实际上你比谁都坏。"她肯定地说。

手机响了，是美女局长，我接了。美女局长问我："罗总，你什么时候回白水？"

"后天，这两天公司里还有些事。有什么吩咐？"

"我带你去拍青山铺乡的古桥和书院啊。"

"好的，我回白水会给你电话。"

"她漂亮吗，亲爱的？"我放下手机时，谭元元问我。

"一般，她哪里有你漂亮呢？"

"我们去锦绣华天吃饭吧，就在锦绣华天开间房，睡觉。"

我肚子里，肠胃开始造反了，咕咕咕叫着。汽车驶到锦绣华天，我们下车，先开房。进了餐厅，她要了几个菜，看着我笑："今天老娘要把你炖了好好吃一顿。"

"是不是还要放点味精、胡椒、辣椒什么的？"

"不需要，撒点盐就行了。"

"文火炖吧？味道纯些。"

她笑："文火，慢慢把你炖熟，然后用叉子叉着吃。"

我们边说着这些俏皮话，边吃饭，说得劲来了，饭都没吃完，还有一个菜没上就买单，接着就直奔客房。一进客房她就热情泛滥，随后我们都筋疲力尽地趴在床上。她的手机响了，她看了眼说："是我大舅。"她"喂"了一声，边用肩与头夹紧手机，边穿衣服，向卫生间走去。

我听见她生气地说："不行，我说了你不要自作主张，这事别跟我讨论。"

我愣了下，这哪里像侄女与大舅说话，这是上级对下属的口气啊。她关了卫生间的门，我听不到她说话了。我窝在床上，她在卫生间里说了十分钟话，走出来，我望着她说："他是你大舅，你怎么跟他说话用那种训人的语气？"

她有些恼地说："他管我的事，要跟我介绍一个亿万富商联姻。"

这不是我该关心的事，我睡觉。她侧着身体在我一旁躺下，媚着一双眼睛看着我，娇声道："亲爱的，我好爱你的。"

我想起她刚说的她大舅要跟她介绍一个亿万富商，便说："这是最后的表白吗？"

"去，谁也别想阻挡我爱你。"她说。

看来，她大舅是要她与我分手，我站在她大舅一边说："别固执了，你大舅看中的，你应该去见见，说不定是个超级帅哥呢？你大舅应该知道你的要求。"

"你当我是商品啊？我跟大舅说了，我的事，不要他们管。"

"他们？"

"还有我二舅，"她说，"他们瞎操心。"

我说："商业联姻，政治联姻，在当今的中国社会，很正常，你别蠢了。"

她望着我，认真道："你厌烦我了，是吧？"

"女人真是蠢，"我说，"动不动就要跟别人结婚。"

"你说什么？"她突然睁大眼睛，目光疑惑地望着我。

我忙说："你别误会，我不是说你，是说邓美女。邓美女与小白脸分手了，想跟杨老板结婚，杨老板今天在机场准备买双皮鞋送给我，我没要。"

"女人是很蠢吧，你觉得？"她不听我解释，而是抓着这句话，很认真地问我，脸上的表情也让我陌生。

我知道自己口无遮拦，伤了她。我说："我是说邓美女，你别神经过敏，好吗？"

手机响了，一个陌生的号码，我懒得理睬，可手机响个不停。谭元元冷着脸说："你怎么不接？是不是在珠海又认识了一个相好的？"

我只好接，对方是个男人，不客气地问我："你是罗定吗？"

我答："是你是谁？"

第三十九章

"我是派出所的民警。周欣你认识吧？"

我一听周欣的名字，心就一颤，感觉不好，说："认识。"

民警说："你马上来派出所吧，有些事要问你，我们需要当面搞清楚。"

我愣着，谭元元问我："谁的电话？"

"派出所民警的，"我说，"周欣肯定有麻烦了。"

我打周欣的手机，无法接通，谭元元的思想转到这事上："周欣不会出什么事吧？"

我起床穿衣："我得去趟派出所，我的手机号，肯定是周欣告诉民警的。"

我打个的，心里十分不安地去了派出所，一个中等个子的年轻民警看着我，问我找谁。我说了来意，他问我："你就是罗定？"

我答："我是罗定。周欣出什么事了？"

年轻民警说："是你干的好事。"

"我干的好事？是什么事？"我问年轻民警。

年轻民警黑着脸问我："那几个给周欣出气的人，是你替他找的吧？"

我说："我不认识那几个人。"

年轻民警说："知道你不认识，你认识就不是打电话叫你来了。说说具体情况吧。"

我就把周欣挨了小代前男友的打等等，前前后后地说了遍。年轻民警边听我说，边记录，边翻看卷宗，核对我与周欣交代的口供什么的。接着他问我："知道是什么情况吗？"

我说："不知道，这段时间我十分忙，也没与周欣联系。请问是什么情况？"

年轻民警把卷宗盖上，这才说："前天，那个人死在医院了。"

我很惊诧，问："谁死在医院里了？"

年轻民警说："小代的前男友。马董的手机号是多少，我们得把打人的人找出来。"

我迟疑着，年轻民警说："这是命案，你要配合我们调查，不然，你今天就出不去。"

我说："我可以见一下周欣吗，民警同志？"

年轻民警恻恻地看我一眼："你朋友得知小代的前男友死在医院里后，自己来投案的，他犯的是'雇凶杀人'罪。"

我深感周欣真蠢，为了一个长得如黄豆芽的女人，竟把自己的前程和自由都断送了，实在不值啊。我问年轻民警："雇凶杀人，这会判多少年？"

"这是法院的事，以情节的轻重定罪，至少是十年吧。"年轻民警看我一眼，"幸亏你站开了，不然，你也会很麻烦。有时候，朋友之间，是好心办坏事，这种案例很多。你把马董的手机号告诉我们，是多少？"

我知道这事躲不过，就把马董的手机号告诉了年轻民警，问："我可以见下周欣吗？"

年轻民警冷冷地答："现在还不能见。在结案前，任何人都不能与犯罪嫌疑人见面，包括家属。"

我走出去买了三条芙蓉王烟，折回派出所交给年轻民警："麻烦你将烟转给周欣。"

年轻民警说："放在这里吧。"

我手机响了，妻子打来的，问我到长沙没有，又问我什么时候回白水，我一一回答了她。回到公司，谭元元瞟着我说："我以为你今天出不来呢，正准备找人营救你。"

她竟对我用了"营救"一词，我一笑："没那么严重。周欣投案自首，把过程都说了，与我们没关系。他自己把这事当了。"

谭元元说："本来就是他自己的事，人死了，这是他命背。"

我不想再说这些头痛的事。整整一个白天，我都在想周欣的事，人的命运是多舛的，一不小心就身陷图圄了。谭元元进来，见我办公室里满屋子烟，大叫一声，忙走过去开窗，边说："你想把自己熏死啊。"

我说："我明天回白水。"

"去见你那位？想她了吧？"谭元元问我，脸色有些嫉妒。

"你别嫉妒她，她是我唯一女儿的母亲。"

"我们生一个吧？"

"生一个？"

"生。我愿意跟你生孩子，你不是只有一个女儿吗？我给你生一个儿子。"

"一生孩子，体形就变了，皮肤也差了……"

"你什么意思？不想和我生孩子啊？"她说。

第三十九章

我想，人无论怎么折腾，到头来都逃不出世俗，因为世俗观念早流淌在血液里了，到了某个阶段，不管你愿不愿意，它都会跳出来，提醒你该干什么了。我说："你以前说你这辈子绝不要孩子，绝不会为孩子所累，我就知道那是你身上的母爱还没醒来。"

"你说得太玄了，我是想为你生一个儿子。"

我知道她是想用怀孕、生孩子套牢我，一旦她生了我的儿子，我绝不会袖手旁观。她冰雪聪明，知道男人想要什么和关心什么。

次日，我想回白水看妻子和女儿，却被谭元元拖住了，她不让我去，事实很简单，却很有力：晚上要陪税务局的干部吃饭，我是总经理，不能走。饭局设在芙蓉华天的包房里，来了两个税务局的干部，我们准备了两万块钱，打算吃完饭打业务牌输给他们。大家客气了番，坐下吃饭、聊天时，我手机响了，是宁志国打来的。"过来吧，来我家，"宁志国在手机那头说，"江立军和陈放都在我这里，你过来。"

江立军也是我大学同学，在大学历史系当老师，去年评了副教授。江立军和陈放在大学里时，关系就特别好。我回答："我等下来。"

我今天有点恼谭元元，她不放我回白水。我打电话给邓军，让他来陪税务干部搓麻将。邓军很快来了，一身灰色T恤衫，背着个黑色的金利来包。我把邓军拉到一隅，把一万块钱放进他的包里，小声说："你把这一万块钱输出去就完成任务了。"然后，我对谭元元说："我去宁副厅长家，你们玩。"

她知道我有这个副厅长同学，也知道我心里不悦，说："你去吧，早点回家。"

我一车开到宁志国家楼前，想自己曾经求他把妻子调到他单位的事，就暗暗一笑。我按了按门铃，开门的是我的副教授同学。"罗定，听宁厅长说你在搞广告，"江立军用一双市侩的眼睛盯着我，"搞发了吧你？"

"没发。"我的目光从他脸上掠过去，落在站起身迎接我的陈放身上，"陈放才是大老板，我只是打工仔。"我其实说的是真话，如果我与谭元元结婚，我就是为自己打工，如果我不与她结婚，就只是谭元元的高级打工仔。但这年月人人都听惯了假话，说真话反而没人信，江立军副教授当然不相信，说：

"又没人打劫你，谦虚什么！"

我望眼坐在沙发上的宁志国，他也用一种审视的目光看着我，我一脸感叹道："如今的国人真俗，动不动就问在哪里发财，我们应该说点别的。"

"老同学相见，当然关心你是不是发了财。"宁志国说，"可以理解。"

"不是怕你打劫，是真的没发财。"我说，再次盯着江立军，边对陈放笑。

陈放说："钱赚不尽，老板再大，还有比你更大的老板，政府就是中国最大的老板。"

"还是陈兄总结得透彻。"我说。

"打牌吧？边打边聊。"宁志国说。

宁志国喜欢玩炒地皮，不赌博，纯粹只是玩牌，打发下时间，旨在放松。我与宁志国打一边，江立军与陈放一边。大四那年，我们四人就经常坐在寝室里玩炒地皮、钻桌子，真有一种重温旧梦的感觉。我们边打牌边回忆大学里的趣事，原来人的心是相通的，我想起来的过去，他们也想起来了。江立军埋牌时，陈放问我："你做的新书和画册出来没有？"

我望眼宁志国，问陈放："你要做书？"

"你把你做的书，先拿给我看看。"

"我车上有，你们等一下。"我起身，下楼，把我做的书和画册拿了六本上来。

陈放翻看着，江立军和宁志国也接过书和画册翻看。宁志国问："这赚钱吗？"

"赚也是赚辛苦钱，只是在做一件自己愿意做的事。"

"你一直是个有追求的人。"陈放扔支烟给我。

"我没追求，现在只是混口饭吃。"

江立军道："这年月还谈什么追求？那是中学生的话题。"

我更正他说："你说错了，每个人都有所追求。我现在是追求虚无。"

江立军放声大笑："追求虚无？那也算追求？"

"尼采说过：'人宁可追求虚无，也不能无所追求。'"

陈放边出牌边说："定哥成了虚无主义者，这倒是我没想到的。"

"我也算不上一个虚无主义者，只能算一个盲目的人。"

"此话怎讲？"宁志国问。

"我们这个社会太复杂了，也让人太迷茫了，很多人都感觉空虚，却又没法改变自我和现状,因为真理是我们追求不到的,只好去虚无的世界里寻找光明。"

"你变成哲人了,"江立军说,"我记得读大学时,你是个足球迷,好像不爱读书,怎么十几年不见就成哲人了?我身为知识分子还从没想过这些问题。"

我一听他自诩知识分子就反感,就更想刺他一下,说:"人是一步步走向冷漠,又一步步走向无耻的。"

陈放赞同道:"深刻,确实深刻,先是冷漠,冷漠了才能无耻。定哥你已经触及到人类的灵魂了。我们活在这个社会,早就麻木不仁了。"

我说:"我接触的人,餐桌上,谈的不是赚钱就是女人。要是餐桌上有女人,谈的就是荤段子,反正没几个人谈正经事。本人愚见,整个社会都堕落了,无论你是市民、商人、银行行长还是国家公务员、教师或医生,都成了没有廉耻心的人。人人只想自己,对公益事业漠不关心,这是中国社会的悲哀!活在这种悲哀的社会,人人都迷茫。"

宁志国说:"这是大家都看到了的普遍现象,老人摔倒了没人敢扶,送到医院么,不交钱医生就不管,治病救人变成了有钱才救人,医生的职业道德哪里去了?学校嘛,想方设法地搞学生家长的钱,疯狂收取补课费,口口声声教师也是人,也要吃饭穿衣。规定学生买一大堆课外书,从书商手中拿回扣。医生和老师,一个是白衣天使,一个是人类灵魂的工程师都没有廉耻心,只想钱、要钱,整个社会还有不堕落的?"

江立军说:"我除外,我可是个有廉耻心的人。"

我反驳他道:"错,往往说这话的人最寡廉鲜耻。如今大学教授也很下流,社会上不是流传说,白天是教授,晚上是禽兽吗?"

江立军睨我一眼说:"玩笑开大了啊,你——"

宁志国听毕,大笑,对江立军说:"江禽兽,出牌啊。"

一桌牌玩到深夜,宁志国第二天要主持一个会议,而这个会议省里有头头要参加,于是散了。谭元元和邓军还在陪税务干部打麻将,我回到了A中学。打开门,一股霉味加一股凄凉劲儿一并扑入我的鼻孔。我今天之所以不去谭元元那里,是因为她故意阻止我回白水,不希望我与黄江丽见面,"反正我不管,我希望你尽快离婚。"她说。

谭元元是个反复无常的女人,昨天说她无所谓,一觉醒来,又变成有所谓了,昨天说"我能理解",今天却说"我不管"了,这样的女人怎么相处?这是个恼人的问题，让我联想到当年武则天、慈禧太后，只怕也像她这样反复无常，刚才脸色还晴朗，转背就阴云密布。我想起《论语》里，孔子曰"唯女子与小人难养也"，就觉得还是孔子厉害，一语中的。

人的价值是以什么来体现？以金钱、地位、名誉？当然，位高权重的人，舞动一下，就会有波浪。但这只是在中国——一个思想意识还十分传统、封建的国家，君君臣臣父父子子的思想流传了几千年，虽然大家都在鄙薄它、反抗它，但这种思想却存在于每一个中国人的血液里，一时无法从血液里清除出去，也许要几代或十几代人共同努力，才有可能从骨子里剔掉这种奴才意识。没有几人在当官的人面前有骨气，因为在封建残余意识仍十分严重的中国，官被捧得很高，一群势利小人围绕官转，鞍前马后，旨在官分配给他们一点好处，让他们发点财。在西方国家，官被约束了，不敢放肆，如履薄冰。在封建意识浓厚的、县长出行都有警车开道的中国，官成了权贵的象征。我悲哀地想，现在是一个金钱交易的时代，没有权又没有钱，人家就可以忽悠你。我们今天招待的两名公务员，只是税务局的两名普通公务员，却因他们手中有"权"，打麻将就得输钱给他们，以免他们找我们的麻烦。每一颗氧分子里都含着铜臭味，每一个国人都对人民币发生了兴趣，而对地球升温，科学家对我们生存环境发出的呼吁等等，却视而不见。难怪西方人说中国人自私、贪婪，没有大爱，只讲小爱，心里没有神明，因而无所畏惧。我并不想想这些对自己的身心有害无益的东西，却拉不住思想这头疯牛，一味地朝这些不愉快的事情上跑。

我决定洗个澡，把这些折磨自己的思想和灰尘洗掉。洗了澡，再躺在铺上，脑海里又出现了妻子的面孔，想她如果没调回白水，我们就不会有距离，距离是她造成的。这样一想，心里就有恨，恨她在做出决定时没考虑我，又想起苏轼的《水调歌头》里那句"不应有恨，何事长向别时圆"，就孤独地进入了梦乡。第二天上午八点钟，我被学校里上第一节课的铃声惊醒。我躺在床上，看着窗外的蓝天，想该起床了。

我开车去公司的路上，陈放打我的手机："起来没有？"

"起来了。有何吩咐，陈兄？"

"我敢吩咐你？是这样，我想给我舅舅做本书，他很有钱，在厦门、杭州和长沙都有公司。我舅舅是个传奇人物，他爷爷——也是我老外公，是国民党中将，黄埔军校二期生，参加过长沙两次会战，第一次会战时是团长，第二次会战时因立了战功，升了师长。"

"好啊，你舅舅出身显赫，是值得做本书。"

"那我们中午见面？"

我心里高兴，忙说："你说个地方，我来。"

我把车驶到公司楼下，便去吃粉，然后才步入公司。大家都在，我看眼大家，走进总经理室。谭元元进来，顺手带上门，问我："你没去白水？"

"没去。"

"我以为你去白水了，我生怕给你打电话、发信息。"

"昨晚回学校的家了。"

"生我的气了？"她聪明地看着我，"躲着我，是吧？"

"你又不是老虎，躲你干吗？"

"不是有一首歌名叫《女人是老虎》吗？"

"那是对和尚而言，我又不是和尚。"

她笑，笑得很媚的样子，一改昨天那种不悦的表情，说："你要是当和尚，我就去庙里当尼姑，让你当个花和尚。"

我没搭腔，她娇声说："好啦，谁让我那么爱你，不能没有你呢。中午一起吃饭。"

我说："中午我要出去吃饭，昨晚在宁副厅长家打扑克，顺便捡了个业务。"

"真的？"

"刚才接到电话，就是我们有次在餐厅里碰见的我大学同学陈放，他想他的台湾舅舅做本书，让他舅舅高兴高兴。他舅舅出身国民党中将家庭，很有钱。"

"好事，你的业务比我还多，厉害呀。"她笑着说。

第四十章

星期五，我实在想去看妻子和女儿了。路上，我给王局长打电话说："美女，我今天回白水，明天我们一起去拍青山书院和那座古石桥吧？"

王局长说："好啊，我正准备给你打电话，问你这两天回不回来。"

"那我们是心有灵犀啊。"

"真是心有灵犀。"王局长说。

"那好，明天顺便给你多拍些照片，你如果方便的话，多带几身衣服。"

"很期待呀。"王局长笑道。

我觉得她的笑声很好听。车驶进县老干所时，妻子和白露站在坪里说话。白露看见我："哎呀，罗总，好久没看见你了，你就不怕我们漂亮的黄美女被别人勾跑啊？"

我说："不是没跑吗？"

白露笑："追黄美女的人多呢，小心我们黄美女跟别人跑了。"

妻子看着我，笑着："你这家伙，打扮得这么帅，不是又在外面瞎搞吧？"

"怎么可能？忙得死，你二姐夫和徐行长、李行长的书刚做完，又接了李总的书，现在又要给我的大学同学的台湾舅舅做书，每本书都要采访，把采访录音录进电脑，还要编和写。你们旅游局王局长打过我几次电话，要带我去拍青山铺乡的古石桥和青山书院，还要拍驼峰山风景，我一直没时间呢。"

白露一脸神秘色彩地说："那个王局长，你可要小心。她是我们县最有名的交际花。"

"这和我没关系，"我说，"我以为什么别的呢。"

白露说："她是个势利女人，只跟县里的领导和有钱人交往。"

"不会吧？我觉得她挺好的。"

第四十章

"她很会扮纯真,其实,我听别人说,她很放荡。"

我不喜欢白露在背后损人,我瞟眼妻子,问:"明明呢?"

妻子答:"这个时候正是少儿节目时间,她在家看电视。"

我和妻子走进客厅,岳母闭着眼睛在客厅里练气功,岳父在楼梯边择菜,女儿坐在沙发上看电视。妻子说:"明明,爸爸来了。"

女儿叫了声"爸爸",目光仍没离开荧屏。我在女儿身边坐下,摸着女儿的头:"明明,你下个学期就要读书了,是小学生了。"

明明答:"还早呢。"

岳母收了功,走开了。我有些别扭,怪妻子不该把我们之间发生的事说给她母亲听,以致她自己都无法抚平她母亲对我的怨恨。我小声对妻子说:"都是你——"

妻子一笑,进厨房炒菜。岳父从我身边走开时也没理我。我想,看来我不受欢迎了。我接了陈放的电话,陈放说:"我舅舅后天会来长沙,我们一起见个面?"

我答:"好啊,没问题。"

我走进厨房,妻子说:"你还晓得回来?"

"当然晓得。"

"把我和你女儿都忘了吧?"

"没忘,心里想着你们呢。你爸爸妈妈怎么这么冷淡我?"

她不回答我的询问,而是说:"我现在要见你,变得很困难了。"

我想能怪我吗?说:"那是因为我工作很忙。"

妻子的手机响了,手机就搁在案板上,我视力好,瞟了眼,是张卫国。妻子接了,说:"我来不了,我老公来了,改天吧。"

我很惊讶,妻子说话如此坦然,我问:"张卫国还找你?"

妻子说:"我不会和他有什么的,你别瞎猜。"

"日久生情啊,你还跟他来往。"

妻子笑了下:"吃醋了?我们只是同学。"

"他爱你,就不是一般同学了。"

"去你的。"妻子说,又补了一句,"谁要你不爱我?你不爱我,有人爱我。"

很奇怪,我觉得自己真的不像以前那么爱她了,以前,整个心都在她身上,现在这颗心散了,一部分在工作上,一部分在自己身上,还一部分在谭元元身上,分给她只有五分之一了,因为还有一分在女儿身上。"爱你,我还是爱你的。"我说完这话,自己都觉得假。

早上,刚刚吃过晚饭,手机响了,是王局长的手机,问我:"什么时候出发?"

"现在就可以出发。"我答。

她说:"那我们十分钟后,在金龙头大酒店前碰面?"

"好的。"我放下手机,对妻子说:"上午要去青山铺乡拍青山书院和那座古石桥,还要去驼峰山拍风景,估计要下午才能回来。"

妻子对我为白水尽心尽力地做事没怨言,说:"去吧。"

太阳很大,让人感觉紫外线很强。我把车开到金龙头大酒店前时,美女局长已站在那里了。她一身白衣白裤,还戴顶遮阳帽,肩上挎个包,看见我的车,对我笑,仿佛天使下凡。我打开车门,她上车,一股芬芳尽数飘来:"美女好,看见你就跟看见春天样。"

"谢谢。"她说,笑着看我一眼。

我开车向青山铺乡驶去。路上人少,满地金灿灿的阳光,心情也不错,就感觉树木、农田、村落,风光十分旖旎。"多美的大自然啊,"我说,"真是太美了。"

她说:"农村里,别的没什么,就是风景好。李县长说,如果把旅游事业发展起来,白水县的老百姓也会感谢县委、县政府。"

"那是。我也觉得白水可以在旅游上好好开发。"

"李县长不主张大力发展工业,那污染太多了。化肥厂、饲料厂虽然赚钱,但污染太严重了,是害本县老百姓。李县长主张在农林业和旅游业上多发展。李县长说,刘书记很支持他发展旅游业。我运气好,碰到了一个好县长。"

"李县长是对的。古人说,为官一任,造福一方。"

"李县长说你和他是球友,那时候经常在一起踢足球。"

"李县长比我高一届,我和他是球场上认识的。他如今都县长了,我还是个老百姓。"

"李县长的父亲是我们县委组织部老部长,县里的很多干部都是他父亲提拔的。"

这事我知道,岳父跟我说过,我装作才知道地说:"难怪李县长上得快。"

第四十章

"现在的县委刘书记,就是他父亲一手提拔的。"

"他父亲栽树,他乘凉,这叫前人栽树,后人乘凉。"

"李县长办事胆子大,能力也强。他可以当省长。"

她又一口一个"李县长",看来她很崇拜李县长,我想。我们说着李县长,边向青山铺乡奔去。我称赞她:"你也不错,年纪轻轻的就当局长了。"

美女局长笑了个。

昨晚妻子告诉我,王局长的这个局长是李县长上来后提拔的。"都说你是全县最漂亮的局长,"我说,故意叹口气,"女人长得太美了,不好。"

"是的,漂亮女人是非多,真没办法。"

"这事谁也没办法,脸是爹妈给的,总不能把它破坏掉。"

她笑了。

一个小时后,车开到了青山铺乡。我从车厢里拿出摄影袋,袋里装着相机、三角架、广角镜、长镜头。用不着别人带,她领着我走到破落的青山书院前。这书院上半部已完全坍塌了,只有下面的麻石墙和青砖墙还很结实,不过青砖墙和麻石墙由于长期日晒雨淋,业已风化、颓废什么的。我架好三角架,拍着这些断垣残壁,用广角镜拍,把周边的房屋一并拍下来。拍了废弃多年的书院,转而去拍那座古石桥。古石桥建在一条小溪上,连接着两边的青石板路。这感觉确实古朴。我举着相机围绕石桥前后左右猛拍,寻找不同的角度和视觉。这样拍了几十张,又退到远处用广角镜拍。转身觉得前面的村庄风景朴素、秀丽,又拍了多张村庄,还用长镜头拍鸡、鸭、鹅、猪和倦态的田园犬。

随后我拍美女局长,把她拉近、推远,只为拍她俏丽的身影。她眼睛大大的,睫毛长长的,我拍她的脸蛋,拍她性感的嘴唇。"我特别喜欢你的嘴唇,真性感。"我赞美她。

她脸红了:"谢谢。"

"你这么美,是男人都会动心的。"

她笑,问我:"你也动了心吗?"

我拍她的笑:"你笑起来真迷人。我是动了心。"

"坏男人。"她笑道。

我也笑。她转身去车上换了身天蓝色衣裙。我边拍着她,边赞赏说:"你这模样,有点贵妇人的味道。别动,头稍微偏一点,真美,太美了。这拍出来是女明星啊。"

她很高兴，任我拍她。

我拍了她很多张，坐的、站的、靠在树上的、蹲在溪边的。随后，我们开车到镇政府驻地的一家小餐馆吃饭，等饭吃时我又拍着她，不放过她楚楚动人的样子。

菜上来了，一大钵，让我和她都有点惊讶。我们吃着，边说着话，她手机响了，我听她对着手机说："在青山铺街上吃饭，上午拍了一上午青山书院、石桥和风景，等下准备去驼峰山乡，拍无为庙和游击队曾经驻扎过的溶洞和山峦景色，晚上肯定回来。"她放下手机，"李县长打来的，说晚上在县委招待所给我们洗尘。"

我说："李县长真是个好领导，很关心人。"我这是一语双关的话，她听懂了，问我：

"你这么帅，有情人吗？"

"没有。一般女人，我看不上。"

"就知道，"她说，"你这么帅气，一般女人不会入你的眼帘。"

两点钟，我们向驼峰山乡赶去。车开到驼峰山乡驻地，只需半个小时。我用广角镜拍了几张街景，拍老房子，拍牛在街头漫步，拍农民坐在树荫下聊天。接着我们去拍游击队当年驻扎的溶洞。溶洞还算好找，从驼峰山乡驻地向东走两里山路就到了，溶洞周边有众多绿青青的树木。溶洞口很大，奇形怪状的，洞口上有灌木和野草。我拍了几张，拎着相机走进溶洞，里面却黑乎乎的，无法拍照。我问王局长："这里曾经是游击队生活过的地方？"

"嗯，"王局长说，笑了下，"李县长的爷爷就在这里打过游击。"

我懂了，难怪李县长要她带我来拍溶洞。我又眯着眼睛拍了几张溶洞。溶洞旁有条溪水，清澈见底，我倒是拍了很多张溪水的照片。拍完溶洞，我们就去拍无为庙。无为庙在驼峰山中，离此处几里山路，不是车道，只能徒步。我背上摄影袋，和她一起上山。

驼峰山是众多重重叠叠的山峦，其中两座高高的山峰远远看去颇像驼峰耸立在云雾之中，因此当地人便叫它驼峰山。无为庙处于山腰上。正值盛夏，山林湿热，还没走几步就汗流浃背，但既然来了，就继续上山。我们爬过这座山，再走下去，穿过山坳，又开始上山，我担心她爬不动，站住说："累了吧你？"

"不累，我喜欢爬山。"她说，"我们以后还要爬喜马拉雅山的。"

"爬喜马拉雅山？那可不是闹着玩的！"

"所以，我要锻炼登山，"她瞟我一眼，"答应我的事，别忘了。"

"当然不会忘，我们将成为去征服珠穆朗玛峰的湖南人。"

"你真好，送你一个飞吻。"她说，用手掌碰一下嘴唇，朝我一挥。

那神态既青春妖冶，又充满自信。我想她可真是个可人的尤物。我们继续上山，又爬了十多分钟，一抬头便看到了令我大失所望的无为庙。这是座破庙，仅从门窗和屋檐上看就颇有些年代了。就门窗和屋檐的木质而言，已经陈旧和风化得很严重。两页厚厚的木门，木质业已发黑；门楣上有块宽大的匾，匾上刻着"无为庙"三个字。匾上的油漆已剥落得一点不剩，所以无法辨出它从前是刷的什么油漆。无为庙是青砖黑瓦庙，由于年代久远，瓦楞中长了些青草，这些青草到了秋天会自动枯死，春天里，它又重新长出来，绿鲜鲜的。我把相机架好，拧上长镜头，开始拍摄。美女局长站在一旁看。我让她站到庙的门旁，她在我的相机前情不自禁地做了个舞蹈动作，这个舞蹈动作竟让她显得十分妖冶，我拍了，说："在这里拍几张你，也不算冤枉。你真美。"

她说："我读小学时学过舞蹈，经常在学校里跳舞。"

我点头，看着她，肯定道："难怪你走路很有风范。知道吗？我在县图书馆第一次遇见你时，就被你吸引了。那是你留给我的第一印象，很深刻。"

她说："你留给我的第一印象，是在舞厅里与你妻子跳伦巴时，你那潇洒的帅哥形象，也吸引了我。后来在县委招待所见面，我送你出来，你叫我'王懿'，我当时真高兴。"

"原来我们是相互吸引啊。"我说。

她脸红了下。一个看不出年龄有多大的道士走出来，看着我们，我说："我们是县里领导委托来的，来拍一些无为庙的照片。"

他表情僵滞，没答话。我又说："这里真好，真清静。"

我问他："可以讨杯水喝吗？"

道士转身，不一会儿端了个大木瓢出来，舀了一瓢水。我喝了，感觉既凉，还有股甜味。"水真好。"我说，问王局长，"你要吗？"

王局长犹豫着，我知道她是嫌脏，我说："不脏，这应该是泉水。"

王局长接过瓢，喝了口："是矿泉水的味道。"

我说："别动。"我赶紧拍了她端着大木瓢喝水的姿势，有一种糙物与美丽女人的鲜明对比，仿佛有一种寓意。我拍了多张，让她看，说："多美，太好了，这是艺术照。"

她笑："罗总，看来你是搞艺术的。"

我在她面前又一次自吹："我的摄影作品获了好几次摄影大奖。"

我拍无为庙，用广角镜拍，把周边的树木和背后的山拍了进来，又拍近景，还用长镜头拉近距离拍庙门和屋檐上的小草和野花。接着又掉头拍层层叠叠的山峦，这时已是下午五点钟，太阳偏西了，层次感特别好，用广角镜拍，就山峦起伏、郁郁葱葱，仿佛仙境一般。道士一直在一旁注视着，我拍完后，对他笑，他也回了个笑。我问他："大师，我可以进去参观一下吗？我只是想看看你们的生活。"

道士说："你看吧。"

无为庙好像没有过辉煌的历史，因为它并非那种庞大且错综复杂的道观，它只是一座看上去极为普通的像农舍一样的庙。进门一个庙堂，供着玉皇大帝的泥像，假如道士不说这是玉皇大帝，我真不知道这尊泥像是谁，因为泥像上的油漆早掉光了，看上去不但一点不华贵，还有些脏，而玉皇大帝在人们心里应该是最雍容华贵的。

庙堂两旁是厢房，各两间。中间一个天井，天井里有一棵古老的刺槐。刺槐的树干很粗，但空了，有许多虫子乐此不疲地爬进爬出，筑巢或吮吸树汁。我举着相机猛拍着这株空了树心的刺槐，拍在树身上爬动的蚂蚁。槐树两旁，有两棵桃树。后面还有三间门窗紧闭的厢房和一间火房。我走进门窗上都沾着烟子的火房，就见锅灶碗筷水池俱全，水池里流着的是山涧水，由竹槽引进，流入一口大水缸，清清澈澈，溢出来，流进水沟，流向火房外，顺山沟往下流。那只舀水的木瓢在水缸上飘动，像只小船，我拿起水瓢，咕咚咕咚地喝了一大瓢山涧水："这是正宗的活水，很甜。"

这一次王局长主动说："我要喝。"

我把余下的小半瓢水泼掉，重新舀了半瓢，递给她。她举起木瓢喝着，我又拍她。室内不热，汗很快干了，我和王局长下山时，我说："今天很有收获。"

"那就好，那我没白陪你来。"她说。

到了溶洞下一栋农舍前，我们上车，驶到乡街上，再往前开了半里就没法前进了，下山的公路被阻了。一辆拉岩石的超大货车翻倒在公路上，岩石也大半倾倒在路上，挡住了去路。大货车爆胎翻倒时，倒在了一辆运货的农用卡车上，卡车司机和坐在驾驶室里的一男一女，当场毙命。这是个意外但很重大的交通事故，发生在五点来钟，县交通大队的交警正往这里赶，县里没有能吊起超大货车的大吊车，只好向市里借，所以今晚是回不去了。我说："亲爱的，真是人不留客天留客，我们今晚得住在这里了。"

她笑："好啊，那我们去找家旅社吧。"

驼峰山乡既没什么游客，也没多少流动人口，乡街上只有三家小旅社，车一翻，把开车来乡街上办事的人全滞留在乡街上了，有两家小旅社住满了，只有一家叫红叶的旅社还有一间豪华套间。我想开两间房，旅社女老板说："就剩一间了，要不要？"

我要了，总不能睡车上吧？我把车停在旅社后面的院子里。这是栋两层楼的房子，豪华套间在二楼东头，我们走进套间。前面是个客厅，一组布沙发，一旁摆着台麻将机；后面一间卧室，一张很宽的床，一台电视机；一旁是卫生间，一个太阳能热水器挂在墙上，有热水洗澡，这让我们多少有点宽慰。尽管汗息了，但我们身上都汗巴巴的，我对美女局长说："王局长，你先去洗澡，美女优先。"

"别叫我王局长，叫我小王吧。"她说。

"好，你先洗澡吧。"

她去洗澡，我给妻子打电话，告诉妻子驼峰山乡出了车祸，一辆翻倒的超大货车把路堵死了，只好在驼峰山乡暂住一晚。挂了机，王局长的手机响了，她的手机就丢在茶几上，显示的名字是李县长。我拿起她的手机，走到卫生间前，敲门："李县长的电话。"

她关了水，退到门后，拉开门闩，伸出湿淋淋的手说："给我。"

那一会儿，我有种莫名的冲动，企图推门进入。我把手机给她，听见她用悦耳的声音说："回不来了……大吊车要晚上才能到。好的，好的，明天上午回来。不会的，放心吧。"

她与李县长肯定关系暧昧，不然，身为县长怎么老打她的手机？而且她对李县长说"不会的，放心吧"，这是对丈夫说的话啊。我想起那天在宁志国家，陈放说过男人的实力就是魅力过，就觉得男人有权更有魅力，因为权力可以改变一个人的命运。事实上，权力的魅力，对有点野心的女人更强烈。我明白了，她是个有野心的欲望强烈的女人。她洗完澡走出来，换了来时穿的那身白衣裤。"你去洗澡吧。"她说。

我很快洗了澡，走出来时赤着上身，她说："你皮肤好白啊。"

我答："被你发现了？"

她一张脸羞红。这是她今天第三次在我面前脸红了。

我觉得她脸红得很妩媚，我坐下，感觉此刻的关系似乎变了，都有些紧张。两人都洗了澡，又是在一间房，隐约就有什么东西产生了。这可不是我事先设计的，假如路上没翻车，我们此刻肯定是坐在县委招待所的包房里吃饭。但那条唯一通向山外的路被超大货车堵死了，于是只能在这里留宿，感觉有点像天意。我把相机打开，让她看我拍的照片，两张热乎乎的脸凑到一起，突然呼吸都加快了。我放下相机，吻她，她把胳膊搭到我脖子上，很主动地与我接吻。我们炽热地吻着，她的手开始只是搂着我的脖子，后来她脱掉衣服，也把我的衣服剥光，投到我怀里，我们很欢愉地进入了爱河……

第四十一章

陈放请我们吃晚饭，约我们去华悦大酒店，我叫上谭元元、邓军、刘晖和李经理一起去，因为又是做书，又是做画册，我在白水县还有一大堆事，当然就要团队一起行动。一行人飙到华悦大酒店，步入包房。"罗总，"刘晖掉过头来看着我，目光里对着一身黑衣裤而变得高挑的我，略有些欣赏，"像你这种爱好摄影的艺术家，对生活应该很有激情吧？"

"对你有激情，对生活没什么激情了。"

谭元元听见了，横我一眼，对刘晖说："听见吗？这是下钩子呢。"

刘晖看着谭元元笑："元姐，这是罗总开玩笑。"

"人变坏很快的。"谭元元说。

谭元元没有把不悦放在脸上，她不是小姑娘了，不会让别人看到她有什么不愉快。昨天晚上，她看到我背上、腰上有抓痕和指甲印，十分迷惑，追问我抓痕和指甲印是哪里来的。我说是我妻子故意留在我身上的，实际是小王局长发情时抠的。谭元元昨晚说："我不管，我要你八月份就离婚，我可受不了你与你老婆做爱。"

我说："是女人都有发情的时候，我有什么办法？"

"我是说离婚的事，你不要老拖着。我受不了。"

"不是我想离就能离的，离婚的事不是那么容易。你不懂吗？"

"我怎么不懂？我又不是没离过婚。你要是不离婚，就不准回白水看你女儿。"

"女儿可没错，她只有一个父亲，我也只有一个女儿。"

"那我不管，不离婚不准你再回白水，省得你被你老婆奸，你当然巴不得，是吧？"

我脑海里出现的是小王局长。前天晚上，我们疯狂做爱，我身上的抓痕都是在做爱时，她拼命抓的。小王局长有一种遭奸时受虐的心理，这种心理让她的手闲不住，让她要抓、要撕、要扯。当我们平静下来时，我才感觉腰部火辣辣的，一看，腰上尽是她的指甲印，再拿镜子照背，也留下不少抠痕。我说："这要让江丽看见了，那我死定了。"

她说："就是要让她晓得你是只雄蝴蝶，到处采花。"

妻子倒是不晓得，但谭元元看见了，她是喜欢在我身上摸的，见到这么些抠痕，她不是心痛，而是醋意大发，嫉妒得要命。"你要是不离婚，那我们分手。"她昨晚说。

我现在就想着她这句话，想这个世界，什么事情都有个终结。谭元元看我一眼，那眼神只有我懂，目光里有爱又有恨。陈放和他的台湾舅舅还在路上，我看着邓军和刘晖，问："邓军，你们什么时候结婚？"

"刘晖说不奋斗出三居室，就不结婚。"邓军说，"我们现在是为结婚奋斗。"

刘晖笑："结了婚，还与他爸爸妈妈住在一起，那我想死呢。"

"刘晖，男人看紧点，"谭元元说着，瞟一眼我，"男人骨子里都花。"

李经理插话道："元姐，男人不喜欢女人那不是太监？"

谭元元说："你们男人，只要身体不出问题，都是女人越多越好，就像韩信将兵，多多益善。什么永远只爱你一个人，那都是骗小女孩的。"

刘晖说："罗总是个好男人。"

谭元元哼了声："好什么？都一样，我看透了。"

"就看透了？"李经理说，"你们才开始啊。那以后的日子怎么过？"

"什么怎么过？李经理，闭嘴。"我说。

谭元元见我不悦，也赌气道："过什么啊，一开始就腾云驾雾的。"

我没跟她争，我脑海里闪现了另外两张脸：妻子与小王局长。我明白，我看女人不再只是欣赏，而是想占有。我甚至都在想占有刘晖的身体，虽然我不会这么干，但按尼采说的"思想就是行动"，我在思想上已经意淫她了。我冷冷道："别把自己看得太高，也别把自己看得太贱，就这么活着吧。"

谭元元、邓军和刘晖都望着我，我说："世上最美好的东西都是自己没有得到的，得到了，就掉价了。"我说，昂起脸笑了下，又说，"我现在成了饮酒作乐之徒。什么人改变了我？让我变成这样？是这个改变人的社会，人一掉进社会这只大染缸，再好的人也会变坏，我所接触的人，没一个有信仰，人无怕惧。昨天，甚至是最好的朋友，也可以在金钱和利益面前翻脸，所以人活在这个空气如此肮脏的社会，想成为一个好人，很难。"

邓军附和我道："我现在正是为钱活着。"

李经理也理直气壮地答："我也是为钱活着，房价那么高，我也在为房子奋斗。"

刘晖打了个噤，说："罗总，你这么一说，好可怕的。"

"不可怕，"我望着刘晖，"看多了，大家都这样，就麻木和习惯了。"

陈放指着他的台湾舅舅说："我舅舅。"

陈放的台湾舅舅是个很有趣的小老头，感觉上很精致，头发不多，染成了黑发，梳理得一丝不乱，着一身图案别致的唐装，一条白色休闲裤，一双白皮鞋，手挽着个三十多岁的少妇。少妇衣着华丽，戴副式样新颖的蛤蟆镜。台湾舅舅扫一眼在座的青年，脸色红润，但调子很低地冲我们这些人说："认识你们，很高兴，请多关照。"

我不由得想起电视上的日本先生，就笑着回答道："还请舅舅您多关照。"

台湾舅舅说："哪里哪里，先生年轻，大有作为。请。"

我们相继坐下。台湾舅舅很有涵养地双手放在丹田上，脸上始终微笑着。服务生给台湾舅舅泡茶，陈放对服务生说："我舅舅只喝红茶。"说着，他起身，从包里拿出一个锦袋，打开，里面是包装精致的木装盒，还拿出茶具，为台湾舅舅泡红茶。一旁的少妇起身帮忙。我看少妇，模样温柔、俊俏，不胖不瘦，胸部饱满，却不知怎么称呼，因为陈放和台湾舅舅都没介绍她。谭元元一向骄傲的，但在台湾舅舅和这个少妇面前，也不声张，像我一样望着陈放泡红茶。台湾舅舅说话了："叨扰诸位了，给你们带了点小礼物，请收下。"

少妇把提袋打开，拿出一包包红茶，一人面前发一包。我说："谢谢，舅舅您太客气了，我们这些粗人，喝茶如牛饮，不晓得讲究的。"

台湾舅舅说："这是正宗的祖缶金针梅，养胃，请收下。"

陈放夸他舅舅说："我舅舅生活很有质量，什么东西都讲究品。只喝祖缶金针梅，这种红茶很贵。我舅舅喝酒只喝法国拉图红酒，每一瓶都是一万多元一瓶，贵的到一万八九千元一瓶。"说着，陈放从包里拎出一瓶法国拉图红酒，放到桌上，

"一九八八年的，一万一千八百元一瓶。"

"哇——"刘晖这么叫了声。

谭元元从来不表示惊讶的，也叫了声："哇——"

台湾舅舅说："喝红酒养颜，对调节血管也很有好处。大家都喝点吧。"

茶上桌了，台湾舅舅端起茶盏喝了口，笑笑。

陈放将茶盏一人面前放一个，倒上祖缸金针梅红茶。我喝了口，果然香醇可口。我称赞说："真好喝，这茶。"

谭元元也称赞道："第一次喝这么昂贵的红茶，太好了。"

我们品红茶时，菜也上桌了，台湾舅舅端起酒杯："大家随意。"

邓军风趣道："这随便抿一口就是几百啊，太舍不得了。"

台湾舅舅摇了摇杯中物，抿了口酒，放下酒杯。我们都学他，如此这般。台湾舅舅已是个六十多岁的老人，但我们都以为他只是个五十来岁的先生，这是他给人的感觉心态极好，说话谦让、自信。我们吃着饭，喝着拉图红酒，说着话。台湾舅舅有很多产业，总公司设在台北，分公司开到了美国、德国、法国和大陆。台湾舅舅每年都要去这些地方走走，巡视分公司的业务。"世界五光十色，人不能只在一个地方死待，要多出去走，哪怕是走马观花，也比死待在一个地方好。"台湾舅舅说，"人生就几十年，你们还年轻体会不到，到了我这个年龄，感觉时间不多了，就得用好。"台湾舅舅望着我们，"我羡慕你们，你们年轻。"

台湾舅舅说一口台湾普通话，声音缓慢、声调不高，我说："正像您说的，这个世界确实很大，我是井底之蛙，只能看见井口这片天空。"

"所以有钱，就该出去走。"台湾舅舅说。

"您说得对，细想起来，长沙在中国地图上连形状都没有。"

"欧洲很值得一去。"少妇插进来说，"我去了那么多国家，只有欧洲，感觉最好。"

"我八月份陪舅舅去欧洲。"陈放说。

台湾舅舅说："地球与宇宙相比，只是一粒沙子，我们只是这粒沙子上的生命。"

这个话题让人没劲，自视能征服世界的人类，照台湾舅舅的话说，只是一粒沙子上的生命，而这粒沙子在茫茫宇宙中，什么都不是。"我们是生活在什么都不是的沙子上的灰尘。"我说，"地球在宇宙中只是一粒沙子。"

第四十一章

大家都笑。台湾舅舅说:"看透了,人就平静了,不会为了一点小利而争斗。"

谭元元端起酒杯,对台湾舅舅说:"舅舅,您真是个了不起的人。我敬您,您随意。"

台湾舅舅微微一笑,赞美谭元元道:"这位女士很美,我一定要喝。"

刘晖也敬台湾舅舅酒:"舅舅,我敬您。"

台湾舅舅并未老眼昏花,看眼刘晖说:"刘小姐富贵相啊。"

刘晖很高兴,马上道:"谢谢舅舅。"

我们吃饭、喝酒、谈天到八点多钟,台湾舅舅还约了个朋友九点钟在华天大酒店喝晚茶、谈事,我们约好第二天我去华天大酒店采访他。台湾舅舅和陈放一走,我们彼此觑着,邓军说:"与台湾舅舅这样的有钱人相比,感觉真是天上地下的。"

李经理忽然问大家:"你们说,那个少妇是台湾舅舅的老婆,还是情妇?"

"不要瞎猜,"我说,"老婆和情妇都不关我们的事,我们只要把书做好就行了。"

谭元元烦道:"时间还早,一起去钱柜放松放松,唱歌去?"

刘晖第一个叫道:"太好了,我举双手赞成。"

钱柜是家KTV歌厅,谭元元要了个包间,我手机上呈现一条信息,小王局长的:"你在哪?"我回复:"在长沙。"小王局长又发来一条:"我能给你打电话吗?"我正犹豫,谭元元已唱起了歌,我回复:"可以。"

邓军说:"元姐的歌唱得好。"

我看谭元元,她没搭理我,刘晖问我:"罗总,你唱什么歌,我帮你点?"

手机响了,是小王局长的,我起身,出去接手机,小王局长说:"罗总,我可以叫你亲爱的吗?"

我答:"可以啊,你叫吧。"

"亲爱的。"小王在手机那头笑了声。

我也叫了她一声:"亲爱的,你在忙什么?"

"我没事,就是有点想你。"

我有些惊讶,女人怎么都一个腔调?我说:"你不是有人想吗?"

"没有，我脑子里只有你，全部是你。我很坏吧？"

"谁说你坏了？你是个非常好的女人。"我答。

她在手机那头说："我有时候觉得我好浪的，真的，不骗你。"

我知道她是指自己与李县长的关系，她这个局长是李县长给的，出于感激，她把自己给了李县长。本以为给几次就可以了，没想李县长的心很大，想长期爱护她，这让她苦闷，让她觉得自己下贱。我说："其实没什么，人生不就是这样吗？"

她说："你什么时候来白水？"

我说："说不准，去的话我会打你的手机。现在，我要挂了，我在陪客户。"

"好，罗总，玩得开心点。"她说。

我走进包房，刘晖在唱歌，李经理在找歌，邓军跟谭元元说话。这时门开了，张助理和网络写手大刘也被叫来了，公司的人全在此，我忙叫服务生上水果和红酒。大家说话、聊天、唱歌，玩到十二点钟，买了单，这才分头回家。

上午九点钟，我把车开到公司楼下的地下车库。刚下车，一个健壮的年轻人突然站在我面前，伸出粗壮的胳膊拦住我："先生，请留步。"

我表情平淡地望着他："你是谁？留什么步？有事去我公司里说。"

一旁的一辆黑亮亮的奔驰车上，下来一个五十多岁的衣着讲究、头发梳理得很有型的老男人，他冷着脸说："罗先生，上车吧，我们到另一个地方说话。"他指着奔驰。

他是谭元元的大舅，在深圳的别墅里，我们见过一面。出于礼貌，我跟着他上了车，车载着我驶上芙蓉路。车上除了我和谭元元的大舅，还坐着两个年轻人，一边一个，我被夹在后椅的中间。谭元元的大舅坐在副驾驶座上，一声不吭，我也没说话，气氛有些紧张，我想他们不会把我弄死吧？又觉得他们没必要弄死我。车驶到芙蓉北路，拐上另一条路，朝着郊外奔去。一个小时后，车在一栋别墅前停下，大舅说："下车吧，罗先生。"

我下车，随大舅走进别墅，别墅里还坐着个五十左右的男人，穿着睡衣、拖鞋，一副吊儿郎当相。大舅指着这人说："他是元元的二舅。你请坐。"

我在沙发上坐下，瞧着第一次呈现在我眼前的谭元元的二舅，二舅目光有点凶地上下打量我。大舅说："知道我们找你来的目的吗，罗先生？"

第四十一章

我茫然："不知道，你们找我什么事？"

"那我们就直截了当。我们了解，你是有家室的，元元任性，不让我们当舅舅的管她的事，不听我们的，我们只好跟你摊牌。请你离开元元。"大舅说。

我冷着脸。大舅又说："前阵子你和元元去三亚的十几天里，她手机关机，害得我们到处找，到处打电话，打到深圳，别墅的老张说她没去，后来才知道你和她住在三亚。为此，公司损失了三千万，当时若找到她，得到她同意，资金杀进去，一个星期就能赚三千万。但找不到她，没有她授意，这档生意就没做成，你明白吗？"

我望着大舅，又看眼二舅，二舅正生气地瞪着我。我感到好笑，说："你们是她长辈，经验比她丰富，你们就不能做决定？怎么把公司的损失栽到晚辈头上？"

"我和她二舅只是公司的副总经理，总经理姓刘，董事长是元元。即使我们看中了一档生意，觉得有利可图，动用一千万以上的资金炒股、炒期货，必须向她汇报，经她点头，这是公司规定，她是董事长。"大舅说，"金泰公司是我姐上个世纪九十年代创办的，我姐去世后，她是继承人，这个规矩是那时定下的，谁也不能破。"

我脑袋晕了，原来谭元元不只是董事，金泰公司的董事长并不像她说的在美国，而是她自己。我感到谭元元是一潭浑水，看不清，真是个怪女人。大舅指着一口黑皮箱说："这是两百万现金，你拿去，离开我侄女。"他见我没动，又说，"你当过教师，不是社会上的流子，否则，我们早就对你不客气了。"

这话带威胁性！我表态："前辈，钱我不会要，我自己会赚钱。既然你们这么要求，我就不陈述什么，我会离开元元，但我得把手上的业务做完，做完了，我保证离开。"

"你不离开，她就不会关闭广告公司。"大舅说，"你还是现在就离开吧，你有什么损失，我们翻倍赔偿。"

我说："业务是我经手的，我要讲信誉，如今这个社会，诚信严重缺失，这不好，希望你们理解。"我见他们都望着我，又说："至于元元要关闭广告公司，那也得等我们把这几笔业务的费用和所赚的每一分钱算清才行。"

我们说了很多，快十二点钟了，我才离开，感觉元元的大舅是个头脑清晰、温和的人，但元元的二舅是个可怕的人，始终没开口说一句话，只是坐在沙发上盯着我，目光瘆人。而那两个守在门旁的壮汉，也是一副冷漠的恶相。我很无奈，还很气，表面上与我那么相爱的谭元元，只要我说东她就跟着说东的谭元元，竟没对我说过一句真话，这样的女人太有心计了，不是可怕，实在是太可怕了。

回到公司，我没理谭元元，冷着脸坐在总经理室翻看电脑里的资料，没心思干活。谭元元走进来，问我："你到哪里去了，手机也不接？"

"去见了几个恶人。"我冷着脸答。

"几个什么恶人？"她笑着问我。

我估计她是明知故问，她是说假话的祖宗啊，我想，不理她。她说："怎么啦？"

我烦她："没怎么，我要梳理一下写李总的书稿，你可以离开吗？"

她见我冷若冰霜，不像跟她开玩笑，知趣地退了出去。

一个下午我都坐在桌前胡思乱想，她有钱关我什么事？我又不是养不活自己。下班时，邓军、刘晖和李经理进来打声招呼，走了。我想他妈的，我变成一个傍富婆的人了。当张助理和大刘也走后，谭元元推门进来，一笑，带着撒娇的形容问我："爱，我们去哪里吃饭？"

我不望她说："不吃，我今天回白水。"

"想老婆了？"她问。

我冷冷道："随便你怎么想。"

她受不了我的样子，脸色僵了，忽然发起进攻道："你吃错了药吧？"

我丢给她一句："是吃错了药。你可以走开吗？"

"我不走开，"她说，声音提高了些，"你怎么这么一副态度？我是受不了你和你老婆睡在一张床上，因为我很爱你，我不愿意你在两个女人中徘徊。"

"我去见我女儿不行吗？"

"也不行。"

"我也受不了你，你太霸道了。"

"你不离婚可以，但你不能回白水见你老婆。"她坚决地说。

我来火了，猛地起身："我想见谁就见谁，你管不着！"

"你把车钥匙给我，要去你自己搭车去。"

这话有点伤我。"车钥匙我可以给你，"我说，蔑视地望着她，"我们有个协议，我占公司百分之四十的利润。我为公司做了四百五十万业务，都是我的关系做的，我也不多要，你把五十万打到我卡上，我自己去买辆新车。"

第四十一章

她伸出手，尖声说："拿合同来，你有合同吗？"

我看着她，心里蹿起了无名火，确实，我与她之间没签合同，只是口头承诺。我没想到她会翻脸不认账！我恼道："这么说，你是想赖账？"

"我只看合同，按合同办事。"她僵着脸，说得很无情。

我想起她大舅、二舅把我看成个觊觎她钱财的社会流子，一脸看不起我的模样，就很愤怒，拍了下桌子，说："你怎么可以翻脸无情？"

她冷着脸说："最毒妇人心，你读了那么多书，又不是不晓得。"

她都能说出这种话，我也狠着脸色说："既然这样，我没话说了，但我告诉你，你不把百分之四十的钱付给我，我不会把车还给你。从此，我们井水不犯河水！"

她说："请便，离开你，地球照样转。"

我觉得与这个虚情假意的女人待在一起，太恼人了。我朝门口走去。她在我背后说："你要走，把车钥匙留下。"

我可不是傻瓜："你什么时候把钱打到我卡上，我什么时候把车还你。"

她不准我走，冲上来抓住我的胳膊，说："你把车钥匙留下！"

我火了，想她再有钱也不能限制我的人身自由，我把她揎开，迈了出去。我一点也不痛苦，心里反而有种放下包袱的感觉，我原来可以这么简单、轻松地离开她！我想，下到车库，手机响了，是谭元元，她在手机里说："我要你马上回来。"

我冷笑一声，挂了机，开着车朝前飙去。手机不停地响，我索性关了机。我把车开到金源大酒店，开了间房，一觉睡到大天光。醒来，我打开手机，去卫生间洗漱，手机响了，是邓军的手机号码。我接了，邓军在手机里说："罗总，元姐找你。"

"找我干什么？"

"你等一下，我让元姐跟你说话。"

我没有等，挂了。手机又响了，是陈放，问我在哪里，说他舅舅在房间里等我。我回答陈放："那我马上去你舅舅那里。"

十分钟后，我把车停在华天大酒店，乘电梯上到九楼，敲开了台湾舅舅的房门。台湾舅舅很高兴。那个少妇忙为我和台湾舅舅煮咖啡，不一会儿，咖啡的香气就在房间里飘荡。手机又响了，是谭元元的手机号码。我没接，把手机模式转到无声，打开录音笔，与台湾舅舅聊起天来。台湾舅舅很健谈，谈他小时候的理想，谈他年轻时的志向，谈他第一次做生意的心情，谈他的理念。直到吃中饭时间，谈话才结束。中午与台湾舅舅喝了很多法国拉图红酒，至少有五千元就这么一口一口地饮进了咽喉。少妇说台湾舅舅有午休习惯，我起身告辞。下到一楼，手机响了，一个陌生的电话号码呈现在显示屏上。我接了，周欣在手机里说："定哥，我是在派出所给你打电话，你可以来派出所一下吗？我找你有很重要的事。"

我一听"派出所"三个字，就有点犹豫，问："什么重要的事？你说。"

周欣说："电话里说不清，你能来下吗，现在？"

我去了，车开到派出所前已是两点多钟，遇见了那个办案的年轻民警，他对我点下头，说："你去一审讯室等着，我把周欣带来。"

我走进一审讯室，感觉就很糟，这两天发生在我身上的事情太多，思维有点潮，仿佛自己成了犯罪嫌疑人。椅子倒是有几张，但这都是犯罪嫌疑人坐过的，带些晦气，我就不愿坐地站着。周欣一脸晦气地来了，我看着他这模样，问："找我什么事？"

周欣说："定哥，你一定要帮我，我的命运交在你手上了。死者亲属改变了态度，提出只要我赔他们家五十万，我就没事了。因为我没直接参与打人，刘民警说，在未把我移交检察院前，这事可以用这种方式结案。"

我问："是不是骗你啊？出了钱，还判你刑，那就划不来了，兄弟。"

"不会，刘民警说，这是拿钱赎命。我这么老实，进了监狱，不被别的囚犯欺负死，也会被折磨得半死。主意是他给我出的，他见我是搞摄影的，而且我又没前科。是他帮我跟死者家属联系，提出了这个五十万的可行性方案。我家七拼八凑，想尽了办法只筹措到二十七万，还差二十三万，定哥——"他一脸恳求地看着我，"请你帮我这个忙，我出来，一定想办法还你钱。不然我就要坐十年牢。拜托，拜托兄弟了。"

我没说话，望着周欣，他一脸可怜，还满脸期待。二十三万对于我不是一笔小数目，我想起人家说的，这年头，借钱的是爷，讨债的是孙子，就不想帮这个忙。我说："我没钱，我的钱都被我老婆投资到建行搞的理财产品上去了，不到期，拿不出来。"

周欣用乞求的神色望着我："定哥，你一定要替我想办法，你不帮，就没人帮

第四十一章

我了。"

我不愿看他这可怜相，说："我真的没钱，你想别的办法吧。"

周欣绝望道："我没别的有钱的朋友了。"

这句话有点让我辛酸，我打开钱包，钱包里有三千多元，"兄弟，我就这么多，你收下。"我说，把钱放到他手上。我不忍心再看他一脸诉求的模样，这模样会让我心软。我向门口走去，周欣在我身后叫了声"定哥"。我没停步，走出审讯室。见刘民警站在门外抽烟，我对刘民警点下头，刘民警淡淡地问我：

"你俩商量得怎么样？"

"没结果。"我转身要走，身体碰到追出来的周欣，他站在我身旁，乞怜和怨恨地看我一眼。我按下腾起的怜悯心，对他说："我走了，欣哥，很抱歉。"

我很吃惊，我竟变得如此冷漠！我还是人吗？同情心去哪里了？被谭元元吃了，还是自己把同情心当垃圾扔了？怎么像个没感情的动物？一切都是因为钱，要凑齐二十三万，也不是不可能，但这是肉包子打狗——有去无回啊。这么一想，我果断地挥下手，对自己说："别想这些事了，还是多想想自己的事吧。"

我坐进驾驶室，开着车驶到芙蓉路上时手机响了，是邓军的手机号，我接了。邓军问："你在哪里？"他不等我回答，又说："我想跟你碰下面。"

"我要去平和堂买点东西，我们在平和堂碰面吧。"

"你一定要等我。"

我说："别把谭元元带来，我不想见她。"

我驶到平和堂，刚停车，邓军就开着车来了，说："元姐急疯了，你不接她的电话。"

"这个女人让我恶心，"我冷酷地说："她疯了才好。"

"你怎么这样说元姐？"

我把昨天与谭元元争吵时她说的话，学给邓军听："我要她把百分之四十的钱给我，她问我要看合同。她居然对我说'最毒妇人心'，跟我来这一套。"

"元姐真的很伤心，要我无论如何把你叫到公司里去。"

"我准备自己成立一家广告公司，你到时候来我的公司干，我除了付你薪水，保证还付你百分之三十的利润分红。我们事先签合同。"

"你自己开公司？哪里来的资金？"

"借，向我的两个姨姐夫借，一个借一百万，自己干。"

邓军说:"真不打算在元姐那里干了?"

"这女人竟对我说出那样的话,心太狠了。我这一年忙死忙活,业务都是我的,只因与她有那层关系,没与她私下签协议,她居然要我拿合同给她看,太不讲情义了。"

"你真要跟她分手,我就不说了。"

"她开广告公司纯粹是玩,她很有钱,告诉你,她是金泰公司的董事长,刘博士、她大舅、二舅都只是金泰公司的总经理、副总经理。金泰公司的全名是:金泰投资股份有限公司。她有很多很多钱。放着董事长舒适的日子不过,跑出来瞎混,这不是玩我们吗?"

邓军睁大了眼睛,说话的声音都变了:"金泰投资股份有限公司我知道,我有个同学在那家公司上班,那家公司很厉害的。"

我冷笑一声,说:"她为了阻止我去白水,居然问我要车钥匙,说'要去你自己搭车去'。我当时真想抽她一耳光。这只能说明,她把我和她分得很清。这样的女人,无情无义。"

邓军说:"你们的事,我不介入。我把她的话带到了,她请你原谅,她是说气话,故意气你,她昨晚一晚没睡,后悔得想找你忏悔。"他又换一副脸色,表情凝重、羡慕地问我,"元姐真的是金泰公司的董事长?那她太了不起了。"

"我也是才知道,昨天她大舅说的,你自己去问她。"我冷淡着脸色回答。

第四十二章

台湾舅舅只在长沙待三天,这是个热情、风趣的男人。我和陈放陪了他三天,三天里,只有第一天上午有过一次访谈,第二天、第三天都有人来找他,但我还是见缝插针地采访了他。台湾舅舅说:"你是个认真的青年,年轻人就是要有一股韧劲,我很欣赏你。"

我说了"谢谢",我和陈放送台湾舅舅和那位美少妇去机场,看见两人进了机场验票口,我们才离开。回来的路上,我问陈放:"那个少妇是你小舅妈?"

"我舅妈早几年患乳腺癌去世了。"

"那这个少妇是谁?"

"应该是我舅舅在厦门的情妇。"

"哦,你舅舅蛮风流的。"

"你别把这事写到书里去,你写到书里,我没钱付的。"

"不会的。我感觉你舅舅是个友善之人。"

"我舅舅不是奸商,很讲诚信,说诚信是商业之本。没有诚信,生意是做不大的,因为靠骗捞钱,只能一次。而讲诚信才会有生意往来。"陈放说,"我舅舅经常拿德国人打比方,你说德国人蠢吗?精着呢,德国的很多大公司,与你做生意都很诚信。他们做生意很干脆,说什么时候有货就什么时候到货,说付款就付款,很简单,因为他们不愿像中国人活得这么复杂。做生意,你提防我我提防你,累不累?你要是骗他们,只能骗一次,而且绝不会有好果子给你吃,他们会用法律打败你,并且让你在这个行业臭尸。"

"做生意就要这样。"

"在国内,你跟什么人做生意,心都悬着,货发出去了,怕收不回款。款打给对方了,怕对方不发货,还怕对方发来的货不达标。跟德国人做生意,大家都轻松。"

"我们生错了国家，生在唯利是图的中国，悲剧啊。"我说。

陈放说："做生意，不讲诚信，你防我我防你，其实人人都活得累。"

"诚信是商业之本。为什么很多人都舍本求末？其结果是占小便宜，吃大亏。没有诚信，人怎么立足于社会？国际上那些大公司，难道是靠骗而赢得资本的？"我说，"中国人不懂经商，只懂害人，最终害了自己。"

我们说着这些，我手机响了，是谭元元的手机号，我没接。陈放问我："谁的电话？"

"一个我讨厌的人。"

"什么人让你讨厌得电话都不想接？"

我按了结束通话键："一个张牙舞爪的女人。"

我很久没这么看谭元元了，几乎把这种不良感觉忘光了，此刻，在金灿灿的阳光下，在奔驰车上，看着天空和迅速飞驰的景物，这种久违的感觉竟浮上心头。陈放把我送到华天大酒店，我下车，开着停在酒店前的奥迪A6，向五一路驶去。邓军打我的手机，说："罗总，别把我们都抛弃吧？元姐说你把我们都抛弃了，说你小心眼，受不了一点刺激。"

"她以为她是谁？她想怎么样就怎么样？不跟你说了，我在开车。"

我把车开到华悦大酒店，开间房，关了手机，睡觉。第二天醒来，下到餐厅吃早餐，一开机，谭元元就打进来了。我没接，把手机调到无声模式，这才吃早餐。吃完早餐，竟有十七个未接电话，只有一个是陈放打来的，其他全是谭元元的。"她疯了。"我嘀咕了声。

上午去陈放的公司拍照，中午一起坐在东塘的金牛角吃套餐。我脸色冷淡，话不多，陈放问我："怎么啦？你好像不高兴？"

我回答："我没不高兴，在想怎么做这本画册和写你舅舅。"

"画册随便你怎么做都行，"陈放望着我，"我舅舅你要写好，他可是我的财神爷。"

"肯定的，"我答，"画册我也会做好。"

下午，谭元元拼命打我的手机，三十几个未接电话全是她的。我索性关了机。晚上八点钟，我把车开进了白水县老干所，靠边停好，妻子走出来说："回来了。"

我说:"没出去玩,你?"

妻子说:"我还敢出去?明明下个学期要上学了,我从同事家拿来了小学一年级数学书和语文书,辅导明明。"

我走进客厅,明明果然坐在桌前做数学题,我说:"明明,长大了,更漂亮了。"

明明笑了个,又埋下头写字。我让明明把脸蛋抬高点,以免变成近视眼,明明就伸直背,抬起脸,继续做习题。我望着妻子,妻子轻轻笑了下。我去洗脸,折回来,明明说:"做完了,妈,快检查。"

妻子检查完女儿的作业,岳父岳母便带着外孙女去睡了,我和妻子上楼。进房间后,妻子抱住我就亲,这种感觉久违了,好像只是在恋爱的时候她才这样过。我很兴奋,问她:"想要我了?"

"想要。"

我觉得女人真比男人伟大,女人可以原谅丈夫做的错事,而男人却不允许女人有半点背叛行为。都说女人比男人自私,其实男人比女人更自私。表面上,女人没有男人那么多梦想,但恰恰是梦想让男人变得更功利,在损人利己方面比女人更残忍。妻子是个现实的女人,还是个宽容的女人。在妻子面前,我是个无耻之徒,一个背着妻子在外面搞女人的伪君子!我对妻子说:"我做了那些对不起你的事情,你还能原谅我,我真的很感动。"

妻子温柔地说:"别说了,你心里有我,就行了。"

我睡了一个懒觉,十点钟了才起床,这几年里,怕是第一次。我打开手机,收到十几条信息,有一条是小王局长发来的:"罗总,下午有时间的话,来我们旅游局会议室开个会,李县长会来。"我回复:"好的,一定来。"另外十几条都是谭元元昨晚发的,一条写道:"我不能失去你,亲爱的,我说的那些话都是气话。"另一条写道:"我这几天,没有一个晚上不失眠,我很想你。"最后一条是她凌晨三点钟发的,写道:"我想死,真的。"这条信息刺了下我的眼睛,让我心里有些慌乱,想她别真死了,她的大舅、二舅可不会放过我。这么一想,我背心都冒出一层汗。妻子上班去了,岳父岳母在自己房间里,女儿在院子里与邻家小姑娘玩耍。我拨了谭元元的手机,通了,她说:"亲爱的……"接着就是痛哭声从遥远的手机那头飘来:"原谅我吧,呜呜呜呜,我错了,我知道我说错了话,原谅我吧……"

她没死,我放心了些,听她哭着,望着窗外幽蓝的天空。她继续哭道:"我一天都不能没有你，你不理我，不接我的手机，你不知道我有多伤心，真的，我不骗你，呜呜呜呜，你不知道我这几天是怎么过的，呜呜呜呜，我睡不着，即使睡着了，也只是十几分钟，一醒来就再也睡不着了。我想你，亲爱的，我都没信心活下去了。亲爱的，呜呜呜呜，你在吗？"

"在。"

"我要见你，呜呜呜呜，我不会再说一个让你伤心的字，我保证，呜呜呜呜……"

"我在白水有事。下午李县长还要召集我和县旅游局的人开会。"

"那你晚上回长沙吧？我一定要见你，看见真实的你，亲爱的，我那天是疯了，是嫉妒让我丧失理智，只有你才能让我发疯，我想清楚了，我再不要求你离婚了，呜呜呜呜，我们就这样永远相好，一直好到死，我再也不要婚姻了……"

我的心非常冷漠，像块石头。我不想跟她见面，说："知道我为什么打你电话吗？是你凌晨三点钟发的那条信息，我怕你死了，原来你还活着，又骗我。"

她呜呜呜道："我是真的想死了算了。"

我想起她大舅、二舅，说："你别怪我，是你大舅、二舅威胁我，要我离开你。"

她说："他们敢管我的事？"

我不想在这事上与她没完没了，我也不愿意成为一个卑劣的男人，说："你自己打电话问你大舅、二舅吧。"我挂了手机，望着窗外的蓝天白云，手机又响了，是小王局长。

她嗲声说："亲爱的，你的手机占线很长时间，跟谁通那么长时间的话？"

我答："生意上的事。"

小王局长"哦"了声，接着说："下午取消开会，李县长有一个重要的常委会，刚才李县长给我打了手机，改晚上了，一起来县委招待所吃晚饭。"

我想起她说自己想摆脱李县长的话，这会儿却一口一个李县长，就觉得女人都是口是心非，我说："好的。"

"你现在在干吗？"

"在我岳父岳母家，刚起床没一会儿。"

"你想过我吗？"

"当然啊，这还用说吗？"

第四十二章

我们说了几句彼此想念的话，她说："不跟你说了，我还有事。晚上见。"

下午，邓军打我的手机，说："罗总，我和刘晖到了你们白水。"

"来白水了？她派你们来的吧？"

"我和刘晖就不能自己来吗？"

邓军是开谭元元的马6来的，我让邓军把车开到金龙头大酒店，我们咖啡吧里见。天热得厉害，我穿着黑条纹T恤衫，一条牛仔裤，一双旅游鞋，步行到了金龙头大酒店。邓军和刘晖坐在咖啡吧里，见我进来，都笑。我问："笑什么？"

刘晖嘻嘻笑道："你真酷。"

邓军说："我们罗总被爱情滋润得越来越年轻了。"

"可以说点别的吗？"

刘晖说："就是要说你。"

我们坐下，我要了杯蓝山咖啡，打量邓军。邓军剪了个板寸头，人很精神、帅气。刘晖着一身灰蓝色连衣裙，这颜色很衬她的皮肤，让她的脸蛋更显得白皙、红润，头发盘扎在后脑勺上，她脖子很长，脸蛋略呈瓜子形，感觉就有几分古典，好像是从唐代仕女图上走下来的美人。我说："刘晖，你越来越魅力四射了。"

"罗总才最具有成熟男人的魅力。"

"邓总也不赖啊。"

"他怎么有罗总的魅力？元姐都要为你疯了，整天神经兮兮的。"

我知道刘晖和邓军都是谭元元派来的说客，我在来的路上想过了，不能这么轻易就投桃报李，我与谭元元是两层关系，一是情人关系，二是雇员关系，这一定要弄明确，以免鱼目混珠。我说："我回公司可以，回去就要跟她签份协议，还要大刘把公司这一年多来百分之四十的盈利打到我的银行卡上，一分钱都不能少，不然，我不会理她。我们先小人后君子。"

邓军立马拿起手机，拨了电话过去："罗总要你与大刘算一下公司这一年的利润，要你把百分之四十的盈利打到他的卡上。罗总说，桥归桥路归路。"

我没说这话，这句话是邓军加上去的。邓军说："元姐说已经算过了，你可以分九十五万，她马上叫大刘把九十五万打到你的银行卡上。一分也不会少。"邓军把手机递给我，"元姐要跟你说话。"

我不接手机，起身走开说："我去厕所，你跟她说，我们先小人。"

我很冷淡，经历了这么多事情，我感觉自己很自私，在女人面前我简直是个无耻之徒。情分在我身上，也许一钱不值。我再折回咖啡吧坐下时，就不跟他们说谭元元了。我跟邓军和刘晖谈白水的旅游开发，五点多钟，接到小王局长的电话，邓军和刘晖要回长沙去，我拉住他们，说："邓军，我们一起去县委招待所吃饭，你发发言，李县长会亲自参加，他对如何开发白水县旅游的事，特别关注。走吧，我们是求财。我拍了很多白水县黄家镇、青山铺乡和驼峰山的风景照，你在我电脑上看了的，邓军，你可以大胆提出你的建议。"

邓军笑："没问题。大话我也能一套套地说了。"

我们走进县委招待所的牡丹厅，小王局长和邓局长、吴主任三个人在，小王局长看见我，对我娇柔地眨下眼睛。我也微微一笑，向邓军和刘晖介绍完县里的干部，又向小王局长他们介绍邓军是我们公司副总经理，特意赶来的，介绍刘晖为公司业务经理。大家坐下来聊天时，小王局长坐在我一旁，说："你今天真帅，像个旅行家。"

我没想到她会这么形容我，便一笑，"你有几张相照得很漂亮，"我望一眼正与邓军说话的邓局长和县志办的吴主任，"像女明星，过几天，我洗好了，送给你。"

"好的，洗好了打我的手机。"她说。

李县长一身白衬衣地进来，还带着个副县长。大家围绕李县长坐下，我把邓军和刘晖介绍给李县长认识，李县长客气道："又把你们请来了。今天县委常委会做出决定，除了我亲自抓，还让杨副县长分管全县旅游这一摊子事，可见县委、县政府下了大决心。"

小王局长说："那要谢谢县委、县政府支持我的工作啊。"

李县长哈哈一笑："支持，一定支持。"

杨副县长是个三十多岁的男人，忙表态道："我们不能辜负李县长寄予的厚望，在县委、县政府的领导下，我们共同努力，一定把白水县的旅游事业发展起来。"

这是套话，我们都笑。

喝酒时，邓军开口道："我建议县里找专家修复那些旅游景点。我看了我们罗总拍的照片，有的景点破坏得十分严重，再不修复，也许就坍塌了。我还建议贵县在黄家镇那条老街上搞一条仿宋街，宋朝的建筑朴素，投资不大，又有历史感。如果投资得当，镇政府又积极配合的话，可以把黄家镇炒成全国的一座历史名镇。"

李县长、杨副县长同时望着邓军，邓军来劲了，又说："前期修复工作，需要县里抓紧做。其实事情并不复杂，如果你们人手不够，我们可以承接这些工程，请一些仿古专家来黄家镇设计老街、老屋。等把这些老街、老屋修建好，再请作家来采风、写文章，请画家和摄影家来画画、摄影，与报纸联手，搞黄家镇摄影大赛，或举办白水县旅游征文竞赛，设一个三万元的特等奖、两个两万元的一等奖、三个一万元的二等奖、十五个两千元的三等奖。找一家企业或房地产商赞助，这要不了好多钱，却能把活动搞得轰轰烈烈。"

李县长点头道："这个点子好，要认真操作。"

邓军发挥道："重赏之下，必有勇夫。再把参选作品统统贴到网上，让全国的网民参与初评，把初评的作品筛选出来，邀请全国知名的散文家和作家，根据网民评选的结果，再次评定，这白水县不就炒到全国去了？"

李县长说："好，这太好了。今天还有一事，我们也不会让你们白干，这世上没有免费的午餐。我与几位副县长商量，我们很便宜地给你们一百亩地，地在县三中旁，离县城街上不远，是块山坡地，让你们开发，你们看怎么样？"

我知道李县长的意思，那地荒着也是荒着，与其荒在那里，不如让我们找资金开发，开发出来了也是他的政绩。我说："好啊，谢谢李县长，那我们就要了。"

次日上午，我到了公司，谭元元坐在总经理室，听见我来了，赶紧跑出来，眼睛都是红的。我装作没看见她，跟邓军说了几句话，这才走进总经理室。谭元元说："你真狠心。"

我望着这个女人，计较道："是你先伤害我。"

"你一个男子汉，说你两句都说不得？"她脸上没有责备，而是委屈。

我竟有几分高兴，一股冲动像一群壁虎在我大脑皮层上猖狂地爬着。我正犹豫是不是把她抱到怀里，用柔情消除她心里的委屈，她说："我发现你好高傲的。"

我说："高傲谈不上，我只是不愿意被别人摆布。你大舅、二舅看我的眼神，好像我是一个无厘头，说给我两百万，让我离开你。我觉得很冤枉。"

"他们再不会威胁你了，我把他们从头到脚地骂了顿。他们再敢管我的事，我就请他们走人。"她说，"没看见你，你不理我，给我的痛苦比我预料的还要大。"

她把娇躯靠到我身上，我发现她的眼睛里含着秋波，就像我拍摄影作品时见到的一些傍晚时分湖面上波光粼粼的风景，这是一种直奔爱情国度的眼神。我说："晚上我再收拾你，现在，我要打开电脑看照片。"我伸手把电脑打开了。

"我很乐意。"她对我亲昵地一笑。

"你个女色魔。"我说。

我把黄家镇、青山铺镇和驼峰山的照片整理给李经理，让李经理去修改，把对台湾舅舅的录音输到电脑里，交给网络写手大刘录入。中午大家去楼下的餐馆一起吃饭，一坐下，大家都笑谭元元，谭元元说："别笑我，你们没有这种要死要活的经历，有，也会像我一样。"

"那确实，爱情是伟大的，"张助理说，"元姐，我就从没要死要活过。"

李经理说："我真羡慕罗总。"

刘晖说："元姐的魂捡回来了，元姐爱起来，像个不懂事的小姑娘。"

谭元元说："拿我开心吧，你们？"

李经理说："哪敢啊，只是我们说的是事实，邓总，你说呢？"

邓军笑，谭元元装嗔地瞪眼李经理："再说一句，看本姑奶奶不打你！"

大刘说："我这辈子都没认真爱过一个男人，悲剧。"

张助理笑："那是你没碰到罗总这么有魅力的男人。碰到了，还不也是要死要活。"

我说："吃饭，别拿我开涮了。"

两点来钟，我们又回到公司里，各自忙着，谭元元悄悄进来，在我脸上亲了下。我把上午在电脑上写的简简单单的合同书递给她："签字吧。"

她一看是我与她的协议书，二话不说地在下面的空白处写道："万象广告公司的全部利润，都归罗定所有。"接着，签了名。我说："这份协议无效，你没看见协议第八条吗？本协议签字生效，改动无效。"

她说："好。那你重新写一份协议，我得百分之一，你得百分之九十九。"

"你又胡搅蛮缠，是吧？"我说。

"你变了，"她瞪大漂亮的眼睛望着我，"你变冷漠了。"

我说："这是上班，不是谈情说爱的时间。"

谭元元很乖地吐下舌头，转身走了出去。我想，恋爱中的女人永远也长不大。下班时，她走进总经理室，提醒我："下班了。"

我让她在我重新出的协议上签了名，盖了她的私章。我把协议书锁进抽屉里，

第四十二章

我们走出总经理室，下到车库，她指着一辆黑亮亮的奔驰："亲爱的，漂亮吗？"

"你的？"

"嗯，"她说，"马6，我送给邓总了。"

我问："你不怕别人说你有钱了？"

"你既然都知道了，我还有什么可隐瞒的？再说，这车不是我开，是给你的。"她说。

她让我开，我坐进奔驰车，开着车向她家飙去："什么时候买的？"

"上午我打电话给我大舅，让他去买的，你喜欢吗？"

"我还是开奥迪A6，奔驰太张扬了，你自己开吧。"我说。

车开到她家楼下，停好，一进房门，她一把抱住我，"我离不开你，亲爱的。"她把我抱得紧紧的，"我从没想到，我会这么真挚地爱一个男人。"

"你以前爱过你前夫吗？"我审视着她。

"没有，是他追我，所以我只体会到被爱的滋味，没体会过爱的滋味。"

她吻我，我的嘴唇就与她的嘴唇热烈地吻到一起，我知道她害怕孤独，害怕我断然离开她。她狂热地呢喃道："没有你，我活不下去，亲爱的。"

我们疯狂做爱，我觉得自己是一头公野兽，她也是一头母野兽。我们忘记了时间、饥饿，忘记了一切。当我们平静下来时，我感到自己在这个空气污浊、平庸得不能再平庸的时代里，变成了一头吃得香、睡得好的公兽，已经不是什么人了，原来这就是成熟，这就是改变！

谭元元见我心猿意马，扬起头问我："你想什么？"

"我在想，你们家哪里来的这么多钱？你不是说你只在前夫手上拿了一千万吗？怎么忽然又成了金泰公司的董事长了？你一直没对我说真话，这点，我非常不喜欢。"

她说："你既然都知道了，那我把全部都告诉你。"

我怀疑地看着她："你说，不要讲假话，一句都不行。"

她说："保证句句是真话，再说一句假话，你打我屁股。"

她说她母亲是学商贸的，上个世纪九十年代初下海，创立了金泰股份公司，一开始是炒地皮。那时候地皮好弄，一纸批文就能弄到城边上的一块地，一年、两年后一转手就可以涨几倍，后来股票好弄又转入炒股。她大学毕业的第二年，母亲就去世了，把公司留给了她，她还什么都不懂就成了董事长。当时公司的资产有两个多亿，她母亲占一大半，有一亿六千七百万。她以前跟我说的，她前夫给了她一千万，实际上是她给了她前夫一千万，还给了他一栋别墅和一辆宝马车，她前夫才同意离婚。她前夫知道她有钱，所以才千方百计地讨好她母亲和讨好她，婚后，她才发现前夫身上有很多毛病，令她讨厌。离婚后，很多人都跟她做介绍，那些人都是冲钱来的，还有的比她小几岁，见面就说喜欢她，她清楚他们是喜欢她有钱。假如她只是个离了婚的近三十岁的一般女人，他们会一见面就对她献殷勤？几年前的一天，她在《长沙晚报》看到宏力集团公司的招聘广告，她忽然想，如果想找到真爱，找到爱自己的人而不是爱钱财的人，就得换一种方式生活。于是她把公司交给刘博士和她大舅管理，让他们对公司的其他成员说，她去美国留学了，攻读社会学博士。她应聘后，不许刘博士和她大舅来宏力集团找她，白天不许他们打她的手机，有事晚上打。她在宏力集团干了近一年，正打算离开宏力集团去别的公司干时，我出现了。我给她的第一印象既腼腆又冷峻，像座冰山，让她一眼就喜欢，于是她留了下来。

但当知道我有老婆后，她有三次决定离开我，三次请假出国旅游，只是想摆脱我。可是每到一个国家，她都会情不自禁地想到我，于是就想回来。她觉得自己很没出息，得不到我的爱还是其次，还得不到我的尊重，就痛下决心辞职，去了法国。在巴黎街头，她竟想如果是与罗定一起旅游，那该多开心啊。这样一想，心就到了我身上，于是她归心似箭，当她回到宏力集团公司找我时，邓军告诉她，罗定辞职了，开了家影楼。她很高兴，想摄影她帮不上忙，便决定开家广告公司，把我拉进广告公司，给我两万的月薪，再给我百分之四十的利润分红，这样，即使我们不能生活在一起，也可以天天见面。

我说："你大舅说你很任性，看来，还真说对了。"

"不行吗？"她娇声说，"我就是想过自己的生活。金泰公司有刘博士和我大舅管理足够了，我就喜欢当甩手掌柜，过自己愿意过的小日子。"

"刘博士在金泰公司拿多少钱一月？"我问。

"年薪三百万。"

"三百万？你给我才两万一月的工资啊，给他那么高的年薪？"

"最开始也没给他这么高，我父亲去世后，我把他从政府部门挖过来时，给他的年薪是六十万。他能干，很厉害，他使金泰的资产五年里涨了五倍，这样的人才，替我减轻了很多烦恼和负担。去年我给他涨到三百万一年，还把河西的一栋别墅转到了他名下，那栋别墅即使在长沙也值两千多万，这样，他就更加为我所用了。我不就落得轻松吗？"

"你也很厉害，比刘博士更厉害。驾驭人，很有一手。"

"我父亲在世时说，要学会善待别人，别人才会善待你。就这么简单。"

"你大舅也死心塌地地帮你打工吧？"我问她。

她说："我大舅、二舅在金泰都有股份，我母亲在世时给他们的，为的是让他们照顾好我。我大舅是副总经理兼公司财务总监，也是个人精，肯用脑，而且能接受新生事物。不像我二舅，二舅有些不想事，爱玩，拿着一百万年薪，经常喝酒、打牌，玩些社会上的人。我觉得自己更像二舅，任性、自我，不听别人的。"

我听她说了很多，她爬起床，打开保险柜，拿出那只她曾经要送给我，被我拒绝的劳力士金表："我以前想送给你，你嫌礼太贵重了，不要。现在你知道我很有钱，这点钱算不得什么了。我想通了，永远做你的情人，我给你戴上吧，亲爱的。"

"别别别，你一时一个主意，"我说，"我不敢接受，你留着吧。"

她见我又一次拒绝，就说："这块表，你不戴，我就扔出去。"

我说："这是你的事，我无权干涉。"

她走到窗前，推开不锈钢窗，就要把金表扔出去。我说："给我吧。"

她一笑，转身走过来，"我给你戴上，无论你在哪里，只要你看表，就会想起我谭元元。"她把金表戴到我左腕上，这才说，"我去做饭给你吃。"

第二天下午，我在公司里看陈放提供给我的台湾舅舅的资料，接到小王局长的电话，她在手机里嗲声问我："你想不想我？"

我答："不敢想你，你是李县长的人呀。"

她说："哼，就知道你们男人，转身就不认人。"

我忙说："不是这个意思，只是开个玩笑，别太认真了。"

她撒小孩子脾气道："你敢忘了我，看我不到你老婆面前告状，说你欺负我。"

我忙答："好好好，理你，你不生气了吧？"

"这还差不多，"她说，"李县长要你过来，有事商量。"

我看了下表，两点一刻，我答："好啊，我一定来。"

谭元元让我开奔驰车去,她把我扔在桌上的奥迪车钥匙收了,把奔驰车钥匙丢给我:"开奔驰去,你是总经理,不能丢公司的面子。"

我也觉得开奔驰更体面,说:"真给我开?"

"是买给你的。我发现你的能量和应酬能力,比我强多了。"

我笑了个。

"我就是喜欢看你笑。"她爱昵地在我脸上摸了下。

第四十三章

几年后，白水县旅游已炒得全国都晓得了，网上、博客和微博、微信上，都有网民对白水县旅游的各种评价，有说生态环境好的，有说卫生条件差的，有说驼峰山漂流很刺激，很值得一玩的，有说黄家镇的仿宋街做得很粗糙的，等等。我现在的主要精力已不是做书和画册了，我把做书和画册及广告业务扔给邓军和李经理他们做，我和刘博士、元元的大舅在做房地产。作为对我们宣传策划的回报，李县长把一百亩地作价给了我们，让我们开发房地产。谭元元把刘博士和她大舅叫来，站在这一百亩地上动着脑筋。刘博士说在县城搞开发，他没有把握。大舅也不愿表态，谭元元说："别犹豫了，抽出一部分资金，干吧。"

刘博士说："既然董事长坚持，那就干。"

刘博士请来一个香港设计师，让设计师带着几个设计人员对一百八十亩地（我们加买了八十亩）进行整体规划、设计。我跟着混，学了不少东西。楼盘取名"爱琴港"，建成了白水县最漂亮、最洋气的楼盘，有室内、室外游泳池，有小喷泉和花坛，有乒乓球和羽毛球馆，有商业街，还有供业主下棋、打牌和洗脚、喝茶聊天的会所。这是白水县第一家外来投资商开发的楼盘。楼盘第一期开盘那天人山人海，也不知白水人哪里来的那么多钱，仿佛就备着钱等我们开盘等得不耐烦了似的，三天，五百多套房全卖光了。第二期开盘，来的人成群结队，有的农民开着小车奔来，从尾箱里扯出两只麻袋，拎着钱来买房和门面，害得收款的女士手都数酸，吃饭都拿不动筷子了。第三期开盘，凌晨四点钟就有人提着靠椅来排队，当天就卖了三百多套。沿街的门面也卖得好，三万元一平方米，五千多平方米的商铺，一个星期就卖光了，连地下车位都没剩一个。除去所有开支，纯赚两亿七千多万，我和谭元元分得一亿七千三百三十万，另外一个亿按股份分给刘博士、她大舅、二舅等几名股东。

谭元元在手机那头听我说毕,笑道:"老公,你现在也是有钱人了,厉害呀。"

我笑:"老婆,儿子还好吧?"

"好,正吃奶,吸得我奶头疼。"谭元元说,"好老公,什么时候回来?"

"现在4S店的人正在给车窗贴太阳膜,急什么啊!"

"老公,我想和你一起去西藏,我要去。"

"儿子才半岁,你觉得他能离开母亲吗?"我说:"想都不要想。"

谭元元不吭声了。我说:"上午与刘博士谈了,我打算把县城东边那块傍湘江的地买下来,那是块山坡地,有七百三十亩,既好做江景别墅,又好做高层,做五十栋高层,让那边变成繁华闹区。我估计十五万一亩拿得下来,刘博士和大舅都很感兴趣。"

谭元元说:"你对白水蛮有感情啊,还想在白水做楼盘。"

我笑:"不是对白水有感情,是对人民币有感情。你别婆婆妈妈了,我挂了。"

谭元元在手机那头敏感道:"老公,你嫌我老了吧?婆婆妈妈都来了。"

"老婆,你老什么啊?有人叫我。"

"好老公,早点回来。"

"又来了,说话别那么潮。"

"你现在拽了,得色!"

我笑:"还不是你培养的,怪我?"

她说:"我培养的?我能培养罗总?你当我是王母娘娘?"

"那我是玉皇大帝,"我笑,"不跟你说了,挂了。"

谭元元现在是我老婆,在家抚养儿子。一年前,她怀孕四个多月,肚子渐渐凸显时,她很想去美国生一个未来的美利坚合众国公民,理由是《开国大典》的那些明星演员,全拿着美国、英国或加拿大等国护照。我说:"别打这种馊主意,生是中国人,死是中国鬼,当什么假洋鬼子?别跟着那些肤浅的破演员学。"

她叫道:"他们可不是破演员,都是大牌呢。"

"是大鬼、小鬼吧?明明是中国人,生在中国长在中国的,个个换成了假洋鬼子身份,说来都丑!"我坚决地说,"你只能在中国生,生一个中国人,否则,给我打掉!"

第四十三章

谭元元见我这种话都说出口了,再也不敢提去美国生了。怀孕六个多月时,大刘和张助理都劝她去医院做B超,我不准她去,她年龄不小了,难道是女儿就引产吗?只是我和老婆都没想到竟是儿子。我有儿子了!我准备去喜马拉雅山,为我女儿和儿子祈福。那是世界屋脊,最干净的地方,一定灵验。我买了辆路虎揽胜,二百三十八万,五点零的排量,八缸,八挡手自一体越野车。还有一个目的,我没对老婆说,就是去圆梦。小王局长活着时,曾多次说她想去喜马拉雅山,站在世界的屋脊上吹吹风。我答应过她,等我忙完这些事,买辆越野车,一起去。我决定带着她的一半骨灰,把它葬在喜马拉雅山下。

一个年轻人看着我这辆路虎揽胜,赞美说:"这车真漂亮。"

车行经理说:"钱是钱货是货,一分钱一分货啊。"

另一年轻人说:"这么贵的车,办完全部手续,怕要二百六十多万呵。"

我没搭话,开着车驶离了几个年轻人羡慕的目光。我突然一笑,想他们把我当他们见到的又一个时代英雄了。其实,这个时代还有什么英雄?完全是扯淡。我把车开到一家卖美国大兵服的专卖店,又遭到几个年轻人惊羡的眼光。我走进专卖店,买了两身美国大兵服,这衣服穿在身上,感觉自己像大兵瑞恩,还买了件军大衣和一把工兵铲、一只灰绿色塑料桶。七月中旬的一天下午,我去了洪山庙,把我存放在庙里的紫檀木骨灰盒请到车上。次日早晨,我对自己养的德国牧羊犬叫了声:"乖乖,上车。"

有着黑背、金毛、威武、乖巧、机警的乖乖,立即跳上副驾座,随我远行了。我把车驶出长沙,驶上京广高速,朝北奔驰。乖乖忠诚地蹲在副驾座上,看着我,又看着前方。我对放在一旁的精美的紫檀木骨灰盒说:"王懿,多好,就我们俩。"

我买了很多碟,都是世界名曲,贝多芬的命运交响曲这会儿便在我车内很热情、神秘地演奏着。我把声音开得很大,除了乐曲声,便是一条开阔的高速公路。中午,我在高速公路旁的服务区吃了便餐,喂乖乖吃了些狗食。回到车上,手机响了,是前妻的手机号。我与黄江丽离婚五年了,起因就是谭元元送的那只劳力士金表,我对前妻说这是块假表,只要几百元钱,前妻相信了。那年过年,前妻的二姐回来,她识货,当时我摘下表,放在茶几上,去洗澡。二姐看着表,吃惊道:"小妹,罗定很奢侈呀,这表要二十多万元呢。"

就是这块劳力士金表断送了我与黄江丽的婚姻。她忍受不了我一再欺骗她,愤怒了，骂我是骗钱骗色骗亲戚朋友的大骗子，死活要离婚，谁劝她都不改初衷，终于就离了。女儿她要了。她现在与白水县教育局张卫国副局长生活在一起，真应了有情人终成眷属那句话，住在爱琴港，两人经常一起散步，我都碰见过几次。

前妻说："我有个同事来玩，很喜欢这里，你们还有房吗？"

我笑："没有，一套都没了。"

前妻问："门面呢？"

我答："也没有了。下次吧，等我们再开发一个楼盘。"

"你们又准备开发新楼盘？"

"正在研究可行性方案，还没决定好。你和张副局长生活得还好吧？"

"我们很平静，"前妻说，"我不用担心他在外面花，他待我真诚。"

"那就好。明明还好吧？"我问。

前妻说："她好。张卫国很喜欢她，你不要担心。明明要跟你说话。"

明明在手机里说："爸爸，要跟我带好吃的东西回来，听见吗？"

我笑："遵命。"我挂了前妻的手机。

天黑后，车驶进了洛阳市。我把车开进一家酒店，下车，喂了乖乖狗食，让乖乖吃饱，我对乖乖说："守好车。"自己就去酒店的房间洗漱和休息。

老婆的电话进来了："孩子他爸，你到哪里了？"

"洛阳，"我对老婆说，"刚洗完澡。"

老婆突然说："不准找小姐。"

"我没这个兴趣。"我说，老婆让儿子在话筒前呀呀叫，我笑了。

上午，我把车驶到了洛阳龙门石窟，拍了些照，随后坐到一棵树下休息，乖乖很听话地蹲在我身边。我忽然想有钱就是好，可以像个贵族样带着爱犬旅游。我摸摸乖乖，从包里拿出两本书，一本是《存在与时间》，海德格尔著；另一本是罗素的《婚姻与道德》。我捧起《婚姻与道德》，翻到第六章，继续读着。一只苍蝇飞过来，打断了我读书。我驱赶开苍蝇，伸个懒腰，决定去白马寺看看。"乖乖，走。"我说。

乖乖跟着我跳上车，我驱车向白马寺奔去。来到白马寺，乖乖跟着我下车，我把乖乖赶到车上，给车窗留条缝，"你守车。"我说。背起摄影袋，进了白马寺。拍完照，伸个懒腰，见天色已暗，回到车上，开着车往酒店飘去。第二天去了嵩山

第四十三章

少林寺，在少林寺待了一天，先是四处拍照，后来躺到草地上读书，继续接受罗素的教育。乖乖就蹲在我与车之间。晚上在嵩县住下，睡了个踏实觉。醒来，又开着车去开封，中午驶进开封，找了家酒店住下，买了些狗食，喂了乖乖，这才进房间休息。

开封没什么好玩，但还是待了两天，去了包公府和开封府，不过这些历史遗迹都是假的，没啥意思。接着，向西安出发。在西安倒是玩了五天。兵马俑当然去了，华山也去了，在华山的南天门的客房里读《存在与时间》，边与另一房客聊尼采和罗素，因为他不知道德国还有个海德格尔。回到西安，又去了大雁塔，当然还去了西安古城墙上参观。傍晚，从古城墙上下来，忽然决定次日去成都。我在百度地图上查了查，从西安出发到成都，全程七百十五公里。我以为开个六七个小时就到了，结果开了十个小时，八点多钟，天完全黑了，汽车才驶进成都市。我见不远的右手边有一家7天连锁酒店，便拐了进去。

我问总台："有房间吗，美女？"

美女答："有，先生要单间还是标准间？"

我开了个单间，照样先给乖乖喂了狗食，自己进房间洗了澡，把疲劳洗净，这才去街上吃饭。成都的夜空，感觉比西安的蓝，我开车到一处小吃店，猛吃了顿成都小吃，还向小吃店女老板打听成都有什么地方好玩。小吃店女老板介绍了一堆，我没放在心上，十点钟才回到酒店，倒到床上就睡着了。醒来却是新的一天。

7天连锁酒店的楼下是停车坪，我昨晚停车时，这里停了几十辆，这会儿只有七八辆。乖乖看见我，吠了声。我摁了下遥控，乖乖不用我开车门，用前爪搭到车门把手上一摁，车门开了，乖乖跳下车，欢快地跑到我身旁，又蹦又跳，用头磨蹭着我的裤腿。我说："乖乖，别闹，自己去那边撒尿。快去。"

乖乖朝我指定的地方奔去，我身后一个女性的声音说："它真听话。"

我回头，只见一年轻女子，二十七八岁，窈窕身材，着一件蓝灰色夏衫，下身一条牛仔短裤，手里拿着顶帽檐很长的白太阳帽，背上有个背袋。一看她这神态，感觉她有点像活在我心里的小王局长，便答了句："它是纯种德国牧羊犬。"

"真是条好狗，"她对狗儿说："乖乖过来。"

乖乖歪着头，觑着这位美女，没挪窝。一楼是餐厅，我牵着乖乖走进餐厅，有人看见这么大一条猛犬，马上怪叫。我说："别做恐怖动作，它不伤人，但你的恐怖动作吓着它了，它会攻击你。"我让乖乖蹲在自己身旁，把狗食放在地上，让乖乖慢慢吃。我要了碗担担面，吃着。那个手拿白太阳帽的年轻美女大方地走拢来，在我一旁坐下，探询道：

"先生不是成都人吧？"

"不是，来成都玩。成都好玩吗？"

美女说："我不是成都人，我是北京女孩，我要去西藏，打算找人拼车。"

我瞟眼自称"北京女孩"的美女，她那种靓丽、大方的神气确实像小王局长。三年前，因为想做驼峰山漂流水道，小王局长和李县长便驱车去浏阳考察大围山漂流水道，晚上回来时，为避让一辆迎面驶来的农用货车，出了车祸，司机和李县长都伤得不轻，坐在副驾驶座上的小王局长却当场死亡。我问北京美女："你们是几个人？"

北京美女说："我一个人，我是一辆丰田越野。先生是路虎揽胜吧？"

她说话的声音好听，我不讨厌她，问："怎么拼？你也认识这车？"

"怎么不认识？都说这车性能超好。先生是几个人？"

"一个人。"我答。

北京美女说："那我们正好一路同行。要不，开我的破丰田？我那丰田与你的路虎比，就是个破吉普。要不开你的路虎？路上油费、过路过桥费，一律平摊，怎么样？"

我觉得与一个陌生女孩同行，可以消除寂寞，还有一种新鲜感，就看着她说："不过，在我车上，你得听我的，我是搞摄影的，看见风景好的地方，我会停下来拍。你可别催我赶路。在路上，我是不管别人的，同意的话，成交。"

北京美女伸出手要与我击掌，我与她击了掌，她说："成交。"

她除了身上的背包，还从丰田车上搬出扎紧的帐篷、睡袋、摄影袋、行李袋，甚至还带了一塑料袋水果和水壶。我呆了。她说："怎么啦？"

"这么多东西？帐篷、睡袋都带了？"我说，"你准备搞野营啊？"

"先生，有备无患，这，你不懂吗？"北京美女说。

我打开尾箱盖，好在尾箱大，她见我没有帐篷和睡袋，问我："先生，你晚上怎么睡？"

"怎么睡？睡酒店。没酒店，就睡车上。我车上有件军大衣，当被子用的。"

北京美女见尾箱里有一把工兵铲和一只绿塑料桶，问我："你带铲子和塑料桶干吗？"

"打算铲一桶喜马拉雅山的净土，回家种一棵铜钱树，以示君子爱财取之有道。"

北京美女笑了："太有趣了。先生是做什么生意呀？"

"什么生意都做，"我边说边打开手机，点击百度地图，搜索去拉萨的路线，"走三一八国道，全长二千一百多公里，显示是八天时间。出发。"

乖乖一听"出发"，迅速蹿到副驾驶座上，昂起它威风的狗头。北京美女攀着车门，望着乖乖，乖乖不让座，我对乖乖说："后面去。"

乖乖不情愿地呜一声，从两处座位之间钻到后面蹲着，却昂着狗头看着前面。我把骨灰盒移到后椅上，北京美女瞟眼紫檀木骨灰盒，问我："那是什么东西？"

"我前女友的东西，上车吧。"

北京美女坐上来，关上车门，对乖乖说："乖乖真可爱。"

我说："别逗它，它正生气，你抢了它的座位。"

北京美女笑，摸摸乖乖的头，对乖乖亲热地说："乖乖好听话，姐爱死你了。"

她居然在乖乖面前称自己"姐"，我一笑，开着车朝前飙去。

从成都到拉萨，用了十一天时间，路经雅安、泸定、康定、雅江、理塘、巴塘、芒康、左贡、邦达、八宿、波密、林芝、工布江达、墨竹工卡，最后汽车驶进了拉萨市。我沿途拍了很多旖旎、独特的风光，有的风景色彩绚丽极了，让我拍得不亦乐乎。北京美女也拍了很多照，她的相机也是徕卡，机身加镜头也是十几万，她也是摄影迷，拍得很疯狂，还请我为她拍了很多照，八天的路程，结果用了十一天。在拉萨休息了两天，把布达拉宫里外拍了个透，接着向珠穆朗玛峰大本营奔去。次日，我把车开到日喀则，在日喀则睡了一晚。第二天北京美女替我开车，我沿途拍照，时不时让她停车，好拍在山坡上吃草的牛羊。下午到了定日县，进了珠峰大本营。我们下车，乖乖已经跟北京美女混熟了，一下车不是缠着我，而是缠着这个说一口北京话的北京美女，用一双狗眼睛深情地盯着她。我开玩笑说："想不到我的乖乖蛮好色的，看见你就不要我了。"

北京美女一笑："是我比你更懂狗，乖乖，是吗？"

乖乖不会说话。我笑笑，活动了一下四肢，便提起相机，换上长焦距，拍心里的净土珠穆朗玛峰，前后左右地拍了不少张。太阳一落山就感觉冷起来，我赶紧穿上军大衣，北京美女也从行李袋里拿出羽绒棉袄裹上，边对我搓着手说："好冷啊。"

"海拔五千多米高，是真的很冷。"我说。

她对我笑，我说："好玩吗？"

"真好玩，"她答，"这里太美了。"

在太美了的珠峰大本营，她成了我的女人。我并没勾引她，是她主动投怀送抱。那天她见大本营的褥垫脏兮兮的，被子油腻腻的，实在让她恐怖，便要睡帐篷。我怕她一个人睡帐篷不安全，便说："那我去租件军大衣，睡车上。陪你。"

她就在车旁支起帐篷，钻了进去。我和乖乖睡在车上，我睡不着，就拧开手电筒，看着罗素的《婚姻与道德》，时间在我阅读此书中一点点逝去。次日早晨醒来，我们扛着相机东拍西拍，用长焦镜头拍着珠穆朗玛峰上终年不化的积雪，面对这片神圣的净土，我曾经想攀登的愿望，忽然烟消云散了。我面对珠峰跪下，为女儿和儿子默祷，希望他们的一生平平安安。随后，我把装着小王局长的骨灰盒——骨灰是三年前我开车去浏阳殡仪馆领回来交给她父母的，顺便私藏了些，就是为了有一天我来喜马拉雅山，将其葬于此地——放进绿塑料桶里，拿着铲子，走到一个荒凉的山冈上，挖了个坑，将精美的紫檀木骨灰盒放进坑里，边说："小王局长，我能做的都做了。你在这里安息吧。"

北京美女于路上听我说了自己的事，说："你真是个有情有义的人。"

我昂起头："她第一次坐我的车——我当时开的是奥迪A6，她就向往地说：'我想去喜马拉雅山，去世界的最高峰，俯瞰这个世界。'我当时觉得她和我的距离很近，因为这也是我的愿望，我答应等闲下来，我一定陪她来。现在，我把她带来了，把她的骨灰葬在了这里。"说完这话，我感到自己实现了承诺，就有一种释然的轻快感。

我铲了满满一桶土，吃力地拎到车旁。一年轻人见我开着辆很霸气的路虎揽胜，却干着民工的活儿，问我这是干什么，我答："回家种树。"

我把那桶土提进尾箱，大口呼吸着此地的清冷空气。我本来就没有攀登珠穆朗玛峰的计划，北京美女也没有。我帮她拆帐篷，把昨天到今天的果皮纸屑装进塑料垃圾袋。我恹恹地看眼四周，来珠峰大本营的人都是追梦者，彼此打量着，微笑着。我拉开车门，把丢在座位上的海德格尔的《存在与时间》和罗素的《婚姻与道德》也塞进了垃圾袋。

北京美女问我："喂，书也不要了？"

我答："扔掉，让它们去慰藉别的求知者，我不需要了。"

2014年2月